Celui qui a inventé Tristan et Yseut, peut-être qu'à la fin de sa vie il passait devant une maison aux volets fermés, et qu'il détournait les yeux...

ARAGON.

Erik Orsenna

L'EXPOSITION
COLONIALE

ROMAN

Éditions *du Seuil*

TEXTE INTÉGRAL

ISBN 2-02-023921-3
(ISBN 2-02-009028-7, édition brochée)
(ISBN 2-02-009407-X, 1re publication poche)

© Éditions du Seuil, septembre 1988

Pour Catherine

L'EXPOSITION
COLONIALE

L'auteur nous parle de bien des choses dans ce roman-gigogne, ce récit à tiroirs : des rapports d'un père et d'un fils, et de leurs amours plutôt malheureuses. Mais aussi, et surtout, de leur passage presque somnambulique à travers le siècle.

Gabriel, qui ne trouve sa propre identité que dans l'amour qu'il voue simultanément à deux sœurs, découvre aussi – c'est son coup de génie – les vertus du caoutchouc, ce qui va l'entraîner jusqu'en Amazonie et en Indonésie. L'hévéa comporte, en soi, sa propre métaphore. C'est doux, c'est pacifique, et ça rebondit… Aussi les « rebondissements », dans cette histoire, ne nous sont guère épargnés.

D'où cette allure dansante qu'adoptent les personnages et la narration, au rythme d'une valse à mille temps un peu dissonnante et aigre-douce. Gabriel est un pantin meurtri, un funambule pris de tous les vertiges tandis qu'il parcourt le monde sur le fil du rasoir. Fabrice del Dongo s'est fait cosmopolite et cultive des mélancolies de pierrot lunaire.

Caoutchouc oblige : on dirait une éponge qui pomperait et régurgiterait l'eau lustrale des souvenirs d'enfance et l'eau usée de l'Histoire. Car l'époque traverse Gabriel comme sans y penser, absurde, rêveuse et sanguinaire. Il assiste à la fin des empires, aux complots et aux génocides, mais en figurant, ou en voyeur facétieux et navré.

Ne nous y trompons pas : la plume d'Orsenna est chargée d'alacrité mais l'encre où elle trempe reste bien noire… C'est le secret, sans doute, la magie de sa démarche. Cependant, la tendresse survit à tous les naufrages et aux pires disgrâces : c'est ce qui reste quand on a tout oublié… Le temps se retrouve ici comme chez Proust, mais sans épopée ni conquête d'un quelconque salut personnel.

Voici donc une « fantaisie » au sens le plus musical du terme. Il s'y invente un nouveau picaresque. Et si pourvu que soit ce récit de « qualités bien françaises », il s'ouvre sur les abîmes du monde. Il espère contre toute espérance. Et se souvient au-delà de toute mémoire. Une mémoire qui flanche mais qui danse, encore une fois, qui danse…

Ce livre fraternel veut beaucoup de bien à son lecteur. Celui-ci a aujourd'hui l'occasion de lui renvoyer la balle. Une balle de caoutchouc, bien sûr.

Pierre Mertens
© *Le Soir*, 15 novembre 1988

Erik Orsenna est né en 1947. Professeur d'économie jusqu'en 1981, il entre au cabinet de Jean-Pierre Cot, alors ministre de la Coopération, puis devient conseiller culturel du président François Mitterrand pendant trois ans. Maître des requêtes au Conseil d'État depuis 1985, il a obtenu le prix Roger-Nimier en 1978 pour La Vie comme à Lausanne *et le prix Goncourt en 1988 pour* L'Exposition coloniale.

Au commencement était la librairie.

Je parle d'un temps où les livres avaient encore de l'importance. Une époque assez reculée de notre Histoire, séparée de nous par deux conflits mondiaux, quelques essais de génocides, l'érection, décourageante, de la tour Eiffel et d'autres événements moins considérables.

Au commencement, donc, était la librairie. C'est là que je fus conçu, dans un environnement favorable aux bougeottes : récits de voyages, cartes marines, manuels d'hygiène tropicale. Mes parents se connaissaient depuis peu, et la passion qu'ils éprouvaient l'un pour l'autre était violente. Or mon père, qui vivait chez sa mère, ne pouvait recevoir. Comme, en outre, il détestait la campagne et que sa fiancée refusait les promenades en fiacre et les chambres à la journée, ne restait que le magasin.

— L'acte auquel tu dois la vie fut trop bref, m'a-t-il confié, bien des années plus tard. Aurais-je duré plus longtemps que peut-être tu serais moins petit... Mais j'avais des circonstances atténuantes, le rideau de fer n'était pas baissé, tu comprends, un client pouvait se présenter à tout moment... Excuse-moi.

Excuses acceptées. Adieu prestance. N'en parlons plus.

Au commencement était la librairie. C'est d'elle que Louis, mon père, partit pour l'hôpital lorsque l'heure fut venue. Autour de nous, des bonnes sœurs allaient, venaient, tapotaient les joues, calmaient les cris, réclamaient de l'eau bouillie, passaient les biberons et les bassins, remerciaient Dieu à tout bout de champ, comme il est d'usage dans une maternité. Indifférent à ce grand vacarme, Louis s'était penché sur mon berceau, avait approché sa bouche de mon oreille et me parlait.

– Vous devriez laisser dormir cet enfant, disait une religieuse.

– Vous n'êtes pas enrhumé, au moins? disait une autre religieuse.

– Monsieur, s'il vous plaît, vous fatiguez cet enfant, disait la première religieuse.

Mais l'enfant n'était pas fatigué. Il continuait de flotter ; avait changé de bulle, voilà tout. A la chaleur du ventre maternel succédait la douceur du discours paternel. Et les sensations nouvelles, différentes, n'étaient pas moins suaves : les deux petits orifices, sièges de l'ouïe, peuvent donner à l'âme autant de plaisir que la peau tout entière. Cette vérité irait s'affirmant avec les années.

Les bonnes sœurs craignaient pour ma santé. Elles répétaient à mon père :

– Monsieur, je vous en prie, monsieur, les nouveau-nés ont besoin de silence.

Qu'en savaient-elles?

Comme le conférencier ne daignait même pas remarquer leur présence, elles appelèrent à l'aide deux garçons de salle. Ils traînèrent dehors un Louis qui continuait son propos. Non loin de là, l'accouchée dormait.

Ladite accouchée avait dû prendre pour elle tout le sommeil disponible dans la région parisienne car Louis, de retour chez lui, n'arrivait pas même à battre des paupières tellement il était réveillé. J'ai un fils, j'ai un fils, cette comptine lui chauffait le cœur, comme un soleil. Au milieu de la nuit, alors que, plongé une nouvelle fois dans les *Mémoires* de Christophe Colomb, il se demandait : qu'est-ce qui rend un homme plus heureux, avoir un fils ou découvrir l'Amérique?, il fut alerté par des coups frappés en bas, à la porte de la librairie.

— Monsieur, monsieur...

L'un des garçons de salle qui l'avaient si brutalement jeté dehors, le plus costaud, criait à travers la porte.

— Venez vite, venez vite...

Louis se précipita.

— ... Votre fils hurle comme on n'a jamais hurlé, le médecin chef pense qu'il pourrait en mourir.

— Depuis quand?

— Votre départ.

Ils galopèrent jusqu'à l'hôpital. Les religieuses attendaient dans le couloir, les mains entrelacées de chapelets à grosses boules de buis.

— Venez vite, ô Jésus, Marie, Joseph, venez vite...

A peine Louis se fut-il assis, à peine eut-il repris ses histoires que le jeune auditeur retrouva le calme le plus absolu, avec une torsion des lèvres et une crispation des commissures dont toutes les sœurs présentes s'accordèrent à dire qu'il s'agissait d'un premier sourire. Dès lors, il n'était plus question que le conférencier reparte. Aussi lui fut-il fourni un lit de camp et une chemise réglementaire : ample, longue et blanche, avec un Sacré-Cœur rouge au côté gauche. Pour l'enfiler, mon père dut s'interrompre un moment. Immédiatement, mes rugissements recommencèrent...

Pour préserver notre intimité, on nous avait installé des paravents noirs, ceux qui servaient d'habitude à protéger les agonisants du monde extérieur. Si bien que tout autour de nous, dans la grande salle commune, montaient des requiem, des prières pour les morts. Cet accompagnement, on s'en doute, ne gâchait pas notre bonheur à trois : moi, Gabriel le nouveau-né, Louis le raconteur et ma mère l'accouchée qui, entre-temps, s'était réveillée et ne quittait pas son époux des yeux. Les sœurs se relayaient dans notre box, sous prétexte de prendre des nouvelles (tout va bien, madame, monsieur, vous n'avez besoin de rien?). En réalité, pour se faire une opinion et tenter de répondre à une question d'ordre théologique : s'agissait-il d'un miracle, mon absence de cris sitôt que mon père me parlait à l'oreille? Certaines étaient prêtes à l'admettre et remerciaient déjà le Très-Haut d'avoir choisi leur humble communauté pour s'y manifester dans toute Sa bienveillance. Mais la majorité des nonnes penchait pour une catégorie d'événements de type légèrement subalterne et que l'on pouvait appeler amour, faute de mieux.

Là, parmi les dames de Saint-Vincent-de-Paul, furent mes plus belles heures, devait me répéter Louis jusqu'à la fin de sa vie. Les sœurs l'entouraient de soins, d'attentions multiples, et même de dévotion (puisque l'hypothèse du miracle ne pouvait être totalement exclue, peut-être aussi parce qu'il était beau et si jeune, pas encore dix-huit ans). Elles lui passaient tous ses caprices, de peur qu'il ne s'éloigne et que ne reprenne mon vacarme. Et Louis profita de la situation. Dès le matin, toujours racontant des histoires à son fils, il se plaignait de multiples maux, et Dieu sait si son imagination en matière d'inquiétudes était riche. Il disait souffrir tantôt d'une terrible douleur intercostale, tantôt de fourmis dans le bras gauche, de mouches dans les yeux, de selles mal formées vers 9 heures... Chaque fois, on devait convoquer le médecin idoine qui tentait de le rassurer :

– Non, monsieur, vous êtes en parfaite santé.

– Jurez, réclamait Louis.

– Par Dieu, je le jure.

Alors la vague hypocondriaque daignait se retirer et laisser mon père en paix quelques heures.

Dès le deuxième jour, au matin, des personnes se présentèrent à la conciergerie, service des urgences.

– C'est ici, les livres de voyages?

– Non, monsieur, c'est un hôpital.

– Mais on m'a donné l'adresse d'un libraire, bâtiment Ambroise-Paré, deuxième étage, couloir Velpeau.

Louis, tout en ramassant ses affaires lors de la nuit dramatique, avait eu le temps d'afficher sur la porte de sa boutique ses nouvelles coordonnées.

– Décidément, monsieur, vous dépassez les bornes, lui dit le directeur de l'hôpital.

– Et comment vivrais-je, sans vendre?

Une fois encore, l'administration dut baisser pavillon. Et les couloirs verdâtres de la maternité virent défiler la clientèle habituelle : des adolescents rougissants avides de frontispices salaces, des universitaires soucieux de précisions sur l'empire du Mali (1240-1599), des méharistes peu désireux de voguer deux ans dans le Ténéré sans carte, enfin, la dernière race, la préférée du libraire, les couples de fonctionnaires sur le départ réclamant des conseils d'hygiène, d'habillement, de protection contre les moustiques et les anthropophages.

En effet, tel était le métier de mon père : libraire spécialisé dans les voyages.

Hélas, il fallut partir. Une pleine lune de 1882, neuf mois plus tôt, avait dû stimuler les énergies parisiennes. Une foule de parturientes envahissait l'hôpital. Louis se leva, bien à contrecœur et non sans vertige d'être resté si longtemps allongé, la bouche ouverte, à parler et parler encore. Il appela. Mais sans succès. Les religieuses couraient d'un bout à l'autre, coupaient des cordons, recousaient des ventres, lavaient les créatures gluantes, réclamaient les médecins : encore une par le siège !

L'accouchée fut prête la première. Elle poussa la porte vitrée derrière laquelle Louis, sans cesser les histoires qui m'étaient nécessaires, ôtait sa chemise ornée du Sacré-Cœur au côté gauche et commençait à se raser. L'accouchée tenait son ventre vide :

– Je m'en vais, Louis. Je ne pourrai pas vivre, Louis, ni avec toi ni avec ta mère. Il faut me pardonner, Louis. Nous sommes tous si jeunes. Personne ne souffrira. Au revoir, Louis.

Les femmes mariées partaient rarement, à l'époque. Mais ma mère s'était forgé, dans le sommeil, la plus ferme des résolutions. Ayant découvert, plus tard, certains aspects des manies paternelles, je ne peux que lui donner raison. Toujours est-il que je n'ai aucun souvenir du baiser sur le front qu'elle m'appliqua sans doute, ni aucune mémoire du froid lorsqu'elle referma la porte vitrée pour quitter à jamais notre chambre verdâtre et s'en aller vers un destin dont j'ignore tout encore aujourd'hui. Peut-être est-elle l'une de ces vieilles femmes de Cannes ou de Nice qui longent sans fin la mer, de plus en plus lentement à mesure que l'âge les engourdit. Il y a tant de vieux de toutes nationalités dans cette partie de la France qu'on a toutes les chances d'y croiser ses parents disparus.

Ainsi nous partîmes seuls, tous les deux, lui et moi, Louis portant Gabriel et lui parlant à l'oreille. Au revoir nous dirent les bonnes sœurs, sans même nous regarder tant elles étaient occupées, penchées sur les ventres, la tête entre des jambes écartées, à l'entrée du gouffre où elles semblaient vouloir plonger, rejoindre les fœtus. Mais alors pourquoi avaient-elles gardé sur leurs crânes ces coiffes gigantesques, ces grands oiseaux blancs, tellement inconfortables pour un tel voyage, oui pourquoi ?

J'ai bien d'autres questions concernant ces débuts et d'abord celle-ci : quelles histoires me racontait mon père ? Lui m'a toujours affirmé qu'il me parlait de femmes. Ces êtres-là sont complexes, tu comprends, Gabriel, je ne voulais pas perdre de temps. Mais comment savoir ? Mon père n'a jamais entretenu avec la vérité des relations stables. Toujours est-il que, depuis cette époque, je souffre d'une étrange surdité à tout ce qui ne concerne pas les femmes. Pour les récits d'amour, les froissements de robes ou de bas, mon ouïe est exceptionnelle, miraculeuse. Pour le reste, il me faut tendre, tendre l'oreille : tous les autres bruits de la Création me parviennent de très loin, comme déjà presque effacés.

Continuons, continuons, l'histoire se poursuit et j'ai tant à raconter, le Brésil, le caoutchouc, les deux sœurs, l'Indochine, Vienne, Clermont-Ferrand, le Vélodrome d'Hiver, tant d'épisodes que tu dois connaître, tant de renseignements indispensables pour mon procès.

PREMIÈRE PARTIE

UNE VOCATION
IMPÉRIALE

I

Je m'appelle Gabriel, fils du libraire Louis, petit-fils de la libraire Marguerite et, comme tous les libraires, nous luttions contre les livres.

Dans cette guerre, Gabriel jouait son rôle, du mieux qu'il pouvait, en dépit de son petit âge. Il avait bien trop peur d'être replacé chez sa nourrice, une inhumaine, qui ne racontait jamais d'histoires et supportait placidement les plus stridents des hurlements d'enfant grâce à des boules de cire enfoncées loin dans ses oreilles, jusqu'au milieu de son crâne d'inhumaine...

La librairie était pleine, et la marée continuait. Pire, elle semblait amplifiée depuis l'installation de la République, régime, comme on sait, favorable à l'éducation des masses par la lecture.

Gabriel tentait de se rendre indispensable, il aidait à ouvrir les colis, il passait un à un les volumes dont Louis annonçait les titres :

— Cherbuliez Victor : *La Vocation du comte Ghislain*; Hanoteau Louis-Joseph : *Grammaire de la langue tamachek*; Garnier Francis : *Voyage d'exploration en Indochine* (nouvelle édition, 3 tomes. Pourquoi pas 8?); d'Ivoi Paul : *Le Sergent Simplet à travers les colonies françaises*; Foa Édouard : *Mes grandes chasses dans l'Afrique centrale*.

— Et moi qui croyais que le lundi nous ne recevions rien, murmurait Marguerite. Combien de centimètres, aujourd'hui?

— Quarante-trois, répondait Louis en mesurant les tranches avec un centimètre-ruban de couturière. Nous n'y arriverons jamais...

– Serre plus, tentait Marguerite d'une voix très douce, je ne sais pas moi, comprime-les mieux.

– Écoute, déjà ce ne sont plus des rangées, mais des vérins. Une feuille de plus et la maison s'écartèle.

– Ce n'est pas possible. Les autres libraires doivent sûrement avoir un tour de main. Toutes les corporations en ont. Renseignons-nous. Peut-être des bibliothèques tournantes.

Ainsi passaient nos journées. Gabriel avait vite remarqué que, la nuit une fois tombée, ce sont les enfants les plus sages et les plus immobiles qui se couchent le plus tard. Il se tenait donc allongé sur le tapis du salon, caché par un fauteuil, à demi brûlé par le feu de la cheminée.

– Décidément, les livres font la vie exiguë, comme un mariage, disait mon père.

– Qu'est-ce que tu sais du mariage ?

Aucun des deux n'en avait l'expérience. Ils se lançaient dans des comparaisons assez oiseuses : la vie commune est-elle plus exiguë que la vie solitaire ? Peu à peu, je m'endormais. Plus tard, le froid me réveillait. Dans la cheminée, le feu s'était éteint, mais la discussion familiale continuait.

– Les livres sont encore plus malins et se reproduisent encore plus que les rats. Un jour, il faudra dératiser, disait mon père.

– Voyons, Louis !

Mais le haut-le-cœur de Marguerite était feint. Ces derniers mots la rassuraient.

– Quel drame, mon Louis, si tu t'étais attaché aux livres !

– Il n'y a pas de risque.

– Tu n'aurais plus voulu partir. Ils sont tellement lourds. Jure-moi, Louis, que partir aux colonies est toujours ton plus grand désir.

Il jurait.

Je me souviens : la soirée se terminait toujours par des serments, selon l'usage très fréquent entre mère et fils.

– Mais nous avons oublié de le coucher ! s'écriait l'un ou l'autre.

Et pour me donner du courage avant la longue glissade dans le noir, je pensais très fort à l'Empire, où l'on a toujours chaud, comme devant une cheminée, et toujours de la place pour ranger tous ses livres. Plus tard, Louis venait m'embrasser, me réveillait, me murmurait à l'oreille :

— Grandis vite, Gabriel, j'ai besoin de toi, grandis vite, une Marguerite de plein fouet n'est pas de tout repos, viens m'aider, Gabriel, je suis à peine plus vieux que toi et d'ailleurs je t'attends.

Il ne faudrait pas prendre d'excusables mouvements d'humeur, lorsque le besoin de rayonnages se faisait trop fort, pour une haine de la chose racontée. Bien au contraire. Les bonnes habitudes de l'hôpital continuaient. Maintenant avec l'aide des livres. Presque chaque jour, Louis et Marguerite, les deux libraires, furetaient dans leur stock tentaculaire et tiens, disaient-ils en rentrant, écoute l'histoire que j'ai trouvée pour toi. Et Gabriel écoutait, écoutait si intensément, rassemblait tant ses forces pour l'écoute qu'il en oublia, longtemps, d'apprendre à parler.

— Il était une fois, commençait Marguerite. (Aussitôt après elle s'interrompait, prévenait l'auditeur :) N'oublie pas que ce ne sont pas des contes, Gabriel, ce sont des histoires vraies.

Car Gabriel n'avait pas droit aux fées, ni aux dragons, ni aux peaux d'âne, ni aux petits poucets...

— Un enfant doit d'abord apprendre la réalité, disait Marguerite, un enfant a besoin de marcher sur du solide pour grandir...

Gabriel l'avoue. Il ne se souvient pas des innombrables récits véridiques de ce temps-là. Donne celui qui va suivre, à titre d'exemple. C'était l'un de ses favoris. Il le réclamait tous les mois.

— Si tu es sage, répondait Marguerite.

«Il était une fois un jeune homme prénommé Jones, à peine plus vieux que toi. Il n'avait qu'un seul désir dans sa vie : pénétrer dans Buckingham et regarder la reine Victoria. A quinze ans, il se déguisa en ramoneur et passa trois jours entiers dans le grand palais. Il se cachait sous les lits, se nourrissait des restes. Il s'assit sur le trône, scruta de longues heures la vie quotidienne de la reine, puis repartit, sans que personne ne lui demande rien. Deux ans plus tard, il escalada un mur du jardin, entra par une fenêtre ouverte, s'installa sous un large canapé où s'asseyaient les visiteurs de marque. Il assista ainsi à quelques entretiens, entrevit les escarpins de la reine et rien d'autre, Gabriel, car les reines ont de très longues robes, il entendit pleurer le bébé princesse royale. Mais, hélas, un valet de chambre le découvrit. Il fut condamné à trois mois de maison de correction. Il se montra si sage durant sa détention, si doux, que le jour de sa libération le directeur lui dit : "Bonne chance, monsieur Jones, nous vous considérons guéri." Mais le lendemain, on le retrouva devant le palais de Buckingham. Le directeur de la maison de correction fut très déçu de le voir revenir entre deux policiers. Il tenta d'autres traitements, mais en vain. A peine sorti, M. Jones regagnait Buckingham. Dorénavant, les journalistes s'attachaient à ses pas et chacune de ses approches du palais entraînait la foule. Les music-halls (ce sont de grandes pièces, Gabriel, pleines de fumée et d'histoires fausses) lui firent des propositions pour raconter les secrets de la reine. Mais il refusa, comme tu t'en doutes. Les Autorités étaient bien embêtées, tu comprends. D'abord, M. Jones ne faisait rien de mal. Peut-être même montrait-il l'exemple, peut-être le véritable amour d'un sujet pour sa reine était-il celui-là. Après maintes discussions, les Autorités décidèrent de l'embarquer sur le *Warspite,* un vaisseau qui faisait rarement escale en Angleterre. On pensait que le spectacle de l'océan le débarrasserait de son idée fixe. Mais, après un an de voyage, à peine arrivé à Portsmouth, il se précipita vers le train de Londres. On dut lui interdire la terre ferme. En 1844, la nuit, il tomba à la mer entre Tunis et Alger. Un jour, tu liras le *Times,* Gabriel, c'est le meilleur journal du monde. L'officier qui a repêché le jeune Jones a raconté l'interrogatoire : "Pourquoi vous êtes-vous jeté à l'eau, M. Jones? – Pour voir brûler la lumière de la bouée." »

— Tu te rends compte, Gabriel, « pour voir brûler la lumière de la bouée ». Peut-être un jour, toi aussi, tu aimeras les reines, Gabriel, et leur lumière.

Ainsi Marguerite finissait toutes ses histoires : Peut-être un jour, toi aussi, tu seras comme le général Bugeaud ? Ou Lapérouse ? Ou Magellan, Alexandre ? Christophe Colomb ? Fernand Cortés ? Ou leurs lieutenants ? Il n'y a pas de honte, Gabriel, à se mettre au service d'un homme de génie.

Tant de destins donnaient le vertige. J'avais devant moi d'autres Gabriel, tous les Gabriel possibles, un alléchant catalogue de Gabriel comme feuilleté par le vent. C'est peut-être à ce moment-là que ma croissance s'est ralentie, pour retarder l'heure de ce choix délicat. Et puis une telle profusion crée des hésitations, ne favorise pas ce qu'on appelle le caractère. De ce point de vue, l'éducation de Marguerite ne fut peut-être pas un plein succès.

Le seul endroit non envahi par les livres était le buffet, notre reliquaire, sur lequel trônaient, à une hauteur telle que Gabriel devait sauter pour les apercevoir, les trois membres les plus importants de la famille Orsenna (vivants exceptés).

Commençons par mon homonyme, mon grand-père Gabriel, baptisé Gabriel Premier pour ne pas nous confondre, véritable hidalgo d'après le daguerréotype, l'œil sombre et la joue creuse, en habit de deuil ou de cérémonie, sérieux, les bras croisés devant la comédie déprimante du monde, à première vue peu joyeux personnage, l'amour unique de Marguerite, et si bref : une semaine.

Elle l'avait rencontré à Paris un jour d'août 1862 que, fuyant la canicule, elle s'était embarquée sans chaperon sur un bateau-mouche.

Il se tenait là, campé à la proue, dans son costume noir, et si triste que la jeune fille de dix-neuf ans qui venait d'arriver de Lyon pour parfaire son éducation en eut le cœur d'abord intrigué. Et, le lendemain, elle conta à son oncle tutélaire et verrouilleur je ne sais quelle faribole en guise d'alibi, comptoir de charité ou visite d'Hôtel-Dieu, et revint. L'hidalgo n'avait pas changé de place, toujours contemplant le sépia du fleuve, sans jeter un regard aux merveilles qui pourtant défilaient à ses côtés, Louvre, Académie française, Conciergerie, Hôtel de Ville. Et, de le voir si méprisant devant ce que le monde entier nous envie, Marguerite se mit en colère. Laquelle colère ne s'éteignit pas d'elle-même, après deux, trois heures, comme un emportement normal, mais s'installa en la jeune fille, sous le corsage, entre le ventre et les côtes, une petite braise rougeoyante qui, la nuit, empêchait de dormir et, le jour, de penser à autre chose. Si bien que la jeune fille, au bout de son cinquième après-midi de bateau-mouche, se jeta si l'on peut dire à l'eau, s'approcha du personnage et, d'une voix sévère qui le fit sursauter, marmonna :

— Monsieur n'aime sans doute pas notre ville ?

De la suite, par mélancolie et compréhensible souci de pudeur familiale, je ne livrerai qu'un résumé.

L'hidalgo se leva, se présenta. Señor Orsenna, exilé... (oh pardon, dit la jeune fille)... natif de Veracruz. Membre de l'état-major du président Miramon. Chassé avec lui du Mexique par l'usurpateur Juarez. Et il la pria de s'asseoir à la place qu'il occupait, alla chercher pour lui un tabouret et commença de lui expliquer l'inextricable situation de son pays. Le cœur de Marguerite battait. Elle avait l'impression que le bateau-mouche quittait l'enfance et Lyon à jamais pour pénétrer chez les adultes, les guerres d'adultes, la vie d'adulte. Et tandis qu'ils viraient la pointe est de l'île de la Cité, l'hidalgo raconta le programme de Napoléon III : pour calmer l'ambition des États-Unis, créer au Mexique un grand empire catholique, avec l'autrichien archiduc Maximilien pour empereur... Voilà pourquoi le destin de mon pays dépend de la France, vous comprenez, mademoiselle ? Puis l'hidalgo dit au revoir, le bateau accostait. Toute la nuit, Marguerite sans songer à dormir se répéta ces noms qu'elle n'avait jamais entendus auparavant, Miramon, Juarez, Maximilien, se releva, écrivit toutes ces syllabes étrangères sur un papier pour bien s'en souvenir et ne point paraître trop ignorante le lendemain, se recoucha et finit par s'endormir dans la tristesse du regard de l'hidalgo. Elle revint, bien sûr. Il était là, au même endroit, mais l'humeur changée, presque tout sourire de la voir. Et il se lança, jour après jour, dans une longue suite de projets pour après la guerre civile, vous viendrez vivre avec moi là-bas, au Mexique, dans une grande maison fraîche où les enfants n'ont pas peur du noir... Et tout en parlant, le señor Gabriel Orsenna, qui avait retrouvé une vitalité plus digne des tropiques, avançait, avançait sa main. Tant et bientôt si intimement que le capitaine du bateau-mouche, ayant mis longtemps en balance le risque de perdre de si bons clients et celui d'être fermé pour indécence comme un vulgaire bordel flottant, le capitaine, sans quitter la barre, pria les amoureux de se tenir un peu mieux. Marguerite rougit, comme une jeune fille de Lyon pouvait rougir à l'époque, en un instant écarlate. Mais la honte immense qu'elle ressentit fut comme du vent sur le feu qui brûlait en elle. Quand l'hidalgo annonça son départ pour le lendemain, elle lui dit venez. Et Louis fut conçu.

Et plus tard, quand son fils ou d'autres lui demandaient pourquoi elle n'avait jamais voulu recommencer à aimer, Marguerite répondait avec toujours les mêmes mots : il était tout, la tristesse et la gaieté, la mer turquoise et la poussière des chemins, la haine des voyous américains et le respect de l'Académie française, la guerre et les maisons fraîches, le besoin d'Empire, le goût des bateaux, il était une main et un corps, j'ai vécu dans l'arche de Noé de l'amour, pourquoi voulez-vous que j'aille chercher, après le déluge, un morceau de sentiment là, un autre ici?

Voilà pourquoi je m'appelle Gabriel, comme l'hidalgo. Quant au nom mexicain d'Orsenna, je me demande encore comment Marguerite réussit à se l'approprier. Aucun mariage n'avait été célébré entre elle et l'exilé. Et pourtant mes papiers sont en règle : Orsenna Gabriel, fils d'Orsenna Louis, petit-fils d'Orsenna Marguerite... Comme nous le verrons, ma grand-mère n'avait pas son pareil pour mener contre l'Administration des combats épiques. Et les gagner, tous.

Une demi-année après le dernier des sept jours d'amour, arrivait la triste, triste missive, après un parcours bizarre, le parcours embarrassé de la tristesse : Puebla (Mexique), Mexico (Mexique), Veracruz (Mexique), Bordeaux (France), Paris (France), Compiègne (France) où se tenait la cour de Napoléon III, Lyon (France) où Marguerite était retournée préparer son trousseau (et sa famille à l'événement). Elle vécut un mois entier près de cette lettre tropicale, ouverte plusieurs fois par les diverses censures, et qu'elle gardait fermée. Au bout du mois, sans même prendre le temps de tout lire (Hélas, mademoiselle, mon frère m'avait beaucoup parlé de vous, hélas au cours du siège...), elle sut qu'elle n'avait plus rien au monde, ni amour, ni mari, ni mariage, ni père pour l'enfant qu'elle attendait, fruit commun des sept jours.

Sur le buffet ne régnait pas que Gabriel Premier. A sa droite se tenait l'empereur déchu Napoléon, troisième du nom. Il me regardait d'un œil soupçonneux, même les jours de soleil.

— Les empereurs sont ainsi, expliquait Marguerite, ils voient le monde et son envers, alors tu comprends...

Ce qui n'était pas fait pour rassurer.

D'après Marguerite, Napoléon III s'intéressait beaucoup à mon appétit.

— Mange, disait-elle, ou Il ne sera pas content.

Immédiatement, j'engloutissais une cuillerée ou un morceau de viande supplémentaire. D'où distension des joues. Car il n'était pas question d'avaler sous ce regard d'inquisition. A cause de l'empereur déchu, j'aurai gardé des repas entiers dans ma bouche, soupe au tapioca, lamelles de poulet, billes brûlantes (pommes de terre rissolées), cubes de *ricotta* (Marguerite n'avait pas trouvé dans le commerce de fromage mexicain ; elle pensait que le *ricotta* était un bon apprentissage) et ces petits sacs vides comme des couilles (comparaison arrivée dans l'univers de Gabriel *via* l'école primaire), les abricots secs. Et mon visage peu à peu s'est arrondi, arrondi. Je dois à Napoléon III ma douleur la plus aiguë : ne pas être doté d'un visage émacié, à la Don Quichotte ou Greco.

— Mon chevalier à la ronde figure, disait Louis en souriant, parlant de son fils Gabriel et sans penser à mal.

De l'autre côté de l'empereur, attendait debout et point du tout intimidé Eduardo G. Orsenna, le père de l'hidalgo, seul souvenir du Mexique laissé à Marguerite par son amour en partant, un petit homme surmonté d'un grand chapeau de paille et clignant des yeux, sans doute à cause de la lumière tropicale.

— Avec la mine qu'il a, il ne devait s'intéresser qu'à la pêche au gros, expliquait Louis.

— Qu'est-ce que c'est la pêche au gros ? demandait Gabriel.

— La même chose que la religion, répondait Louis.

— Louis, je t'en prie ! s'écriait Marguerite.

Et, de plusieurs jours, on ne reparlait plus d'Eduardo G. Orsenna, l'ancêtre mexicain, qu'au fond personne n'avait jamais connu et qui devait être bien étonné de se retrouver là, dans une famille étrangère, si loin des Caraïbes, dans le village brumeux de Levallois.

II

Marguerite aimait sa ville.

Elle en racontait les débuts, les temps héroïques, lorsque le champ Perret n'était qu'un terrain vague, une sorte de colonie aux portes de Paris, de l'autre côté des fortifications.

D'abord la boue, même l'été, puis la construction des rues, le marché, la bataille pour l'école, les uns la voulaient religieuse, les autres non, tu comprends? Les collectes n'arrêtaient pas, un jour pour l'église, le lendemain pour la pompe à incendie. On n'a installé les réverbères qu'après, c'était plus prudent. Toi aussi tu aimerais créer une ville? Oui, répondait Gabriel. Levallois n'est pas grand, ils repassaient souvent par les mêmes endroits. Beaucoup de gens les saluaient. Bonjour, madame Orsenna, votre fils va bien? Pour Gabriel, l'impression était douce : un tour du petit propriétaire, une sensation de royaume.

Louis, le soir, demandait :

— Tu es sûre que ces promenades sont vraiment bonnes pour la santé du petit?

Marguerite ne se rendait compte de rien. Elle était protégée par ses souvenirs. Mais Louis avait raison : l'air puait de tous les relents possibles, des fétidités les plus diverses. On devait gêner Neuilly, par vent portant. Quand on a connu le Levallois d'autrefois, l'air d'aujourd'hui paraît vide, aseptisé, le plus désert des éléments.

D'abord le purin. Levallois n'était qu'étables et écuries. Une bonne partie des cochers de Paris y entreposaient leurs chevaux. Il faut les comprendre, avec les loyers en cours *intra muros,* où auraient-ils pu loger les quadrupèdes? Des bêtes de toutes sortes, arabe, barbe, percheron, je t'épargne la liste, je savais les reconnaître, même à l'oreille, au son de leurs pas... Quelles que soient leurs robes, alezan ou pommelé, rouan ou bai, ils pissaient dès la première heure d'un bel élan, imités bientôt par les vaches laitières, elles aussi échouées à Levallois. Suivaient généralement les bouses. D'où cette puissante bouffée animale qui te saisissait le matin, en ouvrant la porte, en entrebâillant la fenêtre.

— Décidément, disait Louis, Gabriel est mieux loti que l'enfant Jésus. Tous ces mammifères qui veillent sur lui... La crèche de Nazareth n'était rien, comparée à la nôtre (etc.).

— Voyons, Louis, répondait Marguerite.

Elle m'habillait très vite et nous partions.

La première visite était toujours pour la fabrique de quinine de la rue Voltaire. Marguerite voulait vérifier que son rythme de production ne baissait pas : tant que je vois monter cette fumée, je suis rassurée pour notre Empire. C'est la preuve que nos colons occupent des terres nouvelles. Gabriel ne partageait pas son enthousiasme pour cette fumée-là, au goût d'endive cuite, de noix vomique. On comprenait les microbes tropicaux : devant une telle amertume, on plie bagage sans demander son reste. Les autres étapes n'étaient pas plus ragoûtantes, l'usine Laming (alcali volatil, sulfate d'ammonium) qui piquait le nez, les eaux de Javel Corbière-Esnault, le seul fait d'en longer les murs te transformait pour la journée en carrelage fraîchement lavé ; les bougies Holstein qui dégageaient une fadeur inquiétante ou les vernis et colorants Gautier-Bouchard qui faisaient pleurer, comme les oignons.

De temps en temps, au détour d'un pâté de maisons, paraissait Esun Guy, le facteur bonapartiste, sa sacoche sur l'épaule. La conversation s'engageait.

— Vous vous souvenez, quand la place de Châteaudun s'appelait place de la Reine-Hortense ? J'ai bien envie de renvoyer les lettres d'aujourd'hui ! Adresses inconnues, qu'en pensez-vous ?

Ce complot bonapartiste ne durait jamais très longtemps. A cause des obligations du service (à midi sonnant, je dois

avoir tout distribué) et puis, Marguerite avait aussi ses occupations. Elle interrogeait les gardiens, les concierges :
– Il y a de l'embauche?

Elle faisait semblant de croire que son hidalgo débarquerait un beau jour à Levallois et réclamerait du travail, c'était l'une de ses méthodes pour se sentir moins seule.

Gabriel la tirait par la manche, l'emmenait vers son spectacle favori, les ateliers Bribant où l'on cuisait des têtes de bœuf et de mouton. On ne les voyait jamais arriver. Sans doute la nuit, pour ne choquer personne. Elles repartaient par pleins chariots, dégoulinant d'un jus gris, les unes pourvues d'yeux, les autres non, un amas blanchâtre et gélatineux, poursuivi par les chats, les corbeaux, des chiens qui hurlaient... Elles regagnaient Paris où se trouvaient les amateurs...

Le soir, après ces équipées, Marguerite frottait les joues, le cou de Gabriel avec une petite briquette mauve, du parfum solide, la dernière invention des Établissements Oriza.

– Comme ça, ton père ne pourra plus dire que Levallois sent mauvais.

En poussant la porte, Louis humait, souriait, parlait d'autre chose. Il fut toujours très respectueux des comédies.

Mais le pire, c'était la Seine. De ce côté-là émanaient les remugles les plus tenaces, une sorte de fausse fraîcheur mêlée de pourriture, une atmosphère de cave avec ses relents composites. Les brouillards fréquents renforçaient cette impression de vivre en sous-sol. D'octobre à mars, on voyait rarement le ciel. On imaginait des constructions au-dessus de Levallois, une autre ville, des étages nobles ensoleillés, des dames en maillots, des bateaux à voiles... Les jours de brume, de vraie brume, Louis devenait fou, il fermait la maison, interdisait de sortir, la proximité du fleuve le terrifiait. Pour gagner la librairie, il emportait sa boussole, il avait tracé sur la vitre, au crayon gras bleu, les quadrants sans risque, le Nord-Est, l'Est, le Sud-Est et le Sud. Les autres étaient rayés de rouge.

La famille Orsenna n'allait donc vers l'eau que par grand beau temps. A son petit-fils, Marguerite expliquait le sens du courant : par là, c'est la mer. Puis nous empruntions le chemin de halage, jusqu'aux chantiers Cavé divisés en deux sections, la chaudronnerie (métier méprisable, métier sans odeur, qui se fait par le bruit, à coups de masse sur des tôles) et la construction navale qui sentait le chêne brûlé. Les charpentiers courbaient au feu, une à une, les membrures des bateaux. Des embarcations les plus diverses jonchaient la pelouse. Elles attendaient des crues suffisantes pour s'en aller...

Certes, Levallois puait. Et puait fort durant l'été ou les semaines sans vent. On dit que l'odeur locale s'est bien améliorée ces temps-ci. Dommage. Il flottait dans l'air une telle indécision entre les flatulences animales et les rejets chimiques, une telle incertitude entre la douceur des parfums Oriza et l'amertume de la quinine, une telle ébriété, une folie d'inventer sans fin des choses et des choses et tant pis si ça sent, une telle faconde industrielle et olfactive que je tire mon chapeau. Et regrette.

Oui, Gabriel a respiré dans son enfance la puanteur même du XIXe siècle. Mais cette puanteur l'a nourri. N'attendez pas qu'il la renie.

Je me souviens d'autres promenades.

Les jours de grand beau temps, nous quittions Levallois et poussions jusqu'aux cimetières, Auteuil, Montmartre et même le Père-Lachaise, lorsque le ciel était vraiment sans nuages. Nous marchions parmi les tombes. Je venais d'apprendre à lire.

— Guette bien les prénoms, me disait Marguerite, je n'ai pas une aussi bonne vue que toi, et si tu vois un Gabriel, préviens-moi.

Je la regardais du coin de l'œil, elle trottinait pour me suivre, recroquevillée, sans but précis, au hasard des concessions, ses mains enfoncées dans ses poches, son visage et son regard bleu bien cachés sous son chapeau, toute noire... Je me disais comme elle est vieille, pourquoi devient-elle si vieille dans les cimetières ? Il ne lui restait plus rien de son hidalgo. Je crois qu'elle aurait volontiers échangé une vraie tombe de Gabriel Premier, bien réelle, contre le maigre espoir qu'il fût toujours vivant.

Au retour (réglisses ou boule de coco, tous les kilomètres), elle m'expliquait ses idées sur la mort.

— Bien sûr qu'il n'est pas là, Gabriel, mais les morts ne sont pas comme nous, ils voyagent beaucoup plus. Et je vais te dire un secret (elle baissait la voix) : tous les cimetières du monde communiquent, n'oublie jamais cela, tous les cimetières communiquent.

III

Et tous les lundis Marguerite repartait aux Colonies, un semblant de ministère qui n'occupait alors, place de la Concorde, que quelques sombres bureaux, concédés par la Marine.

– Traiter ainsi notre Empire, si ce n'est pas malheureux..., disait-elle à chacune de ses visites, ce qui la rendait populaire.

– Hélas, madame, murmurait l'attaché pâlot, préposé aux renseignements.

Cet échange éclair était le résumé d'une conversation jadis plus longue, mais rétrécie peu à peu par l'habitude.

Pour que tu comprennes bien les préoccupations de Marguerite Orsenna, je te livre ci-après la version complète :

> – Voilà, je voudrais que mon fils Louis participe à l'agrandissement de la France.
>
> – Cette idée vous honore, madame.
>
> – Existe-t-il une École coloniale ?
>
> – Oui, madame, c'est l'ancienne École cambodgienne.
>
> – Comment y entre-t-on ?
>
> – Il faut l'agrément du sous-secrétaire d'État. Remplissez-moi ce formulaire et revenez dans un mois.
>
> Le délai écoulé, Marguerite était revenue.
>
> – Madame, je vais être franc... (Ce disant, l'attaché battit des cils et baissa la voix.) Madame, vous n'avez aucune chance, votre famille est classée bonapartiste.

Violente colère de Marguerite.

– Je ne donne pas cher de cet Empire qui foule aux pieds ses empereurs.

Les fonctionnaires avaient jeté sur l'environnement des classeurs sépia aux titres exotiques (Bingerville, Porto Novo, Niamey) un long regard circulaire, vérifié que personne ne pouvait les dénoncer, réaffirmé leurs convictions républicaines, mais avoué que oui, certainement, il y avait là comme une contradiction.

– Bon, à quand une véritable École républicaine, c'est-à-dire, si j'ai bien compris la République, avec un concours difficile et anonyme?

– Bientôt, madame, sans doute bientôt. Le sous-secrétaire d'État y est très favorable.

A force, elle était devenue plus qu'une habituée, une sorte de surnuméraire, quelqu'un de la famille. On l'invitait aux vins d'honneur. Et Dieu sait s'ils furent fréquents, en ces années, les vins d'honneur. Pour la promotion de l'attaché (j'aurai désormais un bureau où je pourrai vous recevoir seul, madame Orsenna), vin d'honneur. Pour l'arrivée du Laos dans l'Empire, vin d'honneur. De même, pour la création de la Guinée française et de la Côte-d'Ivoire. Vin d'honneur pour le mariage de l'ancien attaché qui, durant toute l'amicale cérémonie (j'ai préféré ne pas convier mon épouse, elle n'aurait connu personne, mais elle vous présente à tous ses salutations...), se tint près de Marguerite et la supplia de continuer ses visites, même quand l'École sera ouverte, ce qui ne saurait tarder. Les vins d'honneur n'arrêtaient pas de couler, quatre en moins d'un an, pour la défaite du cruel monarque du Dahomey, pour la métamorphose du secrétariat d'État en ministère des Colonies à part entière (maintenant que nous avons atteint ce sommet de la responsabilité, déclara le nouveau ministre, les fêtes, j'espère que vous le comprendrez, devront se faire plus rares. La France et le monde ont les yeux fixés sur notre conduite).

Mais l'habitude était prise, plus moyen d'arrêter les vins d'honneur. On ferma seulement les fenêtres, bien soigneusement, et l'on tira les rideaux, d'autant que les patriotes avaient commencé de protester : les coloniaux festoient tandis que nos provinces envahies, l'Alsace et la Lorraine, souffrent. Il y eut même des pétitions et des manifestations avec banderoles. Stop au gaspillage, Alsace oui, Tonkin non. Mais ne devait-on pas célébrer comme il convenait le départ de la mission Marchand, et le protectorat de Madagascar?

A son retour, l'air guilleret, la pointe des joues rouges, Marguerite ne disait pas bonsoir, elle s'en allait directement dans sa chambre et s'enfermait à clef. On l'entendait parler, de longues heures dans la nuit, donnant à son Gabriel Premier, mon grand-père inconnu, les dernières nouvelles de Levallois et de l'Empire français qui très bientôt serait suffisamment fort pour, allié au Mexique, faire reculer les Américains (voyous et nouveaux riches). Mais bientôt le ton montait, la conversation se gâtait. Elle engueulait son hidalgo d'être parti si tôt. Sept jours. Comme si en sept jours on pouvait faire le tour d'une femme, d'une Lyonnaise, oie blanche peut-être au lit mais inimitable aux fourneaux. Et pour le faire revenir, elle lui criait des noms de plats célèbres entre Saône et Rhône, carpe braisée, poulet Célestine, tablier de sapeur, bugnes, radisses...

Derrière la porte, elle a raison, me chuchotait Louis, ta grand-mère a raison, crois-moi, une femme vaut mieux que sept jours. Hypocrite, lui qui ne s'attachait pas.

IV

Marguerite mesurait. Ils sont ainsi les amateurs d'Empire. A tout moment, elle me collait contre le mur est de la cuisine, dos à Paris, où se trouvaient inscrites mes tailles précédentes affectées des dates (1 m 10 le 1er juin 1890 ; 1 m 12 le 13 mars 1891).

– Il ne grandira donc jamais, cet enfant-là ?

Et une fois encore elle changeait de docteur, ce qui nous obligeait à courir de plus en plus loin de Levallois et me faisait avaler des régimes de plus en plus étranges. Quand on fêta enfin mon mètre vingt, j'en étais au céleri en branche le matin (pour les fibres, Gabriel, armatures du corps), aux lentilles pour les déjeuners (porteuses de fer, autre armature, regarde la tour Eiffel, Gabriel), au thé vers cinq heures (il nous débarrasse de nos rondeurs inutiles, Gabriel, mais attention, il faut le faire léger), à l'huile de foie de morue vers vingt heures (Gabriel, je vais être franche, ce breuvage, détestable, je te l'accorde, ne te fortifiera en rien, mais le haut-le-cœur qu'il provoque détendra tes muscles et favorisera ta croissance).

Un moment, Marguerite rendit les mètres responsables de ma stagnation. Elle en avait de toutes sortes, des rubans, des toises, des chaînes d'arpenteur... Elle les portait souvent à Sèvres, en secret de Louis. Je l'aidais de mon mieux. C'est lourd, les mètres.

– Tu comprends, notre maison est particulièrement chaude. J'ai l'impression que nos mètres s'étirent. Voilà peut-être pourquoi tu ne grandis pas.

Les fonctionnaires des Poids et Mesures nous recevaient très aimablement.

– C'est beau des gens comme vous, amoureux de la vérité. Et puis c'est une belle leçon de précision pour le gosse.

Ils emportaient les mètres pour les confronter à l'étalon, revenaient au bout d'un instant.

– Tout va bien, à part peut-être celui-là, en étoffe. C'est vrai qu'il est un peu trop long. Peut-être le gosse joue-t-il avec lui pendant votre absence. Il faudrait lui conseiller d'arrêter.

– Quelle température conseillez-vous? demandait Marguerite.

– 20°.

– Quelle hygrométrie?

– 60 %.

– Tu vois, disait Marguerite en rentrant, nous avons bien fait de vérifier.

Ne soyons pas mégalomane, Gabriel n'était pas la seule raison du désespoir de Marguerite. Toute chose lui était bonne pour déplorer la petitesse de la France : la largeur de la Seine (tu te rends compte, Gabriel, qu'on ne voit jamais l'autre rive de l'Amazone), la force des précipitations (à moins de 100 mm par heure, qu'on ne me parle pas de pluie), la grosseur des œufs (décidément, Gabriel, les poules tempérées ne savent plus pondre).

Mais sa plus grande attention désolée était pour la mappemonde. Elle avait beau revenir joyeuse d'un vin d'honneur, un simple coup d'œil sur le globe la plongeait dans l'amertume.

– Regarde, Gabriel, notre tache rose n'est rien comparée à l'Amérique ou à la Russie. D'ailleurs, depuis quelque temps, notre Empire stagne. Décidément, mon pauvre Gabriel, tu tiens de la France.

Une telle hérédité est un peu lourde sur les épaules.

Il y a bien d'autres raisons à ma petite taille. Louis et Marguerite avaient beau faire, je sentais un manque au-dessus de ma tête, un vide, un froid, juste au-dessus de moi, juste à l'endroit qu'aurait dû occuper, dans mon arbre généalogique, la jeune accouchée, celle-là même qui s'était enfuie de l'hôpital, nous laissant seuls avec les bonnes sœurs à cornettes et les parturientes criardes. Une sorte de blanc qui, un jour, pourrait m'avaler. Allons, allons, dirait le blanc, fini de faire semblant de vivre. Gabriel, qui n'a pas de mère, n'a jamais quitté le néant...

Dans ces conditions, mieux valait ne pas grandir et rester à l'étage en dessous.

Plus tard, bien plus tard, il y a seulement quelques années, sur une terrasse ensoleillée de Saint-Germain où nous fêtions au bourgueil et pour la centième fois la libération de Paris, Louis devait me dire :

– Tu sais, j'ai tout fait pour remplacer ta mère. (Il parlait lentement. Le bourgueil rend bavard, mais ne facilite pas l'élocution. Il m'a pris le bras.) Gabriel j'ai tout, j'ai tout fait, tout. Tu as remarqué, j'espère ?

Gabriel a remarqué.

Non seulement remarqué, mais il a favorisé et, oserai-je dire, pimenté l'incroyable carrière amoureuse de son père. Étant donné mon allergie aux nourrices (toutes des inhumaines), Marguerite et Louis se relayaient pour me garder. Mais que peut faire un père, toute la journée, affligé d'un enfant en bas âge ? Les pères n'aiment pas se promener, les pères n'aiment pas les jeux de construction. C'est à cause de moi, c'est grâce à moi qu'il commença de recevoir.

Au début, il m'enfermait dans ma chambre. Mais je n'avais pas vaincu les nourrices inhumaines pour me retrouver dans cet exil-là. Je pleurais donc. Immédiatement, Louis surgissait, le ventre curieusement ceint d'une serviette nid-d'abeilles. Tout doux, tout doux Gabriel, disait-il, et il m'installait près de lui, près d'eux.

Attention, n'allez pas croire que Gabriel fut jeté sans précaution dans l'univers acide et flamboyant du sexe. Son apprentissage se fit progressivement et d'abord par l'oreille. Ses petites jambes ne pouvant encore le porter, il demeurait allongé dans la plume du berceau, protégé par une muraille d'osier blond, et se contentait de ponctuer de gazouillis approbateurs les oui, les oui-oui, les pas ça, les s'il te plaît oh! s'il te plaît oh! oh! s'il te plaît. Puis vint la vue, lorsque Gabriel put se dresser. Mais le printemps tardait à s'épanouir, cette année-là, les athlètes restaient le plus souvent sous l'édredon, rares et brèves étaient les invasions contre un mur ou sur la carpette. Il fallut attendre le plein été pour assister à des scènes complètes encore que voilées : les femmes portaient longs leurs cheveux et les chignons ne tenaient jamais ; dès la première joute un peu appuyée, ils se dénouaient en dépit de la forêt d'épingles. En outre, ce spectacle empoignant était assez souvent interrompu par une mauvaise coucheuse :

— Là, qui c'est ? hurlait soudain l'invitée, ayant enfin noté ma présence.

— Mais c'est mon fils, ma chérie.

— Non, je ne peux pas. Le regard de cet enfant, il me glace.

— Voyons, chérie, à son âge, répondait Louis.

— Décidément, vous êtes une drôle de famille, marmonnait la dame, en se rhabillant. Et quand je dis drôle...

Comment Louis rencontrait-il toutes ces femmes ?

A cette première question, le très jaloux Gabriel connaît la réponse : grâce à la librairie. Envoyées par les mairies, les agences de voyages, les ministères où Marguerite avait punaisé des affichettes, elles venaient se renseigner, celles qui partaient. Elles poussaient la porte, toutes timides :

— Les colonies, c'est dangereux ?

Mais elles venaient aussi, beaucoup plus assurées, celles qui ne partaient pas : vous auriez un livre bien dépaysant ? De fil en aiguille, les conversations viraient à l'allusif. Sans être injuste pour Louis, ce glissement, condition nécessaire mais loin d'être suffisante, était rendu plus facile par la curiosité des visiteuses, toujours la même :

— Là-bas, il fait *vraiment* chaud ?

— Les indigènes sont *vraiment* sauvages ?

C'est à partir de là que surgit le mystère.

Comment faisait Louis pour transformer, presque chaque fois, ce climat équivoque en interrogation crue : vous viendriez chez moi demain ? A cette question, Gabriel, le très jaloux de son père, répond, après des années et des années d'enquêtes, qu'il ne sait toujours pas. Il donne sa langue au chat.

Ajoutons une vérité, aussi dure à avouer qu'un morceau de pain à avaler les soirs d'angine : mon père était beau et grand, lui. Des yeux noisette et des joues à l'inverse des miennes, concaves, elles, comme aspirées par la bouche et qui lui donnaient l'air sauvage. Je n'ai pas fini. J'irai jusqu'au bout de la description, quoi qu'il m'en coûte. L'air sauvage donc et tendre car, en ces concavités, vers le bas, comme pour prolonger les lèvres, se creusait de chaque côté une fossette de bébé. En bref, le visage de mon père offrait aux femmes tout ce qu'elles pouvaient désirer, violence et douceur, promesse de caresses, mais sévices possibles. Quant au reste de son anatomie, tu n'en sauras rien. Le respect filial a ses devoirs. Au lieu d'être déçu, considère l'effort que je viens de faire en avouant ma jalousie et sois satisfait.

De temps en temps, Marguerite en rentrant croisait une invitée sur le départ en train de se repoudrer le nez devant la glace du séjour ou, pire, priant Louis de serrer fort son corset.

– Oh! pardon, madame, balbutiait l'amie de mon père. Oh! pardon.

Elle rassemblait au plus vite ses affaires (je vous en prie mon petit, disait Marguerite) et s'éclipsait.

– Tu comprends, maman, expliquait Louis, là-bas, aux colonies, je n'aurai pas ce choix. Sous les tropiques, toutes les femmes se ressemblent. C'est comme le temps. Là-bas, il n'y a pas de saisons.

– Mais je n'ai rien dit, mon grand.

Marguerite acquiesçait. Elle regardait toute chose installée, tout événement déroulé au n° 12 de la toute nouvelle rue Cormeille avec l'orgueil très paisible du Créateur : la fierté que cela qui est soit.

Je comprends aujourd'hui la fuite de ma mère : une femme légitime manquait forcément d'air dans cette Création-là.

Je me souviens aussi des dimanches, et ma mémoire a du mérite : tout filait, les heures, l'argent, la Seine. Tôt le matin, Louis entrait dans ma chambre :

— Prépare-toi pour les courses.

Je me suis longtemps demandé à quelle sorte de préparation Louis pensait : toucher du bois, brûler un cierge ? En tout cas je m'habillais vite et nous sortions dans le matin, père et fils, l'un sifflotant, l'autre sautillant. Par acquit de conscience, nous passions par l'embarcadère. Mais les coches d'eau, bourrés jusqu'à la gueule de passionnés turfistes, ne faisaient pas même mine de se dérouter. Il fallait gagner Longchamp à pied.

— Plus vite, disait Louis, nous allons manquer la première.

Il se parlait pour lui-même. C'était l'heure de ses projets immobiliers :

— Si, finalement, nous ne partons pas aux colonies, moi je m'installerais bien sur la colline de Saint-Cloud. Des balcons ouest, il suffit de jumelles, on voit les arrivées.

Pour Louis, la société hippique était une sorte d'exemple, de modèle : ce que l'on pouvait faire de mieux ici-bas, la terre et la condition humaine étant ce qu'elles sont. Sitôt passé les guichets d'un grand geste, il montrait la foule, les arbres, la pelouse, le pesage, le chapeau des femmes, les tribunes...

— La vie devrait être comme ça, Gabriel.

Il avait sans doute raison. Nous porterions des noms bien plus guillerets, Val d'Amour ou Vigne d'Or. Nous aurions des costumes aux couleurs de nos propriétaires : les règles du jeu seraient plus claires. Et puis, toutes les heures, on pourrait s'aligner pour une nouvelle course, repartir à zéro. Chaque fois que nous parlions de chevaux, Louis me regardait avec gravité : il attendait peut-être que je l'aide à remplacer notre monde par un hippodrome. Par la suite, nous n'avons plus jamais abordé ce sujet. Il était sans doute déçu. Je ne l'avais pas assez soutenu dans sa tâche. Durant les épreuves, il pinçait ses lèvres, soudain très pâle comme s'il allait pleurer. Il me serrait la main de plus en plus fort à mesure que le peloton approchait de l'arrivée. Gabriel criait avec la foule. La famille Orsenna avait le temps de perdre deux, trois fois avant le déjeuner. D'ailleurs le vrai repas c'était après, après la dernière, «pour laisser passer le flot». La foule désertait lentement l'hippodrome, une partie disparaissait dans les bois vers Auteuil ou Neuilly, une autre revenait par le fleuve. Nous avions nos habitudes dans un café démontable, seulement bâti pour les dimanches, juste derrière le moulin.

— Alors, on fête le bon tuyau? nous demandaient nos camarades de turf.

— On voit que Monsieur sait prendre le temps, disait le tenancier.

— Oui, le temps, comme mes cracks, cette fois-ci, au lieu de courir...

Quelques banlieusards, affalés aux tables voisines, se félicitaient comme nous de ne pas habiter la capitale: nous au moins, on peut attendre «que le flot passe».

L'heure du dernier coche approchait. Louis aidait le patron à démonter les parasols, à charger les chaises dans la charrette. L'eau de la Seine était noire, le coche, qui abordait tantôt à une rive, tantôt à l'autre, pour satisfaire ses clients, des habitués, n'avançait pas.

— Ce que le courant est fort, tout de même, disait mon père.

— S'ils n'ouvraient pas l'écluse de Suresnes tous les samedis soir, aussi, disait le receveur.

Quand nous retrouvions Levallois, la nuit était tombée. Nous débarquions tout près des chantiers navals Cavé. Les navires au sec ont de drôles de formes dans l'obscurité. Le coche continuait vers Clichy, Gennevilliers, le Nord. Nous restions seuls parmi les odeurs. Louis mettait sa main sur mon épaule. Il la retirait très vite.

— Imbécile que je suis, te mettre un poids supplémentaire. Et si tu allais choisir juste ce moment pour grandir, hein, Gabriel?

Il n'avait pas trente ans. J'avais dépassé l'âge de raison.

Gabriel a bien d'autres chevaux dans sa mémoire et encore un hippodrome, à cet endroit même, près de la Seine. Contre l'usine du fabricant de cycles Clément Bayard. La municipalité l'avait fait construire pour donner à notre cité un peu de lustre. Allez remercier les chevaux, disaient les affiches, ils donnent du prix à vos terrains. Louis ne voulait pas en entendre parler : on ne fait pas de promotion immobilière sur le dos des pur-sang. Une fois de plus, il ne se trompait pas. L'ambition hippique de Levallois a tourné court. Bien éphémère hippodrome. La piste de 2 400 mètres n'a pas duré dix ans. On l'a détruite, dès 1900...

C'est là que fut organisée, par le « Trotting-Club de Levallois », une compétition dont la vulgarité soulevait le cœur de Louis : le colonel Cody, alias Buffalo Bill, contre Meyer, champion bien connu, le premier à cheval, le second à bicyclette (marque Clément). Enjeu 10 000 francs.

La presse s'enthousiasmait pour le défi : « A Levallois, dimanche, la tradition pourra-t-elle résister à la modernité ? Notre journal prend ses responsabilités : dimanche à Levallois, la technique humaine humiliera l'animal. »

Pas question pour Louis de se prêter à cette « mascarade ». Ce jour-là, il resta calfeutré rue Cormeille. Avec qui ? Sans doute une invitée bruyante, Melle Isabelle ou Claudine la relieuse, celles que l'on ne peut aimer sans alerter les voisins que près des stades, les soirs de matchs, à l'instant du but, elles crient tant, tu comprends...

Gabriel aura peu connu dans sa vie de journée historique. Celle-ci ayant été jugée telle par quelques journaux, il doit s'appliquer pour en rendre compte et convoquer à son aide toute la (maigre) rigueur scientifique dont il est capable.

— Les Levalloisiens supportaient l'industrie moderne.

— Les Neuilléens, amateurs de jumping, encourageaient l'animal.

— Les autres, *fifty-fifty*.

Et Gabriel, dégoûté de Buffalo Bill par les récits de Marguerite (ce colonel Cody est un maudit Yankee, assassin d'Indiens et de Mexicains, etc.) ne s'intéressait qu'à la bicyclette, stupéfait par le spectacle du champion Meyer avalant les bosses du circuit, silencieux, léger, aérien, ni volant ni raclant, semblant juste effleurer, caresser la terre, souverain et sans crottin.

Il tirait la manche de sa grand-mère :

– Mais comment fait Meyer pour rebondir ainsi ?

– C'est le caoutchouc, Gabriel. Ses roues sont entourées de caoutchouc...

De retour chez lui, Gabriel regarda d'un autre œil une balle de mousse rouge qu'il avait jusqu'alors méprisée. Il n'écouta plus, ne daigna s'asseoir à table qu'en compagnie de la balle, et tandis que de la main droite il tentait de trouver le plus court chemin de son assiette à sa bouche, de la gauche il tapotait sa nouvelle amie, la jetait et rejetait sur le carrelage de la cuisine en un mouvement baptisé, des années après, dribble par les basketteurs du monde entier.

Grâce à cette réunion du Trotting-Club, Gabriel peut donc dater avec précision le début de sa vocation pour le caoutchouc : 1893, l'année de ses dix ans, tu retrouveras facilement le jour dans les journaux d'époque. Et je crois que c'est Louis qui le soir en m'embrassant trouva mon surnom, Gabriel le rebondi, dors bien, Gabriel, saute bien de rêve en rêve, Gabriel mon rebondi.

Mais quittons un instant l'omniprésent Gabriel et revenons aux faits : en dépit des efforts du champion Meyer, le cycle fut vaincu, Buffalo Bill et sa monture triomphèrent. Grandes, cette nuit-là, furent les réjouissances chez les chevaux, les innombrables chevaux de notre ville. Oui, cette nuit-là, ils fêtèrent leur victoire. Hennirent, soufflèrent, ruèrent, s'échappèrent, galopèrent dans les rues et pissèrent aux carrefours des cataractes plus sonores, odorantes et généreuses que d'ordinaire. Les habitants, pourtant accoutumés à cette présence quadrupède dont ils tiraient non seulement la plupart de leurs revenus mais quelques avantages annexes dont la venue, à Levallois, mine de rien, de multiples dames prêtes à tout, émoustillées qu'elles étaient par l'ambiance sauvage qui régnait chez nous, les habitants ne purent fermer l'œil de toute cette nuit de sarabande et vingt-sept d'entre eux présentèrent, le lendemain, à la mairie, une protestation écrite, conclue par le souhait que Levallois cesse bientôt d'être la plus grande écurie-pétaudière de la République.

L'avenir un peu plus tard devait se charger de répondre à leurs vœux.

Quand les chevaux disparurent, remplacés par des voitures « automobiles », ils laissèrent les humains seuls, face à face avec la terre, sans autre ressource que la vitesse pour se donner de l'émotion. Au change, les voyageurs perdirent une partie de leur âme et les voyages de la chaleur, la chaleur d'une croupe qui fume, devant soi le roulis d'une bête qui trotte.

V

Certains jours nous restions à la maison. Seuls. Louis et Gabriel. Sans invitée. Louis préparait son concours. Un concours lointain. Le concours d'entrée dans une école encore à créer. En fait, il lisait des livres, tous les livres possibles sur les colonies. Et puis, quand il avait fini, tous les autres, tous ceux qu'un libraire reçoit de tous les éditeurs.

– Ce n'est pas ainsi que l'on prépare un concours, disait Marguerite.

Il en était bien d'accord :

– Alors donne-moi le programme des épreuves. Mais tu es sûre que je ne serai pas trop vieux, quand l'école sera créée?

– Je t'obtiendrai une dérogation.

Et Marguerite retournait faire le siège du ministère.

Je crois que des années passèrent. Gabriel était entré dans le temps, sans bien s'en rendre compte. Ses jouets changeaient. Les soldats de plomb avaient remplacé les petits chevaux en bois. Signe irréfutable que l'âge adulte se rapprochait. Mais Louis, soucieux sans doute de donner des points fixes à son fils vieillissant, lui racontait toujours les mêmes histoires au même moment, juste après le goûter :

« Histoire de l'homme qui cherche le pays où l'on ne meurt pas.

Cette histoire est celle d'un homme dont la mère est très vieille, et qui cherche pour elle un pays où l'on ne meurt pas (Marguerite n'est pas encore vieille, Gabriel. Mais nous aussi, un jour, nous aurons à chercher pour elle un tel pays). Bon. Le fils se mit en route à la recherche de ce pays. Lorsqu'il arrivait dans un endroit et qu'il y voyait des tombeaux, il passait outre. Il parcourut tous les pays sans en trouver un seul où il n'y eût pas de tombeaux. Un homme lui dit alors : "Où vas-tu toujours ainsi ? Tu voyages sans cesse, tu parcours le monde laissant ta vieille mère seule ?" C'était une bonne question, Gabriel, jamais nous ne laisserons Marguerite seule. Jamais. Bon. Le fils répondit : "Je cherche un pays où il n'y ait pas de tombeaux. – Si tu veux, reprit l'homme, me donner un salaire, je me charge de t'indiquer un pays où il n'y a pas de tombeaux. – Indique-moi un lieu où l'on ne meurt pas, répondit le bon fils, et je te donnerai tout ce que je possède de biens." Ils partirent ensemble, ils arrivèrent dans une contrée où en effet ne manquait rien, sauf les tombeaux. Ils firent agenouiller leurs chameaux et couchèrent chez des habitants. Le lendemain, le guide dit à son compagnon : "Maintenant donne-moi mon salaire, puisque je t'ai montré un pays où il n'y a pas de tombeaux." L'autre lui donna tout ce qu'il possédait de biens. Le guide prit son dû et disparut. Le bon fils fit venir sa mère. Et ensemble ils vécurent des jours tranquilles dans ce pays sans tombeaux. Mais un jour il partit se promener dans les alentours, laissant sa mère endormie chez les hôtes. Lorsque ces gens la virent endormie, ils l'égorgèrent, partagèrent sa chair, et mirent une part de côté pour son fils. Quand celui-ci revint, ils lui dirent : "Ta mère était sur le point de mourir, nous l'avons égorgée, et nous avons partagé sa chair. Voici ta part, nous l'avons mise de côté." »

J'ai retrouvé cette histoire. Elle vient d'une *Grammaire de la langue tamachek*, écrite par Louis-Joseph Hanoteau, général et érudit, né et mort à Decize (1814-1897) mais dont toute la vie se déroula en Algérie car il n'avait qu'un intérêt sur terre, les hommes bleus touaregs. Il parlait leur langue, connaissait leurs coutumes, comprenait même leurs très rares et absconses inscriptions rupestres. Peut-être se sentait-il plus bleu et nomade que français et général ?

VI

– Pourquoi la lune ne tombe pas? demande Gabriel.

– Cette question prouve que tu deviens un homme, répond Louis.

L'air très ému, il écarte de son bureau tous les livres et cartes qui s'y trouvaient, approche un tabouret pour son fils, étend une grande feuille de papier, saisit un crayon, dessine des boules, des ellipses, des croissants et commence une explication confuse où sont abordés successivement la représentation du monde chez les Anciens, les malheurs de Galilée, la chute des pommes, le mouvement des marées, etc. Vers huit heures, Marguerite passe la tête, appelant au dîner.

– Tu ne vois pas que je parle de sujets sérieux, dit Louis.

Et continuent des schémas, des calculs qui semblent n'entretenir avec la lune aucun rapport. Manifestement, Louis est perdu.

– Tu comprends, demande-t-il à tout bout de champ, tu comprends, tu es sûr que tu comprends?

Gabriel hoche la tête. Pour faire plaisir. Car l'immense flux explicatif ne le satisfait pas du tout, l'ennuie même fort, s'il faut être franc. Gabriel tient déjà sa réponse, beaucoup plus simple. Et irréfutable, celle-là : une nuit, quelqu'un a lancé sur le sol une balle de caoutchouc, semblable à la sienne, mais blanche et géante. Et l'a lancée si fort qu'elle rebondit jusqu'au ciel. Il ne restait plus qu'à trouver le nom de ce champion du rebondissement. Et voilà Louis, pas la peine d'être si compliqué. Maintenant j'ai faim, papa, on pourrait remettre à demain la suite de tes histoires?

Plus tard, par la porte entrebâillée, tandis qu'il se déshabille, Gabriel entend la voix de Louis :

– J'ai peur que notre enfant n'ait pas l'esprit très scientifique.

– Et alors, répond Marguerite. Il l'avait, l'esprit comme tu dis scientifique, Savorgnan de Brazza ? Ça ne l'a pas empêché d'avancer dans la jungle.

VII

Ce soir-là, le père et le fils étaient assis côte à côte dans le canapé mexicain du salon mexicain, rue Cormeille (Levallois). Qu'est-ce qu'un canapé mexicain ? Du cuir qui sent la cire, Marguerite l'astiquait chaque semaine. Qu'est-ce qu'un salon mexicain ? Une pièce qu'aimera l'hidalgo Gabriel Premier quand il reviendra enfin de Puebla : tableautins de sierras ocre et d'églises blanches aux murs, cravache en argent sur la cheminée, tapis coloré rouge et vert à tête carrée d'oiseau (ou de panthère, ou de serpent, ou de tortue, difficile à dire), sur une petite table bouteille de tequila non ouverte et remplacée chaque trimestre, etc. Pour attirer les disparus, Marguerite avait une stratégie simple : la mise en confiance, ne pas les dépayser. Tout était prêt pour accueillir Gabriel Premier. Mais, hélas, Gabriel Premier ne daignait pas revenir. Le plus tendre, le plus constant, le plus mexicain des pièges à fantômes jamais installé dans l'Ancien Monde ne fonctionnait pas.

Ce soir-là, le père et le fils étaient donc assis côte à côte. Les deux chandeliers de porcelaine (spécialité de Veracruz) étaient allumés, signe de grande circonstance.

– N'entrez pas, n'entrez pas, criait toutes les cinq minutes Marguerite de la cuisine.

Pour toutes les grandes circonstances, nous étions ainsi condamnés au salon mexicain, interdits de cuisine. A croire qu'elles se créaient là-bas, entre casseroles et fourneaux, les grandes circonstances.

Puis, fermez les yeux, dit Marguerite. On entendit la porte du buffet grincer, les verres sonner, le bruissement d'une étoffe (ça, c'est la nappe ajourée, murmura Louis).

Gardez les yeux fermés. Les pas s'éloignèrent. Au lointain nous parvint un nouveau froufrou suivi d'un autre (diable, maman se change : comme on le sait, rien de la vie des robes n'était étranger à Louis). Voilà, vous pouvez ouvrir les yeux. Les pas revinrent, accompagnés d'une bouffée de parfum qui se mêla, non sans mal, aux senteurs de chocolat échappées de la cuisine.

La vue confirma l'ouïe et l'odorat : il s'agissait décidément de la plus grande circonstance jamais rencontrée par la famille Orsenna. Même Noël était dépassé. Même l'inauguration de la librairie. Même la venue, un dimanche de juin, des amis du ministère. Double couvert. Fleurs sur la table (anémones). Verre à eau, verre à vin n° 1, verre à vin n° 2, flûte. Luxe. Œufs meurette. Brochet Nantua. Veau crémeux façon Orloff. Six fromages, un par côté de l'Hexagone : le pont-l'évêque de Pont-l'Évêque, le munster, la tomme des Allues, le picodon de Dieulefit, la brebis de l'abbaye de Belloc (Pays basque), la caillebotte de Vendée. Enfin, gâteau : planisphère en chocolat. Dernières bouchées. Marguerite se lève, tape du bout de son couteau contre sa flûte de champagne :

— Embrasse bien fort ton père, Gabriel. Il est RE-ÇU. Un ami du ministère m'a communiqué les résultats du concours. Ils seront affichés demain. Tu vois, Louis, j'ai eu raison de m'obstiner. Elle a fini par ouvrir, l'École coloniale. Et tu y es.

Immense fierté, larmes aux yeux, soirée de gloire chez les Orsenna.

Il était une fois, à la fin du siècle dernier, une famille heureuse.

Heureux Louis. Bien lové dans son école (un palais mauresque, avenue de l'Observatoire), il n'en voulait plus partir : là, disait-il, j'attends mon fils. Il va bientôt me rejoindre. A deux, la vie sera plus facile. Heureux Louis, de cours en cours ses professeurs le promenaient dans le monde entier.

Au Laos, le lundi, « Systèmes d'alliances dans les tribus meos ». En Afrique, le mardi, « Problèmes de l'irrigation dans le Sahel ». Retour à Paris, le mercredi, « Code de l'indigénat, loi de 1887 ». N'oubliez pas qu'une fois en brousse, répétait l'enseignant quand l'attention faiblissait, vous aurez la charge de dire le droit. Et de le faire respecter. Alors, écoutez bien. « La loi de 1887 limite les peines pouvant être infligées aux indigènes à quinze jours de prison et cent francs d'amende et les délits passibles de sanctions au nombre de seize : 1) non-paiement des impôts et non-accomplissement du travail obligatoire ; 2) refus de répondre aux convocations de l'administrateur ; 3) tirer un coup de fusil pendant une fête à moins de cinq cents mètres de la maison de l'administrateur ; 4) manque de respect en paroles ou en actes envers un représentant de l'autorité française ; 5) se cacher ou dissimuler son bien lors d'un recensement ; 6) donner asile à un criminel ; 7) destruction ou déplacement de signaux routiers ou de bornes ; 8) abandon d'animaux morts ; 9) enterrement en dehors des lieux et des fosses prescrites ; 10) tenir en public des propos de nature à porter atteinte au respect dû à l'autorité française ; 11) refus de fournir des renseignements statistiques ou donner intentionnellement des renseignements faux ; 12) défaut de comparution devant un administrateur effectuant une enquête judiciaire ; 13) ne pas apporter son aide en cas de danger ; 14) défaut d'exécuter, en cas d'épidémie, les mesures sanitaires ordonnées par l'administrateur ; 15) usurpation des fonctions de chef de village ou de canton ; 16) laisser errer ses troupeaux et refuser de les rentrer. » Et on réservait le jeudi à l'Indochine, « Culture de l'hévéa dans la région de Saigon »...

Il avait trouvé son refuge et serait volontiers demeuré là, sous les fresques allégoriques, jusqu'à mon arrivée. Il m'aurait guidé dans mes études. Nous serions partis, deux administrateurs coloniaux nommés au même endroit, en dépit des règlements et grâce à une nouvelle dérogation arrachée par Marguerite. Je suis sûr qu'il passait des heures à nous imaginer assis côte à côte sous un fromager, entourés de fiancées et rendant la justice. Une justice indulgente. Bien à nous. Rien à voir avec Napoléon. Un code Orsenna.

Heureux et grave Gabriel, il prenait de l'âge. Il prenait même avec avidité tout l'âge disponible autour de lui. Il souhaitait accumuler les années non seulement pour pouvoir rejoindre son père dans le palais mauresque, mais aussi pour se lancer à son tour dans l'aventure amoureuse. Et à cet égard, son ambition nourrie de Mme de La Fayette, Lamartine et Alexandre Dumas, était sans limites :

a) Prouver à Louis qu'un Amour unique est de loin préférable à d'innombrables conquêtes.

b) Prouver à Marguerite qu'un Amour n'a pas besoin d'être décédé à Puebla (Mexique) pour durer.

c) Prouver au monde entier, enfin, que les rebondis ont aussi leur chance avec les femmes.

Ainsi, dès qu'une brèche se présentait entre deux cours, il s'y engouffrait, traversait en courant le jardin du Luxembourg et pénétrait dans la jeunesse, lui qui, quelques minutes auparavant, au lycée Montaigne, n'était encore qu'un enfant. A l'époque, le Quartier latin contenait tout ce qui donne de l'âge à un garçonnet fraîchement issu de sa banlieue. Les tables de café où l'on peut s'accouder à condition de se grandir ; facile, il suffit de soulever discrètement ses fesses de sa chaise et de glisser, dans l'intervalle ainsi créé, soit sa jambe droite repliée, soit un manteau épais. Les conversations de café où le monde est refait à neuf chaque jour, où l'on apprend le nom des entrepreneurs engagés dans ce vaste chantier : Bonnal, Thiers, Tocqueville, Guesde, Marx, les uns favorables à un petit coup de peinture, les autres partisans de tout détruire pour repartir de zéro. Le vin qui vous réchauffe le ventre. Les filles, souvent rousses, qui viennent dans les cafés et acceptent, les jours de dèche ou de chagrin, qu'un microbe les raccompagne et profite de la raideur et de l'étroitesse de l'escalier pour glisser sa main là où c'est un péché mortel mais où s'apprennent les gestes absolument nécessaires à tout Grand Amour.

Après ces audaces, Gabriel retraversait le Luxembourg en criant à tue-tête je n'ai que treize ans et, je n'ai que treize ans et, faisant froncer le sourcil des nurses, pleurer les bambins et s'envoler les pigeons de leurs perchoirs habituels : le crâne en marbre des reines de France. Hors d'haleine, il retrouvait le lycée, regagnait sa place juste à temps pour l'interrogation de mathématiques.

Passé ce moment déplaisant, Gabriel donnait à son père les dernières nouvelles. Le professeur de géographie qui succédait au tortionnaire scientifique était de tempérament libéral. Il ne s'étonnait de rien. Ni du chahut, ni des aéroplanes en papier (prémonitoires), ni des coups réguliers dont je frappais le mur du fond. L'École coloniale, on le sait, jouxte le lycée Montaigne. Et d'après nos déductions savantes, à mon père et à moi, et à condition de bien choisir nos places, nous nous trouvions, chacun dans nos établissements respectifs, dos à dos. Enfance de l'art que de communiquer dans notre morse à nous. Après tant d'années et maintenant que Louis a disparu, je vais être franc : nos dialogues étaient souvent des plus étranges, incongrus. Les coq-à-l'âne n'étaient pas rares ni les purs faux sens... De là à déduire que je ne parlais pas à mon père, que quelqu'un d'autre, l'économe du lycée Montaigne ou bien l'un de ces princes indochinois futurs administrateurs de notre Empire, s'insérait dans nos secrets, profitait de notre complicité...

Je ne sais pas, je ne veux pas savoir, je ne veux pas conclure. La mort est là pour ça, chacun son métier.

Mais ce fut Marguerite la plus heureuse. La perspective du grand départ vers les tropiques l'irradiait de bonheur. Du matin au soir, elle n'arrêtait pas. Elle s'épanouissait dans les préparatifs.

Nous avons commencé très tôt notre tournée d'adieux.

— Tu crois qu'il faut déjà ? demanda Louis (c'était en octobre, il restait une année entière avant l'examen de sortie et l'affectation).

– Oui, nous ne devons rien oublier ni personne. Et puis un départ, c'est comme un appartement, ça s'installe.

Elle avait reconstitué notre arbre généalogique. Nous en avons visité toutes les branches, une à une.

Chaque dimanche, la famille Orsenna partait dès l'aube. En marchant vers l'omnibus, Marguerite donnait le programme : aujourd'hui les cousines du côté de « mon oncle Jo ». Elles habitaient toutes dans le IXe, quartier du théâtre, des boulevards, des auteurs, remarquait Marguerite, du côté de l'oncle Jo on est comme ça, on vit dans l'art. Elle sonnait. On entendait un grand remue-ménage, des mais qui ça peut bien être, à cette heure, et puis le trottinement de la bonne. La cousine arrivait peu après. En peignoir.

– Pardonnez-moi, j'avais du monde hier soir. Comme c'est gentil d'être venus. Ainsi vous partez ? Je crois que vous avez raison. La France rétrécit. Tenez hier soir, la salle était presque vide. Un samedi ! Ne le répétez pas...

Elles offraient du porto. A Gabriel de la grenadine, quelle que soit l'heure, habitude du spectacle sans doute, des boissons couleur de rideau rouge. Elles lui prenaient le menton :

– Tu n'auras pas peur des lions ?

Il regardait leurs seins.

Après le thème des colonies, qui suscite toujours un certain intérêt, la conversation devenait vite des plus languissantes. Nous nous étions levés de bonne heure. Gabriel se serait endormi sur son siège, sans le gloussement des cousines et le mouvement incessant de leurs jambes (prolongées de mules à pompon) ; croisées, décroisées, recroisées, le peignoir s'entrouvrait.

On entendait tousser dans la pièce voisine, la quinte éperdue d'un fumeur au réveil. Les cousines nous reconduisaient jusqu'au palier. Elles se penchaient pour nous souhaiter bonne chance et qui sait, fortune faite, peut-être reviendrez-vous dans notre vieux IXe : Le Gymnase est à vendre. Que diriez-vous d'un Grand Théâtre Orsenna ? Elles s'appuyaient sur la rampe. Leurs seins sortaient du peignoir mauve ou fuchsia. Les cousines ne se ressemblaient pas et pourtant, chaque fois, les deux demi-soleils blancs brillaient de la même manière dans la pénombre de la cage d'escalier et je ne pouvais m'en détacher. Plusieurs fois, j'ai failli tomber.

— Dis-moi, Louis, criait la cousine, fais attention au petit. Il n'a pas les yeux dans sa poche.

En moins d'un semestre fut épuisée la ligne directe. Les branches collatérales avaient d'autres charmes : des artisans, des inventeurs, dispersés dans le XIe, le XIIe, ou sur la couronne. De ce côté de la famille, on naissait manuel. On me montrait les tours. Ça pourra te servir, aux colonies. On nous retenait pour dîner.

— Ne partez pas encore, le petit s'intéresse.

Il fallait attendre l'essai, la mise en marche. On s'embrassait dans les fracas. On se disait au revoir en criant :

— Allez, soyez prudents et appelez-nous si vous montez une usine, moi finalement je partirais bien, pas toi, Madeleine?

Je n'ai plus en mémoire leur spécialité à chacun. Tout ce que je peux dire, c'est qu'ils n'étaient pas dans les transports, ni les roulements ni les tractions. Autrement, ils auraient été nos voisins à Levallois. Mais lequel était fabricant de jouets et lequel installateur de laveries?

Je ne me souviens plus que d'une grande machine unique, explorée dimanche après dimanche... Finalement, notre arbre généalogique était plus riche d'engrenages que de feuilles et de branches.

Nous n'avons oublié personne : pas même les plus éloignés, les plus sidérés de nous voir débarquer, les méfiants (ça ne serait pas pour une quête?), les amers (il en a bien profité, hein, votre grand-père, du petit pavillon qu'il a capté à la mort de...). Le ton montait, on me priait d'attendre dans la rue...

A cette exploration, nous avons passé l'année, on se perdait dans les adresses et les moyens de transport d'Ivry aux Lilas, de Gennevilliers à Montrouge, on errait d'un terminus à l'autre.

— Et mon travail à l'École? pestait Louis.

Nous l'entraînions, honteux pour lui : Comment pourrais-tu apprendre sans racines? Tu oublierais tout.

Ma joyeuse grand-mère me clignait de l'œil : quel enfant, ton père !

Gabriel était bien d'accord. D'habitude, les rôles s'inversent plus tard, lorsque le fils aborde l'âge mûr, il prend en charge son père. Louis est devenu mon premier-né, je n'avais pas quinze ans. Une aile m'avait poussé rien que pour le protéger. Peut-être faut-il chercher la raison de cet échange précoce dans les horaires de l'École coloniale. Le lycée sortait plus tôt. J'allais chercher Louis tous les jours. Je l'attendais sous les marronniers au milieu des fiancées et de quelques parents. Il sortait en courant. Je lui demandais s'il avait bien travaillé.

En avril, Marguerite se déclara satisfaite. Voilà, maintenant nous pouvons partir l'esprit tranquille. Nous étions arrivés au bout des adieux. Restait le principal : la France. Comment prendre congé d'elle ? Un samedi, quelque temps après Pâques, Marguerite nous entraîna vers Angers. Pourquoi Angers ? Vous verrez bien, répétait Marguerite. Louis et moi, nous imaginions quelque ancêtre ultime, un tutélaire, le chef du clan gardé pour la fin et qui nous bénirait avant l'aventure. Nous étions loin du compte... Dans le train, nous avons joué aux devinettes :

– Ça y est, j'ai trouvé, nous faisons le tour des châteaux de la Loire. Bonne idée d'ailleurs, c'est le cœur de la France. Ils vont nous manquer, là-bas, surtout Chambord. N'est-ce pas que j'ai raison, maman ?

– Vous verrez.

– Ou alors nous allons peut-être saluer la maison de Balzac à Tours ?

– Pourquoi pas celle de Rabelais à la Devinière, aux environs de Chinon ?

(Depuis ses incursions au Quartier latin, Gabriel se donnait volontiers un genre gaillard.)

– Vous verrez.

En tout cas, nous n'avons pas vu Angers. Sitôt arrivés, Marguerite nous a enfournés dans une petite voiture à cheval qui se dirigeait vers le sud. Dommage, la ville paraissait belle, tranquille, une ville à seulement deux couleurs, blanche de murs et sombre de toits, le crémeux un peu jaune des pierres de tuffeau sous le noir des ardoises. Quant au château, Louis m'a raconté, lui seul l'apercevait par le petit hublot : rond, Gabriel, tu l'aimerais. Maigres renseignements. Je n'en sais pas plus aujourd'hui.

Après deux ou trois heures, le coche s'est arrêté devant une maison basse, porte ouverte, cannes à pêche à droite, cannes à pêche à gauche, léger brouhaha venant de l'intérieur. Tout autour, à perte de vue, des potagers, des potagers, des potagers à devenir jusqu'à sa mort végétarien tant la moindre feuille y paraissait comestible, soignés comme aucun jardin et profus comme aucune serre, des potagers autonomes sans personnages humains penchés vers le sol, comme si la nature, dans la région, savait toujours quoi faire et quand. Un peu plus loin, grise juste à hauteur des terres, à la limite de la crue, coulait la Loire.

— Entrons, dit Marguerite.

L'instant d'après commença la plus tendre danse de gratitude à laquelle Gabriel, selon toute probabilité, assistera jamais. Une femme, derrière un comptoir, cria : les voilà. Et l'aubergiste accourut, chauve, un peu rouge de teint, mais les mains étonnamment pâles, tantôt levées vers le ciel et tantôt jointes contre son ventre, vous êtes venue ! Une Lyonnaise qui revient ! Quand j'ai reçu votre lettre, je ne voulais pas y croire. Bienvenue, soyez la bienvenue avec vos deux amis.

Et tandis qu'il nous installait à la meilleure table, face au fleuve, et donnait des ordres pour qu'on change la nappe, la plus blanche, s'il vous plaît, la plus blanche et qu'on apporte des fleurs, Marguerite nous raconta que sa première visite remontait à quarante années, avec son père, lorsque celui-ci était président d'une association de gastronomes de la Saône. Attention, nous chuchota Marguerite, n'allez pas croire que la cuisine d'ici est meilleure que celle de Lyon, mais la Loire, c'est la France, d'ailleurs, il va vous expliquer...

Ainsi fit l'aubergiste qui ne nous quitta plus jusqu'à notre départ. Il tournait autour de nous, servait et resservait lui-même, passait les assiettes dans la lumière, avant de les poser nous les faisait humer, demandait notre avis avant chaque bouchée... une prévenance fort agaçante à la longue si ne l'avait accompagnée d'une voix calme, sans effets, la description exhaustive du printemps en Saumurois, ces glorieuses semaines d'avril où tout arrive en même temps, les saumons, l'oseille, la rosée, les navets nouveaux et l'échalote de vigne, le vrai ressort du beurre blanc, comment, vous n'avez jamais entendu parler du beurre blanc? un demi-verre de vinaigre de vin, un autre de vin blanc sec, deux franches cuillerées de beurre, sel et poivre, pas besoin de la Loire pour ça, me direz-vous, tous les pays du monde possèdent des feux doux et des habitants dont les poignets sont suffisamment souples pour battre au fouet le beurre avec le rythme voulu. Alors? Vous oubliez le principal, le cœur du beurre blanc : l'échalote grise de vigne justement qu'il faut confire d'abord dans les demi-verres... Marguerite et l'aubergiste se souriaient, supérieurs, ah! ces jeunes...

Nous sommes restés trois jours dans ces jardins : Gennes, Les Rosiers, Chênehutte, Saumur. Le soleil était revenu, et la Loire baissait; peu à peu, le sable remplaçait l'eau. Le soir, on frappait à notre porte :

— Si demain les asperges sont là, je vous les réserve?

C'étaient des blanches, surgies le matin même, cueillies avant midi, avant la pleine lumière et plus fondantes encore de la tige que du bout.

— Chaque chose en son temps, disait Marguerite. En France, les légumes. Là-bas, le riz. Il ne faut pas tout mélanger, dans une vie.

C'était une personnalité très méthodique. Elle n'aurait pas eu son pareil pour ranger l'arche de Noé. Au moment du départ, Gabriel savait à la première bouchée reconnaître une sandre qui n'a rien, mais rien à voir avec le brochet.

Dans le train du retour :

— Je me demande si ce voyage était une bonne idée, dit Marguerite.

Nous n'avons plus prononcé une parole jusqu'à Paris. La famille Orsenna n'était plus très sûre de sa vocation coloniale.

VIII

Bien plus tard, à la Libération, nous avons beaucoup parlé de femmes, Louis et moi, des femmes de ce temps-là.

– Le monde recommence, répétait-il, il faut tout se dire, on ne peut reconstruire un monde que sur des passés transparents...

Je n'étais pas sûr qu'il eût raison. Mais je l'écoutais, l'écoutais. Il y eut des années formidables pour le bordeaux, à l'époque : 45, 47, 49. On pouvait rester des heures au restaurant, à écouter son père, son meilleur ami de père, à boire du bordeaux, à regarder le ciel bleu par la fenêtre et ne pas dire un mot. On aurait bien le temps de parler plus tard, tout seul, quand le vin serait moins bon, quand les pères auraient disparu.

– Il y en avait une, racontait Louis, qui s'appelait Odile et qui demandait toujours de tes nouvelles. Et tu sais à quel moment ?

– Non, je ne sais pas.

– Eh bien pendant, tu te rends compte ? Au beau milieu. J'entendais sa petite voix : et comment va Gabriel ? Elle trouvait que je répondais mal, sans détails. L'essoufflement n'est pas une excuse, disait-elle. Elle me donnait l'ordre de t'aimer plus.

D'un sourire, je le remerciais : merci, papa, c'est une belle histoire.

Moi, je ne lui ai jamais, jamais parlé des visites de l'Irlandaise, Miss O'Mahogany. Elle vint me chercher durant toutes mes études, tu entends, Louis, là où tu es maintenant tu as le droit de savoir : chaque premier mardi du mois, elle était là. Elle m'avait donné à choisir le jour : lundi ou mardi, lequel est le plus triste pour toi, à quel moment as-tu le plus besoin de moi? Nous étions tombés d'accord sur le mardi, veille de rien, ni de jeudi ni de samedi, et le lundi la tristesse des enfants manque d'élan, il reste encore un peu de la chaleur du dimanche. Non, la tristesse ne trouve son plein régime que le lendemain, mardi. Chaque premier mardi du mois, elle fut là, grande, rousse, Mahogany.

J'ai traversé mes études comme protégé par elle. Quand une raclée chauffait pour moi, quand un grand (un normal) me bloquait dans un coin de la cour, soudain, il se figeait, son poing s'arrêtait net à deux centimètres de mon nez, se souvenant de l'apparition rousse des premiers mardis. Et de la seule fois où elle se mit en colère. Ce jour-là quand elle m'aperçut je pleurais, j'avais du sang sous la narine, à la place de la future moustache.

– Qui? demanda-t-elle.

Je montrai le puncheur, un nouveau qui ignorait la règle des premiers mardis. Elle marcha vers le puncheur, occupé à pérorer au centre de la cour, un endroit parfaitement interdit pour les parents.

Les surveillants la regardaient, pétrifiés, et les élèves s'écartèrent. Elle toisa le puncheur. De haut en bas, de bas en haut, et s'arrêta longuement sur la braguette, des dizaines de témoins furent formels sur ce point des années et des années durant.

– Quand on frappe un petit, c'est qu'on l'a minouscoule, tu entends, minouscoule, et qu'elle ne grandira jamais, jamais.

Et elle me prit par la main et elle m'entraîna déjeuner. Sans autorisation écrite, sans dérogation qu'on ne lui avait jamais demandée et qu'elle n'avait pas, bien sûr. J'en déduis une vérité rarement utile dans la vie de tous les jours, même les mardis, mais à laquelle je tiens : le corps enseignant a très peur des rousses.

Nous prenions toujours le même plat.

– Tu veux quelque chose de mon pays? disait-elle.

– Oui, oui.

– Donc haddock, œuf poché.

Elle s'intéressait à mes études. A peine assise, elle réclamait du papier. Je me souviens de déjeuners encombrés de dessins, de figures.

– Alors, Gabriel, es-tu intéressé dans la trigonométrie ?

– ?

– Très outile, Gabriel, très pour deviner la hauteur des choses sans mouvoir. Et les hémisphères de Magdebourg ?

Je n'écoutais pas, je fixais ses mains posées l'une sur l'autre, en boule, deux mains de Magdebourg, où se trouve Magdebourg ?

– Cause du vide, tu comprends, Gabriel, pas même les chevals au galop ne peut les arracher.

Mademoiselle Mahogany marquait une préférence nette pour les matières scientifiques. Elle me prévoyait un destin de savant, comme notre Fleming, répétait-elle, ou votre Arago. Elle ne m'encourageait pas tellement pour la langue anglaise, prends ton temps, Gabriel, c'est l'endroit de mes secrets. Bien sûr dans ce seul domaine, Gabriel doublait d'effort. Elle se préoccupait aussi de ma santé, beaucoup plus que toi, Louis. Elle me mettait en garde contre des microbes qui ont la particularité de se réveiller quand l'amour manque, tu me comprends Gabriel, quand on fait ça sans aucun sentiment. C'était une spécialiste des préservatifs, au moins en vocabulaire, elle connaissait tous les mots, elle les prononçait en rougissant : redingote anglaise, capote anglaise, vêtement anglais qui met l'âme en repos, c'est curieux tu ne trouves pas, pourquoi anglais, c'est égal moi car irlandaise mais quand même, elle reprenait : étui préservatif, calotte d'assurances, capote de santé, spencer préservatif, ruban de sûreté, gant d'amour. Elle me faisait jurer. Quand tu le feras, Gabriel, promets-moi... toi qui connais si bien, ils sont en caoutchouc maintenant, fini les sacs de peau, s'il te plaît, promets-moi...

– Est-ce que tu la baises ?

Ton fils n'est pas à proprement parler un séducteur, Louis. Même tu l'as doucement mais sûrement méprisé pour cette raison durant des années et des années, des promenades, des vacances et des dîners. Et si nous pouvons aujourd'hui parler d'égal à égal, c'est à cause d'une circonstance indépendante de nos deux volontés mais qui a le mérite de te redescendre à mon niveau, une circonstance cruelle d'accord, mais humaine avoue-le : ta mort et mon état de vivant. Bon. Eh bien j'ai deux informations à te donner :

1) Ton fils qui n'est pas à proprement parler un séducteur professionnel (même si finalement j'ai passé ma vie à tenter de progresser, pas à pas, dans les rêves des deux sœurs dont nous reparlerons, sois sans crainte), ton non-séducteur de fils aura entendu chaque après-midi du premier mardi de chaque mois et même le lendemain matin mercredi, voire encore le jeudi surlendemain, durant toute sa terminale, cette interrogation flatteuse, chuchotée en classe, à l'étude, dans les couloirs, sur tous les tons, doucereux ou menaçants, dans la cour de récréation, je te donne cinq minutes à ma nouvelle montre pour me répondre : allez, sois pas salaud, allez, dis-nous, est-ce que tu la baises ?

2) Jamais, tu m'entends de là-haut, de là-bas ? Jamais elle ne m'a parlé de toi. Et pourtant tu n'étais pas loin, dans l'École adjacente, dans la pièce voisine, de l'autre côté d'un mur quand elle venait me raccompagner, il lui aurait suffi d'un geste, pousser la porte, appuyer sur la sonnette, crier ton nom, rien. Même à la réflexion je crois qu'elle s'arrangeait pour que tu sois là, tout proche, que tu entendes, pour bien te montrer qu'elle m'aimait moi et pas toi.

... Il n'y avait rien entre vous, un vide de Magdebourg, Louis, même si c'est par toi que je l'avais connue, même si elle occupe une page dans ton catalogue de fiancées oubliées. Rien. Il n'y avait rien entre vous. Il te faut accepter cette vérité incontestable. De l'endroit où tu es, tu vois mieux les différences, Louis, tu distingues des races invisibles à l'œil des vivants. Parmi les hommes qui ne pensent qu'aux femmes, il y a bien deux catégories, n'est-ce pas, Louis, les séducteurs, comme toi, ceux qui savent commencer et puis les imprimeurs, comme moi, ceux qui savent ne jamais finir, nous aurons eu chacun notre part de femmes, Louis, chacun à notre manière, réponds-moi, ce partage te paraît juste, n'est-ce pas? Juste sûrement, ce n'est pas le problème. Mais fidèle, fidèle à ce que nous aurons vécu? Que veut dire ton silence? La frontière ne passerait-elle pas là où je l'ai tracée? Il pourrait y avoir d'un côté les séducteurs-imprimeurs et de l'autre les séduits-imprimés? Toi et moi, nous récusons cette hypothèse, n'est-ce pas, Louis, ce serait trop triste, antidémocratique.

IX

Les trois malles-cabines furent livrées un soir, à la fin du mois de mai. Une pour chacun, dit Marguerite. Mais Gabriel a encore peu vécu, il a moins à ranger, il nous prêtera bien un peu de la sienne, n'est-ce pas Gabriel?

Il s'agissait de grandes caisses en bois noir, cerclées de bois clair, qui furent installées dans le salon mexicain, à la place du canapé mexicain, lequel déménagea sous l'ersatz de véranda dans l'attente d'acquéreur. (En dépit des petites annonces calligraphiées un dimanche matin par toute la famille et affichées chez le boucher, le boulanger, le crémier, l'auvergnat café-bois-charbon, aucun amateur ne se présentera jamais. Peut-être que les canapés mexicains n'intéressaient personne. Au bout de quelques semaines, à force de coucher dehors, le canapé s'était délavé, ses couleurs n'avaient plus rien de mexicain. Louis et Gabriel, en cachette de Marguerite, voulurent rayer l'adjectif mexicain sur les petites annonces. Mais elles avaient disparu. Remplacées par d'autres : deux chats tigrés, un lit clos breton...)

L'arrivée de ces trois malles-cabines achève l'époque de nos adieux. Ou plutôt elle en commence une autre, beaucoup plus douloureuse, celle où il faut choisir. Choisir, parmi toutes les choses possibles, les deux ou trois qui aident à supporter la vie (au moins la vie coloniale).

Chacun sélectionnait en secret. Mais Gabriel espionnait, mais Gabriel se relevait la nuit, gagnait à pas de loup le salon ex-mexicain et soulevait les couvercles centimètre par centimètre : qu'est-ce que préfèrent au monde mon père et ma grand-mère?

Louis pensa d'abord emporter des plaques de verre, les

clichés qui représentaient ses fiancées, nos invitées favorites. Il mettait un soin extrême à en tapisser le fond de la malle et puis il alternait : une couche d'images, une couche de papier journal froissé. Impossible de ne pas faire dans la nuit un vacarme épouvantable, un horrible crissement de vieux *Figaro,* en tentant de retrouver le sourire de ces jeunes dames. Gabriel s'obstinait. Après tout, elles avaient appartenu à sa vie aussi. A un moment, il sentit Louis derrière son dos.

– Elles étaient belles, n'est-ce pas ? Je te promets, il y en aura d'autres...

Le séducteur et son fils prirent ensemble la décision arrache-cœur de ne pas les emmener. Gabriel avait bien proposé l'hospitalité de sa malle à lui. Mais non, elles n'auraient pas supporté les chaos du voyage.

– Tu vois, Gabriel, les femmes sont à la fois très fragiles et très lourdes.

Elles furent retirées une à une, dans les gémissements des *Figaro,* et empilées sur le pourtour de la cheminée. Alors faut-il considérer le choix de Louis comme l'expression de sa vraie préférence ? Ou comme une résignation ? Je dresse l'inventaire : lunettes de soleil, marine représentant Dieppe en hiver, guide des fromages de France, programmes de Longchamp, noms de chevaux (Val d'Ajonc, Schéhérazade, Margot 2, Fleur de Seine, affirmait-il, sont des syllabes utiles aux colonies). Et puis dans un coin, bien cachée, presque invisible, une photo de notable que Gabriel mit des semaines à identifier. Un jeune agrégatif d'histoire lui apprit enfin qu'il s'agissait sans doute possible d'un Rothschild, branche anglaise, la plus riche.

Ainsi me fut révélé l'un des rêves de mon père : l'opulence. Rêve, hélas, jamais réalisé, ni même approché, en dépit de multiples tentatives, dont plusieurs bouleversantes, comme cette histoire sans pudeur le prouvera.

Quant à Gabriel, il n'hésita pas une seconde. Depuis Pâques, environ, il avait fait passer au second rang ses ambitions amoureuses faute de partenaires, et s'était lancé à l'assaut d'une tâche géante : moderniser le monde. D'ailleurs ces deux objectifs, amour et modernisation, lui semblaient complémentaires, la clarté apportée par celle-ci devant permettre à celui-là de s'épanouir.

— Il faut débarrasser nos sentiments des oripeaux religieux, il faut que les idées générales suivent les progrès de la Science et de l'Industrie..., il s'agit, aujourd'hui, de mettre de l'ordre dans notre fouillis mental...

Telles étaient ses marottes avec leur train de conséquences : un rythme accru de lectures sérieuses, un teint plus pâle et une décision, celle de préparer, fût-ce par correspondance, le prestigieux concours de l'École normale supérieure, source, mère et vivier de toute intelligence. On peut considérer cette période comme l'âge ingrat de Gabriel. Lui si doux, jusqu'alors si calme et songeur, devenait cassant, arrogant. Pour la moindre erreur domestique, deux sucres dans son café au lieu d'un, une fenêtre laissée ouverte et responsable d'un vent coulis, il accablait sa grand-mère et son père d'injures étranges.

— Décidément, tu n'as pas quitté l'âge théologique ! (Et Gabriel levait les yeux au ciel pour vérifier le vide dudit.)

— Vivre en 1900 et demeurer si métaphysique ! (Et Gabriel haussait les épaules, geste moderne et industriel s'il en est.)

Et devant les regards effarés de ses parents (que lui arrive-t-il ? que veut-il dire ? c'est un code ?), il commença d'épingler, un peu partout dans la maison et même dans le salon ex-mexicain et jusque dans les lieux d'aisances, des notices pédagogiques, des extraits de la Grande Explication.

> « Dans l'état théologique, l'esprit humain, dirigeant essentiellement ses recherches vers la nature intime des êtres, les causes premières et finales de tous les effets qui le frappent, en un mot vers les connaissances absolues, se présente les phénomènes comme produits par l'action directe et continue d'agents surnaturels plus ou moins nombreux, dont l'intervention arbitraire explique toutes les anomalies apparentes de l'univers. »

(Dans la chambre de Marguerite, juste au-dessous du crucifix de bronze qui surplombait le lit solitaire.)

« Dans l'état métaphysique, qui n'est au fond qu'une simple modification du premier, les agents surnaturels sont remplacés par des forces abstraites, véritables entités (abstractions personnifiées), inhérentes aux divers êtres du monde, et conçues comme capables d'engendrer par elles-mêmes tous les phénomènes observés, dont l'explication consiste alors à assigner pour chacun l'entité correspondante. »

(Sur le buffet, clouée bien en évidence, derrière les clichés familiaux.)

« Enfin, dans l'état positif, l'esprit humain, reconnaissant l'impossibilité d'obtenir des notions absolues, renonce à chercher l'origine et la destination de l'univers, et à connaître les causes intimes des phénomènes, pour s'attacher uniquement à découvrir, par l'usage bien combiné du raisonnement et de l'observation, leurs lois effectives, c'est-à-dire leurs relations invariables de succession et de similitude. »

(Sur le mur des toilettes, derrière la chaîne, à hauteur de la poignée, texte plusieurs fois renouvelé car, du fait d'une fuite légère de la chasse, le papier d'abord cloquait puis se déchirait.)

– Qu'allons-nous faire de lui, demanda Louis. Tu crois que ce genre de folie dure longtemps?

– Un peu d'air tropical lui fera du bien, répondait Marguerite. De toute façon, je le préfère comme ça. Tu imagines s'il courait les cafés et tombait amoureux d'une fille qui couche pour un verre d'absinthe?

Elle fut tout à fait rassurée quand, inspectant la chambre de Gabriel, elle découvrit collé sur la table de nuit, à un endroit habituellement dérobé aux regards, le credo du dérangé.

« A chaque phase et mode quelconques de notre existence, individuelle ou collective, on doit toujours appliquer la formule sacrée des positivistes : l'Amour pour principe, l'Ordre pour base, et le Progrès pour but.
Car l'amour cherche l'ordre et pousse au progrès ; l'ordre consolide l'amour et dirige le progrès ; enfin, le progrès développe l'ordre et ramène à l'amour.

Ainsi conduites, l'affection, la spéculation et l'action tendent également au service continu du Grand-Être, dont chaque individualité peut devenir un organe éternel. »

— Viens, Louis, dit-elle, viens je vais te montrer.

Ce n'était pas facile de lire le credo, à cet endroit-là. Ils durent s'allonger sur le lit et se pencher fort et se tordre le cou. Ce fut ainsi que Gabriel découvrit son père et sa grand-mère, dans une posture que les positivistes n'auraient pas été seuls à trouver ambiguë. Il aurait pu crier Oh! et refermer discrètement la porte. Mais il préféra tendre l'oreille.

— Tu trouves quelque chose à redire à ça? demandait Marguerite.

— C'est peut-être un peu, comment dirais-je, verrouillé, répondait mon père.

— Moi, je suis d'accord sur l'ensemble.

Ils parlaient d'une voix hachée, étouffés, assourdis qu'ils étaient par le rebord du matelas et par le bruit du sang à leurs oreilles de têtes en bas. Gabriel prit cette diction syncopée pour l'émotion des néophytes.

— Ça y est. Je les ai convaincus, se dit-il.

Et l'on comprend que sans hésitation aucune il déposa au fond de sa malle :

1°) les 6 volumes in-8° du *Cours de philosophie positive* (Paris, Bachelier, 1880).

2°) *Le Système de politique positive ou traité de sociologie instituant la religion de l'humanité,* 4 volumes in-8°, Paris, Mathias (1851-1854).

— J'espère que c'est tout, dit Marguerite.

Elle pensait sans doute aux pauvres porteurs indigènes en file indienne dans la jungle, écrasés par Auguste Comte.

— Encore un, dit Gabriel.

Et Marguerite céda, fort intriguée par le titre ou plutôt par le sous-titre : *Catéchisme positiviste ou sommaire exposition de la religion universelle, onze entretiens systématiques entre une femme et un prêtre de l'humanité,* 1 volume in-12, Paris, chez l'auteur.

— Celui-là, dit-elle, tu me le prêteras là-bas.

Gabriel rayonnait.

C'est Marguerite qui mit le plus de temps à remplir sa malle. Elle fermait tôt la librairie et courait les couturières de Levallois et des environs. Sur les collines, Puteaux, Suresnes, Saint-Cloud, Sèvres, Meudon, pullulaient les façonnières. On les voyait le matin descendre vers Paris des cernes sous les yeux, des valises à la main : leur travail de la nuit. Elles s'installaient tant bien que mal dans l'omnibus pour continuer à coudre. Les passagers commentaient la forme et la couleur des robes. Mais Marguerite n'avait qu'une exigence, la légèreté.

– Vous comprenez, avec la chaleur qu'il fera...

On lui présentait des échantillons, qu'elle refusait.

– Vous n'avez pas plus léger?

Elle s'impatientait :

– Je ne vais pas partir dans de la laine ou du velours, tout de même. Vous voulez ma mort?

Mais les couturières n'avaient aucune compétence tropicale. C'est ma grand-mère qui dut partir à la recherche des étoffes adéquates, se plonger dans les récits de voyages et de canicule. Gabriel l'entendait pester contre les écrivains, les reporters qui racontent en long et en large la chasse au tigre, la taille des griffes, le calibre de la carabine et passent sous silence la matière des vêtements, comme si la nature de la seconde peau des humains était négligeable! Elle trouva son bonheur dans des publications anglaises spécialisées dans les déplacements de la reine Victoria.

– Voilà une femme qui s'y connaît en habits!

Les tisseurs indiens avaient, paraît-il, inventé un miracle de fraîcheur et de finesse, une soie sauvage scintillante, nommée tussor, étoffe de Tussah.

– Je veux une robe de tussor, commanda donc ma grand-mère.

Nos couturières n'en avaient jamais entendu parler. Timidement, elles proposaient de la toile métisse, mi-lin mi-coton, il n'y a rien de mieux sous le soleil, madame, et nous pouvons vous broder votre col au plumetis.

— Je veux une robe de tussor, s'obstinait ma grand-mère.

Elle rentrait le soir harassée et bredouille. Elle se laissait tomber sur le canapé ex-mexicain.

— Tu vois, Louis, je me demande si la France a vraiment un avenir colonial. Regarde les Anglais : ils ont trouvé le tissu qu'il fallait. C'est à ce genre de grand détail que l'on reconnaît les peuples dignes d'un Empire.

— Nous avons nos méthodes à nous, tranchait mon père.

— Tu crois qu'il peut faire beaucoup, beaucoup plus chaud qu'aujourd'hui?

— Surtout plus humide.

— Même si nous sommes loin d'un fleuve?

— Même.

Leurs voix parvenaient à Gabriel assourdies, filtrées. Des voix décomposées, pas tout à fait vivantes. La fenêtre était grande ouverte, mais les doubles rideaux fermés. Dehors, il faisait encore jour, l'interminable jour des débuts juin. Jaune et puis bleu et puis gris, jusqu'au noir. Dehors, Levallois puait, comme d'habitude. La puanteur atteignait son maximum en été, qui n'allait plus tarder. De temps en temps, Marguerite s'interrompait, chuchotait, tu dors, Gabriel? Lequel Gabriel retenait son souffle, ne répondait pas. Et sous la véranda, la conversation reprenait.

— Tu crois que l'on peut s'entraîner à la chaleur? demandait Marguerite.

— Il faut surtout s'entraîner à manger du sel, disait mon père.

La nuit finissait par tomber.

C'est alors, comme l'École coloniale allait bientôt afficher les résultats des derniers examens et les affectations en découlant, que déferla sur Levallois une haute vague de livres de médecine : Dr A. Le Dantec, *Précis de pathologie exotique* (O. Doin, éditeur); Dr A. Legrand, *Hygiène des troupes européennes aux pays chauds* (O. Doin, éditeur);

Dr Just. Navarre, *Manuel d'hygiène coloniale* (O. Doin, éditeur) ; Dr Ad. Nicolas, *Chantier de terrassements en pays paludéen* (G. Masson, éditeur) ; etc., Marguerite voulait les renvoyer : nous ne sommes pas un hôpital ! Mais Louis n'était pas de cet avis, pensant qu'un libraire doit accueillir tous les portraits de la réalité, même les moins ragoûtants. Et mine de rien, comme par hasard, il ouvrait ces charmants ouvrages aux pages les plus éducatives.

« Ver de Guinée : c'est un filaire pouvant atteindre 50 centimètres de longueur que l'on rencontre dans les téguments des membres inférieurs et les bourses (Louis, je t'en prie, disait Marguerite) et dans la région des épaules chez les porteurs d'eau. Les indigènes extraient le ver avec beaucoup d'habileté en l'enroulant peu à peu sur un bâtonnet. Ils cessent l'enroulement dès qu'il se produit une légère résistance afin de ne pas casser le ver, puis recommencent les jours suivants jusqu'à extirpation complète. »

– Quelle horreur, disait Marguerite, arrête, s'il te plaît.

– Mais non, il suffit d'enrouler doucement. Nous engagerons un boy très patient. (Et il continuait.) Voyons, voyons, qu'ai-je à vous offrir ? La verruga du Pérou ? Nous n'avons pas de possessions dans les Andes ? Alors elle ne nous concerne pas. Le bouton d'Orient ? Sans intérêt, petite éruption bénigne. Ah ! voilà, l'aïnhum. Écoutez : « Elle atteint exclusivement les orteils à la base desquels se forme un étranglement qui se resserre de plus en plus et finit par amener leur chute. »

– Tu te crois drôle, sans doute ? Continue si tu veux, disait Marguerite, je vais me coucher.

– Encore une, la dernière pour ce soir, le pian ou framboisia : « Inoculable et contagieux, transmis par les mouches et caractérisé par l'apparition sur la peau de papules aboutissant généralement à une éruption fougueuse qui se couvre de croûtes. A une certaine période de leur évolution, ces tumeurs charnues ont l'apparence de framboises (dont c'est justement la saison, commentait Louis avec un goût qui n'appartenait qu'à lui) d'où le nom de framboisia. » Écoutez, écoutez, une précision capitale : « On a voulu voir dans le pian une manifestation de la syphilis, il n'en est rien. Le même sujet peut être porteur des deux maladies. » Admirable, ah! ah! ah! admirable fécondité de la nature terrestre!

Marguerite avait déjà claqué la porte.

X

Cette petite mise en scène, commencée pour rire un peu, se changea vite en cauchemar. De tous ces livres de médecine tropicale sortaient chaque soir des démons qui torturaient Louis. Plus le jour funèbre du départ approchait, moins il dormait. A peine couché, il se levait et s'en allait prendre ses quartiers dans la salle de bains moderne (orgueil de Marguerite) comme si la salle de bains, endroit de la maison qui ressemble le plus à un hôpital, était un sanctuaire dont les microbes n'oseraient pas trop s'approcher. C'est là qu'il passait ses nuits, à la lumière hésitante d'une grosse lampe à pétrole, recroquevillé sur le tapis éponge bleu, l'index droit crispé sur son poignet gauche à se guetter le pouls, les yeux tantôt baissés sur un ouvrage riche en descriptions terrifiantes, en membres qui se détachent, en intestins dévorés par les vers, et tantôt fixés sur un miroir rond qu'il avait installé contre le tub en cuivre pour y scruter sa peur et sa mauvaise mine, le corps tremblant de froid malgré la température fort raisonnable du mois de juin et pour cette raison recouvert d'une couverture militaire (pourquoi militaire? Couleur kaki, je me souviens) de sous laquelle il sortait de temps à autre un thermomètre en murmurant, bon 37°, à part la fièvre, j'ai tous les signes, la fièvre ne va donc plus tarder... Et lorsque Gabriel entrait, sur la pointe des pieds, se battait avec la lampe à pétrole pour l'empêcher de trop fumer, approchait sa main du frissonnant administrateur colonial, lui demandait s'il avait besoin de quelque chose, de la présence de Marguerite ou d'un docteur, Louis répondait d'une voix mourante, non, très lentement, non, Gabriel, non, tout va bien, comme tu vois je vais mourir et surtout ne dis rien à Marguerite...

Après deux semaines de stoïcisme, deux semaines de combat sans merci contre l'armée des maladies imaginaires, Louis finit par céder. Gabriel, comme à son habitude vers trois heures du matin, venait prendre des nouvelles. Dévoré par les moustiques (il avait sans doute oublié de fermer le vasistas), Louis promenait la fameuse lampe à pétrole sur ses bras en murmurant mon Dieu, mon Dieu. Ah! tu es là Gabriel? Oui papa. Gabriel? Oui papa. Gabriel, je sais que nous allons faire une peine immense à Marguerite (il parlait comme un agonisant, sautait d'un soupir à l'autre) mais crois-tu qu'il soit bien sage de partir dans mon état?

– Tu as raison, Louis. Ce serait une folie. Ta santé est déjà si fragile ici... Tu ne résisterais pas aux maladies de là-bas. Restons, Louis, restons...

En répondant ainsi, Gabriel se sacrifiait deux fois : en tant que positiviste (c'est le devoir d'un positiviste de moderniser la planète et notamment ses recoins les moins développés) et en tant que futur amoureux. L'exotisme. Il avait remarqué dans ses lectures que la quasi-totalité des héros aimés des femmes avaient les cheveux noirs : d'Artagnan, le Cid, Casanova, Figaro, Fabrice del Dongo, etc., tous, ils étaient bruns. Pourquoi cette rareté de blonds, dans la littérature, alors que les blondes y pullulent et triomphent? Pour un blond comme Gabriel, la colonie était l'aubaine capable de lui conférer cette touche d'exotisme qui ferait peut-être oublier à la dame de sa vie qu'il n'était pas brun, à la différence de tous les autres séducteurs.

Mais Gabriel était un fils exceptionnel, ami, tu m'entends? ami cher de son père.

– ... Non, Louis, continua le Fils exceptionnel, démissionne, abandonne cette carrière, tant pis pour Marguerite, tu n'es pas assez solide pour les tropiques.

– J'avais remarqué que, toi aussi, tu préférais rester. Ça me rassure. Je n'aurais pas voulu te priver d'un grand voyage. D'ailleurs la France aussi a besoin d'être modernisée.

Et, dans l'instant, Louis guérit; il rejeta sa couverture kaki, se redressa, sans souci de la contagion embrassa son fils et tous deux s'en allèrent dans le salon ex-mexicain se verser un verre de schnaps, alcool des provinces perdues.

— Tu vois, Gabriel, notre vraie maladie, la vraie maladie grave de la famille Orsenna, c'est le rêve. Qu'avons-nous de réel, Gabriel? Toi ton caoutchouc, moi mes invitées, Marguerite son salon mexicain… Ce n'est pas assez pour vivre une vraie vie, Gabriel, nous flottons dans les rêves.

— Parle pour toi. Moi, je suis très réel. J'étudie le philosophe le plus réel du monde. Je rencontrerai une femme réelle et vivante et je l'aimerai et elle m'aimera. Une femme unique, pas comme toutes tes connaissances…

— Tu parles encore en irréel, mon pauvre Gabriel. Une femme unique est la moins réelle des créatures. Dès que tu vivras avec une femme, tu l'encercleras de rêves, tu es mon fils, tu es comme moi, tu n'y peux rien, tu l'assiégeras de tes rêves d'autres femmes, pauvre femme unique de Gabriel, et pauvre Gabriel. Non, non, crois-moi, Gabriel, c'est grave, notre famille est la proie des rêves. Des bons et des mauvais rêves. Des maladies imaginaires et des vrais sentiments. Voilà nos véritables ennemis. Et c'est dur de lutter contre des rêves. Nous allons nous entraider, unir nos forces. Promets-moi d'être plus réel, Gabriel, jure-moi d'essayer. De mon côté, je ferai tout mon possible. Gabriel? Oui. Allons dormir maintenant, il faut être d'attaque demain matin pour engager la bataille contre les rêves.

Gabriel l'a cherchée partout, la machine à fabriquer nos rêves, et il croit l'avoir trouvée, là, derrière le miroir, derrière les visages, derrière les vrais et les faux visages, les visages que l'on a vraiment, ceux qui vous regardent, les yeux grands ouverts, un peu apitoyés, eh oui mon vieux tu as cette tête-là, et puis les faux visages, les faux et beaux visages, ceux qui vous viennent à la place des vrais, dès que l'on ferme les yeux.

Peut-être que toutes les enfances sont pareilles : on ne s'habitue pas à son visage et c'est ce dégoût-là qui met en marche la machine à rêves, là-bas, de l'autre côté de la glace, dans cette odeur de salle de bains, gant de toilette humide et pâte dentifrice.

XI

Un homme était assis dans le dernier fauteuil de notre salon mexicain, ses gants posés devant lui, sur ses genoux, des gants beurre-frais qui juraient avec une allure générale plutôt trapue, sanguine. Marguerite lui faisait face, debout, elle se regardait les ongles. Laisse-nous, Gabriel.

Il y eut un silence, le temps que Gabriel disparaisse et qu'il installe son oreille là où elle devait se trouver pour entendre, contre le trou de la serrure, indiscrétion peut-être, mais la mémoire ne se nourrit pas toute seule.

– Eh bien, Orsenna, cette démission, pouvez-vous l'expliquer à madame votre mère et à moi-même?

L'homme aux gants couleur de beurre parlait à Louis avec une sévérité qui sonnait faux, qui fermait mal : on devinait en arrière-plan des instructions très précises d'indulgence. Mon père inspira, très fort, une nouvelle fois. J'ai encore dans la tête ce sifflement. Je le garde comme une relique, un instant de courage de mon père, et l'on sait que chez lui ce n'était pas la qualité dominante :

– Je ne pars pas.

– Et vous pourriez nous dire pourquoi? Oui, pourquoi?

Toute notre vie commune à mon père et à moi, cet homme aux gants couleur de beurre devait rester le pro-totype d'une race honnie par nous : les exécuteurs-des-basses-œuvres-de-clarification.

Mon père répéta je ne pars pas.

Mon oreille ne perdait rien, ni le silence de Marguerite, ni le froissement de ses mains, ni le craquement du fauteuil mexicain lorsque l'homme aux gants se leva.

– Dans ce cas, c'est à moi de partir. Comme vos camarades d'ailleurs, en ce moment même ils embarquent. Mais vous le savez, il y a toujours des bateaux. Alors vraiment, pas de regret? Bien, madame, je vous présente mes hommages.

Grâce à ma fidèle oreille, ma mémoire s'est nourrie et du baisemain final de l'homme aux gants couleur de beurre et des divers grincements de porte et de roues, du ploc ploc des sabots du cheval sur les pavés (récents) de la rue Cormeille. Je n'eus que le temps de me redresser et reculer. Mon père poussait la porte et me prenait par l'épaule. Par la fenêtre grande ouverte de plein été, nous regardâmes ensemble s'éloigner l'équipage.

– Tu vois, Gabriel, c'est la voiture de service de l'École coloniale. Elle sert à tout. Et lui, c'est l'équivalent en humain de cette voiture. Il sert aussi à tout. Il est chargé des grains de sable, depuis la chaudière qui s'arrête en novembre jusqu'à l'élève vietnamien modèle qui soudain, durant la messe de minuit, éclate en sanglots. Pourquoi un bouddhiste éclate-t-il en sanglots une nuit de Noël? Éclairez-moi ça vite, mon vieux. Voilà son métier, répondre à d'innombrables questions de ce genre que lui pose chaque jour le directeur. Alors il faut lui pardonner, Gabriel, l'éviter soigneusement lui et ses semblables, mais lui pardonner, Gabriel, lui pardonner.

XII

Après la démission de Louis, nous sommes restés enfermés tout le mois d'août 1900, volets clos, comme pour un amour fou. On entendait les lettres glisser sous la porte et les passants se demander si la maison vide était à vendre. Marguerite nous avait interdit de sortir : puisqu'on nous croit partis, personne ne doit savoir... Seul Gabriel avait le droit de se glisser dehors, vers le soir. Il marchait comme un fantôme, comme il croyait que marchent les fantômes, si près des murs qu'on s'y cogne. Il esquivait Levallois, poussait jusqu'à Neuilly, la plaine Monceau pour acheter le pain, l'huile, les provisions nécessaires. Il découvrait des quartiers sans odeurs, où tout était plus cher, mais la famille Orsenna inconnue. A son retour, l'air sentait le cheval comme jamais. Et Marguerite se taisait.

Elle avait emporté dans sa chambre ses souvenirs mexicains, le sabre, la tequila, le cliché de Gabriel Premier, celui d'Eduardo G., l'amateur de pêche au gros. Et passait la journée assise sur son lit. Elle regardait ses mains. Et se taisait.

Louis ne s'inquiétait pas trop. Mais lorsque Gabriel lui fit constater le prodige, il poussa un cri, ouvrit la porte, prends bien soin d'elle, je vais chercher le médecin. Ce prodige, Gabriel l'avait découvert par hasard, un jour semblable à beaucoup d'autres, alors qu'il guettait sa grand-mère par le trou de la serrure. Elle ne faisait que des gestes simples, se lever de son lit pour aller entrebâiller la fenêtre. Et pourtant, ces mouvements normaux, quotidiens, paraissaient soudain insolites, comme issus d'un rêve et condamnés à y retourner. Quelques secondes, Gabriel se demanda la raison de cette impression de songe. Au bout d'un moment, il comprit. Il comprit que Marguerite, que la vie de Marguerite ne faisait plus aucun bruit. Ni les ressorts du lit ni la poignée de la fenêtre ne grinçaient, ni le parquet ne craquait, lit, poignée, parquet, auparavant trois véritables foyers de vacarme.

Louis, aussitôt prévenu, d'abord ne voulut pas y croire et puis fut bien forcé de reconnaître l'évidence : c'était vrai, la vie de Marguerite ne faisait plus aucun bruit. C'est alors qu'il poussa le cri et voulut appeler un docteur. Gabriel le retint juste à temps : que pourrait un docteur dans ces cas-là ? Quelle description du mal allait-on lui donner ? Notre grand-mère et mère souffre de silence ? La vie de notre grand-mère et mère est devenue aphone ?

D'un commun accord, ils remirent à plus tard la consultation et discutèrent longtemps de la nature imprévisible du chagrin qui pouvait un beau jour se mettre à dévorer tous les bruits d'une vie, une vie désormais inutilement sonore puisque personne n'était plus là sur terre pour tendre vers elle l'oreille, pour y prêter attention. Non, une telle affection n'était pas du domaine de la médecine, même tropicale. Et ils décidèrent de garder secrète une originalité familiale qui pourrait nuire à ta carrière, dit Louis, si l'on savait... Tu vois ce que je te disais, Gabriel, notre famille est malade, bien malade.

XIII

Il faut se méfier des pays tempérés. La France aussi a ses jungles. De l'extérieur, on ne remarque rien. On dirait des lycées, nobles façades, drapeaux, grandes lettres gravées dans la pierre (République française, Liberté, etc.), grands hommes sculptés dans la pierre et veillant sur l'avenir du haut de leurs niches, pigeons craintifs domiciliés sur la tête des grands hommes de pierre et sursautant à tous les cris d'enfants, traînées de fiente çà et là... Les passants descendent et remontent la rue Saint-Jacques, le boulevard Saint-Germain, reniflent l'air riche en ozone du Quartier latin, sans se douter.

Encore aujourd'hui, Gabriel se souvient de la porte avec une précision douloureuse. Chaque matin, il lui offrait le spectacle de grotesques tortillements : allez, cette fois, j'entre, allez, je prends mon souffle, je compte un, deux, trois et ça y est, j'entre... C'était pourtant une porte banale, de sapin sombre jusqu'à mi-hauteur, vitrée ensuite, avec une poignée de cuivre légèrement tombante, comme toutes les portes. Une porte normale. En rien effrayante, plutôt même amicale, certainement désolée des gentillesses qui s'abattaient sur Gabriel sitôt qu'il pénétrait.

— Tiens, le rebondi, oh ! mais comme il est pâle !
— C'est une pâleur d'insomnie ça.
— Bien sûr, il s'inquiète, il n'arrive pas à suivre le rythme !
— Alors un avis d'ami, Gabriel, pour ta santé, abandonne.
Ce flux de douceur se calmait un peu quand j'avais

gagné ma place. Mais impossible de relâcher pour autant l'attention. C'était l'heure du marché, un marché très spécial. A l'étal, rien que des fausses nouvelles. Tiens, j'ai trouvé un lumineux article sur Kant ; malheureusement il ne se trouve qu'à la bibliothèque d'Orléans et je n'ai pas pu le sortir ; tu veux les horaires de train, Gabriel ? Pour la traduction de Tite-Live, un conseil, regarde le dictionnaire de Trévoux, tome VIII (il n'a que sept tomes)... Rien que des filons stériles, une bourse aux culs-de-sac. Car telle est la loi de la jungle, un concurrent, au mieux ça se décourage, au pire ça se retarde...

Nous n'en étions encore qu'aux amuse-gueules. La cloche sonnait. Le professeur entrait. Et le pire commençait, la séance de tapisserie. Le maître rassemblait l'élite autour de lui, vous êtes prêts ? Bon, parfait. Les autres tâchaient de picorer une idée de temps en temps. Gabriel, qui, outre certaines fantaisies féminines, ne comprenait vraiment qu'Auguste Comte, les entendait avec terreur entrelacer les perspectives, tisser des systèmes, reconstruire les familles. Rousseau est plus fils d'Aristote que cousin de Sénèque... Sans Spinoza, Kant eût été thomiste... Homère est à Scudéry ce qu'Horace est à Mme de La Fayette... Profitant de la touffeur ambiante, les arbres généalogiques prospéraient, s'épanouissaient. Il fallait lutter pour progresser. On se serait battu pour un point d'eau. A ce régime, l'atmosphère devenait vite étouffante. Plus tard, à cause de son métier, Gabriel a connu de nombreuses forêts tropicales et non des moindres, l'Amazonie, l'Annam... Eh bien, il est catégorique : les fouillis de concepts sont plus impénétrables que les mangroves... Cette impression pénible n'était pas partagée par tous. L'élite, elle, hululait de bonheur, sautait de liane en liane. Mais les besogneux, les rampants, respiraient de plus en plus mal, demandaient timidement qu'on ouvre les fenêtres.

— Pour que la khâgne d'Henri-IV nous vole nos idées ? Merci bien. Écoutez plutôt cette lecture de Dante par la mère Arnauld de Port-Royal. D'après Sainte-Beuve, etc.

Et dans l'omnibus qui me reconduisait vers Levallois, je dressais l'inventaire de mon savoir. Trois idées à peu près claires sur Kant, six, mais banales, sur Platon, pauvreté quant à Pascal (deux idées). Indigence pour Grotius (à peine une idée). J'excepte bien sûr Auguste Comte dont je savais presque tout, mais qui ne jouissait déjà plus d'aucune faveur... Or, à entendre les spécialistes, il ne servait à rien de se présenter au Concours si l'on ne détenait pas en stock une moyenne d'au moins vingt perspectives *originales* par auteur du programme...

C'est donc un adolescent plutôt défait qui retrouvait sa famille, Louis le couvert-de-femmes et Marguerite la sans-bruit, avant de disparaître dans sa chambre où l'attendaient ses gammes : le fastidieux petit latin, traduire sans diction-naire le plus de lignes possible de Cicéron, jusqu'au bout de ses forces, jusqu'à la plongée dans le sommeil. Si vous commencez à rêver en latin, vous pouvez considérer que vous êtes sur la bonne voie...

Souvent, par la suite, j'ai raconté à des amis étrangers l'histoire de ce dernier trimestre 1900, l'histoire de ma vocation intellectuelle avortée. Ils me regardent, ahuris, me demandent :

– Mais quel étrange concours prépariez-vous qui vous forçait à ces gymnastiques ?

– Un concours de culture générale.

– Ah ! il n'y a que la France pour inventer des épreuves pareilles. Calme-toi, Gabriel, calme-toi, disent les amis étrangers. Et buvons à ton pays de France, tellement tou-chant... Comment pouvez-vous aimer, aimer à ce point d'amour, quelle est votre expression française, ah ! oui, tu viens de le dire, la « culture générale » ?

Gabriel, cinquante années après, tend l'oreille : il pleut. Sinistre décembre. Et les plumes crissent sur le papier blanc. L'élite halète. Il s'agit, ce jour-là, d'une bribe de Vir-gile : traduire en alexandrins français à rimes riches la détresse d'une majesté nommée Didon, reine de Carthage et folle éperdue d'un voyageur turc : *uritur infelix Dido totaque vagatur...*

L'élite peste, elle s'empêtre dans ces états d'âme méditerranéens. Elle n'avance que pas à pas dans cet amas de chagrin. On l'entend soupirer, ouvrir, feuilleter puis refermer rageusement les dictionnaires, comme si toutes les variantes de la tristesse pouvaient être contenues dans un dictionnaire !

Soudain, le clapotis d'un pas nous parvient. D'abord lointain, puis de plus en plus proche. L'élite redresse la tête. A cette heure de l'après-midi, qui peut bien venir troubler l'exercice roi de version latine ? Le mur séparant la classe du couloir étant vitré dans sa partie supérieure, on reconnaît bientôt le crâne dégarni du proviseur.

La porte s'ouvre, garde-à-vous de l'élite.

– Asseyez-vous, je ne vais pas être long. Qu'est-ce que vous traduisez ? Virgile ? Très bien, Virgile. La difficulté qu'il faut. Vos concurrents du lycée Henri-IV sont aujourd'hui dans Sénèque. J'ai mes espions. Plus facile, Sénèque. Continuez dans Virgile. Bon. Je ne serai pas long. Je dois vous lire un message urgent du rectorat. Comme si le rectorat ne savait pas que vous prépariez un concours. LE Concours ! Enfin, les ordres sont les ordres, voilà, je résume...

Le proviseur tenait toujours à ses classes préparatoires un langage haché, militaire. Le Concours n'est-il pas la guerre ?

– ... Voilà. La nouvelle République du Brésil a choisi Auguste Comte pour maître à penser. Drôle d'idée. Enfin, c'est quand même gentil pour la France. Mais personne dans l'administration brésilienne ne connaît Auguste Comte. Alors le Brésil demande notre appui pédagogique. Il faut s'entraider entre républiques. Elles ne sont pas si nombreuses. Bref, voulez-vous aller enseigner Auguste Comte aux ambassadeurs du Brésil en Europe ? Notre gouvernement a décidé de commencer par eux. Pour réduire les frais de voyage sans doute. Alors, pendant les vacances de Noël, dix jours intensifs de positivisme ? Vous n'êtes pas intéressés ? Non, bien sûr ? Personne ? Je vous comprends, vous préparez LE Concours. Vous avez raison. J'envoie une réponse circonstanciée au rectorat. Henri-IV vous précède encore en grec. Ne l'oubliez pas. Allez, au revoir, et bonne fin de Virgile...

Le proviseur était déjà en train de nous quitter, quand une rumeur le rappela, une rumeur qui n'était guère flatteuse pour Gabriel, une rumeur qui le suppliait de baisser son bras, quelle utilité, Auguste Comte ? Qu'est-ce que tu vas faire avec ton ambassadeur ? Où c'est le Brésil ? Une rumeur qui prouvait bien que je n'étais pas un concurrent dangereux, que j'appartenais plus à la race des mascottes populaires qu'à celle des futurs normaliens... Quoi qu'il en soit, le volontaire était bien là, bras franchement levé, sourire contraint aux lèvres, sourcils froncés de détermination. Le proviseur se précipita vers le professeur. Conciliabules express. Pas besoin d'être normalien, justement, pour en deviner la teneur. Qui est-ce ? Orsenna. A-t-il des chances au Concours ? Aucune. Parfait. Connaît-il un minimum Auguste Comte ? C'est sa marotte.

Alors le proviseur, tout miel et sourire, se dirigea à petits pas rapides vers ledit volontaire.

— Bravo, Orsenna. Je préviens à l'instant le rectorat.

Cinquante années plus tard, je tends l'oreille, je tends l'oreille, j'écoute la porte de la classe qui se referme, les pas du proviseur qui s'éloignent, les félicitations moqueuses, il faudra le punir, ton ambassadeur, Gabriel, s'il ne travaille pas bien. J'écoute la voix très aiguë du professeur. Allons, messieurs, retour à Virgile. J'écoute le silence qui revient peu à peu entre le crissement des plumes sur le papier blanc et les soupirs recommencés, je m'entends murmurer Brésil, Brésil, syllabes de vent qui se lève, de bateau qui part, de feu qui commence, libre à vous de voyager, dit le maître, mais ne gênez pas vos camarades.

Les Affaires étrangères étaient tendues de velours rouge. Dans la salle où se déroulait la petite réception sous les moulures dorées, une tapisserie sépia évoquait la jungle d'autrefois, hantée de dianes et de faunes. Les parquets luisaient comme de la glace. Par les longues étroites fenêtres, on voyait une esplanade de graviers, un croissant de pelouse. Deux jardiniers ratissaient des feuilles d'arbres invisibles. Autour de moi, une vingtaine de collègues positivistes se tenaient muets et raides, de très jeunes gens rassemblés comme pour le repas d'un ogre. Nous sommes un cadeau de la France, songea Gabriel. Une France soucieuse de rétablir ses relations diplomatiques avec l'ogre?

Une porte s'ouvrit. Un huissier à chaîne cria : Monsieur le ministre. Et précédé de deux autres huissiers à chaîne, Théophile Delcassé entra.

– Merci, mes petits, dit-il.

Il circula entre nous, serra des mains.

– Bonne chance, mes petits, dit-il.

Et il retourna aux Affaires.

Un attaché nous distribua des enveloppes à nos noms. Vous pouvez les ouvrir. Tout était prêt : les billets, le passeport, l'ordre de mission, la destination, même les étiquettes à coller sur les malles. Gabriel devait se rendre à Londres, 14 Pelham Crescent SW 8. Parfait, dit l'attaché. Le cadeau de la France fut raccompagné vers la sortie. Les positivistes marchaient à petits pas, à cause du parquet, qui glissait comme de la glace. Bonne chance, dit l'attaché. Il parlait comme le ministre, semblable ton, semblable diction. Il a même ajouté « mes petits », mais à voix basse, comme il se retournait, comme quelqu'un qui n'ose pas emprunter l'uniforme d'un autre. Des passants nous ont regardés descendre l'escalier d'honneur. Il faisait froid et sec.

Question de Gabriel, dans le train :

– Louis, dis-moi, est-ce que tu crois qu'ils rêvent aussi dans les grands pays, avec toute la réalité qu'ils ont à portée de la main?

Le 20 décembre 1900, il était une fois un père qui supporta avec courage le voyage jusqu'au Havre, supporta le moment de l'embrassade (l'Angleterre est sûrement bonne pour notre maladie, Gabriel, fais vite ton trou, j'arrive avec

Marguerite), supporta les ultimes images, enregistrement des bagages de Gabriel, contrôle de douane, montée de la passerelle, disparition du fils dans le ventre du bateau qui peu à peu s'écarte du quai. Il était une fois un père qui devint de plus en plus petit sous les mouettes. Et je reconnaissais dans la petite foule, à l'extrême bord du quai, un bras qui disait adieu et l'autre qui s'agitait aussi, un mouvement plus sec, du dos de la main, comme on éloigne des importuns. Pauvre Louis, déjà aux prises avec nos fantômes, l'accouchée et Buffalo Bill, Levallois et le jardin du Luxembourg, Marguerite la silencieuse et le salon mexicain...

Je l'avais laissé se débrouiller avec mon enfance.

Alors Gabriel, le chevalier à la ronde figure, quitta la poupe, ses haussières luisantes roulées en escargot, ses passagers déjà verdâtres de mal de mer et, longeant les chaloupes de sauvetage à la peinture écaillée, gagna la proue. Devant lui, au-delà des embruns, se tenait Londres, la plus grande ville du monde, capitale du Réel.

POLITIQUE

Au moment de quitter la France et pour que ton dossier soit complet, je ne voudrais rien oublier, ni personne. Convions donc sur le bateau, en invité de la dernière heure, Maximilien, le jeune archiduc, celui que Napoléon III avait placé sur le trône du Mexique.

Louis m'en parlait souvent :

— Il ne demandait rien à personne, tu comprends, sinon à l'Adriatique, qu'il apercevait de sa fenêtre, de lui inspirer quelques vers passables :

Oh! Laissez-moi suivre la route paisible
l'obscur sentier qui se dérobe sous les myrtes.
Croyez-moi, l'étude de la Science et le culte des Muses
sont préférables à l'éclat de l'or et du diadème.

Certes, sa femme Charlotte, née Cobourg-Gotha, était ambitieuse, mais n'est-ce pas là le péché mignon de la plupart des épouses d'archiducs?

Marguerite était plus sévère. Elle me mettait la main sur l'épaule, me regardait gravement et me disait :

— Toi, un empereur te ferait cadeau d'un trône, tu saurais t'en montrer digne...

Hélas, Maximilien n'avait pas les qualités de Gabriel Orsenna. Il ne sut pas gouverner l'ingouvernable Mexique. Nos armées l'abandonnèrent.

— Tu ne trouves pas ça normal, toi, Gabriel, disait Marguerite, que des Français reviennent en France?

Et les Mexicains fusillèrent Maximilien.

— Bien sûr que c'est triste, disait Marguerite, mais avoue

que notre empereur n'y est pour rien. Il lui a donné sa chance...

J'ai appris plus tard la suite de sa triste histoire.

Une fois mort, Maximilien pensait pouvoir reprendre la vie qu'il aimait. Au fond, le statut de fantôme lui convenait assez bien. Un fantôme peut rêver de poésie sans écrire des vers dont on se moquera. Il peut passer la belle saison sur l'Adriatique et s'en aller vers d'autres séjours, sitôt que les brouillards humides s'accumulent. Il peut même aimer sa femme, doucement, du bout des doigts, sans se laisser emporter par la congénitale ambition de toutes les prénommées Charlotte, nées Cobourg-Gotha.

Mais s'il vous plaît, disait le fantôme Maximilien, maintenant, laissez-moi tranquille.

Or, on ne le laissait pas tranquille.

Depuis sa mort, des milliers d'amis lui étaient venus. Des scandalisés par l'attitude de Bonaparte III, des honteux d'être français. Tous chaleureux et bien intentionnés. Mais d'un bruyant ! Seul, parmi eux, le peintre Manet se montrait de commerce agréable et utile. Au lieu de hurler, il passait son indignation dans son art. Ainsi naquit, en l'année 1868, un sombre et fort tableau représentant le peloton d'exécution, les fusils, le commandant du feu, quelques comparses et le bref empereur du Mexique, chemise blanche grande ouverte, dépoitraillé. Durant toute la gestation, Maximilien s'était retenu de rendre visite au peintre. Puis l'œuvre fut finie et Maximilien s'invita. Et voici que sa mort était là, devant lui, de nouveau le noir matin glacé, sa mort épinglée sur la toile comme scarabée sur le liège, sa mort tuée à son tour, à chacun le sien, ne manquait que le bric-à-brac mexicain de ce matin-là, les deux, trois vautours, le volcan tutélaire, l'artiste avait bien eu raison de s'en tenir à l'essentiel. Alors Maximilien dansa, voleta dans l'atelier, merci Manet, grâce à vous, ma mort est morte, vous m'installez somptueusement dans le souvenir des hommes, il faut que je vous embrasse, et il déposa sur le front du créateur un baiser où il avait mis toute la chaleur, toute l'amitié dont les fantômes sont capables.

Hélas, quelques mois plus tard, Manet fut saisi d'un scrupule. Son Maximilien n'était pas réussi. Il le retira du tableau. On imagine le désespoir du fusillé. Bien sûr, il pouvait espérer renaître en un Maximilien plus beau, plus terrible. Mais l'ex-empereur du Mexique était un peu artiste, il savait comment est faite la tête de ces gens-là, une lubie en pousse une autre, hélas, hélas, mon heure est passée, se dit-il avec un énorme soupir. Enfin, peut-être que ce vide intriguera autant (plus) que ne l'eût fait mon visage ?

Hélas, hélas, quelques années plus tard, Manet mourut. Et ses héritiers s'arrachèrent ses tableaux. Et découpèrent en quatre, oui, découpèrent, oui, en quatre, la mort de Maximilien dont les morceaux furent dispersés.

Encore plus tard, Edgar Degas survint. Était-ce pour la mémoire de Maximilien ? Sans doute plutôt pour celle de Manet (hélas). Toujours est-il qu'il se mit en chasse et, un à un, récupéra les morceaux. La mort de Maximilien, sans Maximilien, était de nouveau réunie.

Hélas Degas mourut. Une fois de plus, Maximilien frémit. Mais la National Gallery veillait. A la grande vente de 1919, elle acheta les quatre morceaux de la mort de Maximilien enfin réunis depuis (à jamais ?) sur un mur de Londres (Trafalgar Square).

Et tu voudrais que je sois bonapartiste ?

Voilà, si l'on ajoute à la liste des passagers le bref empereur Maximilien, mon navire est complet. A toi de conclure et de tirer le portrait de Gabriel vers la fin de 1900, politiquement parlant. Bon courage. Moi, je continue mon voyage.

BOTANIQUES

I

Une tempête. Colère du suroît. Au précis compteur de Beaufort, la vitesse du vent dépassait la force 10. Les mouettes ne ricanaient plus, ne luttaient plus, dérivaient d'Espagne en Laponie, on les voyait passer très vite, au-dessus du bateau branlant. La mer couleur vert sapin déferlait blanche. Vers l'arrière, la côte française apparaissait, disparaissait. Désagréable sensation d'éclipse quand on aime son pays. Vers l'avant, on piquait toujours dans du gris : tantôt celui, mousseux, de l'écume, tantôt celui, délavé, du ciel...

Sitôt doublé les digues, sitôt commencé le séisme, tous les passagers sensés voulurent revenir.

– Commandant, nous exigeons un demi-tour!

– Commandant, vous allez nous noyer!

– Commandant, méfiez-vous, j'ai le bras long!

Mais, hélas pour les apeurés, le seul maître à bord avait le torse trapu et le teint rougeoyant typique de la race armorique, ce rameau occidental et granitique du tronc aryen, dont l'une des principales qualités mentales est de ne jamais changer d'avis. Voilà pourquoi les Bretons sont chéris des armateurs. Quel que soit le temps, ils ne rebroussent pas chemin. Heureusement que la terre est ronde, une fois partis on ne les reverrait pas... Un à un, les protestataires cessèrent de tambouriner à la vitre du poste de pilotage, devinrent de plus en plus pâles et, après un dernier essai de dignité, ils approchèrent précipitamment leurs mains de leurs bouches et s'enfuirent vers le plus proche bastingage. C'est alors que sonna la cloche du premier service. Gabriel, tant bien que mal, à certains moments rampant, à d'autres dévalant, gagna le restaurant.

La salle à manger était déserte et les fauteuils enchaînés au parquet. Les bouteilles du bar cliquetaient en cadence. Un gros cendrier de réclame glissait d'un côté sur l'autre, inimitable Suze, sur bâbord, sur tribord. Les serveurs, accrochés aux battants de la porte, accueillirent le courageux avec l'enthousiasme pudique d'un concierge de club anglais : Bienvenue, monsieur, prendrez-vous un apéritif? M'est avis que nous n'aurons guère de clients aujourd'hui...

Ces sourires complices, cette fierté (appartenir à l'aristocratie maritime, les épargnés du mal de mer), j'y repense souvent avec attendrissement : ils marquent la limite ultime d'une enfance. Après, juste après, commence l'aventure adulte.

Car une famille se présenta, quatre unités titubantes surgissant de la coursive, le père, la mère, et deux petites filles, ils se tenaient comme encordés, par la main... Gabriel avait choisi une table sur tribord. Montrant par là une éducation parfaite, toute de discrétion et de respect d'autrui, les quatre unités titubantes se dirigèrent à petits pas de l'autre côté.

— Mais, dit la plus jeune des demoiselles, si nous invitions ce monsieur qui ne vomit pas à partager notre déjeuner?

— Voyons, Ann! s'écria le père. Veuillez lui pardonner, monsieur, ce doit être la fatigue, elle s'est levée très tôt ce matin...

A n'importe quel autre moment de sa vie, Gabriel aurait rougi, balbutié je vous en prie, baissé les yeux et lampé seul son consommé jardinière. Mais les rugissements du vent, les premières gorgées de vin de Médoc qu'il s'était fait servir, peut-être aussi son appartenance récente à l'aristocratie (maritime), lui avaient empli le sang d'audace. Il se leva, inclina la tête :

— Hélas, monsieur, cette demoiselle m'a précédé, car je voulais moi-même vous convier à fêter ensemble la traversée. Je me présente : Orsenna Gabriel, diplomate stagiaire.

Après quelques assauts de civilités, entrecoupés de silences un peu crispés, lorsque la dégringolade de notre restaurant au bas d'une lame soulevait brutalement les estomacs, il fut décidé que Gabriel gagnerait leur table.

Jusqu'alors, il n'avait connu que sa famille. Et notre

famille n'est pas une connaissance, seulement un prolongement de soi, vers l'amont et vers l'aval, une sorte d'annexe, chaleureuse et encombrante.

Or voici que, par-dessus la table chamboulée par les secousses, un monsieur étranger, vraiment étranger, un étranger aux yeux rieurs derrière ses lunettes rondes tendait sa carte :

Markus V. Knight
Directeur musical
Permanence londonienne : 17 d'Arblay Street.

Voici que, dans cette tempête, une porte s'ouvrait sur une enfilade d'existences somptueuses, ce qu'en terme hôtelier on appelle une suite.

– Vous avez bien noté, Gabriel ? Vous permettez que je vous appelle Gabriel : directeur musical et non imprésario. Dieu nous délivre des impresarii, honte de notre Art. Non, directeur musical, c'est-à-dire voyageur perpétuel, découvreur de talents ; sitôt qu'on me signale une note juste quelque part, j'accours...

– Il faudrait aussi expliquer à notre Gabriel, dit la mère d'une voix très douce, que plus les talents sont inconnus, plus les contrats nous sont favorables.

Les deux petites filles pouffèrent. Le directeur musical se dressa à demi, les deux bras écartés : je me tais Gabriel, désormais vous savez tout de mon destin : voracité pécuniaire pour moi et voracité alimentaire pour elles, car essayez de les nourrir moins, ces trois créatures féminines qui vous entourent, et vous les entendrez hurler. Mais vous-même, Gabriel, vous pratiquez le violon, le piano ?

Trop tard, trop tard pour répondre.

Gabriel était tombé.

Tout à son émotion, préoccupé uniquement de ne pas rougir, travail comme chacun sait des plus absorbants, il avait oublié de s'agripper aux bras de sa chaise. Une embardée du navire l'avait jeté à terre.

– Nous n'arriverons jamais vivants, cria la mère.

– Flûte et puis sapristi, cria Ann, celle qui m'avait invité.

— Vous n'avez rien de cassé? demanda l'autre petite fille, l'aînée.

Sa lèvre du bas tremblait, comme lorsqu'on va pleurer.

Quant à Gabriel, il souffrait assez cruellement du genou. D'ailleurs, la cicatrice de cette blessure historique peut s'apercevoir encore aujourd'hui[1].

Tant bien que mal, il regrimpa sur son siège.

Durant tous ces événements, le directeur musical n'avait pas bougé. Il reprit la conversation, comme si de rien n'avait été.

— Alors, vous, Gabriel, ni violon, ni piano?

— Hélas, monsieur...

Le directeur musical s'était penché vers Gabriel et lui chuchotait un étrange mélange de confidences et de questions des plus indiscrètes : «Vous l'avez remarqué, n'est-ce pas, elles n'ont pas pour moi beaucoup de respect. C'est vrai, je n'ai trouvé personne de valable depuis un an. Mais vous verrez, elles croient que tout est facile, comme si les virtuoses se trouvaient sous le pas d'un cheval. Mais vous, Gabriel, si je puis me permettre, comment comptez-vous gagner discrètement beaucoup d'argent? Croyez-moi, il faut les deux à la fois, beaucoup d'argent c'est nécessaire, mais loin d'être suffisant. L'important, c'est la discrétion. Les femmes n'aiment pas les efforts trop visibles. Oui, beaucoup d'argent gagné discrètement. Voilà le secret des bonnes relations avec les créatures féminines. J'ai payé cher pour le savoir. Un jour je vous raconterai... »

De l'autre côté de la table, les trois femmes étaient plongées dans une messe basse. De temps en temps, l'une ou l'autre s'interrompait, levait la tête, lorgnait sans vergogne notre héros avant de reprendre ses murmures et ses fous rires. Manifestement, elles n'écoutaient pas ces propos d'hommes, elles avaient d'autres sujets d'intérêt. Rassuré, Gabriel donna quelques informations sur ses occupations, le strict nécessaire.

1. Romantique Gabriel. J'ai bien regardé, même l'été, quand tu dormais, et je n'ai rien vu. *(Note d'Ann.)*

– Je m'occupe de philosophie positiviste.

– Je vais être franc, jeune homme, philosophie m'inquiète, positiviste me rassure...

Même ignorant des choses de la vie, Gabriel s'attendait à cette réaction. Tous les pères, et principalement ceux qui sont impliqués dans l'art, veulent pour leurs filles des compagnons à métier solide. Comment leur en vouloir?

– Ne le prenez pas mal, reprit le directeur musical, vous m'êtes très sympathique et l'essentiel, c'est la vocation.

Gabriel hocha la tête. Il était d'accord. Sans vocation, la vie flotte. Lui venait de trouver la sienne : suivre à jamais cette famille, partout.

On venait d'apporter le gigot sauce menthe.

– C'est la pire traversée depuis neuf ans, indiqua d'une voix fière le serveur, et l'aide plongeur s'est cassé le bras...

Les trois femmes, occupées par les gestes d'un déjeuner rendu périlleux par les circonstances, avaient cessé pour le moment leurs investigations. Elles gardaient les yeux fixés sur leurs couverts, sur les bouchées que tant bien que mal elles confectionnaient puis portaient à leurs bouches et parlaient de Noël, des cadeaux qu'elles désiraient recevoir, n'est-ce pas, Markus? Tu nous entends, papa? Si, bien sûr, ce navire daignait arriver à bon port. Gabriel profita de ce répit pour prendre connaissance de son amour. Jusqu'alors, il ne les avait pas regardées. Il s'était répété, un miracle est là, de l'autre côté de la table. Et il avait laissé ce miracle en réserve, là où il était, de l'autre côté de la table, au risque de paraître impoli. Il fixait des points du monde à côté du miracle, au-dessus, en dessous. Mais jamais en face. Jamais d'affrontement avec le miracle. Et maintenant, l'heure était venue. Voyons, se dit Gabriel. Il prit son courage à deux mains. Voyons. Et il jeta vers elles son premier coup d'œil et puis un autre, et puis un autre encore... Et c'est ainsi, bribe après bribe, une joue, un front, une tempe à la peau transparente, une lèvre qui boude, un duvet blond sur la nuque, une manière craintive de serrer les doigts, moqueuse de plisser les paupières, c'est ainsi, par morceaux, qu'elles sont entrées dans la vie de Gabriel et se sont assemblées en lui, peu à peu. La première impression ne mentait pas. Il y avait bien un miracle de l'autre côté de la table. Un menaçant miracle. Elles étaient pires que prévu, plus belles, plus moqueuses, plus perdues, plus à prendre toutes affaires cessantes dans ses bras, plus tout, plus à jamais. Plus qui fuiraient toujours.

Aujourd'hui, le vieux Gabriel qui te raconte cette histoire doit oublier la connaissance intime qu'il a de chacune, il lui faut cadenasser un à un trois puits distincts de souvenirs pour retrouver l'évidence de cet après-midi du 20 décembre 1900 : elles se continuaient l'une l'autre. Ainsi pour l'âge : on aurait dit qu'il ne s'agissait que d'une seule personne à trois époques de sa vie, à six-sept ans elle s'appelait Ann, à dix-onze ans elle s'appelait d'un prénom que Gabriel ne connaissait pas encore, à trente ans (au pire trente et un) elle était devenue Mme V. Knight. Ou pour la couleur des cheveux, la forme des visages : deux nattes blondes, figure ronde (la benjamine), macarons auburn, un peu sévères, fixés de part et d'autre d'un ovale de peinture siennoise (l'aînée), un buisson frisé noir (vous permettez que j'ôte mon chapeau, avec tout ce ballant ? – Maman, tu seras laide. – Ann, je t'en prie). Et Gabriel rougit, une fois de plus, lorsque la très jeune mère retira une à une les épingles géantes qui tenaient en place l'ouvrage de velours et plumes.

D'autres détails des trois femmes étaient plus difficiles à classer : ils semblaient vivre leurs vies propres. Sans rejeter leur appartenance à la famille Knight, bien sûr, ils revendiquaient néanmoins un peu de liberté. Je veux parler de la fossette d'Ann, une cavité minuscule creusée de quel côté voyons ? Oui, je la revois, à droite de son menton, chaque fois qu'elle redevenait pour un instant sérieuse (rareté que de telles fossettes, m'ont dit plus tard des spécialistes de fossettes : les fossettes « normales » apparaissent dans le rire ou restent à demeure). Eh bien rien de tel, ni chez l'aînée des sœurs, brûlons les étapes, je peux bien l'appeler Clara, ni chez leur mère. De même, puisque je viens d'évoquer Clara, son cou : une rareté de longueur (elle n'avait que dix ans, au maximum douze), de blancheur, de fragilité,

Gabriel le fixait comme quelque chose d'inconnu sur la terre, une partie du corps qu'elle aurait inventée à son usage, une distance, entre la tête et le reste, tantôt coupe-feu, *no man's land* quand elle restait droite, tantôt arche de pont, quand elle se penchait pour attraper une bouchée particulièrement rétive, du fait du roulis.

Et Gabriel en vint, oh! pas à pas (souvenons-nous qu'il ne savait rien, mais rien des femmes, hormis quelques épisodes du Quartier latin), oh! prudemment pour ne pas rougir, Gabriel en vint à imaginer d'autres ressemblances, d'autres traits plus intimes lorsque, contre sa bottine droite, vint se nicher une présence, une lourdeur dont il crut un instant qu'il se pouvait agir du cendrier géant. Mais non, il naviguait à l'autre bout de la salle. Alors, alors?

Alors l'existence faillit s'arrêter. Les lumières s'éteignirent, tous les objets de la Création quittèrent leur place assignée depuis toujours, depuis que la civilisation existe, d'où des vacarmes barbares ; les verres et les bouteilles explosaient contre les parois, les meubles non scellés erraient en raclant le parquet ; quant aux humains, marins, hôteliers ou civils, ils avaient perdu toute dignité. La preuve ? Deux matelots chargés d'éteindre un début d'incendie avançaient à quatre pattes vers le réchaud à flamber le homard qui s'était renversé. La malle Le Havre-Newhaven se trouvait désormais en travers de la houle. Couchée sur bâbord et peu pressée de se relever. Gabriel et sa famille miraculeuse s'accrochaient comme ils pouvaient à leur fauteuil. Le déjeuner avait disparu, le gigot, la menthe, les pommes de terre bouillies, les verres, les assiettes, les couverts, le sel, le poivre avaient rejoint un amas de débris, là-bas, dans le coin inférieur de la salle à manger. Ne restait que la nappe blanche souillée d'une longue traînée havane, couleur de sauce. Et durant les interminables secondes critiques, Gabriel considéra cette longue traînée, émouvant, fraternel vestige de la vie quotidienne. Je veux vivre, hurlait-il silencieusement, je veux vivre, ce n'est pas le moment de mourir avec un miracle devant moi de l'autre côté de la table. Enfin la malle revint, lentement, à regret, revint à de meilleurs sentiments verticaux. Bref se redressa.

– Eh bien, dit le directeur musical.

– J'ai faim, dit Ann.

L'amour est plus fort que la mort. Gabriel, rescapé de la tempête du 20 décembre 1900 dont les annales météorologiques gardent les traces, peut en témoigner.

Pour tenter de masquer ses divers troubles, Gabriel s'affaira, participa aux secours de première urgence, sous les regards approbateurs du directeur musical qui se disait que décidément, chez ce sympathique Gabriel, la rassurante composante positiviste l'emportait sur l'inquiétante dimension philosophique. Une demi-heure plus tard, une nouvelle tranche de gigot raisonnablement chaude, recouverte d'une sauce mentholée comparable à la précédente, même plus onctueuse semblait-il, des pommes de terre plus bouillies, mieux ratatinées encore qu'auparavant, attendaient dans les assiettes le bon vouloir d'Élisabeth, car la mère miraculeuse s'appelait Élisabeth, pour l'heure en train d'ôter avec le bout de sa serviette une tache sur le pull-over de laine rouge que portait Ann. Et pas question de commencer à manger avant Mme V. Knight se disait avec raison Gabriel.

Après quelques minutes, la tache finit par comprendre qu'elle importunait et disparut. Élisabeth souhaita bon appétit. Et la conversation reprit son cours. Les miraculeux compagnon et compagnes de Gabriel ne retournaient que pour quelques jours à Londres. (Hélas, mille fois hélas, espérons que toutes ces secousses maritimes auront détraqué chez le directeur musical quelque organe. Oh! pas gravement, simplement pour une convalescence de, disons un mois, le temps de m'ancrer dans cette miraculeuse famille.) Puis ils repartaient explorer le nord de la Hongrie (Vous connaissez Budapest, Gabriel?), l'est de la Tchécoslovaquie, le sud de la Pologne, on leur avait signalé quelques archets d'avenir, çà et là, dans les campagnes et aussi un « bambin jongleur magique de clavier » (tels étaient les propres termes du directeur musical) entre Chelm et Brest-Litovsk.

– Comment expliquez-vous, cher ami instruit Gabriel, cette donnée géographique : l'Europe centrale est la grande mine de la musique. Parfois, mes femmes et moi aimerions changer : toujours le froid, toujours les traîneaux, les pommes de terre bouillies... Nous avons essayé la Méditerranée, longé pas à pas son pourtour, l'ouïe aux aguets. Bilan commercial et musical, néant. Rien à offrir aux publics raffinés, mélopées de muezzin, agaçantes dégoulinades, crispantes mandolines...

— Tout de même, l'Italie, risqua le philosophe positiviste...

Erreur, funeste erreur.

— Vous pensez sans doute à l'opéra, dit d'un air soudain glacé le directeur musical.

— Non, non, répondit Gabriel, Lulli, Vivaldi.

Trop tard, le mal était fait. Ils fixaient Gabriel tous les quatre, ébahis, terrifiés, comme s'il avait de ses mains tué Beethoven. La famille Knight, dans son ensemble, haïssait l'opéra. Gabriel n'a plus jamais, jamais abordé ce sujet, tu penses bien.

Il ne connaît donc toujours pas les raisons de cette phobie. Était-ce une aventure du directeur musical avec quelque *coloratur*, l'une de ces fautes pardonnées, enfouies sous des années de silence que cet imbécile de petit Gabriel venait de ressusciter d'entre les morts ? Ou bien Mme Élisabeth avait-elle succombé à un ténor ? On peut aussi songer à des indélicatesses professionnelles, un contrat non honoré, par exemple. Les chanteurs aiment se décommander à la dernière seconde, lorsque la salle est déjà pleine, le rideau prêt à se lever et que le remplaçant ou la remplaçante demeure introuvable. Et alors qui est responsable, qui annonce la très mauvaise nouvelle au public sous les sifflements, qui rembourse les billets ? C'est l'imprésario, même s'il a changé son nom en directeur musical. Mais j'imagine, je ne sais rien. La famille Knight disparaîtra avec son secret. Je ne vais pas, cinquante années après, rouvrir l'enquête[1].

1. J'espère bien. *(Note de Clara.)*

La mer s'était calmée. Les immenses falaises blanches d'Angleterre protégeaient désormais du vent. Et l'opéra avait tout détruit. Gabriel essayait de changer de sujet, posait des questions de plus en plus originales : à quoi reconnaissez-vous le talent? Le violon est-il plus difficile que le piano? Mais rien ne lui répondait. Les membres de la famille Knight faisaient semblant de ne pas entendre, semblant de regarder les mouettes par les hublots ou les détails de la côte, oh! la vieille tour moyenâgeuse, je l'avais oubliée, oh! revoilà les maisons toutes pareilles... plus personne ne prêtait attention à lui. Le miracle s'éloignait à grande allure, sans doute demeuré dans la tempête, de l'autre côté de l'horizon, là où n'existe pas d'opéra.

— Je crois qu'il n'est que temps de nous occuper de nos bagages, dit le directeur musical en se levant (et il tendit la main à Gabriel). Au revoir, jeune homme, ravi d'avoir fait votre connaissance et bonne chance pour votre philosophie.

Et il quitta la salle à manger. Puis ce fut le tour de la mère et celui de l'aînée au prénom encore inconnu, elle lui sourit très gentiment, mais ne lui donna rien, pas un rendez-vous, pas la moindre adresse, le miracle se désagrégeait. Sans Ann, bénie et maudite sois-tu, aussi intégralement bénie qu'à jamais maudite, car sans elle, sans sa petite phrase en passant, l'air de rien, venez donc nous voir, 21 Sloane Street, mon père n'est jamais à son bureau, la vie de Gabriel n'aurait pas été ce champ de bataille, d'absence et de paradis.

Et ils disparurent. Le temps pour Gabriel de retrouver ses deux valises, ils avaient disparu. Le bas d'une robe bleu marine, deux socquettes blanches, surgis soudain de l'autre côté d'un hublot. Une très jeune fille devait monter sur le quai par une échelle. Et puis plus rien. Il eut beau courir partout, demander, appeler monsieur Knight, monsieur Knight, questionner la douane, vous n'auriez pas vu la famille Knight? Rien. Le petit-fils de Marguerite, comme sa grand-mère, avait laissé échapper son miracle.

Il fut presque porté dans le train par un policeman attendri et ne retrouva ses esprits que bien plus tard, après l'arrêt de Croydon. Alors il sortit de sa valise sa balle de mousse favorite et commença ses exercices de rebondissements. Dans n'importe quel compartiment de n'importe quel autre pays, on aurait sans doute ceinturé cet adolescent maniaque et crié au fou. Mais l'Angleterre est un pays tolérant. Les compagnons de Gabriel observèrent ce spectacle sans humeur. Un jeune homme à barbe et pipe, genre qui veut se vieillir par des ustensiles, s'arrêta un instant de fumer et dit : Tiens. Les autres voyageurs se tournèrent vers le bavard, l'air choqué, semblait-il, de cette intrusion dans la vie privée d'autrui.

Et c'est ainsi que Gabriel entra dans Londres (Victoria Station), tapant sur sa balle et prêt pour la seconde manche.

II

On ne peut pas considérer comme corps de femme l'ensemble constitué de bras, de jambes et d'un giron, recouverts de noir, au mieux de gris, un ensemble qui menait sa vie propre, trop propre et désolée en dessous du regard bleu de Marguerite. Certes Gabriel s'était réfugié entre ces bras, contre ce giron des milliers et des milliers de fois. Mais une grand-mère n'a pas de corps. Louis non plus n'avait pas de corps. Les pères n'ont pas de corps. On s'étonne que nos parents meurent alors que la mort des parents n'est que la punition des enfants indifférents que nous sommes. Peut-être que si nous faisions plus attention à leurs corps, nos parents ne mourraient pas. Ou mourraient moins.

Le premier corps auquel s'intéressa Gabriel, le premier à ne pas rire de lui, à ne pas fuir. Le premier à l'accueillir, accepter ses regards, ses visites, ses questions. Le premier corps à le laisser tout faire, ce fut Londres. Il y plongea comme un carabin frustré se lance dans l'anatomie : avec une frénésie d'ogre. Puisque l'ambassade du Brésil était déserte, puisque tout le monde semblait avoir pris des vacances de Noël hormis le concierge albinos, Gabriel sillonna et arpenta. Il errait et mesurait, nuit et jour. A toute heure. En tous sens. Par tout temps. Relevait les cotes et entrouvrait les portes. Collait son oreille au sol et auscultait les murs. Il frappait aux jointures de la ville aussi, pour vérifier les réflexes. D'où quelques bagarres dans l'East End et une arrestation dans Hyde Park. Mais l'intervention de l'albinos le libéra vite. Il se contenta d'un ah! vous aussi?

Anglais et Brésiliens sont très coulants, quant aux affaires de mœurs.

Et le soir, affinant son plan de Londres, il découvrait l'ivresse très particulière du cartographe. Je te conseille d'essayer. La sensation est assez voluptueuse. Lorsque tu reportes sur une carte tes découvertes du jour, le cœur te bat plus lentement mais plus fort, une sorte d'orgueil te saisit, te voilà maître absolu des rues par toi dessinées, des places, des bords du fleuve, te voilà génie du lieu.

Très vite, il distingua les trois villes juxtaposées qui constituent Londres. A l'est, le port. Au centre, les banques. A l'ouest, le quartier des résidences. A l'est arrivait, de toute la planète, l'infinie diversité des choses. Au centre, les banques changeaient les choses en richesse. A l'ouest, vivaient les riches. A l'est, grouillaient les choses et des pauvres si pauvres que les choses les avaient accueillis dans leur domaine. Au centre, régnait le papier, car les banquiers, préoccupés d'abord d'hygiène, n'avaient rien de plus pressé que de transmuer en assignats inodores le puant clapotis des choses. A l'ouest, prospéraient les jardins où les riches flânent.

Et Gabriel passait d'un Londres à l'autre, modifiant sans cesse sa silhouette pour garder l'incognito et se fondre dans la foule. Il suffit parfois d'un rien pour changer d'air. Un foulard, une casquette plate et il était docker à l'est. Un chapeau claque subrepticement dressé en longeant la Tour de Londres et il entrait dans la Cité comme un vrai courtier stagiaire qu'il cessait d'être au bout de Fleet Street en profitant d'un coin sombre pour enfiler un plastron ivoire qui le faisait valet de chambre adjoint d'une honorable maison de l'ouest, à Belgravia, Kensington ou Chelsea. Ce camouflage incessant l'emplissait de fierté. Il lui semblait miroiter, être lui-même toutes les facettes de Londres et seul habilité à en dresser le plan. Voilà, dirait-il un jour à la Geographic Society, en remettant plus un portrait qu'un plan, voilà le portrait réel de Londres...

Cette passion pour la cartographie ne m'a plus quitté. Plus je vieillis, plus j'y vois cette sympathie méthodique qui fait la qualité d'un être, une science très haute : une sorte de véritable physiologie des lieux. Un jour, je te décrirai Cannes, tu tomberas des nues, tu ne voudras pas y croire...

III

Le matin du 31 décembre, Gabriel fut réveillé par une sorte de chanson. Des rythmes traînants puis soudain syncopés, d'incroyables modulations de voyelles, quelques chuintements vite avalés, comme le bruit d'une plage sous les pieds nus, une impression mêlée de soleil et de nostalgie du soleil.

– Voilà la langue brésilienne, se dit-il.

Et il sauta du lit. L'ambassade résonnait. *Como vaï?* Bon Noël. Comment s'est passé ton voyage? Et tes amours? Des nouvelles de Rio?

Comme il s'habillait aussi rapidement qu'il pouvait, on frappa à sa porte. C'était l'albinos :

– Sir Reinaldo Aristides Lima vous attend.

Gabriel finit de nouer sa cravate et se regarda fixement dans la petite glace : est-ce que j'ai la tête qu'il faut? Mais il n'avait aucun point de référence. A quoi peut bien ressembler un positiviste? J'aurais dû m'en préoccuper plus tôt. Tant pis. Et il dégringola l'escalier.

La pièce était tendue d'un velours rouge sombre qui disparaissait presque sous les tableaux. D'innombrables vues tropicales. Gabriel examina ces arbres géants, ces églises surchargées de colonnades et d'angelots, ces marchés grouillants de nègres, ces belles beaucoup plus pâles de peau surprises à la promenade vers le soir, tandis que dans le lointain deux voiles jaunes rentraient au port...

– Bienvenue au Brésil, dit une voix très douce venue de l'obscurité. (Le chargé d'affaires Reinaldo Aristides Lima n'aimait pas la lumière.)

Gabriel s'avança, tout en balbutiant un peu au hasard

les mots qu'il jugeait protocolaires, mes respects, Excellence, permettez-moi, je veux dire la France, mes respects, Excellence... Peu à peu apparut le visage d'un gros poisson las, éclairé par un sourire des plus bienveillants. Étrangement, c'étaient des cheveux noirs, trop noirs, qui éclairaient sa calvitie. Ses doigts potelés jouaient avec une petite dague brillante. Il parlait un français parfait, celui qu'on garde sous les housses pour les demandes en mariage, les réceptions à l'Institut.

– Monsieur Orsenna, votre conviction philosophique doit être bien forte, que vous ayez accepté d'affronter les rigueurs de ce climat pour nous porter la bonne parole. Une telle attitude courageuse m'oblige à la franchise : je suis de l'autre bord. Je vous avouerai qu'après la chute de Dom Pedro II j'ai attendu, espéré un retour de l'empereur. Je croyais les républiques par nature éphémères. Mais puisque l'ordre nouveau s'éternise, les devoirs de ma charge me contraignent à apprendre les modernes façons, sans doute excellentes, de voir le monde. Acceptez ma gratitude.

Il se leva, me tendit la main.

– Nous pourrions avoir notre premier cours dans une heure. Cela vous convient-il?

Et, raccompagnant Gabriel, il s'arrêta devant une armoire vitrée.

– Voici ma collection, vous vous intéressez aux coupe-papier, monsieur Orsenna?

Gabriel, sans doute influencé par l'atmosphère diplomatique du lieu, répondit qu'un lecteur tel que lui ne pouvait y être indifférent.

Alors le chargé d'affaires me prit dans ses bras. Gabriel n'apprit que bien plus tard la signification de cette embrassade, en pays latino-américain, une marque de simple politesse. Mais, ce 31 décembre 1900, il crut qu'il s'agissait d'affection.

Il faut le comprendre. Dépouillé de sa famille Knight, il se sentait tout à fait seul à Londres, privé de toute chaleur. Il fit donc à Reinaldo Aristides Lima une sorte de déclaration d'amour pour le Brésil, pour les diplomates exilés, pour le velours rouge. L'ambassadeur se dit que ce jeune, très jeune républicain français, était, décidément, bien sympathique.

De ce matin-là, de ce quiproquo, date leur amitié. Une amitié dont Gabriel eut la preuve quelques jours plus tard, lorsqu'il fut convié juste après l'aube à la séance secrétissime, où un coiffeur adjoint vint, comme chaque lundi, teindre les cheveux noirs, jamais assez noirs du sexagénaire – et bien au-delà ! – Reinaldo (je vous convie dans mes coulisses, Gabriel). Une amitié qui devait durer exactement 3 mois et 9 jours, jusqu'à la mort tragique qu'hélas il me faudra bien raconter.

Une ambassade est une sorte de pension de famille. Et comme dans les pensions de famille, il y règne à la fois un sentiment d'exil, une couleur de meubles loués ou rachetés à des prédécesseurs, une odeur de cuisine en sauce imprégnée dans les murs. Une manie des cancans, une passion pour les vies antérieures, une attente peu discrète du courrier, quelques rêves de promotion perdus dans la résignation générale, une sensation de vivre dans un catalogue, parmi des types humains (la vieille fille passionnée de sport, le célibataire endurci, la femme du conseiller folle de son corps, le chiffreur qui amasse des notes pour un roman à venir...) et, par-dessus tout, une double interrogation : s'agit-il bien d'une famille ? Est-ce là la vraie vie ?

Dans cette pension de Curzon Street, londonienne par localisation et brésilienne quant au reste, il manquait le chef de famille. Rio voulait-il manifester son désaccord avec la reine Victoria, sur tel ou tel point des affaires du monde ? Ou bien la sagesse tropicale avait-elle conseillé de remettre à plus tard ce délicat problème de nomination ? Toujours est-il que l'ambassadeur de la République du Brésil en Grande-Bretagne n'était pas là. A la tête de la pension de famille ne se trouvait donc qu'un chargé d'affaires. Le très timide et très polyglotte Reinaldo Aristides Lima qui, pour ne pas s'installer au lourd bureau d'acajou réservé, disait-il, au seul plénipotentiaire, travaillait à côté, coincé entre une fenêtre et l'armoire-vitrine, sur une minuscule crédence où venaient s'entasser les dossiers.

— Et si c'était vous, finalement, l'ambassadeur ? devait lui demander plus tard Gabriel, quand ils se connurent mieux.

— Alors je changerai de place. Mais c'est infiniment peu probable. Ce sont deux destins différents. Croyez-moi, Gabriel, je n'ai pas à me plaindre. A chacun sa hauteur. Et je suis on ne peut plus près du sommet.

C'était vrai, sa crédence touchait le grand bureau vide.

— Voilà l'endroit où l'on décerne les décorations, lui chuchota l'albinos en l'accompagnant vers le salon d'honneur.

L'ambassade attendait, hiérarchiquement alignée, de Reinaldo Aristides à la cuisinière Maria, en passant par le toussotant dans un mouchoir de soie premier conseiller Gabeira, le très intense deuxième conseiller Victor Neves, l'attaché contractuel Xavier Guimaraes, le jardinier factotum Edward qui n'avait rien à voir avec le Brésil, tous bien assis sur les chaises dorées des cérémonies.

— Monsieur Orsenna, nous vous écoutons, dit le presque ambassadeur Lima avec un geste de chef d'orchestre.

Gabriel s'éclaircit la voix, eut le temps de remarquer qu'aucun de ses auditeurs n'avait prévu de prendre des notes et se lança : « Isidore, Auguste, Marie, François-Xavier Comte naît le 13 janvier 1798 à Montpellier, dans une famille catholique et monarchique (le chargé d'affaires hocha la tête). En 1814, préparé par Daniel Encontre, professeur de mathématiques transcendantes et doyen de la faculté de théologie protestante de Montauban, il est reçu à l'École polytechnique. Laquelle est fermée en avril 1816, comme républicaine et bonapartiste (très bien, dit le chargé d'affaires). Auguste Comte forme alors le projet de créer une nouvelle École polytechnique aux États-Unis d'Amérique car, dans son esprit, les démocraties ont besoin de mathématiques (mais avons-nous besoin de démocratie ? murmura le chargé d'affaires). C'est un échec. Heureusement pour l'histoire de la philosophie. Car Auguste Comte commence alors de construire son système. Refusant tout absolu, synthèse de Montesquieu, d'Alembert et Rousseau, le positivisme... »

Par scrupule scientifique, Gabriel avait résolu de s'éloigner très vite des anecdotes biographiques et de s'en tenir aux idées pures. Après un quart d'heure de ce régime, le premier conseiller, secoué de quintes, quittait le salon. Maria, la ronde bahianaise, s'esquivait peu après, non sans prétexte, un matin du 31 décembre, une cuisinière a tous les droits. Le reste de l'assistance s'était endormi, discrètement, dignement, comme savent le faire les diplomates. Seuls, le deuxième conseiller Victor et le chargé d'affaires continuaient de fixer notre orateur.

A onze heures pile, ce dernier leva la main.

Gabriel s'interrompit au milieu de sa phrase :

« ... la distinction précédente suffit pour expliquer pourquoi on a cru presque universellement jusqu'ici qu'il fallait procéder du particulier au général et pourquoi au contraire on doit aujourd'hui procéder... »

– Je vous remercie, dit le chargé d'affaires, nous vous remercions. Nous continuerons demain. Même endroit, même heure. Mais je ne comprends pas en quoi tout ceci concerne mon pays, le Brésil.

Il faut imaginer, après ce désastre pédagogique, la triste chambre blanche de Gabriel, les tristes indigestes livres d'Auguste Comte posés sur le lit de cuivre, les tristes notes de préparation éparpillées sur la petite table branlante malgré la multitude de cales, la triste fenêtre guillotine, triste triste Saint-Sylvestre 1900.

On frappait à la porte.

Sans attendre que Gabriel ouvrît, le deuxième conseiller Victor entra. Un immense sourire, des lunettes rondes, le teint très pâle, des cheveux charbon, une raie au milieu.

Il se précipita vers notre orateur et lui saisit les mains.

— Je vous remercie, je vous remercie. Voilà exactement les idées dont le Brésil moderne a besoin.

Il serrait le poing droit, il martelait l'air : voilà les concepts à partir desquels on peut bâtir une république.

Gabriel soupira :

— Je suis très touché. Mais vous avez vu le résultat : fiasco complet.

— Qu'attendiez-vous d'autre? La diplomatie de mon pays est gangrenée par des années d'empire.

Gabriel s'était rassis sur le lit et secouait la tête.

— Ce n'est pas ça, je les ai ennuyés. Ils bâillaient, ils bâillaient tous ou presque tous, les autres dormaient. Joli succès.

— Justement, je voulais... Un conseil... Vous me permettez? L'Empire donne de mauvaises habitudes, des envies d'histoires, d'historiettes, d'anecdotes, les maîtresses de l'Empereur, les fièvres de l'impératrice, les chagrins de l'Aiglon... Vous voyez ce que je veux dire? Pour un bon moment encore, le Brésil voudra des romans. Alors soyez plus narratif.

— Vous croyez?

— J'en suis sûr. Mais je ne perds pas espoir. Peu à peu le Brésil se rendra compte que seules les idées sont belles. Nous nous dégagerons de la gangue romanesque. La république est un régime sans histoire. Rien que des êtres humains libres et des débats d'idées. Ce n'est pas votre avis?

Pour être franc, Gabriel n'avait pas encore beaucoup réfléchi à la république. Pour être encore plus franc, il aurait sans doute préféré une république raisonnablement opaque, une république avec pas mal d'empires. Mais l'enthousiasme du secrétaire le requinquait.

On avait l'impression, à l'entendre, que le Brésil était un pays neuf, juste sorti du ventre de sa mère, comme les États-Unis au siècle précédent, et qu'on en pourrait faire tout ce qu'on voudrait.

— Ainsi, Auguste Comte avait un projet d'École polytechnique pour l'Amérique?

Et Gabriel dut raconter par le menu ce grand rêve de l'année 1816. A chacune de ses phrases, Victor hochait la tête. Oui, il faudrait une École polytechnique au Brésil. Oui, les mathématiques sont un bon apprentissage de la démocratie...

Puis les deux nouveaux amis se serrèrent la main, Victor s'en retournant à ses travaux diplomatiques.

Et Gabriel eut la sotte idée, vers trois heures de l'après-midi, l'idée grotesque et présomptueuse de s'affronter aux astres qui, manifestement, ne lui voulaient pas de bien ce jour-là. En d'autres termes, il se dirigea vers Sloane Street, numéro 21, l'adresse que lui avait glissée Ann du bout des lèvres avant de s'évanouir dans la foule. Sloane Street est une belle artère qui remonte du fleuve Tamise vers Hyde Park et le numéro 21 est de couleur crème avec deux grosses colonnes de chaque côté de l'entrée. D'après les étiquettes surmontant les sonnettes, la famille miraculeuse habitait le troisième étage. La jeune mère, Élisabeth, lui ouvrit.

Elle parlait très vite.

– Ah! c'est vous, Gabriel? Quel dommage! Elles sont parties. Nous devons être à Anvers demain matin. A cause d'une messe de Mozart dont mon mari attend beaucoup. Je les rejoins à la gare. Je fermais la maison. Au revoir, Gabriel. Il faudra revenir. Tenez, si vous pouvez descendre ce sac, laissez-le au bas de l'escalier. Vous me promettez, n'est-ce pas, Gabriel, de revenir?

– Quand?

– Je ne sais pas, moi, vous avez de ces questions. Avec Markus, c'est l'inconnu. Peut-être dans un mois. Regardez nos fenêtres. On les voit de la rue. Si quelque chose bouge, montez. Alors c'est juré? Allez, au revoir, Gabriel.

Lorsque Élisabeth eut refermé la porte, Gabriel descendit, descendit, n'arrêta pas de descendre. Il descendait toujours quand il entendit une voix derrière lui :

– Vous êtes encore là?

Élisabeth le dévisageait. Et notre positiviste devait avoir l'air bien désespéré car elle s'écria :

– D'accord, pauvre Gabriel, accompagnez-moi jusqu'à la gare. Vous croyez que ça vous fera du bien?

Dans le fiacre, elle répéta pauvre Gabriel et lui prit la main :

— Puisque vous êtes amoureux de mes deux filles, je vais vous expliquer : la première a peur tout le temps et la seconde jamais. Ça ne va pas être facile, pauvre Gabriel, je ne veux pas vous donner de conseils, mais enfin, cette absence est bonne pour vous, profitez-en pour vous aguerrir un peu. Ça ne va pas être facile oh! non, pauvre Gabriel. Heureusement, elles sont encore très jeunes. Oui, vous allez prendre le temps de vous aguerrir avant de les revoir. C'est promis?

Ils venaient de tourner à gauche dans une rue qui s'appelait Pimlico. Élisabeth s'était rapprochée. Il sentait contre lui sa jambe, sa hanche, son bras. Elle se tourna vers lui. Elle lui avait pris les deux mains. Elle le regardait droit dans les yeux, des yeux dont il avait honte, des yeux de collégien enchagriné, des yeux qu'il aurait voulu échanger immédiatement contre ceux d'un séducteur, métalliques et rieurs, mais personne n'échangeait des yeux dans Pimlico Road.

— Gabriel, avant que tout ce qui va suivre commence, je voulais vous demander, qu'est-ce que c'est qu'une femme, pour vous?

Gabriel entendit très fort le bruit des roues de bois sur la chaussée, puis la voix d'Élisabeth, Gabriel, je vous ai posé une question, qu'est-ce que c'est qu'une femme? La voiture s'était arrêtée. Autour d'eux, des porteurs criaient quel train? Vous savez la voie? Ils étaient arrivés. Elle lui dit embrassez-moi, Gabriel.

Mais ce fut elle qui lui effleura les lèvres.

Il se retrouva seul dans Buckingham Palace Road, avec le parfum d'Élisabeth, un parfum qu'il ne connaissait pas, qui n'appartenait donc pas à la gamme Oriza pourtant fournisseur de la cour de Russie, comme disaient les réclames sur tous les murs de Levallois, oui, de la cour de Russie, et de plusieurs cours étrangères, peut-être même de la cour d'Angleterre.

Le lendemain, Gabriel avait changé radicalement de méthode pédagogique. L'assistance était réduite : ne restaient plus que le chargé d'affaires, le deuxième conseiller républicain et l'attaché contractuel. Mais les absents avaient une excuse : c'était le 1er janvier...

– D'après Auguste Comte, commença Gabriel, l'élaboration de la pensée est inséparable de la floraison des sentiments...

Les trois auditeurs, prêts à sombrer comme la veille dans l'ennui diplomatique, se redressèrent sur leurs chaises dorées et tendirent l'oreille.

– Auguste Comte rencontra Caroline sous les galeries du Palais-Royal...

Et Gabriel expliqua, non sans détails, quel était le plus vieux métier du monde pratiqué sous lesdites galeries et dans les garnis alentours. Le chargé d'affaires, choqué, fronça les sourcils. L'orateur répondit par avance à l'objection et donna l'exemple du Christ : lui aussi s'était montré bienveillant à l'égard de Marie-Madeleine et les sourcils retombèrent. Quant à l'attaché contractuel, les nuits de Londres lui avaient prouvé que la diversité des amours payantes est, quoi qu'on en dise, infinie. Il brûlait de lever le doigt pour demander des renseignements précis sur le Palais-Royal, l'adresse exacte, les horaires, les tarifs... Bref, Gabriel tenait son auditoire.

Il raconta comment Mme Massin, comédienne, avait vendu la virginité de sa fille Caroline à un avocat, M. Cerclet. Comment la jeune fille, vite abandonnée par l'acquéreur, était devenue prostituée. Comment elle pria un de ses clients, Auguste Comte, de lui donner des cours d'algèbre. Comment naquit une affection réciproque.

Hélas, le passé de Caroline pesait sur leurs relations...

Peu à peu, le salon de l'ambassade s'était empli. Alertée on ne sait comment, une assistance touffue piaffait d'impatience. Il y avait là quelques Anglais, mais l'immense majorité était latino-américaine. Il ne restait plus une seule chaise dorée. Les derniers arrivants se tenaient debout. Comme par hasard, Maria la cuisinière avait quitté ses fourneaux. Elle se dandinait d'un pied sur l'autre, avide de connaître la suite.

Alors Gabriel regarda Victor, le deuxième conseiller républicain, droit dans les yeux : l'heure avait sonné de distiller dans son histoire quelques préceptes positivistes. Auguste Comte songea donc au mariage. Il écrivit à ses parents pour leur demander une autorisation. Ils refusèrent. Pour le motif que l'on devine? La mauvaise conduite de la fiancée? Point du tout. Ils avaient appris qu'Auguste et Caroline vivaient sous le même toit avant le sacrement (Ah! ah! dit l'assistance, chut, dit Maria).

Le philosophe partit en croisade positiviste. Les forces en présence étaient claires : d'un côté l'esprit rétréci, les âges révolus, de l'autre les Temps modernes et l'amour. Mesdames et messieurs, les périodes de transition sont les plus difficiles à vivre : l'esprit nouveau n'a pas encore la force de vaincre l'égoïsme, les croyances religieuses ne l'ont plus tout à fait.

Une femme se dressa, pour protester. Gabriel n'eut le temps d'apercevoir que sa mantille. Des voisins l'avaient déjà forcée à se rasseoir. Au premier rang des chaises dorées, Victor hochait la tête. Il articulait des très bien, très bien, en tordant les lèvres, sans un son, comme on parle à un sourd. Très bien, Gabriel, très bien...

Terrorisés par l'idée d'apparaître un jour dans un livre de leur fils Auguste comme l'exemple de ceux qui fuient le progrès humain, les parents Comte donnèrent enfin leur consentement.

Les témoins du philosophe étaient des amis mathématiciens. Mais Caroline, qui avait-elle choisi?

Et sur cette question, le conférencier quitta la salle.

Je ne sais si Gabriel fit progresser d'un pouce les idées positivistes. Mais son feuilleton attira pendant plusieurs semaines un public de fidèles. Pour chaque épisode, l'ambassade du Brésil refusait du monde. Et quel dommage, se disait le conférencier en balayant des yeux ces visages d'hommes et de femmes en haleine, quel dommage que la famille Knight ait quitté Londres! Elle comprendrait qu'il n'y a pas que la musique dans l'existence. Hélas! les rideaux de la rue Sloane demeuraient immobiles...

Notre jeune Orsenna avait quitté la vérité. Enivré par son succès, comme envahi par le désir de raconter, il se lança dans des histoires qui n'avaient plus aucun rapport avec Auguste Comte. Dans une introduction, il tentait bien de se justifier. Par exemple, il annonçait que *Les Trois Mousquetaires* était, en fait, un conte philosophique. Aramis ne représente-t-il pas l'âge théologique, monsieur le chargé d'affaires, mesdames et messieurs, Athos l'âge métaphysique, Portos l'âge positif et d'Artagnan le philosophe qui court de l'un à l'autre?

Son auditoire hochait la tête : très bien, mais ne perdons pas de temps, que leur arrive-t-il à ces mousquetaires?

Et notre héros narrait avec délice Mme Bonacieux, les ferrets de la reine, toutes aventures de purs héros rebondis.

— Déjà? soupirait l'assistance quand il s'arrêtait. Qu'y a-t-il de tatoué sur l'épaule de Mme de Winter, dites-le-nous, s'il vous plaît, nous allons mal dormir. En tout cas, vive le positivisme! Encore qu'Aramis me soit bien sympathique...

Certains soirs, aujourd'hui, dans sa maison de Cannes-la-Bocca, généralement après un bon médoc, notre héros se dit qu'il a vécu peut-être une autre vie que la sienne. C'est sa passion pour le rebondissement qui serait responsable de l'erreur. Or quel est le métier qui fait le plus appel au rebondissement, fabriquer du caoutchouc ou écrire un feuilleton? Le vrai feuilleton, celui qui fait qu'un pays s'arrête chaque jour, à heure fixe, pour savoir, le feuilleton qui alimente conversations et impatiences, le vrai feuilleton aux ressorts innombrables et dont l'histoire ne retombe jamais, qui engendre des guerres, des villes, des manigances infinies, des enfants de l'amour, des dizaines et des centaines de personnages, une foule tantôt affectueuse tantôt cruelle, mais toujours capable de peupler les pires des solitudes, même celles qui tombent sur Cannes-la-Bocca, la nuit, quand les chiens de garde se répondent, de villa vide à villa vide...

IV

On a beau feuilleter sur une table basse des gazettes de Janeiro, apprendre en chantonnant les verbes irréguliers portugais ou s'initier dans de grands albums rouges à la lépidoptérologie tropicale, les journées n'avancent pas. Entre deux récits positivistes, le jour se traîne. Les montres stagnent. Pourtant accoutumés au spectacle de l'ennui, les diplomates avaient le cœur serré en regardant Gabriel. Ils l'invitaient dans leurs bureaux, tentaient de le distraire avec des nouvelles de là-bas, lui offraient du café de São Paulo et des antidotes : « Croyez-moi, Gabriel, quand j'étais en poste à Copenhague, et Dieu sait si le temps danois est dur à tuer, je m'étais mis à sculpter l'ivoire, discrètement, dans mon bureau, des petites dents de narval, c'est ainsi que j'ai découvert une loi secrète, je vous la livre, cher Gabriel, vous semblez si malheureux, la voici : plus on travaille dans le minutieux, plus le temps extérieur passe... plus la durée fond. »

Mais le mal empirait et l'ambassade tremblait de perdre son précepteur, un précepteur si charmant et qui savait si bien faire avaler les rigueurs de la philosophie théorique. Et sans positiviste, comment apprendre le positivisme ? Et sans positivisme, comment faire carrière dans le Brésil moderne, républicain et positiviste ? Le chargé d'affaires réunit ses principaux collaborateurs.

— Il faut donner du travail à ce jeune Français, sinon il nous quittera.

Le premier conseiller soupira.

— Excellence, vous savez ce que cela veut dire.

Tous les diplomates opinèrent. Ils savaient. Si rares étaient les tâches, à l'ambassade, que l'abandon d'une seule faisait monter de plusieurs degrés le taux d'ennui général. Après bien des discussions il fallut tout de même se résoudre au sacrifice.

Le lendemain, dès l'aube, l'attaché contractuel Xavier Guimaraes vint chercher Gabriel. Son regard était noir : alors vous m'avez pris mon métier? Gabriel eut beau protester, il ne voulait pas le croire. Pour lui, le blanchissage était la vocation des vocations, une religion laïque... Il ne sortit de sa bouderie qu'une fois au port.

– Voici le dock Sainte-Catherine...

C'était l'arche, le catalogue, la planète entière, l'acharnement du commerce, la frénésie d'échanger des ballots contre des caisses, des tonneaux contre des sacs, un morceau de Ceylan contre un bout de Trinidad, des verreries de Murano, des défenses d'éléphant couleur jaune, comme s'ils fumaient, des prisonniers boers entourés de soldats, des assureurs Lloyds, un chronométreur de Greenwich le vrai temps à la main, une patrouille de l'Armée du Salut... Pour gagner le quai, on se heurtait aux quatre coins du monde, bousculé par un convoi de thé, écrasé par un chargement de girofle, poursuivi par le vin, les odeurs de café, de cannelle, les bouffées d'ylang-ylang, des aigreurs de vinaigre, de hareng...

L'attaché nageait bien dans cette mer, alternait brasse et coups de poing, criait par ici monsieur Orsenna, par ici. Soudain le bateau parut, immense et blanc, altier de ramure, voiles carguées sous les mouettes et le pont affairé : le déchargement commençait.

Il fallut de nouveau se battre pour arracher les panières d'osier, un directeur de zoo prétendait que c'étaient des singes de Malaisie, un commerçant de Fleet Street jurait par Jupiter c'est mon argenterie bolivienne, on évita de peu les horions. Des policiers accoururent, on ouvrit les panières, vous voyez dit l'attaché contractuel, rien que du linge sale d'Amérique. Alors où sont mes singes? cria le zoophile. Un douanier s'approcha : il n'est pas contagieux, votre linge? Nous présentâmes les certificats. Puis attendîmes encore deux heures l'arrivée des chariots qui devaient fendre la foule. Le jour s'était levé, tantôt bleu tantôt noir, les nuages venaient d'ouest et passaient sans flâner.

Assis sur une montagne de cordages, un carnet ouvert sur les genoux, encrier bloqué à gauche, plume de fer levée dans la main droite, l'attaché contractuel tenait les comptes. Les cinquante-huit caisses d'osier brun furent chargées une à une : famille São João Branco de Belem, présente, famille Medeiro de Vaz d'Obidos, présente, famille Fiato Passos de Santarèm, présente, familles Nelson, Constancio Alves, João Goanha de Manaus, présente, présente... c'est la meilleure société de l'Amazone, répétait l'attaché contractuel tout en faisant l'appel, l'aristocratie du caoutchouc, il rayonnait de fierté : si je puis vous donner un conseil, monsieur Orsenna, il faut se montrer très soigneux dans l'inventaire, une seule malle perdue et le chargé d'affaires saute. C'est ce qui donne tant de vitesse au jour, monsieur Orsenna, l'obligation de bien faire, la responsabilité. Famille Moreira de Porto Velho, présente, Baron Canudos de Litivia, tiens un solitaire, présent, c'est la dernière, vous êtes bien sûr, alors signez ici. Et pas à pas, le convoi s'ébranla. Trois grinçantes et cahotantes charrettes arrachées au dock Sainte-Catherine. Un géant sépia de race sikh chargé de la police portuaire ouvrait la voie, place, place aux chargements du Brésil.

— Où allons-nous ? demanda très positivement Gabriel.

— En Cornouailles. C'est l'endroit où les eaux sont les plus pures.

— Et il y a beaucoup de familles brésiliennes qui font laver leur linge en Angleterre ?

— L'élite, monsieur Orsenna, l'élite du Brésil. Voyez-vous, notre élite tient beaucoup à la pureté. Si vous voyiez l'Amazone, vous comprendriez. Ce n'est pas un fleuve, c'est de la terre qui coule. Vous, monsieur Orsenna, vous aimeriez laver votre linge dans de la terre ?

Gabriel répondit que non, bien sûr, il n'aimerait pas.

L'Angleterre défilait lentement, pays de jardins verts et de maisons blanches à volets noirs. Au soir, tombé très vite, comme au Brésil, remarqua l'attaché, c'était sa première phrase depuis Londres, le convoi s'arrêta devant une auberge. Les cinquante-huit caisses avec toutes leurs taches furent mises à l'abri de la pluie, dans une grange.

Avant de s'endormir, Gabriel se demanda longtemps si les activités de blanchissage étaient une bonne façon de se préparer à des amours difficiles. Comment fait-on pour s'aguerrir ? Il rêva de lavandières rousses aux mains rêches dessus, douces de paumes, de piquantes potelées au gaillard parler, au caresser franc, rêva de grains de beauté, de corsages éclatants, de tabliers à dénouer, de rotondes à mordre, de creux à combler. Et ultime précision, il régnait dans ce rêve une odeur des plus incongrues en Grande-Bretagne : une fraîcheur diffuse de savon de Marseille.

Le lendemain, les caisses furent recomptées, rechargées et le convoi se remit en marche. Le temps s'était dégradé et les chevaux courbaient la tête, comme s'ils cherchaient des pièces d'or sur la route. Les cochers avaient relevé leurs cols et rabaissé leurs casquettes, si bien qu'on ne voyait, à l'avant des chariots, qu'une boule noire piquée d'un fouet. Les averses se succédaient, tantôt normales, Gabriel veut dire verticales, et tantôt horizontales. Le plus souvent, la pluie tombait de haut en bas, comme l'a si bien décrit Newton, mais soudain, portée par une rafale, l'eau glacée frappait de face, s'immisçait entre les boutons, entre les multiples couches de laine pour atteindre la peau : alors elle dégoulinait soit par-derrière, le long de l'épine dorsale jusqu'au séant, soit par-devant, *via* plexus et nombril jusqu'à un sexe déjà bien peu faraud, il faut l'avouer. Une fois cette phase de trempage accomplie, l'averse s'arrêtait. La pluie laissait place au vent, au grand vent de tempête. En quelques minutes de soufflerie, les vêtements, même les plus gorgés, perdaient toute trace d'humidité. A un moment, le soleil perçait, sans doute pour apporter la touche finale à la phase II, le séchage. Mais bien vite un nouveau train de nuages l'avalait cru.

Déjà, l'averse suivante arrivait. Ses premières gouttes frappaient l'herbe de la prairie voisine.

Après des heures et des heures de ce régime, Gabriel fut bien forcé d'admettre que l'élite brésilienne avait raison : il existe sans doute des laveries tout à fait acceptables en Amérique latine, mais la blanchisserie fait partie du génie même de la Cornouailles, elle est inscrite dans son climat...

Vers le milieu de l'après-midi, Gabriel n'en pouvait plus de froid et de faim. Il regrettait si fort Levallois qu'une sorte de chaleur lui était née près du cœur et il se tenait recroquevillé près de cette chaleur comme près d'un poêle nourri bûche après bûche, regret après regret.

Soudain, au beau milieu d'un grain particulièrement violent, l'attaché sortit de son mutisme et lui cria à l'oreille : voilà. Gabriel releva d'un centimètre la capuche de son manteau. Ils étaient arrivés au sommet d'une colline, face à la mer. Autour d'eux sur des hectares, des taches blanches pendaient à des fils.

– Vous voyez, dit l'attaché dont l'exaltation grandissait, il n'y a qu'à suspendre les vêtements, l'Atlantique nettoie.

Tout en bas, protégé par une digue de pierres grises, un port minuscule abritait des crevettiers. De l'unique maison sortait de la fumée, immédiatement dissoute par la pluie ; des petits points clairs allaient et venaient sur la plage ou se perchaient sur des canots renversés : les mouettes.

Gabriel restait comme pétrifié. Ses bras, ses jambes ne répondaient plus. Il fut arraché de son siège par un des cochers et presque porté jusqu'au coin d'un feu de tourbe. Il attendit de sentir entre ses doigts les bords d'une tasse et, montant vers ses narines, le fumet fraternel du thé, pour s'essuyer les yeux et regarder autour de lui.

Terrible déception. Et le positiviste, peut-être plus qu'un autre, est sensible aux déceptions.

Les blanchisseuses n'avaient pas de seins (ou alors bien enfouis sous l'uniforme bleu marine), pas de cheveux roux (ou alors tenus prisonniers par une sorte de coiffe amidonnée), pas de sourires (ou alors très égoïstes, retournés vers l'intérieur), pas même de mains (cachées par des gants)... On aurait dit une escouade d'infirmières, une brigade de nurses, plutôt mûres. Elles ne perdaient pas de temps. Le contenu des cinquante-huit caisses avait été renversé sur d'immenses tables carrelées et l'on commençait de classer.

A droite, les humeurs, les bavures, les pertes. Au centre, le sang. A gauche, les produits naturels, les mangues écrasées, les pulpes de maracuja, les traînées de cacao. L'attaché contractuel vérifiait que le nom des familles était bien calligraphié, à l'encre de Chine, sur chaque vêtement, dans un endroit discret, le creux d'un revers, l'envers d'un poignet. Des blanchisseuses catholiques se seraient signées, je vous salue Marie, Confiteor, devant certaines salissures amazoniennes. Mais ces anglicanes-là gardaient le contrôle, le détachement parfait, l'idéal pour une blanchisseuse. Pas un rire, pas un commentaire... Et pourtant les occasions ne manquaient pas : que faisaient donc les Goanha dans leurs chemises de nuit pour les maculer ainsi? Et les femmes Riobaldo? A-t-on jamais vu des civilisées tacher à ce point un corsage? Et ces marques de sueur, ces auréoles arrondies autour des aisselles, était-ce seulement le climat, le terrible climat équatorial ou bien d'autres chaleurs plus intimes et répétées? Et le sang, pourquoi tout ce sang, sur les chemises, les pantalons, tantôt de simples points rosis, comme après une morsure, tantôt des traces écarlates, vastes comme des écuelles? Que se passait-il donc au Brésil?

A se trouver ainsi mêlé aux coulisses de l'existence sauvage, Gabriel avait les joues en feu. Cherchait désespérément une complice parmi les blanchisseuses. L'amorce d'un regard brillant, un début de langueur dans une croupe. Mais rien. Elles continuaient de trier les souillures dans l'impassibilité.

L'attaché parut sur le seuil.

Dès qu'il aperçut Gabriel, il courut vers lui.

— Vite, vite, monsieur Orsenna, la directrice vous demande.

Gabriel le suivit.

On n'a plus souvenir aujourd'hui de la vraie Grande-Bretagne, celle qui dominait le monde. On a perdu le sens des empires. Gabriel voudrait taper sur sa balle à l'envers pour vous aider à remonter le temps, à retrouver ce contexte.

Le moindre bottier de St-James, le confiturier de Picadilly se sentait empereur adjoint. Les commerçants d'Angleterre se croyaient les ressorts de l'univers. Ils se levaient chaque matin, faussement accablés par la tâche de la journée : faire tourner la terre. Il faut dire que le soleil ne se couchait pas sur leurs comptoirs. Alors ils se sentaient de la famille, ils se sentaient appartenir à la suite privée de l'astre. D'où la morgue.

Gabriel vous demande de rayer de votre mémoire vos boutiquiers habituels, vos infimes Biroteau, vos cancrelats de marché noir. Imaginez plutôt une reine, une Élisabeth Ire, une Grande Catherine, les cheveux neige coiffés en bandeau, le visage long, de saillantes pommettes, et le regard d'une supérieure de couvent.

– Ainsi vous êtes français, dit-elle. Je l'aurais deviné. Les Français sont si sales.

Puis elle se tourna vers l'attaché : je n'ai jamais compris pourquoi. La France a de la pluie comme nous, et des rivières...

Gabriel était rentré sous terre. C'est là qu'il passa le reste de la journée avant de regagner Londres dans la voiture d'un diplomate espagnol (quelques riches Madrilènes faisaient aussi laver leurs chemises en Cornouailles).

Orsenna Gabriel, homme d'affaires, presque compagnon de la Libération, et toute sa vie épris des deux mêmes femmes, aurait dû soigner sa mise davantage. Les avis de ses proches convergent sur ce point : Gabriel aura été souvent quelque peu négligé. Gabriel plaide coupable. Ce voyage en Cornouailles n'est pas une excuse. Il contribue seulement à expliquer le certain goût qu'il a pour la saleté, par ailleurs inexcusable.

V

Gabriel aurait volontiers conservé encore quelque temps cette fonction de conteur-diplomate. Le succès public de ses conférences ne se démentait pas et certaines des habituées, notamment Amaranta, la fille de l'ambassadeur dominicain, une diablesse de seize ans qui, assise, s'arrangeait pour onduler quand même de la croupe, ou Mrs. Shandy, romancière écossaise, la trentaine épanouie des blondes, lui faisaient comprendre, par des mines et des moues, que le culte d'Auguste Comte pouvait aussi se pratiquer à deux dans une chambre close.

Il faut dire que le taux de positivisme avait beaucoup baissé dans ses causeries. Malgré les remontrances du deuxième conseiller républicain Victor (qui trouvait que décidément, Gabriel, tu as en toi de la ménagère carioque, avec cette passion pour la guimauve), il ne parlait guère plus que d'amour, se contentant d'une seule maxime grave par séance (« la principale supériorité du Grand Être consiste en ce que ses organes sont eux-mêmes des êtres individuels et collectifs », « ce bon sens, si justement préconisé par Descartes et Bacon, doit aujourd'hui se trouver plus pur et plus énergique chez les classes inférieures, en vertu de cet heureux défaut de culture scolastique qui les rend moins accessibles aux habitudes vagues »...), maxime grave qu'il enrobait de sucre, un interminable récit de mariage, ou de soufre, le début, oh! rien que le début, d'un déshabillage.

Et c'est dans sa chambre blanche à guillotine, allongé sur son lit trop mou, qu'il passait ses journées à préparer ses interventions du soir, lisant *Les Liaisons dangereuses* et

La Vie de Marianne, Moll Flanders, Clarissa ou l'histoire d'une jeune dame... De temps en temps, il relevait les yeux, faisait quelques pas, allait jeter un coup d'œil par la fenêtre et se recouchait en soupirant : vraiment, ces femmes sont redoutables ! Ai-je réellement la vocation d'un grand amour ? Mais bien vite, il se reprenait, se relançait dans la lecture, aurait voulu câbler à Mrs. Knight, où qu'elle ait pu se trouver : je m'aguerris stop Gabriel s'aguerrit stop le trouverez changé radicalement à votre retour stop prêt à affronter toutes les sœurs du monde.

Hélas ! la reine Victoria mourut le mardi 22 janvier, dans sa résidence d'Osborne, île de Cowes. Et cet événement planétaire bouleversa tout. Y compris l'apprentissage de Gabriel.

Le chargé d'affaires convoqua l'ensemble du personnel.

— Mesdames et messieurs, chers amis. Certes la reine défunte ne s'est guère montrée favorable à notre bien-aimé Brésil, mais il est l'heure aujourd'hui de pardonner et je voudrais vous rappeler les exigences d'un grand deuil...

Et prononçant ces mots, ses yeux s'embuèrent. Cette affectivité déclencha la fureur de Victor, le second conseiller républicain qui se pencha vers Gabriel, lui empoigna le bras, à le briser :

— Vous savez que l'arbre à caoutchouc, l'hévéa, est la richesse de l'Amazone ?

— Oui, répondit Gabriel.

— Vous savez que notre arbre à caoutchouc hévéa ne pousse qu'à l'état sauvage, que tous nos essais de plantation ont échoué, vous le saviez ? Non ? C'est à cause de l'âme du Brésil, Gabriel, elle ne supporte pas d'être domestiquée. Eh bien, la reine Victoria a donné l'ordre de nous voler des graines d'hévéa, vous m'entendez, Gabriel, voler, la reine Victoria est la plus grande voleuse de toute l'histoire du vol, et le gangster chargé des basses œuvres s'appelle Wickham, Wickham, souvenez-vous de ce nom de gangster. Il a volé au Brésil 70 000 graines. Et ces graines sont passées par Londres. Et elles ont été exposées au jardin botanique de Kew. Et notre chargé d'affaires a remercié la reine de l'avoir invité à cette exposition. Vous m'entendez, Gabriel, il l'a RE-MER-CIÉE. Et puis les graines ont été envoyées à Singapour et à Ceylan qui sont des endroits tropicaux mais domestiqués, pas comme le Brésil, Gabriel, et nos hévéas sont en train d'y pousser, Gabriel, comme le blé, comme les tomates, comme des petits pois, honte à eux mais si je puis me permettre, Gabriel, notre république est dans la merde, que va-t-elle faire de l'Amazone si des arbres asiatiques lui font concurrence ? Que peut faire une jeune république d'une immense forêt dépourvue d'arbres utiles à quelque chose ?

Gabriel découvrait, hébété, à la fois les petits côtés des reines et l'ampleur de la géopolitique. Kidnapper des forêts, transporter la flore d'un bout de la planète à l'autre comme on change de place un dahlia dans un jardin... Décidément les empires ne manquaient pas de culot.

Baigné, ensavonné, rasé, talqué, restauré solidement (mangue, bacon, haricots rouges), fini d'habiller comme le noir de la nuit le cédait au gris du jour, et prêt à partir, gants enfilés, cape jetée sur clavicules, vers huit heures quinze, huit heures seize, alors que l'audience n'était qu'à onze, allons, dit le chargé d'affaires.

— Vous croyez qu'il faut déjà ? demanda Victor.

— Vous apprendrez qu'une vraie conversation implique de s'imprégner d'abord de l'air du temps. En outre, il peut tout arriver dans un trajet, personne n'a le droit de faire attendre un roi, pas même un républicain.

Nous louvoyâmes donc dans Londres comme au milieu d'un Atlantique, tantôt bâbord, vers Aldwych et Waterloo, tantôt tribord, amures vers Hampstead et Regent's Park, mais jamais, jamais dans le lit du vent, jamais droit devant, jamais vers le port – palais de Buckingham, où l'attendait Edward VII. Le chargé d'affaires nous avait oubliés, il naviguait aux couleurs neuves de son pays, bleu et jaune, mer et soleil, plumes et ors, douceur et richesses, il tanguait et roulait dans son landau tiré par quatre chevaux blancs, coquetterie de métis, ordre et progrès. De temps en temps, aux carrefours, le cocher se retournait, et maintenant où allons-nous?

— Quelle heure est-il?

— Neuf heures et demie.

— Alors continuons. Le roi doit sentir que j'aime Londres presque autant que lui. C'est à ces délicatesses que l'on reconnaît les vrais diplomates. C'est ainsi, et pas autrement, que l'on peut nouer avec la Grande-Bretagne des relations d'amitié, oui d'amitié. Tenez, il ne m'étonnerait pas que le roi me posât des questions de confiance. Il m'a vu aux funérailles, il a apprécié mon tact de ne pas embêter sa vieille mère avec cette histoire de caoutchouc, il sait quelle admiration je porte à l'Angleterre, je n'ai pas d'ambition ici, je ne suis d'aucun parti, alors mes conseils pourraient lui être utiles pour sa politique intérieure. Le roi me dira : de vous à moi, mon cher ambassadeur (il m'appellera ambassadeur, de sa hauteur il ne remarque pas la différence entre nos grades diplomatiques), donc mon cher ambassadeur, donnez-moi des nouvelles de mon royaume, je sors si peu... Je lui dirai : Majesté, votre peuple va bien, mais il s'habille triste, peut-être qu'un canotier, en lieu et place du melon...

Ainsi rêvait le chargé d'affaires ce matin-là, d'amitié avec le roi d'Angleterre et du monde. Il voguait sous la pluie fine d'Angleterre, la main droite sur la pointe noire de son bicorne, lequel bicorne souvent levé pour répondre aux vivats des passants, des vivats anglais, polis, tiens, un général, de si bonne heure? Et l'autre main dans son gilet, caressant le vélin du très court mémoire qu'il avait rédigé lui-même durant la nuit et qui commençait, dont les premiers mots étaient, voyons, ah! oui « le lait du caoutchouc, vous n'êtes pas sans le savoir, Majesté, est le sang du Brésil... ».

— Je suis au courant, dira le roi, j'ai déjà pris des mesures, le monde est assez grand pour ne pas se marcher dessus, n'est-ce pas?

Reinaldo Aristides Lima pensait à sa mère, la vieille douairière Dona Betanha, native d'Ilheus : quel dommage qu'elle ne soit pas là, qu'elle ne le voie pas sortir de Buckingham dans sa gloire, lui le sauveur des forêts d'Amazone, le grand défenseur du caoutchouc. La pluie avait cessé, il l'aurait fait monter dans son landau, au mépris du protocole, quel dommage qu'elle habite si loin. Il lui écrivait chaque dimanche, des lettres plus belles que celles de Stendhal (petit diplomate routinier) et Chateaubriand (exécrable diplomate et mitonneur de guerre)... La demie de dix sonnait qu'il flânait encore au pied de Tower Bridge, ivre de cet alcool que dégagent en soi les rêves. Il fallut galoper jusqu'au palais.

Dans l'antichambre attendaient deux collègues diplomates, l'Italien et le Suisse, prévus respectivement pour midi quinze et midi trente. L'âme de Reinaldo Aristides Lima fut envahie de tristesse. Il croyait que le roi Edward, se doutant qu'une amitié allait naître, s'était rendu libre pour l'apéritif, pour le déjeuner, pour l'après-midi même : les premières fois, il faut donner à l'amitié assez de temps, suffisamment d'humus temporel pour qu'elle *prenne*. Ces deux rendez-vous italo-helvétiques n'étaient qu'une erreur, que le protocole allait vite réparer, avec toutes nos excuses messieurs les ambassadeurs, revenez la semaine prochaine, Sa Majesté est occupée avec son ami brésilien. D'ailleurs, si l'on s'en tenait à des données objectives, indiscutables, le Brésil étant vingt fois plus grand que l'Italie, son représentant devait rester vingt fois plus longtemps avec le roi, je sortirai donc à cinq heures se dit l'ambassadeur. Bon au minimum à quatre heures... Espérons que mon cocher attendra...

Et tandis qu'il marmonnait ainsi, un huissier le pria de le suivre, et ouvrit deux portes, Edward VII était là. Lequel lui fit un signe (très chaleureux, pensa le diplomate). C'est à moi, allons-y.

— Majesté, le lait du caoutchouc est le sang du Brésil...

— Comment va notre cousin Pedro ? l'interrompit le roi.

Le quart de onze sonnait. L'huissier entra. L'entretien était terminé. Utile prise de contact, répétait Reinaldo Aristides en nous racontant l'entrevue, Sa Majesté et moi avons appris à mieux nous connaître. Oui je suis très optimiste pour la suite... Il se fit déposer au jardin tout proche, St-James (vous pouvez disposer, je rentrerai à pied, j'ai des conclusions à tirer de cet entretien, des décisions à prendre...). Comme chaque jour, les canards envahissaient les pelouses. Le chargé d'affaires fut bientôt assiégé, les plus hardis, des garrots d'Islande, noirs et blancs, et un milouin à tête rousse lui picorèrent le revers de pantalon. Une fillette blonde à lunettes carrées lui demanda s'il était le pape. Il dut battre en retraite par Haymarket et Regent's Street.

Jusqu'au bout, jusqu'à sa mort tragique, le chargé d'affaires devait garder le visage des hommes certains, illuminés de l'intérieur par l'Espérance. Même un mois plus tard, après sa visite au ministre des Affaires étrangères, arrivé avec 121 minutes de retard (Ah! cette Chambre! Dans votre pays vous n'avez pas de Parlement n'est-ce pas?) qui ne lui accorda donc que quelques instants.

— De quoi s'agit-il, mon cher ambassadeur?

— Monsieur le ministre, le lait du caoutchouc est le sang du Brésil. Or des contrebandiers, que la rigueur scientifique m'oblige à qualifier de britanniques, nous dérobent ces temps-ci des graines d'hévéa...

— Merci de votre franchise, mon cher ambassadeur, j'en parlerai à mon collègue chargé des douanes et encore merci pour ce langage de vérité. C'est cette confiance réciproque que je veux voir s'épanouir entre nos deux grands pays... Encore merci et bonne journée.

Dehors l'air était pâle. Un chétif soleil dardait timidement. Cette fois le chargé d'affaires rentra par l'ouest. A quoi ressemble une forêt en ruine? se demandait-il. Et songeant à l'Amazone, il se dit qu'Edward VII aurait beau faire, Hyde Park avait décidément bien peu d'arbres.

Désespéré, le chargé d'affaires? Point du tout. Les diplomates sont comme les romanciers, ils s'acharnent, s'acharnent à rêver. Pour arrêter net l'hémorragie du Brésil, le chargé d'affaires chantonnait, le chargé d'affaires se frottait les mains, le chargé d'affaires avait une solution. Il s'était redressé. Ses yeux brillaient. Les tavelures de ses mains, les plaques rouges de ses joues avaient disparu, avalées soudain par cette jeunesse qui lui revenait.

— Gabriel, mon cher jeune ami français, nous allons lancer une négociation! Je suis content pour vous. Vous allez apprendre *in vivo* ce qu'est la diplomatie. Tout dépend de la rédaction. Savez-vous que le choix du bon substantif au bon moment peut éviter une guerre? Savez-vous que les virgules adéquates rapprochent les continents? Croyezmoi, je n'ai rien contre les écrivains, mais nos écrits à nous sont quand même plus utiles.

« Attendu que le développement des moyens de transport met en péril les originalités botaniques nationales, attendu que le règne végétal est, pour l'espèce humaine, l'ultime havre de douceur dans l'océan des guerres, attendu que, sans le spectacle des saisons, où serait la certitude de vivre... » L'ambassade s'était remise à rédiger.

— Très bien, tous ces attendus, mais qu'allons-nous proposer?

— Tout doux, tout doux, l'idée mûrit, les Affaires étrangères ont besoin de temps.

C'est alors, au milieu d'une nuit (car chez les diplomates, seule la grande fatigue engendre les grandes idées. Maria Clementina confectionnait ces tisanes de racine utilisées les soirs de pleine lune par les veuves du sertão pour réveiller l'ardeur des maris défunts), c'est alors, faisant les cent pas entre nous, les rédacteurs, que le chargé d'affaires lança d'une voix lente le projet d'une *Conférence internationale sur l'harmonie botanique universelle*. L'ambassade retentit de bravos. Même l'albinos applaudissait. Maria apporta du champagne et des caipirinhas.

Quand je songe à mes malheureux compagnons de khâgne, se disait Gabriel, sans doute plongés à cette heure même dans quelques frénétiques révisions, tandis que moi, sans fausse modestie, je m'occupe des affaires du monde...

Avec l'arrivée du printemps, la saison mondaine reprenait. Le chargé d'affaires multipliait les soupers, les cocktails, les inaugurations.

– Je retourne la terre, Gabriel, je la prépare, je l'aère. Sitôt l'accord de Rio, hop! je sème et vous verrez la récolte.

Au fil de ses contacts, il alléchait, il distillait des bribes de nouvelles.

– Il ne serait pas sans m'étonner que Rio laissât passer le printemps sans lancer une proposition d'importance...

– A titre tout personnel il m'est agréable de vous informer qu'une certaine agitation règne, ces temps-ci, parmi mes autorités carioques.

Et le collègue ambassadeur occidental, ou le jeune civil servant du Foreign Office, hochait la tête :

– La vieille Europe attend beaucoup de la gentille vitalité brésilienne...

Et nous retournions à Curzon Street d'humeur joyeuse.

– Le terreau est parfait. Ah! si la semence ne tardait pas trop!

Chaque matin, l'attaché chargé du protocole et la secrétaire particulière triaient les cartons d'invitation, les bristols, les cartes cornées, établissaient l'ordre du jour, la durée de chaque escale. Et le marathon commençait, de salons en châteaux, de Kensington à Belgravia, de sourires en baisemains. De temps en temps, pour rattraper un retard, j'essayais de brûler une étape.

– Gabriel, que faites-vous? s'écriait le chargé d'affaires, comment croyez-vous que les idées poussent, nous devons labourer tout le champ.

C'est ainsi qu'un bel après-midi de juin vit trottiner vers Richmond, tiré par les quatre chevaux blancs, l'officiel landau de l'ambassade, Ordre et Progrès. A la grille du jardin botanique de Kew, le cocher tendit l'invitation.

Joseph Hooker,
Director of the Royal Botanic Garden
and
John Collins,

Curator of the Pharmaceutical Society's Museum
have the pleasure and the honour to invite
His Excellency Ambassador of Brazil,
to the exhibition of Ceylan new productions.

Dans la serre, les discours avaient déjà commencé. Sur l'estrade tendue de parme, une morgue s'exprimait, une morgue rubiconde qui portait des favoris, une jaquette noire, un pantalon gris d'Eton et à la main les feuillets de l'allocution, *Ladies and Gentlemen...* De l'entrée on n'entendait qu'un ronronnement percé de quelques mots prononcés plus fort, *Ladies and Gentlemen...* l'Empire s'enorgueillit... n'en déplaise à la Sainte Bible... Noé n'avait pensé qu'à la faune...

Soudain les applaudissements éclatèrent et l'on se retourna vers nous, on nous poussa vers la tribune où la morgue... hail-hail criait la foule, où la morgue nous donna l'accolade, au nom de Sa Majesté le roi, je salue en vous l'inestimable foisonnement végétal des tropiques... Vive le Brésil!

Alors la morgue frappa dans ses mains. Quatre valets apportèrent sur un plateau d'argent une énorme boule brunâtre.

— Voici le caoutchouc, Gabriel, chuchota le chargé d'affaires en me pétrissant l'épaule, voici notre caout-chouc.

La morgue réclama le silence.

— Excellence, mesdames et messieurs, voici le premier caoutchouc d'Asie, j'ai le plaisir de vous annoncer que nos plantations de Ceylan et de Singapour sont une réussite totale. Maintenant la chose est certaine, les arbres hévéa préfèrent l'Orient. Alors vivent nos jardins botaniques, et vive le Brésil qui nous a si obligeamment confié des graines, qui s'est montré très *fair-play* dans cette affaire. Vive l'Empire, Vive la Grande-Bretagne, Vive le roi.

Et, avant même les applaudissements, l'hymne *God save* retentit sous la verrière, rebondit, se perdit entre les plantes immenses. Le chargé d'affaires avait disparu. Gabriel se précipita dehors. Les gardes le renseignèrent.

L'Excellence est passée par là. L'Excellence se dirigeait vers l'ouest. L'Excellence a pris l'allée Hawthorn. Je crois que l'Excellence est montée dans la pagode. Gabriel courut, leva les yeux. Au sommet de la tour chinoise une silhouette enjambait le balcon.

La chute du chargé d'affaires fut très pure, un orbe parfait, le vent l'écartait de la pagode. Il ne s'est pas fracassé sur les étages inférieurs, il dérivait vers les grands arbres. Je m'en suis longtemps voulu, nous aurions pu tendre des draps, approcher de la paille, amortir, adoucir, il s'affalait moins qu'il ne flânait dans l'air, il prenait son temps. Il retraversait toutes ses vies. Tout en haut, la Gloire, il flottait dans le soleil, émeraude et or, adoubé par l'Histoire, maître d'œuvre de la *Conférence internationale pour l'harmonie botanique universelle,* et puis, plus bas, de plus en plus bas à mesure que la gravité l'accaparait, c'étaient des images plus amères, l'inutile diplomatique existence, les minces intermèdes, les bonheurs minuscules, tableaux vivants de Reinaldo Aristides Lima en quinquagénaire enamouré, en joueur aux courses de lévriers, en lointain fils trop aimant, on le devinait souriant ou grimaçant selon les couches de souvenirs franchies maintenant de plus en plus vite, comme des gares de lui-même brûlées par un express. La mort l'a pris tout jeune, oui elle était sa jeunesse, une brutale sensation de fraîcheur, une odeur instantanée de terre humide sur le visage qui s'écrase (heureusement que l'on vient d'arroser, il fait si chaud). Il gisait au milieu des plantations de bruyères rarissimes. La foule anglaise a tout de suite pensé : tiens, un chagrin d'amour.

VI

C'était la nuit, la nuit glacée, sans doute la dernière nuit glacée de l'année, un ultime sursaut de l'hiver. Le brouillard était tombé sur Londres. On aurait dit qu'une fuite, dans l'immense paroi noire, laissait passer une sorte de jour. L'air était blanc. Les ombres à côté de Gabriel tremblaient de froid et de peur. Les diplomates ne sont pas des soldats d'élite. Qui avait eu l'idée de la croisade ? Difficile à dire. Un sentiment général de révolte lorsqu'on avait ramené le corps disloqué du pauvre et doux chargé d'affaires, celui qui avait tant aimé la reine Victoria. Un sentiment de colère. Oh ! une colère de diplomate, bien sûr, rentrée, polie, soucieuse des manières et bienséances. Oh ! bien sûr l'Histoire a retenu d'autres rébellions plus violentes contre la suprématie britannique, les Boers par exemple, les cipayes, les Français même avant Fachoda. Mais la discrète, très discrète croisade brésilienne dont personne n'a jamais parlé mérite d'être racontée. Que le personnel d'une ambassade presque au complet décide un beau soir vers onze heures d'aller venger un supérieur, voilà de l'inédit dans la longue chronique de la diplomatie, dans cet interminable repas qu'est la diplomatie, où l'on ne fait qu'avaler et avaler encore des couleuvres.

Ne restèrent à Curzon Street que le tuberculeux premier secrétaire, excusé, et l'albinos qui attendait sa fiancée (soyez franc, Gabriel, vous croyez que les albinos la dégoûtent ? mais que pensera-t-elle si elle revient en pleine nuit et ne me trouve pas ?), excusé aussi. Tout s'est passé simplement. Les grilles étaient ouvertes. Qui songerait à protéger un jardin botanique ? La seule difficulté, c'était le brouillard, on n'y voyait pas à cinq mètres. Mais mes compagnons de croisade connaissaient par cœur les lieux. Ils venaient souvent à Kew, les jours de cafard, admirer la collection d'orchidées qui leur rappelaient les tropiques... La petite troupe en deuil marchait lentement dans l'allée principale, le long de la bordure, un pas dans l'herbe, un pas dans les graviers. Les habitués racontaient à Gabriel ce qu'il ne voyait pas, à gauche les araucarias géants du Chili, à droite quelques aloès de la Riviera française...

Et puis nous sommes entrés dans les serres, le brouillard était resté dehors. Les croisés brésiliens se sont arrêtés pour humer les odeurs de mousse, d'écorce humide, un parfum très fort qui dominait tout, l'ylang-ylang. Victor a fermé les yeux, il m'a demandé d'écouter.

– Vous ne remarquez pas la différence?

On n'entendait rien. Quelques coulis d'eau, de très légers bruissements de feuillage, le battement des plus grandes parmi les palmes. Un silence presque parfait, comme prisonnier de la moiteur.

– Eh bien, il manque les animaux. Le vrai Brésil a des bruits.

Et nous nous sommes mis au travail. Nous avons saboté, toute la nuit. Poliment, diplomatiquement, sans bris. De temps en temps, Gabriel avait du mal avec un robinet rouillé. Il appelait le chiffreur doté d'une poigne de fer. Une fois tout le chauffage coupé, une fois ouvertes toutes les fenêtres, toutes les portes, battants, vantaux, toutes les baies et lucarnes, nous avons regardé le brouillard glacé envahir les serres.

– Avec le froid qu'il fait, toutes les plantes seront mortes demain, chuchota le chiffreur.

C'est ainsi que nous avons pris congé du pauvre et très doux chargé d'affaires, comme on lance des cendres à la mer. Et nous sommes rentrés nous coucher.

Sitôt connu « le lâche attentat qui laisse bien mal augurer de ce que sera le XXe siècle » (d'après les premiers mots de l'article du *Times*), le pays entier se mobilisa et commença d'affluer vers le jardin botanique de Kew l'armée des donateurs.

A pied, en landau, on apportait qui son arbre de Malaisie, qui son orchidée épiphyte, dans des pots de grès, des bulles de verre, des pieds d'éléphant évidés. Chacun avait dévalisé sa serre intime, puisé dans son passé colonial et les badauds sur les trottoirs applaudissaient, criaient vive le Musée, mort aux assassins des plantes. Bien sûr, dans les conversations on accusait les juifs, ces gens-là sont errants, n'ont aucun sens de l'humus. Devant les grilles, la foule des donateurs n'avançait plus, c'était la queue, l'engorgement, des marchands ambulants profitaient de l'aubaine, on vendait du thé, des marrons, on allumait des feux, pour les plantes, pour reconstituer les climats chauds, on échangeait des souvenirs d'armée des Indes, on se rappelait le bon vieux temps jamaïcain, on se préparait à passer la nuit, les riverains se proposaient pour prendre en pension les espèces les plus fragiles, on se les transmettait de main en main avec un luxe extrême de précautions, une vraie tendresse, on ouvrait des parapluies, on rajoutait du coton pour les protéger du froid. Comparée, la galanterie est peu de chose ; pour les plantes, on se serait dévêtu. On aurait donné son manteau, sa chemise pour le confort de quelques pistils sauvages. Les journaux du soir et la police et les prêtres et le roi lui-même durent supplier pour que s'arrête la donation. « *Please,* n'apportez plus rien, le musée est de nouveau plein. »

« Les Britanniques méritent leur Empire », dit Victor vers le soir, après avoir rédigé sa lettre de démission. Il quittait la carrière :

– La diplomatie est morte. Les républiques doivent inventer d'autres méthodes de lutte.

Le lendemain, Gabriel reprit le train pour la France. Les innombrables serres du Kent brillaient sous le soleil revenu.

J'ai oublié quelqu'un. Peut-être. Je n'en suis pas sûr. Je ne voudrais pas commencer à te mentir.

Marguerite est-elle venue à Londres pour l'enterrement

de la reine? A certains moments, je la revois dans la pénombre du couloir de l'ambassade, tentant de frapper à la porte de ma chambre blanche à fenêtre guillotine. Mais comment aurais-je pu l'entendre, puisque sa vie ne faisait plus de bruit? Je sens aussi son bras sur le mien, tous les deux perdus dans la foule, dans l'incommensurable foule du cortège funèbre, s'il te plaît, Gabriel, vérifie, il pleut tant, mon manteau noir, il ne déteint pas? La vieille dame, au regard bleu, pelotonnée sur une banquette de gare, tu ne vas pas m'attendre, Gabriel, à quelle heure est ce train? Jure-moi que je ne t'ai pas gêné dans ton métier! Cette vieille, vieille dame, était-ce Marguerite?

DE LA COMPÉTENCE
OU NEUF BONHEURS
CLERMONTOIS

DE LA COMPÉTENCE

Pourquoi Clermont-Ferrand? Pourquoi le caoutchouc? Pourquoi ce mariage entre le caoutchouc et Clermont?

Notre Gabriel, ci-devant Londonien et fraîchement débarqué du train de Paris, arpentait la ville, écarquillait les yeux et ne comprenait pas :

1) Les Clermontois ne paraissaient pas gens sautillants ou rebondissants. Manifestement, ils appartenaient à cette catégorie d'humains qui vivent les pieds sur la terre.

2) Les pierres clermontoises étaient dures, noires et sévères. Rien à voir avec, par exemple, le tendre tuffeau des pays de Loire ou le scintillant granit de Bretagne dont on devine qu'il suffirait de peu de chose pour qu'il monte sur la scène et s'exhibe sous les projecteurs. Aucun risque avec les moellons de Clermont. Gabriel l'avait vérifié en caressant longuement deux façades d'églises, Notre-Dame-du-Port et la cathédrale. Sous le regard ahuri des passants, il avait posé sa main sur les deux édifices, appuyé fort, n'avait réussi qu'à s'écorcher la paume. La preuve était faite : cette matière-là était dépourvue de toute qualité élastique.

3) Les volcans alentour étaient éteints et bien éteints, tout le monde le lui garantit, de l'employé de la gare au conducteur du tramway. Nul bond à attendre de ce côté-là.

4) La gloire locale, Blaise Pascal, s'était intéressée à beaucoup de choses, l'arithmétique, la littérature, les paris, mais jamais au caoutchouc qui d'ailleurs, en son temps, n'avait pas encore atteint l'Europe. En outre, ce Blaise Pascal avait soutenu Jansénius contre Loyola. Or qui sont, des jansénistes ou des jésuites, les plus souples, les plus caoutchouteux? A l'évidence les seconds.

5) La mer était lointaine et le Brésil plus encore. Ceux qui connaissent à la fois l'Amazone et la rivière auvergnate nommée Tiretaine vous diront qu'il n'y a aucun rapport possible – mais aucun ! – entre ces deux cours d'eau.

Alors ?

Quand on ne comprend rien d'une ville, il faut choisir un restaurant moyen (dans les petits, il y a trop de monde et, dans les grands, on ne cause pas volontiers) et partir à l'assaut du menu gastronomique, le plus cher, sans rechigner sur le vin ni sur les suppléments. Une telle attitude rend le client sympathique et le patron disert.

Ainsi fit Gabriel. Quoique jeune encore, il avait l'instinct d'enquête. Il poussa la porte du café Bancharel.

– Dites-moi, monsieur, pourquoi la ville de Clermont aime-t-elle tant le caoutchouc ?

– C'est très simple.

Suivit une interminable histoire généalogique d'où ressortait entre deux questions (– Vous aimez ma tourte ? Qu'est-ce que vous pensez de ce râble ?) que l'épouse Elisabeth Pugh Baker du premier cofondateur de la Manufacture clermontoise de machines agricoles était la nièce du savant écossais MacIntosh, lequel avait découvert la solubilité du latex dans la benzine et subséquemment inventé l'imperméable moderne...

Un Italien aurait conclu : la réponse à votre question, la raison qui a fait de Clermont la capitale mondiale du caoutchouc, mais c'est l'amour, jeune homme ! ! !

Le restaurateur était plus pudique. Il marmonna quelques mots sur le hasard puis annonça l'addition, fort raisonnable. Gabriel sortit, un peu titubant, sur l'avenue Charras. Le vin local lui avait réchauffé le cœur : en chaque Clermontoise, grande ou petite, jeune ou vieille, il voyait Ann ou Clara. Par chance pour sa carrière, il garda assez de lucidité pour ne pas se présenter à son employeur en cet état. Il descendit, boulevard Desaix, à l'hôtel du Puy où il dormit d'une traite douze heures d'un sommeil des plus féconds.

Il vit en rêve des Auvergnats sautillants, comme montés sur ressorts. Il vit en rêve des volcans rallumés, de très lentes et rougeoyantes explosions. Il vit en rêve des cathédrales élastiques dont le porche gothique s'arrondissait jusqu'au roman pour laisser entrer la grande foule du dimanche matin. Il vit une colère de Blaise Pascal : il n'arrivait à rien. Chaque fois qu'il lançait un solide par la fenêtre, pour mesurer je ne sais quelle pression de l'air, ledit solide, à peine touché le sol, rebondissait et revenait narguer le savant droit dans les yeux. Il vit la Tiretaine prendre une couleur ocre et se couvrir de pirogues.

Au réveil, il avait compris : le caoutchouc était le jardin secret, la nostalgie des austères Clermontois. Le caoutchouc et Clermont étaient complémentaires, faits l'un pour l'autre. Il fallait être aveugle pour ne pas s'en rendre compte. Et après s'être enduit de savon les joues, rasé le duvet, laqué les cheveux, blanchi les dents et susventé de deux tartines géantes, il se rendit à la Manufacture. Il sifflotait. Son âme était conquérante. Il couvait la ville d'un œil moqueur : je t'ai devinée, toi, je sais à quoi tu songes, ce que tu caches derrière tes mines sévères.

Place des Carmes, un M. Drouard le reçut.

– Ainsi, jeune homme, vous avez la vocation ?

– Depuis l'enfance, monsieur. Je puis dire, sans mentir, que j'ai plus aimé le caoutchouc que les sucreries.

Et pour se donner du courage (car le trac l'avait envahi d'un coup, en entrant dans le bureau marron), il pétrissait sa balle de mousse tapie au fond de sa poche.

– Attention, jeune homme, le caoutchouc n'est qu'un moyen. Ici vous apprendrez l'incomparable richesse du pneumatique. Écoutez plutôt. (M. Drouard avait ouvert la fenêtre. Un tramway passait dans un tintamarre de grincements, raclements et stridences. Combat fer contre fer, roues contre rails.) Vous comprenez ce que serait le monde sans caoutchouc ? Le vacarme, la guerre perpétuelle entre les choses. Tant de garçons de votre âge choisissent les colonies ou la banque. Activités utiles, bien sûr, bien sûr. Mais vous, avec le pneumatique, vous entrerez au cœur de la vie. Ne perdons pas de temps. Quand voulez-vous commencer ? Nos renseignements sur vous sont bons. Certes, vous n'êtes pas très catholique, plutôt maçon n'est-ce pas ? Ne dites pas non, vous n'êtes pas le premier, l'influence d'Auguste Comte... Mais j'en prends le pari, d'ici un mois, vous aurez rejoint le bercail, vous verrez, nous ne forçons personne, mais nous avons nos méthodes, les rétifs sont rares... La simple influence du latex. Vous êtes prêt? Parfait. Je vous mets au début de la chaîne, la réception de la gomme, vous ne serez pas dépaysé. Et bienvenue dans la grande famille pneumatique...

Des dix années qui suivirent, tu ne sauras rien. Ou presque rien. Je ne veux pas t'ennuyer.

Les récits d'apprentissage ont leur sujet imposé : l'amour, l'amour poignant, l'amour qui point. Mère, sœur, cousin, cousine, voisine, Mme de Renal, femme de trente ans, professionnelle... En bon père, Je pourrais prendre l'air sentencieux, répéter qu'il n'y a pas que l'amour dans la vie et que Stendhal est un petit esprit de se préoccuper plus de la Sanseverina que des progrès de la machine à vapeur. Mais je m'en garderai bien. Ma mauvaise foi a des limites : si Ann et Clara s'étaient trouvées dans les parages, je n'aurais vécu que pour elles, à guetter leurs passages, manigancer des rencontres, mesurer mes progrès dans leurs cœurs. Voilà pourquoi je résume, résume ces dix années. On ne peut pas lutter contre la nature humaine. Comme les enfants aiment en naissant le cacao, les lecteurs préfèrent les émotions amoureuses aux passions industrielles. Ainsi nous sommes. Dieu l'a voulu. Pour ceux qui feraient exception, et seulement pour eux, je dresse le court catalogue de mes bonheurs pneumatiques. Il suffira d'écrire à mon nom, 13 avenue Wester Wemys, Cannes-la-Bocca, en indiquant le bonheur retenu et je me ferai un réel plaisir de vous le décrire plus en détail. Je ne vous réclame même pas une enveloppe affranchie pour la réponse.

NEUF BONHEURS CLERMONTOIS

Botanique

Programme du premier trimestre : connaître tous les végétaux, arbres, lianes, cactus, salsifis, champignons capables d'engendrer du latex. Bonheur méticuleux pour qui reproduit au 1/100e et à l'encre de Chine un *manihot glaziovii*. Bonheur taxinomique pour qui sait qu'un *euphorbia intisy* n'appartient pas à la famille des asclépiadacées. Bonheur divin (ou poétique) de nommer et donc de créer : *hevea brasiliensis, hevea quianensis, sapium thompsonii, castilloa ulei, ficus elastica, funtumia, landolphia, crypstostegia grandiflora, parthenium argentatum, scorzonera tau-saghyz, taraxacum kobsaghyz, isonandra palaquium, payena, mimusops, ecclinusa...* Bonheur linguistique : il est plus doux d'apprendre le latin dans la flore que dans la guerre des Gaules. Bonheur démocratique : innombrables sont les plantes élues, porteuses du précieux suc.

Géographique

Chaque dimanche après-midi, sur la vieille et grinçante mappemonde du musée municipal, repérer les zones de production, l'Amazonie, le Mexique, Tobago, le Guatemala, Madagascar, la Côte-d'Ivoire, le Turkestan, l'Asie tropicale.
— Attention, jeune homme, disait le gardien, la terre est fragile, vous la tournez trop vite, déplacez-vous et laissez-la immobile, vous arriverez au même résultat, vous verrez.

Olfactif

Ô l'odeur de gomme fumée, bouffées des forêts immenses, il suffisait de fermer les yeux, de bâiller les narines et l'on partait là-bas, loin des brouillards auvergnats, ô Brésil de tous les arômes.

Chimique

Entrer dans le secret des mélanges. Bonheur moral : la manufacture me fait confiance. Bonheur culinaire : longtemps Gabriel le rebondi, gros mangeur que l'on sait, ne sut confectionner qu'une seule recette, le pneumatique à la clermontoise. Prendre du latex pur, débarrassé des sucres, graisses végétales et autres substances ou animaux parasites. Ajouter des plastifiants, huiles, suifs ou paraffine, puis des agents protecteurs et des charges, blanc de zinc, kaolin... Touiller vivement, joindre le soufre, agent vulgarisateur. Passer en machine à cylindre (cf. pâtes fraîches). Verser dans le moule. Inclure çà et là des accélérateurs et retardateurs pour que la cuisson soit en toute partie uniforme. Il ne vous reste qu'à mettre au four, le pneumatique est prêt. Et ne comptez pas sur Gabriel pour qu'il vous livre les proportions. Secrètes, secrètes, secrètes (bonheur délicieux d'en détenir).

Tactile

La science des pneumatiques, ou pneumologie, ressemble à l'amour physique. En plus complexe. Et plus cruel. Comme en amour, il s'agit de peaux, celle de la route et celle du pneu : comment faire pour qu'elles se plaisent, s'attirent, s'imbriquent (ainsi nous éviterons les dérapages mortels), mais sans trop s'encoller (pour ne pas gaspiller la puissance du moteur) ? Comment faire pour que la peau du pneu ne s'écorche pas trop sur celle de la route (attention à l'usure, bientôt suivie d'éclatement) mais tout de même assez (sans tendresse, pas d'adhérence)? C'est afin de répondre à ces questions que les pneumatologues promènent leurs doigts sur tous les revêtements possibles, graviers, poussières, goudrons, pavés divers, bétons, herbe même ou sable. Ainsi, ils apprennent peu à peu le grain des choses. Voilà la condition nécessaire pour oser marier une voiture avec une route, compromis parmi les compromis, le plus pascalien des paris.

Bricolage

Soit un pneu crevé. Comment le réparer dans le minimum de temps?

De tous les bonheurs clermontois, sans doute le plus ténu, voire improbable.

Certains collègues de Gabriel prenaient dans ces opérations de démontage, collage, remontage, un plaisir certain.

Gabriel aucun.

Aujourd'hui encore, il revendique le droit d'être un humain tactile, mais non bricoleur.

Juridique

Chaque premier lundi du mois, nous prenions le train du matin. Une équipe de trois personnes à l'air farouche: M. Drouard auquel la précieuse mallette était attachée par un fil d'acier. M. Guillaume, l'adjoint qui ne la quittait pas des yeux. Et Gabriel chargé de repérer les espions éventuels. Sitôt Paris atteint, le trio sautait dans un taxi. Au ministère, l'huissier nous accueillait comme de vieux habitués.

– Bonjour, les Clermontois, vous avez fait bon voyage? Je vais prévenir M. Glavani. Je vous laisse vous installer seuls. Depuis le temps, vous connaissez le chemin...

La salle d'attente, au Service des brevets, était un vrai

capharnaüm, à cause des prototypes de toute taille, de toute sorte ; enveloppés tant bien que mal, on n'en voyait rien que des formes mystérieuses. L'huissier levait les bras au ciel. J'ai beau leur dire dessinez, ça suffit, en tout cas laissez vos merveilles dans la cour, ils ne veulent rien entendre. Et l'ambiance qui régnait était des plus tendues. Chaque inventeur gardait son trésor sur ses genoux, bien calé entre ses bras, ou alors il s'asseyait dessus, pour plus de sûreté. Tout dépendait de la taille dudit. Et lorsqu'un bizuth, un nouveau, osait une question, même bénigne, l'air bienveillant, par exemple « Moi, c'est l'électricité, et vous, c'est quel domaine ? », personne ne répondait. Ou alors d'un grognement. Méfie-toi, me répétait M. Drouard, les brevetables sont les pires des voleurs, des malins, ils savent reconstituer, de vrais Cuvier, tu leur donnes un petit os, ils te dessinent le dinosaure entier, ils t'arrachent ton secret de fil en aiguille, tu ne te rendras compte de rien, mieux vaut te taire.

M. Glavani, le chef du service, était un ami de la France, de l'automobile et des pneumatiques. Il nous recevait comme des princes :

– Alors quelles sont les nouvelles, cette fois-ci ? Deux cents kilomètres / heure sur la neige et sans risque ?

M. Drouard ouvrait une à une les trois serrures, étalait sur l'immense table marron le dossier de la « semelle » (bande de roulement en cuir garnie de rivets d'acier), ou de la jante amovible ou de la roue de secours... M. Glavani battait des mains. Il avait une nature enthousiaste, ce qui nuisait à sa carrière (nous confiait l'huissier). Il sortait son grand registre en moleskine noire, voilà, vous aurez le brevet numéro 72387. J'aimerais tant rester avec vous. Mais vos collègues attendent et ils sont farouches. Allez, au mois prochain. Préparez-moi une surprise. Nous sortions de son bureau d'un pas martial, le cœur empli de paix, avec cette chaleur douce par tout le corps que donne la légitimité : tel est le bonheur juridique. Nous retraversions la salle d'attente, fusillés du regard par tous les inventeurs. Certains protestaient ouvertement : c'est honteux, honteux, un représentant de la République doit garder pour lui ses sentiments, il y a du favoritisme. Ils devaient se plaindre au ministre. D'où l'avancement poussif de notre supporter Glavani.

Parfois, avant le train du retour, j'avais le temps de courir à Levallois. Marguerite ne pestait plus contre mon métier. Elle avait compris que s'il avait connu les pneus Alexandre le Grand aurait atteint le Japon, pour le moins. Quant à Louis, il avait la faiblesse de ne pas supporter mon absence.

– Je sais, Gabriel, c'est pour ton bien. Mais les journées sont longues sans toi. J'ai un projet qui va nous rapprocher. Je ne peux rien te dire encore, je te ferai la surprise...

Gabriel rentrait à Clermont très ému et très inquiet. Les projets de Louis, surtout les affectueux, il avait appris à s'en méfier. Et cette inquiétude lui gâchait un peu son bonheur juridique.

Sportif

Le premier Grand Prix de l'Histoire eut lieu en l'an de grâce 1906.

Tout Clermont, excepté les femmes, les malades, les amoureux, les religieux décidément peu portés sur la modernité, voulut se rendre sur le circuit de la Sarthe. Un choix était nécessaire. Gabriel se trouvait parmi les élus, preuve de l'excellence de son travail à la Manufacture.

Apprenant la bonne nouvelle, Louis entra dans la plus terrible fureur. Et les télégrammes paternels se succédèrent :

« INTERDICTION ABSOLUE STOP RISQUES TROP GRANDS. »

ou

« DÉRAPAGES STOP EXPLOSION STOP SUICIDE GARANTI. »

Gabriel passa outre.

Est-ce l'odeur de la peur humaine (celle que les chiens sentent si bien avant de mordre)?

Est-ce l'indescriptible fracas des moteurs (qui rend au silence sa noblesse et sa douceur de plume)?

Est-ce la mémoire des couleurs (les rouges des voitures, les verts, les bleus qui passent, enchaînés comme un train polychrome, et restent longtemps dans l'œil à vibrer sans s'éteindre, alors que la piste est de nouveau vide)?

Est-ce l'arrondi des formes automobiles pour un qui n'a pas eu de mère?

Est-ce la colère des femmes détestant ces jeux d'hommes?

Est-ce le bout de la ligne droite où il faut choisir : freiner, ne pas freiner?

Est-ce cette comédie, ces faux départs à chaque tour, s'en aller au loin dans la campagne pour revenir passer la ligne?

Est-ce le chronomètre qui gratouille dans la paume?

Gabriel donne sa langue au chat. Il ne connaît pas la réponse. Il sait seulement que, durant une journée entière, il s'est reposé de son amour, pas une seule pensée pour elles, pas la moindre vision de Clara, pas le moindre souvenir d'Ann. Alors il se précipite vers les officiels :

– Comptez-vous organiser d'autres Grands Prix?

– Bien sûr, jeune homme, et dans le monde entier.

Gabriel saute de joie. Il a compris qu'un amour double, aussi difficile, aussi éternel que le sien, a besoin de vacances pour reprendre force, de très courtes et très intenses vacances. Gabriel aura les Grands Prix. Ce sera son sommeil à lui, son assourdissant sommeil. Puisque, même en rêve, il ne voit qu'elles, Ann la blonde, Clara l'aînée.

Publicitaire

Bibendum a été créé à l'image de Gabriel. Est-ce un bonheur? Devinez.

– Une femme attend Gabriel au Grand Hôtel de la Poste!

Ce cri d'horreur, lancé dans la somnolence d'un de ces après-midi pâteux propres à l'année 1902 [1] déjà plus de trois cent soixante-cinq jours sans Ann ni Clara, 2) le xxᵉ siècle est encore pire que le précédent quant à l'ennui engendré par les après-midi] faillit ruiner à jamais la carrière de Gabriel. Ses collègues abandonnèrent le pneumatique qu'ils étaient en train de disséquer, dévisagèrent le débauché, faussement désolés, avec toute l'hypocrisie dont seuls des collègues sont capables. Et M. Drouard s'approcha, lui posa la main sur l'épaule.

– Que se passe-t-il, Gabriel, mon grand, quelque chose ne va pas? Tu n'es pas heureux parmi nous? Prends garde, Gabriel, ne va pas te gâcher...

Serait-ce à dire que les pneumatologues sont des puritains? Une telle réaction pourrait le faire croire. A tort. La pneumatologie est une science de mélanges, de contacts, de touchers, à mille lieues de la pudibonderie. Mais pour les Clermontois, et peut-être pour d'autres êtres humains, les femmes (précisons : cette race nomade ni homme, ni mère, ni épouse, ni sœur), les femmes donc représentent à la fois la distraction et le dérapage, deux choses inacceptables pour un pneumatologue, tous les automobilistes le comprendront. Ainsi, les collègues et M. Drouard regardaient soudain Gabriel comme le diable et murmuraient des mots sans suite : hôtel, une femme, de la Poste, bien sûr parisienne... Et Gabriel lui aussi balbutiait : famille, un instant, je reviens... Il enleva sa blouse grise et courut, est-ce Clara? Non, plutôt Ann? courut place de Jaude.

Hors d'haleine, il atteignit la réception. Un concierge indifférent tendit le doigt, derrière vous, monsieur. Gabriel se précipita, franchit dans un grand fracas végétal un rideau de plantes vertes...

– Calmez-vous, bonjour et calmez-vous, dit leur mère, oui, la mère d'Ann, la mère de Clara. Tenez, essuyez-vous le front avec ce mouchoir. Vous avez les joues toutes rouges.

Avec une incroyable goujaterie (par chance, intérieure), Gabriel se répétait quelle chance, ce n'est que leur mère. Je me sens sale, je me sens laid. Quelle catastrophe si Ann ou Clara était là... Désormais je ne marcherai plus vers elles qu'à petits pas et encore l'hiver. L'été, je me tiendrai immobile, pour ne pas transpirer, les femmes haïssent les transpirants, l'amour ne naît pas si sueur, quelle chance, merci, mon Dieu... !

– Bien, vous vous remettez? Vous voulez boire quelque chose? Non? Bon, parlons sérieusement, je suis venue parce que je vous trouve sympathique. Mes filles aussi, je crois, vous trouvent sympathique.

La tachycardie de Gabriel, qui commençait à se calmer, repartit de plus belle.

– Oh! je vais être franche, vous n'êtes pas le seul qu'elles trouvent sympathique. Mes filles sont comme ça. Mais quand elles parlent de vous, leurs yeux brillent d'une façon spéciale. Une mère sait reconnaître ces éclats-là. Et vous, Gabriel, pardonnez la brutalité de ma question, mais nous n'avons pas beaucoup de temps, je dois repartir par le prochain train, Gabriel, aimez-vous mes filles?

– C'est-à-dire... oui.

– Tant pis pour vous. Autre question, Gabriel, est-ce que vous êtes juif?

– Non.

– Ne faites pas cette tête-là, ce n'est pas grave. Seulement, n'étant pas juif, vous n'avez pas la moindre idée sur les mères juives.

Gabriel avoua son ignorance.

– Les mères juives sont les meilleures du monde. Et pas seulement dans le domaine de la nourriture, comme voudraient le faire croire certains racistes. En amour aussi. Une mère juive est capable de prendre un train glacé pour aller dire dans une ville glacée à un jeune homme qui transpire, pardon de me moquer de vous, Gabriel, les juifs sont comme ça, aller lui dire : voilà, vous aimez mes filles et il se pourrait qu'elles vous aiment un jour, toutes les conditions du malheur sont donc réunies. Acceptez-vous de renoncer à mes filles, Gabriel?

– Non.

– Je m'en doutais. Alors je vais faire mon métier de meilleure mère du monde et tenter d'écarter de vous le plus de malheur possible. Je viendrai de temps en temps, Gabriel, si vous êtes d'accord. Je vous parlerai d'elles. Vous me parlerez de vous. Vous apprendrez à mieux les connaître. Je vous donnerai des conseils. Alors vous êtes d'accord, Gabriel? Je comprends que vous hésitiez, Gabriel. N'avoir pas de mère soi-même et tomber sur une belle-mère juive, le choc est rude...

Gabriel hocha la tête, comme un très jeune enfant, oui, madame, je veux bien.

— Bon, je n'ai pas beaucoup de temps, je dois repartir demain. Prenons d'abord l'aînée. Voilà ce que vous devez savoir sur Clara...

Ainsi commença la première des leçons données par Élisabeth Knight à Gabriel Orsenna, dans le hall du Grand Hôtel de la Poste, place de Jaude, Clermont, derrière le rideau de plantes vertes. Plus tard, ils devaient changer d'habitude et monter au puy de Dôme par le tramway à vapeur qui partait de la place Lamartine, remontait toute l'avenue de l'Observatoire et grimpait avec ahan et escarbilles jusqu'au sommet.

C'est là, surplombant Royat, Riom, Chamalières, Puy-Guillaume, le circuit de Charade, la station du Mont-Dore, qu'elle me préparait, comme on dit des entraîneurs.

— D'abord vous aguerrir, Gabriel, je ne veux pas vous décourager, sinon serais-je ici? Mais ce sera dur, il y aura des hauts, des bas, des drames, de longs silences terribles, rien à voir avec mon amour à moi, Gabriel. Nous, Markus et moi, nous sommes dans la même vie.

— Qu'est-ce que cela veut dire, s'aguerrir? demandait Gabriel sans trop s'approcher du parapet car il était sujet au vertige, même en Auvergne.

— Se fabriquer un peu d'indifférence, oui, un peu d'indifférence. Apprendre à penser à autre chose qu'à mes filles.

Gabriel remerciait.

— Je vais tâcher, madame, je vais essayer.

Mme Knight se rapprochait. Il faisait souvent froid au sommet du puy de Dôme. Elle mettait sa main sur l'épaule de Gabriel et de l'autre se frottait le bout du nez. Enhardi par cette impression soudaine d'intimité, Gabriel prenait son souffle, son courage à deux mains et demandait :

— Vous croyez qu'une femme, je veux dire que deux femmes pourraient aimer quelqu'un à joues rondes?

Alors Mme Knight riait, riait comme on rit l'hiver, à petits coups crispés, la bouche entrouverte.

— Mais bien sûr, Gabriel, quelle question, des tas de femmes aiment les joues rondes. Si nous redescendions?

Et Gabriel dubitatif (dit-elle cela pour me faire plaisir?) jetait un dernier regard aux bombés, potelés, aux rebondis monts d'Auvergne, mes frères en rondeur.

Imagine Gabriel au bras d'Élisabeth, protégé par le chapeau, ces vastes œuvres d'art qu'étaient les chapeaux à l'époque, de vrais morceaux de jungle, feuillages, plumes d'autruche, oiseaux perchés, imagine Gabriel pour une fois ravi d'être petit (plus grand, ma tête aurait heurté la jungle), imagine la belle, très belle dame et Gabriel traversant l'un serré contre l'autre la place de Jaude, devant Clermont ahuri.

— Si vous voulez un conseil, murmurait M. Drouard, le lendemain, en rougissant, ne vous affichez pas trop.

Sur ce chapitre, si longtemps après, maintenant que l'heure de la prescription a sonné, même en matière de ridicule, Gabriel se doit de t'avouer une vanité ridicule. Élisabeth était toujours d'une impressionnante élégance, tantôt grande couture, tantôt confection, selon les coups de chance ou de malchance de son imprésario-découvreur. Vers 1910, 1911, ses toilettes changèrent : des robes plus souples, plus simples, la taille relevée, souvent d'allure orientale. Mais les couleurs surtout n'étaient plus les mêmes. Le rouge, le vert, le bleu de roi avaient remplacé les lilas, les mauves, les nils, les hortensias tendres.

— Formidable, se dit Gabriel, Élisabeth a remarqué mes progrès. Elle sait que je n'ai plus peur des femmes. Elle n'a plus à me protéger. Elle s'habille comme elle veut...

Et le soir, dans son lit, il se frottait les mains : je suis entré dans l'intimité; dans la liberté des femmes, à nous deux, elles et moi, à nous deux, Ann et Clara.

Ridicule Gabriel. Grotesque caniche Gabriel qui, en aboyant, croyait ordonner au soleil de se lever.

Élisabeth suivait simplement la mode. Le couturier Worth avait fait son temps. Paul Poiret dictait sa loi.

En écrivant ceci, j'imagine ton œil adolescent qui s'allume. Tu n'oses rien dire, mais je sais la question qui te brûle les lèvres : as-tu couché ? On voit que tu ne connais rien à Clermont. Les rares couples adultères te le diront : la discrétion est impossible. Tout se sait. La moindre caresse coupable est rapportée au directeur de la Manufacture dans l'heure qui suit. Convocation. Licenciement.

Les hôteliers de Riom te le confirmeront. Ils pensaient avoir vocation à recevoir incognito les Clermontois pécheurs et pécheresses. Pas du tout ! Riom est trop près de Clermont (15 km). Il faut aller jusqu'à Vichy (59 km) ou mieux, Moulins (96 km), pour échapper aux espions de la Manufacture.

Gabriel n'ayant jamais quitté Clermont, sauf pour les Grands Prix, cette suspicion est sans autre objet que la malveillance gratuite. Ou alors il faudrait qu'aient été réunies, à chaque visite de Mme Knight, une suite de coïncidences bien improbables. Que, durant la descente du puy de Dôme, à l'occasion d'un chaos, la mère de Clara et Ann se soit trouvée projetée contre notre héros et, encore groggy par le choc, soit demeurée là, blottie, que dans le hall de l'hôtel de la Poste, le réceptionniste leur tourne le dos, c'est vrai, ces gens-là adorent manier leurs clefs ; que le liftier soit absent, excusé pour quelque deuil ou maladie maternelle (et Mme Knight, tu vois, je suis franc, savait manipuler la longue flèche de cuivre) ; que le couloir soit désert, la femme de chambre vaquant justement à l'étage supérieur ; que la porte de la chambre 314 ne couine pas ; que Gabriel ne pousse pas l'un de ses gloussements grotesques propres aux puceaux (ou quasi) quand on leur dénoue la lavallière des jours de fête ; que les lacets ne crissent ; que le corset ne bruisse ; que Gabriel, d'impatience, n'envoie valdinguer ses godillots à l'autre bout de la chambre 314 comme le font tous les jeunes gens en aubaine, sans exception ; que Mme Knight ne roucoule ni ne soupire ni ne clame, à aucun moment. Or, et peut-être ne le sais-tu pas encore, quand on vient de Paris pour cette chose-là, on roucoule, justement, on soupire, on clame.

Coïncidences, avoue, innombrables coïncidences. Or Gabriel te l'a déjà expliqué, mais il te le répète : il n'y a pas de hasard, seulement des nostalgies. Non, mieux vaut s'en tenir aux faits. Gabriel n'a pas été renvoyé de la Manufacture. Donc son âme est pure. Et nombre de statistiques (interdites de publication sur ordre politique) le confirment : une mère juive est plus fidèle qu'une autre femme.

En définitive, c'est une autre fréquentation, apparemment des plus légitimes, qui faillit briser à jamais ma carrière pneumatologique.

Gabriel affectionnait les tramways. Les milieux du caoutchouc avaient beau s'en moquer (pauvres véhicules montés sur fer), il aimait voir ces gros insectes sillonner la ville, leurs antennes déployées vers le ciel et les pattes environnées d'étincelles. Souvent, il s'offrait un voyage sans itinéraire précis, pour le plaisir du fracas, de la secousse et aussi une impression stimulante de modernité. Sans posséder les mêmes vertus apaisantes que les Grands Prix, les tramways calmaient la tristesse. Ann et Clara paraissaient plus proches et l'avenir avec elles un peu plus certain. C'est que les tramways, par définition, ne changent jamais de trajectoire. Et le spectacle de cette fidélité rassérène. On ne s'en est pas rendu compte, mais leur remplacement par les autobus, surtout les volages, ceux qui changent constamment de file, a dû secrètement mais profondément déboussoler les âmes citadines et leur donner des idées d'adultère.

Bref, Gabriel remontait, ce jour-là, bien assis dans son tramway, l'avenue Charras.

Et qui se trouvait assis à la terrasse du café Bancharel, en face de l'hôtel du Midi ? Louis.

Le fils se dressa de son siège, bouscula deux paysannes venues de la montagne vendre sans doute aucun, vu l'odeur, des saint-nectaire, sauta sur la chaussée. Louis se levait déjà. Ils s'embrassèrent longuement, longuement. Comment-vas-tu-bien-le-caoutchouc-bien-Marguerite-toujours-triste-et-tes-amours-trop-et-les-tiennes-rien-on-va-arranger-ça. Il fallut les avertissements répétés du tramway suivant pour que le père et le fils consentissent à se désenlacer et laisser le passage.

– C'est beau, un amour, dit une voix derrière eux.

Ils se retournèrent.

– Je te présente le docteur Ligier, dit Louis. Nous sommes associés.

Pauvre docteur Ligier, eut le temps de penser Gabriel et il serra la main d'une force de la nature, et il rendit son sourire, du mieux qu'il put, à la force de la nature. Bilan : cinq doigts écrasés, mais cœur réchauffé. Car la force de la nature, épaules carrées, nuque prétorienne et crâne sphérique, avait le plus amical regard de France.

– Bien sûr, tu restes avec nous pour déjeuner, décida Louis.

> Cousinat (soupe : oignons, marrons, poireaux, céleris, crème fraîche, beurre de Salers),
> Falette (poitrine de mouton farcie, haricots blancs),
> Aligot sucré (tomme fraîche de Planèze, ail, pommes de terre, flambé au rhum),
> Vin local, chanturgue.

Au fil du festin, Louis raconta sa nouvelle idée. Et plus il s'enfonçait dans les détails de l'opération, plus Gabriel se resservait de chanturgue pour noyer en lui ce pessimisme fondamental concernant tous les projets paternels.

– Gabriel, je vais t'expliquer. Comme tu le sais, les coloniaux sont souvent malades. Et je participe de mon mieux au progrès de la médecine tropicale sans laquelle il n'est pas d'Empire possible. On pouvait penser que, pour une telle tâche, tous les Français s'uniraient. Or, reprenez donc du cousinat, docteur, voici quelques mois, un éditeur parisien, je te donne son nom, Gabriel, tu pourrais le rencontrer sur ton chemin, méfie-t'en comme de la peste, donc les « Éditions de la gazette des eaux », 3 rue Humboldt, publient un libelle *Châtelguyon et les coloniaux* dont le sous-titre est encore plus révélateur : « Beaucoup de coloniaux considérés comme des " hépatiques" sont avant tout des " intestinaux" justiciables de Châtelguyon. » Tu comprends la manœuvre, cette galette est fondante, une misérable stratégie commerciale : vider Vichy de toute sa clientèle coloniale. Par voie de conséquence, la contraindre à la faillite. Tous les gens de bonne foi ont décidé de réagir.

— Sans votre père, Vichy mourait, confirma le docteur Ligier, force de la nature.

— Et le résultat, c'est ça, je voulais te faire la surprise : *Vichy pour les coloniaux et les habitants des pays chauds,* par le docteur Gandelin, le premier volume des éditions Orsenna.

Gabriel s'essuya la bouche, les mains et commença de feuilleter :

Préface

« Les coloniaux et les habitants des pays chauds ne connaissent pas assez l'efficacité des eaux de Vichy et leur action préventive et curative des maladies tropicales. Ils savent bien que la station thermale de Vichy est utile dans les affections hépatiques et gastro-intestinales, mais la conviction ferme et profonde d'une guérison ou d'une amélioration certaine des maladies des pays chauds n'a pas encore pénétré assez profondément dans la pensée intime de chacun et on néglige alors de venir à Vichy chercher la guérison. »

Alors, qu'est-ce que tu en penses ? demandait Louis.

« La cure de Vichy est le grand remède de toutes ces affections. Sous l'influence du traitement, la peau devient souple et ferme, le teint s'éclaircit. Les visages maigres prennent de la consistance et les saillies malaires s'arrondissent. La santé reparaît. D'autre part, la bouffissure du visage diminue, les joues sont moins flasques, la tonicité cutanée redevient normale, et le visage œdématié reprend lui aussi une bonne apparence de santé. »

Tout en lisant, j'entendais mon père :

– Vous verrez, docteur, Gabriel aussi est un esprit scientifique. Ce n'est pas un hasard s'il a choisi la patrie de Pascal. Il peut nous être d'un grand secours.

– J'en suis persuadé, répondait le docteur.

> « Vichy est pour les personnes affaiblies, languissantes et anémiques. C'est le cas des coloniaux. Il n'y faut pas de foyer d'inflammation franche.
> Vichy est le sanatorium idéal où les coloniaux et les malades des pays chauds doivent venir chercher la santé, retremper leurs forces et se guérir des affections contractées sous les tropiques. Pas de tuberculose à craindre ; aucun tuberculeux ne peut et ne doit en approcher. Vichy est la fontaine de jouvence pour les coloniaux. Ceux qui viennent y boire recouvrent la santé et les forces, j'ose presque dire la jeunesse. »

– Voilà, tu as fini, j'ai préféré un texte court, pour ne pas affaiblir la vérité. Alors, ton opinion ?

– Remarquable, dit Gabriel. Cruel, même, pour les autres stations (à qui Gabriel présente, cinquante années après, ses excuses, mais le chanturgue brouille le jugement en matière de thermalisme).

– Tu ne dis pas ça pour me faire plaisir ?

– Non, c'est la vérité.

– Qu'est-ce que je vous disais ? dit Louis au docteur. Encore un allié !

– Bienvenue parmi les Vichyssois ! dit le docteur.

Et nous trinquâmes longtemps à Vichy, à la Science, à l'Empire. Les tramways passaient et repassaient. Gabriel finissait par se demander quel était cet interminable tramway qui tournait autour de Clermont, comme un rempart roulant.

Les mois qui suivirent, jusqu'à l'arrestation, figurent à notre livre d'or Père-Fils au chapitre « Aveux », appelé aussi « Nudités ».

Gabriel et Louis se retrouvaient chaque dimanche au café Bancharel.

– La meilleure preuve de mon attachement à la vérité, disait Louis, c'est mon choix de Vichy (59 km d'ici). J'aurais défendu Châtelguyon (20 km), les voyages seraient moins longs.

– En effet, répondait Gabriel.

– Le docteur nous invite la semaine prochaine.

– Tu le remercieras.

– Que se passe-t-il, Gabriel? Encore Ann, encore Clara? Allons, ce n'est pas sérieux. Nous allons discuter. Commandons d'abord. Que dirais-tu d'un moustayrol, suivi d'un picoussel?

Et tandis qu'arrivaient le bœuf, le jambon, la poule, les légumes, puis, après l'intermède des fromages, le flan aux prunes et fines herbes, Louis parlait d'amour à son fils.

– Les femmes s'en vont, Gabriel.

– Les hommes savent peut-être commencer, Gabriel, mais les femmes savent finir.

– Si au moins les femmes qui partent avaient une tombe, hein, Gabriel, on aurait un but de promenade...

Il devenait de plus en plus triste. L'environnement devait jouer son rôle, tous ces volcans éteints. Et puis le chanturgue. Quand le docteur n'était pas là, on aurait dit que Louis buvait des idées noires.

Après ces rendez-vous sinistres, Gabriel se précipitait à la Manufacture. Le concierge ouvrait de grands yeux.

– Travailler? Même le dimanche soir?

Gabriel ne retrouvait que là son calme, peu à peu, plongé dans le travail, cette confiance dans les choses, cette impression de solidité sous les pas que donne, à défaut d'amour, la compétence.

En dépit des hauts cris du docteur, Louis fut arrêté peu après : exercice illégal de la médecine (tropicale). Des âmes charitables, ou plus certainement des intestins mal soignés, l'avaient dénoncé. Châtelguyon s'était vengé.

LA VIE
ADOPTIVE

I

Ils sont là. Une grande table près des fenêtres, un bouquet de fleurs bleues entre les verres. Ils sont là, Élisabeth en rouge, les deux sœurs blanc cassé, Markus sous un vieux canotier de pêcheur qui penche vers la gauche, ils sont là, les quatre Knight, entourés d'adolescents maigres (selon toute probabilité les dégoûtants virtuoses). Ils sont là, enfin. Et n'ont pas remarqué l'arrivée de Gabriel, ses deux valises en main, pas entendu son cœur battant. Ils continuent de parler comme si de rien n'était, ils expliquent la carte du Washington et d'Albany aux petits prodiges, ils réclament du vin blanc, pour commencer... Au moment où Gabriel va renoncer, repartir (il est au bout de son audace), au moment où le rêve va rester rêve, souvenir d'une traversée miraculeuse sur la Manche en furie, à jamais rêve et rien de plus, au moment où la vie va redevenir une vie, banale, peut-être heureuse, un mariage à Clermont-Ferrand avec une Marie-Bénédicte, un cheminement d'ingénieur, alors Élisabeth crie « Voilà Gabriel », puis les trois autres, « Gabriel, c'est Gabriel », ils se lèvent, ils l'entourent, ils l'embrassent, Gabriel est présenté aux dégoûtants virtuoses, voilà Gabriel, mon gendre, ajoute Markus Knight, qui le prend à sa droite et toute la salle, les autres tables, les serveurs, les maîtres d'hôtel le regardent s'asseoir. Ils regardent ce rêve entrer dans la réalité. Soudain dans l'air tiède flotte comme une incertitude, va-t-on applaudir? Sans applaudissements, une émotion est dure à supporter, et puis non, les dîneurs sourient, le dîner reprend, le bruit des couverts sur les assiettes, de nouveau les verres tintent. Ce 17 juillet 1913, Gabriel Orsenna s'est installé dans son amour.

Sur le bateau, quel âge j'avais? demande Ann. Vous allez bien? demande Clara. Ne le fatiguez pas trop, il arrive, intervient Élisabeth. Question, réponse, brouhaha, personne n'écoute, on parle, on parle à défaut de prendre dans ses bras puisque la table est si grande, on lance des mots, des mots en ponts aériens : vous n'avez pas changé, murmure Clara les yeux tendus vers Gabriel – Ah! tu trouves, dit Élisabeth en clignant de l'œil vers Gabriel, moi je le trouve, comment dire, aguerri. On verra, on verra, chantonne Ann, et chaque mot est un projet ou un souvenir, ouvre une porte vers l'avant, vers l'arrière, vers l'avenir ou le passé, et une chaleur monte, une chaleur que plus jamais Gabriel n'éprouvera ni n'oubliera, l'étrange marché géant qu'est l'amour, le démesuré commerce : on pénètre dans un monde et un monde pénètre en vous. Tant d'échange échauffe l'air, d'où la sensation d'été.

A ce point, la douceur fait mal, il faut des diversions. On fait mine de s'intéresser aux dégoûtants virtuoses. Que préparez-vous en ce moment, ah! le sixième nocturne de Chopin, la difficulté de la seizième mesure, n'est-ce pas, quel doigté utilisez-vous?

Et Gabriel, qui ne connaît rien au solfège, qui ne comprend donc rien aux discussions présentes, ça le rassure de découvrir le caractère *technique* de la musique. Il se dit qu'en amour aussi il doit y avoir des compétences, des apprentissages nécessaires, il est prêt à tous les travaux car le futur roi de l'hévéa ne redoute rien tant que le charme, le charme et ses diktats, la pure injustice, l'ouvrier de la onzième heure qui n'a qu'à se présenter pour emporter le morceau.

Les adolescents virtuoses ne sont pas dupes de cet accès d'attention. Ils savent qu'ils servent d'entracte. S'il y avait moins de bruit, on entendrait gronder leur colère, surtout quand l'imprésario-découvreur leur interdit de couper leur viande.

— Laissez-nous vous aider, demain vous avez une audition, vous ne devez pas crisper vos doigts sur le couteau...

Et c'est alors que toute la famille Knight, futur gendre compris, découpe de petits cubes de bœuf, c'est à ce moment-là que, soudain, M. Knight annonce la date du mariage.

— Impérativement le 30 août, nous repartons pour Londres le lendemain.

— Je me charge de tout, dit Élisabeth. Elle regarde Gabriel avec le sourire un peu condescendant de Créateur à créature : alors, vous êtes heureux, vous voyez que ça valait la peine d'attendre…

— Qu'est-ce que vous racontez ? demande Ann.

— Rien, un secret entre Gabriel et moi. Je ne vous laisserai pas le dévorer tout cru, mes filles chéries…

Et les sœurs rougissent. Les adolescents virtuoses n'ont pas droit au champagne, à cause de l'audition.

— Bon, maintenant où allez-vous coucher ? demanda l'imprésario.

Clara pâlit, Ann imita son père, d'une toute petite voix, enfantine :

— Tiens, c'est vrai, ça, où allez-vous bien pouvoir coucher ?

Et le chef de l'établissement fut convoqué à la table.

— Hélas, monsieur, tout l'hôtel est plein pour cette nuit. Demain, je vous promets…

On décida donc que le fiancé passerait la nuit avec les virtuoses, entre hommes, n'est-ce pas Gabriel, ça ne vous dérange pas ? Bien entendu, Gabriel aurait préféré un peu de solitude car il ne manquait pas de projets pour la nuit. D'abord se rouler à loisir dans cette chaleur d'été et aussi faire connaissance avec une présence toute nouvelle, au tréfonds de lui, une réalité grave et joyeuse dont il se demandait s'il s'agissait de son âme. La réponse à une telle question réclame de l'intimité. Mais Gabriel pouvait-il commencer ses relations avec son futur beau-père par un non injurieux ? Il répondit donc que, certainement, il serait très flatté de partager la chambre des honorables messieurs dont il ne gênerait en aucune manière le repos, vu qu'il n'avait nulle envie de lire au lit après cette mémorable soirée.

– Très bien, Gabriel! dit l'imprésario.

Dois-je embrasser Ann? Dois-je embrasser Clara? se demanda notre héros. Il décida qu'une telle manifestation serait peut-être jugée prématurée. Il se leva donc, reprit ses deux valises et se dirigea vers l'ascenseur, torturé par les regards qu'il sentait dans son dos : et si je les avais déçus, et si demain tout était déjà fini?

Lorsque la porte de la chambre commune 217 fut refermée à clef, lorsque la lumière ne fut pas allumée immédiatement, lorsque jaillirent dans le noir des insultes, et des insultes, en une langue inconnue, riche en consonnes, lorsque des formes menaçantes s'approchèrent, munies qui d'un oblong cendrier, qui d'un portemanteau, qui d'un embauchoir, Gabriel se dit que sa dernière heure de gendre avait sonné. En tournant autour d'un guéridon, il tenta (voyons, messieurs, chers amis) de parlementer.

– Voyons, messieurs, n'oubliez pas votre audition demain, vous allez vous rompre des phalanges...

Il avait beau parler doucement, bien articuler, utiliser aussi l'anglais, quelques bribes d'allemand, les mots n'y faisaient rien et les coups commencèrent à pleuvoir.

Alors, sautant sur un fauteuil, il bondit, *via* le lit, s'enfermer dans la salle de bains. C'est ainsi, allongé sur un tas de doux peignoirs, frappés aux armes du Washington et d'Albany (drapeau étoilé et couronne ducale) que Gabriel passa sa première nuit d'homme-sorti-du-rêve-pour-entrer-dans-l'amour. Sa tête frôlait la baignoire et il devait replier ses jambes en chien de fusil pour ne pas heurter le lavabo. De l'autre côté de la porte blanche grinçaient les violons, cliquetaient les pianos muets.

Avec le bruit qu'ils font la nuit, comment peuvent-ils espérer garder une femme, se disait le gendre. Peut-être sont-ils condamnés à dormir toujours seuls, à n'aimer qu'en plein jour à la sauvette... Et une sympathie envahit Gabriel pour ces besogneux de l'autre côté de la porte blanche, une sympathie de plus en plus molle et bienveillante, muée peu à peu, malgré le vacarme, en le plus profond des sommeils.

A son réveil, la chambre 217 était silencieuse, libre enfin

de toute note. Il regarda par la serrure. Tout semblait désert. Sans doute les insupportables virtuoses étaient-ils partis pour l'audition.

Telle fut la première escarmouche de l'interminable guerre qui, sa vie durant (et même aujourd'hui, dans le grand âge), opposa Gabriel à la foule innombrable et toujours renaissante de ses rivaux, amoureux de Clara, passionnés d'Ann, amoureux et passionnés de l'une et de l'autre. Et pourtant, elles sont là, mesdames et messieurs, dans la chambre à côté. Si vous entendez des voix, ce sont les leurs. Elles habitent où j'habite, 13 avenue Wester Wemys, Cannes-la-Bocca. Gabriel a fini par gagner la guerre [1].

Elles sont là, pour l'instant.

Gabriel arriva très en retard rue Bergère, juste après l'audition. Une foule entourait l'imprésario-découvreur : mais où trouvez-vous ces prodiges ? Comment faites-vous ? Et beaux, avec ça ! L'imprésario-découvreur, une coupe de champagne à la main, jouait au modeste : oh ! c'est très simple, il suffit d'écouter aux portes. Alors on lui tapait sur l'épaule, sacré vieux sourcier, va, on croit que la Musique a déserté l'Europe et hop ! tu nous tires encore un Slave de ton chapeau... Les propositions commençaient. J'ai un gala de charité, dans quinze jours, à Biarritz, je prendrais bien un de vos protégés. Lequel ? Je vous mets à l'aise, ils sont tous au même prix, pour l'instant. Et Markus se penchait à l'oreille de l'amateur pour lui glisser le chiffre.

– Mais vous êtes fou ! Un cachet pareil, pour un débutant !

– C'est à prendre ou à laisser. N'oubliez pas, savoir jouer vite ET lentement. Vous en connaissez beaucoup, vous, qui savent jouer vite ET lentement ? Ah ! Gabriel, je t'attendais.

---

1. Imbécile fierté mâle. *(Note d'Ann.)*
– Allons, allons, Gabriel a le droit de temps en temps à un peu d'orgueil... Après tout ce que nous lui avons fait. *(Réponse de Clara à sa sœur.)*

La foule se retourna, j'entendis les qui est-ce? Encore une découverte?

L'imprésario-découvreur me saisit par le bras et m'entraîna à l'écart.

– Je voulais te parler du mariage. Ne crois pas que je sois un maniaque des sacrements. Mais la vie n'est possible qu'à l'intérieur du mariage, crois-moi, Gabriel, c'est le seul garde-fou...

Il me tendit sa coupe.

– ... Alors, c'est d'accord, tu entres dans la famille?

Ann répondait aux journalistes qui s'y perdaient dans les consonnes.

– Le grand triste, là, qui jouait Liszt...

– Terzansky?

– C'est ça, vous pouvez m'épeler?

Et ainsi de suite pour Lörincz Miksäth, Jan Szczucka, Emil Fucik... Aujourd'hui encore, lorsqu'il ferme les yeux, Gabriel entend distinctement tous les bruits qui ont accompagné sa décision : le fond des conversations mondaines, le heurt des coupes quand on trinque, la voix d'Ann aux prises avec les consonnes, quelques interrogations me concernant (et celui qui parle avec Markus, qui est-ce?), le froissement régulier de la porte à tambour et puis le mot *garde-fou,* je t'assure, Gabriel, le seul *garde-fou...*

– Très bien, je vous fais confiance, répondit Gabriel.

Alors l'imprésario-découvreur m'embrasse, puis lève très haut son champagne. Alors, dans le souvenir de Gabriel, éclatent des applaudissements, mais, à y bien réfléchir, le fait est peu probable. Les héros de la fête, c'étaient les dégoûtants virtuoses. Et aucunement Gabriel Orsenna, même en sa qualité toute fraîche de futur gendre officiel.

Immédiatement après commença la période où les deux sœurs avaient disparu. Déjà parties le matin, quand Gabriel descendait prendre son petit déjeuner dans les tasses aussi rondes et lourdes que celles des wagons-restaurants. Déjà couchées le soir, à l'heure du dîner, il faut leur pardonner,

Gabriel, répétait Élisabeth, leurs journées sont épuisantes...
(Épuisantes à quoi faire? le futur gendre aurait bien voulu
savoir, mais retenait ses questions, surtout oh! surtout ne
pas donner de soi l'image d'un jeune homme indiscret, car
les familles d'artistes tiennent plus que tout à leur liberté,
n'est-ce pas?)

Elles ne passaient plus qu'en coup de vent, Ann et Clara,
bras dessus, bras dessous, traversant à grandes enjambées
le hall de l'hôtel, tiens voilà Gabriel, pardon Gabriel, nous
sommes si pressées, soudain prises de fou rire, le jeune garçon de l'ascenseur, celui qu'Ann faisait trembler rien qu'en
lui disant bonjour monsieur, le jeune amoureux d'Ann
refermait la porte, et la nacelle d'acajou et vitres s'élevait
doucement, à demain, Gabriel, il faudra nous voir mieux,
elles riaient, riaient, à fendre l'âme, puis la nacelle s'arrêtait
à mi-étage. Le liftier obéissait à toutes leurs fantaisies, c'était
devenu une habitude, cette escale en chemin, vous n'êtes
pas fâché, au moins, Gabriel? excusez-nous... tous ces préparatifs... Il les entendait sans les voir en entier, elles étaient
déjà trop haut, seulement le bas de leurs robes, une tache
blanche, une autre bleu roi, à travers la grille.

Notre table rétrécissait de jour en jour : un à un les virtuoses trouvaient des engagements. Jan d'abord, puis Emil
et Georgy. Ne restait plus que Lörincz qu'il fallait consoler,
il parlait sans cesse de rentrer à Budapest puisque personne
ne voulait de lui. Élisabeth lui tenait la main. Il avait de très
longs doigts avec des lunules géantes qui donnaient envie
de vomir quand on les regardait longtemps (Gabriel rapporte les faits de ce temps-là, en toute objectivité).

— Alors ce métier, Gabriel, demandait l'imprésario-
découvreur. Toujours le caoutchouc?

— Toujours.

— Parfait, je n'aurais pas donné ma fille à un homme
sans vocation. Je doute un peu encore que le caoutchouc
soit une vocation véritable, mais tu vas me prouver ça,
n'est-ce pas Gabriel?

— Oui, monsieur.

— Voyons, mais appelle-moi Markus.

— Oui, Markus.

— D'ailleurs, Gabriel, je te fais confiance pour le caout-chouc comme tu me fais confiance pour le mariage, n'est-ce pas, Gabriel?

— Bien sûr, Markus.

Puis Markus se levait, baisait les cheveux d'Élisabeth, nous disait dormez bien, et commençait sa prospection nocturne.

— Je suis obligé, disait-il à sa femme, les Français m'ont pris tous mes virtuoses. Que vais-je ramener à Londres?

Elle souriait un peu tristement, lui souhaitait bonne pêche, ne me réveille surtout pas quand tu rentres.

Et Gabriel restait seul avec la mère de son amour (encore à déterminer). Autour d'eux, la salle à manger s'emplissait. Principalement des touristes qui racontaient leurs périples dans Paris et quelques hommes d'affaires, seuls à leur table, épluchant les journaux comme on se cure les ongles, pour se débarrasser une bonne fois de la journée écoulée. Élisabeth me regardait, ses coudes posés sur la nappe, sa tête posée sur ses paumes. Elle avait retiré son chapeau, l'une de ces œuvres d'art qui avaient tant intrigué Clermont-Ferrand, l'œuvre d'art était là, sur la table, entre les verres. Les plumes et les feuillages se balançaient doucement avec les courants d'air. A côté de nous, le virtuose dont personne ne voulait souriait, les yeux dans le vague.

— Alors, Gabriel?

— Comment voulez-vous que je me décide, si je ne les vois pas?

— Voyons, Gabriel. Nos entretiens de Clermont-Ferrand n'auront servi à rien? Il ne s'agit pas de décider. Mais de constater. Vous m'entendez? Constatez en vous quelle est la plus grande pente. Et vous voilà marié.

— Mais vous, vous me connaissez...

— Vous voulez dire : laquelle de mes filles, moi, Élisabeth, si j'étais à votre place, je choisirais pour femme? Non, Gabriel, je vous aime bien, je vous aime beaucoup, mais je ne vous rendrai pas ce service, un mariage est une affaire personnelle.

Bientôt les dîneurs s'en allaient, un à un, le maître d'hôtel les saluait par leur nom, bonsoir, monsieur Seyrig, bonsoir, mademoiselle Hertling, bonsoir, monsieur Enard et se courbait lentement en leur tendant leur clef, comme s'il leur était interdit de ressortir. La salle était vide et, pendant un instant, très blanche : on avait dressé les tables pour le lendemain, alignements de serviettes et de nappes et personne sur les chaises. Puis l'on éteignait les lampes, sauf la nôtre. Élisabeth se faisait servir une tisane, un cocktail compliqué différent chaque soir, un savant équilibre botanique pour entrer d'un bon pied dans le sommeil. Elle dictait la recette au barman, s'indignait des manques. Comment, vous n'avez pas de sauge ? ni de sarriette ? Plus tard, buvait les yeux fermés.

— Commençons par le commencement, Gabriel. Qu'est-ce qu'une femme pour vous ?

Parfois, au retour de l'imprésario-découvreur, nous discutions toujours de mon mariage. Il venait s'asseoir avec nous. Il commandait une fine. On allumait une autre lampe. A la réception, derrière le comptoir en teck, le veilleur recevait du portier les dernières consignes pour la nuit.

— Décidément, la République n'est pas propice à la musique. Quelle misère, ces instrumentistes français ! Raisonner n'est pas jouer, vois-tu, Gabriel. Nous allons devoir retourner en Europe.

Il appelait Europe les endroits riches en musiciens, l'Allemagne, la Pologne, le bord des grands fleuves, Danube, Vistule... Il me prenait le bras. Nous gagnions ensemble le deuxième étage. Je vais te dire le fond de ma pensée, Gabriel, c'est Élisabeth qu'il te faudrait. Finalement, tous les hommes sympathiques que je rencontre, car j'ai beaucoup de sympathie pour toi, Gabriel, tu le sais, auraient besoin d'Élisabeth. C'est peut-être pour cela que je fais tellement confiance au mariage. C'est peut-être de la chance, Gabriel, seulement de la chance. Bonne nuit, Gabriel.

— Bonne nuit, monsieur, je veux dire Markus.

« Ton mariage, encore ton mariage, comme si un mariage était une raison suffisante pour laisser tomber un Louis des anciens jours, comme si une famille adoptive, avec des parents adoptifs bien plus intelligents et riches et drôles que les vrais, avec un climat adoptif bien plus brillant, léger, stimulant, comme si la vie adoptive était une excuse, Gabriel, pour oublier les bords de la Seine et les parfums Oriza et le numéro de l'omnibus qui en moins d'une heure te conduirait vers Levallois, le temps pour nous de t'embrasser, Gabriel, de vérifier, sans t'importuner en rien, que ce mariage est bon pour ta santé, le temps pour nous de te donner quelques nouvelles de notre vie, bien moins clinquante que l'adoptive, mais une vie tout de même, à commencer par notre adresse qui a changé, île de la Jatte, Gabriel, les pieds dans l'eau, nous pensons déjà aux crues du printemps, mais ton Louis des anciens jours peut maintenant pêcher de sa fenêtre, ce qui n'est sûrement pas ton cas, Gabriel, dans une famille adoptive on voyage beaucoup, il faut toujours se tenir où l'on voudrait qu'on soit, toujours dans la perfection, je me trompe, Gabriel ? La vie adoptive n'est-elle pas épuisante ? Ton mariage n'est pas le seul, Gabriel, et ne doit pas te fermer les oreilles aux bruits d'autres préparatifs, d'autres fêtes peut-être aussi joyeuses que tes adoptives, Gabriel, par exemple l'astiquage de notre argenterie, le premier lavage depuis 1866 de notre plus grande nappe blanche, le cliquetis des armées de verres restés dans l'ombre depuis l'exécution de Maximilien, en un mot si les rumeurs adoptives ne sont pas trop fortes, si elles te laissent de temps à autre de petites secondes de silence, si le vent est portant et si tu te souviens de la direction de Levallois, tu ne peux pas ne pas te rendre compte qu'une autre cérémonie s'approche, elle te concerne Gabriel, ton Louis des anciens jours pénètre aussi dans un monde adoptif, comme toi il recommence à zéro, elle s'appelle Iris, joli nom d'Anglaise, tu ne trouves pas, bref ton père se marie et si tu ressentais le besoin de replonger tes racines dans le honteux-mais-vrai avant d'affronter ta jungle adoptive, le glorieux-et-peut-être-faux... bref, Louis t'attend, t'embrasse et t'attend. »

Voilà la teneur concentrée, résumée, des innombrables lettres reçues par le complaisant concierge du Washington et d'Albany et transmises dans la seconde au futur gendre.

Et voici une occasion de compléter le portrait du sémillant futur gendre, tout sourire, toute tendresse, et toute complaisance dans l'univers adoptif, par une touche plus noire, beaucoup plus noire. Car tel saint Pierre dans le jardin des Oliviers, il trahit son père jusqu'au matin même du grand jour : encore un mot d'amour pour vous, lui annonçait très haut l'homme aux clefs d'or, pour que tout le monde, y compris et surtout les Knight, entendent. Ah ! encore cette femme, répondait sur le même ton Gabriel, je n'y peux rien, s'il vous plaît, renvoyez-la, s'il vous plaît, ainsi que toutes les suivantes...

II

*Diviser chacune des difficultés que j'exami-
nerais en autant de parcelles qu'il se pourrait et
qu'il serait requis pour les mieux résoudre.*

DESCARTES.

N'oublions pas que Gabriel est un ingénieur. Et que les ingénieurs, petits ou grands, spécialistes de ponts et chaussées ou de caoutchouc, sont des chevaliers de la vérité. Tout ce qui n'est pas la vérité les fait souffrir et plus encore le flou que le faux, car le faux c'est encore du vrai, la même chose à l'envers, et le faux peut devenir vrai, à condition d'effectuer les corrections adéquates. Mais le flou, que peut devenir le flou ?

Il faut donc imaginer l'ingénieur Gabriel particulièrement démuni devant ces deux sœurs.

D'où vient le visage de qui l'on va aimer ? Déjà l'amour est là, mais la femme, en face de soi, on dirait qu'elle n'a pas achevé son voyage, qu'elle n'en finit pas d'arriver. Certes, en avant-garde elle a envoyé une petite troupe de sentiments, doux et sauvages, ce que les magazines appellent le coup de foudre. Mais elle, elle avec son corps, elle avec son visage, elle avec son odeur, elle prend son temps, elle défait ses bagages, elle nous regarde sans bouger, comme de l'autre côté d'un brouillard qui empêche de bien la voir. Et l'ingénieur Gabriel, au comble du malaise, scrutait l'horizon (le hall de l'hôtel, l'ascenseur volage) où Clara et Ann passaient et repassaient sans qu'il pût clairement les distinguer. Logiquement, se disait-il, un tel amour unique pour deux êtres n'est pas possible. Mais qui est l'une, qui est l'autre? Où s'arrête l'une, où commence l'autre? Oh! si cet amour ressemble à celui de Marguerite, s'il n'est qu'un dialogue avec des fantômes, j'arrête immédiatement les frais.

Ce désarroi propre aux ingénieurs constitue-t-il une excuse pour la conduite de Gabriel? L'Histoire jugera. Toujours est-il que notre futur gendre, mué en chevalier de la vérité, commença son enquête avec Ann. La filature était facile, la demoiselle avait une démarche franche, rapide, volontaire, sans hésitation aucune, à enfoncer les portes de la ville. Chaque matin, à huit heures vingt-cinq, elle pénétrait dans un immeuble situé au n° 2 de la minuscule et secrète rue Auber, non loin de l'Opéra, juste en face de l'éditeur Calmann-Lévy. Pour le déjeuner, elle se contentait chaque jour, sauf le jeudi, d'un œuf dur et d'un verre de liquide gazeux qui, de loin, ressemblait fort à de la limonade. Dans ce grand café du boulevard des Italiens où elle semblait avoir ses habitudes, rien, pas une conversation, pas un rendez-vous, ni de réponse aux compliments multiples que sa beauté, sa solitude et son allure générale (air androgyne et sourire moqueur) engendraient, comme il est normal. Cette restauration achevée, elle regagnait la rue Auber où le chevalier de la vérité n'eut aucun mal à découvrir l'objet de cette assiduité sans faille (sauf le jeudi) : une plaque de faux marbre noir imprimée de lettres d'or était vissée juste au-dessus de la sonnette. *École supérieure de comptabilité et de gestion internationale. 3e étage*, institution dont la modernité était attestée par l'indication des plus rares à l'époque : établissement mixte. Mais Mlle Knight semblait la seule personne du sexe à profiter de cette ouverture, car, elle exceptée, ne sortaient du n° 2 que des hommes, jeunes, mûrs ou vieux. Le futur gendre était on ne peut plus satisfait par son enquête : 1°) elle travaille, 2°) dans un domaine qui n'a rien à voir avec l'art, 3°) et, conclusion, j'ai bien l'impression que cette Ann-là est mon idéal. Restaient les jeudis, les jeudis mystérieux entre midi et presque quatre heures, et qui gardèrent leur secret durant deux semaines et même trois. Car la première semaine, le chevalier de la vérité n'osa pas monter dans le même omnibus que sa fiancée éventuelle. Comme aucun taxi n'était disponible dans les alentours, il perdit la trace. Le jeudi suivant, sept jours plus tard, bien avant midi, il se tenait caché au fond d'une voiture, dévoré de curiosité, à environ vingt mètres de l'arrêt d'omnibus. L'amour, ah! l'amour, commenta son chauffeur, un rubicond à la très étrange voix de tête, durant tout le trajet des grands boulevards jusqu'à la place des Ternes. Là, elle descendit, bientôt suivie par Gabriel, emprunta la rue Cardinet et disparut dans un hôtel nommé Paris-Plage d'où elle ne ressortit que deux heures et demie plus tard, dix minutes après une famille manifestement américaine et étrangère au culte des jeudis, quatre minutes après un homme à l'air triste, très élégant, costume de flanelle et cravate sombre, avocat?, banquier?, mais précédant de presque un quart d'heure une sorte de yachtman costaud, la cinquantaine, cheveux bruns, gris aux tempes, blazer à macaron doré, dont les lèvres hésitaient entre sourire franchement et siffloter un air entraînant. Dans cette incertitude, le chevalier fut donc forcé de revenir une troisième fois (mais sans taxi, directement rue Cardinet, espérons qu'ils ne changent pas d'endroit chaque jeudi). Et, vers trois heures et demie, comme Ann était sortie depuis exactement quatorze minutes, parut sur le seuil du Paris-Plage, en pleine lumière de vérité, le yachtman aussi satisfait, semblait-il, que la semaine précédente.

Tu vas te dire que le dossier du mariage de Gabriel était désormais clos : *exit* Ann l'impure, voici sa sœur Clara, mon épouse. Erreur! Profonde erreur. Un chevalier de la vérité n'est pas forcément puritain, bien au contraire.

A peine le yachtman eut-il tourné le coin du boulevard de Courcelles que Gabriel gagna une terrasse de la place des Ternes, là même où plus tard devait s'installer la Brasserie lorraine. Il commanda une bière allemande, l'une des dernières d'ailleurs qui furent servies à Paris, étant donné la dégradation du climat diplomatique. Et il ferma les yeux. Et Ann entra en lui. Je veux dire qu'elle sortit enfin de la brume. Ses traits s'accusèrent. Il sut quelle était sa réalité : blonde à peau mate, le teint doré en toute saison (bon investissement pour l'hiver), une incisive supérieure cassée chevauchant légèrement sa voisine, un front vaste, bombé, prolongé vers le bas par des pommettes saillantes, des lèvres discrètes, ni pincées ni sensuelles, paravent de l'appétit, des mains à longs doigts propres à tout saisir, tout, Gabriel, même toi (il rouvrit les yeux un instant et commanda une autre bière), des seins menus, à ce qu'il paraissait, et des jambes longues sans nul doute, mais sportives (à l'époque, on ne voyait rien des jambes à moins de voir aussi le reste...), le type de jambes qui ne fuient pas, qui vont ailleurs c'est tout, et puis le regard, rieur, un regard bleu spécialiste du droit dans les yeux (Gabriel put le vérifier le soir même au Washington et d'Albany, durant le dîner), un regard de diplômée d'élite, honneur de la rue Auber, de future gestionnaire internationale : vous voulez? Moi aussi. Alors allons-y. Un regard qui ne quittait le droit dans les yeux que pour vérifier plus bas, évaluer. Gabriel rougit seul à sa terrasse, place Pereire, en ce mois de juillet 1913, rougit et se dit que cette fois, c'est sûr, je suis amoureux d'Ann, c'est elle dont je suis amoureux. ô Louis souhaite-moi une bonne santé, cette Ann va m'entraîner bien loin, le voyage me donne déjà soif, garçon, une autre bière.

— Française, ça vous ira? Nous n'avons plus d'allemande.

C'est donc à titre tout à fait subsidiaire et parce qu'un chevalier de la vérité se doit d'envisager tous les versants d'une situation que Gabriel aborda le cas Clara.

Le chevalier s'était installé avec rêves et bagages dans l'univers Knight. Et, à cette occasion, il avait rajeuni de quinze ans car l'adoption est une sorte de miracle qui vous fait recommencer votre vie presque de zéro. C'est donc un adolescent Orsenna qui se tenait droit sur sa chaise, en bout de table au Washington et d'Albany, les yeux fixés sur les rhododendrons du jardin d'hiver. Les Knight l'avaient oublié. Ils échangeaient ces nouvelles intimes qui sont la matière première des familles :

— Et ta constipation, Ann?

– Et tes hémorroïdes, Markus?

– Tu sais bien que je n'aime pas le veau, maman. (Etc.)

Toutes informations qui ravissaient notre chevalier (ça y est, ils m'acceptent, je suis l'un des leurs, vraiment, pour toujours, la preuve est là).

Puis l'un ou l'autre se tournait vers Clara : et ton violon, ma chérie?

– Il avance, il avance.

Gabriel apprit ainsi que Clara préparait un concert depuis toujours, un concert qui serait le plus-beau-cadeau-qu'un-père-ait-jamais-reçu, un concert qui ferait dire à la presse mondiale : Oh! mais pourquoi le découvreur Knight allait-il chercher si loin ce qu'il avait si près? Évidemment, un tel concert se prépare durement. Alors Clara rencontrait son professeur plusieurs fois par semaine et depuis des années et de plus en plus souvent ces temps-ci puisque la date de remise du cadeau (le concert) à Markus approchait. Sui-vons-la, se dit le chevalier de la vérité, encouragé par le résultat de son enquête précédente.

Autant Ann avançait dans la ville comme en terrain conquis, comme une Américaine fait son shopping, ça je veux, ça je veux, ce magasin tout entier, ce coin de ciel bleu, ce yachtman satisfait (à ceux qui l'accompagnaient de régler la note), autant Clara fuyait. On l'aurait dite espion aban-donné de l'autre coté de la frontière, pauvre agent dont les nerfs lâchent, la tête rentrée dans les épaules et ces brusques mouvements d'oiseau, ces coups d'œil affolés, je suis sûre que ce passant là-bas me met en joue, que l'immeuble, ici, va s'effondrer sur moi, là regardez, la chaussée s'entrouvre...

Et Gabriel dut plusieurs fois se répéter, c'est Ann que j'aime, c'est Ann que j'aime, pour ne pas se précipiter, entourer Clara de ses bras, lui éponger cette petite rosée qui lui était venue aux tempes avec la peur, lui jurer sur ce qu'il avait de plus cher, sur son Louis des anciens jours, par exemple, que tout allait bien : nous sommes en juillet, Clara, il fait beau, la chaleur va encore monter, votre père vous aime, l'ascenseur du Washington et d'Albany est l'endroit du monde le plus calme et le plus gai. Paris sera toujours Paris...

Elle quitta bientôt la rue de Rivoli, s'engagea rue d'Alger et poussa la porte du n° 17.

Dans le boyau d'entrée, sur les boîtes aux lettres au-dessus des poubelles, aucune trace de musique. Rien que de la couture. Katy modiste (1er étage), Satins de l'Opéra (entresol), Margot et Marie, gants sur mesure (3e fond du couloir)... Une seule raison sociale faisait exception, au 2e, les Kaolins du Morbihan, échoués rue d'Alger on se demande après combien de faillites. Des silhouettes entraient, sortaient dans la pénombre, portant cartons à chapeau ou robes à bout de bras enveloppées de papier de soie pour empêcher les faux plis, et le chevalier de la vérité, chaque fois, laissait obligeamment le passage, s'écrasait contre les boîtes aux lettres, entendait les grisettes pester contre les jours chics, pourquoi les clientes veulent-elles toutes s'habiller en même temps ?

Et Gabriel, dans les rares moments de silence entre les allées et venues, tendait l'oreille : rien, pas le moindre son de violon, pas le moindre indice d'un concert en répétition au n° 17 de la rue d'Alger. Peut-être Clara avait-elle menti, peut-être se préparait-elle la plus belle robe de France, rien que pour son père, le genre de robe qui réclame un nombre incalculable d'essayages...

Et puis Clara parut, en larmes, suivie par un échafaudage instable de paquets ronds derrière lequel une voix perçante répétait : eh ma grande, laisse-moi passer si tu dors.

Alors le chevalier de la vérité oublia à l'instant la précédente fiancée, l'amie des yachtmen. Alors le chevalier de la vérité saisit les deux mains de la jeune fille et les secoua, secoua sans aucune précaution puisqu'il ne s'agissait plus de mains fragiles, de celles qui préparent un concert. Et il cria, mais comme on crie à voix basse, un murmure forcé :

– Ce n'est pas un violoniste, hein, et ce n'est pas du violon ?

Et la jeune fille fixa le chevalier de la vérité, avec dans le regard un considérable étonnement.

– Ça vous intéresse ?

Puis :

— Vous comptez rester ici des années?

Elle s'était dégagée.

Ils retrouvèrent la rue d'Alger, les bruits de la ville, la chaleur des pierres, la lumière d'août.

— Vous savez ce que c'est que la peur, Gabriel?

Elle me regardait, l'air perdu, mais éclairé par une toute petite lumière tremblotante, comme un fanal qui se balançait dans sa tête, juste derrière ses yeux gris.

— Vous ne m'avez pas suivie par hasard, n'est-ce pas? Je suis Clara. Vous êtes d'accord, Clara, pas une autre? Alors vous méritez de tout savoir. Je n'ai jamais aimé la musique, je hais la musique, la musique est trop légère, elle fait honte aux choses, les filles de musiciens n'ont plus droit aux choses, marchons un peu, Gabriel, ça ne vous ennuie pas? Voyez-vous, Markus nous a tellement fait comprendre que seule la musique...

C'est dur d'écouter une femme qui marche, surtout dans le vacarme de la ville : il faut toujours la précéder d'un demi-pas, pencher le buste de son côté puis tendre l'oreille en tournant la tête d'au moins quarante-cinq degrés, de telle manière que les mots passent directement de ses lèvres à votre ouïe, le tout sans perdre l'équilibre, sans lui écraser les bottines, sans paraître importun ni gauche, mais attentif et désinvolte, charmant compagnon ; bref, je n'ai jamais su.

Et puis l'on passe devant tant d'hôtels, les tentations ne cessent pas, exacerbées par les frôlements, les effluves, le contact de sa cuisse, un sein qui vous caresse le dos lors d'une bousculade (bénis soient les grands boulevards), la vertigineuse moiteur quand on lui saisit le bras, pour traverser, et cette envie torturante, lui embrasser la nuque, l'endroit le plus fragile, les premiers cheveux, la douceur des petites filles, humer la buée locale, tandis qu'elle, la marcheuse, ne se rend compte de rien ou fait mine et répète oh! le temps idéal pour la promenade... Et pire encore est le supplice si sa robe est de soie ou de lin. On dirait qu'ils sont complices, elle et le tissu maudit, qu'ils se chuchotent des choses salaces, comme une comtesse de l'ancien temps à sa camérière alors que l'amant attend dehors au bas de la tour grelottant dans la neige... Et n'oublie pas ma taille, je marchais sur la pointe des pieds, sautillais discrètement pour être à bonne hauteur... J'étais au supplice, mon cœur battait trop vite.

Je lui proposais de nous arrêter, il fait si chaud, Clara, pourquoi ne pas prendre un fruit pressé dans ce café ou reprendre haleine sur ce banc? Hélas elle ne répondait pas ou bien des pourquoi, Gabriel, vous êtes fatigué?

J'avais des fiertés imbéciles. Je ne voulais pas répondre oui à ces questions-là.

Alors nous avons continué, jour après jour, à cheminer côte à côte. Elle m'expliquait tout ; malheureux que je suis, j'ai beaucoup oublié. Je n'ai déjà pas trop de mémoire assis, alors debout...

Trois fois par semaine, je l'accompagnais rue d'Alger. Durant les séances, je m'installais dans le jardin, toujours au même endroit, sur la terrasse des Feuillantines, au coin de la Concorde. Il n'a pas plu une seule fois, cet été-là. Cette régularité intriguait les nurses et les mères de famille. A cinq heures juste, Clara surgissait, épuisée, grelottante, ô Gabriel, si vous saviez comme c'est dur, le corps cassé, plié, comme pour donner à l'ennemi le moins de prise possible... Je restais là, en face d'elle, sur le trottoir, dansant d'un pied sur l'autre, à répéter tout ira bien, la danse des inutiles. Elle paraissait à bout de forces et de souffrances, tenaillée et tenaillée. Chaque fois, c'est la fierté qui lui donnait le courage de continuer.

– Une peur comme la mienne...

Soudain elle respirait mieux, se redressait, parvenait à sourire.

– ... Une peur comme la mienne, vous ne croyez pas, Gabriel, qu'elle mériterait une publication? Quittons cette rue, j'ai besoin d'air.

Chemin faisant, elle me citait des cas étranges, mademoiselle Dora qui perdait sa voix, le petit Hans que terrifiaient les chevaux, un homme intelligent envahi par les rats.

— Soyez franc, Gabriel, ma maladie de la musique, vous ne trouvez pas ça plus intéressant?

Nous n'avons pas cessé de marcher durant cette fin de juillet 1913. J'ai tout de même fini par comprendre (à force) la raison profonde de ces cheminements. Clara avait besoin de vérifier que malgré la musique la ville existait bien toujours, quartier après quartier, que le Créateur, accaparé par la musique, ne s'était pas lassé des choses, qu'il avait bien achevé son œuvre *réelle*. Clara n'avait pas confiance, elle tremblait de découvrir un jour une paresse divine, un vide, un trou, que le trou soit là, qu'il l'engloutisse. Elle m'expliquait que les hommes avaient bien tort de faire tant de musique, et surtout tant de musique religieuse, les imbéciles. Un jour Dieu comprendrait que les notes valent mieux que les choses. Il nous laisserait en plan sur notre lourde planète et s'en irait jouer ailleurs du piano, quelque part, au calme. Tu comprends, Gabriel? Dieu nous abandonnera, nous n'existerons plus. Il faut arrêter cette musique, Gabriel, arrêter tout de suite, dis-le à Markus, moi je n'ose pas, oh! Gabriel... Je lui prenais la main aux moments aigus, quand nous débouchions d'une rue, la rue Boissy d'Anglas par exemple, sur la place de la Concorde : est-ce que l'obélisque est toujours là? Oui Clara, je te le jure. Ou le funiculaire de Montmartre quand on se retourne, lentement, lentement, comme on cherche son nom sur une liste de résultats d'examen. Je la rassurais de mon mieux. Je lui disais que Dieu n'avait pas encore choisi la musique, oui, Paris gisait toujours à nos pieds, en bon chien fumant après la course...

Et pendant que Clara vérifiait ainsi l'état de la Création, pendant que se déroulait aux côtés de Gabriel une aventure à la fois exemplaire et bouleversante, quelle était la seule pensée de notre héros, la seule obsession du misérable petit chevalier à la ronde figure Gabriel? Hélas, il faut l'avouer : faire l'amour à sa grande compagne aux yeux gris, une envie mesquine, rageuse, de chasseur de papillons, clouer enfin sur une surface plane l'infatigable marcheuse.

III

Dormir.

Décidément, Gabriel ne se montre guère à son avantage, durant ce foisonnant été 1913. Des événements exceptionnels ont la bonté de se produire dans le voisinage, et lui ne les remarque même pas, obsédé par deux machineries biologiques, deux corps : celui de Clara nous l'avons vu et le sien, rompu par la marche et le manque de sommeil. Car on dort peu dans la vie adoptive, avec les concerts, les soupers après concert, les bilans après souper, les confidences après bilan et les cliquetis de l'hôtel qui s'éveille, à peine vient-on de sombrer dans l'océan réparateur.

A cet égard, la Secte était pire encore. Étrange mépris du sommeil chez des gens dont le rêve est la matière première. A condition de parler de l'âme et de boire, les membres supportaient volontiers de ne pas fermer l'œil durant un jour, une nuit et bien d'autres jours prolongés par bien d'autres nuits. Et Gabriel pour l'amour de Clara (je suis si heureuse que vous soyez là), avait beau prendre sur lui, choisir chaque fois le plus inconfortable des fauteuils (merci Louis XIII) aux dossiers raides, s'écarteler les paupières, il sentait bien qu'il ne tiendrait plus longtemps éveillé.

Et sa résistance céda au plus mauvais moment.

Tout avait pourtant bien commencé. A Londres se déroulait l'une de ces joutes décisives dans l'histoire de l'idée que l'homme se fait de lui-même. Une joute pas moins importante que le concile de Trente, affirment les experts aujourd'hui, avec le recul. Clara avait choisi cette occasion pour les présentations officielles. La concierge les laissa pénétrer sans protester dans le très élégant immeuble du 54 rue de l'Université (tu verras, Gabriel, bientôt nous triompherons de nos ennemis et habiterons tous le VIIᵉ, médecins comme patients ; elle le tenait par la main). La maîtresse de maison les accueillit avec un sourire pressé, vite, installez-vous ; vous arrivez juste à temps. Witold appelle l'Angleterre, nous aurons les dernières informations.

— Voici mon frère, dit Clara, montrant Gabriel.

Et le futur gendre hésita un court instant : ce nouveau statut de frère pouvait-il être considéré comme un progrès de son amour ? Oui, à n'en pas douter, un frère est plus proche qu'un compagnon de marche et tout accroissement de la proximité est bon à prendre, dans un amour. C'est donc un Gabriel guilleret qui fut présenté aux spécialistes barbus de l'âme qui se trouvaient là, un Gabriel charmant habité par la plus délicate des humilités : je suis plein de bonne volonté, mais sans compétences, hélas. Qu'à cela ne tienne, Gabriel, vous permettez qu'on vous appelle Gabriel, on va vous adjoindre un mentor qui vous expliquera les enjeux, considérables, Gabriel, considérables, des débats qui vont suivre. Et Gabriel se confondit en remerciements. Bref, il séduisit tout le monde (sauf un grincheux : pourquoi en vous, cher monsieur Gabriel, cette frénésie de séduction ? Oublions le mauvais coucheur) et s'en trouva si content (Clara va sentir que je plais et ne pourra qu'en tirer les conséquences pour elle-même) qu'il n'entendit même pas la phrase ambiguë plusieurs fois murmurée dans son dos : cette fois, Clara a trouvé un frère parfait. « Cette fois », que voulait dire « cette fois » ?

Ce tour de piste effectué, Gabriel fut conduit vers la seule place libre, le fameux Louis XIII.

Et le mentor se présenta, brune personne, œil noir vif et robe havane échancrée.

— Qu'est-ce que vous voulez savoir ? demanda le mentor.

— Tout. Et d'abord ce qui se passe à Londres.

— Un congrès international de médecine. On va y débattre de la psychanalyse.

— Parfait, parfait, et quelles sont les forces en présence ?

— Le Français Janet pour qui la névrose est une sorte de syphilis de l'âme...

— Quelle ineptie! dit Gabriel. (Notons l'imprudence de cette remarque : dans sa volonté de séduire à tout prix, il aurait pu se condamner à jamais par une irrémédiable gaffe.)

— Oui, quelle ineptie, poursuivit le mentor. Il y a aussi Jung, partisan d'une théorie psychique sans sexualité, vous imaginez, sans sex-sua-li-té...

— Grotesque, renchérit Gabriel.

Cette conversation (le narrateur l'entend encore à son oreille comme si elle datait de l'après-midi même, oh! l'illusion d'un temps sonore qui ne passerait pas) était deux fois stimulante, pour l'esprit et pour l'activité oculaire : où regarder ce mentor? Dans les yeux noirs, ou dans sa robe, par l'échancrure? Un tel choix n'était pas possible. D'où de perpétuels va-et-vient qui donnaient à la conversation un charme quasi sportif, une impression de corps qui s'ébroue, de course dans le petit matin. En résumé, Gabriel ressentait beaucoup de sympathie pour son mentor, et Clara s'en rendit compte, qui vint les interrompre :

— Tout va bien, Gabriel?

— Tout.

— Je vois ça.

Et elle rejoignit ses spécialistes. Mais le téléphone avait sonné. C'était Londres. Mauvaises nouvelles de la joute, semblait-il. La maîtresse de maison reposa l'appareil. Et la conversation devint générale. Le mentor échancré s'était joint à la mêlée. Gabriel restait tout seul. Seul avec l'infime bagage théorique qu'il venait de recevoir. Seul en face d'une guerre à laquelle il ne comprenait plus rien... Libido, psychasthénie, méthode du stylographe, présomption utérine... Perdu dans le grand salon patiné. Au loin résonnaient des mots étrangers, au loin Clara l'avait oublié et, les pommettes soudain rouges, s'affrontait à un Balkanique sur le thème de l'élan vital...

Que pouvait faire, dans de telles circonstances, un chevalier de la vérité, sinon tenter de réfléchir à ses amours en termes scientifiques?

Il essaya donc d'appliquer au cas Clara son maigre et récent savoir. Il se remémora les remarques de la jeune fille durant leurs promenades :

– Gabriel, vous ne trouvez pas étrange la manière dont cette petite fille mordille le bord de son verre devant un monsieur qui a toutes chances d'être son père?

– Oh! Gabriel, regardez comme ce cheval piaffe avant de pénétrer dans le souterrain noir!

– Pourquoi croyez-vous que cette femme a laissé échapper son parapluie (que vous avez très obligeamment ramassé d'ailleurs)? Vous avez remarqué la forme de la poignée?

– Et cette mode de la bicyclette, hein, cette selle, vous allez encore me dire que c'est innocent?

Si Gabriel avait bien compris les mots du mentor échancré, Clara était *pansexuelle,* comme tous les membres de la Secte. Et la différence avec sa sœur crevait les yeux. Clara mettait du sexe partout, alors qu'Ann ne mettait du sexe que dans le sexe. Le problème de Gabriel devenait simple, au moins à formuler : comment doit agir un futur gendre pour écarter la tentation toujours présente chez Ann et canaliser vers une chambre close garnie d'un lit les manifestations sexuelles innombrables rencontrées en une journée par Clara?

Et c'est alors qu'il s'endormit, d'un coup.

Plus tard, bien plus tard, de véritables hurlements résonnèrent dans le grand salon patiné, des cris de victoire. Les spécialistes de l'âme s'embrassaient, esquissaient des pas de danse. Finalement, et contre toute attente, le Gallois Jones avait efficacement défendu la cause. Jung était ridiculisé. Défaits, les maniaques de la pureté. Enfin, enfin, on allait mettre la sexualité à sa vraie place. Vive Freud! La suite du siècle serait somptueuse. Vive l'année 1913!

Certains jours, maintenant que la psychanalyse a triomphé, creusant sous le monde humain des étages de sous-sol (ça, préconscient, subconscient, paraconscient, surmoi, fosse, orchestre, mezzanine) si bien qu'il faut pour descendre en soi-même non plus faire silence, écouter, mais prendre l'ascenseur, plus tard, maintenant que les villes elles-mêmes ont suivi cette mode des profondeurs et se truffent de parkings souterrains, je m'en veux de m'être endormi au beau milieu de la rencontre décisive.

Je pourrais parcourir le monde, moi qui aime tant les voyages, je prononcerais des conférences à Rio, Tokyo, Los Angeles. Les débuts héroïques, le triomphe du pansexuel, j'adapterais les titres aux circonstances, je multiplierais les anecdotes sur les rivalités, les manies du Gallois Jones, les télégrammes de dénonciation envoyés à François, René, Eugène, Ursule, Denise, oui, mademoiselle, Freud, 19 Berggasse, Vienne, Autriche, tout ce qui passionne les héritiers, les adeptes de la deuxième, troisième et bientôt quatrième génération...

Et je m'imagine une autre vie, encore une autre : Clara vit près de moi. De la chambre d'à côté me parviennent des bruits, les bruits de ce métier que j'ai vu naître, quelqu'un murmure, de temps à autre, une plume gratte.

IV

Portes à tambour. Cette manière tournante de passer d'un lieu à un autre correspond au tempérament de Gabriel : nostalgique lorsqu'il faut quitter, timide lorsqu'il s'agit d'entrer. En outre, leur façon d'entraîner le passant trop pressé dans un tour complet, le ramenant à son point de départ, et de même leur tendance à la cruauté, leur talent pour coincer, faire mal, autant de traits qui forcent la sympathie. Changer d'endroit, c'est déjà un voyage. Merci aux portes à tambour de nous le rappeler.

Mais notre héros, justement du fait de son attachement pour ces petits périples circulaires, détestait qu'on lui forçât la main, qu'on imposât au tournis un rythme qu'il n'aurait pas choisi. En d'autres termes, un passage en porte à tambour pour lui se savourait seul. On imagine le temps qu'il perdait ainsi à attendre le moment propice durant les heures d'affluence, quand le Washington et d'Albany semblait à la fois se remplir et se vider...

Or cette nuit-là, une nuit particulièrement vide, sans Clara, sans le mentor échancré, il sentit tout de suite que quelqu'un était entré dans le compartiment suivant le sien. Il se retourna, trébucha, du front heurta la vitre. Quand il reprit ses esprits, à demi allongé sur le trottoir, Ann l'embrassait. Tiens, tiens, cachottier Gabriel, nous rentrons à la même heure indue, c'est un présage, ça. Et elle lui prit la main, fermement, ses doigts d'amoureuse bien agrippés aux doigts de l'hésitant. Elle lui ordonna de se lever.

— Allons, Gabriel, vous n'allez pas rester là toute votre vie à cause d'une simple petite bosse sur le crâne, allons...

Et le veilleur de nuit, un étudiant portugais en philosophie thomiste (avec lequel d'ailleurs Clara parlait beaucoup trop), sortit sa tête de derrière la rangée de plantes vertes où il installait son lit de camp et sa rangée de gros livres crème (Librairie Vrin) et leur souhaita bonne chance, avec une étrange grimace.

Et Ann, toujours traînant Gabriel, cherchait l'ascenseur qui n'était ni au rez-de-chaussée ni au premier, et Gabriel gravissait derrière elle quatre à quatre l'escalier, mais pourquoi l'ascenseur, pourquoi avons-nous besoin de l'ascenseur, nous sommes au second, justement où se tenait la cabine, arrêtée, manifestement assoupie, protégée par un petit panneau accroché à sa porte :

Service suspendu jusqu'au matin, 7 heures.

Et Ann écarta le panneau, et elle donna l'ordre allons-y, vous allez voir, les deux sœurs Knight ne sont pas inaccessibles, ne vous inquiétez pas, j'ai bien observé la manœuvre, j'y pensais depuis longtemps et elle poussa la manette, et la cabine commença de s'élever. Ann ne regardait pas Gabriel, et la cabine montait en grinçant, de terribles grincements, craquements de nacelle, gémissements d'osier, un fracas qui de toute façon réveillerait l'hôtel, les clients vont sortir de leurs chambres, et nous ne pourrons pas nous cacher puisque les parois de la cabine sont en verre, et le scandale éclatera, et vos parents me retireront leur confiance... Dans un dernier tintamarre (quelqu'un peut-il encore dormir à Paris après ça ?), l'ascenseur s'arrêta. Nous sommes arrivés, dit Ann, la cabine avait dépassé le dernier étage. Gabriel leva les yeux, la grosse poulie graisseuse était là, juste au-dessus d'eux, au-delà, il n'y avait que le toit et puis le ciel.

— Alors, dit Ann.

Gabriel tendait l'oreille, penchait la tête pour apercevoir l'escalier. Les réveillés n'allaient pas tarder à donner l'assaut.

— Alors, dit Ann.

Le silence était revenu, le silence du milieu de la nuit où l'on n'entend rien que les battements affolés de son cœur, et Ann avait raison, les battements d'un cœur n'ont jamais réveillé un hôtel.

Maintenant Gabriel fixait le sol de la cabine : une sorte de tapis brosse, particulièrement rugueux.

— Je reste toujours debout, dit Ann.

Il se retourna, très doucement, pour éviter les grincements. Elle s'était appuyée sur la paroi du fond, les bras levés. Sa tête reposait contre la notice d'instruction. Elle le regardait, sans aucun sourire.

— Commence par la langue, dit Ann.

Alors l'année 1913 perdit toute mesure et commença d'engendrer. Des étés et des étés, un été pour les reins de Gabriel agenouillé au milieu de la robe blanche, un été pour son ventre à elle qui tournait comme les feux grégeois des jours de fête, un été pour sa gorge à elle, sans doute frappée par le soleil, l'un de ces soleils nomades de la nuit, un été pour les mains de Gabriel qui ne savait plus qui brûlait, elle ou lui, un été pour sa tête alors qu'il croyait que les hommes à joues rondes n'ont pas droit aux saisons chaudes, un été de basse mer, bouffées d'odeurs humides, varech, herbiers, clams entrouverts et bien d'autres étés encore et la nacelle reprit sa montée, abandonna la grosse poulie graisseuse, dépassa le toit pour gagner l'endroit même où se fabriquent les étés et qui ressemble à la houle du grand large. C'est normal qu'il fasse aussi chaud nous sommes sous les combles, se répétait Gabriel qui cherchait encore des explications aux choses. Tout est normal. Tout est normal. Elle portait une robe blanche à dentelles, boutonnée jusqu'au cou, une robe qui se séparait en deux, du haut jusqu'en bas. Sa jambe droite battait un peu trop vite, comme un cil.

Plus tard, lorsque la nacelle reprit sa place sur la poulie graisseuse, lorsque les étés un à un s'éteignirent, lorsque les grincements se calmèrent, l'ascenseur redescendit jusqu'au second, Ann réinstalla l'écriteau :

Service suspendu jusqu'au matin, 7 heures.

Elle gardait sa robe blanche séparée en deux.

— Qui pourrait nous voir, à cette heure ? Bonne nuit, Gabriel.

Évidemment c'est Ann, se disait-il en fouillant dans ses poches et ne trouvant pas la clef, ah! la voilà, en finissant par ouvrir la porte de sa chambre, en décidant de ne pas allumer, je vais dormir tout de suite, en se déshabillant dans le noir, en butant contre un fauteuil, quelle journée mais quelle journée! en vérifiant que les rideaux étaient bien fermés et le traversin bien remplacé par un oreiller, évidemment, comment ai-je pu tant hésiter? C'est Ann, mon unique amour.

Ce n'est qu'au dernier moment, alors que son poids l'entraînait déjà vers le lit et que déjà il s'était souhaité, à haute et intelligible voix d'ingénieur, maintenant bonne nuit, Gabriel, qu'il sentit une présence.

– Je comprends que tu sois fatigué, dit Clara, l'important c'est notre avenir...

Elle lui avait pris la main.

– ... Tu sais comme moi que tout est sexuel, Gabriel, même l'absence de sexe, alors rien ne presse et bonne nuit, Gabriel.

Et elle se retourna de son côté.

Et je crois bien qu'elle dormait, l'instant d'après.

C'est dans la salle à manger que Gabriel présenta sa demande. Le bonheur de la famille faisait plaisir à voir.

– Accordée, accordée, cette main, cher Gabriel, dit Markus et il se pencha vers son gendre : je vous le répète, c'était la seule décision à prendre, sans mariage on risque la folie.

Clara ne le regardait pas, elle fixait les plantes du jardin d'hiver avec un sourire de prince consort. De l'autre côté de la table, Ann et sa mère selon leur habitude étaient engagées dans une interminable messe basse. De temps en temps, elles se retournaient vers Gabriel en riant et il lui sembla, je ne puis le jurer, mais il lui sembla lire ce matin-là sur leurs lèvres cette phrase qu'Élisabeth aimait tant et dont elle avait appris à sa fille toute la vérité : la vie est longue, Gabriel, je suis heureuse, nous sommes heureuses pour vous, mais la vie est longue, Gabriel... Les hommes d'affaires d'une table voisine demandèrent la raison de cette bonne humeur. Je marie ma fille, répondit l'imprésario-découvreur. Alors ils commandèrent du champagne, le meilleur. C'est ainsi que les hommes d'affaires expriment leurs joies. Ils étaient les uns de Chicago, les autres de Lyon, et venaient de signer un accord important. Du textile. De luxe, précisèrent les deux Lyonnais. Notre contrat a besoin d'une marraine. Où est la mariée? Élisabeth montra Clara. Parfait, inscrivez-nous là votre adresse, la SA Chic International vous enverra des robes. C'est vrai, où allez-vous habiter? demanda Ann. Clara écrivit hôtel Washington et d'Albany, chambre 212. Nous avons levé notre verre à l'amour, au mariage, au Chic International, à la chambre 212, aux villes de Chicago, Toulouse, Paris, Washington, Albany. Est-ce qu'Albany est une ville? se demandait Gabriel. Un Lyonnais répétait sans arrêt à l'oreille de la mariée : vous verrez, nos robes, d'un goût parfait, parfait ; puis il parcourut la salle des petits déjeuners, en ramassant les deux roses jaunes piquées au centre de chaque table, et il offrit le bouquet à la petite sœur Ann, « pour qu'il n'y ait pas de jalouse ».

Les serveurs souriaient. La famille Knight et son futur gendre étaient très populaires au Washington et d'Albany.

Mon bien cher fils,

Si d'aventure, dans le hall de ton grand hôtel-palace, tu rencontres l'oublieux Gabriel, annonce-lui la date d'une certaine cérémonie où est impliqué son père et dont tu peux, à cette occasion, lui rappeler le prénom (Louis) : le 1er septembre, 12 heures, église d'Alésia, XIVe arrondissement, rive gauche. Et cette fois, cette fois, l'ancien cavaleur a vraiment mis toutes, tu m'entends, toutes les chances de son côté, y compris l'indispensable ciment de la vie qu'est le sacrement du mariage. Mais comme la nostalgie est mauvaise conseillère, surtout pour le dénommé Louis, il vaudrait peut-être mieux que tu sois là pour me tenir la main. Je suis désolé, je t'avais réservé la place d'honneur, mais Marguerite tient absolument à me conduire à l'hôtel, pardon l'autel.

Signé : Louis.

P.-S. : Depuis que j'ai mis toutes les chances de mon côté, ma vie penche, Gabriel, une vraie tour de Pise, alors reviens, Gabriel, je te donnerai la moitié de ces chances, je retrouverai mon équilibre.

N'importe quel fils normalement constitué recevant semblable appel se serait précipité à la nouvelle adresse de l'île de la Jatte pour redresser la tour de Pise. Mais pas Gabriel. Il fixe le garçon d'étage : sans doute une félicitation, monsieur, dit l'amateur de pourboire qui touille l'air avec le plateau d'argent où se trouvait il y a quelques instants encore le déchirant télégramme.

– Oui, Roger, des félicitations et l'annonce que tout est prêt. Nous pourrons donc nous marier le 1er septembre à midi juste, n'importe où, mais rive droite.

Il sourit à Clara. Près de lui, dans le lit n° 212, elle a tiré les draps jusqu'au nez et roule des yeux de petite fille rougissante. Et montrant là une aisance de rebondi qui jusqu'alors lui était restée étrangère, il saute hors du lit, fourrage dans son pantalon jeté la veille par terre devant la fenêtre, y trouve la pièce cherchée, voilà pour vous, bonne journée, Roger, encore mes félicitations, monsieur, et rejoint Clara : tu comprends, c'est mon mariage, je ne veux pas qu'il vienne, je veux qu'une fois un bonheur soit à moi, à moi tout seul, surtout un bonheur avec une femme. Plus tard, même le lendemain ou pourquoi pas le soir même, je te présenterai Louis, mais sûrement pas avant.

– Qui est-ce, Louis ? demande Clara.

Mais Gabriel ne pouvait laisser ternir par le remords l'éclat de ces jours somptueux. Et l'image d'un père solitaire mettant cette fois encore toutes les chances de son côté, montant et remontant, sans aucun secours, à l'assaut du bonheur, est tout à fait de nature à gâcher le bonheur le plus égoïste...

Aussi, Louis reçut-il, le 31 août au soir, lorsqu'il ne lui était vraiment plus possible d'annuler la cérémonie du lendemain, le plus long télégramme jamais envoyé de Paris à l'île de la Jatte.

Gabriel, sans se soucier des stop qui pourtant hachaient ses phrases, annonçait que lui aussi mettait toutes les chances de son côté et se mariait le 1er septembre à midi en l'église Saint-Augustin quelle formidable coïncidence tu ne trouves pas Louis stop mais s'il te plaît ne viens pas stop notre bilan en matière longévité sentimentale pas formidable stop, peut-être sort s'acharne sur deux Orsenna quand réunis alors tentons aventure séparée stop quoi qu'il en coûte stop je t'embrasse.

Tard dans la nuit, alors que Clara et Ann n'étaient toujours pas revenues de l'endroit de Paris où elles enterraient leurs vies de sœurs, et que Gabriel ne parvenait pas à fermer l'œil, partagé entre le désir d'appeler la police des mœurs et celui de courir vers l'île de la Jatte (c'est vrai, je le sais maintenant, ma sœur à moi, c'est mon père), un homme très intimidé, en demi-frac (il manquait le gilet), se présenta à la réception du Washington et d'Albany. « Le fiancé, quel étage ? demanda-t-il. – Vous voulez parler de M. Gabriel, au 212 ? – Merci monsieur, merci. » Et il s'élança dans l'escalier malgré les cris de l'étudiant portugais thomiste : mais monsieur il dort, mais monsieur... Louis ouvrit la porte, récita hors d'haleine :

– Considère que je ne suis pas venu, considère que je ne suis qu'un télégramme, fier avoir fils tellement mûr stop hélas d'accord avec triste stratégie de séparation provisoire stop.

Et il embrassa son fils, d'un bref coup d'œil regarda à quoi ressemble une chambre de palace 212, je m'en vais, je m'en vais Gabriel, considère que je ne suis pas venu et il avait tant les larmes aux yeux en retraversant le hall vers la porte à tambour que le veilleur portugais thomiste, au lieu de l'insulter, lui souhaita bonne nuit, monsieur, et bonne journée qui suivra.

Depuis ce 31 août, chaque fois que quelqu'un parle d'un père devant Gabriel ou lui présente son père, il compare et ne peut retenir une moue dubitative.

– Vraiment c'est un père, ça ? Vous êtes vraiment sûr d'avoir un père ? Vous savez ce que c'est qu'un vrai père ?

De temps en temps, durant cette période, après l'un des repas ou me croisant dans le hall, Markus me prend le bras :

– Je sais que nous en avons déjà parlé, Gabriel, mais si tu m'expliquais un peu en quoi consiste ta profession : il s'agit du caoutchouc, n'est-ce pas ?

Je lui explique, une fois encore, avec patience.

Le père d'une jeune fille, malgré tous ses efforts, ne croit pas au fond à la réalité de son futur gendre. Il ne s'agit, au mieux, que d'un gentil fantôme. L'avantage des fantômes, c'est qu'ils n'habitent pas dans les lits, même s'ils se couvrent de draps. Le métier dudit futur gendre lui apparaît comme une agitation incertaine, là-bas, dans le brouillard.

– Ah ! très bien, je comprends. Mais la diplomatie, tu n'y as jamais songé ?

Pour Markus Knight, les ambassadeurs sont des rois, des rois incultes et méprisants, toujours présents, bien placés et sommeillants aux concerts, toujours prêts à fêter des vedettes consacrées, jamais disposés à venir en aide à un virtuose en herbe, à un imprésario en difficulté temporaire...

– Toi qui aimes la musique, Gabriel, tu ne serais pas comme eux, tu tiendrais table ouverte pour les artistes, les vrais, je pourrais t'aider à distinguer les vrais des faux et le rayonnement de la France y gagnerait. Tu ne crois pas que nous avons besoin de diplomates qui ne soient pas des imbéciles ?

Gabriel continue d'expliquer son métier de caoutchouc.

Markus acquiesce.

– C'est vrai, c'est vrai, tu as sans doute raison. L'invention du téléphone n'a pas fait de bien à la diplomatie, elle rend les ambassadeurs beaucoup, beaucoup moins utiles. Alors, va pour le caoutchouc. De toute façon tu sais que je te fais confiance, Gabriel, tu le sais?

Les deux mariages se déroulèrent donc le même 1er septembre à la même heure. Et toutes les précautions avaient été prises pour mettre les chances du bon côté et dérouter, enfin, le mauvais sort qui, jusqu'à présent, s'était tant acharné sur les couples Orsenna :

1) une distance plus que raisonnable, et la Seine, séparaient les deux églises ;

2) le trajet des cortèges empêchait les rencontres inopinées ;

3) les listes officielles étaient formelles : aucun être humain n'était invité à la fois dans les deux noces. « Y a-t-il des gens dont vous souhaiteriez la présence, Gabriel ? » lui avait demandé Élisabeth. Il répondit, tel saint Pierre le traître (et futur pape) : « Ma seule famille, c'est vous ! » ;

4) sitôt la réception achevée, Louis restait dans l'île de la Jatte tandis que Gabriel partait pour le Brésil...

Quelle erreur avons-nous commise, Louis et moi ? Comment expliquer ce qui devait suivre ?

Aujourd'hui, après bien des réflexions, je propose une explication : la poste. Peut-être le mauvais œil se transmet-il par la poste. Car, dès le lever du grand jour, une véritable frénésie de télégrammes avait saisi père et fils :

> – « FINALEMENT AI CHOISI SPENCER BLANC ŒILLET ROUGE ET TOI? BAISERS. LOUIS. (8 H 12) »
> « MOI HABIT LACET SOULIER DROIT CASSÉ TENDRESSE. GABRIEL.
> (9H 15) »
> « QUITTONS ÎLE DE LA JATTE ME SOUVIENS TES PREMIERS PAS COURAGE. LOUIS. (11 H 01) »
> « LARMES AUX YEUX ABANDONNE CE WASHINGTON ET D'ALBANY STOP RIDICULE. GABRIEL. (11 H 28) »

Les fiancés approchaient de leurs destinations. Ce grand remue-ménage télégraphique, autour d'eux ce va-et-vient d'uniformes les enveloppaient de mystère. Dans les noces respectives, on se murmurait des hypothèses : il doit s'agir d'une maîtresse qui ne veut pas céder... Ou de manœuvres spéculatives avec la Bourse de New York, Amsterdam... Et la cote des deux Orsenna, dont tout le monde se demandait ce qu'ils avaient d'assez remarquable pour susciter un mariage, le cours du père et du fils montait, peu à peu. Au moment d'entrer dans l'église, Élisabeth venait gentiment de se glisser à mon bras (puisque vous n'avez pas de famille), l'harmonium ronronnait, le suisse s'était mis en branle, un préposé blondinet franchit les barrages, encore une dépêche pour vous, monsieur, et durant toute la marche solennelle, Gabriel, de la main gauche, tentait d'ouvrir le pli qu'à peine assis il glissa dans le missel entre deux dimanches de Pentecôte et, sous couvert de piété, il déchiffra :

« SI TACHYCARDIE CAUSE ÉMOTION T'ORDONNE INTERROMPRE CÉRÉMONIE T'ALLONGER N'IMPORTE OÙ ET APPELER MÉDECIN T'ORDONNE. LOUIS. (12 H 07) »

Clara n'avait rien perdu du manège. Ses lèvres etaient à cet instant si minces et serrées qu'on se demandait comment put s'y glisser ce murmure :
— Cette fois c'est un adieu, j'espère.
Et introïbo ad altare Dei, l'office commença.
Le mariage se déroula comme tous les mariages : odeur d'encens, rumeur d'orgues et climat d'effort, désabusé, qui peut résister à la dérive des continents ? Devant nous, Clara et moi, Gabriel, assis sur nos grands fauteuils rouges, un prêtre, vieux, faisait les gestes de la messe : ouverture de livre, lecture de livre, transport de livre, pliure de linge... Souvent, il se retournait vers nous, Clara et moi, nous souriait, murmurait « mes petits » et continuait son travail, le temps passait.
Puis ce fut le sermon, une longue histoire déterministe. Depuis la nuit des âges, Clara Knight, à travers l'Allemagne, la Pologne, la Hongrie, la Tchécoslovaquie, les provinces baltes, la musique, marchait vers Gabriel. Tandis que lui,

Gabriel, infiniment plus casanier, se contentait de quitter un beau jour Levallois pour Londres. Et sur le bateau... Qui croit encore aux coïncidences? Vous connaissez, mes bien chers frères, mes bien chères sœurs, la fréquence des liaisons entre la France et l'Angleterre... Quelle chance infime avaient-ils de se rencontrer?... Non, de générations en générations, Dieu avait son idée... Jusqu'à aujourd'hui... Une pente se préparait... Béni soit le Seigneur... (Nous n'étions plus que tapisserie, Clara et moi, destins entremêlés par des doigts divins, tissés ensemble pour l'éternité...) Ô les deux parts du même qui se rencontrent enfin... Mes petits, je vous souhaite, je vous souhaite... il s'est arrêté... Amen.

La messe reprit, de plus en plus lente, on sentait le prêtre à bout, soudain épuisé par son métier, jour après jour insuffler du divin dans la fragilité terrestre, des semblants d'armatures dans le peuple flou des sentiments. Il nous souriait, Clara et Gabriel, mes petits, il avait l'air de s'excuser, on se demandait s'il pourrait finir...

Après l'*Ite missa est,* il s'est approché de moi :

– Je réclame votre pardon. Il y a eu encore tellement de morts cette semaine... Je n'ai plus la souplesse d'avant, je ne peux plus passer si vite d'un sacrement à l'autre. Dans ces cas-là, je devrais annuler, me reposer et recommencer plus tard. Mais ce n'est pas possible, que diraient les familles? Alors pardon, et tâchez de faire avec, avec ce mauvais mariage.

Je l'ai rassuré. Mais non, vous vous trompez, c'était un très beau mariage.

Il me regardait en souriant, vous êtes gentil, il ne me croyait pas. Et il regagna la sacristie, tout doucement, d'une démarche de vieillard, un pas et puis l'autre.

Sur le parvis, on m'attendait. Pour le lancer de riz, les vivats.

– Alors Gabriel, que faisais-tu?

Je sentis la hanche de Clara contre moi et sa bouche contre mon oreille : tu finissais tes valises?

Et nous descendîmes les marches, sous une voûte d'archets, de flûtes et de métronomes. L'imprésario avait bien fait les choses, toutes ses découvertes, ses apprentis virtuoses et même quelques consacrés étaient venus. Et aussi l'étudiant portugais, le veilleur des nuits du Washington et d'Albany. Tous, ils embrassaient Clara.

Dans la calèche m'attendait une pile de télégrammes :

«QUE SE PASSE-T-IL? POUR MOI FINI DEPUIS LONGTEMPS RÉPONDS. LOUIS. (12 h 26)»
«TACHYCARDIE N'EST-CE PAS ALORS ATTENDS POULS REVENU À 80 AVANT REPRENDRE CÉRÉMONIE. (12 h 35)»
«DANS QUEL HÔPITAL TRANSPORTÉ MÊME SI PORTE MALHEUR J'ARRIVE. (12 h 49)»

Ce 1er septembre a dû continuer jusqu'à la nuit, comme tous les 1ers septembre. Mais Gabriel ne se souvient de rien. Il a dû y avoir un repas de fête, une pièce montée, des chansons peut-être, et encore des télégrammes. Mais Gabriel ne garde dans l'oreille aucun brouhaha, aucune preuve sonore qu'une noce a pu se produire vers cette époque ; et quand il ferme les paupières, il ne revoit pas les figurines installées généralement au sommet du gâteau : le marié tient la main de sa femme qui tient un cierge.

Une scène pourtant lui revient, une scène de gare. Dans la lumière grise que laisse passer la verrière, la famille Knight, ce qu'il en reste, désormais trois personnes, la petite famille Knight se tient sur le quai, le train va partir, les jeunes mariés ont baissé la fenêtre et parlent, penchés, avec ceux qui demeurent.

— Alors, c'est décidé, cette fois c'est le caoutchouc? dit Markus.

— Oui, je crois que c'est décidé, répond Gabriel.

— Tu ne m'avais pas dit que le caoutchouc oblige à partir si loin!

— Si, si, je vous assure, je vous avais prévenu. La compagnie nous envoie tous à l'étranger avant de nous confier des responsabilités.

— Alors j'aurai mal entendu, ça ne fait rien, Gabriel, je te fais confiance, tu sais que je te fais confiance...

A côté, les femmes se jurent de s'écrire. Un haut-parleur demande aux voyageurs pour Rouen et Le Havre de monter en voiture.

– Et Gabriel, s'écrie Élisabeth, nous allions oublier de lui dire au revoir !

Elles m'embrassent, au coin des lèvres. Pour une fois, je suis plus haut qu'elles. Au moment où le wagon s'ébranle, Ann me regarde, droit dans les yeux :

– Prenez bien soin de vous, Gabriel, et la vie sera longue.

Élisabeth répète à Clara de ne jamais boire de l'eau sans l'avoir filtrée. Maintenant Markus nous ignore. Il compare l'heure de sa montre et celle de la grande horloge qui pend comme un lustre au-dessus de nous. Des gens courent, le long du train, agitent des mouchoirs. Pas les trois Knight. Ils restent immobiles. L'imprésario tient les deux femmes qui lui restent par le cou. Et puis ils s'évanouissent. Ainsi s'achève une vie adoptive.

Voilà comment ton père (Gabriel) et ton grand-père (Louis) se sont mariés, le même jour. Si je te raconte tout cela, avec tant de détails, c'est qu'il est bien difficile de trier dans sa propre vie. Tu verras, quand tu seras plus vieux, une fois ouverte la porte aux souvenirs, les années passées surgissent entières ou par bribes, mais toujours bavardes, sans ordre ni pudeur. L'avocat et toi vous y prendrez chacun ce qui vous sera utile, les circonstances atténuantes comme les accablantes. A chacun son métier, les avocats défendent, les fils jugent. Normal. Allez, je retourne à l'histoire. Le procès ne va plus tarder, je veux que le dossier soit complet. Tu m'avais quitté sur le quai de la gare, me voici en bateau. Vas-tu me ressembler? Aimeras-tu, comme moi, les voyages?

UNE TRAVERSÉE

Le moment est venu, alors que Gabriel, comme son illustre prédécesseur Christophe Colomb, traverse l'océan par voie de mer, le moment est venu de comparer les deux expériences.

1. *Ressemblance*

Gabriel, comme Christophe, doit rassurer ses compagnons de voyage.

« Dimanche 9 septembre 1492,

Ce jour-là, ils perdirent complètement de vue la terre. Craignant de ne pas la revoir de longtemps, beaucoup soupiraient et pleuraient. L'amiral les réconforta tous avec de grandes promesses de maintes terres et richesses, afin qu'ils conservassent espoir et perdissent la peur qu'ils avaient d'un si long chemin...

Il fit ce jour-là dix-neuf lieues et décida d'en compter moins qu'il n'en faisait, afin que ses gens n'en fussent ni effrayés ni découragés si le voyage se faisait très long. »

Soyons clair : l'œuvre d'apaisement réalisée tant bien que mal, jour après jour, par Gabriel ne concernait pas l'équipage de la Booth Line (des marins flegmatiques) ni ses passagers ordinaires (planteurs ou négociants pragmatiques), mais la seule Clara, une Clara perdue, terrorisée par l'océan, une Clara que Gabriel devait prendre dans ses bras, protéger de la houle atlantique par ses bercements à lui, comme un voyage dans le voyage, comme ces enfants qui font voguer leur petit navire de papier dans la piscine trop bleue d'un paquebot fendant, lui, la vraie mer (émeraude).

Et si l'on veut bien admettre que le mariage d'amour est *une hypothèse* aussi aventureuse que la rotondité de la terre au XVe siècle, alors la ressemblance devient frappante entre la traversée de 1492 et celle de 1913.

Le premier soir, juste après la disparition de la France, j'avais emmené ma très jeune épouse à la proue, pensant que devant le poignant spectacle du couchant son âme s'entrebâillerait et que je pourrais m'y glisser pour la nuit, et même au-delà, tant mon optimisme était démesuré à l'époque. Hélas, Clara ne jeta qu'un coup d'œil à l'astre orange strié de veines sombres (on aurait dit que des squales y nageaient). Elle ne prit aucun intérêt à ce combat qui d'habitude émeut : le vieux soleil résiste, les nuages plombés lui appuient sur la tête, le vieux soleil bande ses dernières forces, en devient écarlate, les hypocrites nuages, mine de rien, accroissent leur pression jusqu'à ce que noyade s'ensuive. Clara se moquait de cet assassinat comme du rayon vert qui, dit-on, l'accompagne. Elle avait quitté mes bras, tournait lentement sur elle-même, fixait la masse liquide et déserte.

Elle balbutiait : tout est vide... regarde, il n'y a plus de choses... voilà ce que sera bientôt le monde, quand la musique aura triomphé...

Comprenant que notre amour n'avait rien à attendre de bon du romantisme crépusculaire, j'entraînai ma très jeune femme vers la salle à manger et l'installai à la place qui me sembla la plus *réelle*, de nature à la rassurer, sous une lampe, entre deux négociants argentins (vente de bétail sur pied). Et, tout au long du dîner, je m'épuisai à orienter et soutenir une conversation sur les richesses de la pampa, mortelle d'ennui, mais dont j'espérais qu'elle réconforterait Clara et lui prouverait, une bonne fois pour toutes, que l'Amérique du Sud, but de notre aventure, existait bel et bien, une existence tangible, poussiéreuse l'été, fangeuse l'hiver, grouillante de cheptel meuglant et odorante du fait des bouses, une existence de continent pas près d'être dissous par la musique. Hélas, elle n'écoutait pas, ne mangeait pas, guettait peureusement les hublots. J'écourtai donc la visite de la pampa. Nous nous levâmes au moment où, sur un signe du maître d'hôtel, les plateaux de fromages convergeaient vers les tables et gagnâmes notre cabine pour n'en plus ressortir. Impolitesse que tout le monde jugea excusable étant donné notre statut de voyageurs de noces. (Vos voisins du premier soir demandent de vos nouvelles, disait chaque jour le garçon à l'accent suisse qui nous apportait nos en-cas avec la rose blanche rituelle ou la boule d'hortensia nain, ou l'œillet, cadeau du commandant en second, chargé du climat à bord. Que dois-je répondre, monsieur, dame? Que tout va bien, n'est-ce pas Clara? que tout va bien. Et il s'en allait, de son pas aussi traînant que son accent, répandre la bonne nouvelle, tout va bien au 18, les marins devaient cligner finement de l'œil, rien de tel qu'une croisière pour ancrer un amour. Paradoxe, n'est-ce pas lieutenant? Paradoxe!)

2. *Différence*

Capitale.

Isabelle la Catholique, prétextant des occupations officielles, était restée à terre. Tandis que moi, Clara m'accompagnait. Christophe Colomb n'aura donc pas connu cet extrême de la vie commune, vingt et un jours enfermés à deux dans une boîte d'acajou rouge, inutilement percée d'un hublot condamné et dotée d'un lit petit pour deux personnes (dont l'une pourvue de seins respectables), et pourtant si grand qu'il prend toute la place, entre une coiffeuse miroir ovoïde et une penderie insupportable, car ses poignées de cuivre brillent dans la nuit et ses portemanteaux grincent dans la houle. Quant aux deux portes, si l'une ne s'ouvrait que trois fois par jour sur le garçon suisse et ses batteries d'argent, les mouvements de l'autre, qui donnait sur le délicieux cagibi d'aisances où tout était miniature, de la poignée de la chaîne à la largeur du papier mauve, étaient plus imprévisibles, comme il est naturel lorsque l'on change à la fois d'habitudes alimentaires et de fuseaux horaires.

On me dira : allons, allons, à tel ou tel moment, Gabriel a bien dû s'échapper pour aller fumer sur le pont un bon cigare d'homme, retrouver en marchant dans le vent sa bonne solitude d'homme, face à l'océan sauvage et fraternel...

Non.

Je n'ai pas manqué une seule seconde d'acajou. Je suis resté jusqu'au bout, jusqu'au moment où le commandant en second a annoncé que le voyage était fini puisque l'eau de la mer devenait douce. Je me suis gorgé de vie commune. Je devais deviner qu'après vingt et un jours la vie s'arrête. J'ai engrangé en moi tous ces gestes d'une femme, et les voici, un par un, visite d'un mariage exigu :

L'arrivée du jour, petite lueur blême par le hublot condamné, s'annonçait chez Clara par un frémissement des narines, infime battement d'ailes que seul un guetteur amoureux, c'est-à-dire nyctalope, pouvait surprendre. Puis commençait l'étirement, jambes d'abord, lente vague des couvertures, fuite de Gabriel vers l'extrême bord du matelas pour ne pas gêner, ensuite rotation du corps, appui désormais dorsal, et ses mains sortaient des draps, de chaque côté de sa tête, deux papillons pâles bientôt perchés au sommet de deux algues blanches (ses bras), gémissement, bonjour Gabriel, la mer paraît tranquille aujourd'hui, ne me regarde pas, je suis affreuse, saut du lit, Clara de dos courant vers le cagibi, entracte, Gabriel fermait les yeux, se calmait comme il pouvait, avec des mots, elle est grande, je suis petit, nous sommes complémentaires, tendait l'oreille, l'eau coulait, les cheveux grésillaient sous la brosse, quelle électricité ! tu as entendu de l'orage, toi ? Je me demande si Markus a trouvé quelque chose en Pologne, elle n'était bavarde qu'à ces moments-là, pour camoufler le bruit de ses opérations intimes, tourne-toi, Gabriel, me voilà. Alors de deux choses l'une, ou le garçon suisse tardait et sans perdre de temps les jeunes mariés... (j'y reviendrai) ou le garçon suisse frappait à la porte, Clara poussait un cri, s'emmitouflait pour préserver la décence (sans laquelle une majorité de Suisses renversent le plateau du petit déjeuner) et Gabriel, avant d'aller ouvrir, donnait de l'ampleur aux plis d'un drap décidément bien familier avec le derrière (pudique expression Knight) et les seins de son épouse.

L'heure de la torture avait sonné : un repas en commun dans une cabine d'acajou où le moindre bruit résonne, éclate comme un tonnerre.

Clara mastiquait très discrètement, lèvres closes, comme il se doit, tandis que Gabriel, épouvanté par le fracas engendré par la moindre bouchée, ne mangeait rien, avalait seulement son café, dé à coudre par dé à coudre, en éloignant la tête aussi loin qu'il pouvait.

Suivait la chasse aux miettes avant laquelle nulle femme, semble-t-il, ne peut s'abandonner, prête qu'elle est à subir les derniers outrages mais sursautant, poussant des cris d'horreur sitôt que sa cuisse ou sa fesse rencontre l'infime parcelle de croissant, le mini-dard d'un toast égaré au coin le plus reculé de la literie. Variante érotique du conte de notre enfance, « La princesse au petit pois », laquelle savait reconnaître la présence de l'infime bille verte sur le sommier, malgré cinq matelas superposés, et prouvait par là sa vraie nature de princesse. Tapotements, donc, en tout sens, oreillers sévèrement battus, ordres agacés, lève-toi donc, aide-moi. A la fin du voyage, elle s'était fait prêter cette pelle en argent, cette brosse à poils doux qui, vers la fin des repas, après le fromage, avant les desserts, circulent entre les verres et purifient les tables avant la gourmandise ultime. Ainsi s'affairait-elle sur le lit conjugal. A un moment disait voilà, reposait sur la coiffeuse ses ustensiles. Et...

Et les gestes que nous avions l'un pour l'autre resteront secrets. Secrets car ils sont les plus connus, les plus répétés, les plus rêvés par les espèces animales depuis que la terre existe. A les dévoiler, on risque fort de perdre l'ivresse de l'invention. Méfie-toi, si tu racontes mon histoire. On t'écrira (les lecteurs sont féroces) ou quelqu'un lèvera le doigt, au fond de la salle, durant ta conférence organisée par un Lions Club féru de culture : ce n'est pas très nouveau ce que vous nous décrivez là en rougissant, mon cher monsieur, ma femme et moi, nous habitons Chamonix, voyez-vous, eh bien Roseline et moi avons commencé à faire ce que vous dites chaque semaine, il y a au moins trente ans, bien avant la généralisation du chemin de fer...

Apprends au plus vite la modestie, en matière de propriété érotique, elle t'évitera d'innombrables déceptions. Ne prends pas exemple sur Gabriel qui, très fier de lui, avait gardé de ces vingt et un jours de mer la certitude d'avoir inventé une pose et se référait souvent à cette image de gloire, Clara devant à quatre pattes, et lui, l'Inventeur, derrière, tirant de ce souvenir des félicités toujours recommencées jusqu'à cette triste nuit de Tournus où, bien plus tard, au tout début des années 30, échoué à l'hôtel Le Rempart (pour quelle raison ? une course automobile ?), il trouva sur la table de nuit un manuel spécialisé d'où il ressortait, référence iconographique à l'appui, que la fameuse trouvaille se pratiquait depuis les Hittites et se qualifiait déjà de *levrette* dans les plus vieux des hiéroglyphes.

Levrette donc, durant laquelle, et c'est le seul de ces gestes-là que Gabriel rapportera, Clara tournait la tête vers le visiteur et lui lançait un coup d'œil, mi-las, mi-rieur, est-ce bien catholique, cette acrobatie-là ?

Après, les jeunes mariés se demandaient : jure-moi de ne pas me regarder quand je dors, juraient donc, s'endormaient, et bien sûr le premier réveillé ne tenait jamais sa promesse. Plusieurs fois Gabriel, au sortir d'un rêve, aura senti sur son visage, sur son corps, cette chaleur de soleil, les deux yeux de Clara se promenant sur lui. Terrifié, il faisait semblant de rester dans le sommeil puis, toujours à l'aveuglette, entraînait sa très jeune femme dans l'amour moins par amour que par épouvante : pour que cesse au plus vite le regard, ce regard qui, comme on dit, « ouvrirait les yeux » de Clara et par voie de conséquence (mais pourquoi donc suis-je nue à côté de ce monsieur nu ?) la ferait fuir à jamais.

D'autres gestes de Clara furent plus durs à surprendre et, de ce fait, conservent dans la mémoire une saveur particulière que connaissent bien tous les collectionneurs : ils concernaient la toilette, les coulisses d'une femme, et ne se laissaient capturer qu'après des ruses de Sioux, des patiences de crocodile, des sommeils très longtemps mimés (quelle chance que tu sois un dormeur, Gabriel !) des paupières relevées millimètre par millimètre (je suis sûre que tu ne dors pas. Si tu me regardes m'épiler, Gabriel, je te quitte).

Dans ce cœur de sa collection, dans ce trésor de gestes, Gabriel, pour ne pas lasser des lecteurs moins passionnés par les femmes que lui (tous les goûts et même hélas l'indifférence sont dans la nature), Gabriel ne vous présentera que ses deux favoris : assise par terre, les jambes écartées, votre très jeune compagne se penche en avant, sa main gauche s'enroule dans des poils noirs et puis tire doucement tandis que la droite armée de ciseaux à moustaches (ceux de Gabriel) s'apprête à rafraîchir une touffe jugée par sa propriétaire (quelle erreur !) trop fournie. L'autre geste est plus enfantin, presque un déguisement, Clara sans doute recroquevillée dans la baignoire miniature du cagibi d'aisances, je ne vois qu'un mollet qui dépasse, gainé de blanc, mixture secrète de femme (lait d'amande douce ? suc d'herbes rares ?), des doigts, les siens, crispés sur le petit bloc gris de pierre ponce, polissent la jambe, progressent, de passage en passage, vers la douceur absolue, siège des plus douloureux regrets, fabrique d'exils... Et quand le soir tombait (imparfaite obscurité, phosphorescence de la mer à travers le hublot condamné et lueurs jaunes des poignées de la penderie), dernier geste de la journée, Clara se repliait, se blottissait contre elle-même comme réfugiée dans un moïse, au revoir Gabriel, dors bien Clara, elle s'en allait seule, je ne sais où, voguer dans la nuit.

Je n'ai pas tout déballé. Il reste encore quelque chose dans la malle aux merveilles, quatre réalités, haut de la cuisse gauche, face interne, haut de la cuisse droite, face interne, miracle de l'endroit, préservé des frottements, en lisière de forêt noire, comme deux gestes immobiles, il suffit de les regarder pour se sentir caressé, reposé du monde. Et puis les si méconnus deux creux poplités, dont la plupart des femmes ignorent jusqu'à l'adresse (derrière les genoux) et ne savent pas le prix, un grain de sablier, une tiédeur de mer étale, deux plus deux voilà les quatre capitales de la douceur.

Voilà, la visite s'achève. Ces vingt et un jours d'acajou rouge, mesdames et messieurs, sont *la preuve* :

a) que Clara existe,
b) que moi aussi j'ai eu une vie commune.

Vous voulez des justificatifs? Rien de plus facile. Rendez-vous à Londres, capitale du Réel, siège de la compagnie d'assurances Lloyds qui sait où se sont trouvés, se trouvent et se trouveront tous les navires du monde, jour après jour. Ouvrez l'année 1913, saison d'automne, voyez Booth Line, paquebot *Wellington*, liste des passagers, lettre O, très jeunes M. et Mme Orsenna, pas de supplément de bagages, invités le 23 septembre à la table du commandant[1], traversée sans histoire...

Ces vingt et un jours apportent aussi la preuve que, génération après génération, les Orsenna progressent : rappelle-toi, l'amour de Marguerite n'avait duré qu'une semaine.

---

1. Pardonnez aux Lloyds cette imprécision : en fait, nous avions décliné l'invitation (je la garde en souvenir, vieux bristol à dauphins gravés, devise latine illisible...).

UN AMOUR
DE GABRIEL

I

Nous avons fini par sortir.

A tant voguer dans notre cabine, tantôt emportés par les corps, tantôt immobiles sous le soleil des sentiments, un vertige nous avait pris. Nous rêvions d'un peu de solide, du sûr, une terre, si possible un continent. Depuis le temps que j'affirmais à Clara que l'Amérique latine existait, elle voulait vérifier. Après vingt et un jours, elle n'était pas loin de croire que tout était songe, songe et mensonge. Elle me fixait d'un drôle d'air, comme si je l'avais inventée de toutes pièces, l'Amérique latine, comme si je n'existais pas moi-même, à force de raconter tant d'histoires fausses.

Un beau matin, nous avons donc poussé la porte d'acajou rouge et cligné des yeux dans la lumière, comme tous les libérés.

« Ils sont sortis, les Français sont sortis !... » La nouvelle a fait le tour du navire... « Bravo la France !... Vingt et un jours... » Le commandant a voulu nous connaître.

— ... Parce que j'aime la jeunesse.

C'était sa phrase. Il nous la répétait sans cesse.

— Venez donc à côté de moi sur la passerelle, vous verrez mieux, parce que j'aime la jeunesse...

— Si vous vous ennuyez, je vous permets d'aller dans ma cabine chercher des livres, parce que j'aime la jeunesse...

Et le steward qui frappait à notre porte, vers dix heures le matin, sans entrer, employait exactement les mêmes mots :

— Le commandant vous convie à sa table, parce qu'il aime la jeunesse...

Il pose parfois sa main sur mon genou, me racontait le

soir Clara. Mais c'est tout. Rien qu'une main de commandant de paquebot, immobile sur mon genou. Tu ne vas pas être ridicule... Cette passion pour la jeunesse était un secret entre lui et nous. Il n'en parlait jamais à d'autres. Mais nous, Clara et moi, il nous tenait par l'épaule, il nous expliquait longuement sa conception du monde. Il pensait que le temps était une affaire terrestre. En mer, voyez-vous, le temps n'existe pas. Tout le mal vient des escales, sans les escales nous ne vieillirions jamais, vous ne croyez pas? En fait j'ai cinquante-cinq ans. Combien m'auriez-vous donné Clara, quarante? Quarante-cinq? Selon lui, les marins résistaient mieux à l'âge que tous les autres êtres humains. Regardez dans les ports, la plupart des bateaux n'accostent pas, restent en rade. Veulent éviter la contagion temporelle...

Les passagers, une fois satisfaite leur curiosité (à quoi ressemblent deux jeunes mariés français après vingt et un jours?), nous avaient pris en grippe à cause de cette habitude impériale qu'avait Clara de se dresser soudain au milieu d'un repas : tu viens, Gabriel, on s'ennuie trop.

La forme n'était pas des plus polies. Mais sur le fond elle avait raison. La conversation se mourait depuis le temps que le bateau avait quitté Londres, il ne restait plus à échanger entre convives que des fonds de tiroir, comme un dîner en ville infiniment étiré parce qu'il n'arrête pas de pleuvoir dehors.

— Que se passe-t-il avec l'Atlantique?

Toute la salle à manger s'est précipitée vers les hublots ou directement sur le pont.

A part les habitués, les vieux routiers de la traversée : ceux-là souriaient, clignaient de l'œil.

— Ne vous inquiétez pas, nous a dit le commandant, c'est chaque fois pareil.

Nous quittâmes à notre tour la table.

Derrière le pavillon de poupe s'éloignait une tache plus sombre, le bleu des jours précédents. Le reste de l'océan était ocre.

– Nous sommes entrés dans l'eau douce. La force du fleuve Amazone est telle... Il arrache tout... Bientôt, il ne restera plus rien de l'Amérique latine.

Penché sur Clara, le commandant continuait son cours.

– Moi aussi, j'ai parfois l'impression que je m'en vais vers la mer, petit à petit.

– Voyons, commandant, dit Clara.

Je ne les voyais pas. J'aurais juré qu'elle avait posé sa main sur l'uniforme, au mieux à l'endroit des galons. Je commençais à la connaître. Je savais qu'à tel ton de sa voix correspondait tel mouvement de son corps.

Cette avant-garde d'eau douce gâcha un peu l'arrivée. Quand l'Amérique latine apparut, c'était trop prévu, il n'y eut pas de cris. Les passagers regardaient sans rien dire cette ligne basse, au ras des flots. Sans falaise.

– Voici la forêt, dit quelqu'un.

– Moi, on m'avait parlé de grands arbres, répondit une voix de femme, prête à pleurer.

Les habitués étaient restés à l'intérieur jouer au whist, boire du Mint Julep, du whisky sour, les dernières gorgées du voyage. Ils plaisantaient avec John et Pedrinho, les deux barmen, leur faisaient jurer, vous nous préviendrez n'est-ce pas, si jamais nous oubliions le pourboire final... Dans la fièvre de l'arrivée... Clara ne voulait pas abandonner son fauteuil, à côté du piano, à cause du ventilateur qui tournait juste au-dessus. J'ai hésité longtemps avant de ressortir sur le pont. Cette atmosphère d'adieux avait quelque chose de poisseux. Et aussi ces recommandations, allez-y jeune homme, vous allez manquer l'estuaire...

Le paquebot remontait lentement un large bras sans rives. La forêt entrait dans le fleuve et le fleuve entrait dans la forêt. Un couple d'Italiens roulaient des yeux terrifiés.

– Vous croyez qu'il y a de la terre ferme ?

Ils projetaient d'ouvrir un commerce d'automobiles, parlaient déjà de repartir, mais nous avons tout vendu à Milan, c'est toi qui voulais venir, peu à peu leur hébétude se changeait en scène...

Un matelot était assailli de questions :

– Est-ce que tout le Brésil est comme ça ?

– Est-ce qu'il fait toujours chaud comme ça?

– Est-ce que le ciel est toujours gris comme ça?

Il marmonnait des oui, non, au hasard, révélait que, parfois, la déception des immigrants en classe économique, il fallait la calmer à coups de lance à incendie...

Le paquebot avait encore ralenti. Une flottille occupait le chenal. Des pirogues à hauteur d'eau, des barques à voiles latines grenat et coques de toutes les couleurs, orange, blanches, bleu pâle. Les passagers voulaient savoir s'il s'agissait d'Indiens. Le commandant, où est le commandant, c'est à lui de nous répondre! Je tournais la tête à droite, à gauche. Le Brésil était là. Enfin le Brésil. La forêt pleine de caoutchouc sauvage. La réserve mondiale d'élasticité et de rebondissement. Vive le Brésil, répéta pour lui-même notre héros, non sans grandiloquence. Et il tira de sa poche la boule de mousse. Et caché par les chaloupes de sauvetage pour que personne ne le voie, il se livra à ses exercices favoris. Bonjour le Brésil, vive le Brésil. Je suis arrivé. Lequel Brésil soudain disparut, d'un seul coup : au revoir M. Gabriel, à demain. La nuit était tombée. A l'Équateur, le soleil ne descend pas (puisque le ciel est déjà trop bas), à un moment il prend la fuite, l'horizon l'avale et c'est la nuit. L'air devint noir, la chaleur de l'air devint noire, immédiatement striée de bruits comme si le jour, en s'en allant, ouvrait la porte à la meute, l'infinie cohue des sons gardés muselés par la lumière : cris, chants d'oiseaux, roucoulements, une bête hurlait au loin, tout grésillait. Et de l'eau, tout autour du paquebot, de la totale obscurité de l'eau, montaient des conversations, des rires, des chuchotements.

Les passagers s'étaient tus, serrés les uns contre les autres.

– Est-ce qu'ils sont pacifiés, ces sauvages? demanda une voix d'homme, aiguë.

– Est-ce qu'ils pourraient grimper à bord, malgré la hauteur?

Je retournai au bar. Les habitués entouraient le pianiste. Ils avaient dû le tirer d'un petit somme. Le malheureux Anglais n'avait pas eu le temps d'enfiler complètement sa chemise. On lui voyait la poitrine, des petits seins tombants entre les poils roux : s'il vous plaît, s'il vous plaît, je n'ai pas arrêté depuis Londres, laissez-moi. Mais les habitués voulaient de la musique. Ils le forçaient à boire. M. Süshind, un costaud négociant de Hambourg pour lequel j'éprouvais une réelle sympathie car il ne regardait pas Clara, avait saisi le malheureux musicien par la nuque et lui courbait la tête vers le clavier.

– OK, OK, je joue.

Il commença par le *God save the King*. Les officiers s'étaient mis au garde-à-vous. Les habitués levaient leurs verres. Et tout de suite la nuit répondit, d'abord quelques battements de mains çà et là, au niveau de l'eau, puis des sifflets, des gloussements en cadence, des percussions, tout le fleuve, de forêt en forêt, souhaitait longue vie au roi d'Angleterre, ensuite accompagna *La Marseillaise* à sa manière, abreuve nos sillons, sillons, sillão, les Brésiliens du bateau encerclaient Clara, Victor Hugo, Mademoiselle, Auguste Comte...

Ainsi arriva le paquebot *Wellington,* le 3 octobre 1913, devant Belem do Para.

John, le chef barman, nous avait conseillé d'attendre (puisque Mme Clara n'aime pas la foule, vous savez la bousculade est terrible, quand un bateau d'Europe arrive, non je vous assure, il vaut mieux que vous laissiez passer le flot... Vous me tiendrez compagnie, pour mon inventaire...)

Il avait aligné toutes les bouteilles sur le bar et passait la revue, un carnet à la main.

– Vous voyez, c'est étrange. Pendant certaines traversées, on boit. Pendant d'autres, non.

Autour de nous, dans les coursives, le remue-ménage peu à peu s'estompait. Clara balayait des yeux les bouteilles avec un pâle sourire flottant, déraciné. L'existence de l'Amérique latine, désormais confirmée, ne la rassurait pas. Elle sentait que bientôt nous devrions nous lever, quitter le bateau. Je crois qu'elle serait volontiers restée à bord pour le voyage de retour. Quitte même à revenir. Après tout, la croisière était une sorte de vie adoptive. Moi, j'avais ma vocation pour m'aider, mais elle... Je lui caressais le poignet à l'endroit des veines. Elle ne s'en rendait pas compte. Le barman continuait de commenter son inventaire.

— Tenez, il y a encore deux ans, j'aurais manqué de curaçao. Et aujourd'hui plus personne n'en demande...

Depuis déjà de longues minutes, aucune silhouette ne passait plus derrière les hublots. Le *Wellington* était redevenu silencieux, à part le lointain ronron des machines.

Alors j'ai pris la main de ma très jeune femme. Le barman nous a souhaité bonne chance, sans relever la tête.

Nous avons descendu la passerelle derrière notre malle, portée par deux matelots. Ils peinaient. Et pestaient. Heureusement que c'est la dernière... qu'est-ce qu'ils peuvent bien fourrer dedans? (Erreur de débutant, je leur avais donné le pourboire avant.) Ils l'ont déposée devant des douaniers rigolards qui déjà montraient l'étiquette Washington et d'Albany.

— Paris?

— Hôtel Paris.

Ils ont fouillé longuement dans le linge de Clara.

Et nous nous sommes retrouvés tous les deux dans la nuit brésilienne, assis sur notre malle, ma très jeune femme et moi, de part et d'autre de l'étiquette Washington et d'Albany, place des Pyramides et rue de Rivoli, eau chaude et froide, ascenseur, téléphone (Paris).

Au bout d'un moment, un costume blanc s'est approché.

— Vous ne seriez pas...?

Il parlait un français sans accent, agrémenté de quelques superlatifs.

— ... Je commençais à désespérer absolument. Je me disais que vous n'étiez pas venus, à cause des très sinistres événements...

— Excusez-nous, ma femme vient d'avoir un léger malaise.

— Oh! quel épouvantable dommage, et comment va-t-elle?

Rétablie. En pleine possession de sa santé. Excellentissime. Alors ne perdons pas de temps. Je me présente, Loïc Huet. Secrétaire de M. Revol. Et Mme Revol va commencer à s'inquiéter. Ils ont préparé un dîner en votre honneur.

Nous avons chargé la malle dans une Voisin dernier modèle qui roulait très lentement, à cause des nids-de-poule, si l'on peut appeler ainsi de véritables fondrières. Le secrétaire voulait mon avis. Pensais-je que les événements allaient s'enchaîner, comme on le disait, entre la France et l'Allemagne? Allons-nous vers le terriblement inéluctable? Je ne répondais rien. J'étais trop occupé à me tenir assis dans les chaos. Et Clara, entre deux secousses, me priait, à l'avenir, de ne plus jamais, tu m'entends, plus jamais utiliser sa santé comme excuse.

Le dîner fut pareil à tous ses semblables : repas de bienvenue à l'un quelconque des bouts de la terre. Immuable scénario bien connu de tous les voyageurs. Bonsoir, vous n'êtes pas trop fatigués? Vous verrez on s'habitue au décalage horaire, tandis que la chaleur... à propos, quel temps fait-il en France, ces jours-ci? Avide nostalgie des exilés... Comment va Marne, comment va Nogent, comment vont les Postes, comment va Fallières, comment vont les bords de Seine, comment va *Le Figaro,* comment va Montmartre, et Lucas-Carton, et la séparation de l'Église et de l'État?

— Laisse-le manger, disait Mme Revol, l'hôtesse. A propos, la mode a changé? Qu'est devenu le couturier Worth?

Clara me regardait me débattre, l'air amnésique : voyons, j'ai rencontré ce jeune homme au Washington et d'Albany, chambre 212, et me voici ce soir à manger un poulet basquaise au bord de la jungle, que m'est-il arrivé?

Dans tous ces dîners de bienvenue, on vous présente des francophiles, généralement vers le fromage.

— Vous savez, dit Mme Revol, que nos amis Veloso sont de grands amis de la France?

— Enchanté.

— Oui, João, que voici, a fait une partie de ses études d'architecture à Paris.

— Attendez, je me souviens, comment s'appelait l'adresse, Rasmaille ?

— Boulevard Raspail.

— C'est ça, boulevard Raspail, très bons, très bons souvenirs !

— N'en dis pas plus, João, autrement ta femme Branca, à votre droite, Gabriel, vous permettez, c'est la coutume, on utilise les prénoms, à cause de la chaleur, autrement Branca va se faire des idées.

L'hôtesse (effluves de vétiver) se pencha vers moi : Branca est l'une des principales animatrices de l'Alliance française...

— J'espère que vous n'allez pas trop vous ennuyer. Ici, le temps ne passe pas.

— Chérie, tu exagères. Et le concert d'hier ? Vous avez manqué une formidable soirée Schubert, avec des virtuoses venus de New York.

Terrifié, je regardais Clara. Par chance, elle n'avait rien entendu. Elle oscillait doucement sur sa chaise, presque endormie. M. Revol nous expliquait :

— Ma femme est bretonne, bretonne de Dinard. Alors forcément...

J'allais enchaîner.

— Oui, forcément.

Mais je me suis retenu et le dîner s'est bien terminé. Plus tard, au moment du café, j'ai voulu poser quelques questions d'ordre professionnel, alors le caoutchouc ?...

— Demain, demain, quand vous vous serez reposés, le caoutchouc attendra !

— Tu vois, c'est bien ce que je disais, a dit la Bretonne de Dinard, ici tout attend. Vous êtes épuisée, chère Clara. Comme je vous comprends. Guy vous raccompagne tout de suite.

Mais les francophiles ont protesté. Nous sommes rentrés avec eux. Vous viendrez dîner chez nous demain. Quelle chance de vous avoir parmi nous. On m'a dit que vous étiez très savant sur Auguste Comte. C'est vraiment une chance, bon séjour à Belem. Vous auriez dû voir le boom. Oh ! non, vous verrez, le boulevard, comment dites-vous déjà? Raspail. Ah! oui, Raspail et Montparnasse. Clara s'était assoupie sur mon épaule.

Puis la voiture des francophiles s'est arrêtée. Ils nous ont montré la nuit.

– C'est tout au bout, la maison est charmante. Bon séjour au Brésil.

Nous avons marché dans le noir, de confiance, sans rien voir. Sauf une forme blanche, peu à peu, une forme qui parlait, ah! madame, ah! monsieur, je traduisais pour Clara, je retrouvais sans trop de mal mes connaissances linguistiques, souvenirs de Londres, impossible d'allumer à cause des moustiques, grâce à Jésus, votre maison est bien là, faites confiance à Jésus, attention aux marches, je m'appelle Rosa Marcelina, la France est fille aînée de l'Église, le lit est fait, dormez bien, le jour apportera la maison, grâce à Jésus et Marie.

Sous la double moustiquaire, ma très jeune femme avait sombré. Du bout des doigts, je parcourais son corps, aussi moite qu'au Washington et d'Albany. Et je craignais, les yeux ouverts dans la nuit, je tremblais de n'être pas à la hauteur d'un climat qui donnait à ma très jeune femme la même chaleur qu'au Washington et d'Albany, à peine arrivée et sans connaître encore personne. Plusieurs fois j'ai cru que le jour se levait. Car les coqs, à l'Équateur, s'époumonent toute la nuit.

Clara souriait. Souriait et dormait. Sans doute perdue dans quelque rêve bien rafraîchissant d'Europe centrale, peut-être une promenade en traîneau, ou alors à Varsovie un souper d'après concert. Gabriel s'approcha seul du balcon. Devant lui, à perte de vue, tout au long du fleuve ocre, s'étirait Belem. Le jour s'installait. Gabriel se souvint des conseils de ses amis positivistes à Londres : attention, attention, ne jamais se laisser prendre par la magie de l'Équateur ou des tropiques. Car la magie est le contraire du progrès. Quand tu te trouveras là-bas, Gabriel, tu n'auras qu'à décortiquer, noter les ingrédients du charme. C'est la meilleure manière de s'en protéger.

Le jour donc s'installait. Accoudé à son balcon, Gabriel se mit à l'œuvre. Quelles sont les phases précises de l'installation d'un jour à Belem (Brésil)?

D'abord la lumière. On dirait une négociation méticuleuse entre deux puissances. Après des siècles de palabres, l'ombre et le soleil se sont partagé la ville et chaque matin, sans protester, l'ombre et le soleil rentrent dans leurs frontières, au millimètre près. Pour l'ombre, les venelles, les allées de manguiers, les porches des églises, les auvents d'entrepôts... Pour le soleil, tout le reste, les places, l'ocre du fleuve, les avenues trop larges, les chariots découverts, les fiacres, les calvities imprudentes...

Puis la chaleur, comme imprimée peu à peu sur la ville, comme une feuille blanche toujours plus lourde à mesure que les heures s'ajoutent aux heures, écrasante. Et verticale, inutile de fuir. Mais cet empire de la chaleur n'est pas accepté sans luttes. A peine débottée, encore flottante, la chaleur est la proie d'attaques. De son balcon, Gabriel observait la mise en œuvre du dispositif. L'établissement des pièges. Les essaims de ventilateurs qui reprennent leur ronde, sitôt la nuit finie, les portes qu'une petite fille toute nue entrebâille pour fabriquer des courants d'air, les pains de glace distribués par un grand Noir et son aide plus clair. Le grand Noir conduit le chariot, l'aide trottine à côté, devant chaque demeure d'assez noble apparence il dépose le bloc blanchâtre qu'une main tire à l'intérieur. Le chariot ne s'est pas arrêté... La stratégie est claire : harceler. Isoler des bouts de chaleur et leur régler leur compte, discrètement... Guérilla urbaine.

Enfin les couleurs. Elles arrivent du fleuve ocre sur les embarcations qui convergent vers le marché, le vert et jaune des fruits, le rouge et bleu des perroquets en cage, le glauque luisant des poissons surucus, la teinte plus grise des sortes de phoques lamantins, l'ocellé des peaux de panthère, le noir des rouleaux de tabac, le sépia rugueux des crocodiles, toutes teintes arrachées, on se demande par quel miracle, au morne camaïeu émeraude de la forêt. Tandis que de la ville, des maisons de la ville, sort un autre peuple de couleurs moins éclatantes, les couleurs de la vie quotidienne, des hamacs grèges en piles, des charretées de filtres à eau bruns, des bottes, des coutelas, des boîtes noires de médecines, des bocaux emplis de racines, des crucifix chair et sang, des madones azurées, des sandales vernies...

Alors les acheteuses surgissent, des robes orange, violettes, pourpres, neige, des négresses, métisses, portugaises, allemandes, alors des hommes s'assoient par terre le dos contre les murs, la tête contre les genoux, on ne voit que leurs chapeaux de paille et leurs pantalons bordeaux. Alors les photographes installent leur grosse boîte à longues pattes de girafe et les chiens se mettent à rôder et les enfants à courir ; d'un coup, chaleur, lumière, ombre et soleil, couleurs et bruits, tout se mêle, la ville grouille, le jour s'est installé.

Pour ne pas, dès le premier matin, céder au charme (ennemi de la civilisation), notre héros quitta son balcon et se mit en route.

— S'il vous plaît, travessa Campos Salles ?

Les réponses étaient déjà une indication sur l'état des lieux :

— Il y a dix ans, vous n'auriez eu qu'à suivre la foule...

— Le monsieur aime sans doute la mélancolie ?...

Guy Revol, responsable de la compagnie, attendait sous la véranda.

— Vous devriez être à l'heure, Gabriel.

— Pardon, monsieur, je me suis perdu et...

— Oh ! je dis ça pour vous. L'exactitude est un bon pilotis dans ces pays, vous verrez, parce que pour le travail... Et puis appelez-moi Guy. Nous sommes sur le même bateau, si je puis m'exprimer ainsi avec quelqu'un qui vient de débarquer.

Il était constitué, Revol, d'une étrange superposition de volumes : une tête très ronde sur des épaules très étroites. Juste en dessous, commençait un embonpoint respectable, prolongé par des jambes décharnées, perdues dans le pantalon beige.

Il fixait Gabriel avec de bons yeux bienveillants.

– Depuis le déclin, ils m'ont retiré mes adjoints un à un, tous partis pour l'Asie, les environs de Saigon. Quelques-uns m'écrivent encore. Ils ne me conseillent pas de venir. On s'ennuie dans les plantations. Tandis qu'ici, vous verrez, Gabriel, on s'ennuie aussi, mais rien à voir avec l'ennui des plantations...

Il semblait ravi d'avoir retrouvé quelqu'un à qui parler. Quelqu'un avec qui discuter des différentes formes de l'ennui terrestre.

– Nous nous occuperons de votre très jeune femme, ne vous inquiétez pas, tout ira bien.

Gabriel aussi, depuis la fin du vingt et unième jour, essayait de se faire très jeune. Tout le monde a envie de protéger les très jeunes gens. C'est un réflexe humanitaire. Comme d'aider un aveugle à traverser. Et Gabriel, avec cette très jeune femme occupée à dormir, à sourire en dormant, avait envie d'être protégé.

Tout au long de la ruelle, des hommes en chemise blanche attendaient, assis devant des téléphones. Sur un signe invisible, un enfant se levait, allait chercher de quoi boire à la taverne, ressortait avec un plateau. Puis rien ne bougeait. Sauf les mains des buveurs et les lèvres des parleurs, une conversation à mi-voix, ininterrompue. De temps en temps, quelqu'un apostrophait le préposé du câble transatlantique, un jeune Noir à casquette bleue. Alors Galileo? Rien, señor.

Guy Revol fit visiter les lieux, une sorte de très vaste isba vert pâle à jalousies closes.

– Avant, on appelait ça le siège, le siège central de la Compagnie au Brésil. Maintenant, plus personne n'ose appeler ça un siège. Vous oseriez, vous, Gabriel?

En traversant des pièces vides, Guy récitait l'ancien organigramme, le nom de tous les employés qui s'étaient assis dans ces fauteuils, avaient tenu ces registres...

– Beaucoup sont retournés en France. Les autres étaient brésiliens.

– Et vous, Guy?

– On m'a dit de rester, au cas où... Il paraît que la fièvre peut reprendre, d'une seconde à l'autre. Ils veulent quelqu'un de sûr déjà sur place. En fait, je ferme boutique, le plus lentement possible...

– Et mon métier à moi, dans tout ça?

– Oh! vous, vous serez peut-être le seul utile à la maison mère. Venez, je vais vous expliquer.

Nous sommes revenus par d'autres couloirs. Guy m'a présenté à deux secrétaires gloussantes et à Alberto, un métis très sec à tempes blanches et grand sourire : il était déjà là au début du boom.

– Je l'ai nommé responsable des archives. Si vous voulez savoir quelque chose sur le passé, c'est la bonne porte...

Nous étions de retour sous la véranda, assis de part et d'autre d'une table d'acajou. Il montait du fleuve ocre un léger vent coulis, presque frais.

– Vous verrez, c'est ici le meilleur endroit jusque vers onze heures. Après, jusqu'à la sieste, j'émigre vers un deuxième bureau, à l'extrême ouest. Mon troisième bureau est à l'est, pour le soir. Vous aussi, vous aurez vos itinéraires. C'est ça, l'avantage des maisons désertes. On peut choisir ses endroits sans être gêné.

– Et mon métier à moi, Guy, mon métier dans tout ça?

– Voilà, voilà. La Compagnie a prêté de l'argent, beaucoup d'argent, à des milliers de personnes, Gabriel, à tous ceux qui récoltaient le caoutchouc, tous les *seringueiros*, partout sous les arbres, dans toute l'Amazonie. De l'argent pour acheter le nécessaire, Gabriel, du tabac, de l'alcool, des fusils... Ils sont loin d'avoir remboursé, et maintenant il faut faire vite car, avec l'effondrement, ils pourront de moins en moins nous payer. Vous êtes chargé de récupérer nos créances, Gabriel, vous comprenez? La Compagnie, paraît-il, compte énormément sur ces créances, enfin, ils ont dû vous dire tout ça là-bas... Je vous ai calculé les montants, région par région. Nous organiserons ensemble votre voyage, je me demande si votre très jeune femme...

– Je suis chargé de la liquidation en quelque sorte?

– En quelque sorte... Comme moi, Gabriel, comme moi! Elle ne le dit pas officiellement, mais à mon sens la Compagnie veut abandonner cette partie du monde. Nous sommes les deux derniers en Amérique latine. Après, il faudra nous résoudre à partir pour l'Asie, puisque c'est là-bas l'avenir, ou alors quitter le caoutchouc. Vous avez envie de partir en Asie, Gabriel?

– Je ne sais pas, peut-être...

– C'est vrai, vous êtes jeune. Moi, je n'ai plus assez de souplesse. D'abord l'Europe, ensuite l'Afrique, car j'ai fait aussi mon temps en Afrique, Gabriel. Nous ne pouvions pas avoir d'enfant, ma femme et moi, alors, bien sûr... toujours disponibles pour le départ. Mais vient un âge où l'on renâcle à changer de continent, vous sentirez ça, vous aussi, Gabriel.

A ce moment-là, de l'autre côté de la ruelle, un téléphone a sonné.

– Va t'informer, Alberto, dit Guy Revol. Un dernier conseil, Gabriel : dans ces pays, il vaut mieux attendre midi pour commencer à boire.

L'archiviste n'avait que la rue à traverser. Il revint immédiatement, avec son grand sourire :

– Alors? demanda Guy Revol.

– Rien, señor, le même cours qu'hier.

– C'est-à-dire les bas-fonds. Il n'y a qu'une guerre qui pourrait le faire redécoller. Les guerres sont très bonnes pour les matières premières, il faut savoir ça, Gabriel. Vous auriez dû voir cette agitation, pendant le boom, hein, Alberto?

– Oh! oui, señor.

– La ville entière était là, et les téléphones n'arrêtaient pas, les cris vous tuaient les tympans, combien le dollar contre sterling, qui veut mille tonnes de catégorie A, la taverne n'avait plus assez de bière, tu te souviens, Alberto?

L'archiviste hochait la tête, oh! oui señor.

– Tiens, déjà midi, dit Guy Revol.

Alberto se leva, l'archiviste était en même temps maître d'hôtel.

— Vous voyez, aujourd'hui, nous avons toute la bière qu'on veut...

La baba Rosa Marcelina attendait Gabriel debout, trois lettres à la main, monsieur, monsieur, il se passe quelque chose, ô monsieur et elle brandissait les enveloppes au-dessus de sa tête, ô monsieur, ô Seigneur Marie Jésus, ce n'est pas de ma faute, vous allez me maudire et ce n'est pas de ma faute...

— Bien sûr que non, ce n'est pas de votre faute, dit Gabriel. Mais qu'est-ce qui n'est pas de votre faute?

Et il lui retira doucement les trois lettres, dont deux de France sans doute venues sur le même bateau que nous, tu te rends compte Clara (il criait) et une troisième à l'écriture inconnue, sans adresse, un message venu de Belem. Plus tard, se dit Gabriel, d'abord des nouvelles de Levallois.

Gabriel,

1) J'ai mesuré l'Atlantique de Brest à ton Belem : plus de 10 000 km, sauf erreur. La distance est-elle maintenant suffisante entre ton père et toi? La prochaine solution serait l'antipode. Est-ce que tu l'envisages? Dis-moi, que je sache.

2) J'ai bien regardé la situation de ton Belem sur la carte. D'accord, à strictement parler, tu n'es pas dans la forêt. Mais avoue à ton vieux père que ton Belem est entouré d'arbres. Dans ces conditions, voici, très résumée, Gabriel, crois-moi, la liste des maladies que tu attraperas, Gabriel, sûrement, si tu ne reviens pas au plus vite, c'est la Science qui te le dit, pas moi, te penserais-tu au-dessus de la Science? Donc voici : l'amibiase, en premier, la diarrhée n'est pas une vie, Gabriel, et le paludisme, bien sûr, et surtout le plus terrible, à *plasmodium falciparum*, la leishmaniose, tu veux avoir des ulcères sur tout le visage, Gabriel,

tu crois que Clara appréciera? L'onchocercose, je sais que
ton vieux père ne te manque pas beaucoup, mais est-ce
une raison pour devenir aveugle? Je ne parle pas de la
méningite, du choléra, de la peste même, tu pourrais les
attraper en te promenant dans nos chères villes du Sud de
la France ; à propos la variole, t'es-tu vacciné? Mais la
lèpre, Gabriel, sais-tu que le Brésil est infesté de lèpre et
la lymphangite du scrotum, pardonne-moi ces détails,
Gabriel, mais un père doit tout dire à son fils, tu te vois
arriver devant ta très jeune femme avec des couilles
grosses comme des pastèques, oui traînant presque jusqu'à terre, tu imagines vraiment qu'un amour même
immense, même celui qu'elle a pour toi pourrait résister à
cette vision d'horreur? Pense à tout cela, Gabriel, tu es
adulte aujourd'hui, c'est à toi de mener ta vie. Mais, s'il te
plaît, ne t'aventure jamais, jamais, dans la forêt. Je ne
t'ai pas parlé des complications qui surgissent immanquablement, tu m'entends, *immanquablement,* dès qu'on
pénètre dans cette verdâtre pourriture. Mets l'ensemble sur
la balance : d'un côté les horreurs précitées (résumées,
Gabriel, n'oublie pas, très résumées). Et, de l'autre, le
mauvais œil qu'aurait ton vieux père en matière amoureuse, je dis bien aurait. Car ce mauvais œil n'est encore
qu'une hypothèse, mon bonheur de ces jours derniers ten-
drait à prouver qu'il est en train de fermer les paupières,
ce mauvais œil. Mais attendons la confirmation. Alors si
j'étais vraiment et longuement heureux avec une femme,
tu rentrerais, n'est-ce pas Gabriel? Tu n'aurais plus aucune
raison de risquer ta vie dans ces régions infectes? Ta
réponse que je devine positive, oh! bien sûr positive, me
donne du courage dans cette entreprise insensée qu'est le
mariage.

3) Car je suis entré d'un bon pied dans le mariage,
Gabriel. Cette fois, ça y est, toutes, tu m'entends, toutes les
chances sont de mon côté, y compris les couleuvres. Sans
couleuvres, un mariage ne peut jamais réussir, Gabriel, il
faut apprendre à vivre au milieu d'elles et puis en avaler
une, de temps à autre, je veux dire chaque jour, puisque
c'est nécessaire.

Je t'embrasse.

Ton Louis des anciens jours que tu ne reconnaîtras pas, tellement il s'améliore.

P.-S. : Si tu crois que je mens ou que j'invente des maladies, je sais, tu me crois capable de ces escroqueries, je le sais, alors demande autour de toi, il doit bien exister un médecin honnête, pas un Brésilien, il dirait que son pays est net comme le Groenland, mais un Suisse, les Suisses sont les plus sensibles en matière d'hygiène, ou écris en France, directement, sans passer par moi, Institut Pasteur, Paris, tu verras bien.

Mon Gabriel,

Réponds-moi franchement : la vie est-elle différente dans un *très grand pays* (seize fois plus vaste que la France, si j'en crois Louis)? Quel sentiment prédomine : celui d'avoir enfin de *la place* ou celui d'appartenir, enfin, à *la puissance*? Réponds-moi vite, j'en ai besoin.

Il y a une autre question que je voudrais te poser, mais ta réponse ne sera pas objective avec toutes tes idées de modernité : une république peut-elle s'occuper d'une telle surface? Tu ne crois pas qu'il valait mieux garder l'Empire?

Écris-moi avec prudence, j'imagine qu'on ouvre toutes les lettres sous les tropiques. Et je ne voudrais pas nuire à ta vocation, même si je ne la comprends pas toujours. Mais chacun choisit son existence à l'exception de Marguerite, car vois-tu, sans son deuil, elle n'habiterait pas aujourd'hui l'île de la Jatte (où ta chambre, face au pont de Neuilly, t'attend), mais Fachoda ou Lang Son.

Tendresses. Marguerite.

Je ne te quitte pas. Je m'en vais, Gabriel. Si la peur continue, à quoi sert d'être deux? Clara.

C'est ainsi que Gabriel fit connaissance avec l'écriture de sa très jeune femme : ferme, petite, assez pointue, les mots attachés les uns aux autres. Il releva la tête. La baba n'avait pas bougé de place, toujours roulant ses yeux blancs, les mains toujours croisées.

— Madame n'a rien laissé d'autre?

— Oh! non, monsieur!

— Madame n'a rien dit d'autre?

— Oh! non, monsieur!

Mais en une seule ligne, peut-on dire que l'on connaît l'écriture de quelqu'un? Les graphologues jurent que non.

Alors Gabriel ne posa plus de question, ne cria pas, n'appela pas sa très jeune femme, où es-tu? Ne courut pas vers le port, ne visita pas en pleurant la maison de fond en comble, n'ouvrit aucun placard, aucun tiroir, ne regarda pas le lit, ne s'enfouit pas le visage dans l'oreiller de droite où demeurait forcément un peu de son odeur, ne déboucha aucune bouteille, ni de whisky, ni de gin, ni de cachaça, ne chassa pas d'un coup de pied le petit chien jaune cadeau la veille des francophiles (pour vous tenir compagnie, madame, en attendant d'avoir un bébé) et baptisé par elle George Sand, ne déchira aucune photo, ne roula pas en boule la lettre aux vingt mots, Gabriel je ne te quitte pas, je m'en vais. Si la peur continue, à quoi sert d'être deux, il ne la brûla pas avec son briquet d'amadou, n'envoya pas de télégramme vers l'île de la Jatte, pas non plus vers le quasi-palace parisien Washington et d'Albany, ne se passa pas les mains dans les cheveux, ne vomit pas dans la cuvette basculante qui faisait fonction de lavabo, ne déchira pas rageusement les moustiquaires, ne s'en prit pas à la porte, pas plus à cette porte brésilienne couleur bleu roi qu'à toutes les autres portes du monde qui ne retiennent jamais rien et surtout pas les femmes, ne renifla pas, ne hurla pas c'est elle au premier crissement de pas d'un marcheur dans la rue, de l'autre côté des bougain-villier, Gabriel Orsenna s'assit, il saisit un fauteuil en osier, assez semblable à celui qu'on nommait mexicain dans sa jeunesse, il le tira du salon jusqu'à la véranda et le bruit fut tout à fait normal, celui d'un fauteuil tiré sur un parquet de bois, de n'importe quelle maison, du salon jusqu'à la véranda pour profiter de la fraîcheur du soir, il vérifia soigneusement qu'à travers les manguiers on pouvait apercevoir un bout du fleuve ocre et s'assit. Et demeura assis, à cette même place, exactement quatre-vingt-treize jours.

II

Ce malheur, ne comptez pas sur Gabriel pour qu'il vous le fasse visiter pièce par pièce.

Les ingénieurs ont de la pudeur.

Sachez seulement qu'il s'agissait d'une maladie, une maladie qui s'attaquait aux heures, aux minutes, aux secondes, comme la poliomyélite s'attaque aux muscles : le temps était paralysé, le temps n'avançait plus.

Bien des poètes, des femmes encore jeunes, des métaphysiciens du dimanche comme le commandant du paquebot *Wellington* ont supplié le ciel pour qu'il leur envoie cette maladie-là : Ô temps, suspends ton vol..., etc.

Gabriel, gentiment mais fermement, leur dit d'arrêter là leurs conneries, d'annuler officiellement leurs bons de commande : le temps immobile est la plus grande douleur qui soit.

Le temps était mort et que faire lorsque le temps est mort ? Ouvrir les yeux ? Immédiatement, la chambre 212 apparaissait, là-bas, au fond du jardin brésilien entre la volière des aras endormis, jaune, rouge et bleu, et le portillon blanc. Fermer les yeux ? Pour retrouver le lit de la chambre 212 ? Et la tête de Clara qui dépassait des draps ? Rouvrir les yeux ? Pour revoir les cuisses interminables de Clara qu'il suffisait de suivre pour descendre, descendre jusqu'à l'état de douceur absolue, au cœur de la vie adoptive ? Alors refermer les yeux ? Clara n'avait pas bougé. Ni la chambre 212. Un ingénieur sait constater les faits : le temps était bien mort, pas besoin de lui passer une glace sous le nez ou de prendre son pouls. Et Gabriel sentait cette mort en lui, se sentait femme de sentir une telle présence en lui, une femme maudite porteuse de cadavre *in utero,* le corps immobile et froid d'une très jeune épouse absente. A un moment, il se redressa. Réveilla en sursaut George Sand qui aboya. Mais très vite il se laissa retomber. A quoi bon fuir ? Il n'y a pas de fuite dans la mort du temps. Comment pourrait-on tuer le temps, s'acharner sur du déjà mort ?

Gabriel resta donc quatre-vingt-treize jours sous la véranda, assis dans un fauteuil en rotin. Pour lui tenir compagnie, Rosa Marcelina l'entoura d'objets domestiques : le lavabo à roulettes, la bibliothèque tournante réservée aux questions de caoutchouc, le coffret contenant toutes les lettres et télégrammes de Louis depuis le début des âges, une petite table en gros bambous mal coupés, un lutrin avec les journaux du jour, etc., et la grande horloge dont le balancier avait beau battre, il ne trompait personne. Pour la nuit, Rosa Marcelina tendait au-dessus de Gabriel une double moustiquaire, éteignait toutes les lumières et, après l'avoir laissé sous la protection de são João, são Sesfredo, são Alavico, santa Rosa, são Zé, são Raymundo, são Ribaldo, são Marcio, são Felisberto, santa Otacilia... elle lui souhaitait bonne nuit, et disparaissait.

Tout à l'heure, Gabriel t'a parlé de discrétion. Ne le crois pas tout à fait. Ce malheur devint le spectacle favori de la population de Belem, un lieu de promenade pour les familles et l'objet de toutes les conversations. On venait observer ce Français immobile sous une véranda, gravement atteint par la maladie de l'amour. On se disait que la France, décidément, était fidèle à sa réputation. Les femmes apostrophaient les hommes : ce n'est pas toi qui m'aimerais comme ça. On engueulait les enfants qui n'avaient qu'une idée, jeter des fruits, des œufs et même des cailloux sur le malheureux. On se demandait si la maladie était contagieuse. On décidait que non. Alors on approchait, à pas de loup, le plus près possible de la véranda pour savoir les détails et apprendre des remèdes : que faut-il faire en cas de grave maladie d'amour? Chacun avait sa méthode. Pour Rosa Marcelina, la tactique était claire : d'abord rappeler sans cesse aux saints qu'ils avaient du travail sur terre et qu'ils devraient soulager les humains au lieu de sommeiller au ciel. Puis augmenter la dose de piment dans la nourriture. Et quand elle voyait Gabriel grimacer en avalant une moqueça au poulet, ou un morceau de surucu grillé, puis engloutir des litres et des litres d'eau, les joues en flammes, le front couvert de sueur, elle levait les mains, ô Marie mère de Dieu et quoi qu'il ait pu se produire toujours vierge, voici que Seu Gabriel se réchauffe, la guérison n'est pas loin. Un tel régime détruit les intestins. Rosa Marcelina ne s'en inquiétait pas. Elle retirait tout doucement par petites secousses le pantalon du malheureux. A la grande joie des visiteurs qui s'exclamaient oh! les belles fesses, comme elles sont blanches, les fesses des Français sont toujours aussi blanches? Rosa Marcelina ne les écoutait pas. Elle lavait le pantalon du malheureux à grands frottements affectueux dans le bac de pierre, derrière la maison. Et puis suspendait le pantalon du malheureux et attendait qu'il sèche sans le quitter des yeux (bien des Brésiliennes l'auraient volontiers dérobé comme relique). La grande déception vint du docteur en médecine Lezama, pourtant diplômé de l'université de Lisbonne, qui tourna autour du malade en marmonnant oh là là, j'en ai vu des cas, j'en ai vu des cas, sans doute une allergie aiguë, mais à quoi, seigneur Dieu? D'ici que je lui aie inoculé une à une toutes les composantes des tropiques... et s'en retourna soigner ses clients habituels, plus penaud qu'un élève coiffé d'un bonnet d'âne. M. et Mme Guy Revol ne connaissaient pas non plus de secret pour remettre en marche le temps. Ils arrivaient l'un après l'autre, vers la fin de la matinée, après l'annonce des cours du caoutchouc (inchangés, toujours dans les basfonds).

— Vous pouvez me servir quelque chose, Rosa, une bière, mais alors allongée d'eau, ouf! quelle chaleur, on n'a vraiment pas envie de parler et pourtant il faut que je vous parle, Gabriel, je sais ce que c'est que l'amour, Gabriel, moi aussi, avec Mme Revol, j'ai connu ma période de doute. Et croyez-moi, le doute est déjà de la souffrance. Alors voilà, Gabriel, l'amour n'est pas une excuse. Il faut vous reprendre. Appuyez-vous sur votre vocation, Gabriel. Peu d'hommes ont la chance d'avoir un appui aussi solide qu'une véritable vocation, une vocation comme la vôtre, Gabriel. Et vous le savez, je suis prêt à vous aider, la Société est prête à vous aider, mais s'il vous plaît, mettez-y du vôtre...

Mme Revol arrivait un peu plus tard. Elle s'asseyait loin de son mari, une des manifestations de son tact : elle ne voulait pas montrer qu'ils formaient un couple, elle et lui. Et elle souriait à Gabriel, très doucement, durant toute la visite, et elle se retournait toujours, quand ils partaient tous les deux, elle se retournait pour lui dire au revoir, de la main, juste avant de franchir la petite porte et de s'évanouir derrière les feuilles.

Les Revol n'avaient pas beaucoup de succès. Ils n'attiraient pas grand monde. Au contraire, le directeur Abel, manager général de l'hôtel de Paris, avait la faveur du public. Il ne s'avançait jamais seul. Une multitude le suivait, très avide de ses histoires. Car le directeur Abel était considéré à Belem comme le spécialiste incontesté de l'amour. Il le répétait à qui voulait l'entendre, il n'avait choisi ce métier d'hôtelier que pour cela : le spectacle de l'amour. Les lunes de miel, les quatre jours et quatre nuits sans sortir ; à l'opposé, les hâtes de l'adultère, une demi-heure, parfois moins, les scènes, les retrouvailles, la main dans la main au restaurant, les provocations, œillades, frôleries, petits billets... C'était sa nourriture à lui. On disait même que les glaces des chambres 7 et 11 n'avaient pas de tain. Quant au mur séparant la 6 des appartements privés, il était plus percé qu'un gruyère... Il avait son idée à lui sur la thérapeutique à proposer à Gabriel. Réamorcer la pompe. Et pour cela, raconter des histoires de sa clientèle qui ne manquait pas d'imagination, des histoires, crois-moi, ma vieille Rosa, bien plus chaudes que tous les piments de la terre. Le directeur Abel venait trois fois par jour, avant ses trois coups de feu. A l'aube, quand mes clients sont endormis et ne songent pas encore au petit déjeuner. Plus tard, quand ils ont encore dans la bouche le goût du café au lait, ce qui les empêche au moins pendant une heure de penser à l'apéritif. Enfin vers le milieu de l'après-midi. D'accord, Gabriel, je pourrais venir plus tôt, mais si je n'assiste pas à la sieste, qu'est-ce que je vous raconterais? Quant à rester au-delà de dix-huit heures, voyons Gabriel, qui veillerait au dîner? Un établissement comme l'hôtel de Paris, ça doit se tenir. Figurez-vous qu'hier, Gabriel, et si je vous appelle Gabriel sans vous demander la permission, c'est qu'au fond nous sommes deux fois frères, à cause de mon pays le Liban qui est comme la France, n'est-ce pas Gabriel, et mon frère aussi dans cette passion pour l'amour, figurez-vous donc qu'hier soir en me couchant j'entendis un bruit. Pas les grincements de sommier et halètements d'humains habituels, B-A BA de toute bonne maison, non, un grésillement que je ne connaissais pas et Dieu sait si j'ai la mémoire des sons et si mes oreilles en ont entendu. Je me précipitai. Et le tour des endroits stratégiques fut vite accompli. Situation normale dans la chambre 6. La 7 était vide, hélas, si vous aviez connu la 7 au moment du boom! Mais dans la 11... Il faut vous expliquer que la 11 est ma plus calme, Gabriel, et sa fenêtre donne sur un bougainvillier géant. Cette merveille de chambre est de temps à autre occupée par un ténor de notre barreau. Bien entendu je tairai son nom. Autrement mériterais-je la confiance de ma clientèle? Ce ténor vient souvent se concentrer devant mon bougainvillier, la veille des plaidoiries difficiles, des cas désespérés. Donc hier soir, il se tenait assis sur une chaise; mais devant lui, sur la table, au lieu des dossiers habituels, trônait une sorte de réchaud dans lequel il tournait une fourchette. Au moment où j'allais intervenir, la cuisine est formellement interdite dans les chambres, nos maisons sont en bois, Gabriel, nous n'avons pas de pompiers comme à Paris, au moment où j'allais pousser la porte, il sortit de la friture un petit beignet de poisson, tout rond, sur lequel il souffla plusieurs fois. Puis il se dirigea vers le lit où, je ne l'avais pas remarqué, vous voyez si mes idées étaient pures, toutes scientifiques, Gabriel, reposait une métisse, très jeune, je dois le dire, nous n'avons pas de règlements comme chez vous, la jeunesse a droit aux chambres d'hôtel, comme tout le monde. La jupe rouge de la jeunesse était remontée jusqu'au nombril. Et elle faisait semblant de lire, la jeunesse, tout occupée par un magazine dont elle tournait les pages en se mouillant l'index droit. Alors notre ténor, doucement, courtoisement, Gabriel, ce n'est pas trop chaud lui demandait-il, elle ne répondait pas, lui glissa la petite sphère dorée à souhait dans la figue. Il attendit quelques instants puis retira le beignet et l'avala, en fermant les yeux. Et ainsi de suite trois fois. Après quoi « C'est fini ? » demanda la lectrice, puis elle rabaissa sa jupe, ramassa le billet qui était sur la table et, enjambant la fenêtre, disparut dans mon bougainvillier. Je revins à deux reprises, dans le courant de la nuit. Le réchaud avait disparu. Les dossiers avaient repris leur place et le ténor travaillait avec acharnement comme si rien ne s'était passé. Curieuse histoire, n'est-ce pas Gabriel, qui donne un nouvel exemple de l'inépuisable diversité de l'amour. Voilà, je vous quitte Gabriel. Si je ne suis pas là pour le petit déjeuner, c'est l'émeute. Mais j'espère avoir bientôt d'autres histoires à vous mettre sous la dent. Avec la moiteur qui se prépare, ça ne m'étonnerait pas.

– Quelles cochonneries ! marmonnait Rosa Marcelina tout au long du récit, décidément, ô seu director, vous ne savez raconter que des cochonneries (et elle tenait ses deux paumes fermement appuyées sur ses yeux, mais on voyait remuer ses oreilles), oui, quelles cochonneries !

Les habitants de Belem, ceux qui encerclaient la maison à chaque visite du directeur Abel, avaient l'air d'apprécier. On entendait d'interminables commentaires. Parfois, durant la sieste, après l'épreuve des piments, tandis que Rosa Marcelina, écrasée dans son hamac blanc, ronflait, une fillette, jamais la même, venait s'asseoir sur la rambarde de la véranda, regardait Gabriel assoupi dans son fauteuil de rotin (un assoupissement inutile puisque même dans le sommeil le temps n'avançait pas) et battait des jambes, l'une après l'autre, petits frôlements réguliers de chair froissée, petite et touchante et inutile horloge humaine...

— Tiens, tiens, je vois que la pompe se réamorce.

La visite du directeur Abel à cette heure-là, quatre heures et demie, cinq heures de l'après-midi, était la plus longue, la plus sereine.

— Il faut que je vous raconte, cher collègue amoureux Gabriel. Ils sont revenus. Ils descendent à mon hôtel pour une seule nuit, tous les trois mois environ. Aucun d'eux ne vit à Belem, ils y habitaient voici deux ans, ils se sont séparés, je crois qu'elle est partie, si je puis me permettre cette ressemblance, Gabriel, partie avec un des ingénieurs du train Madeira-Mamore, vous savez le projet dément d'un chemin de fer au milieu de la jungle. Enfin, les travaux publics ne sont pas mon affaire. L'important, c'est qu'ils reviennent, Gabriel. Ils prennent toujours deux chambres, la 7 pour eux, la 6 pour les enfants, des enfants qu'ils ramassent n'importe où, sur le port, sur le marché, avant d'entrer à l'hôtel. La première fois, je voulais les jeter dehors. De la jeunesse dans les chambres d'accord, de l'enfance non, mais ils m'ont supplié, elle et lui en même temps devant le bureau de la réception. C'est rare, Gabriel, d'habitude l'un prend la direction des opérations, parlemente avec l'hôtelier, tandis que l'autre se tient derrière, les yeux baissés, les pieds en dedans. Eux deux, non, ensemble s'il vous plaît, s'il vous plaît, monsieur le directeur. Et j'ai laissé faire. Ils sont entrés dans leur chambre 7 et les enfants dans l'autre, la 6. Et le reste est très simple. Chaque fois, ils font l'amour, comme n'importe qui, Gabriel. Simplement, vers la fin, l'homme frappe un fort coup de pied dans la cloison, allez, jouez, c'est le moment, jouez. Et les enfants de la chambre 6 se mettent à crier, à se disputer, à fabriquer des bruits de bambins ordinaires. Alors la femme commence à gémir et l'homme lui met la main sur la bouche, tais-toi, les enfants vont nous entendre, tais-toi. La femme continue à gémir sous les mains de l'homme. On n'entend rien, mais on le devine à ses yeux, à son cou gonflé par saccades. Après, ils se rhabillent et s'embrassent. Ils s'en vont l'un après l'autre. Je suis obligé de les faire sortir par la cuisine, car ils pleurent tous les deux et les yeux rouges ne font jamais bon effet sur la clientèle.

Qu'est-ce que vous en pensez, Gabriel, dites-moi franchement?

Plus tard, après le dîner (des piments, toujours des piments), alors que les manguiers n'étaient plus dans l'obscurité qu'une masse ronde indistincte et que seuls se découpaient encore dans le ciel les eucalyptus géants, des couples venaient, bras dessus bras dessous, jeter un coup d'œil à la maladie d'amour. Sans trop de précaution pour les fleurs, sans trop de politesse pour la nuit, ils s'approchaient, montraient du doigt la moustiquaire, l'homme recroquevillé dans son fauteuil de rotin, près d'un chien jaune, et ce nuage d'insectes tout autour d'eux car, maintenant, Rosa Marcelina laissait allumée au-dessus de la porte d'entrée une lampe à pétrole pour écarter au moins les bêtes les plus sauvages, disait-elle. La femme du couple d'amoureux murmurait : c'est vrai, il n'a pas l'air très heureux. L'homme répondait : les Français sont beaucoup moins tempérés qu'on le dit.

– Oui, nos tristesses à nous sont moins douloureuses, n'est-ce pas Raymondo, João, ou Zé?

Et ils repartaient à petits pas se coucher, non sans écraser à nouveau quelques fleurs que Rosa Marcelina découvrait mortes au matin et allait enterrer dans un concert d'imprécations, Brésiliens fils de pute, sainte Marie toujours vierge, Brésiliens qui ne méritent même pas la merde qui leur pend au cul, notre Seigneur de toutes les miséricordes...

On pourrait croire qu'avec toutes ces visites, ces spectacles, le temps aurait fini par céder et daigné ressusciter un peu. Hélas, il n'en était rien. Chaque fois que quelque chose d'intéressant se produisait dans le jardin, que le directeur Abel commençait une histoire, on aurait dit que la durée prenait un chemin de traverse qui n'avait rien à voir avec le temps principal, le seul qui fasse avancer les horloges. Et Gabriel en avait chaque fois la preuve : quand s'achevait l'événement, quand par exemple l'hôtelier s'en retournait, Gabriel, qui s'était retenu pendant les péripéties de la chambre 7, jetait enfin un coup d'œil vers le cadran. Peine perdue.

Les aiguilles n'avaient pas bougé. Et pour bien lui faire comprendre que le temps était bien mort, en dépit des efforts de ses amis brésiliens, l'autre chambre, la 212, revenait s'installer dans la tête de Gabriel, avec ces longues cuisses d'autrefois qui menaient au centre de la terre, vers la douceur, et la chambre 212 ne laissait sa place qu'au paquebot *Wellington* de retour vers la France, un paquebot qui n'avait aucune raison de forcer l'allure, puisque le concert Schubert auquel assistait Clara n'était pas fini. Et que les virtuoses avaient encore ralenti la cadence.

III

Gabriel doit maintenant payer son tribut à la littérature. L'agent responsable de sa guérison miraculeuse ne fut pas les piments de Rosa Marcelina, ni les discours de plus en plus tendus de Guy Revol sur la vocation, ni les regards de plus en plus compatissants de sa femme bretonne du Nord, ni les histoires de plus en plus salaces de l'hôtel de Paris. Mais un livre. Une nouveauté française, lui dit le directeur Abel, il paraît qu'il s'agit d'amour, à votre tour d'être utile, lisez-le et racontez-moi. Moi je n'ai pas le temps, avec mon hôtel, mais ça pourra me servir.

Gabriel se lança donc dans une lecture d'abord un peu ennuyeuse pour un ingénieur. Chambres d'autrefois, déjeuners du dimanche, lilas et chemins d'aubépines, promenades en famille, tantôt d'un côté du village, tantôt de l'autre. Mais brusquement l'aventure devenait passionnante. Un homme aimait une femme et souffrait de cet amour avec tant d'intelligence, tant d'invention, tant de fécondité dans la douleur qu'un ingénieur, homme de bonne foi, ne pouvait que tirer son chapeau. Son malheur à lui, Gabriel, paraissait soudain bien sommaire. Si sommaire qu'il en eut honte. Comment pouvait-il espérer le retour de Clara s'il restait dans un malheur aussi sommaire? Il décida de se montrer à la hauteur, de souffrir à la manière du monsieur du livre. Et c'est ainsi qu'il quitta la stupeur pour entrer dans la jalousie. Une jalousie qui n'avait rien à voir avec les petits doutes, les soudaines inquiétudes qu'il avait éprouvés quelquefois. Il s'agissait d'une jalousie totale, celle qui occupe l'existence en pays conquis, jours et nuits, nuits pires que les jours.

Il reposa l'ouvrage fondamental et se lança dans une arithmétique dont on peut certainement se gausser. Mais les ingénieurs ne sont pas seulement ingénieurs lorsqu'ils bâtissent des ponts (sur lesquels d'ailleurs nous sommes bien contents de passer) ou conçoivent des machines diverses (qui décuplent la force de nos muscles). Ils font appel à la science en toute occasion, et notamment pour gérer leurs malheurs personnels. A grand renfort d'additions, de soustractions et de souvenirs, Gabriel se confectionna une sorte de table, une éphéméride indiquant les parties de sa journée parisienne durant lesquelles Clara avait toutes les chances de se conduire bien, comme une très jeune femme, momentanément séparée de son époux. Et puis les autres.

Statistiquement, à quelles heures fait-on l'amour?
— Zéro heure à deux heures trente.
— Huit heures-dix heures (le réveil).
— Quatorze heures trente-dix-neuf heures (sauf pour les amants dotés soit d'un mari importun, soit d'un travail fixe. Pour ces malheureux, on peut inclure la période du déjeuner treize heures-quatorze heures trente. Mais telle n'était pas la situation de Clara. Pourquoi, dans ces conditions, et gourmande comme elle était, se serait-elle privée de repas?).
— Dix heures-minuit.
En tenant compte des décalages horaires, Gabriel pouvait donc se sentir mari à peu près tranquille à quatre moments (heures de Belem):
— Zéro heure à deux heures.
— Quatre heures-huit heures trente.
— Treize heures-seize heures.
— Vingt heures trente-vingt-quatre heures.
Au total, treize heures de calme sur vingt-quatre. Plus d'une heure sur deux. On ne pouvait pas considérer ça comme du vrai malheur.

Gabriel respirait doucement, il s'étirait. Il sentait sur sa peau la présence de l'air: le vent léger de la marche, la marche retrouvée du temps.

Lorsque, le matin suivant, Rosa et le directeur Abel se retrouvèrent ensemble devant le portillon du jardin, ils jetèrent tout de suite un regard vers l'endroit où se tenait, depuis maintenant trois mois, leur patron, ami et collègue. Mais le fauteuil de rotin était vide et la moustiquaire en tas sur la pelouse comme si on l'avait jetée, sans aucun souci pour les embrouillaminis de fils qu'il faudrait des heures et des heures pour dénouer. Quant à Gabriel et son chien jaune, ils avaient disparu.

Venaient de la cuisine à la fois une sorte de crépitement, celui de bulles qui crèvent, et une odeur d'œufs frits.

– Mais alors, mais alors, ô seigneur de tous les saints, cria Rosa.

– Il est guéri, j'en étais sûr, il est guéri, dit le directeur.

Gabriel les accueillit, un peu titubant, un peu boursouflé à cause des piqûres de moustiques, mais avec un vrai sourire : merci, merci pour tout, je n'oublierai jamais.

Alors ils s'embrassèrent, le directeur Abel embrassa Rosa et Gabriel ; le petit patron et collègue français avait entamé sa convalescence.

Et tandis que Rosa Marcelina s'éclipsait pour aller porter en ville la bonne nouvelle, le directeur de l'hôtel de Paris alla chercher dans la cuisine une bouteille de cet excellent alcool écossais whisky. Il prit le bras de notre héros et tous deux regagnèrent la véranda et portèrent un toast, exceptionnellement de si bonne heure, à l'amour, malgré tout, et à votre guérison.

– Je ne suis pas encore guéri, dit Gabriel.

– Allons, allons, j'en étais sûr, répétait le directeur entre deux gorgées savourées religieusement les yeux vers le ciel, j'en étais sûr, les souffrances de ce nouvel auteur français sont telles qu'elles rendent les nôtres un peu ridicules. Une fois de plus les juifs nous montrent la voie. Bien sûr, nous, les hommes aux joues rondes, nous savons aussi souffrir, bien mieux que les émaciés. Mais les juifs sont encore plus forts. Je ne vous vexe pas au moins, cher ami et collègue Gabriel ?

Lequel calculait.

A cette heure, de l'autre côté de l'Atlantique, neuf heures du matin à Belem, donc quinze à Paris, Clara avait le choix entre quatre rôles :

– La jeune femme normale : courses dans les grands magasins avec sa sœur ou sa mère. Possible. Optimiste, mais possible.

– La jeune femme amoureuse : elle avait regagné sa chambre pour la sieste et dormait seule, les doigts de sa main droite serrant le billet du retour Le Havre-Belem et rêvant de retrouvailles passionnées. Pardon Gabriel, mais une terreur m'a prise, maintenant les racines du mal sont extirpées ; si tu veux toujours de moi, nous recommençons à zéro, promets-moi de me pardonner... Hypothèse la plus morale, mais oh ! combien improbable.

– Troisième rôle, l'hésitante : le déjeuner s'étire. Clara n'a pas encore fini le dessert (hot fudge : glace vanille, chocolat chaud, amandes grillées) et, à cet instant même, se demande comment elle va passer l'après-midi : seule (cf. hypothèses précédentes) ou bien accompagnée, si elle se décide à suivre ce violoniste qui, sous la table, lui meurtrit les chevilles à défaut d'autre chose.

Bien que séparé de cette hésitation par plus de 10 000 km, Gabriel se sentait blessé dans tout son corps, comme si les plateaux d'une balance Roberval lui labouraient les côtes tantôt d'un côté tantôt de l'autre.

– Quatrième rôle, l'infidèle : déjà allongée, Clara, maintenant, oui, maintenant, faisait visiter à l'un des innombrables virtuoses ou spécialistes de l'âme qui habitent Paris ou y transitent le centre de la terre, la capitale de la douceur, le lieu du monde le plus facile à atteindre, à condition de suivre la voie indiquée par deux cuisses d'une exceptionnelle longueur.

Gabriel attendit comme il put que le lit cesse de grincer de l'autre côté de l'Atlantique. Il marcha de long en large sous la véranda, il courut plusieurs fois autour du jardin. Il lança George Sand dans les fleurs. Il pissa à travers la grille de la volière sur les perroquets aras bleu et rouge. Toutes attitudes bien connues des hommes fous de jalousie.

Le directeur Abel le suivait, affolé, lui répétait allons monsieur Gabriel, il ne faut pas souffrir comme ça, allons monsieur Gabriel, arrêtez de vous torturer. Enfin, treize heures sonnèrent. Gabriel jeta un coup d'œil de l'autre côté de l'Atlantique. Maintenant, quoi qu'il ait pu arriver, Clara était sage, se préparait pour le dîner.

Il expira, profondément, sourit à son ami directeur, le pria de s'asseoir, merci d'être resté avec moi toute cette matinée, malgré votre hôtel, et lui parla avec un ton d'homme tout à fait normal, même civilisé.

Certes, une amoureuse change volontiers ses habitudes, les ingénieurs connaissent cette vérité comme tout le monde. Mais Clara moins qu'une autre : son spécialiste de l'âme, René A., lui avait bien recommandé de s'accepter telle qu'elle était, c'est-à-dire mangeuse à heure fixe et bonne dormeuse.

Les fidèles étaient là. Chacun secouait la main du conva-lescent ou la serrait sur son cœur, persuadé que c'était sa recette à lui qui avait eu raison du mal.

— Vous voyez, il suffisait de réamorcer la pompe, disait le directeur Abel.

— Quand on a une vocation, rien ne peut vous atteindre en profondeur, disait Guy Revol. Bien, maintenant il faut mettre les bouchées doubles pour préparer votre voyage. Avec la guerre qui se prépare, il n'est que temps de récu-pérer nos créances. Vous savez que, pour la Compagnie, vous êtes déjà en route... Eh oui, j'ai pris ce risque. Vous n'allez pas me faire mentir, n'est-ce pas Gabriel ?

— Arrête de lui parler de travail, laisse-lui au moins jusqu'à demain, disait Mme Revol. Moi, j'étais certaine de votre rétablissement. Les Bretons sont ainsi, surtout ceux de la côte Nord : ils plongent, frappent le fond de la mer du talon et puis réapparaissent à la surface. Vous avez du sang de la côte Nord, n'est-ce pas, Gabriel ?

Penchée sur lui, Rosa badigeonnait ses piqûres de moustiques d'un onguent graisseux qui dégageait une double odeur de camphre et d'origan.

– Vous verrez, seu Gabriel, cette pommade secrète pour l'extérieur et les piments pour l'intérieur : en quelques jours, le vrai seu Gabriel va resurgir et régner sur Belem !

Au milieu du jardin, les jambes du directeur Abel effectuaient un ballet bizarre, sans aucun doute pour fêter l'excellente nouvelle, mais aussi pour éviter les dents de George Sand qui avait décidé que les pantalons crème n'ont pas besoin de revers, opinion fréquente chez les chiens jaunes.

Quant au Livre, le Livre, le seul véritable responsable de la guérison, il avait disparu. Et Gabriel ne connut son destin que des mois plus tard, après son retour d'Amazonie. Rosa l'avait dérobé (pardonnée soit-elle) et offert au curé adjoint de l'église Rosario-dos-Homens-Pretos, qui, d'abord, avait tordu le nez :

– Hélas, l'Esprit saint de la Pentecôte ne m'a pas confié le don de la langue française. Es-tu bien certaine de la moralité de cet imprimé, ma bonne Rosa ?

– Il a sauvé seu Gabriel.

– En ce cas...

Et il l'accueillit dans sa sacristie et en parla en chaire, et le présenta en grande pompe, bien que sa petite couverture grise déjà verdie par les moisissures parût bien pauvre à côté des écrasants missels pur or et plein cuir.

– Voici, disait-il, voici une bible française qui a ramené à la raison l'un de nos visiteurs français des plus égarés. Mes frères et mes sœurs, ne mettez dans les passions profanes que le bout du pied, comme dans les fleuves infestés de piranhas. Seul l'amour divin n'a pas de dents. Et s'il arrivait que vous cédiez, mes bien chers frères, mes bien chères sœurs, à quelque folie humaine, venez reprendre force devant cette bible française bénéfique.

Du côté de chez Swann resta ainsi deux mois dans le chœur, exposé sur un lutrin en bois d'eucalyptus, non loin de la petite lumière indiquant dans le tabernacle la présence de Notre-Seigneur. Et jamais les fidèles ne furent aussi nombreux car l'histoire du Français malade d'amour avait couru dans tout Belem et sa région.

Mais en février 1914, après des pluies terribles et rarissimes à cette époque, le toit de la vieille église Rosario-dos-Homens-Pretos qui datait du milieu du XVIIIᵉ siècle s'effondra. Comment dire la messe sous l'implacable soleil de l'Équateur et les regards ironiques des vautours ? Il fallait réparer au plus vite. Et pour réparer, trouver des subsides que plus aucune famille, même pieuse, même dévote, n'était disposée à offrir étant donné la chute brutale (semblable à celle du toit sacré et peut-être prémonitoire) du caoutchouc.

Alors les autorités ecclésiastiques décidèrent de se séparer, contre finances, de la bible annexe *Du coté de chez Swann* : après tout, c'était le destin du profane que de revenir au profane.

Et le livre fut désossé, et les pages furent découpées en petits carrés, aussi minuscules que des reliques, pour répondre aux demandes d'une considérable clientèle.

Et les rares bribes de l'ouvrage Grasset qui n'avait pas trouvé preneur immédiat rejoignirent à côté des fœtus d'agneau, des diables polychromes, des poudres cantharides et autres racines virilisantes, les étals spécialisés du marché de Belem, célèbre pour ses voleurs et baptisé pour cela Ver-O-Peso, c'est-à-dire « vérifiez bien le poids ».

A son retour de la forêt, Gabriel put ainsi se procurer deux morceaux de la bible annexe. L'un venait, semble-t-il, de la page de garde, on y lisait :

>ard Grasset
>Éditeur
>e des Saints-Pères 61

et l'autre, issu du corps du récit :

>*même pu leur faire comprendre l'émotion que j'éprouvais par les matins d'hiver à rencontrer Mme Swann à pied, en paletot de loutre, coiffée d'un simple béret que dépassaient deux couteaux de plumes de perdrix mais autant*

De cette période plutôt douloureuse, Gabriel garde deux fiertés. L'une se rapporte au rayonnement de notre si belle littérature française. Les morceaux du salon Verdurin, les pétales de cattleyas, l'imbécillité de Forcheville se révèlent avoir autant de pouvoir que les magies tropicales et équatoriales. L'autre fierté me concerne. Encore aujourd'hui, d'après des informations dont je n'ai pas de raison de douter, ma triste histoire est entrée dans la langue locale. A Belem, on dit malheureux (ou amoureux) comme Gabriel.

Qui dit mieux ?

Quelle ville se souvient, cinquante années après, de vos chagrins d'amour ?

— *Ainsi vous m'aurez aimée, dit Clara, les yeux perdus quand (à l'heure exacte où elle savait qu'arriverait la très ponctuelle femme de ménage, ce qui limiterait les effusions), quand elle me rendit cette partie du manuscrit dérobé la veille.*

— *J'espère que tu comptes parler de moi aussi, dit Ann, l'air menaçant, mais comme par hasard, comme si elle n'avait jusqu'alors rien lu de mes notes, un matin que nous faisions nos courses (sardines fraîches, thym, tomates) rue d'Antibes, à Cannes.*

CARNETS
DE LA FORÊT
PLUVIALE

Pourquoi un journal intime ? Parce que je voulais, de toutes mes forces, éviter la rechute, échapper à cette malédiction qu'est la mort du temps. Tu comprends ? Et un journal intime est la preuve indiscutable que les jours passent.

Voici donc ces « carnets de la forêt pluviale », des extraits, ne crains rien.

13 juillet 1914
La boue.
A perte de vue, rien que de l'ocre.
Les rives ont disparu. Plus aucun arbre. Plus aucun bruit. Sauf celui des machines, des détonations sourdes, comme un cœur trop gros. Et tout tremble, le pont sous les pieds, le fauteuil sous les fesses, les verres de whisky ou d'assahy, les gravures anglaises accrochées aux parois (scènes connues de chasses au renard dans le Kent). Même les voix tremblent, même les rêveries pâteuses qui ont remplacé le sommeil, même les souvenirs de Paris, chambre 212. Et sans aucune sensation d'avancer. Plutôt la certitude de rester immobile. Pas de vague d'étrave, un sillage immédiatement refermé. Les plus optimistes des passagers pensent que c'est le monde, derrière nous, qui recule, emporté par le courant.
De temps en temps, un point sombre surgit. Et un Indien passe, dans une pirogue, au ras de l'eau.
De toute façon, mieux vaut ne pas trop regarder. La chaleur entre par les yeux.

15 juillet

Lecture, toute la journée. Deux exemples de mariages.
1) Louis Orsenna, dernière lettre reçue à Belem avant le départ.

Cher, bien que muet, fils,
Tu peux aller loin, le plus loin possible dans la forêt, je suis contraint de te le permettre. L'Atlantique ne suffit pas, éloigne-toi de ton pauvre père décidément incapable de mener à bien le moindre petit mariage. J'avais mis toutes les chances de mon côté, tu t'en souviens. Mais toutes les chances du monde ne peuvent rien contre une seule malchance, une coïncidence impossible, alors que Paris est si vaste : se retrouver face à face avec son épouse, elle marchant dans la rue d'Antin et moi descendant d'un hôtel où je venais encore d'ajouter une chance à mon bouquet en rompant, oui, Gabriel, je te le jure, en brisant net et à jamais la dernière de mes attaches illégitimes.
Oui, éloigne-toi, Gabriel, et ne reviens que lorsque les risques de contagion seront éteints.
Permets-moi un dernier conseil, Gabriel, avant de me séparer de toi pour longtemps. Méfie-toi du minuscule poisson candiru. Il se faufile par tous les orifices, par-devant et par-derrière, Gabriel, et provoque en s'installant dans le corps des infections mortelles. Un père te doit cette précision scientifique, Gabriel, tu m'entends, scientifique : le poisson candiru peut même remonter le filet d'urine et de là, gagner la vessie. Tous les médecins sérieux recommandent le vase de nuit à qui veut survivre dans l'Amazonie.
Ton Louis des anciens jours, qui ne baisse pas les bras, recommence sa vie à zéro, une fois de plus, et avant de vaincre le mauvais sort et de te présenter l'image d'un géniteur serein dans un mariage réussi, image à laquelle tout fils a droit, je le reconnais, t'embrasse.

2) Mme Godin des Odonais.
Célèbre *Relation abrégée d'un voyage fait à l'intérieur de l'Amérique méridionale*, de M. de La Condamine, personnage cher à mon cœur, puisque c'est lui qui introduisit le

caoutchouc en Europe. A première vue, il ne s'agirait que d'un récit de géographe, plus riche en choses naturelles et en bons sauvages qu'en êtres vraiment humains. Il suffit de passer à la postface, si du moins l'on a la chance de posséder comme moi l'édition rare de Maestricht (1778). Alors apparaît l'histoire plus qu'émouvante de Mme Godin des Odonais : « L'horrible aventure d'une femme aimable, élevée dans l'aisance, qui, par une suite d'événements au-dessus de la prudence humaine, se trouve transportée dans des bois impénétrables, habités par des bêtes féroces et des reptiles dangereux, exposée à toutes les horreurs de la faim, de la soif et de la fatigue, qui erre dans ce désert pendant plusieurs jours, après avoir vu périr sept personnes, et qui échappe seule à tous ces dangers d'une manière qui tient du prodige. » Cette Mme Godin des Odonais était une femme mariée, comme Clara. Deux différences, pourtant : l'époque, puisque cette terrible aventure se place en 1769. Et le sentiment : la dame en question traversa toute la forêt amazonienne de Riobamba (province de Quito, Équateur) à l'Atlantique pour rejoindre son mari en poste à Cayenne. La lecture d'une biographie est un cordial des plus utiles. Dans les mauvais moments, il faut s'accrocher aux existences antérieures. Elles vous arrachent à votre gangue, peu à peu, non sans craquement, comme une paire de bœufs désembourbe un chariot (par exemple). Une fois ce pompeux principe affirmé (vivent les biographies), bémol : certes, l'audace de Mme Godin des Odonais remplit d'optimisme, il y a des femmes qui aiment vraiment leur mari, mais je dois bien constater l'évidence : Clara n'est pas de celles-là.

19 juillet

Type de passager : le señor Pizarro, descendant du grand Francisco Pizarro. Il vient faire valoir ses droits sur le Pérou. Montre à tout le monde ses papiers, des certificats d'un notaire italien (car Pizarro était italien). La descendance est manifeste : ligne directe. Il paraît, dit le steward, qu'ils sont encore des dizaines chaque année à remonter ainsi l'Amazone, réclamer leurs parts d'héritage, des señores Pizarro, Cortés, Almagro...

20 juillet

Aujourd'hui le bateau navigue sur deux fleuves à la fois. Un fleuve sur bâbord, couleur ocre bien connue. Et un autre fleuve sur tribord, noir comme le charbon. Les touristes sont ravis, oublient la chaleur et battent des mains.

— Regardez, oh! regardez, les eaux ne se mélangent pas.

Le commissaire de bord hausse les épaules, pas de quoi s'affoler, les flots noirs viennent de Colombie (Rio Negro) et les ocres du Pérou (Rio Solimoes).

— Si merveilleux! crie une femme blonde à petit chapeau de paille.

Elle manque s'évanouir d'amour pour le Brésil, quand surgit la deuxième curiosité, les dauphins d'eau douce. Ils nagent et sautent juste à la frontière des couleurs. Comme s'ils voulaient coudre ensemble les deux fleuves.

21 juillet

Manaus, enfin. La ville n'a pas de quais. A cause des crues et décrues du fleuve Amazone, treize mètres d'écart entre l'hiver et l'été. Le port est fait de pontons flottants qui tanguent et roulent sous les pas, aussi instables que les cours du caoutchouc. La jungle a reconquis le terrain perdu. Des herbes hautes étouffent les cours, des arbres fromagers défoncent les terrasses, des eucalyptus forcent les volets, des lianes enserrent les réverbères... Le seul quartier où n'ose pas trop s'aventurer l'armée végétale s'étend entre la cathédrale et les entrepôts, quelques ruelles occupées par un marché sans force, comme résigné. La foule y chemine au ralenti, le grouillement n'a pas d'âme. Natifs du Nordeste, aux longues figures mystiques, Indiens hébétés, la peau saumon sombre, qui marchent dans leur monde et toujours bousculés, quelques Slaves à barbe, et teint de bière jaune, des Chinois çà et là, les seuls à trottiner, et cette catégorie d'épuisés reconnaissable immédiatement, sans plus de race ni de couleur, les rescapés de la forêt, avec les yeux égarés de qui revient d'une profondeur. La clientèle, la misérable clientèle, passe et repasse entre les étals sans jamais s'arrêter, sous le regard mi-furieux, mi-découragé des commerçants arrivés du Proche-Orient dès les premiers échos du boom, Libanais, Syriens, Égyptiens, dont la manière de vivre est d'être tués, tués par la chaleur et les mauvaises affaires, toujours un mouchoir sur la figure, toujours s'épongeant, toujours grommelant, ils touillent l'air avec de grands gestes pour que reparte le commerce, que ceux qui n'achètent rien laissent la place aux autres, circulez, circulez, mesdames et messieurs, voyez mes montres, je brade mes montres, garanties trois aiguilles, qui veut mes montres, ne laissez pas le temps s'écouler tout seul, mesdames jetez un coup d'œil à mes miroirs, allons, mesdames, voyez ce que voient les yeux des hommes... A intervalles réguliers, ils lèvent le poing contre leurs concurrents infimes, les accroupis, riches d'un seul tapis étalé devant eux dans la poussière et parsemé de misères, des lacets, des boutons, des épingles, ou des ambulants, les colporteurs, cireurs, vendeurs d'eau, de tortillas, d'images pieuses, de partitions musicales, de canifs suisses multilames, de cages à oiseaux, qui lancent leurs annonces en s'excusant, d'une voix toute timide, un saint Sébastien en couleurs ennemi des moustiques : petite taille : 1 milreis, grande : 2 milreis. Une sainte-Otacilia qui guérit de la constipation, petite photo : 1 milreis... bénie sois-tu...

A errer longuement dans cet étrange marché sans argent, au milieu de cette foule inutile, on comprend que le commerce, même le commerce à blanc, sans argent, est la seule façon de résister à la forêt. De lui montrer que nous aussi, les êtres humains, nous savons vivre enlacés. Que nous avons nos taillis, nos échanges, nos métamorphoses à nous. On doit bien le comprendre : Manaus est une ville assiégée. Le marché est le dernier carré qui résiste à l'invasion du Vert.

22 juillet

Pour tous les aveugles de la ville et aussi pour les distraits, le señor Guilhermo Moreira est un notaire, notaire méticuleux, savant dans la rédaction des actes et impitoyable dans le recouvrement des créances, notaire marié, père de deux grands enfants, le premier Joaquim, apprenti philologue à Cambridge (Magdalene College), le second, Enrique, apprenti fondé de pouvoir à Wall Street (Drexel, Morgan and Co), notaire mesuré, ni replet ni étique. Et la dernière fois qu'on l'a vu franchir le seuil du bordel « Place Blanche », l'établissement réputé de la rua Libania, c'était voilà deux ans, lors de la nuit de la grande moiteur, où tous les démons de tous les habitants de Manaus, même les plus tapis, les plus somnolents, se sont réveillés et jusqu'à l'éclatement de l'orage (trois heures du matin) ont régné sans partage. Mais comme personne durant cette nuit-là n'a gardé sa pureté, comme tous les êtres humains, jeunes ou vieux, femmes ou hommes ont été surpris qui le long du fleuve entouré d'enfants nus, qui en compagnie rebondie dans un fiacre à l'arrêt devant le théâtre, comme chacun s'est vautré dans l'irréparable, la ville a signé une sorte de convention tacite, un vaste contrat d'oubli, grâce auquel le notaire G. Moreira garde son statut d'irréprochable.

Pour les autres, les curieux, ceux qui savent mettre bout à bout les petits riens, par exemple le désarroi d'un homme le dimanche ou son goût du papier quadrillé, pour tous ceux-là, le señor G. Moreira est, avant d'être père ou mari ou notaire, positiviste. Et membre d'une bonne dizaine de sociétés secrètes, toutes tendues vers un seul but : le progrès. Et les trois coups que j'ai frappés à la porte de son étude, ce 22 octobre 1914, ont confirmé cette opinion selon l'équation suivante : gestes agités = Français = Auguste Comte = positiviste = notaire Moreira.

Sur le seuil, j'attendais. Modeste, les yeux baissés, comme je sais faire dans les grandes occasions, très jeune fille à socquettes blanches.

– Qu'il pénètre, s'écria le notaire Moreira, qu'il pénètre, tous ceux qui viennent du pays de Descartes ou de Lavoisier sont bienvenus...

Entrée dans un salon où se trouvaient déjà quatre personnes, quatre hommes d'allure sévère, mais qui pourtant avaient déjà ouvert leurs bras. Suivit une scène gênante, un entassement d'hommages au pied de notre vieux pays, la France mère des arts et des lois, la France patrie de l'induction et de la déduction, la France sage-femme de la démocratie... Montesquieu, Robespierre, Victor Hugo (etc.).

Très gêné, je fixais tantôt la pointe de mes chaussures, tantôt l'esplanade par la fenêtre. On était en train de charger sur un chariot une petite pyramide de Kheops et le Sphinx, en trois morceaux, les décors d'Aïda, à ce qu'il semblait bien mal en point. Enfin la litanie s'arrêta. Tant de mots sucrés avaient donné à l'air une consistance de sirop.
– Alors, cher ami français, vous qui voyez le Brésil avec un œil neuf, dites-nous franchement, pensez-vous que nous arriverons à mettre un peu d'ordre dans nos tropiques?
– Oh! vous savez, je viens juste d'arriver...
– S'il vous plaît.
– Eh bien je dirais que, mais bien sûr ce n'est qu'une opinion, je dirais donc que vous allez avoir du mal, vous réussirez sans aucun doute, mais vous aurez besoin de tout votre courage, car, comment dire, la vie ici est, peut-être n'est-ce pas le mot juste, oui, la vie ici, c'est ce qui se rapproche le plus de mon sentiment, la vie chez vous est totalitaire.
– Totalitaire? Totalitaire comme une dictature?
– Totalitaire. Je ne suis pas chimiste, mais il me semble deviner la *composition* de l'Europe, les proportions du cocktail : trois parts à peu près égales, un tiers de vie, un tiers de mort ou peut-être un peu plus et un tiers d'une force intermédiaire, ni la vie, ni la mort, ni l'avancée, ni l'immobilité : l'attente. L'Europe est faite d'un tiers d'attente, au moins. Les fleurs attendent avant de pousser, les cadavres attendent avant de pourrir, les amours attendent avant d'embraser...
– Très, très stimulant pour l'esprit, continuez, je vous prie, votre verre est plein comme vous voulez?
– Ici, rien n'attend. Vous avez 99 % de vie, 1 % de mort, et 0 % d'attente. Regardez les cadavres, à peine morts, ils pourrissent, comme si la vie regrettait d'avoir cédé à la mort un pouce de son territoire. Pardonnez-moi cet exemple macabre, mais nous sommes entre scientifiques, n'est-ce pas...
L'auditoire positiviste acquiesçait, souriait rêveusement, « enrichissantissime! » marmonnaient-ils, précieuses perspectives...

J'ai honte d'avoir tant parlé. Depuis le départ de Clara, la moindre gorgée de whisky me peuple de mots. Je me sens envahi par des théories, des leçons inaugurales, d'exhaustives explications du monde, je parle, je parle, de plus en plus gai, confiant, certain que Clara ne peut que revenir au plus vite partager la vie d'un si pénétrant causeur. Après des heures de ratiocination, je suis revenu sur terre. Manifestement, les positivistes attendaient quelque chose. J'ai cherché, cherché, j'avais tout à fait oublié mon point de départ. Comment, dès lors, trouver la bonne arrivée ? Enfin, après un silence qui allait devenir embarrassé, j'ai retrouvé la piste : « ... Et de tout ceci il résulte, chers amis, que vous réussirez dans votre entreprise d'ordre. La France, mère des lois, était, il n'y a pas si longtemps, velue comme votre Amazonie, ne l'oubliez pas, couverte de forêts... »

L'amitié, sous ces climats, pousse aussi vite que les plantes. En deux heures, nous étions passés d'une curiosité banale à ce type de lacis nommé à la vie à la mort. Et telle était la chaleur entre nous que l'atmosphère extérieure parut fraîche. On lutta pour avoir l'honneur de me loger. Je dors déjà. Clara.

24 juillet

J'ai poussé la porte et je peux témoigner : l'opéra de Manaus pue comme Levallois, Levallois aux pires jours d'été. Quand tous les chevaux de tous les fiacres de Paris y pissaient et déféquaient en même temps. Des poules sautent de siège en siège. Des arbres montent de la fosse d'orchestre. Sur la scène, rideau relevé très haut comme une robe, on voit tout des cintres, des toiles gondolées comme des jupons, trois fonds de décors, la piazza du Barbier, la chambre de Violetta, la forêt de Norma ; devant le trou du souffleur, des chiens se battent pour une tête de mouton. Quant aux loges, des familles entières y vivent. On entend des ronflements, des pépiements de femmes, un bébé pleure, des tourterelles nichent dans le grand lustre...

Pour ne pas retourner le couteau dans le cœur de mes amis, j'ai préféré tenir secrète cette visite.

25 juillet

Nous finissons nos journées au café Byron, un restaurant flottant amarré juste en face de l'entrepôt principal. Mes amis arrivent l'un après l'autre, en titubant sur les pontons. Le docteur Lauro Cavalcante, géant pédiatre et célibataire, très opaque quant à sa vie privée ; le président dont je ne connais pas le nom, pas même le prénom, dont je sais seulement qu'il règne sur la Loge, le Football-Club, le zoo tropical, la bibliothèque, le cercle d'aviron, l'amicale des pêcheurs, le projet de golf, autant de sociétés dont il nous raconte sans fin les réunions, les difficultés financières et qui conclut toujours par la même phrase : ne comptez pas sur moi pour enterrer ce club, ce zoo, ce cercle, cette amicale !...

Et Pedrinho Martins, le directeur de la Compagnie de navigation Brazil / Peru qui parle souvent d'une vague géante, le pororoca (en langue indienne, le grand mugissement), née en haute mer tous les dix ans et remontant le fleuve jusqu'à Santarem, qui balaie tout sur son passage ; Mgr Macedo, évêque et positiviste, qui eut l'idée dans sa jeunesse d'une cathédrale flottante, le Christophore, bien utile en ces pays d'eau, qu'en pensez-vous, Gabriel ? Et Walid, le négociant syrien, qui a profité du déclin général pour gagner ce « dessus du panier », comme ils s'appellent entre eux. Les autres le méprisent un peu, mais soutiennent son idée : créer une association supplémentaire pour obliger les Autorités à doter la région amazonienne d'un vrai cadastre. Opération certes pas désintéressée, puisque Walid a le monopole des importations de grillages et fils de fer barbelés, mais sans cadastre, c'est-à-dire sans propriété clairement définie, comment bâtir le progrès ?

Il est poignant de les voir au grand jour, se réunir sans précaution, ces membres de sociétés secrètes autrefois camouflés dans le tintamarre du boom et maintenant découverts par le déclin, comme de gros poissons échoués... Ensemble nous commentons les nouvelles. En Europe la guerre se rapproche. Par égard pour moi, peut-être aussi par amour de la France, ils prennent une mine défaite.

– Vous croyez qu'il y aura beaucoup de morts, Gabriel?
Mais un positiviste est un positiviste. Toutes les guerres
ont le pouvoir de faire remonter les matières premières,
dont le caoutchouc. Alors il m'arrive de surprendre chez
eux des gestes de bonne humeur, des réflexes qui leur
échappent, comme se frotter les mains, soudain, avec
vigueur. Ou sourire, les yeux dans le vague, comme moi
lorsque je me souviens de la chambre 212.

On pourrait trouver étrange ce choix du café flottant
Byron pour lieu de réunion des Amis du cadastre. Ce serait
ignorer l'histoire du romantisme en Amazonie.

Lorsqu'en Europe, vers 1820, la mode vint aux fièvres, aux
pâleurs subites, aux nuits passées à trembler, les jeunes
gens des tropiques s'écrièrent non sans condescendance :
ces symptômes, mais c'est notre vie même! Votre mal du
siècle n'est qu'une version bénigne de la malaria. Bienvenue dans la famille des frissonnants. Et les adolescents
lettrés de Bombay, La Havane, Belem, se ruèrent sur les
textes de brume, Ossian, Chateaubriand, Musset, Byron
et se mirent à écrire : écoutez-nous, imploraient-ils, ne
négligez pas notre vague à l'âme, nous aussi avons droit
au titre de romantiques. Mais l'Europe fit la sourde oreille.
Il ne pouvait venir du Sud qu'esclaves, épices ou casso-
nade. Et les manuscrits tropicaux pourrirent dans les
réserves des éditeurs tempérés... Accablée par ce mépris,
cette jeunesse cherchait pour qui mourir, ayant compris
que tel était le droit d'entrée dans le club romantique. Et
l'exemple était là : mars 1823-19 avril 1824, la tentative de
libération de la Grèce par George Gordon lord Byron. Il
suffisait d'attendre que l'occasion se présente... L'attente
fut longue. Et le romantisme européen était mort depuis
bien longtemps déjà, lorsqu'en mars 1899 le navire de
guerre américain *Wilmington* remonta, sans autorisation
aucune, l'Amazone. Tiens, se dirent les romantiques, serait-
ce l'aubaine?

En juin, un aventurier espagnol, Luis Galvez Rodrigues de
Arias, employé au consulat bolivien de Belem, vendit au
journal *Provincia do Pasa* le texte de l'accord secret entre
La Paz et Washington : les États-Unis trahissaient le Brésil

et garantissaient à la Bolivie ses droits sur la province d'Acre, immense morceau d'Amazonie au pied des Andes. Le cœur des romantiques brésiliens battit. Allaient-ils devoir affronter, *via* la Bolivie, la toute-puissante Amérique? Dorénavant, ils sortaient de leurs chambres enfumées, prenaient de l'exercice, s'entraînaient à la nage, à la marche, au cas où... En juillet, Luis Galvez se proclama empereur de l'État indépendant d'Acre. Les romantiques brésiliens faillirent mourir de déception. Se pourrait-il que l'occasion fût manquée? Que l'aventure leur eût été volée par un vulgaire émigré journaliste? En septembre, ils respirèrent : mille soldats boliviens envahissaient l'Acre. L'heure des poètes avait sonné. Il fallait courir défendre l'empereur Galvez. Ils embrassèrent femmes, mères, fiancées. Ils s'embarquèrent d'un ponton, là même où plus tard, en novembre, fut construit le café Byron. Et le temps que dura la remontée du rio Purus, ils lisaient *Childe Harold* et se reprochaient les uns aux autres de n'avoir pas averti les grands journaux d'Europe. Ils étaient 132. Ils furent massacrés.

Trois mois après l'horreur, en pages 4 du *Times* et 6 du *Figaro,* le même entrefilet : le caoutchouc rend-il fou? Violentes échauffourées dans la forêt entre tribus rivales : 132 morts. J'aime bien l'Europe, me disait le président, mais avouez... Il avait fondé une Association pour la publication des poètes de l'Acre et chaque année, vers l'équinoxe, une troupe de femmes lançait des fleurs dans le fleuve noir juste devant le café.

27 juillet
Cadeau du président : le Grand Calendrier positiviste.
– L'établissement du cadastre amazonien est une opération utile, Gabriel, même nécessaire. Mais ce n'est qu'un infime pas en avant, comparé à notre vrai projet. Le calendrier chrétien ne veut plus rien dire avec cet amas de saints et de prénoms jetés au petit bonheur. Il faut le remplacer, c'est le seul moyen si l'on veut donner aux hommes, jour après jour, le sentiment intime du progrès. Dans notre calendrier vous trouverez Byron, par exemple, au 27e jour du 8e mois.

Vous voyez que la France n'est pas seule dans son combat pour la Raison.

Quelle date?

A quelles dates faut-il inscrire les rêves? Ont-ils un temps comme le nôtre, avec des mois de juillet, des jours à numéros, des années bissextiles? Ou bien viennent-ils d'ailleurs, d'une autre galaxie sans horloge, sans étiquette autour du cou?

Gabriel, longue robe blanche, fait face à un jury, l'état-major positiviste en habits rouges et perruques de juges anglais. Il vient négocier une réforme partielle du Grand Calendrier. Oserais-je vous demander, monsieur le président, de remplacer le musicien Bacchini par Knight Markus, sainte Pulquérie par Clara et Cromwell par Ann, vous savez, la sœur de ma très jeune femme? Le président marmonne avec ses collègues, interminablement... Walid le Syrien paraît le plus réticent. Ils finissent par accepter, hochent, hochent la tête, comme si un grand vent les frappait par-derrière. Le crissement de la plume d'oie sur l'avenant final me réveille...

Août

Vert, couleur de l'Espérance. Entré dans la plus grande réserve au monde de couleur de l'Espérance.

Notre capitaine est d'une nature impatiente. Il ne supporte pas les méandres :

– Ne vous inquiétez pas, je connais un raccourci.

Sitôt après le départ, il a tourné la barre à bâbord toute. Et le paquebot miniature gaïola, profitant de la crue, a quitté le lit du fleuve et piqué droit vers la forêt, traversé des remparts de feuilles et de lianes, dans un fracas de cerf qui déboule. Depuis c'est la pénombre, le pêle-mêle végétal, le règne du glauque, des eaux croupies, des mousses et nénuphars géants, des brumes accrochées aux branches, des insectes flottants. Voguons entre les arbres immergés, juste sous les cimes où se battent et hurlent des singes invisibles. Les populations inondées nous regardent passer sans un signe, sans un geste : métisses debout les pieds dans l'eau devant leurs maisons, cultivateurs de salades dans des barques à moitié remplies de terre, enfants réfugiés dans des sortes de nids de cigognes, vaches à teintes fauves qui plongent la tête, arrachent l'herbe du fond puis reviennent en nageant vers des étables-radeaux, et un prêtre, seul au sommet d'un minuscule mamelon ; il dit la messe pour une foule de pirogues. Morceau de pelouse à la dérive où picorent deux aigrettes et une colonie de spatules...

La nuit, il faut s'appuyer fort les paumes contre les oreilles. La jungle hurle, terrifiée. Elle tremble de tous ses membres, craque, claque des dents. Le peuple de sous les arbres a perdu sa superbe, ceux qu'on ne voit jamais durant le jour, des milliers d'êtres animaux, insectes, reptiles, félins tachetés, rongeurs, aras rouges, les cachés, les menaçants, tous, ils s'époumonent à qui mieux mieux, chacun dans sa langue, croassent, pépient, rugissent, tentent comme ils peuvent d'échapper aux fantômes... Soudain tout se tait, ils reprennent haleine. Il s'installe un silence de songe. Seulement troublé par un ruissellement d'eau, le bruit enfantin d'un poisson qui gobe, de longs sifflets d'oiseaux, des roucoulements tout près, des coups de bec sur un tronc. Et puis la peur revient, plus fort encore, une vague de fond, des aboiements, des cris aigus, on assassine quelque part, on arrache des ailes, le monde se déchire... la vraie panique des créatures. La forêt montre sa vraie nature, beaucoup plus épouvantée la nuit qu'effrayante le jour. Il faudrait la rassurer. Mais où trouver des paroles, des berceuses qui rassureraient l'Amazonie ?

Au matin, le calme est revenu.

Les araignées ont tissé toute la nuit et la gaïola est enveloppée de toiles, le moindre geste doit traverser ces rideaux et rideaux translucides. La vie, déjà immobile, ralentit encore, cotonneuse. Les papillons surgissent plutôt l'après-midi, par centaines, or et bleu. Ils entourent la tête du capitaine, comme un immense sombrero mouvant, puis s'en vont. Le capitaine se redresse, sourit :

– C'est un signe, seu Gabriel, nous avons choisi le bon raccourci.

A un moment, la gaïola s'est arrêtée au milieu d'une sorte

	PRIMEIRO MÊS MOIZÉS A TEOCRACIA INICIAL		SEGUNDO MÊS HOMÉRO A POEZIA ANTIGA		TERCEIRO MÊS ARISTÓTELES A FILOZOFIA ANTIGA	
Lunedia	1	Prometeu ..... Cadm	Heziodo	Anaximandro.	
Martedia	2	Hércules ...... Tezeu	Tirteu ...... Safo	Anaximenes	
Mercuridia	3	Orfeu ...... Tirésias	Anacreonte.	Heráclito.	
Jovedia	4	Ulisses	Pindaro	Anaxágoras	
Venerdia	5	Licurgo ..... Euripdes	Sófocles .... Euripdes	Demócrito ..... Leucipo.	
Sábado	6	Rómulo	Teócrito ..... Longo	Heródoto.	
Domingo	7	Numa	Esquilo	Talos	
	8	Bel ...... Semiramis	Escópas	Solon	
	9	Scróstria.	Zeuxis.	Xenófanes	
	10	Manú	Ictino	Empédocles	
	11	Ciro.	Praxiteles	Tucidides	
	12	Zoroastro	Lisipo	Arquitas ..... Filolaus.	
	13	Os Druidas ... Ossian.	Apéles.	Apolônio de Tiana	
	14	Buda.	Fidias.	Pitogóras	
	15	Fu-Hi.	Esopo .... Pilpai	Aristipo	
	16	Lau-Tseu.	Plauto	Antistenes	
	17	Meng-Tseu.	Terêncio ... Menandro	Zeno.	
	18	Os teocratas do Tibéto.	Pédro	Cícero. .... Plínio Junir	
	19	Os teocratas do Japão ..	Juvenal	Epitéto ..... Arriano.	
	20	Manco-Capac. .. Tamerolda	Luciano	Tácito	
	21	Confúcio	Aristófanes	Sócrates.	
	22	Abraão ...... José	Ênio	Xenócrates	
	23	Samuel	Lucrécio.	Filon de Alexandria	
	24	Salomão. ..... Davi.	Horácio	S. João Evangelista	
	25	Izaías.	Tibulo.	S. Justino .... Santo Irineu	
	26	S. João Batista	Ovídio, ...	S. Clemente de Alexandria	
	27	Arun-al Rachid Abdardman III	Lucano	Orígenes ..... Tertuliano.	
	28	Mahomé	Virgilio.	Platão	

	OITAVO MÊS DANTE A EPOPÉIA MODERNA		NONO MÊS GUTENBERG A INDÚSTRIA MODERNA		DÉCIMO MÊS SHAKESPEARE O DRAMA MODERNO	
Lunedia	1	Os Trovadores	Marco-Pólo .... Chardan	Lópe de Vega ... Montalvan	
Martedia	2	Bocácio .... Chaucer.	Diogo Cœur. .. Oreschaw	Moreto ... Quillen de Castro	
Mercuridia	3	Rabelais ...... Swift.	Gama .... Magalhãis	Rójas .... Guevara.	
Jovedia	4	Cervantes	Napier. ...... Briggs	Otway	
Venerdia	5	Lafontaine. .. Robério Burns.	Lacalle. ..... Delombre	Lessing	
Sábado	6	Defoe ..... O Idsmith.	Cook .... Tasman.	Goëthe.	
Domingo	7	Ariosto	Colombo	Calderon	
	8	Leonardo de Vinci .. Ticiano.	Benevenuto Cellini. .	Tirso	
	9	Miguel Angelo. Paulo Veronese	Amontons. ... Wheatstone	Vondel.	
	10	Holbein. .... Rembrandt.	Harrison ..... P. Leroy.	Racine.	
	11	Poussin. ...... Lesueur.	Dollond ..... Graham	Voltaire	
	12	Velásquez ..... Murilo.	Arkwright. .... Jacquard	Metastácio ..... Alfieri.	
	13	Teniers. ...... Rubens	Conté	Schiller	
	14	Rafael	Vaucanson	Corneille	
	15	Froissart. .... Joinville	Stevin ..... Toricelli	Alarcon	
	16	Camões ..... Spencer.	Mariotte ..... Boyle	M.me de Motteville M.me Roland.	
	17	Os Romanceiros espanhois .	Papin. ..... Worcester.	M.me de Sevigné. Lady Montague	
	18	Chateaubriand	Black	Lesage ...... Sterne.	
	19	Walter Scott .. Fen. Cooper.	Jouffroy. ..... Fulton	M.me de Staal.. Miss Edgeworth	
	20	Manzoni.	Dalton ..... Thilorier.	Fielding ..... Richardson.	
	21	Tasso	Watt	Molière	
	22	Petrarca. ..... [Bunyan.	Bernardo de Palissy ..	Pergoleso .... Palestrina.	
	23	Tomás de Kempit Luis de Granada	Guglielmini .... Riquet.	Sacchini ..... Gretry.	
	24	M.me de Lafayette M.me de Stael	Duhamel du Monceau Bourgelat	Gluck. .... Lulli.	
	25	Fenelon S. Francisco de Sáles	Saussure ..... Bouguer	Beethoven .... Handel.	
	26	Klopstock ..... Gessner	Coulomb ..... Borda.	Rosaini ...... Weber.	
	27	Byron Eliza Mercœur & Shelley	Carnot ...... Vauban.	Bellini .... Donizetti.	
	28	Milton	Montgolfier	Mozart	

267

POZITIVISTA
QUALQUÉR

DA PREPARAÇÃO HUMANA

QUARTO MÊS — ARQUIMÉDES — A SIÊNCIA ANTIGA	QUINTO MÊS — CÉZAR — A CIVILIZAÇÃO MILITAR	SESTO MÊS — SÃO PAULO — O CATOLICISMO	SÉTIMO MÊS — CARLOS MAGNO — A CIVILIZAÇÃO FEUDAL
Teofrasto Herófilo Erazístrato Célso Galeno Avicená ... *Averrois* Hipócrates	Milciades Leónidas Aristides Cimon Xenofonte Pocion ... *Epaminondas* Temístocles	S. Lucas ... *S. Tiago.* S. Cipriano Santo Atanázio S. Jerónimo Santo Ambrósio Santa Mônica Santo Agostinho.	Teodorico Magno Pelágio Otão, o G. e ... *Henrique, o Passarinheiro* Santo Henrique Villers ... *La Vallete* D. João de Lepanto ... *João Sobieski.* Alfredo
Euclides Aristeu Teodózio de Bitínia ... *Ctezíbio.* Heron Papus Diofante Apolônio	Péricles Filipe Demóstenes Tolomeu Lago Filopêmen Políbio Alexandre	Constantino Teodósio S. Crizóstomo ... *S. Bazílio.* Santa Pulquéria ... *Marciano.* Santa Genovéva de Paris S. Gregório Magno Hildebrando	Carlos Martel O Cid ... *Tancredo.* Ricardo ... *Saladino.* Joana d'Arco ... *Marina.* Albuquérque ... *Walter Raleigh.* Bayard Godofredo.
Eudóxo ... *Aríto.* Píteas ... *Nearco.* Ariztarco ... *Beróso.* Erastótenes ... *Sozígenes.* Ptolomeu ... *Nassir-Edin.* Albatênio Hiparco	Júnio Bruto Camilo ... *Cincinato.* Fabrício ... *Régulo.* Aníbal Paulo Emílio Mário ... *Os Gracos.* Sipião	S. Bento ... *Santo An'tónio.* S. Bonifácio ... *Santo Austiao.* Santo Izidóro de Sevilha ... *S. Bruno.* Lanfranc ... *Santo Anselmo.* Eloiza ... *Beatriz.* Arquitétos da Idade-Média ... *S Benezet* S. Bernardo	S Leão, o Grande ... *Leão IV.* Gerbert ... *P. Damião.* Pedro, o Eremita Suger ... *Santo Eloi.* Alexandre III ... *Tomaz Bechet.* S. Francisco de Assis ... *S. Domingos.* Inocencio III
Varrão Columéla Vitrúvio Estrabão Frontino Plutarco Plínio, o Vélho	Augusto ... *Mecenas.* Vespaziano ... *Tito.* Adriano ... *Nerva.* Antonino ... *Marco-Aurélio.* Papiliano ... *Ulpiano.* Alexandre Severo ... *Aécio.* Trajano	S. Francisco Xavier ... *Inácio de Loióla.* S. Carlos Borromeo ... *Fred Borromeo.* St.ª Tereza ... *Catarina de Sena.* S. Vicente de Paula ... *O. Pe Del'Epée.* Bourdaloue ... *Cláudio Fleury.* G. Penn ... *J. Fox.* Bossuet	Santa Clotilde Santa Batilde ... *Matilde de Toscana.* Santo Estêvão da Ungria St.ª Izabel de Ungria ... *Mateus Corvino.* Branca de Castéla S. Fernando III ... *Afonso X.* São Luís

UNDÉCIMO MÊS — DESCARTES — A FILOZOFIA MODÉRNA	DUODÉCIMO MÊS — FREDERICO — A POLÍTICA MODÉRNA	DÉCIMO TERCEIRO MÊS — BICHAT — A SIÊNCIA MODÉRNA	
Alberto, o Grande ... *João de Salisbury.* Rogério Bacon ... *Raimundo Lulio.* S. Boaventura ... *Joaquim.* Ramus ... *O. Cardeal de Cuza.* Montaigne ... *Erasmo.* Campanéla ... *Morus.* S. Tomás de Aquino	Marfa de Molins Côzme de Médicis, o Velho Filipe de Comines ... *Guicciardini.* Izabel de Castéla Carlos V ... *Sisto V.* Henrique IV ... *Luis XI.* Luís XI	Copérnico ... *Tycho-Brahe.* Kepler ... *Halley.* Huyghens ... *Varignon.* Diogo Bernoulli ... *J. Bernoulli.* Bradley ... *Roemer.* Volta? ... *Sauveur.* Gali'eu	Festa universal dos MÓRTOS ... Festa geral das SANTAS MULHÉRES.
Hobbes ... *Espinoza.* Pascal ... *J. Bruno.* Locke ... *Malebranche.* Vauvenargues ... *M.me de Lambert.* Diderot ... *Duclos.* Cabanis ... *Jorge Leroy.* Bacon	L'Hôpiral Barneveldt Gustavo Adolfo Witt Ruyter Guilherme III ... Guilherme, O Taciturno.	Viete ... *Harriott.* Wallis ... *Fermat.* Clairaut ... *Poisaot.* Euler ... *Monge.* D'Alembert ... *Daniel Bernoulli.* Lagrange ... *José Fourier.* Newton	
Grócio ... *Cujácio.* Fontenelle ... *Maupertius.* Vico ... *Herder.* Freret ... *Winckelmann.* Montesquieu ... *d'Augusseau.* Buffon ... *Gken.* Leibnitz	Ximenes Sully ... *Oxenstierne.* Mazarino ... *Walpole.* Colbert ... *Luis XIV.* Aranda ... *Pombal.* Turgot ... *Compômanes.* Richelieu	Bergman ... *Scheele.* Priestley ... *Davy.* Cavendish Guyton-Morveau ... *Geoffroy.* Berthollet ... Berzelius ... *Ritter.* Lavoisier	Dia complementar. ...
Robertson ... *Gibbon.* Adão Smith ... *Dunoyer.* Kant ... *Fichte.* Condorcet ... *Ferguson.* José de Maistre ... *De B.nald.* Hegel ... *Sofia Germain.* Hume	Sidney ... *Lambert.* Franklin ... *Hampden.* Washington ... *Kosciusko.* Jefferson ... *Madison.* Bolivar ... *Toussaint-Louverture.* Frâscia. Cromwell	Harvey ... *C. Bell.* Boerhaave ... *Stohl e Barthel.* Lineu ... *B de Jussieu.* Haller ... *Vicq-d'Azyr.* Lamarck ... *Blainvile.* Broussais ... *Morgagni.* Gall	Dia bissexto ...

de clairière. L'eau était si pure et transparente qu'on voyait huit ou dix mètres sous la surface, le sol de la forêt, un arbre abattu, un nœud de racines...

— Écoutez, écoutez. (L'amateur de raccourcis avait penché la tête par-dessus le bastingage. On entendait ses chuchotements, comme venus de l'eau.)

Il entrait en contact avec les mondes inférieurs. D'après lui, les villages immergés continuaient leur existence, les poules gloussaient, les chiens aboyaient, écoutez, il suffisait de tendre l'oreille.

Mais, sur le bateau, personne ne s'intéresse aux mondes inférieurs.

Un Allemand géant reste immobile toute la journée, les yeux vissés à ses jumelles. De temps à autre, il sursaute, montre du doigt un point au milieu des frondaisons. Il cherche des orchidées sauvages, des épiphytes, celles qui poussent au sommet des arbres et se vendent des fortunes à Londres, aux enchères chez Christie et Sotheby. Il voudrait que la gaïola se détourne pour chaque découverte. Refus du capitaine : un raccourci est un raccourci.

Les deux autres passagers sont des Anglais, spécialistes de religions primitives (Christ College), collectionneurs de créations du monde.

a) Tupan engendre le soleil, qui engendre la terre.

b) Tupan souffle sur la terre, qui s'en va dans l'infini.

c) Le soleil, qui ne veut pas se séparer de sa fille, supplie Tupan de ne pas l'envoyer trop loin.

d) Le dieu accepte et ordonne à la terre de s'arrêter où elle est.

e) La terre, fille du soleil, est faite de feu. Tupan fait donc pleuvoir sur elle pendant mille ans pour la refroidir. Puis prie le soleil de l'éclairer, de douze heures en douze heures, pour la réchauffer...

Les Anglais classent leurs fiches toute la journée, enfermés dans leur cabine, ne sortent que le soir pour me prendre à témoin :

— Il n'y a rien de plus beau qu'une création du monde, vous ne trouvez pas, monsieur Gabriel ?

12 août

Soudain, entre les arbres, un navire blanc. Appels. Le mousse Zé Alphonso a sonné la cloche. Sans succès. Sans autre réponse qu'un bruissement d'ailes, un grand charivari d'oiseaux. Nous nous sommes approchés en louvoyant. Le navire était immobile, échoué sur une sorte de butte. Hérons et ibis rouges nous ont rendu les honneurs, perchés sur le bastingage, en un impeccable garde-à-vous. Commentaire du capitaine : il ne faut pas trop demander aux raccourcis.

14 août

Quatorzième jour plongé dans la verdure. Revanche lointaine des femmes, mères et grand-mères qui reprochent tant à la race masculine de ne pas aimer les légumes comme ils le méritent. Toutes les nuances du Vert, du brillant au sordide, de l'émeraude au caca d'oie, tout est Vert ou semble venir du Vert, les troncs, les lianes, les plantes qui nagent, les champignons, les insectes, les pirogues abandonnées. L'eau n'est plus qu'une vaste feuille, sombre et molle, qui se referme sitôt le bateau passé, et l'air est moite comme si l'élément liquide pour montrer lui aussi sa puissance montait vers le ciel à l'imitation des arbres. Vert, indigestion, nausée de Vert, terreur du Vert. Le capitaine connaît bien le malaise qui saisit les voyageurs en cette région du monde ; il tente de nous calmer comme il peut, à tout bout de champ le doigt vers d'autres couleurs, oh ! regardez cette prairie de jacinthes bleues, oh ! l'ara macao rouge, mais le temps de lever les yeux, ils ont disparu, le Vert les a dévorés, le rideau glauque est retombé. Et le chasseur de fleurs devient nerveux. Il ne guette plus les orchidées à travers les jumelles, il essaie de repérer des tunnels dans les taillis, des chenaux éventuels. Il questionne sans cesse le malheureux capitaine, le secoue par les revers de son vieil uniforme, c'est encore long, ton raccourci ?... tu vas l'avaler, ton raccourci !...

Au contraire, les Anglais sont ravis. Ils se croient dans la Bible. « L'Esprit de Dieu était porté sur les eaux... Et Dieu sépara les eaux qui étaient sous le firmament de celles qui étaient au-dessus du firmament »... Qu'est-ce que vous en pensez, Gabriel, c'est la Genèse, n'est-ce pas? nous sommes exactement dans la Genèse... « Que les eaux qui sont sous le ciel se rassemblent en un seul lieu et que l'élément aride paraisse »... Non, l'Amazonie est même avant la Genèse... Que dirais-tu, Wolseley, d'écrire la préface de la Genèse? Et ils battent des mains, s'enferment dans leur cabine, célèbrent l'événement en des fêtes très païennes, d'après ce que j'entends.

Je partage cet enthousiasme. Moi, je ne suis pas dans la Bible, je suis dans le ventre. La forêt est un ventre. J'écoute le pouls de ce ventre, j'écoute l'alliance féroce des plantes et des eaux pour faire naître, naître, toujours naître. Je suis dans les reins de la terre, je sens ses secousses très lentes, très douces, je sens ses contractions de parturiente, de vieille et patiente et permanente parturiente. Je voudrais rester là. Là où il n'y a plus de mort, seulement de la vie, là où la mort n'est qu'un des visages de la vie, la vie qui continue et continue.

16 août

L'absence est verte. L'absence est comme la forêt. L'absence est une pourriture. Aussi verte que l'Amazonie. Aussi obscène de fécondité. Rêve de se reposer de la vie. Rêve d'une mort totale, complète, INUTILE, d'une mort dont personne ne se nourrirait, pas même un asticot. Rêve de la mort du ventre vert.

17 août

Au milieu de la nuit, surpris le capitaine agenouillé sur le pont : saint Christophe Colomb, aidez-moi.

18 août

Vœu exaucé. Retour brutal à la lumière. La double lumière du fleuve, le gris blanc du ciel d'où vient la chaleur, l'ocre rose des eaux d'où remonte la chaleur, le plafond et le plancher du four.

Le capitaine a quitté la barre, nous a demandé de joindre les mains :

– Merci, Seigneur, à l'année prochaine.

Il ne risque jamais plus d'un raccourci par an. Nous approchons de ma première plantation. Malgré l'extrême chaleur, je me sens nu et je frissonne, je ne suis pas resté assez longtemps dans le Vert, là où les choses et les êtres s'engendrent les uns les autres, là où se mitonnent les résurrections. Le ciel est vide, le fleuve est vide. J'ai encore besoin de créations du monde. Je passe ma dernière journée enfermé dans ma cabine, l'oreille collée contre la paroi que je partage avec les Anglais. Et j'écoute, j'écoute, je reprends courage.

La Lune et le Soleil étaient deux jumeaux bienveillants qui corrigeaient les imperfections de l'Univers et protégeaient les créateurs des facéties du Créateur. Sa fantaisie favorite : planter sa verge (un très piquant serpent-racine) dans le moindre orifice humain passant à sa portée...

La Lune et le Soleil, d'après les spécialistes de la cabine d'à côté, avaient pris le risque d'arracher du sol ces maudits serpents pour les greffer là où nous savons, là où tu aimes tant sucer, Wolseley, ne sois pas vulgaire, William. Ainsi naquit le bringuebalant cylindre viril...

Je regarde mon sexe avec un intérêt nouveau. Ah! la belle origine!

La suite des carnets de Gabriel abandonne brutalement tout lyrisme. De fin août à décembre, il ne s'agit plus que d'un morne rapport d'ingénieur, écrasé par les chiffres, tonnage de productions plantation par plantation [1], mois par mois, montant des dettes (énormes) des seringueiros, y compris celles des morts et des fuyards (on connaît leurs villages d'origine, dans le Nordeste : la Compagnie pourrait envisager de les taxer, en solidarité), comptes des magasins, hypothèses de rentabilité, selon les cours de la gomme...

Sécheresse et précisions. Comme si Gabriel, désormais parvenu au cœur de sa vocation, le caoutchouc, voulait se protéger. Ou s'était pris au sérieux. Avait quitté la condition humaine pour la COMPÉTENCE.

D'où ces pages et ces pages sans âme, sans aucun mot sur ces hommes, arrachés de leurs bords de mer, Fortaleza, Pernambouc, São Luis, et prisonniers du Vert depuis le début du boom. Rien sur leur vie verte. Quatre heures de marche dans la nuit pour inciser les troncs, quatre heures de marche dans le matin pour récolter le lait, quatre heures debout dans la hutte pour fumer la gomme, avec au bout du jour la dette, la dette qui croît et emprisonne puisqu'il faut bien acheter au magasin de la Compagnie, des machettes, de l'eau-de-vie, des hameçons... et que ces prix-là montent et que les cours de la gomme descendent...

Rien sur les directeurs bretons, Nedelec, Cleuziat, Corlouer. Ils accueillaient pourtant Gabriel comme le Messie.

1. Peut-on appeler « plantation » ce qui n'a jamais été planté que par Dieu ?

Voilà deux ans, lui disaient-ils, que je ne suis pas retourné en ville... Ils lui montraient leurs trouvailles, qui une invention comptable, qui un petit potager réfrigéré pour produire des navets... Alors, demandaient-ils, les yeux brillants, nous fermons boutique, je peux repartir en France?

Gabriel ne répondait pas. Inscrivait seulement le soir dans son carnet : Plantation Gustave-Eiffel. Directeur Nedelec Loïc. Appréciation : défaitiste.

Rien non plus sur l'hévéa, le grand arbre roi à fût gris et frondaison lointaine, la plante par excellence, l'arbre blessé, l'arbre à blessures rouges rouvertes chaque jour par l'homme pour que s'écoule le lait.

J'ai honte pour Gabriel. Je me souviens de tous. Ils attendaient un mot, qui n'est pas venu. Je t'avoue cela à toi. Personne d'autre ne saura. Toute cette partie « compétente », je l'ai brûlée.

Et puis soudain, le 12 janvier 1915, va savoir pourquoi (sans doute jugeait-il son inspection achevée), Gabriel retrouve son âme. D'un coup, il laisse tomber les chiffres et replonge dans la forêt.

12 janvier 1915

Dans la forêt tout pourrit. Tout. Feuilles, branches, troncs, lianes. Même les orchidées épiphytes, celles du sommet des arbres. On pourrait penser qu'elles échappent aux malédictions terrestres à toujours dialoguer avec le soleil. Mais j'en rencontre de plus en plus, tombées au sol, où les moisissures s'en repaissent.

17 janvier 1915

Enquête finie sur les oiseaux : ils pourrissent aussi. Y compris les plus légers, les ibis rouges, les araras unas pitangas gubas arc-en-ciel. On ne les croit faits que de plumes, de couleurs vives et de vent. Sitôt à terre, ils sont comme les autres, ils sentent.

1er février 1915
Zé Alphonso a tué un once ce matin. Il n'était pas encore mort que sa tacheture disparaissait déjà sous les meutes de mouches.

3 février 1915
Affaire réglée pour les serpents ; leurs pratiques sournoises ne les protègent pas, bien au contraire : les punaises et les fourmis se battent dans leur cadavre.

5 février 1915
Les poissons battent le record. Un pirarucu échoué contre une racine est entièrement envahi par la putréfaction en dix heures, j'ai calculé.

6 février 1915
Grande nouvelle, les pierres elles-mêmes, dévorées par les mousses, éclatent et deviennent sable. Or le sable, trempé dans l'eau et privé de lumière, pourrit. Bien fait pour ces petits cristaux, si narquois, qui jouaient les pures mijaurées.

9 février 1915
J'ai abandonné des couverts hier, pour voir. Ce matin ils commencent déjà à rouiller, à s'effriter. On ne peut rien laisser sur place. Le moindre objet (peut-être même la moindre idée) se retrouve entraîné, comme déposé sur un tapis roulant, déjà bien loin quand on revient, déjà changé.

13 février 1915
En dépit des apparences, une forêt saoule de vitesse si l'on sait y regarder. La vie jaillit, s'épanouit, décline, s'arrête, reprend. Les spectacles s'enchaînent, sans changer de décor, ni de personnages. Ils naissent plutôt les uns des autres. Comme les rois engendrent les rois. Comme, dans Cervantès, les rêves engendrent les rêves.

14 février
Et le temps lui-même paraît atteint. Les secondes qui s'étirent, interminables, et soudain ces heures qui passent,

comme rien. N'est-ce pas le signe d'une fièvre dans le métabolisme temporel? J'en suis sûr maintenant, les miasmes s'attaquent aussi à la chronologie.

17 février

Oui, tout pourrit, je n'avais pas pensé à la lumière. Encore claire le matin, elle se dégrade à mesure que les heures s'accumulent. Verte, glauque et puis noire. Et la nuit, la nuit n'est pas seulement une autre couleur, mais l'endroit même de la fermentation, d'où ces bruits interminables dans l'obscurité, ces succions, ces clapotis infinis.

20 février

J'en viens à me dire que la tristesse (la lettre de Clara, *Je ne te quitte pas Gabriel...*), la tristesse appartient à la famille des pourritures. Pourriture lente, pourriture discrète, à peine quelques larmes, du vert-de-gris sur le cœur. Pudique pourriture, mais pourriture tout de même.
J'ai beau accumuler du froid autour du souvenir douloureux (*Je ne te quitte pas Gabriel...*), beau entourer de pains de glace l'amour mort, ce qui est particulièrement difficile sous ce climat, tous ces efforts réfrigérants ne peuvent rien contre la force de la forêt : le froid fond, je sens que l'amour a repris sa vie de cadavre : fermenter, se boursoufler avant de renaître. Oui, Clara revient en force. A cause de la forêt.

27 février

Toutes les forêts sont des lieux de pourrissement. Mais il existe une gradation, des moins riches en pourritures (les tempérées) aux plus pourvues (les tropicales, les équatoriales). Or, cette gradation correspond exactement à l'apparition du caoutchouc. Je ne parle, bien sûr, que du seul caoutchouc sauvage. D'après mes observations présentes et les cours de botanique que nous recevions à Clermont, je suis en mesure de dresser le tableau suivant qui résume, à ce jour, l'état de mes connaissances :

Type de forêt	Degré de pourriture	Présence de caoutchouc
Tempérée	médiocre	nulle
Équatoriale et tropicale normale	moyen (arbustes)	traces (lianes,
Amazonie	extrême	fréquente : hévéa

28 février
Pourquoi cette correspondance entre caoutchouc et pourriture ?

2 mars
Idem. Pourquoi ?

5 mars
Je tente une explication. Qu'est-ce que le caoutchouc, sinon la *force rebondissante* ? C'est-à-dire le principe vital à l'œuvre de la pourriture, celui qui change la mort en vie. Alors le caoutchouc ne serait-il pas la pourriture pure, l'essence même de la pourriture, la *pourriture propre* comme en témoigne la blancheur du latex ? Et seule l'Amazonie serait allée assez loin dans la pourriture pour engendrer *cette essence* qu'est le caoutchouc. Allons plus loin. Sans Amazonie, pas de force rebondissante sur la Terre, pas de rebondissements : les êtres, une fois abattus, ne se relèveraient pas. Les histoires comme les voyages ou les amours auraient une fin définitive.
L'Amazonie est le moteur de la terre.

22 mars
Ce matin, à mon réveil, un bout de papier contre la tasse de thé, une citation de Quevedo dans *Les Songes :* « Et ce que vous appelez mourir c'est achever de mourir, et ce que vous appelez naître c'est commencer à mourir, et ce que vous appelez vivre c'est mourir en vivant. »
De qui vient ce cadeau, inestimable ? Du père Pettorelli

qui m'accueille ici à Porto Velho? Ou du père Carpentier (encore un Breton)? Je ne l'ai pas rencontré, mais je sais qu'il était dans la maison.

8 avril

Chemin du retour. Levers du jour. D'abord une transparence, la couleur noire de l'air qui déteint peu à peu, les rives apparaissent, les frondaisons se découpent, les arbres surgissent un à un, comme s'ils rentraient de voyage. Puis le fleuve entier s'éclaire, soudain jaune, bouton-d'or, tandis que la forêt résonne tout entière ; elle fête la lumière, crie sa joie et le soleil surgit, une masse orange au-dessus des arbres, comme un gros navire rond que les oiseaux accompagnent.

Je devrais m'arrêter à Manaus, les remercier, tous mes amis, et prononcer la conférence promise : « Latitude et Temporalité ». Je n'ai pas le courage. Le temps de la nostalgie est fini. Je vais passer au large. Je leur dirai adieu à tous, de loin : le notaire Guilhermo, le pédiatre célibataire, le président sans prénom et Walid, tous les francophiles, les amis du cadastre... Je les revois s'avancer sur les pontons mouvants, vers le café Byron. Ils ne sont plus tout jeunes. Ils s'arrêtent au passage des bateaux, ils s'agrippent aux barriques, aux sacs, aux grosses boules de caoutchouc, ils attendent que le roulis se calme. Il n'y a pas que les arbres et les bêtes dans les jungles. Je conseille les êtres humains, parmi les plus émouvants de la création.

FUTEBOL

Sur le marché de Belem, rien n'avait changé. Ni les soixante sortes d'oranges, ni les écailles-limes à ongles, lisérées de rouge, du poisson géant pirarucu, ni les racines virilisantes, ni les hamacs grèges où l'on pouvait tester l'efficacité des racines virilisantes.

C'est donc d'un pas serein, même si son corps était échauffé (il serait temps, à mon âge, d'avoir une vraie vie sexuelle), que Gabriel gagna, sitôt débarqué, l'hôtel de Paris.

– Ah! cher ami, ah! cher ami, vous voilà enfin, depuis le temps qu'on essaie de vous joindre...

Et le directeur Abel lui raconta, en détail, à grand renfort d'assiettes et de verres qui figuraient les corps d'armées, le honteux mois d'août, le glorieux mois de septembre, la course à la mer, l'enfoncement dans la terre, bref, le début de 14-18...

Gabriel écoutait, hébété, balbutiait comment se fait-il? Je n'ai rien entendu. Comment se fait-il qu'une guerre mondiale ne fasse pas de bruit au Brésil? Il se redressa, mais Clara, mais Ann, Louis, mes deux familles...?

– Calmez-vous, ils écrivent, c'est bon signe.

Et le directeur Abel lui tendit son courrier.

Gabriel,
Vous aviez raison, ton père et toi. A quoi sert de bâtir un Empire sans Alsace ni Lorraine? Mais ce serait peut-être l'heure de relancer l'idée pour laquelle Maximilien et ton grand-père ont donné leur vie : créer un Mexique puissant et catholique contre la domination américaine. Enfin je te

laisse juge. Tu es dans la région. Et puis un ingénieur comme toi sait ce qu'il fait.

Je t'embrasse. Marguerite.

... A quoi servirait de te mettre martel en tête ? Clara.

Ô Gabriel, tu as le corps trop chaud d'après ce que je sais. Et la terre d'Argonne est trop froide, d'après ce que dit mon frère. Alors, s'il te plaît, pour nous, reste où tu es. Marie-Ghislaine.

... Choisis la guerre que tu veux, Gabriel, pourvu que ta vie soit longue. Ann.

... Et je suis partie, Gabriel, parce qu'il m'a semblé que ma peur te rassurait. Et restée partie (peut-on dire : « restée partie » ?) parce que ta tristesse ne me rassure pas. Clara.

... Sur l'Europe une terrible grippe asiatique, bien pire que les maladies exotiques et je suis infirmière, je sais de quoi je parle... Ta Martine en blanc.

Gabriel n'avait jamais connu de Martine, ni de Marie-Ghislaine, ni d'Odile, ni de Jeanne, toutes ces dames qui lui avaient écrit jour après jour depuis la mobilisation générale. Il lui fallut quelque temps pour découvrir le pot aux roses. Clara était Clara. Ann était Ann. Mais Martine c'était Louis. Marie-Ghislaine c'était Louis. Il devait se méfier de la censure. Brouillait les pistes à sa manière. Une fois décodés les messages étaient clairs : reste où tu es, ne viens pas dans la guerre, s'il te plaît.

Ordre impossible à suivre, le décalage horaire exacerbe l'angoisse. Gabriel s'était relancé dans ses calculs :
– Vingt et une heures – six heures (horaire de France) : nuit. On peut espérer que les combats ralentissent.
Entre quinze heures et minuit (horaire de Belem), il trouvait donc un calme relatif. Son cœur battait moins vite,

il reprenait espoir, je les reverrai peut-être, tous ceux que j'aime.

Mais après, sitôt le lever du jour en France (pleine nuit à Belem), il ne tenait plus en place, assiégeait la poste pour obtenir Paris (sans succès, les fonctionnaires brésiliens dormaient comme tout le monde), arpentait le hall (désert) de l'hôtel, plantes vertes du fond-réception, demi-tour, avait allumé toutes les lampes pour tenter de chasser les images : Louis allongé sous des barbelés, un obus dévastant le Washington et d'Albany.

Et quand le directeur finissait par descendre de sa chambre (sept heures à Belem, treize heures à Paris, espérons oh ! oui espérons que, durant le déjeuner, ils se tuent moins là-bas), Gabriel se précipitait vers lui : je dois partir, je dois partir.

– Je vous l'ai déjà dit, Gabriel, vous aurez un bateau dans une semaine, pas avant. Vous assistez au déjeuner de l'Amicale, j'espère ?

Soyons lucides, Victor Hugo et Jean Racine n'avaient pas que des amis à Belem, durant l'année 1915. Bien des Brésiliens préféraient ouvertement Goethe et Wagner pour le plaisir et la Brazilianische Bank für Deutschland pour les affaires. Quant à Auguste Comte, certains faisaient remarquer, non sans raison, que la société germanique était un modèle de positivisme : sérieuse, concrète, industrieuse. Pouvait-on en dire autant de la France ? Bref, la colonie allemande était puissante. Elle parcourait la ville pour un oui pour un non, deux kilomètres gagnés près d'Ypres, la main basse des Bulgares sur la Macédoine.

Les francophiles se réfugiaient à l'hôtel de Paris et c'est là que Gabriel apprit à mieux connaître cette race étrange.

Tel le major Febronio de Brito qui portait deux montres, l'une à l'heure tropicale et l'autre à l'heure de Paris, rue Mouffetard où il avait habité.

Telle cette famille, immensément fertile, dont les enfants étaient baptisés Cosette, Valjoão, Quasimoda, Esmeralda, Napoleão-le-Petit, Marius, Javerto, Boozinho et Jerimadeth.

Mais le plus grand francophile était sans conteste l'ingénieur Carlos Drumond, l'un des responsables du légendaire chemin de fer qui devait réunir en pleine jungle les rios Mamore et Madeira. Gabriel le rencontra la veille de son départ. Il paraissait épuisé.

– Ouf, c'est fini, je viens de cacheter ma dernière épreuve. Puisque vous partez demain, vous pourriez me l'emporter en France ? Cette fois, il me semble que j'ai bien travaillé...

M. Drumond passait chaque année le concours de Polytechnique. Se faisait envoyer par télégramme les sujets. Et, sous contrôle d'huissier, composait. Une fois l'écrit achevé, il envoyait ses copies par plis scellés au siège de l'École, Montagne-Sainte-Geneviève Paris (France).

– On me note sans indulgence, croyez-le bien. J'ai failli deux fois être admissible, en 1908 et 1910. Cette année, j'ai bon espoir... A condition que le courrier arrive. Dites-moi, puisque vous êtes français, on parle de changement de programmes pour le concours, vous n'avez entendu parler de rien, non ? Tant mieux, mais je me méfie, ils sont capables de tout bouleverser sans nous avertir... Si je suis admissible, je me précipite. Vous croyez que j'arriverai à temps pour l'oral ?... Quel rêve pour moi, ce serait... L'École polytechnique... c'est le sommet de la Raison française, n'est-ce pas, le sommet ?

A la longue, l'ambiance francophile devenait étouffante. D'autant qu'ils commençaient à regarder Gabriel d'un drôle d'air, tous ces amis de la France : que fait-il parmi nous, ce jeune Français, au lieu de défendre son pays ? Et qu'est-ce que c'est que cette guerre qui ne fait pas remonter les cours du caoutchouc ? Les taxis de la Marne n'auraient-ils pas besoin de changer leurs pneumatiques, par hasard ? D'ailleurs si l'Europe est assez bête pour se suicider, l'heure de la revanche n'a-t-elle pas sonné pour nous les Amériques, l'américaine et la latine ?

Alors il quittait l'hôtel et, bravant la colonie allemande, se promenait dans la ville, du fleuve à l'opéra Teatro da

Paz, du marché au fort Castelo et d'église en église, de baroque à jésuite et plus baroque encore...

Durant ces promenades, Gabriel lançait et relançait sur le sol sa balle de mousse. Mettez-vous à sa place. Sa jeunesse qui s'éloigne (trente-deux ans). Sa femme partie, son pays en guerre, son Amazonie endormie, son père mobilisé, sa mère inconnue, sa grand-mère maniaque d'empires... Le bilan n'était guère favorable. Plus que jamais, il avait besoin de rebondissement. Aucun auteur de feuilleton ne me contredira.

C'est alors, non loin du port, que cette balle magique, au lieu d'une surface plane, heurta quelque chose (un caillou? un fruit écrasé? un portefeuille oublié?). Elle jaillit vers la droite. Ricocha sur l'escarpin vernis d'un photographe dont le corps disparaissait sous la jupe noire bien connue, parvint contre le pied droit nu d'un premier gamin éplucheur de maracuja qui, d'un mouvement instantané, la glissa à son voisin lequel, agacé, car il suivait depuis quelques minutes le jeu de mains d'une petite négresse occupée à astiquer un vase en étain, faute de mieux, avec cette hypocrisie sans hypocrisie typique des négresses de Belem do Para (Brésil), lequel voisin, donc, envoya la balle rouge dans les airs où, après un orbe bref, elle vint se loger à l'angle supérieur droit du porche de l'église Notre-Seigneur-das-Mercês.

En racontant cet épisode, Gabriel ne veut aucunement revendiquer pour lui-même le rôle capital d'introducteur du football au Brésil.

Une fois de plus, il vous livre des faits :
– avant l'épisode, désert footballistique à Belem ;
– après, dès le lendemain, dans la ville entière, sous les manguiers, devant les entrepôts, entre les boutiques du marché, des êtres humains de genre masculin se passaient et repassaient du pied des balles rondes semblables à la sienne ; d'innombrables témoins pourraient le confirmer (si la question vous intéresse, hâtez-vous, il doit rester quelques survivants).

Au matin du 20 octobre, sur la table du petit déjeuner, entre la tranche de mangue humide (après la guerre, il faudra que tu songes sérieusement à ta vie sexuelle, Gabriel) et le jus d'orange quasi solide à force de pulpe (prends d'abord des vitamines, Gabriel), Gabriel trouva le mot d'excuse.

> Je soussigné Petraglia Abel, consul de France officieux à Belem, État du Para, Brésil, certifie que M. Orsenna Gabriel s'est trouvé dans l'impossibilité de rejoindre son corps, étant donné l'isolement de l'Amazonie et l'absence de navire en partance pour l'Europe.

Gabriel courut dans les cuisines embrasser le directeur Abel et le remercia pour cela et pour le reste (tout). Clara, comment aurais-je pu lui refuser quand au moment du départ il m'a demandé tes lettres, si belles, Clara, celle de rupture et l'autre, qui explique tout « et je suis partie parce qu'il m'a semblé que ma peur te rassurait... » ? Comment lui refuser, lui qui trouvait (je suis d'accord avec lui) ridicule la pratique du livre d'or mais rêvait d'ouvrir un musée, à la place du four à pain, un musée de l'amour ?

– Avec tout ce qu'ils oublient dans mes chambres, croyez-moi, je n'aurai que l'embarras du choix. Mais je vous promets que votre courrier ainsi qu'un morceau de votre livre magique amour de Swann auront la place d'honneur.

Je ne sais pas s'il a concrétisé son projet. Si oui, tu me pardonnes[1], Clara, mon indiscrétion[2] ?

---

1. « Pardon accordé. Ravie de ma célébrité tropicale. Excuse-moi, équatoriale. Signé Clara. »

2. « En y réfléchissant, je regrette. Car elles parlaient bien de notre peur, les peurs que nous avions en ce temps-là, et c'est dur de se souvenir des peurs si l'on n'a pas les lettres, les peurs s'oublient tant, je regrette donc. Mais je comprends. Signé Clara. »

MÉMOIRES
DE GUERRE
ET D'ARMISTICES

Les souvenirs aiment les guerres mondiales. On a beau faire, leur répéter qu'il ne faut pas, que d'autres époques sont plus humaines, ils reviennent voleter autour de ces années-là comme des papillons amoureux. Je me souviens de Clermont-Ferrand, de ces heures et ces heures passées à inventer des pneumatiques capables de franchir les terribles boues du front. Je me souviens de cet univers d'hommes penchés sur des roues et de ces femmes, tout autour, qui avaient envahi l'usine pour remplacer leurs frères ou maris mobilisés. Je me souviens de tous ces visages qui n'étaient pas Knight, ni Clara, ni Ann, ni Élisabeth. Je me souviens de ces tristes vacances, Clara n'était pas là, mais personne n'est là, dans une guerre. Je me souviens des lettres de Louis, embauché comme guetteur adjoint d'avions ennemis sur la colline de Suresnes. Du matin jusqu'au soir, lunettes vissées aux yeux, il scrutait le ciel de Paris et parlait de femmes avec ses camarades. « La guerre a été inventée pour mourir, bien sûr, mais aussi pour permettre aux hommes de parler des femmes, tranquillement, sans être dérangés. Tu devrais venir plus souvent à la batterie, Gabriel. » « Les collègues me conseillent de changer de métier. D'après eux, les librairies sont redoutables, avec ce qu'elles charrient de rêves et, parmi toutes les femmes, les liseuses sont les plus intenables, qu'est-ce que tu en penses, Gabriel ? » Je me souviens de ses tentatives pour se réconcilier avec le lobby thermal, de ces opuscules qu'il éditait.

LE BLUFF

DES

STATIONS THERMALES

Austro-Allemandes

Incontestable supériorité de nos Eaux thermo-minérales Françaises.

••••

Les Stations thermales Austro-Boches sont " bonnes à tout faire "

•••••• Les Boues minérales Allemandes. Supériorité des Boues médicamenteuses Françaises sur la malodorante bouillie teutonne. ••

••••

Eaux chlorurées sodiques.—Ecrasante supériorité des Eaux Françaises. — Les Eaux de table Françaises ••

••••

Boycottons leurs Eaux minérales

••••

Le mercantilisme chirurgical boche

••••

Sus aux produits pharmaceutiques tudesques ••••••••••

etc., etc., etc.

Préface de **ONÉSIME RECLUS**

Par LES DOCTEURS

CHARLES & LOUIS LAVIELLE

Médecins-Directeur et Adjoint

DE L'ÉTABLISSEMENT-THERMAL DES "BAIGNOTS"

à DAX

1916

PARIS. — A. MALOINE, Editeur

25-27, rue de l'Ecole de Médecine

LES EAUX MINÉRALES DE FRANCE

SONT SUPÉRIEURES

A CELLES D'ALLEMAGNE ET D'AUTRICHE

—————— ✶✶ ——————

Le tableau ci-dessus, rencontré par hasard, et dont nous ne connaissons pas l'auteur, qui est un Anglais, résume très bien la supériorité des Eaux minérales de France sur celles d'Allemagne et d'Autriche. Nous y avons ajouté quelques noms de villes d'eaux françaises oubliées par l'auteur.

ALLEZ A :		AU LIEU D'ALLER A :
Vichy, Pougues, Royat, Le Boulou, Chatel-Guyon, Plombières, Vals.	Pour les maladies d'estomac.	Neuenahr, Carlsbad, Marienbad, Hombourg, Kissingen, Ems.
Chatel-Guyon, Plombières, Brides, Miers, Vichy, Aulus.	Pour les affections intestinales	Carlsbad, Marienbad, Kissingen, Kreuznach.
Vichy, Pougues, Le Boulou, Chatel-Guyon, Vals, Contrexeville, Vittel, Martigny, Thonon, Evian, Brides, Miers.	Pour les maladies du foie.	Carlsbad, Marienbad, Hombourg.

ALLEZ A :		AU LIEU D'ALLER A :
Vichy, Chatel-Guyon, La Bourboule, Le Boulou, Vals.	Pour les fièvres paludéennes.	Carlsbad, Marienbad, Hombourg.
Aix-les-Bains, Dax, Luchon, Bourbon-l'Archambault, Bourbon-Lancy, Lamalou, St-Amand, Barbotan, Préchacq, Bourbonne-les-Bains, Néris, Eaux-Chaudes, Ax, St-Honoré, Bagnères-de-Bigorre, Plombières, Luxeuil, Le Vernet, Saint-Nectaire, Royat.	Pour le rhumatisme	Carlsbad, Marienbad, Franzesbad, Baden-Baden, Nauheim, Teplitz, Aix-la-Chapelle, Badenweiler, Nenndorf, Wiesbaden, Johannisbad, Elster.
Biarritz, Salies-de-Béarn, Salies-du-Salat, Salins-du-Jura, La Mouillière (de Besançon), Salins-Moutiers, Balaruc, La Bourboule-Bourbonne-les-Bains, Bourbon-l'Archambault, Dax, Luchon, Eaux-Bonnes, Amélie, Uriage, Cauterets, Aix-les-Bains, St-Nectaire.	Pour la scrofule et le lymphatisme	Kreuznach, Nauheim, Hombourg, Wiesbaden, Baden-Baden, Reichenhall, Aix-la-Chapelle, Ischl, Ems.

Je me souviens de la guerre comme si ces années-là avaient été mes seules années de paix. En dépit de tous ces morts, ces trains de gueules cassées... Des années de vacance, je ne luttais plus pour mon double amour impossible, la vie passait, passive, un jour, un autre jour, ainsi s'accumulaient les semaines. Je suis honteux de ma mémoire. Je la sens prête à engendrer encore bien d'autres souvenirs de guerre, paisibles, presque joyeux. Stop. Contraception.

Qui trouvera les contraceptifs de la mémoire ? Je passe directement à l'armistice.

Ma guerre

par Clara, née Knight.

L'exercice de la mémoire est une manie contagieuse. Gabriel, dans la pièce voisine, a beau s'enfermer, ne jamais parler fort, à peine murmurer, j'entends ses bruits de pages. C'est que la vieillesse est un âge poreux. Les portes ferment mal. Alors moi aussi, Clara, je sens que le passé revient, peu à peu, avec ses manières de timide.

Je me souviens de Markus, réfugié à New York, improbable conseiller artistique de la «Fondation pour la musique alliée» qui avait pour objet de prouver que les puissances ennemies n'avaient pas le monopole du génie musical, qu'Edward Dowell (1861-1908) valait bien Brahms, par exemple, et que les chefs d'orchestre de Chicago et Cincinnati ne servaient pas la bonne cause en ne jouant que Beethoven et Mozart...

Pour le consoler de cette tâche impossible, je l'accompagnais dans ses promenades, son tour rituel de Manhattan, tantôt par l'ouest, vers le port, et tantôt le long de Brooklyn, avant de plonger chez les Noirs, au nord.

Il me parlait de moi.

Il ne voulait pas croire que les peurs de l'espèce humaine constituent la matière d'un vrai métier.

— Tu gagnes ta vie sur le dos des fantômes, Clara.

– Et la musique alors, et le caoutchouc, tu crois que ce sont de vrais métiers?

– Gabriel était un très gentil mari.

Il a toujours eu un faible pour toi, Gabriel, il considérait qu'en étant séparée de toi je perdais un temps précieux.

– Car vous vous retrouverez, Clara, j'en suis sûr, et ce sera trop tard. C'est déjà peu esthétique la vie commune quand on est jeunes, les bruits intimes, les odeurs, mais pour supporter près de soi une vieillesse, il en faut des souvenirs et des aveuglements. Je n'aime pas ton regard sur Gabriel, Clara. C'est le regard de quelqu'un qui vieillira seul...

Je me souviens des sourires d'Élisabeth, de ses sourires confus, subreptices, de petite fille croyant n'être pas vue et plongeant son doigt dans la confiture, de ses sourires qui disaient merci, la guerre, j'ai Markus tout à moi.

Je me souviens de mon travail en France, plus tard, à l'hôpital : « l'expertise mentale ». Étant donné l'horreur croissante des combats, se multipliait le nombre des vrais fous et des vrais simulateurs. Comment distinguer les uns des autres? Mes patrons, les professeurs Hesnard et Dumas, avaient mis au point une typologie de la simulation assortie de moyens simples pour démasquer les comédiens. Avec l'aide de M. Thierry, un interne à la voix si douce que les malades en l'écoutant s'endormaient à l'instant, l'air béat et le pouce dans la bouche, j'étais chargée de présenter ces conclusions scientifiques de la manière la plus utilisable par le médecin militaire de base. Y avons-nous réussi?

« Dans la pratique, on peut ramener à trois groupes principaux tous ces simulateurs :

1) Ceux qui adoptent des attitudes négatives, en particulier des attitudes de *stupeur*, du mutisme ou de la surdi-mutité ; diagnostic facile. Le sujet n'a aucun des attributs du vrai mélancolique, ni anxiété, ni refus d'alimentation (du moins prolongé), ni concentration douloureuse, ni refroidissement des extrémités.

2) Ceux qui se livrent à des manifestations plus ou moins *agitées*, tumultueuses ou désordonnées ; diagnostic

facile : l'agitation de faux maniaque a contre elle un gros symptôme ; elle cesse la nuit.

3) Ceux, enfin, qui se croient obligés d'insister sur *l'absurdité* (propos, gestes absurdes, extravagances), syndrome de Ganser. Diagnostic délicat. En référer aux centres psychiatriques. Ces syndromes qui, à première vue, ne laissent guère d'hésitation dans l'esprit des profanes sont souvent, au contraire, ceux qui posent au spécialiste les expertises les plus malaisées. »

Chaque mercredi matin, séance de « torpillage ». C'était le nom officiel du traitement. Nous partions tous les quatre pour Ville-Évrard, les deux mandarins, l'interne M. Thierry et moi Clara, la néophyte en ces matières. Là-bas était installé le laboratoire, une pièce assez terrifiante, hérissée de fils de cuivre, de cadrans, de solénoïdes : le décor, disaient les médecins, est déjà thérapeutique.

Et l'on introduisait un patient... Généralement un muet qui jetait des yeux affolés sur le décor thérapeutique.

Une infirmière l'allongeait sur la table de marbre et lui collait des tampons de caoutchouc sur l'épaule, sur les bras, sur la gorge, à l'endroit où se fabriquent les mots.

— Voilà, mon petit, ça va faire un peu mal, mais tu veux guérir, n'est-ce pas ?

Courant. Une simple manette à baisser.

— Ah ! ah ! ah ! criait le muet.

— Tu vois, tu n'es pas muet, tu as dit ah !

Les deux docteurs, Hesnard et Dumas, se relayaient ; de temps en temps M. Thierry se mettait de la partie.

— Oui, dis E maintenant ou je recommence.

— Mais ce n'est pas la peine, puisque tu es guéri. Allez fais ce que demande le docteur...

— Allez ne me force pas...

— Quelqu'un qui a dit Ah ! n'est pas muet.

— Tu es un garçon intelligent, ne nous oblige pas à forcer la dose...

— E, finissait par prononcer le muet.

— Parfait, parfait.

— Maintenant I, O, U, tu es guéri, allez I, O, U.

— I, O, U, disait le muet.

— Et voilà, encore un de sauvé!

L'infirmière lui retirait son écheveau de fils.

Après les séances, nous allions généralement faire un petit tour dans la salle commune où les conversations allaient bon train, de lit à lit.

— Écoutez, écoutez-les, nous disaient Hesnard et Dumas... Tous d'anciens muets!

Nous avions aussi des succès avec les sourds, les paralysés, les courbés, notamment ceux qui n'arrivaient plus à se relever après avoir ramassé un camarade mort. Mais, dans ces cas-là, les réussites étaient moins certaines, 30 à 40 %, pour être franc... Nos collègues allemands, avec qui nous correspondions *via* la Suisse, trouvaient ces taux remarquables, ils nous félicitaient sincèrement, vivement l'armistice qu'on se retrouve en colloque pour faire avancer la Science.

Je me souviens de cette commission d'experts (?) qui avait recommandé la création de compagnies franches, composées de délirants, d'agités, de déséquilibrés divers. On les aurait encadrés par des officiers d'Afrique, «familiarisés avec les anormaux», précisait le rapport. Ainsi serait constituée une bonne dizaine de «bataillons de choc».

Je me souviens de ce sinistre Dr Logre *(sic)* qui dans la *Revue neurologique* de 1916 ne retenait pas moins de six types de «fuites pathologiques devant l'ennemi».

Je me souviens des délégués des pays neutres. Deux hommes, une femme, toujours les mêmes, rien que des blonds, sauf ton respect, Gabriel, avec une croix rouge au revers de leurs blouses blanches et une plaquette bleue à la main, qu'ils consultaient à la moindre occasion. C'étaient les règles du jeu, la Convention de Genève. Ils venaient chaque trimestre visiter notre hôpital, vérifier la conformité du carnage. Le haut commandement avait ordonné de les accueillir au mieux. Et aussi de cacher les blessés trop déchiquetés... On craignait que les neutres ne fassent rapport aux

États-Unis. On se disait que les Américains n'entreraient que dans une guerre légale. Ces délégués avaient l'habitude. Au premier coup d'œil, ils repéraient si la blessure était autorisée, ils hochaient la tête : terrible, terrible, mais conforme. Ils se courbaient vers les bouches des allongés, humaient, grimaçaient : non, ce gaz à l'ypérite est proscrit.

Nous finissions toujours par les automutilés. Et moi je me demandais : quel peut être le sentiment d'un neutre devant des automutilés? Une certaine sympathie d'abord : au fond, les automutilés détestent la guerre, tout comme les neutres. Mais immédiatement une hauteur les en séparait, une morgue, un désir de bien marquer les différences. Vous, vous refusez de combattre par lâcheté. Moi, le neutre, c'est par principe. Les neutres se penchaient vers les automutilés comme on revient au village après avoir réussi, le nez pincé : les étables, le purin, c'est peut-être contagieux... Madame, monsieur, suppliaient les malheureux, vérifiez, comment aurais-je pu me faire ça tout seul? Ils montraient leurs moignons, ils faisaient siffler leurs poumons, ils savaient que c'était leur dernière chance, seul un veto de la Convention de Genève les sauverait du peloton... De temps à autre, les neutres pouffaient de rire entre eux, en langue scandinave. Le médecin-colonel abondait dans leur sens.

– Je suis d'accord avec vous. Pas très malin, cet automutilé-là, il aurait pu mieux faire semblant.

Ces souvenirs te suffisent, Gabriel, pour te rappeler ce qu'est la guerre?

Moi aussi, j'ai vécu la Grande Guerre

par Ann toujours Knight.

Puisque tout le monde se souvient, je me sens contrainte d'apporter ma contribution.

Un après-midi de 1916 ou 1917 (en tout cas, les gros titres des journaux annonçaient des combats terribles, je revois la tache noire des lettres sans pouvoir les reconstituer en mots, Verdun, Ypres, Dames?), j'entrai dans ce grand café, au coin de la place de l'Opéra et du boulevard des Capucines. Choix d'une place. Ménage habituel, celui qui t'agace tant, Gabriel, mais avoue, et cette fois-là ne faisait pas exception à la règle, que les banquettes parisiennes sont TOUJOURS parsemées de miettes de pain. Installation. Arrivée du garçon. Commande d'un chocolat chaud, de ceux qui mettent exactement un quart d'heure pour refroidir, juste le temps qu'il me fallait tuer avant un rendez-vous (banque). Ces occupations m'avaient distraite. Je relève enfin les yeux. Et qui vois-je à travers la fumée du chocolat? Toi, Gabriel. Un faux Gabriel. Le vrai se trouvait à l'autre bout de la salle. Mais par le miracle des glaces et des lois de l'optique, j'avais ton reflet en face de moi. Les reflets n'ont pas de regard, c'est bien connu. Je pouvais donc t'observer à ma guise. Je ne t'avais plus rencontré depuis le fameux mariage aléatoire (pile ou face, Ann ou Clara). Tu avais peu changé, tes joues étaient toujours aussi rondes, tes yeux aussi bleus. Seulement sur tes tempes étaient apparues des taches plus claires : cheveux blancs réels ou coquetterie de reflet? En tout cas, tu jetais sans cesse des coups d'œil angoissés à ta montre, comme si tu te sentais vieillir. Enfin celui que tu attendais est arrivé, une gueule cassée, un homme de haute taille, la tête enturbannée de bandes crème. Tu balbutias, mon Dieu. Un instant, les conversations du café s'arrêtèrent. Le grand blessé s'assit à ta table, me cachant ton reflet.

— Ne t'inquiète pas, Gabriel.

— Que t'est-il arrivé?

— Je te dis de ne pas t'inquiéter. Ton vieux Louis va très bien.

Le son de votre conversation m'arrivait par-derrière (l'optique et l'acoustique ont des logiques différentes).

— Qu'as-tu à la tête?

Alors le grand blessé Louis expliqua à son fils qu'il n'était pas grand blessé, ni moyen blessé, qu'il allait aussi bien que possible, qu'il profitait seulement de la guerre pour soigner une bonne fois sa calvitie, tu comprends Gabriel, en temps de paix, je n'oserais jamais me promener avec ces pansements. Grâce à eux, les onguents restent en contact avec le cuir chevelu et c'est ça, c'est ce contact prolongé qui est le secret de la réussite du traitement...

– Tais-toi, disait Gabriel, chut, on nous écoute.

Gabriel avait raison. A nouveau les conversations s'étaient arrêtées. On tendait l'oreille vers votre table, surtout vos voisins, des aviateurs, des vrais combattants ceux-là, à pelisses, croix de guerre et multiples palmes. Mais le faux grand blessé Louis continuait et plus il baissait la voix, plus ses graves résonnaient, mieux on l'entendait. Physiologiquement, ton père ne peut pas chuchoter, je me trompe, Gabriel?

– Qu'est-ce que tu penses de mon idée, Gabriel, profiter de la guerre? A l'armistice, je serai prêt pour ma nouvelle vie, avec une chevelure d'enfant...

Ça s'est très mal terminé. Les aviateurs l'ont pris à partie, lui ont arraché son turban. Seule la terrible odeur qui s'en est échappée, soufre et pétrole, l'a sauvé. Les vrais combattants ont reculé. Heureusement vous avez saisi l'occasion pour filer.

Je comprends donc ton souhait, Gabriel, de passer sous silence la guerre des Orsenna et de gagner au plus vite l'armistice.

Puisque tu ne viens jamais me voir, il y a des moments où je me dis que je ne devrais parler qu'à mon avocat. Au moins les avocats donnent des rendez-vous. Et ils sont présents aux rendez-vous qu'ils donnent. Et ils écoutent avec attention la vie de leurs clients. Et ils leur trouvent des excuses, quel que soit le crime commis. L'inverse des fils qui accablent leurs pères, pour des riens.

Il y a des moments où je me dis qu'un fils ne sert à rien. Mieux vaudrait s'en remettre, pour tout, à un avocat. Oui, vivent les avocats ! Payer son avocat est la plus douce et gratifiante des dépenses. Alors qu'élever un fils, c'est, au mieux, nourrir son absence.

Pardonne-moi ce mouvement d'humeur, mais le travail de la mémoire est parfois bien désespérant. Pardonne-moi, c'est à moi de te donner envie de venir. Alors je vais te décrire quelque peu l'endroit merveilleux où je prépare mon procès. D'ailleurs, comme le dit doctement mon avocat niçois en regardant nos tableaux, « c'est inouï, l'importance du cadre ». Au n° 13 de l'avenue montante Wester Wemys, Cannes-la-Bocca, entourée de hauts murs, presque des remparts et tournée vers la mer, mais pas franchement, un peu de guingois, telle une œillade de femme mariée, se tient une bastide. La teinte de ses murs est l'ocre rouge bien connue du soleil italien. Sa taille imposante rappelle cet âge d'or des familles où s'ajoutait à la fécondité des épouses catholiques le faible coût de la domesticité. Un assez vaste jardin l'entoure, planté d'essences locales, pins, lauriers, eucalyptus et plusieurs aloès dont la tige se dresse fièrement et puis rabougrit, alternance émouvante, commune à toutes les espèces viriles de la planète. Notons aussi des jarres de terre cuite où poussent géraniums et capucines, des caisses blanches à roulettes d'où émergent orangers (hélas les oranges sont amères) et citronniers (hélas les citrons demeurent fades en dépit de greffes chaque année répétées). Pour la forme générale du bâtiment, c'est un U. De gauche à droite ; l'aile du couchant où nous habitons, le trait d'union (bibliothèque au premier étage, salle à manger d'été au rez-de-chaussée), l'aile du levant, réservée aux propriétaires.

Lesquels viennent peu souvent, retenus, semble-t-il, par de galopantes occupations parisiennes. Le matin de leur arrivée, nous sommes réveillés par des bruits de tasses contre soucoupes, de couteaux contre beurrier... Car leur habitude, sitôt débarqués du train de nuit, consiste à petit déjeuner dans la cour, quel que soit le temps, et s'exclamer quelle douceur, quelle lumière, quelle folie de vivre à Paris...

Puis ils gagnent leurs appartements et s'installent donc face à nous, dans l'autre branche de l'U.

Ce vis-à-vis n'est pas sans charme car multiples et bienveillants sont les sourires que nous échangeons de fenêtre à fenêtre. Il m'a néanmoins conduit à réviser ma position de travail. En effet, dans ce couple de propriétaires, la femme, fort aimable d'aspect au demeurant et dotée d'un de ces accents mi-chantants mi-rocailleux qui, aux alentours d'Auch, remplacent avantageusement le crin-crin des cigales, la femme donc est graphologue.

Redoutable voisinage pour un être comme Gabriel, doublement vulnérable : en tant que rédacteur et en tant qu'inculpé. Dès le premier jour, j'ai remarqué son manège, les coups d'œil qu'elle jette en ma direction. Elle veut me voler mon intimité. C'est sûr. Une seule ligne de mon écriture (ronde, maniaque, minuscule) et elle connaîtra tous mes secrets. Je la crois compétente en son art, virtuose même. Capable de reconnaître à mes gestes la forme de

*mes lettres, à la manière dont je darde mes d le style inqui-
sitorial de ma sexualité. Alors je me cache. Je ne rédige que
protégé par une muraille de livres, comme un bon élève
durant une composition de thème latin. Elle ne voit que
ma tête. Une tête assez inquiète, car la graphologie n'est
pas la seule méthode de cambriolage. Je connais des spécialistes qui déduisent de la structure d'un crâne les forces
et les faiblesses des personnalités. Méfiance. Peut-être
a-t-elle aussi ce savoir-là. Il serait plus sage de travailler
volets et rideaux fermés.*

*Mais Gabriel a tant besoin du ciel pour préparer son
procès. Il le regarde, de temps à autre. Et cette seule présence par-dessus le toit, gris ou bleu ou rouge selon les
jours et les heures, lui rappelle de ne pas trop mentir et de
s'en tenir à la vérité. Dans une chambre hermétiquement
close, qui peut savoir ce qu'inventerait notre Gabriel ?*

*J'ai moins de craintes avec le propriétaire. Ses vêtements
sont rassurants : trop larges. Il y a du rêve chez cet homme-
là, qui ne demanderait qu'à s'épanouir. Faire le tour du
monde à la voile ? Créer un théâtre ? Un jour nous échan-
gerons nos expériences. Nous nous éclipserons sans rien
dire. Les restaurants du vieux Cannes ont tous des tables
discrètes, festival oblige. Nous resterons longtemps à deviser
tous les deux, à la grande fureur de nos femmes qui s'inter-
rogeront de fenêtre à fenêtre : Vous n'avez pas vu mon
mari ? Non, madame, et vous notre Gabriel ? Pas plus, justement je me demandais si... D'abord inquiètes, puis
furieuses. Et rien n'est plus efficace qu'une fureur de
femmes pour cimenter une amitié d'hommes. Je lui raconterai le caoutchouc, il m'initiera au papier, puisque tel est
son domaine. Ensuite, il m'avouera son rêve, celui pour
lequel il se prépare et met des pantalons, des pull-overs, des
blazers si larges.*

*Allez, finie la récréation. Tâche de venir nous voir, tes
mères et moi, un jour ou l'autre. Moi, je continue.*

Armistice, donc.

Contraint à d'incessants voyages entre le front et la Manufacture, j'avais préféré habiter un hôtel. L'établissement choisi, situé entre la cathédrale et la place de Jaude, était le plus souvent vide (on fait peu de tourisme par temps de guerre). Parfois y descendait un général venu tempêter. La hiérarchie militaire ne comprenait pas pourquoi les véhicules français, en dépit des progrès de la science moderne, continuaient à s'embourber : à cause de vous, l'armée piétine. J'étais chargé d'amadouer le visiteur, de lui expliquer la complexité du problème. Je lui faisais visiter notre fierté, nos champs d'exercice, toutes les natures de terrain possibles, à chacune un hectare et trempées par des lances de jardinier, les jours où il ne pleuvait pas assez. Nous nous installions sur des pliants côte à côte, le général et moi. Les camions cobayes passaient et repassaient devant nous chaussés de pneumatiques XL 12, puis chaussés de pneumatiques A 14, puis chaussés de pneumatiques 17 B. Fastidieux spectacle de dérapages, de patinages, le plus souvent suivis d'enlisements.

— En effet, sergent (c'était mon grade), disait le général en s'essuyant le visage piqueté de projections ocre ou brunes, en effet, ce n'est pas une raison pour baisser les bras, mais la pneumatologie n'est pas simple.

Et le soir il m'offrait à dîner dans la vaste salle déserte aux murs tendus de trophées (petits cerfs d'Auvergne).

— Moi aussi, avant la guerre, je chassais, confiait-il.

En dehors des généraux, nous étions seuls, la patronne et moi. Elle s'appelait Mme Haeberlin, du nom d'un mari enfui (avec une gourgandine native de La Chaise-Dieu), par chance seulement quelques jours avant la déclaration de guerre. Donc rattrapé par la mobilisation générale. Et depuis décédé. Si bien qu'après un ou deux verres de prune, Mme Haeberlin parvenait sans mal à se croire veuve de guerre plutôt que femme quittée. D'ailleurs elle savait reconnaître les services rendus : la guerre n'a pas que du mauvais, allez... C'était son refrain à elle, sa forme d'optimisme. Elle clignait de l'œil et rougissait un peu. Je m'étais habitué à son grain de beauté sur la lèvre supérieure, à ses cheveux gris en brosse qui lui étiraient le crâne. Nous devisions ainsi de longues heures dans la salle à manger, elle debout contre ma table, un plat à la main, moi assis devant mes carcasses d'écrevisses. Car elle en ajoutait à tous les plats, faute de vraie viande. Je lui proposais de s'asseoir. Elle faisait mine de ne rien entendre.

Le plus désagréable était de dormir entouré de chambres inoccupées. Je me réveillais en sursaut, sentant autour de moi comme un désert en train d'avancer. Heureusement, le Grand Hôtel de Lyon avait des bruits qui rassuraient. Le ronflement de la chaudière, les allers continus de la patronne, le grincement de la porte d'entrée une première fois pour le laitier, une deuxième fois pour le facteur (rien encore aujourd'hui, Mme Haeberlin) et même cet instant de silence absolu entre la tasse cassée du petit déjeuner et les frottements du ménage. Tous ces bruits me tenaient lieu de famille.

12 novembre 1918. J'étais encore sommeillant. Non que j'aie fêté très tard la victoire, mais je me sentais en vacances. Et puis un lendemain d'armistice, la paix reprend ses droits, on retrouve les peurs d'avant, on se découvre des maladies graves. Je me levai pour aller chercher le journal glissé sous ma porte. En page huit, Apollinaire était mort. On avait, paraît-il, jeté de la paille devant chez lui et tiré les doubles rideaux pour lui épargner les roulements de fiacre, les chants d'allégresse. J'entendis des voix féminines et le « voilà voilà » de Mme Haeberlin. Et puis mon nom :

— Monsieur Orsenna, sur un ton de question, il habite bien ici ?

Le reste je l'ai perdu.

– Mais qui êtes-vous, mesdames?

Mme Haeberlin parlait de tête. Et pour des raisons de commodité, j'habitais la chambre 4, au débouché de l'escalier, ainsi pas besoin de tendre l'oreille.

La réponse fut chuchotée.

– Alors dans ce cas...

Il y eut des rires, des gloussements, un grand froissement de robes. Toutes les marches de l'escalier craquèrent, ma porte s'ouvrit.

Longtemps après, je l'ai revue sur un quai de métro, station Madeleine, hésitant sur la correspondance, Mme Haeberlin. Elle était venue à Paris pour un deuil. Là, entre deux rames, elle m'a avoué qu'elle y songeait toujours à cette phrase des deux étrangères, ce matin-là, leurs joues rouges et leurs regards brillants.

– Nous sommes la femme de Gabriel Orsenna. Oui, c'étaient leurs mots : nous sommes la femme de Gabriel Orsenna. Ce n'aurait pas été l'armistice, moi j'appelais la police...

Mme Haeberlin aurait voulu prolonger la conversation. Que je lui explique notamment le sens exact de cette phrase. Mais ce n'était pas le lieu, sur un quai, au beau milieu d'une heure de pointe, avec ces métros qui passaient toutes les quatre minutes. Je l'ai un peu bousculée... Au revoir, Mme Haeberlin, j'ai été ravi de vous trouver en si belle forme. Allez, bon voyage à Paris.

– Et vous?

Elle me regardait, sans beaucoup d'illusions... Je l'ai rassurée en mentant un peu, mais si, Mme Haeberlin, tout va bien, je suis heureux. Et je l'ai remise dans la bonne direction pour Montparnasse changez à Concorde c'est direct et je me suis engagé dans ma correspondance à moi, en sifflotant.

C'est pour évoquer des souvenirs semblables à celui qui va suivre, ô glorieux, que je voulais tant avoir un fils. On peut raconter sa vie à bien des gens, une femme de rencontre, un prêtre à l'haleine alliacée derrière la grille du confessionnal ou un jury d'assises. Mais avec la chair de sa chair le contact est plus étroit. Un grand fleuve vous traverse, venu de loin en amont, continuant loin vers l'aval, Orsenna Gabriel, fils d'Orsenna Louis, transmet à son fils Orsenna X (je préfère ne pas révéler encore ton prénom) la pierre philosophale, le secret de la félicité.

A présent, tu voudrais bien savoir, mon cher fils. Tu meurs de connaître les détails. Tu les espères croustillants et aussi tu les redoutes, après tout il s'agit de ta mère, et de ta tante. J'imagine la rougeur de ton front, la moiteur de tes mains, lorsque tu t'apprêtes à tourner la page, à quitter celle-ci, bien anodine, mais qui annonce la suivante, prometteuse. Tu tends l'oreille, comme tous les adolescents du monde plongés dans un passage cochon, prêts à jeter l'ouvrage compromettant dans un tiroir au moindre bruit suspect. Tu tends l'oreille comme je le fis lorsqu'elles montèrent l'escalier, lorsque je reconnus leurs voix, celle de Clara d'abord : on va le regarder dormir. Et puis Ann. Tu penses, il est déjà habillé, rasé, heureux et nous attend.

Calme-toi, mon cher enfant, je continue, je continue.

D'ailleurs la vieillesse donne l'impunité. Les vieux comme moi peuvent tout dire. On admet qu'ils racontent toutes sortes d'histoires et même la vérité. Puis le grand âge est une sorte d'incognito, de pseudonyme : les gens dont on parle sont morts, ou bien méconnaissables. A les voir aujourd'hui, Ann et Clara, si sages et respectables, à voir leurs mains toutes tavelées, qui les croirait capables des caresses de ce matin-là ? Crois-moi, dans l'ancien temps on peut s'avancer sans risque, le plus souvent il est désert.

Donc, en gloussant, elles frappèrent à la porte.

— Entrez, madame Haeberlin, dit ton père, habile bien qu'envahi par la tachycardie.

Et comme si elles plongeaient du haut de ces presque quatre ans d'absence, elles se précipitèrent dans la chambre du célibataire. D'abord Ann, tailleur prune, jupe à godets (invention américaine sans doute), suivie de Clara, cape d'infirmière, longue silhouette bleu marine. Crièrent «Gabriel oh! Gabriel». Grimacèrent devant les roses trémières du papier mural. Sourirent à la photo posée sur la table de nuit branlante : quatre Knight alignés sur un trottoir, sous une inscription en lettres géantes : Washington et d'Albany. Et elles embrassèrent Gabriel et Gabriel et encore Gabriel.

— Comme il fait froid, Gabriel !

(J'avais laissé toute la nuit la fenêtre ouverte pour mieux savourer l'armistice.)

Et se retrouvèrent sous la couette, Clara du côté de l'oreille gauche (eh bien me voilà, Gabriel) et Ann de l'autre (c'est intéressant, ton métier ?).

— Et comment va Markus ? demanda Gabriel.

— Oh ! Papa t'aime toujours, si c'est ça que tu veux savoir.

— Vie adoptive tome II, dit Ann.

De deux choses l'une, mon fils.

Ou tu veux cloisonner ta vie en multiples compartiments étanches, bien séparés les uns des autres : amour / famille / amitié / métier / sexe / voyages / sport / hobby / nostalgie / peur de la mort. C'est ton droit. Tu ne serais pas le seul ni le premier. Je te ferai seulement remarquer que le *Titanic,* construit selon ce principe, a coulé.

Ou tu préfères livrer une seule bataille et ne pas disperser tes forces. Alors choisis deux sœurs et ne les quitte pas. Tâche de.

Car deux sœurs, c'est en même temps l'amour, la famille, l'amitié, le métier, le sexe (traquer en elles les échos, les ressemblances, vivifie bien plus efficacement que la racine de ginseng), le voyage (surtout quand elles sont aussi nomades que les Knight), le sport (épuisant), le hobby (s'il reste du temps pour un hobby, ce dont je doute : les statistiques ne relèvent pas de collectionneurs de timbres parmi les passionnés de sœurs), la nostalgie, la peur de la mort (cf. plus haut, sexe et ressemblances).

Voilà, mon cher fils, à toi de choisir, tu n'as pas besoin d'en savoir plus. Je t'ai suffisamment alléché. Maintenant tu peux t'éclipser. Un fils ne doit pas assister aux ébats de son père. Cette activité le choquerait, le décevrait, ou pire, l'emplirait d'admiration, d'envie : bloquant à jamais ses initiatives futures.

Crois-moi, fils, ne m'en veux pas, laisse-moi dans cet hôtel, entouré de deux sœurs, un lendemain d'armistice. Crois-moi, disparais, retourne dans ta vie, ça vaut mieux pour nous deux. Emporte ce simple détail, si tu veux, pour ton voyage : Ann voulait debout et Clara non. Voilà, il est l'heure de partir. Ne te penche pas par la fenêtre. Je t'embrasse, Gabriel.

Tu ne veux pas t'en aller ? Pas encore ? Très bien. Alors arrête ces yeux d'enfant suppliant, d'enfant mal élevé qui a peur du noir et je raconte.

Elles étaient si joyeuses, ce jour-là, même Clara la grave, l'infirmière bleu marine à macarons châtains, assise sur le bord du lit et qui battait des mains, tu te rends compte, Gabriel, la guerre est finie, la guerre est finie et nous ne sommes pas morts. Ô vive la vie vivante ! Élisabeth et Markus vont revenir de New York par le prochain bateau et nous irons les chercher ensemble. Markus sera si content de te voir, oh ! oui, vive la vie vivante, et elle m'embrassait partout sur le visage à joues rondes, tandis qu'Ann, la nattée blonde, allongée près de moi et lourde jupe à godets, n'oublie pas, Ann me murmurait à l'oreille, tu vois Gabriel, je t'avais prévenu, la vie est longue, longue, nous voilà retrouvés... Et elles riaient, n'arrêtaient pas de rire, c'était moi le solennel, mais ne fais pas cette tête-là, Gabriel, tu n'es pas heureux de nous voir ? et riaient, riaient...

Tu verras, certains jours, certains rares, rares jours, les chambres s'en vont, se détachent, quittent leur hôtel, leur immeuble et s'en vont, descendent un fleuve à forte pente, prennent la mer. C'est la gaieté qui nous a entraînés, d'un geste à l'autre, mais oui, Gabriel, les femmes que tu aimes ont des genoux, et des cuisses, comme il est collégien, notre rougissant Gabriel, de plus en plus vite, bientôt hors d'haleine, même Clara la grave, même Ann la distante.

Tu refuses de partir?

J'en étais sûr. Tant pis pour toi. C'est dur de vivre avec en soi l'image grotesque d'un père, mais tu l'auras voulu. Je continue donc. Raconte l'ambition folle qui m'est venue, soudain, alors que j'aurais dû seulement goûter ce miracle : Ann et Clara dans mon lit, un 12 novembre 1918 et prêtes à tout, tu m'entends, à tout pour me rendre l'armistice agréable. Oui, une ambition m'est venue, et ne commence pas à marmonner, décidément, quel imbécile, quel ingénieur, mon père! car cette ambition te concerne. Tandis que Clara, la toujours grave, était assise sur moi et qu'Ann me chuchotait d'incroyables suggestions, je me suis dit : et si nous saisissions cette occasion pour faire un enfant à trois? Si nous profitions des circonstances (le monde nouveau qui se levait à la fin d'une guerre mondiale) pour bousculer les lois de la génétique? De la bien trop binaire génétique : un seul homme plus une seule femme = un enfant.

Alors j'ai changé de rythme, je les ai bousculées, je suis devenu à la fois frénétique et calculateur, gymnaste et partageur, à peine aimant l'une pour me précipiter sur l'autre avant de virer lof pour lof, changeant de tactique, je vous attends, mes belles, c'est moi la femme, donnez-moi un fils.

Elles m'ont regardé, d'abord étonnées, admiratives, eh bien, dis donc, Gabriel, toi si timide, ces quatre années t'ont métamorphosé, mazette, quelle vigueur! Et puis se sont effrayées. Qu'est-ce qui se passe, Gabriel, mais calme-toi. Peut-être même dégoûtées. Elles avaient compris que j'étais sorti du bonheur. Elles ont senti l'effort, le répugnant effort. Voilà, la chambre est redevenue chambre et elles, elles se sont rhabillées. Et puisque maintenant elles sont rhabillées, le spectacle n'a plus d'intérêt pour toi, tu peux t'en aller, sans regret.

Car pour évoquer un souvenir semblable à celui qui va suivre, ô misérable, mieux vaut ne pas avoir de fils. Même si les échecs amoureux d'un père rassurent toujours un peu son fils, je n'ai envie de rassurer personne. Le catastrophique déjeuner qui suivit, Gabriel le racontera par le menu.

D'abord une salade de tomates, des tomates pâles d'hiver non épluchées, avec, aux endroits laissés libres par l'immonde mixture d'oignons et de persil hachés, ces petites bulles d'huile sur la peau cramoisie qui font penser à la rosée. Supposons un corps d'être humain sorti de très bon matin, allongé dans l'herbe : sera-t-il recouvert de rosée comme le reste de la création ? Ni Clara ni Ann n'avaient de réponse à cette première tentative de lancer la conversation sur des voies d'ordre plutôt poétique.

Pour suivre, des blancs de poulet un peu mous qu'encerclaient les inévitables écrevisses. Vous savez que ces bestioles ont profité du répit que leur laissait la guerre pour envahir nos ruisseaux ? Un an de plus et elles prenaient nos armées à revers. Qu'est-ce que tu en déduis ? demanda Clara.

Ensuite le bleu d'Auvergne avec ses cavernes miniatures tapissées d'un infime duvet semblable à. A quoi penses-tu, Gabriel ? demanda Ann. Moi, j'ai toujours trouvé ce fromage un peu répugnant, dit Clara.

Enfin le bouquet, offert par la maison veuve Haeberlin, un immense éclair parfum chocolat, de couleur rose plus que marron, preuve évidente d'un manque aigu de cacao. Je ne savais pas qu'existaient des fours suffisants, dit Clara. Cette fois je sais à quoi tu penses, dit Ann. Et, profitant de la confusion qui régnait autour de ce dessert de victoire, ses doigts effleurèrent (pour solde de tout compte ?) l'ancien et futur célibataire Gabriel.

Ce menu bleu blanc rouge et catastrophique occupe dans la mémoire de Gabriel une place disproportionnée : énorme. Pendant des années et des années, la première pensée de Gabriel à son réveil fut pour lui. Il avait beau se forcer à penser à autre chose, une plage au soleil, une peinture de Piero di Cosimo, ou rester le plus longtemps possible dans le sommeil, le menu revenait, tranquillement, à son rythme, d'abord les tomates en salade, puis les blancs de poulet mous...

Les cafés étaient servis dans des tasses blanches à rayures bleues. Les deux sœurs ont donc levé les tasses blanches à rayures bleues et les ont appuyées contre leurs lèvres. Elles ne bougeaient pas. Elles regardaient Gabriel, et la fumée leur passait devant les yeux, cette fumée très légère qui monte des cafés. Elles regardaient Gabriel et se demandaient une dernière fois : voyons, pourrons-nous vivre avec ce Gabriel-là ? Lequel Gabriel-là jouait à être un autre Gabriel, un désinvolte, un qui n'aurait pas eu que deux sœurs dans sa vie mais bien d'autres, une armada de sœurs, d'ailleurs vous en avez peut-être croisé quelques-unes en venant... Un Gabriel séducteur. Les séducteurs sont ceux qui ne se croient pas obligés de parler d'amour quand il s'agit d'amour. Gabriel s'acharnait donc à parler d'autre chose. Mais les autres choses se cachaient, comme toujours dans ces cas-là. Gabriel ne voyait que son amour, et aucune autre chose. Il parla ainsi de ce qu'il voyait, son amour. Et fut d'un ennui total. Irrespirable. Irréparable.

C'est Ann qui demanda l'addition, si, si, nous y tenons, et Clara qui prononça le verdict. Normale répartition des tâches, étant donné leurs métiers respectifs.

– Voilà, Gabriel, nous avons bien réfléchi. Nous avons bien réfléchi et nous espérons, du fond du cœur, Gabriel, que tu seras heureux.

– Oh ! toutes les heures ou presque ! répondit Mme Haeberlin à la question d'Ann sur la fréquence des trains pour Paris.

Gabriel profite de ce procès pour s'acquitter de sa dette envers Clermont-Ferrand et l'Auvergne qui ont tant fait pour lui, qui auraient tant voulu le guérir.

Mais le spectacle des volcans assoupis n'était pas suffisant pour arracher de lui le goût qu'il avait des sœurs.

C'était le premier vrai dimanche après la guerre, le premier déjeuner vers une heure, après quatre années, le retour aux habitudes. Deux serveurs dataient d'avant. On les serrait dans ses bras. Drapeaux, guirlandes aux murs, « honneur à nos soldats », peints sur les vitres, des « vive la France » un peu défraîchis, plus d'une semaine déjà depuis Rethondes. Et la brasserie refusait du monde. Toutes les tables étaient prises, des mères de famille avec leur fils aîné, des blondes gourmandes, genre marraines de guerre, des amis de régiment ensemble, des amoureux qui pleuraient, des dames tristes côte à côte, des jeunots éclopés qui n'arrêtaient pas de rire, toutes les combinaisons possibles de l'espèce humaine... Et partout, les mêmes récits, où que l'on tourne la tête, ces interminables histoires de combat, et la chance que j'ai eue, et ce malheureux X..., comme si l'on voulait tout revivre pour que l'horreur s'arrête de nouveau. A plusieurs tables on proposait des gages, deux francs d'amende pour celui qui reparle de là-bas. Mais personne ne résistait : le moindre geste, la moindre bouteille, tiens ça me rappelle un soir d'alerte et la pelote se déroulait, Douaumont, Chemin-des-Dames ou Dardanelles, comme des chevilles obligées, dans le langage. Et pour finir toujours la même question : comment allons-nous vivre ? Maintenant ? Sitôt la guerre finie, la paix s'était installée. Beaucoup auraient souhaité un répit, un entracte, ni paix ni guerre, une grasse matinée.

Enfin Louis parut.

Il avait changé, les cheveux plus blancs, le teint plus pâle. Avec l'âge, les hommes ressemblent à du papier longtemps gommé, on peut voir à travers sans bien distinguer quoi, quelque chose qui s'en va.

Père et fils se sont embrassés debout. Gabriel ferma les yeux. Il préférait écouter : la voix de Louis était restée la même, la même ardeur joyeuse.

– Ça y est, Gabriel, je crois que le moment est venu.

Le maître d'hôtel attendait, calepin levé :

– ... Oh! pardon, ils sont comment, vos confits?

Et pour le vin, il aurait souhaité un millésime d'avant. Gabriel ne l'avait jamais connu si bon vivant. Sans doute l'existence de batterie. L'attente avait dû lui donner du goût pour les choses. Toujours occupé jusque-là, toujours occupé à recommencer sa vie, il n'avait jamais vraiment pris le temps.

– ... Je te montrerai les plans plus tard. Mais j'ai maintenant l'accord de la terre entière pour une Exposition universelle.

Un gamin passait avec les journaux du matin. « Le président Wilson propose un traité général. »

– Tu vas voir, on va crouler sous les recettes de paix. Très bien. Très bien. Mais ce qu'il nous faut, c'est retrouver la confiance, savoir ce dont nous, les êtres humains, sommes capables... Un grand bilan de la planète...

D'un cabas de ménagère, il avait sorti une petite maquette. Qu'est-ce que tu en penses? L'Exposition universelle... on pourrait l'installer sur les Champs-Élysées, du Rond-Point à l'arche du Carrousel... Avec le Louvre pour toile de fond... Je ne te le cache pas, les débats sont farouches... L'axe habituel Trocadéro-Invalides a ses partisans...

Le pauillac 1913 était madérisé. Je m'ennuyais un peu; comme souvent, devant les enthousiasmes. Louis s'en est aperçu.

– Alors, et toi? Tu as mauvaise mine. Toujours tes reines?...

Il appelait ainsi Ann et Clara. Les reines étaient pour lui une race précise, aux caractéristiques bien définies : longueur des membres; sourire-amusé-même-durant-l'amour; femmes d'un autre, quoi qu'on fasse, même si l'on devient l'autre; manie du départ...

– ... Je t'avais prévenu. Les reines sont des malédictions. Je t'ai mal élevé. La seule chose vraiment utile qu'un père puisse apprendre à son fils, c'est de préférer les femmes qui restent. Gabriel?

– Oui.

– En tout cas, si tu ne peux te passer de reine, change de ville. Clermont-Ferrand n'est pas leur genre. Gabriel?

– Oui.

– Crois-moi, arrête de t'acharner, tu n'es plus si jeune. Tu verras, arrive un moment où l'on se rend compte que l'on n'a plus pour très longtemps de doigts, de corps, de sourires. L'absence des femmes est un luxe qu'on peut se permettre seulement durant sa jeunesse. S'il te plaît, écoute-moi. Choisis une femme réelle, Gabriel, une bien réelle. Et tu verras comme la vie sera plus chaude.

Une dame en cheveux s'est approchée. Blonde, du sang nordique ou slave, plus grande que longue, trop bonne santé... Plongé dans ses conseils paternels, Louis n'avait pas remarqué l'arrivée de la femme réelle.

– Bonjour, Louis, tu me présentes à ton fils?

Bonne nouvelle pour la durée de la félicité du père de Gabriel, elle n'avait pas beaucoup d'accent. Irritable et pédagogique comme était Louis, il n'aurait pas supporté longtemps un roulement des *r* trop prononcé, une modulation trop marquée des voyelles. Bonne nouvelle pour le destin du père de Gabriel, le ton avec lequel elle avait prononcé ses premières répliques : bonjour, Louis, tu me présentes à ton fils, prouvait qu'elle allait prendre les choses en main.

Bonne nouvelle pour l'amour en général : la relation ici présente s'engageait sur la voie de l'exemplaire.

Mauvaise nouvelle pour Gabriel : les deux Orsenna n'étaient plus seuls au monde.

Louis se leva brusquement, oh pardon! Elle se prénommait Wladislawa, native de Sopot (grande banlieue de Gdansk), et interprète de son état (d'où l'absence d'accent).

– Wladislawa, dit Louis (il avait dû s'entraîner des heures et des heures dans sa librairie close pour prononcer si polonaisement), Wladislawa est venue pour les conférences internationales qui se préparent.

– C'est un métier où l'on a besoin de point fixe, dit-elle à Gabriel, droit dans les yeux.

Message reçu. Changement de conversation. Retour de Louis à ses grands projets :

– ... D'accord, d'accord, en 1889, la tour Eiffel pour une exposition, c'était nouveau, avoue que maintenant c'est bien vulgaire.

La fièvre exhibitionniste l'avait repris. Une chose l'obsédait. Il voulait savoir comment présenter les tropiques.

— Toi qui connais les colonies... enfin le Brésil... que dirais-tu d'une serre immense sur l'avenue Marigny? Tu accepterais de t'occuper des plantes rares?

— Je ne sais pas si j'aurai le temps. La paix va nous laisser peu de loisirs, paraît-il.

— Que pourrais-tu faire de plus important que l'Exposition universelle?

Louis ne comprenait pas, ni Wladislawa. Ils regardaient Gabriel, stupéfaits. Qu'on n'ait pas d'ambition, passe encore. Mais quand on vous en propose une, une géante, où l'on peut vivre toute sa vie, quand on fait ralentir le cortège, le cortège de l'ambition, que l'on vous ouvre la porte, il vous suffit de grimper, une place est là, dans l'ambition toute chaude, un douillet coin de fenêtre... Et Gabriel Orsenna resterait sur le quai, les bras croisés? Ils regardaient Gabriel Orsenna, n'osaient même pas lui demander ce qu'il allait faire, ce qui méritait d'être fait plutôt qu'une Exposition universelle. Ils redoutaient qu'il fût un être privé de préférence, comme eux avant leur amour, seulement une indécision, un flou dans l'âme.

Louis a dit :

— Bon, comme tu voudras. Mais je suis sûr que tu y reviendras.

La femme réelle et les deux Orsenna ont mangé leur dessert. C'était la mode des poires Bourdaloue. Avec du sucre fariné qui faisait à chaque cuillerée un petit nuage devant la bouche, comme de parler l'hiver.

Le fiancé Louis parcourait des yeux la salle : quelle gaieté tout de même, quelle gaieté. En honneur de la victoire, les femmes avaient sorti leurs plumes, leurs boas, leurs renards, et comme toutes étaient en noir, ou presque, on aurait pu croire qu'il s'agissait d'une mode et non d'un deuil. Les rêves duraient. On parlait plus fort. Personne ne quittait sa table. La liste d'attente s'allongeait, des dizaines de clients restés au lit plus tard, ou bien juste débarqués du train. Nous étions près de la porte. Nous entendions répondre le maître d'hôtel : revenez dans une demi-heure, puis, revenez dans une heure, puis ne revenez plus. Je ne comprends pas ce qui se passe, personne ne veut finir...

Louis expliquait son fils à Wladislawa. Depuis son plus jeune âge, Gabriel a une vraie passion pour une matière première, le caoutchouc, tu t'imagines?...

Il m'avait pris l'avant-bras, me souriait tendrement.

— Au fond, il m'a montré l'exemple... la vérité des vocations...

Il appelait à l'aide. A cause de Wladislawa. Un trop grand écart entre père et fils l'aurait peut-être effrayée, comme une sorte de tare génétique. Peut-être voulait-il aussi me faire passer un message, un message capital : trois, c'est souvent le bon nombre pour se parler à deux. Il insistait :

— Nous sommes pareils, lui et moi, nous menons notre existence comme un cheval.

Cette comparaison avait l'air de plaire particulièrement à Wladislawa. Sa main ne quittait plus la main de son fiancé français. Notre locomotive familiale avait faim. Je l'ai nourrie.

— Toi aussi, tu avais la vocation, Louis. Une librairie, c'est déjà une Exposition universelle. En plus secret, en plus lent, c'est tout.

Louis rayonnait.

— C'est vrai. Je n'y avais pas pensé, Gabriel. Une visite à l'Expo, c'est comme lire mille livres. Je n'ai rien trahi. Je passe seulement à la vitesse supérieure. Allez, il faut fêter ça, répétait Louis, oui fêter tout ça... tu vois, j'avais raison de recommencer... raison... Allez, fête tout ça avec moi... (Il se penchait vers moi.) Et laisse tomber tes reines, crois-moi, laisse les reines à leurs lointains destins...

Il commanda des alcools et annonça son mariage prochain. Le climat était devenu léger, viennois. Comme un soir de triomphe au théâtre, au concert, on aurait pu rester là toute sa vie à savourer les rappels.

La brasserie en avait pris son parti : les déjeuners resteraient dîner. On rajouta seulement une étiquette sur les menus : plus aucune commande ne sera prise après vingt-trois heures.

Dehors, là où la paix avait remplacé la guerre, il faisait nuit.

DEUXIÈME PARTIE

LE STADE
AUTOMOBILE

I

Comprends bien : c'étaient des années sans queue ni tête, un incroyable chamboulement du temps, jeunesse et vieillesse mêlées, battues, comme aux cartes. Les jeunes mouraient, les vieux vivaient.

A chaque instant, la secrétaire poussait la porte :

— Monsieur le directeur, encore une mauvaise nouvelle.

— Taisez-vous.

— C'est M. Georges... le comptable... avant-hier... vers Bapaume.

— L'imbécile !

La direction du personnel n'est pas un métier facile. Surtout durant les guerres mondiales.

Le directeur se levait, prenait sa gomme, effaçait un nom de plus sur son organigramme. Des employés d'avant 14, je restais l'un des derniers. Chaque fois qu'il me rencontrait, il me prenait par l'épaule :

— Vous, au moins, vous savez survivre. Alors, Gabriel, quels sont vos projets pour la paix ? Nous aurons besoin de votre réponse, Gabriel, parlons-en plus à loisir un jour ou l'autre, le plus tôt sera le mieux... Déjeunons, si vous voulez...

Il s'appelait Charton, Michel, je m'en souviens, un malicieux, un rondouillard, l'œil gourmand et la bretelle joyeuse, même en ces temps de deuil, par ailleurs des Arts et Métiers. Il m'invita dans l'un de ces restaurants de quartier où les tables se touchent et les conversations s'emmêlent. On perd vite le fil. Pour un peu, on repartirait avec la vie du voisin de gauche...

— D'abord, Gabriel, sentez-vous bien à l'aise. Nous tirons un trait sur le Brésil...

M. Charton me fixait droit dans les yeux. Vingt ans de direction du personnel lui avaient appris à vider une assiette de lentilles vinaigrette sans quitter un instant les pupilles de son interlocuteur.

– ... La finance, ce n'est pas votre affaire. Bon. Pour l'instant, vous vous occupez de camions militaires, mais ça ne va pas durer. Alors, quelle carrière allez-vous faire chez nous?

Quand il disait « nous », à qui songeait-il? Ses troupes avaient bien fondu depuis le début de la guerre. On sentait qu'il reprenait espoir en déjeunant avec quelqu'un de vivant. Mais, par instants, il était traversé par un soupçon : et si celui-là aussi allait disparaître? D'où sans doute sa passion pour l'ail, il devait confondre un peu fantôme et vampire. Il en redemanda plusieurs fois, pour les lentilles, pour le chou farci, pour le fromage, en gousse ou pilé.

– Que me propose-t-on?

– Ce n'est pas la place qui manque. D'abord il faut choisir : colonies ou métropole?

La vie professionnelle commence toujours par cet instant privilégié entre tous : quelqu'un feuillette devant toi le catalogue de tes existences possibles. On peut s'envisager longuement dans plusieurs rôles.

– Quels sont les métiers, aux colonies?

– Eh bien, vous pourriez diriger là-bas une plantation, ou animer notre réseau commercial, ou superviser le transport, ou nous représenter à la Banque de l'Indochine. Alors, qu'est-ce qui vous tente?

J'aurais aimé qu'il entre un peu plus dans les détails; après tout il s'agissait des destins éventuels de Gabriel. Un destin, même éventuel, mérite qu'on y passe du temps.

– Alors, oui ou non, puis-je vous inscrire pour l'Indochine?

Ma décision était prise. J'en voulais toujours à l'Asie d'avoir volé les hévéas brésiliens. Et mon caoutchouc à moi, c'était le sauvage, pas le cultivé. Je me voyais mal agriculteur... M. Charton aurait-il compris ces raisons?

En lui répondant : non, je ne veux pas m'en aller, je suis

soutien de famille, j'ai vu très nettement le paquebot s'éloigner vers Port-Saïd. Sans Gabriel. Et j'ai dû me retenir pour ne pas agiter mon mouchoir. Au-dessus de la tarte aux pommes chaude que nous avions choisie tous les deux pour dessert.

Le directeur n'a rien dit, une petite grimace a crispé un instant ses lèvres. Manifestement, je l'avais déçu.

– Bon, très bien, alors en métropole. Je peux vous proposer des responsabilités au service Recherche et Compétition. Ça vous convient? Bravo! Je vous inscris comme adjoint pour commencer. Mais dans la recherche, ce n'est jamais le chef qui cherche. Je suis sûr que vous y ferez des merveilles. A ce qu'on m'a dit, entre le caoutchouc et vous, c'est une sorte d'amour, n'est-ce pas?

M. le directeur du personnel m'a longuement, soigneusement serré la main et même touché la joue. Je le comprenais. Il voulait vérifier, une dernière fois, si Gabriel Orsenna appartenait bien au monde des vivants. Rassuré, satisfait de sa victoire sur les fantômes, il est parti tout guilleret, puant l'ail.

Quelques mois passèrent, la paix fut signée, les armes se turent. Les jours flottaient, comme dans des vêtements trop vastes. La guerre avait tenu toute la place. L'armistice laissait des vides et des stocks, des hectares entiers de camions verdâtres, couleur de camouflage. Personne n'en voulait. On avait beau multiplier les ventes, ouvrir très bas les enchères. Qu'en faire? se demandait la presse.

Les pneumatiques avaient plus de succès. On les avait amassés en d'étranges montagnes noires visitées le week-end par les familles, qui erraient des heures dans la gomme pour trouver un train complet et repartaient le soir en poussant leur butin dans des charrettes de quatre-saisons.

– Comme ça nous serons prêts, quand nous aurons une voiture, disait le mari à la femme.

La femme faisait oui, de la tête. Les femmes sont dociles, pour les rêves.

La surveillance de ces surplus était l'une des tâches de Gabriel. Chaque matin il se faisait communiquer les cours : On cote aux 100 kg :

Pneus auto lisses..................................	53 F
Voiturettes lisses	40 F
Autos ferrées.......................................	23 F
Vélos souples.......................................	14 F
Autos pelées	40 F
Chambres à air rouges vélos souples	280 F
Grises flottantes souples....................	280 F

Ces montagnes d'occasions cassaient le marché du neuf. Il aurait fallu tout brûler, mais personne n'osait, à cause de la presse. Elle qui s'était tant nourrie des batailles avait trouvé tant bien que mal un autre thème, les scandales de l'après-guerre, la honte du gaspillage. Et puis le caoutchouc qui flambe sent si mauvais !

La Société roulait donc au ralenti, une allure de fantôme, répétait le directeur du personnel Charton. Tous les services avaient des loisirs, surtout la compétition, depuis ce communiqué de la Chambre syndicale des constructeurs d'automobiles : « Considérant qu'en raison de la tâche considérable qu'ont à assumer sans délai les constructeurs d'automobiles français pour reprendre leurs fabrications normales, et vu l'incertitude où ils se trouvent vis-à-vis de l'avenir, il serait prématuré de favoriser actuellement l'organisation d'épreuves automobiles, telles que courses, concours, etc.

» Décide d'inviter les Automobiles-Clubs, les sociétés sportives, etc., à surseoir à toute organisation d'épreuves automobiles, de quelque nature qu'elles soient. »

— Qu'en penses-tu, Gabriel ? me demanda le responsable du service quand parut cet avis. Moi, j'attendrais...

Arnoult, Jean, c'était lui, mon supérieur, un obèse au regard très doux, nostalgique. Chaque matin, il s'enroulait un centimètre autour du ventre. A son grand désappointement, il reprenait rapidement sa circonférence d'avant 14.

— ... Oui, j'attendrais. Comment élaborer des pneumatiques sans connaître les voitures qui les chausseront ?

Mais profitons-en pour investir le milieu du sport. Ainsi, lorsque les courses recommenceront, nous aurons nos entrées. Crois-moi, dans la compétition, il ne suffit pas de gagner, il faut avoir la presse dans sa poche.

C'est ainsi que nous avons passé l'année 1919 à « investir les milieux du sport ».

Notre premier « investissement » fut le championnat du monde de lutte de combat. Je ne voyais pas bien le rapport avec l'automobile.

— Tu ne comprends rien aux relations publiques, Gabriel, c'est la science du détour, l'apparente gratuité... Et puis au moment où l'on s'y attend le moins, hop, une amitié de vestiaire... une camaraderie de paddock te sauve la vie. Prends par exemple ce championnat, tu n'y vas qu'une fois, tu cèdes à la mode. La presse te méprise. Tu y vas deux fois, peut-être t'es-tu disputé avec ta femme, les journalistes te prennent en pitié. Mais si tu y retournes tous les soirs, tu es des leurs. Ta réputation est faite. Gabriel Orsenna ? Ah-oui-le-sportif. Et voilà, c'est gagné, à nous les articles louangeurs, complices, dès que les courses reprendront. Ce n'est pourtant pas sorcier...

Pendant une quinzaine, nous avons donc passé nos soirées aux Folies-Bergère où se déroulaient les combats (challenge Dubonnet) : elles étaient revenues, les gloires d'avant guerre, Constant-le-Marin, un Belge de 115 kg, ou Joe Polte, le soldat américain, Louis Lemaire, champion du Nord. Mais les nouveaux avaient leurs supporters. Gaumont-le-Frappeur, Raoul Saint-Mars et le formidable Italien Gianni Raffaelli, le nègre Ellio, l'Estonien Walter Rentel... Les spécialistes faisaient des paris : la guerre a-t-elle bouleversé les hiérarchies ? Enfin, nous allons remettre les pendules à l'heure.

Gabriel avait du mal à suivre Jean Arnoult, qui sillonnait la salle et serrait les mains, des dizaines, des centaines de mains, qui s'interrompait à peine de serrer pour applaudir.

— Encore quelques soirées comme celle-ci et je connaîtrai vraiment tout le monde, me répétait-il sur le chemin du retour, rue du Faubourg-Montmartre, rue Vivienne.

C'était son objectif dans la vie : un jour, connaître « tout le monde ».

La journée commençait par la lecture et relecture des journaux. Toute la matinée y passait. Ne pense pas que nous perdons notre temps, Gabriel. Ainsi tu pourras citer nos amis journalistes, mine de rien. Ceux qui travaillent dans les quotidiens sont très sensibles à la mémoire. Gabriel se souvient de quelques attaques d'article :

« Constant-le-Marin ! Hiltman ! Quelle lutte ces deux hommes se sont livrée ! Quelle ardeur déploie le farouche Suisse, mais avec quelle maîtrise lui répond le champion du monde ! Et si parfois il riposte énergiquement pour faire comprendre à l'adversaire qu'il y a des limites à ne pas franchir, c'est toujours avec courtoisie qu'il livre le combat ! »

Et puis le récit de la finale : « Soudain le champion d'Italie place un collier, se baisse. Constant-le-Marin se laisse aller, surmonte, se retourne et place un ciseau. »

Nous avons fêté sa victoire au café de Paris tous ensemble, Henri Desgranges en tête et l'équipe de *L'Auto* au grand complet.

Après ce premier succès, nous avons dû choisir le théâtre de notre deuxième offensive.

— A toi de proposer, Gabriel, je vais voir si tu progresses dans les relations publiques.

— Une chose est sûre, changeons de sport. Avec le cyclisme, au moins verrons-nous du pays. Et les vélos utilisent des pneumatiques, que je sache.

— Conclusion ?

— La reprise de Paris-Roubaix. 20 avril.

— J'ai beaucoup mieux : « Le circuit des champs de bataille. » Trois avantages : 1) La dimension patriotique. La course part de Strasbourg reconquis. Puis Luxembourg, Bruxelles, Amiens, Paris, Bar-le-Duc, pour revenir à Strasbourg. Il faut qu'on nous voie, il faut absolument qu'on nous voie à ce pèlerinage. 2) L'aire d'influence. Si tu étais informé, tu saurais que c'est *Le Petit Journal* qui organise la compétition. Tu veux un dessin? Le championnat de lutte avec *L'Auto*, le cyclisme avec *Le Petit Journal*, nous étendons nos réseaux. 3) La promiscuité. En sept jours, surtout le soir en province, où les tentations sont rares, nous tisserons des liens.

Voilà comment Gabriel a visité les ruines, les villages déchiquetés, les églises béantes, les restes des batailles. Plus rien n'était vert, malgré juin. Une terre à nu, des vallonnements bruns à perte de vue, piqués de pieux noirs, c'était une forêt, Gabriel, il n'y a que l'herbe pour recouvrir tout ça, il faut ressemer une grande prairie, de la mer à la Lorraine. Oui, Jean, ressemer.

La caravane louvoyait entre les trous, les marmites, les entonnoirs. Parfois se dressait un pan de mur entier, debout, avec une fenêtre entrebâillée. On voyait le ciel de l'autre côté, un morceau de gris malgré les rideaux. Les habitants étaient revenus, puisqu'ils applaudissaient les coureurs. Mais où logeaient-ils donc? Il n'arrêtait pas de pleuvoir sur la boue.

— La pluie, c'est bon pour l'herbe, répétait Jean.

De temps en temps, un panneau indiquait Querrain, Bapaume, Albert, au milieu des pierres, preuve que l'on avançait.

Ce printemps sans couleur verte serrait le cœur. Plus personne ne parlait dans les voitures. Un à un, sans se donner le mot, les chauffeurs accélérèrent. Et les cracks sont restés seuls à se battre avec le passé.

A Amiens, tout le monde attendait en battant la semelle sur le boulevard Beauvillé. Au café tout proche, le Palais, le téléphone de Paris n'arrêtait pas de sonner. C'étaient les rédactions.

— Nous tirons dans une demi-heure. Alors?

— Rien.

Avec la nuit tombée, les fantômes arrivèrent. Bien avant les cracks. La foule avait les yeux fixés sur l'extrémité du boulevard, là d'où devaient surgir les coureurs. Mais la pluie, le noir, les ruines sont propices aux fantômes. Un spectateur a crié. Et puis un autre...

— Regarde, regarde, le voilà, Marcel, ou Ferdinand, ou Georges. Je savais bien qu'il reviendrait...

Les fantômes n'avançaient pas. Ils restaient là-bas, dans l'ombre, au milieu du boulevard Beauvillé, à l'entrée de la dernière ligne droite.

— Chut, taisez-vous donc!

Il ne fallait pas les effrayer. On n'entendait plus rien, plus aucun murmure, seulement les sonneries du téléphone. On avait pourtant fermé la porte du café le Palais. Il sonnait toujours. Sans doute une lucarne, entrouverte, quelque part... C'est peut-être ce bruit-là qui les a empêchés d'approcher...

Gabriel se sentait gêné, lui qui n'avait pas de fantômes dans sa vie, seulement des femmes nomades.

Maintenant Jean Arnoult chantonnait, mi-paroles mi-musique, cinq syllabes, toujours les mêmes, Marcalainwilly, les syllabes de ses trois fils disparus pour la France. Il les avait vus (je te le jure, là, Gabriel, là-bas) au milieu des balustrades, tu vois le réverbère, un peu plus loin, Marcalainwilly...

Gabriel le prit dans ses bras. Jean Arnoult claquait des dents. Un froid l'avait saisi, le froid des pères sans fils. Le vainqueur, Deruyter, arriva, après dix-huit heures de course, juste avant minuit. Il pleurait, lui aussi, comme tout le monde.

Les applaudissements étaient maigres, pleins d'amertume. On ne voulait pas de lui. On aurait préféré les fantômes. Deruyter aurait dû les attendre, les convaincre d'avancer.

— Et les autres, au moins, tes camarades coureurs, où sont-ils? Tu les as laissés dans la guerre, tu les as laissés là-bas?

Deruyter ne répondait pas, secoué par les larmes.

Ce «circuit des champs de bataille» n'eut pas d'autre

édition. Les milieux du cyclisme ne sont pas très fiers de cette invention-là. Quand on les questionne aujourd'hui, ils répondent des vraiment vous êtes sûr?, jamais entendu parler. Mais la mémoire de Gabriel s'en porte garante. Et l'allié de sa mémoire, l'inestimable journal *L'Auto* confirme, le grand recueil à tranche rouge et pages jaunies, printemps 1919. Vérifie si tu ne me crois pas.

J'ai perdu Jean Arnoult quelques mois plus tard, en novembre, après la «Targa Florio». C'était la grande reprise de la compétition automobile, la course qu'il ne fallait pas perdre.

Au retour de Sicile, nous nous étions faits tout petits, lui et moi, transparents. Nous arrivions très tôt, perdus dans le flot des employés. Un sandwich pour déjeuner, dans le bureau. Nous repartions tard, à la nuit tombée. Personne n'aurait pu jurer que nous étions revenus de Palerme.

Sauf M. Charton, le directeur du personnel et, par intérim, de la section commerciale. Il attendit, il attendit. Nous commencions à reprendre courage, à relever la tête, à arriver un peu plus tard, à peine, quand le 4 décembre, à midi juste, il nous convoqua.

— Vous lisez la presse, monsieur Jean?

— Oui, monsieur le directeur. C'est un peu mon métier.

Il ne s'adressait pas à moi. Je n'étais là que comme greffier, témoin.

— Et rien ne vous a blessé ce matin, monsieur Arnoult?

— Non je ne vois pas, balbutia Jean.

— Rien vraiment?

Alors le directeur nous tendit la page 3 de *L'Auto :* du haut en bas, sur quatre colonnes :

A. Boillot
sur
pneus Pirelli
enlève
la Xe Targa Florio.

– Les pneus Pirelli, des pneus i-ta-liens... C'est bien ce que je pensais. Le destin des Établissements M. vous est sorti de la tête. Ces choses-là arrivent. Divorçons à l'amiable. Voici votre compte, monsieur Arnoult. Bonne chance pour votre nouvelle vie, j'espère qu'elle existe, j'espère vraiment, monsieur Arnoult.

Il a raccompagné Jean Arnoult jusqu'à la porte, sans lui donner la possibilité de me dire au revoir. Nous l'avons vu s'en aller, longer tous les bureaux, descendre l'escalier, traverser la cour, sortir sans se retourner. Jean Arnoult a disparu sans serrer aucune main, lui le spécialiste des relations publiques, pas même la mienne.

– A nous, dit Charton. La direction accepte de passer l'éponge. C'était à elle, à moi, de vous connaître mieux. La promotion n'est pas dans votre caractère, ni la réclame. Vous êtes plutôt du genre chercheur, monsieur Orsenna, je me trompe ? Bien. Vous allez rejoindre votre cher caoutchouc. Je veux des voitures qui collent à la route, quelle que soit la vitesse. Finies les vacances, Gabriel, et fini Pirelli. Nous sommes d'accord ?

Gabriel a répondu des dizaines de oui à la file, assez de oui pour ne plus songer à Jean Arnoult, pendant des années, jusqu'à l'épisode magnifique de la tour Eiffel.

Je n'avais pas perdu sa trace. D'ailleurs comment l'aurais-je pu, à moins de quitter Paris ou de vivre les yeux baissés ?

Un constructeur de voitures l'avait tout de suite engagé dans son service de promotion. Lequel constructeur prit bien sûr à son compte le coup de génie : CITROËN, en majuscules, en lettres de feu, sur les quatre côtés de la tour Eiffel. Mais le petit monde de la réclame et des relations publiques y vit sans hésitation la marque de Jean Arnoult, sa patte.

Il a fini là-haut sa carrière.

Il s'était installé un lit de camp, au troisième étage, dans une annexe de l'ascenseur. Sous prétexte de vérifier à toute heure l'état des ampoules.

II

Place de la Concorde. A droite de l'hôtel de Crillon.

Tous les souvenirs de l'automobile sont là.

Cette fois Gabriel se tourne vers vous, mon cher maître, mon avocat, puisque mon fils, décidément, ne vient jamais me voir. Et pourquoi un fils qui ne s'intéresse pas au présent de son père s'intéresserait-il à son passé? Tandis que vous, mon bien cher maître, mon hors de prix, c'est votre métier. Si donc, pour votre dossier, vous avez besoin de renseignements supplémentaires, je vous donne l'adresse : place de la Concorde, à toucher l'hôtel de Crillon, vous ne pouvez pas vous tromper, l'Automobile-Club.

Avant de faire vos premiers pas dans ces couloirs à lambris (appliques de cuivre et tapis rouge), dites-vous bien que c'est votre dernière chance ; tout ce qui concerne l'ancien temps, le très ancien temps de l'aventure automobile se trouve rassemblé là. Ailleurs, il ne reste plus trace de ces époques héroïques.

Je doute que l'on vous ouvre la piscine. D'abord parce que vous n'êtes pas membre. Mais surtout parce que, il suffit de vous voir, vous êtes le genre d'homme encore jeune qui fait, à tout bout de champ, étalage de sa bonne santé, pectoraux sortis, abondance de cheveux sur le crâne et de sève dans les bourses, le genre d'agité à plonger, à peine arrivé, sans même jeter un coup d'œil à ce merveilleux décor, plonger, crawler cent mètres en une minute à peine, sortir de l'eau à la gymnaste, rétablissement, enchaîner sur le bavardage pour bien montrer que vous n'êtes pas essoufflé. Je ne vous en veux pas! C'est votre nature et les avocats sont des combattants. Mais ce genre déplaît fort aux vieux habitués de l'Automobile-Club. Ce mouvement brusque de la tête, par exemple, que vous auriez, j'en suis sûr, en émergeant du bain, histoire de remettre votre mèche jais en place. Ce mouvement-là, les habitués, eh oui souvent chauves, ne vous le pardonneraient pas.

Dommage. Dommage pour vous, mon cher maître. Ils vous auraient raconté des choses, des épisodes utiles, mine de rien, les pieds dans l'eau, nus comme des vers, tout en lisant la double page « Carnet mondain » du *Figaro*.

Ainsi vous serez contraint de vous rabattre sur les bridgeurs, au rez-de-chaussée, derrière une porte au verre dépoli. Ce n'est peut-être pas plus mal pour vous : ils sont plus vieux que les nageurs. Ils conviennent donc mieux, pour l'époque qui vous intéresse. Vous les regarderez jouer et ne ricanez pas, si c'est possible : ils ont choisi d'attendre la mort par quatre, des cartes à la main, ce qui n'est pas une manière d'attendre plus idiote que d'autres.

Il s'en trouvera bien un, à un moment, pour se lever. Vous réprimerez votre impatience. Vous ne l'aborderez pas tout de suite. Seulement quelques instants après, quand il reviendra des toilettes ; s'il vous plaît, abordez-le poliment.

– Orsenna ? Une seconde, une seconde, ce nom me dit quelque chose, une seconde, tout cela est si loin...

Là, il faut vous taire, ne pas le brusquer, permettez-moi ce conseil, quelqu'un qui remonte dans le passé est comme un somnambule, un réveil brutal le tuerait. A peine pouvez-vous risquer un mot, *pneumatique*, une date, *les années 20*, pas plus, de nouveau tendez l'oreille et souriez, surtout souriez, le sourire qui ouvre toutes les portes, 50 % jeunesse, 50 % nostalgie.

– Et ça vous intéresse à votre âge, cette préhistoire ? dira, tout ému, le vieux monsieur, levant vers vous ses yeux transparents. Oui voilà, il me revient, Orsenna, Gabriel, un garçon consciencieux, inventif et, comment dire ? rebondi. C'est cela, maintenant je le tiens, inventif et rebondi. C'était d'ailleurs son surnom, le rebondi. Un vrai sorcier de la gomme. Il savait chausser les voitures comme personne. Sa vie, dites-vous ? Sa vie personnelle ? Là, vraiment, vous

m'en demandez trop. Attendez que je me souvienne...
Mais oui, voilà, je suis bête. Une femme très belle, israé-
lite, n'est-ce pas ? En tout cas grande, brune. On se demandait avec son physique à lui, enfin rien à dire de ce côté-là,
un excellent ménage. Toujours ensemble sur les circuits...

A ce moment-là ses partenaires vont l'appeler : allons
Georges, que fais-tu, j'ai chuté d'une levée, tu n'es plus
mort, reviens.

Mais Georges sera lancé.

Vous ne vous rendez pas compte de votre chance :
quelqu'un a bien voulu se souvenir d'Orsenna Gabriel. Car
ordinairement les milieux de l'automobile n'ont que la
mémoire des cylindrées, des calandres de Bugatti, des
vitesses atteintes sur la ligne droite des Hunaudières, des
pilotes ; comme par hasard, ils ont oublié les pneumatiques, et plus encore les pneumatologues, sans qui, pourtant, nulle aventure mobile n'aurait été possible.

– ... Oui, un excellent ménage, jamais rien avec les
autres femmes, ni elle avec les pilotes, et pourtant croyez-
moi, nous étions des lurons, à l'époque, dans les milieux
de l'automobile...

Les partenaires s'énervent, les cartes sont distribuées.
Georges, j'ai annoncé sans atout, un, que réponds-tu ?

– Vous voyez, il faut que j'y aille...

Le vieux monsieur s'en va, un peu groggy, les voyages
fatiguent, surtout les aller et retour si rapides dans le
temps. Il a une démarche d'ours, jambes écartées, comme
un qui ne se serait pas suffisamment égoutté à cause d'une
question sur le passé.

Et vous, parce que votre jeunesse et votre course permanente à travers l'emploi du temps vous tiennent lieu de
chaleur humaine, vous vous dites seulement : formidable,
merci au bridge de m'avoir évité une interminable digres-
sion, les vieux sont durs à démarrer, mais une fois partis,
on ne les arrête plus...

En sortant, sans même un coup d'œil vers les admi-
rables nuages roses qui défilent, ce jour-là, au-dessus de
l'Assemblée nationale, vous piquerez du nez vers votre
poignet. Dans votre vie, il n'y en a que pour votre montre.

Puis vous sauterez dans un taxi en vous disant : finalement c'était très facile de reconstituer l'existence conjugale et professionnelle de cet Orsenna. Passons maintenant aux choses sérieuses, ses trafics pendant la Seconde Guerre et ses aventures indochinoises.

Maintenant que l'avocat s'en est allé vers son destin-salami, haché par les rendez-vous eux-mêmes hachés par le téléphone, Gabriel va parler de la vérité.

Ce n'est pas de gaieté de cœur. La vérité n'est pas douce à dire, elle râpe, en passant, la bouche. Gabriel ne parle pas pour son fils, qui ne vient jamais le voir et avec lequel il se déclare fâché (durée prévue de la brouille : un mois). Ce n'est pas non plus pour les beaux yeux de son défenseur : la vérité est lente, parfois interminable ; les gens pressés, comme tous les avocats, la dépassent sans la voir. Et ce n'est pas davantage pour venir en aide à la justice de son pays : cette justice n'a pas un goût suffisant des archives. Une fois un jugement prononcé, on jette le dossier dans un sous-sol, dans une soupente. Qui, aujourd'hui, pourrait retrouver la chemise Stavisky, qui pourrait dire lesquelles de ses dents étaient en or, détail capital si l'on veut comprendre quelque chose à la séduction, donc à l'escroquerie ?

Si Gabriel livre ses souvenirs d'amour, c'est en hommage à l'Automobile-Club.

Une institution qui garde en mémoire le nom du chauffeur abyssin du comte de Dion (Zélélé), et tant d'autres choses encore, mérite le respect, qu'on lui livre des faits exacts.

III

Un excellent ménage.

Une première chose est sûre : la femme de Gabriel apparaissait.

Une seconde chose est sûre : la femme de Gabriel disparaissait.

La conclusion est plus incertaine : peut-on appeler « excellent ménage » cette intermittence ?

Clara apparaissait toujours au même moment, le dimanche matin, après les derniers essais, lorsque la piste était redevenue vide et les voitures immobiles, rangées sagement devant les stands, la plupart ventres ouverts, où plongeaient des mécaniciens. De temps en temps, un moteur rugissait, puis se calmait. Quelqu'un testait les haut-parleurs. Un, deux, trois, *one, two, three, ein, zwei...* selon les pays... Derrière nos parfums à nous, l'huile chaude, l'essence « améliorée », montaient les remugles de la foule : friture, bière, brochettes de porc, oignons brûlés. Les tribunes finissaient de se remplir. Pour Gabriel, c'était l'heure fatidique : il passait la main sur les pneus, les lisses et les sculptés, les gommes dures et les molles, et il scrutait le ciel : va-t-il pleuvoir ?

Alors Alsina, le jeune fanatique chargé dans notre équipe d'apporter les sandwiches et de repousser les curieux, alors Alsina accourait :

— Monsieur Gabriel, monsieur Gabriel, votre femme, elle arrive, vous en avez de la chance, qu'elle s'intéresse à l'automobile, parce que moi... Janine...

Gabriel ne répondait rien. Sans s'en rendre compte, il avait deux fois regardé sa montre, il savait que c'était l'heure. Son cœur, comme chaque fois, battait la chamade et l'air prenait tout à coup une autre couleur, blanche et plate, sans relief, une allure de décor.

Et elle apparaissait, royale Clara, merci Alsina, ouf quel monde aujourd'hui, bonjour Maurice, course difficile, n'est-ce pas, mais je vous fais confiance, bonjour Georges, je ne vous dérange pas, je sais ce que c'est, le dernier réglage, distribuant les sourires, les poignées de main, faisant mine de consulter les chronos, trois trente et une eh bien dites, ça ne va pas traîner cet après-midi! Bonjour Gabriel, tu n'es pas heureux de me voir? Longue silhouette s'avançant vers moi, jupe sombre, chemisier clair, cheveux coupés, drôle de garçonne; une mode qui ne lui allait pas, je m'agrippais à ces erreurs, ces petites fautes, un rouge à lèvres trop framboise, une ride un peu amère au coin de la bouche, du côté gauche, oh! si je pouvais ne plus l'aimer. Imbéciles remparts qui ne tenaient jamais plus d'une seconde ou deux. Une femme est contre moi, tu ne m'embrasses pas, Gabriel? A ton avis, il va pleuvoir?

Pourquoi toujours et seulement le dimanche? Jour de fête? Trouvait-elle Gabriel plus attirant le dimanche?

Dimanche, bon jour pour Gabriel, comme on dit bon profil? Je me le suis longtemps demandé.

En fait, elle venait pour la peur.

Raisons scientifiques, professionnelles : la peur, matière première des spécialistes de l'âme. Ils sont sur terre pour calmer les peurs. Et comment calmer sans connaître?

Avec le recul, tout s'explique.

Son agitation, elle d'habitude si noble, si retenue, cette manière de fureter, de tourner la tête en tous sens, de s'avancer, de s'éloigner, surtout Gabriel je ne veux pas te déranger, son nez frémissant, ailes palpitantes, légère moiteur aux tempes... Gabriel s'y est longtemps fait prendre, mais ce n'était pas de l'amour. L'amour était là, peut-être, mais lointain, second rôle, écrasé par cette passion pour la peur, la sensation qu'elle avait de pénétrer au plus profond de la nature humaine, là d'où partent les tremblements.

Plus l'heure du départ approchait, moins elle quittait les pilotes, elle les suivait comme leur ombre, ceux qui plaisantaient jusqu'au dernier moment entourés d'admirateurs, ceux qui déambulaient seuls devant les tribunes, lanière du casque déjà bouclée, gants enfilés, ceux qui s'asseyaient par terre, dos contre le mur du stand, perdus, pétrifiés, enfants dans une cour d'école un jour de rentrée, elle restait là, les dévorant des yeux, même qu'Alsina certains dimanches allait jusqu'à réconforter Gabriel, ce n'est pas grave, croyez-moi, elles aiment toutes les pilotes, croyez-moi, quand elles ne s'intéressent pas à l'automobile, c'est pire. Elle les accompagnait même jusqu'à la porte des toilettes, montait la garde, ne prenait pas de notes, n'osait pas, mais au plisse-ment de son front, on devinait qu'elle engrangeait...

Plus tard, durant la course, elle rendait de petites visites aux compagnes des concurrents qui n'en menaient pas large, qui pâlissaient chaque fois qu'on entendait hurler la foule, malgré le fracas terrible des moteurs. Puis elle reve-nait me voir, je ne te gêne pas Gabriel? Nous nous pen-chions au même rythme, nous guettions la sortie du der-nier virage, le 24 n'est pas passé depuis longtemps, ah! le voilà, ce n'est pas encore pour cette fois, toi aussi tu as peur? me criait Clara dans l'oreille, et tandis qu'Etancelin dépassait Caracciola, je la sentais contre moi, toute frissonn-ante. En général, à cet instant-là commençait la pluie. Ou bien l'on annonçait de l'huile sur la piste au bout de la ligne droite, à l'endroit du freinage, comment trouver des pneus qui tiennent sur l'huile? Nous restions côte à côte jusqu'à la fin, comptant les tours, plus que sept, plus que six, enfin le drapeau à damiers s'abaissait. Dire qu'ils recommencent dimanche prochain, murmurait Clara, c'est ça le plus fou, recommencer...

Clara disparaissait toujours au même moment et toujours de la même manière : le dimanche soir, après la remise des prix.

Les vainqueurs avaient reçu leurs coupes, les discours étaient finis, et maintenant bon appétit à tous... Les applau-dissements emplissaient encore une fois le vaste restaurant du grand hôtel blanc où se remettent toujours les trophées de Grand Prix. Les rondelles de langouste mayonnaise arrivaient et Clara s'éclipsait. Suivie de Gabriel.

— Tu nous quittes déjà? criaient les camarades.

— Toi sans qui...

— Le sorcier des pneumatiques...

— Enfin, nous comprenons, l'amour...

— Quel amour? demandaient en clignant des yeux les passionnées d'automobiles arrachées pour une seconde à leurs rêveries (avec lequel des rescapés pilotes vais-je, cette fois-ci, passer la nuit?).

— Bonne chance, Gabriel.

— Quel besoin de lui dire bonne chance. Gabriel tient la route, en amour comme en pneumatique.

Gabriel entendait derrière lui décliner les bruits de la fête et clap, clap sur le marbre, les pas de Clara. Donc elle me suit toujours, je n'ose pas vérifier. Il se haussait le plus possible. Seuls les êtres longs et désinvoltes sont légitimes dans les palaces; seuls, ils ont le droit de traverser la mer étincelante qu'est le hall et d'aborder la falaise de bois sombre qu'est la réception.

Les rebondis ne sont là que tolérés. Un signe du tout-puissant concierge, on les jetterait dehors.

Un groom rouge et bleu ouvrait déjà la porte. Pardonne-moi, Gabriel. (Là-bas, derrière eux, les applaudissements continuaient.) Donne-moi du temps, Gabriel.

Il regardait le panneau en feutre mauve piqué de lettres grises, salon Wagner (ou Victoria, ou Garibaldi, tout dépendait du pays) : « 21 heures, Grand Prix Automobile (réception privée). » Gabriel, s'il te plaît, ne fais pas cette tête-là, j'ai besoin de temps. Un taxi, demandait Clara. A peine cinq minutes, madame.

Puis Gabriel prêtait la main à la disparition. C'est-à-dire qu'il aidait Clara à descendre l'escalier.

Un autre groom tendait le parapluie, et le taxi s'en allait, j'ai de la chance, il y a juste un train pour Paris, passe une bonne semaine, Gabriel. Les deux feux rouges arrière entraient dans la nuit, là sans doute où se trouvait le temps, le temps qui fait les excellents ménages.

DÉJEUNERS DE RÉALITÉ

Titre pompeux, choisi par Louis : je me sens de plus en plus ton père, Gabriel, il faut que nos déjeuners te servent. Tu dois guérir.

Cadre : l'un de ces restaurants du IIe, IIIe arrondissement où, en hommage aux provinces françaises, on ne sert que du lourd, du très lourd, des confits, de l'aïoli, des mirotons, des pieds de porc, du tablier de sapeur (la meilleure médecine pour ce que tu as, Gabriel, gras-double, œuf battu, beurre d'escargot). Mange, Gabriel, reprends, c'est bon pour toi, tu te lestes.

Date : tous les lundis, lendemain du dimanche.

C'est donc un Gabriel bien mal en point, pâle, bien pâle sourire aux lèvres et les mains tremblantes qui s'asseyait en face de son père.

— Eh bien, Gabriel, ça ne s'arrange pas, à ce qu'on dirait. Toujours tes reines?

— S'il te plaît...

— Ça dure depuis combien de temps déjà, cette misère?

— Louis, s'il te plaît...

— Tais-toi. Quand est-ce que tu vas comprendre qu'il y a d'autres femmes, des millions d'autres femmes, des vraies, des gentilles, qui nourrissent, des roboratives? Voilà ce qu'il te faudrait, une femme roborative, comme ce navarin.

— S'il te plaît, changeons de sujet. Pour une fois, le lundi, parlons d'autre chose.

— Tu en connais, toi, d'autre sujet pour un père que son fils pitoyable? Tu me fais penser au roi Midas, tout ce qu'il touchait devenait de l'or, il en mourait de faim. Tu es comme ça avec les femmes, Gabriel. Un imbécile de roi Midas.

Mais toi, Wladislawa, tu l'aimes?

— Décidément, pauvre Gabriel... Elle est là, tu comprends. Tu peux comprendre ça? Ma vie passe et elle est là.

— Comment va Marguerite?

— Toujours pareille. L'Amérique rien que l'Amérique. On dirait toi, avec tes reines. Je t'interdis d'aller la voir. Tous les deux rêveurs, vous vous feriez la courte échelle.

Et généralement il se taisait jusqu'à la fin du déjeuner de réalité, marmonnant seulement des « quelle famille ! » entre les bouchées, ou bien ro-bo-ra-tive, oui, ro-bo-ra-tive, cette fois tu paies, Gabriel, tu es vraiment trop bête, toujours ça de pris que les reines n'auront pas.

Autre lundi.

Comme nous reprenions souffle après le lapin en crêpine (médiocre, mal dégraissé), et avant le reblochon (toute une famille, faits, demi-faits, crémeux ou durs, spécialité du lieu). Gabriel? Oui, Gabriel, je vais te faire mal.

Louis farfouille dans son costume en velours noir. Une poche, deux, trois. Enfin il trouve, dans le gousset à la place de la montre. Voilà. C'est pour toi, Gabriel. Bristol assez fripé, une écriture d'instituteur, encore bleue, pleins et déliés.

Grevenynghe Luc
2, square Louvois
(pied-à-terre)

— C'est lui, Gabriel.

— Qui?

— Clara, enfin son homme. Lundis et mercredis soir. Depuis trois ans. Dans le commerce. Les reines ont un ventre, figure-toi. Gabriel?

— Oui.

— Ça me fait mal de te dire ça. Maintenant, Ann. Pas pu savoir, pas les moyens de la suivre, trop internationale. Bénéfice du doute. Tu ne m'en veux pas, Gabriel? Je suis triste, mais j'ai ma responsabilité de père. S'il te plaît, laisse tomber tes reines. Fais-moi plaisir. Choisis une femme qui reste.

Autre lundi.

La Coupole.

Étrange odeur.

– Tu ne sens rien, Louis?

– Moi, non.

Une odeur humide, d'algues à marée basse.

– Tu n'as pas faim, Gabriel?

Je n'étais pas seul à l'avoir remarquée, cette odeur. Deux voisines, la trentaine, bien mises, conversation sur les avantages de l'École alsacienne, jetaient des coups d'œil effrayés dans notre direction et rougirent, toutes les deux, presque en même temps.

J'ai regardé Louis, j'ai respiré fort, j'ai osé respirer fort.

Mon père sentait le sexe.

Sans doute un nouvel effort pédagogique de Louis, cette odeur-là. Le message était clair : un homme, un homme réel doit avoir une vie sexuelle, Gabriel.

Mais a-t-il vraiment existé, ce parfumé lundi-là? Comment savoir, après tant d'années?

Comment retrouver nos deux voisines de ce jour-là et demander aux vieilles dames qu'elles sont devenues si, vraiment, cette odeur... vous êtes formelles?

IV

Un excellent ménage (suite).

Ann était ma belle-sœur. En outre, mon amie.

Mais dans notre amitié, il faut bien le comprendre, les corps avaient le monopole.

Et un monopole est seul au monde.

A chacune de leur rencontre, Ann se disait et Gabriel se promettait, allez, cette fois, nous allons nous parler, cette fois discuter, nous connaître, échanger des nouvelles sur nos métiers, depuis le temps que cette amitié dure... Mais le monopole veillait et la même force qui les jetait l'un vers l'autre, la même, aussi implacable, qui dans l'instant, où qu'ils se trouvent, les faisait s'arracher à leur vie du moment, courir vers une chambre, la même, sitôt les corps calmés, leur imposait silence :

— Pardon, disait Ann, un rendez-vous...

— Excuse-moi, disait Gabriel, je dois partir...

Et une fois de plus se séparaient avant d'avoir échangé le moindre mot.

Non que la lassitude s'installât, bien au contraire, non que leurs rencontres fussent brèves (elles ont duré jusqu'à quatre jours et nuits, sans sortir), mais le monopole dictait sa loi, le très sourcilleux monopole des corps.

Nous ne parlions jamais, ou alors très vite, en déguisant notre voix, comme les gangsters qui téléphonent au sujet d'une rançon et avalent les phrases, accélèrent le débit, pour n'être pas découverts, qu'on ne sache jamais l'origine de l'appel.

Une autre singularité de leur amitié, c'était la vieille exigence d'Ann : rester debout.

Au début, dans leurs premières années, Gabriel s'en agaçait.

– Voyons, Ann, mais toutes les femmes s'allongent...

– Peut-être. Ou justement. En tout cas pas moi.

Et peu à peu, il l'avait comprise : Ann avait au moins trois raisons de ne pas vouloir s'allonger.

1) Elle était femme et l'on sentait ces derniers temps gronder dans l'air un petit orage, les voix de femmes revendiquant une liberté. Et Gabriel, du fait de son métier, savait qu'une grande victoire, au Mans par exemple, n'est que la conséquence d'attentions multiples et très domestiques : donner au bon moment un café au pilote, lui répéter qu'il est le plus fort pour qu'il ne baisse pas les yeux en rencontrant son concurrent principal dans le couloir des stands. Ne pas s'allonger devait être considéré par Ann comme l'une des constituantes de la victoire. Pourquoi pas?

2) Elle était femme d'affaires et les êtres d'affaires, hommes ou femmes, ne doivent pas s'allonger.

3) Elle gardait sur son visage de blonde, même au milieu de la journée et en dépit d'une vie des plus actives, ces très légers bombements qu'ont les femmes au réveil. Et s'il faut, pour que l'Automobile-Club soit au courant de tout, se montrer encore plus intime, son sexe n'était ni avide ni fermé, mais confiant, si doux, sans violence, comme enfantin. L'enfance de quelqu'un qui dort. Sachant son corps déjà très ouvert au sommeil, Ann ne voulait pas lui céder plus. Donc refus d'allongement. *La Belle-au-bois-dormant* est un conte qui fait peur à bien plus de petites filles qu'on ne croit.

Cette exigence étrange : je reste debout, Gabriel l'avait d'abord acceptée. Maintenant il l'aimait. Et quand il pensait à cette femme, il ne l'appelait plus Ann, mais celle-qui-reste-debout. *Up lady*. Et il regrettait de n'être pas sioux ou guarani, de ces peuples avisés où l'on ne donne pas aux humains de prénom passe-partout mais des périphrases. As-tu vu celle-qui-reste-debout? Bonne nuit, celle-qui-reste-debout.

Ajoutons que la station debout du partenaire est une contrainte des plus stimulantes. Telle la rime en poésie.

On peut en faire des choses, avec une femme debout, varier les positions et les cheminements, presque à l'infini. Il faut seulement prendre garde au mobilier des hôtels. Les gérants ne prêtent attention qu'aux lits, à leur solidité. Dans le meilleur des cas. Mais les chaises, mais les tables, grincent, branlent et s'écartèlent sitôt qu'on les utilise un peu fraternellement.

Ou, me direz-vous, Gabriel se vante sur la durée de certaines de ces entrevues (quatre jours et quatre nuits, sans sortir, mazette), ou vous deviez prendre du repos : dans cette dernière hypothèse, Ann dormait-elle debout, comme, dit-on, les chevaux, ou consentait-elle, enfin, à s'allonger?

Gabriel répond avec la plus grande tranquillité à cette question qui se voudrait insidieuse mais révèle naïvement un intérêt peut-être pas très sain pour cette amitié.

Après chaque assaut, nous nous reposions, comme tout le monde, mais chacun de notre côté. Et si Ann s'allongeait, ce qui lui arrivait, bien sûr, elle n'oubliait pas de me prévenir :

— Si tu me touches allongée, jamais tu ne me reverras. Jamais.

Je la croyais. Les Eurydice ne pullulent pas seulement sous la terre.

Ainsi c'est tout seul, chacun pour soi, et non entremêlés, comme tant d'amis de par le monde, que nous reprenions haleine.

Et, quelques quarts d'heure plus tard, c'étaient deux individualités neuves, neuves pour elles-mêmes, neuves l'une pour l'autre, qui reprenaient leurs jeux debout.

Avouons cependant une entorse à cette double règle du silence et du repos séparés : c'est lors d'une de ces phases de récupération, tandis qu'ils s'agrippaient aux rebords du matelas pour ne pas tomber l'un sur l'autre dans la rigole centrale, c'est alors que monta dans le silence très relatif des hôtels (gargouillis des lavabos, arrêt d'autobus juste en dessous de la chambre, ronflements d'aspirateur), la voix, rare, d'Ann :

— Mes parents organisent une petite fête pour l'anniversaire de Markus. Je crois aussi qu'on va lui remettre la Légion d'honneur. Il aimerait sûrement que tu sois là. Comme au bon vieux temps.

Gabriel arriva tard.

Les essais du jour avaient duré très longtemps. Il s'agissait de repérer les différentes causes d'échauffement d'un pneumatique. Frottement sur le sol pour la bande de roulement et flexions répétées pour les flancs. Les ingénieurs avaient imaginé un système particulièrement malin, la cage à mouche : à travers des câbles placés en arceaux perpendiculaires au bord de la jante, on pouvait regarder la chambre à air en travail dans l'intérieur du pneu et effectuer les mesures indispensables.

En dépit de l'intérêt de ces expériences, capital pour notre sécurité de conducteurs, Gabriel s'impatientait. Sitôt la séance terminée, il prit ses jambes à son cou et se précipita rue Louvois, au pied-à-terre parisien des Knight.

Les invités étaient déjà repartis et la Légion d'honneur remise. L'étoile blanche et or, le ruban rouge brillaient sous le sourire de Markus.

– Oh! Gabriel, bienvenue à un véritable ami des décorations!

On m'offrit du champagne, un boudoir.

Comme nous étions tous les cinq, le bon vieux temps revint, sans se faire prier. Peut-être n'attendait-il que l'occasion?

– Alors, Gabriel, demandait Markus, comment vont les automobiles?

– Alors, Gabriel, demandait Élisabeth, es-tu heureux?

(On l'aura compris, Gabriel résume. Les questions qu'on lui posait n'étaient pas si stupides, ni si cruelles.)

Les deux sœurs, les yeux plongés dans leur coupe, contemplaient les bulles et riaient nerveusement en s'écriant voyons, papa, voyons, maman, n'embêtez pas Gabriel, avec une belle régularité de métronome. Famille de musiciens.

Soudain, Élisabeth m'a pris le bras. J'ai à te parler, Gabriel.

Et elle m'a entraîné dans la chambre à coucher, la deuxième et dernière pièce du pied-à-terre.

– S'il te plaît, maman, a dit Clara.

– C'est ridicule, a dit Ann.

Markus se taisait.

Une fois la porte refermée :

– Gabriel, écoute-moi, Markus et moi nous avons traversé nos tempêtes. Je pourrais choisir. Celle de 1911 ou de 1917, ou celle de la rousse à l'oreille absolue, soi-disant. Je ne vais te raconter que la dernière, comment elle a fini. Pour te donner un peu d'optimisme et aussi te tirer les oreilles. Voilà, c'était le 1er février, cent trente-quatrième jour de séparation. Car nous étions séparés, à l'époque, Gabriel, séparés. Nous aussi. Bref, grand concert à Carnegie. Tout New York présent, dont moi, accompagnée par Gerald, un quadragénaire charmant d'ailleurs, et banquier, qui s'était glissé près de moi au bon moment. Les banquiers sont habiles à profiter des séparations. Regarde-les gérer les faillites. Markus, je l'avais repéré. Bien sûr à une meilleure place que moi, tout près de la scène. A ses côtés une longue blonde, l'équivalent féminin d'un banquier. Rien à dire. Égalité parfaite entre nous. Et soudain, au début de l'andante...

La porte de la chambre à coucher fermait mal. C'est souvent ainsi dans les pied-à-terre. Gabriel entendait pester les deux sœurs, moi je vais m'en aller, moi aussi, tout cela est grotesque, Markus les suppliait de rester.

– Tu m'écoutes, Gabriel ? Au début de l'andante, Markus s'est levé. Et très vite, les murmures, de très aigres murmures ont commencé : « C'est insupportable ! – Rasseyez-vous ! – Il n'a pas l'air normal ! » Je ne voyais pas les raisons de cette colère. D'habitude les spectateurs sont plus indulgents, surtout pour les vieux. Après tout on peut être mélomane et incontinent, d'autant que Markus marchait déroulé comme les Sioux, pointe, plante, talon, à la manière de quelqu'un qui se veut silencieux. Je n'ai compris qu'au dernier moment, quand il s'est approché de moi. Il avait mis ses souliers jaunes, et son allure sioux les faisait crépiter comme sapin dans l'âtre. Le pianiste, sur l'estrade, jouait comme si de rien n'était. Mais ses notes étaient plus dures, lourdes, perdaient de l'aérien. Pour un peu, elles seraient descendues, jusqu'à ramper sur la moquette où les godillots jaunes les auraient aplaties et c'est ce que voulait Markus. Tu me suis, Gabriel, il voulait que le symbole soit clair. Alors il s'est penché vers moi. Le banquier était prêt à me défendre, tu penses bien, comme vous défendez les banquiers, en répétant mais monsieur, mais monsieur. Alors Markus m'a prise par la main et ensemble nous avons quitté le concert, sans la longue blonde, dans la réprobation générale et le craquement des chaussures jaunes. Tout cela pour te dire, Gabriel, qu'une femme a le droit, tu m'entends, le droit d'être préférée. Même à la musique. Allez, rentrons, ils s'impatientent.

Ann et Clara avaient déjà enfilé leurs manteaux. Elles me dirent au revoir à peine, du bout des lèvres, fermées, et prirent congé les premières.

Markus me raccompagna.

– Elle t'a parlé des chaussures jaunes? Bon. Ne t'effraie pas. Les préférences, chez les hommes, sont toujours incomplètes. Moi, par exemple, je n'ai jamais pu cesser de chantonner.

Gabriel l'aurait embrassé.

– Même quand?

– Oui, même quand je.

Et Gabriel l'embrassa.

V

Un excellent ménage (fin).

La période ne fut pas gaie. Tout le monde vous le dira, les femmes à éclipses font plus souffrir que les franches disparues. Et pourtant... En dépit de ce qu'il faut bien appeler malheur, Gabriel l'avoue aujourd'hui : ces douze ou treize années sont pour lui un âge d'or, l'âge d'or de sa sexualité.

Comment expliquer cette soudaine épiphanie? La tristesse avait-elle buriné ses traits? Non. Le rebondi s'était-il mué en émacié?

Nenni.

Pour comprendre l'incompréhensible, il faut accepter de faire mieux connaissance avec les milieux de l'automobile.

Le soir des Grands Prix, il n'y a jamais assez de pilotes. Les femmes qui en veulent un, de pilote, pour la nuit, appartiennent à deux catégories : les locales, officiellement invitées ou astucieusement faufilées. Et les internationales, qui suivent la caravane de Grand Prix en Grand Prix, certaines légitimes, les autres intérimaires. Pour être exhaustif, distinguons encore parmi les légitimes deux races : les pluriannuelles (celles qui aiment longtemps) et les saisonnières (celles qui changent d'amour éternel chaque printemps, en général vers mai, tout de suite après Monaco). Bref, peu importent les classifications, qu'elles soient locales ou internationales, les femmes réclament du pilote. Pénurie, donc. Une trentaine d'offres pour, certains dimanches soir, plus de deux cents demandes.

La caravane avait trouvé la parade. Pour satisfaire la clientèle, on fabriquait de la fausse monnaie. Tout être humain était appelé pilote, même les mécaniciens dont jamais une dame n'aurait voulu (à cause des ongles noirs, de l'odeur de graisse supposée, mais surtout parce qu'ils ne risquaient pas leur vie, eux, et que les clientes voulaient d'abord frissonner, soupirer sur des morts en sursis, je suis son dernier cadeau, etc.). Également baptisés pilotes les auxiliaires d'écurie tel Alsina, qui apportaient les sandwiches et protégeaient des badauds, même les fils aînés du constructeur qui venaient de passer le premier bac et qu'on avait conviés, en récompense... Tous pilotes, nous nous appelions tous mon cher pilote. L'escroquerie était facile : on ne reconnaît pas les visages sous les casques. Les locales tombaient dans le panneau et les internationales gardaient le secret à condition qu'on ne vienne pas trop chasser sur leurs terres.

Et Gabriel, installé en retrait, sous quelques plantes vertes, regardait.

Il aurait pu aisément profiter de l'aubaine, les pneumatologues étant aussi nommés pilotes, comme tout le monde.

Mais, suivant son habitude, Clara venait de l'abandonner. Ce départ, bien que régulier maintenant et prévisible (ô combien !), le laissait accablé. Il assistait à ces manèges sans jamais y participer.

Non, c'est à Paris, seulement à Paris, dans l'intimité des milieux de l'automobile parisiens, que sa sexualité s'épanouissait.

Ceux qui n'ont pas connu cette époque ne peuvent imaginer. Le quartier Maillot-Champerret était un royaume, un vrai, avec sacre et huile sainte, avec les pilotes pour monarques, les mécanos pour sorciers ; les Boussac-Stavisky pour argentiers, les pneumatologues pour traîne-patins et les pisse-copie pour hérauts.

Aujourd'hui tout s'éteint, les bars ferment, on assassine peu à peu cet endroit magique, la partie ouest du XVIIe arrondissement, on éventre, on perce, sous prétexte de soulager des embouteillages... La circulation viendra à bout des milieux de l'automobile, vous verrez, vous verrez...

Comme avec les oignons : le seul moyen de ne pas pleurer, c'est de s'appuyer fort les souvenirs sur les yeux. Et l'ancien temps revient. Le temps du ratodrome, boulevard de Verdun, une enceinte grillagée autour d'une piste où l'on lançait d'abord les rongeurs, un fourmillement noir à la forte odeur. Les spectatrices frémissaient. Puis le patron prenait les paris sur les chiens, de très experts cabots, spécialement dressés pour ce genre de chasse. Les meilleurs égorgeaient un gaspard toutes les trois secondes. Le fourmillement devenait rouge. Les spectatrices criaient, trouvaient toujours un habitué pour les réconforter en l'un des petits hôtels de la porte Maillot.

Le temps de Lunapark, avec son village de Lilliputiens, l'endroit favori des enfants, et le voyage dans la Lune, plutôt pour les parents, avec son parcours des plus épiques, escaliers basculants, tapis roulant à l'envers et batteries de ventilateurs, un gage à celle qui portait une culotte. Le temps de Marius, le colosse, briseur de chaînes, qui faisait reculer jusqu'aux fortifs une voiture Rosengart pourtant montée à plein régime.

Le temps du Ballon des Ternes, l'hommage de Bartholdi à Gambetta, un si beau monument fondu par les Allemands en 40.

Et puis les pilotes, tous les pilotes ; Etancelin et sa casquette à l'envers, Chiron et son foulard à pois rouges, Nuvolari et sa petite tortue d'or en pendentif, Caracciola l'Allemand, qui ne conduisait jamais si vite que dans le brouillard. Et André Dubonnet qui n'arrivait pas à choisir entre la conduite et les apéritifs, et Ralph de Palm, l'Américain, et Varzi et Sénéchal et Djordjaze... Tous mortels plus que les mortels, attirants, séduisants comme des lumières de naufrageurs. Étaient-ils encore vivants, ou bien déjà fantômes ?

Les femmes voulaient en avoir le cœur net, elles n'arrêtaient pas de vérifier, se jetaient au cou des pilotes, leur prenaient la tête à deux mains, vous êtes là, vous êtes toujours là ?

Ici se situe la chance de Gabriel.

Car ces femmes, à certains moments, se lassaient de cette incertitude entre vie et mort. Elles voulaient du sûr. Alors vers qui tournaient-elles leurs regards ? Attendant son heure, pour une fois gonflant son ventre et ses joues, reniant son ambition d'émacié, donnant tous les signes

extérieurs du bon vivant : Gabriel. Alors au bar, au restaurant, elles changeaient discrètement de place, pour murmurer un bonjour au rebondi. Et leurs doigts découvraient
peu à peu les avantages, oui les avantages que présente
un rebondi : larges surfaces, heurts inconnus, élasticité de
la matière, masse rassurante, réminiscence enfantine, puis
aussi ce zeste de surprise sans lequel il n'est pas de sexualité complète, ces gloussements qu'elles avaient quand
elles se faisaient plus intimes, farfouilleuses, eh bien dis-
moi, les rebondis ne manquent pas de longueur... ni de
raideur... eh bien dis-moi...

Alors, n'importait le lieu, vestiaire, voiture, escalier
d'hôtel ou de domicile, chambre n° 9, 14, 28, ou à coucher
conjugale, n'importait, ravi qu'on lui prêtât une telle attention, enivré par cette avidité contiguë (oh ! toi tu existes,
disaient-elles, oh ! toi tu es toi, etc.), conscient du mandat
représentatif qui était le sien (faire honneur à tous les
rebondis de la terre et leur ouvrir, s'il se montrait à la
hauteur, des perspectives nouvelles car les réputations
érotiques, séances chez le coiffeur aidant, vont comme
l'éclair), serrant donc les dents, puisant dans ses réserves
quand il se sentait défaillir et marmonnant des je le fais
pour vous frères rebondis, tenez bon, la mode amoureuse
va bientôt tourner, au revoir les maigrelets, oh ! oui, parle-
moi disaient-elles, alors racontant des choses que, mesdames, seuls les rebondis connaissent, Gabriel le rebondi
forniquait, forniquait et forniquait encore.

Et tant pis si, le jour revenu, les clientes le quittaient
sans adresse et se pâmaient derechef pour un vulgaire
émacié.

Et tant pis si, croisant Gabriel sur un circuit ou dans un
bar, elles faisaient mine de rien, ce regard de blonde
qu'ont aussi les brunes, qui coule sur vous pour s'arrêter...

Tant pis pour elles.

Et tant mieux pour Gabriel : elles préservaient ainsi son
incognito. Elles lui conservaient sa légende de seul homme
fidèle des « milieux de l'automobile ». Avec peut-être Phi-
lippe Etancelin, que sa femme ne quittait pas d'un pouce
(ce qui n'est jamais bon signe).

Puisqu'il faut dresser un portrait complet de la sensualité de notre héros, parlons aussi de son métier, de la manière très personnelle qu'il avait de l'exercer.

Gabriel se levait tôt et arrivait avec l'aube au circuit où devait se dérouler la course.

Et commençait son étrange dialogue avec la piste. Il l'interrogeait, il la caressait, mètre par mètre, repérait les bosses, les creux, l'état des jointures entre les plaques de béton, les endroits périlleux où s'accumulent tour après tour les gravillons. Dans les virages, s'allongeait pour vérifier les pentes, la probabilité des trajectoires, les risques de ruissellements, de flaques en cas de pluie, se relevait, sortait sa balle mousse rouge, sans fin la faisait rebondir, ici ou là, comme on cherche un trésor. Et peu à peu, les pistes répondaient, chacune à sa manière, Montlhéry avec franchise, Nürburgring dédaigneuse, Brookland ironique... Mais toutes finissaient par avouer leurs secrets. Elles n'étaient pas habituées à de telles sollicitudes. Elles prévenaient Gabriel, attention ici, en fin de ligne droite, le revêtement s'effrite, prenez garde, le virage de la ferme est un faux dévers. Et les pistes étaient deux fois émues, par la politesse de Gabriel qui les remerciait toujours, comme on flatte un cheval du bout des doigts sur la robe, et par sa perplexité quand, revenant lentement aux stands, il se demandait quelle monte choisir.

Gomme dure? On avance vite, on use peu, mais on adhère moins.

Gomme tendre? On colle à la route, mais on finit sur les jantes.

Pleuvra-t-il? Alors sculptures profondes. Avec deux choix possibles, soit des ouvertures latérales pour chasser l'eau, soit des gorges sans faille pour la maintenir entre les bandes de roulement.

Surface sèche? Allons-nous risquer le pneu lisse?

Et comme l'heure du départ approchait, Gabriel quittait, oh! malgré lui, le domaine rassurant de la compétence pour pénétrer dans des espaces mouvants où ne sont à l'aise que les magiciens et les politiques : tout bon choix de pneumatique tient de la divination (aurons-nous une ondée ?) et du compromis : ces savants dosages de maroquins ministériels qui font les cabinets durables.

Gabriel ne donnera qu'un exemple : Spa Francorchamps, 1930, Grand Prix de Belgique, vainqueur Chiron, monté ainsi par moi :

Avant-droit : gomme tendre (pour l'adhérence).

Avant-gauche : demi-dure (pour plus de résistance).

Arrière-droit : demi-tendre.

Arrière-gauche : franchement dure.

Il était une fois Gabriel, pneumatologue mais aucunement antifasciste militant, qui, à force de questionner la terre allemande de Nürburgring, l'entendait gronder tout en bas, tout au fond. Et qui se disait avant les courses : les pilotes ont beau tourner dans le sens des aiguilles d'une montre, au Mans, en Belgique, en Sicile, en Angleterre, ont beau visser, visser, serrer les écrous de l'Europe, tous ces efforts ne suffiront pas, le continent se disloque, l'éclatement n'est pas loin.

RÊVE

Une mairie. Juste sous le drapeau bleu, blanc, rouge,
Gabriel entre. Le projet de monument aux morts est là,
punaisé au milieu des annonces administratives (permis de
construire, mariages, coupures d'eau). Un plan très précis,
à l'encre de Chine, avec *nota bene* calligraphié : les deux
anges et les casques des soldats seront en bronze. Il monte
au premier étage, escalier de bois nu, relents de Javel (les
rêves de Gabriel, depuis le Brésil, sentent). Pousse une
porte, réclame le guichet spécial. File de femmes en
noir, chuchotant : vous croyez que les lettres seront assez
grandes ? Est-ce qu'ils mettent le prénom en entier ? Silence,
crie le secrétaire. Et écrivez lisiblement. Après, il ne faudra pas vous plaindre au sculpteur des fautes d'orthographe. Les veuves de guerre s'appliquent, timidement
se renseignent : «Vous pouvez me dire sa place ? – Quel
nom ? – Perron. – De L à P, face ouest, sauf imprévu, au
suivant. »
— Knight, Clara et Ann.
— Je regrette, monsieur, les monuments ne sont pas
ouverts aux femmes. Vous avez d'autres morts ?
— Oui, Orsenna Gabriel.
— Lien de parenté avec le défunt ?
— C'est moi.
Le secrétaire se dresse, les veuves de guerre se taisent ;
les monuments sont réservés aux morts, oui, aux hommes
morts, le secrétaire appelle à l'aide, les veuves de guerre,
les visages blafards de veuves de guerre, entourent Gabriel.
A grand-peine, il rompt le cercle, il se dégage du noir et
blanc, dégringole l'escalier à odeur de Javel. Quelqu'un

hurle derrière lui : la République n'a pas à prendre en charge vos chagrins d'amour ! Gabriel se réveille, les bras tendus vers le mur.

VI

La porte Champerret avait désormais ses adeptes. Comme Montmartre pour le nu, ou Montparnasse pour la bohème. Des familles entières, bras dessus, bras dessous, des provinciaux en groupe qui se poussaient du coude, des frôleurs solitaires... Une vraie foule accourait chaque jour, sous prétexte d'admirer les bolides, s'informer des cylindrées... Mais les questions techniques ne trompaient personne. Tout le monde était là pour la mort. On venait humer l'air du trépas probable. Les badauds écarquillaient les yeux, pour bien se souvenir.

– Regarde-le bien, c'est Chiron. Tu le vois peut-être pour la dernière fois. – Oui, vu sa manière de conduire. – Et celui-là, Fagioli, combien de temps lui reste-t-il? – La guerre ne leur a pas suffi. – Eux, au moins, ils ont choisi cette existence. – Tu crois que ça sert, la superstition, quand on est pilote?

Tous les amateurs de mortalité s'étaient donné rendez-vous là, comme les turfistes à Longchamp, les militaristes place de l'Étoile. Paris a ses clubs. Ils rôdaient d'une voiture à l'autre. Ils s'allongeaient sur la chaussée, mine de rien, pour examiner la mécanique.

« Circulez, circulez », avaient beau leur dire les agents, rien n'y faisait. A peine les hirondelles envolées, les amateurs replongeaient sous les châssis, évaluaient les chances :

– Les Hunaudières, quatre kilomètres de ligne droite, avec des freins pareils, jamais il ne s'arrêtera au bout, on devrait s'installer là-bas dimanche prochain.

Clara ne quittait plus mon petit appartement du boulevard de l'Yser. Jamais je ne l'avais vue si sédentaire. Les milieux de l'automobile suivaient cette conjugalité avec passion. On s'en doutait, allez, que tu avais des problèmes. Tous les ménages en rencontrent, même les meilleurs. Mais cette fois, dis-moi, tout me semble réparé.

Mes amis comptaient (comme moi) : la dame est là depuis vingt et un, vingt-deux, vingt-trois jours... En bons sportifs, ils aimaient les records, ils inventaient pour moi des sortes de lois :

— Après vingt jours, ça tient.

— Tu crois ?

Ils me couvaient comme une femme enceinte.

— Rentre vite, Gabriel, je rangerai le stand. Au début, il ne faut pas rigoler avec les horaires.

— Mais ce n'est pas tout à fait le début.

— Quand même.

Une fois de plus, Gabriel recommençait.

Et recommencer, recommencer avec une femme est un travail à plein temps. C'est même d'abord un travail sur le temps, un travail qui tient du cheminot (cette sensation d'accrocher inlassablement des wagons qui se détachent) et du châtelain (l'obligation de relever sans cesse d'innombrables ponts-levis). Sans compter la tâche principale, parsemer la journée d'ancrages pour que la dame ne parte plus. Et puis les repas, l'échéance deux fois répétée, chaque jour, du face-à-face.

Ne vais-je pas l'ennuyer cette fois ? Quel thème choisir aujourd'hui : la tendresse, la drôlerie, l'envie physique ?

Gabriel s'y préparait à l'avance, partait en chasse dans sa mémoire ou ailleurs, ouvrant grandes les oreilles pour trouver une anecdote drôle, un trait poétique. Il révisait ses notes avant de passer à table. Aujourd'hui, pour l'ancrer, je vais être brillant, brillant et tendre, car brillant ne suffirait pas...

Elle se rendait compte de mes efforts, elle me caressait gentiment la Joue.

— Laisse aller, Gabriel, tout va bien.

Je l'aurais tuée pour sa désinvolture, semblable à celle des hommes qui s'asseyent à table quand tout est prêt et crient vers la cuisine :

— Viens chérie, ça va refroidir.

Après si longtemps, Gabriel peut se permettre d'être lucide : elle ne restait pas pour lui. Une autre ambition l'habitait.

Dès neuf heures, le matin, elle était là sur la place, avec les premiers arrivants, et demeurait jusqu'à la nuit à glaner, tendre l'oreille.

— Ce Champerret est une mine...

Elle m'embrassait au passage, d'un rapide baiser sur le front, merci, Gabriel, sans cesser d'écrire sur son petit carnet sépia. Merci, Gabriel, de respecter mon travail. Je crois que nous allons durer, toi et moi. Oh ! mais regarde ce gamin qui mesure l'empattement de la Voisin...

Elle se précipitait pour interviewer le jeune maniaque : tu as encore ta mère ? Cet amour pour les voitures t'est venu à quel âge ? Le gamin ne lui répondait que par des grognements, mais Clara continuait ses petits cris, ses eurêkas personnels.

— Tu comprends, chez les enfants, c'est la passion pure, encore libre des affects substitutifs.

Gabriel hochait la tête. Il s'était fait à son jargon. De toute façon un recommencement implique d'innombrables souplesses. Il acquiesçait à tout dans l'espoir de la garder, qu'elle ne voie en Gabriel aucun, mais aucun, obstacle : il mettait son salut dans sa docilité. Et puis cet intérêt méticuleux pour les enfants lui semblait bon signe.

Ils arrivaient maintenant plus nombreux que les adultes, le jeudi, le dimanche, mais aussi en pleine semaine, assiégeaient les garagistes de Levallois et du quartier Champerret, erraient d'atelier en atelier comme errent les enfants, pour accumuler des choses dans leurs poches...

Ils venaient des lycées proches, le Carnot, le Chaptal, des institutions privées de Neuilly, ne rentraient plus chez eux après les classes. Vers neuf heures, les parents appelaient tous les bars du quartier : vous n'avez pas vu un petit brun qui répond au prénom d'Albert ? Les hirondelles les pourchassaient à bicyclette... Plus tard les pères se présentaient tout confus au commissariat, je vous promets, monsieur l'agent, cela ne se reproduira plus. Mais, sitôt rentrés, les entêtés ressortaient. On les voyait l'été courir d'arbre en arbre, ils jouaient en même temps aux cow-boys, aux Indiens, en pyjamas clairs. Ils profitaient du noir pour s'asseoir dans les bolides, une minute, et retournaient se coucher, la démarche un peu somnambule.

Clara avait épinglé sur le papier à fleurs du mur, entre l'armoire lorraine et l'unique fenêtre qui donnait sur le boulevard, un long carton où seuls les deux mots naissance (tout en haut) et mort (tout en bas) étaient reconnaissables; le reste n'était que flèches, cases, lettres, colonnes, courbes, petits dessins...

– Pardonne-moi, Gabriel, cette apparente obscurité, mais je veux te faire la surprise.

Et elle passait des journées entières devant le long carton, gommant les hiéroglyphes, les déplaçant avec de petits gloussements, tantôt de colère, tantôt de satisfaction, comme n'importe quel artiste peintre extraverti.

De temps en temps, elle lâchait ses crayons et vite, détends-moi, Gabriel, je me sens nouée aux épaules. Gabriel la pinçait méticuleusement tout au long de ses clavicules, la droite et puis la gauche. Voilà, c'est ça je me dénoue, merci, Gabriel. Que ferais-je sans toi? Mais lorsque la main du dénoueur descendait un peu plus bas, la femme de sciences se redressait.

– Tu n'y penses pas, Gabriel, je dois concentrer toute mon énergie sur mon idée. Plus tard, à Vienne, je te promets.

Alors Gabriel partait se promener entre Pereire et Champerret. Il longeait la petite ceinture. Il regardait passer les trains. Il shootait dans l'air et l'air était plein de pigeons.

– Si c'est pas malheureux, un homme malheureux! disaient les concierges du quartier, tout en appelant leurs chats.

Si jamais ton existence croise celle d'un écrivain, de n'importe quelle sorte : romancier, essayiste, rédacteur à façon, thésard, dis-toi qu'un calendrier est toujours un cadeau fort apprécié.

Il faut les comprendre, ceux qui écrivent. Les idées et les personnages qu'ils manient sont à la fois fugaces et prisonniers de la gangue. Au contraire, les jours sont réels et dociles. On peut les bouger, les additionner, les soustraire à volonté.

Gabriel glissait donc régulièrement sous la porte de Clara l'une de ces grandes pancartes où toute l'année est imprimée, six mois recto, six mois verso.

– Oh! merci, disait-elle, merci.

Et il l'entendait marmonner : demain 17, je commence la rédaction proprement dite ; le 20, je dois avoir fini l'introduction, c'est l'attaque la plus difficile. Je profiterai du dimanche 21 pour réfléchir à la première partie, peut-être même aussi le lundi 22, en tout cas le vendredi soir 25 juin, je dois l'avoir finie, au moins vingt-cinq pages, est-ce que je m'offre deux jours de repos avant d'aborder la seconde? Ça dépendra du résultat... Etc.

Et puis soudain, au milieu de la nuit, elle frappa contre la paroi mitoyenne.

– J'ai fini, dit-elle, viens.

La thèse était là, sur la table, un bloc de papier d'environ trois centimètres d'épaisseur. Clara s'était levée et, un sourire vainqueur aux lèvres, entreprit de décrocher du mur la longue feuille remplie des hiéroglyphes. Puis elle enferma l'idée originale dans une valise.

– Gabriel, maintenant, j'ai envie de me promener.

– Mais Clara, il fait nuit!

– Et alors?

Nous avons marché jusqu'au bois de Boulogne. Elle tenait fort sa valise. Au retour, quand le jour s'est levé, tout au bout de l'avenue de Villiers, elle eut ce geste incroyable, typique des intellectuels, timides de nature, mais ivres, par bouffées, d'un orgueil incommensurable : elle tendait le bras vers la clarté qui peu à peu montait au-dessus des toits, cette lumière, c'est grâce à moi, Gabriel, oui grâce à moi.

Naïvement, je croyais qu'elle se contenterait de présenter l'idée originale à ses collègues français. Je les connaissais bien, depuis la guerre, les experts de l'âme, les grands scaphandriers du moi : Édouard Pichon, le myope aux lunettes rondes toujours assis dans sa petite voiture de rhumatisant, René Laforgue, le moustachu au teint sanguin d'Alsacien, ou la Polonaise Eugénie Sokolnicka, l'amie de Gide, qui savait toutes les langues...

— Vienne, me dit-elle. Je veux Lui remettre personnellement. Nous partons lundi prochain.

— Tu ne crois pas qu'il vaudrait mieux en discuter d'abord, un petit peu ? Ici. Avec tes collègues.

— Pour qu'ils me volent mon idée ? Ou qu'ils la dénaturent à Ses yeux ? Merci bien.

— Mais tout de même, tes observations ne concernent que la France. Et encore, la porte Champerret, Levallois. Que va-t-il y comprendre ?

— Parce que tu es comme la presse, comme les politiciens ? Écoute, Gabriel, s'Il n'est pour toi qu'un petit penseur régionaliste, autant le dire tout de suite, que je sache à quoi m'en tenir. Et nous n'aurons plus rien à faire ensemble.

Nous sommes restés un mois à Vienne, logés dans un très vieil hôtel, l'Ungarische Krone, choisi pour une seule raison : jamais aucun collègue ne le fréquentait, à la différence du Bristol, où descendait Marie Bonaparte, et du Zita où vivait Lou Salomé...

Dès notre arrivée, Clara avait déposé une copie de l'idée originale à Son domicile (« 19 Berggasse, Gabriel, une curieuse construction, sage vers le bas, style Renaissance

et de plus en plus folle vers le toit, avec des lions, des guirlandes, des bustes de héros. J'ai rencontré Sa bonne. Quel
regard ! On voit tout de suite qu'elle connaît les êtres
humains. Tu penses, Il n'aurait pas pris pour bonne
n'importe qui ! Elle s'appelle Paula... »)

Et nous avons attendu.

Clara ne voulait pas quitter la chambre (« et s'Il m'appelait, juste à ce moment-là, tu n'y penses pas, Gabriel »).
J'occupais mes journées en promenade. De temps en
temps, je m'asseyais à la table d'un café, souvent le Kapu-
ziner, je demandais du papier et décrivais à Louis la capitale de l'ancien Empire bicéphale. Je lui racontais la taille
de Vienne, la grandeur des maisons, du boulevard Ring,
du jardin du Peuple, ou du Prater (1712 hectares), des
confiseries, de la cathédrale Saint-Étienne, du palais
impérial, de l'Opéra (2350 spectateurs), du monument de
Marie-Thérèse (il mesure six mètres de haut, Louis).

Je savais que tous ces chiffres le rassuraient sur ma
bonne santé. « Nous sommes pareils, toi et moi, Gabriel :
nous aimons les faits. »

Le soir, Clara, de plus en plus tendue à mesure que passaient les jours sans réponse de Lui, me parlait et parlait de
son idée originale. Qu'est-ce que tu en penses, Gabriel ? J'ai
besoin que tu me dises...

Elle s'asseyait sur son lit, m'indiquait une place en face
d'elle, sur mon lit à moi, de l'autre côté de la descente de lit
à tête de skuns, me fixait droit dans les yeux et m'expliquait
longuement que l'âme humaine, au XXᵉ siècle, avait changé
(bien sûr, Clara, c'est indéniable), que cet environnement
de machines avait suscité en nous des émotions nouvelles
(comment pourrait-il en être autrement, Clara ?), que les
Romains, par exemple, qui ne connaissaient pas l'automobile, ignoraient certaines de nos sensations les plus intenses
(qui pourrait ne pas être d'accord, Clara ?). Elle me regardait
sévèrement : j'ai besoin que tu réfléchisses, Gabriel, pas
que tu m'aimes. Elle me tendait des pages de sa thèse.

« Avec l'adolescence, l'homme entre dans un stade automobile qui ne s'achève qu'après la mort, dans le silence
du cimetière lorsque s'arrête le corbillard devant la tombe

et que cessent à jamais ces délicieux chatouillements, ces troubles diffus qu'offre tout voyage en voiture.

» La passion, chez certains, du dérapage est à l'évidence d'ordre substitutif : ce goût du grain de la route est un attachement caché pour les muqueuses. D'ailleurs les voies de communication ne sont-elles pas les muqueuses de la terre ?

» On peut, par analogie, repérer certaines zones érogènes de la planète, tels le mont Ventoux, la ligne droite des Hunaudières, le circuit du Nürburgring...

» Ainsi peut-on distinguer après les stades oral et anal, et entrecoupé de plans de latences, *Le stade automobile,* plus complexe que le précédent, car, du fait de la vitesse, s'y combinent l'excitation de trois zones du corps, les yeux qui avalent le monde, les paumes qui picotent de peur et les lombaires qui pèsent sur le dossier en un appel désespéré... »

– Alors ? Qu'est-ce que tu en penses ? Gabriel, sois franc. Donne-moi un véritable avis, au lieu de me sourire comme un benêt. Une femme est un être vivant, Gabriel, qui a droit à de l'attention, pas seulement à des sourires... Une femme n'est pas seulement une ambiance, Gabriel...

Clara n'accepta de sortir que la dernière semaine, après avoir distribué à la réception force pourboires, surtout ne vous endormez pas, prenez bien tous les messages...

Nous avons rôdé aux alentours d'une petite boutique, Tabak-Trafik, en amples circonférences, par la cathédrale Saint-Étienne, l'Opéra et le Parlement, ou en petits cercles, par Graben-Strasse, Schoffengasse et Kholmarket. D'après Clara, si nous restions aux abords de ce bureau de tabac, nous ne pouvions Le manquer. Et malgré la ville qui nous entourait, ces bruits de haute civilisation assourdissante, nous nous sentions chasseurs attendant le gibier près de la mare où forcément Il viendrait s'abreuver.

– Il fume vingt cigares trabuccos par jour, Gabriel... Mathématiquement, aujourd'hui, il ne doit plus Lui en rester. Et l'avantage, tu comprends, c'est qu'Il vient les acheter seul, sans personne.

Louis, à Paris, s'impatientait.

«POURQUOI RESTER SI LONGTEMPS DANS VIENNE IMBÉCILE STOP QUAND ON A CHANCE POSSÉDER VÉRITABLE EMPIRE STOP EUROPÉEN STOP ET NON TROPICAL STOP ON RESTE DANS L'INDIVISION STOP TU NE TROUVES PAS STOP AUTRICHE STUPIDE STOP HONGRIE AUSSI STOP SIGNÉ LOUIS.»

Nous avons fini par Le croiser. Une fois. Un passant déjà vieux avec une barbe ronde et une longue pelisse. Il parlait à un chien jaune chow-chow, de ceux qui tirent les traîneaux. Il nous a regardés, sans doute à cause de la voilette que portait Clara par crainte des collègues. Elle me serrait le bras si fort que je ne sentais plus ma main. Il nous a regardés d'un bon regard doux, un peu étonné et puis il a suivi le chow-chow.

— Tu crois qu'Il m'a reconnue, balbutia Clara, tu crois qu'Il a deviné que *Le Stade automobile* venait de moi? Il rencontre beaucoup de gens dans la rue. S'Il devait fixer chacun, tu imagines. C'est encourageant ce regard, tu ne trouves pas, Gabriel? Il est timide. C'est ce que dit tout le monde. Il n'a pas osé m'aborder dans la rue. Mais je ne serais pas surprise que le téléphone sonne aujourd'hui à l'hôtel, après un tel élan de sympathie. Tu sais qu'avec Lui, c'est toujours pareil. Entre Lui et quelques femmes jaillit soudain l'étincelle, oui, une véritable étincelle qui est le début d'une amitié définitive, une totale et transparente communauté d'âmes. Gabriel, tu comprends, Il fait beaucoup plus confiance aux femmes. A nous de ne pas Le décevoir.

Nous avons attendu encore cinq jours, sans quitter la chambre. «Reste auprès de moi, Gabriel, ça ne te dérange pas trop?»

Toutes les trois heures, une soubrette brune à l'air méprisant, sans doute ne comprenait-elle pas qu'on pût rester si longtemps enfermé, l'homme et la femme habillés et chacun sur un lit, une soubrette assez rogue donc nous apportait du chocolat brûlant et crémeux accompagné tantôt d'*apfelstrüdel* tantôt de *mehlspeise*.

— Tu sais, ce sont les gâteaux qu'Il préfère, répétait Clara.

Avec la plus tendre (la plus agaçante) des minutes, elle me racontait par le menu Sa vie quotidienne. C'est ce qu'Il nous a appris, Gabriel, le moindre détail est un signe. Par exemple, Il adore les fraises des bois.

— Ah bon?

— Et pour entrer chez Sa belle-sœur Minna, il faut passer par Leur chambre à Eux, là où Martha dort avec Lui.

De cet instant, date la confiance de Gabriel en Freud. Il n'a pas lu tous ses livres, loin de là. Et n'a pas tout compris dans ceux qu'il a lus. Mais un homme qui réussit à vivre quarante années avec deux sœurs ne peut être dans le faux.

Une nuit, Clara réveilla Gabriel. Viens. Elle était prête, capeline fermée, valise à la main, immobile devant le lit. Viens, nous partons. Maintenant? Maintenant. Il fallut s'habiller dans le noir. N'allume pas, Gabriel! Il fallut secouer le concierge de l'Ungarische Krone pour qu'il prépare la note. Il fallut marcher jusqu'à la gare de Vienne, puisque tous les chauffeurs de taxi dormaient. Il fallut faire ouvrir la salle d'attente, pénétrer dans cette odeur de tabac froid. Il fallut demander plusieurs fois à Clara de s'asseoir. Il fallut s'installer devant elle et lui prendre les mains, glacées, et trouver en Gabriel assez de chaleur pour les réchauffer, mais il n'y avait pas beaucoup de chaleur en Gabriel à cause des yeux de Clara qui le fixaient sans le voir.

Plus tard, le jour était levé et nous roulions. Clara me demanda de jeter l'idée originale.

— Immédiatement?

— Immédiatement.

— Mais alors par la fenêtre?

— Oui.

Le docile Gabriel commença donc de peser de toutes ses

forces sur les deux poignées de cuivre et parvint à baisser la vitre. Un flot de fumée envahit le compartiment. Le train, le triste train du retour abordait la région vallonnée qu'on appelle la Bavière et la locomotive s'époumonait.

— Je t'en prie, Gabriel, on étouffe, pas ici!

Alors Gabriel saisit l'idée originale et c'est d'un autre wagon qu'il accomplit sa mission destructrice. Par délicatesse, il avait choisi une fenêtre en aval, pour que le spectacle des feuilles tourbillonnant dans l'atmosphère bavaroise ne blesse pas Clara. Hélas, l'aérodynamique est une matière complexe. Et les convois ferroviaires, en perçant l'air, engendrent d'innombrables contre-courants; si bien que durant un moment, un interminable et cruel moment, Clara fut cernée et narguée par des dizaines d'oiseaux blancs, les fragments de l'idée originale.

Clara aura mis des années pour quitter Vienne.

Et non sans déchirement : les souterrains sont des demeures humides, mais confortables.

Elle n'est remontée à la surface que peu à peu.

Elle me faisait part de ses progrès : viens, Gabriel, je vais te montrer.

Nous partions en promenade. Nous descendions à petits pas l'avenue de Breteuil, le long du métro aérien, bras dessus, bras dessous. Une allure de convalescents.

— Tu vois ce que je vois? demandait Clara.

— Oui, des enfants sur des patins à roulettes.

— Non, plus haut.

— Des mères, ou des Bretonnes, qui les gardent.

— Encore, plus loin. Ce sont des arbres, n'est-ce pas?

— A n'en pas douter. Des marronniers, même! Et ils vont bientôt fleurir.

— Eh bien avant, Gabriel, avant je n'y aurais vu que des phallus. Mais c'est fini.

Alors je l'embrassais. Je me moquais un peu d'elle et je l'embrassais. Je devinais qu'il n'était pas si simple de remonter à la surface, d'abandonner les coulisses pour la vie, la vie tout court, sans symbole ni mode d'emploi. Je l'embrassais si fort, avenue de Breteuil, le long du métro aérien, si fort qu'elle sentait contre son ventre le dard même qu'avant, avant sa guérison, elle voyait en lieu et place des innocents marronniers.

— Oh! s'écriait Clara.

Et elle écartait le malotru, et elle s'enfuyait par le boulevard Garibaldi.

Après trois, quatre mois de pénitence, elle me rappelait. Tu seras convenable? Juré. Alors viens, j'ai encore fait des progrès.

C'est ainsi que j'ai assisté à sa guérison complète.

Elle m'attendait sur un banc, avenue de Saxe, devant le monument consacré à Pasteur, riche en vaches et en jeunes garçons.

— Tu ne remarques rien?

Que peut-on remarquer de particulier dans une Clara qu'on aime en entier?

— Non, rien.

— Décidément, tu ne sais pas regarder. Qu'est-ce que je tiens dans la main?

La petite boîte rectangulaire de couleur noire, traversée par une sorte d'œil, surmontée par quatre boutons argentés plus un viseur, Gabriel apprit plus tard qu'elle s'appelait Leica, Leica I modèle B, obturateur Compur.

— Quel est le métier qui ne s'occupe que de la surface? Surfaces des choses et des êtres?

— Pneumatologue.

— Il n'y a pas que les voitures sur terre, Gabriel. Qui s'occupe des paysages, des natures mortes, des visages?

— Je ne sais pas.

— Les photographes, imbécile!

Vienne et son exploration des profondeurs étaient oubliées. Clara commençait une autre vie, la *superficielle*. Et une fois de plus, Gabriel était joyeux. Une fois de plus l'incorrigible optimiste rebondi Gabriel voyait dans cette proximité des métiers, photographe, pneumatologue, la promesse de conjugalités attendues depuis si longtemps.

Elle avait levé l'appareil.

– Quel âge j'ai, Gabriel?

– Je ne sais pas.

– Bon. Quarante ans. Ne fais pas cette tête-là. Maintenant, comment me préfères-tu? Avec (la boîte noire lui cachait les yeux, le nez, la moitié du front) ou sans?

– Sans, bien sûr.

– Ce sera avec. Il faudra t'y faire.

Elle avait décidé de se cacher pour vieillir derrière le Leica.

Mais ce ne sont pas des choses qu'un optimiste devine. Ou alors très tard. Quand il se rappelle les anciens jours, l'avenue de Breteuil, le monument à Pasteur. Il devient plus intelligent. Il n'y a pas d'optimisme dans la mémoire.

VII

Ann encore.

J'ai la mémoire des tailleurs. Grâce à eux, je peux retrouver des dates. 1925, par exemple, un bouleversement des plus minimes, que tout le monde a oublié, le passage de *school-boy* à *school-girl*, la jambe nue jusqu'au genou. Ou 1928, le début de l'ère Schiaparelli, quand la jupe s'est plissée, les cheveux rallongés : tu vois, Gabriel, j'ai bien eu raison de ne pas couper les miens. Les tailleurs, ce sont mes sabliers. Je les regarde changer, de détail en détail, jusqu'à ne plus se ressembler, et je me dis le temps passe.

Ann en jersey rouge traversant le hall de l'hôtel, pardon, Gabriel, les femmes qui travaillent sont toujours en retard. Ann en jumper grège, la veste vert d'eau sur l'épaule, ouf, Gabriel, mon Dieu qu'il fait chaud cet après-midi, tu crois vraiment qu'avec une chaleur pareille...?

Et les demi-tailleurs, les images les plus fortes, intactes après tant d'années, l'envie de tendre encore les bras, de sauter du lit et courir la prendre. Ann enlevait d'abord le bas et puis marchait, parfois des minutes, de long en large, dans la chambre, pardon, Gabriel, le travail, je me détends. Tu imagines? Suivre longtemps des yeux une femme sans jupe, des allers, des retours, on devient fou pour moins. Après, Ann se rhabillait en commençant par la jupe. Et de nouveau marche, marche et coup de peigne, marche et cheveux blonds avant d'enfiler le reste. Personne n'aurait résisté. Voyons, Gabriel, s'il te plaît, Gabriel, je suis une femme qui travaille. Oh! comme Gabriel a pu aimer les femmes qui travaillent!

On ne devine pas ces choses-là, quel rôle peuvent avoir

joué les tailleurs dans la vie d'un homme. Je ne sais pas qui les a inventés. Chanel? L'Irlandais Molyneux? Maggy Rouff? Quelqu'un d'autre, bien avant? Des historiens nous diraient que, déjà, en Haute-Égypte, où les femmes travaillaient dur... Quoi qu'il en soit, à il ou elle, l'inventeur des tailleurs, du fond du cœur, merci.

L'EXPOSITION
COLONIALE

Trente-quatre millions de visiteurs.

Les chasseurs de garennes qui songeaient à l'éléphant, les pantouflards qui se voulaient explorateurs, les hommes quittés qui rêvaient d'esclavage, les femmes mariées de climats enfin chauds, les faillis qui attendaient la revanche, les petits gros Blancs qui méprisaient les longs Noirs, les Paul Bourget qui venaient humer Kipling, les royalistes se rappeler Louis XIV, les républicains la campagne d'Italie. Les petits garçons se voyaient missionnaires et les petites filles persécutées.

Trente-quatre millions, le spectacle le plus goûté dans toute l'histoire de la France, guerres exceptées.

Et Louis faillit manquer le coche : il n'était pas fonctionnaire. Il courait d'antichambre en antichambre pour proposer ses services. Les Affaires étrangères, quai d'Orsay, les Colonies, rue Oudinot, les Armées, boulevard Saint-Germain, l'Éducation nationale, rue de Grenelle, à tous les bureaux du quartier des ministères l'attendait la même question : êtes-vous fonctionnaire ? suivie de la même pitié : hélas, vous êtes sûr ? Pas même une petite intégration dans votre jeunesse, et que vous auriez oubliée ? Les préposés terrifiés par cette situation (n'être pas fonctionnaire) l'avaient pris en charge. Ils compulsaient pour lui les annuaires d'anciens, les nouveaux règlements d'accès directs à la Fonction publique, comme les tours extérieurs, les chemins détournés.

Une blonde du personnel, après moult sourires et sous-entendus, lui avait même murmuré par-dessus le comptoir sépia :

— Moi je m'appelle Mylène, je suis sûre qu'il y a du titulaire en vous.

Mais après vérification, dans un petit hôtel de la rue du Louvre, non, rien, dit-elle, j'ai dû me tromper. Et s'il vous plaît n'insistez pas, j'ai trois enfants, moi, et un vrai poste.

Louis s'acharnait. Le matin, rue de Rivoli, il était le premier, attendant l'ouverture des portes.

— Tiens, Mylène, ton amoureux! ricanaient les collègues.

Elle menaçait d'appeler la police.

Mais Louis restait là, sur la seule chaise, toute la journée, assis sous une affiche vantant l'Afrique équatoriale française, ses espaces, sa flore, sa faune. Les fonctionnaires trouvaient à sa présence un avantage : voyant toujours quelqu'un en attente, la hiérarchie pouvait croire le service débordé.

Quelqu'un lui lançait, toutes les deux heures :

— Alors, monsieur Orsenna, toujours là?

— Je veux voir le ministre, répondait mon père.

C'était un soir. On n'avait pas encore allumé les lampes. L'AEF se perdait dans la pénombre. Une blouse blanche poussa la porte, une voix de femme cria :

— Il n'y a plus personne?

Louis se leva.

— Eh bien vous, dites donc, on ne peut pas dire qu'on vous voie. Il faut vous faire remarquer, monsieur. Si maintenant je dois faire le tour de tous les bureaux... Vous avez peur des piqûres?

Elle le prit par le bras, le conduisit à une sorte de cagibi.

— Vous posez vos vêtements sur la chaise. Le docteur est là.

Elle montrait une porte tapissée de recommandations contre le paludisme, contre l'amibiase, la maladie du sommeil... Louis n'arrivait pas à maîtriser sa tachycardie (tic des Orsenna dans les grandes occasions) : il se prenait le pouls, il respirait fort, comptait le plus vite possible, son pouls s'accélérait encore. Peut-être ne titularisent-ils pas les cœurs qui battent trop vite...

– Alors, dit le médecin, des antécédents, des maladies de jeunesse, des opérations? Allez, mon vieux, répondez vite, il va faire nuit, vers quelle région partez-vous?

– Mais je reste, dit Louis, je veux travailler à l'Exposition.

– Comme moi, hein, la terreur des voyages? Je vais vous avouer, j'ai beau être médecin, il faudrait me tuer pour me forcer à partir. Si vous voyiez ce que je vois, hein, au retour... surtout les foies, les intestins, ça ne donne vraiment pas envie de colonies. Je préfère nos maladies à nous, même les mortelles. Tant qu'à faire, autant mourir en pays de connaissance.

Et ils discutèrent de maladies tropicales. Si tard qu'ils restèrent les derniers dans le ministère, seuls au milieu des Finances.

– Vous connaissez la sortie? demanda le docteur.

– Pas la moindre idée, répondit Louis.

– Décidément, vous avez vraiment l'âme titulaire : une fois entré quelque part, vous y demeurez... ha! ha! comptez sur moi, je vous aiderai. Mais j'aimerais bien rentrer chez moi. Unissons nos efforts.

Dans le noir (l'électricité avait été coupée, sans doute à la suite de quelque restriction budgétaire ; les Finances devaient montrer l'exemple), ils errèrent au long d'interminables corridors, crièrent au secours sans recevoir la moindre réponse. De temps à autre, ils butaient contre une pile de dossiers dont Louis déchiffrait les titres à la lumière de son briquet : tiens nous voici maintenant dans le Service de la dette.

– Ça nous fait une belle jambe, grommelait le médecin.

Enfin vers minuit, par une porte dérobée, ils débouchèrent dans la sinistre cour Napoléon d'où ils gagnèrent la rue de Rivoli.

– Pardonnez-moi, dit le docteur, je file, cher ami, mais comptez sur moi. Et reprenons bientôt nos échanges. Mais avouez une chose : vous êtes médecin, n'est-ce pas? Ah! si tous les collègues en savaient autant que vous sur l'amibiase...

Le surlendemain, Louis fut reçu par un conseiller du ministre.

– On m'a dit beaucoup de bien de vous. Je vais voir ce

que je peux faire. Que souhaitez-vous? Ah! oui, la titularisation, comme tout le monde, je ne vous le cache pas, c'est
plus difficile. A cause du corps d'accueil. Voyons, voyons,
quel corps pourrais-je vous offrir. Conservateur? Aimez-
vous les objets?

Moue de Louis.

– Dommage, mais il faut être fou d'objets pour être
conservateur. Alors, bibliothécaire? Parfait. Vous êtes fou
de livres. Parfait. Mais attendez, j'y pense, l'Exposition coloniale n'a rien à voir avec une bibliothèque. Ce n'est pas de
la mauvaise volonté, mais non, décidément, je ne vois pour
vous aucun corps d'accueil. Et sans corps d'accueil, pas de
titularisation, n'est-ce pas? En revanche, nous pouvons
vous confier une mission, mission renouvelable, bien
entendu. D'ailleurs la gestation de cette fichue exhibition
est si longue... huit ans que ça dure... une vraie grossesse
d'éléphant. Regardez...

Il montrait une muraille grise, dossiers sur dossiers
appuyés contre l'armoire grillagée.

– ... Maintenant prévue pour 1931. Si elle voit jamais le
jour. Ah! ça c'est sûr, l'Exposition a besoin de gens comme
vous, de vrais enthousiastes, de ceux qui n'ont pas peur
des forceps.

Le conseiller du ministre, accablé au début de l'entretien, semblait reprendre espoir.

– Vous m'aiderez, vous m'aiderez, il va falloir gérer la
nouvelle commission. Vous ne le saviez pas, mais je vous
l'apprends : M. Angoulvant, c'était trop simple. Rayé Angoulvant! Remplacé par le maréchal Lyautey. Je n'ai rien contre le
maréchal, mais il faut changer la moitié des membres, car il a
ses têtes, le maréchal. Ce sera votre premier travail...

– Alors, je pourrai commencer quand? demanda timidement Louis, ses doigts crispés sur son chapeau.

– Mais demain, non, tout de suite, demandez à ma secrétaire un bureau. Ou installez-vous dans la salle d'attente.
Depuis le temps que dure cette affaire, la salle d'attente,
c'est l'endroit qu'il faut. Bien sûr je plaisantais, vous aurez
un vrai bureau, avec une vraie mission, renouvelable. Allez,
bon courage, et bienvenue à l'Exposition.

Alors commença pour Louis la période qu'il appellera plus tard « les plus belles années de ma vie ». Il courait d'un bout à l'autre de Paris. Au Cadastre, pour bien vérifier que le terrain de Vincennes était libre de servitudes. Chez les entrepreneurs, qui le recevaient plutôt fraîchement.

— Alors, vous êtes enfin prêts, les politicards, vous vous êtes mis d'accord, je peux commencer mes travaux?

— C'est-à-dire... Je suis même venu vous annoncer qu'il faut prévoir un petit retard.

— Alors, en ce cas, je demande un dédit.

— Comprenez-nous, c'est tout un Empire à présenter.

— M'en fous. A quoi je vais les employer, moi, mes ouvriers qui devaient commencer demain la pagode, hein, à quoi?

— Relisez le bon de commande. Ce n'est pas une pagode. Mais un temple du Cambodge.

— Ah! ce n'est pas le moment de jouer sur les mots.

Et Louis, poliment, prenait congé, abasourdi par tant d'agressivité, comme si l'Exposition était un vulgaire immeuble. Ils avaient trop lu la Genèse, ces petits patrons, ils croyaient que tout se fait en six jours, avec repos le septième. Il faudrait leur expliquer le caractère *métaphorique*, oui, messieurs, métaphorique de ces six jours-là de création.

Et il revenait au ministère, comme auréolé par les insultes reçues.

D'ailleurs, ils rappelaient le lendemain, les petits patrons. Tout miel. La crise américaine commençait à faire sentir ses effets. Les milieux bien informés prédisaient qu'elle irait s'aggravant. Alors un temple khmer en commande, même retardé, personne ne crachait dessus.

— Bien! Maintenant, Orsenna, ne traînez pas, vous allez courir chez Rosengart.

C'était un constructeur très fameux dans ce temps-là. Il avait proposé des voiturettes pour transporter les visiteurs de pavillon en pavillon, d'Afrique occidentale en Asie. On peut aimer les colonies mais pas la marche, n'est-ce pas monsieur Orsenna?

Là-bas, près du ratodrome, Louis se trouvait en terrain de connaissance.

– Je suis le père de Gabriel...

– Le pneumatologue, bien sûr, bien sûr.

– Alors, où en êtes-vous, ce mois-ci, monsieur Rosengart?

– Attendez quelques instants, le prototype revient d'un essai en banlieue. Vous prendrez bien un verre.

M. Rosengart commandait de la Suze, il écartait les papiers de son bureau, nos prochaines créations, monsieur Orsenna. On aurait dit qu'il s'agissait de Haute Couture.

– Ainsi, vous avez connu Levallois?

– Oui, j'ai un peu connu Levallois, murmurait Louis.

– Alors, vous vous souvenez certainement de l'époque des prototypes. Regardez. Vous trouvez ça beau, les chaînes? Je n'ai jamais pu m'y faire.

Une grande baie vitrée donnait sur les ateliers. On voyait les voitures peu à peu s'assembler. Rosengart et mon père levaient leurs Suze : aux prototypes!

– Je ne veux pas vous retenir, disait M. Rosengart. Je sais le temps qu'il faut pour bâtir une exposition. Ne vous inquiétez pas, tout sera prêt au bon moment. D'ailleurs je viendrai demain en prototype vous visiter au ministère. Ne serait-ce que pour vous rassurer.

Le prototype n'arrivait jamais. On avait beau guetter, tendre l'oreille...

– Heureusement que nous avons le chemin de fer circulaire et les électrocars, se rassuraient les responsables. Mais ne lâchez pas prise, Orsenna, retournez aussi souvent qu'il faudra, Rosengart a promis, il doit tenir.

Louis préférait ce dossier-là à l'affaire des droits de l'homme. La Ligue du même nom avait protesté contre les pousse-pousse : d'après elle, ces modes de transport étaient infamants pour l'espèce humaine. Elle menaçait de saisir La Haye, la Cour de justice, voire le pape, encore que la Ligue fût plutôt d'obédience laïque, peut-être même maçonne. Il aurait peut-être fallu la prendre au mot, le dialogue entre Loge et Saint-Siège n'eût pas manqué de sel.

« Quoi qu'il en soit, négociez, avait dit le ministre. Sans pousse-pousse, l'Exposition perdra son caractère. »

Devant des avocats tout à la fois surmenés et très soucieux de la personne humaine, Louis défendait le point de vue du ministère.

– Un peu d'exotisme ne fait pas de mal, maître.

– Cet exotisme est une insulte au genre humain.

Sur le bureau du maître, le téléphone sonnait sans arrêt. Vous permettez? J'en ai pour une seconde. Et Louis se trouvait brusquement plongé dans d'infinis conflits, des divorces, des faillites, des héritages.

Épuisé, le maître reposait le combiné. Soufflait un moment. Relevait lentement les yeux vers Louis.

– Alors vous, c'est à quel sujet? Pardonnez-moi, vous voyez ce qu'est l'existence, au barreau, la vie qu'on y mène. Ah! oui, les pousse-pousse...

Certains soirs, Louis me demandait de passer. Wladislawa m'accueillait, glacée : il va encore vous parler de cette infamie.

– Alors, Gabriel, les pousse-pousse, dis-moi franchement ce que tu en penses?

Nous convenions rapidement que ce n'était pas très glorieux.

– Mais vois-tu, Gabriel, est-ce qu'une exposition a le droit de choisir dans la réalité, de ne présenter que les beaux côtés des choses? Gabriel, réponds-moi du fond du cœur, d'un strict point de vue déontologique, ne sommes-nous pas obligés de montrer *aussi* les pousse-pousse?

Dans le registre de la mauvaise foi, Louis ne craignait personne.

J'allais oublier les guerres entre coloniaux. Ils se battaient devant le plan cloué sur le mur, le rectangle avenue Daumesnil, chemin n° 38 de Paris à Charenton, avenue de Gravelle et avenue du Château. Les «Africains» menaçaient de quitter l'Exposition si la part faite au Sud du Sahara n'était pas plus belle. Très bien, rétorquaient les «Indochinois», dans ce cas-là, prenez tout Vincennes, nous montrerons Angror dans notre coin et nous verrons ce qui intéressera les Français, nos temples ou vos huttes...

— Messieurs, voyons, messieurs, reprenez votre calme. L'espace est assez vaste pour tout le monde...

Mais les coloniaux ne voulaient rien savoir.

— L'Afrique mérite plus.

— Ces sauvages, à peine sortis de la cueillette!

— Si l'on montre trop la cruauté jaune, les enfants n'iront pas.

— Cruauté peut-être, mais une vraie civilisation. Vous avez des Hué, vous, chez les nègres?

La nuit tombait. On entendait les injures jusque sur le boulevard...

Par bonheur, ces éclats étaient rares. Les exhibitionnistes sont des gens doux, les plus timides parmi les pédagogues : ils ne supportent pas le contact direct des élèves. Ils disposent les objets, avec amour, et se retirent. A chaque visiteur de se faire un avis. Dans ce milieu délicat, Louis nouait des amitiés. Il faisait croire qu'il habitait le VIe, le VIIe, où loge la Fonction publique. Il raccompagnait les statutaires. Il marchait lentement à leurs côtés dans les rues désertes, au retour des réunions. Il écoutait de longs propos sur la civilisation, la petite taille de notre pays, l'urgente nécessité d'Empire, n'est-ce pas, Orsenna?

Louis acquiesçait dans le noir.

Les plus prolixes en cheminant étaient Hirsch, le vice-président de l'association «la Plus Grande France» et Labbé, ingénieur en chef du contrôle de la ligne ferroviaire Addis-Abeba-Djibouti.

— Vous connaissez ces pays, Orsenna?

— Non, monsieur le président, répondait Louis. Non, monsieur l'ingénieur en chef.

— Alors, pourquoi ce dévouement à l'Exposition?

— Je n'aime pas vivre à l'étroit.

Ils l'auraient volontiers embrassé. Ils lui disaient encore deux, trois mots des grands espaces, sur le pas de leur porte.

– Un jour, vous irez là-bas. Vous comprendrez. Mais c'est qu'il se fait tard.

Louis avait beau prendre toutes les précautions, escalader les murs au lieu de passer par la grille grinçante, éviter les graviers crissants, plus tard sauter par-dessus les endroits du parquet qu'il savait sensibles, rien n'y faisait. Au moment où il avait fini de se déshabiller dans un silence parfait montait son nom.

– Louis?

– Oui.

– Encore à ces foutaises coloniales?

Wladislawa n'allumait jamais. Elle se levait et ouvrait les volets. Elle regardait la ville, les lumières, le ciel qui devenait plus clair.

– Quand je pense à ce que nous aurions pu bâtir ensemble, Louis, ensemble, au lieu de tirer moi à hue et toi à dia. Car moi aussi j'aime le rayonnement de la France, tous les Polonais aiment le rayonnement de la France, et moi spécialement parmi les Polonais. Regarde les Aragon, Louis, tiens, il s'appelle comme toi, regarde-les, jour après jour, tous leurs gestes, tous leurs souffles dans le même sens. Le sens du communisme. Tu as vu la taille de leur amour? Il y aurait autant d'amour chez nous que chez les Aragon, Louis, à condition d'additionner, de nous multiplier, Louis, au lieu de nous soustraire, nous serions plus exemplaires que les Aragon, Louis, réfléchis, il est peut-être encore temps...

Et là, elle commençait de sangloter, un unique, interminable sanglot, entrecoupé de références aux Aragon.

– Où sont-ils à cette heure, Louis, sinon l'un contre l'autre, main dans la main, peut-être encore en train de faire l'amour? Et ce n'est pas parce qu'ils sont plus jeunes que nous, Louis, ne va pas chercher ce genre d'alibi, nous aussi nous pourrions avoir assez de désir pour nous relancer dans l'amour jusqu'à l'aube. J'étais venue pour ça de Pologne, rien que pour ça, un amour véritable. Mais tu as tout dispersé, Louis, tu t'occupes de tout, de toutes les tailles, tu agrandis tout, sauf la taille de notre amour...

Et Louis voyait le large dos de Wladislawa tressauter et

sa tête blonde heurter la longue-vue avec laquelle elle cherchait les Aragon.

— Ça y est, tu me l'as encore déréglée, rappelle-moi leur adresse, je m'y perds dans Paris. De quel côté je la tourne? Car je dois les surveiller (sa voix se faisait blanche, haineuse), leur amour est dangereux pour la Pologne. Plus ils s'aiment, plus le communisme triomphe. Et tout ce qui est bon pour le communisme est bon pour la Russie, donc mauvais pour la Pologne. Tu imagines, Louis, si notre amour à nous avait occupé le devant de la scène, à la place du leur, Louis, qu'aurait eu à présenter le communisme comme spectacle de choix? Les lendemains qui chantent? La dékoulakisation? Oh! Louis, quelle responsabilité tu as de ne pas m'aimer assez, quelle catastrophe de laisser au communisme le monopole du Grand Amour! Oh! Louis, s'il arrive quelque chose à la Pologne ce sera ta faute et je le dirai, oui, Louis, qu'importent les conséquences, je le dirai. Oh! Louis, terrible destin gâcheur que le tien. Terrible, terrible...

Alors Louis s'en allait sur ces mots, terrible, terrible, il les entendait décliner, au fur et à mesure qu'il redescendait vers Paris, le ministère. Il regagnait son bureau avant tout le monde, juste à temps pour répondre à l'appel de Marguerite : c'est moi, Louis, je te souhaite une bonne journée, je suis fière de toi, pas trop de problèmes? La date de l'inauguration tient toujours. Vive la France, Louis, je suis fière de toi. Il reposait le combiné.

Il n'avait pas dormi, ou guère. Mais il ne ressentait nulle fatigue. Il était de nouveau tout entier dans l'Exposition. Quand on vit dans son rêve, on n'a pas besoin de sommeil autour.

Impressionnée par son zèle, l'Administration finit par l'admettre dans le saint des saints, l'endroit des plus hautes conceptions, là où se rédigeait lentement avec tout le soin possible, en pesant chaque terme, négociant chaque relative, l'exposé des motifs :

«La France n'est plus tout entière en Europe. Qu'il s'agisse de l'Afrique du Nord où elle a transplanté un vigoureux rameau de la race nationale, qu'il s'agisse de l'Indochine, de l'Afrique occidentale et Équatoriale, de Madagascar où de nombreux Français bâtissent notre nouvel Empire, qu'il s'agisse encore des Antilles où subsiste, avec les descendants des premiers colons en tricornes et perruques poudrées, la grâce charmante et surannée du XVIIIe siècle, c'est la France, se recréant elle-même sur ces terres proches ou lointaines, et qui sont devenues désormais des parties vivantes et fortes de son sol multiplié. »

Séances interminables, infinies querelles de procédure :

— Vous ne pensez pas qu'il vaudrait mieux travailler sur un texte ? Passons une commande à l'École normale. Ils rédigent bien, rue d'Ulm.

— Mais non, cher ami, c'est la commission en tant que telle qui a été chargée du travail. Elle n'a pas pouvoir de déléguer.

— Nous piétinons, et la date approche.

Le ton virait à l'aigre.

— Allons, messieurs, répétait le chef de service Chadeau-Zylber.

— Oh ! vous avec vos malheurs conjugaux !...

— Je vous demande des excuses.

— Accordé, accordé, criait le directeur du Musée national des beaux-arts d'Alger, Alazard.

— Alors, Crouzet, vous ne dites rien depuis quelque temps.

— Je persiste à penser que la répétition du « qu'il s'agisse » n'est pas heureuse. « Qu'il s'agisse de l'Afrique du Nord », « qu'il s'agisse de l'Indochine », la tournure est pour le moins pesante...

— N'oubliez pas, Crouzet, que l'objectif est pédagogique. L'inspecteur d'académie que vous êtes devrait le comprendre.

— On ne doit pas confondre pédagogie et semelle de plomb. Dans ces conditions vous comprendrez mon silence.

Et puis certains n'étaient là que pour une seule phrase : le résumé parfait selon eux de l'aventure coloniale. Ainsi, Gruvel, le professeur au Muséum, directeur du laboratoire des pêches et productions coloniales d'origine animale. Il avait pris Louis en amitié. Il lui parlait de sa conception des Lettres :

– Pas besoin de roman, Orsenna, ni même de nouvelles, moi je ne suis écrivain que de quelques mots. « Un chaos savamment ordonné de plantes, d'animaux et d'êtres humains. » Dites-moi, Orsenna, franchement, c'est bien ça une exposition coloniale : ça et rien que ça ?

Alors il proposait à chaque séance son chaos.

– Plus tard, Gruvel, répondait Chadeau-Zylber, il faut attendre le bon contexte.

Enfin arriva le jour du bon contexte.

« Si, pour chaque citoyen du Royaume-Uni, la notion du "British Empire" répond à un fait tangible et précis, en France la notion d'un Empire colonial, loin d'être familière aux hommes privés, n'a même pas été clairement exprimée dans la vie publique... »

Le chef de service proposait une description du palais des Colonies.

« Derrière son élégante et pure colonnade, la haute façade apparaîtra tout entière transformée en une immense fresque de pierre frémissante de vie... »

Louis se pencha vers Gruvel.

– C'est peut-être le bon moment, pour votre chaos.

– Vous avez raison.

Et Gruvel enchaîna :

« Un chaos savamment ordonné de plantes, d'animaux et d'êtres humains fixera, sous l'immobilité de la matière, l'exubérante puissance de notre jeune Empire tout gonflé de richesse et de force. »

– Ces lignes me semblent convenir tout à fait, dit Chadeau-Zylber. La commission les entérine ? Parfait. Excellente séance. Encore quelques réunions de cette qualité et nous touchons au but.

En sortant, Crouzet prit le bras de Louis.

– Mon cher, je n'oublierai jamais votre aide. L'Éducation nationale, vous savez, pourrait vous accueillir si vous souhaitiez le titulariat. Je pourrais vous mettre sur les rangs, pour le tour extérieur.

– Hélas! je n'ai plus l'âge.

– Alors je suis désolé. Le tour extérieur, qui peut beaucoup, ne peut rien contre l'âge. Ça ne fait rien, à charge de revanche. Quand même.

Et il partit, sifflotant, heureux auteur, vers la Seine.

Jusqu'alors, Louis n'avait pas eu d'amis. Pas le temps. Sa vie n'était qu'une succession d'escales : chaque fois, un petit rond de lumière autour d'une femme. A peine était-il entré dans quelques habitudes, le pastis par exemple, au café du coin, avant de monter chez elle, ou la discussion rituelle, le dimanche après-midi, avec le beau-père éventuel, que la lumière s'éteignait, la femme s'évanouissait. Le train repartait. Il fallait oublier les visages, les quartiers, les adresses.

Certes, l'escale Wladislawa durait. Mais un amour exemplaire n'est pas un terrain propice à la naissance des amitiés. Quant à Chadeau-Zylber, méfiance et lucidité vis-à-vis des relations intimes avec des supérieurs.

Le chef de service venait souvent s'asseoir dans le petit bureau gris du non-titulaire : je ne vous dérange pas, Orsenna ? Il attendait que la nuit tombe. Le ministère se vidait. Alors il racontait ses déboires, un poste au Cameroun, une femme en allée, deux enfants élevés en célibataire, c'est surtout dur le dimanche, croyez-moi Orsenna, un homme seul et deux enfants dans un appartement rue Boulard, pas facile après le Cameroun. Et voilà que ma femme veut me les voler, Pauline et Jean-Baptiste. Louis compatissait sans être dupe : il ne faut pas confondre amitié et besoin de confidences.

Et puis vint cet article de *L'Auto*.

Été, rue Oudinot. La température montait très vite après dix heures. On interrogeait ceux qui avaient été en poste.

– Oui, disaient-ils, oui, il fait à peu près aussi chaud que là-bas.

On leur demandait des recettes, pour supporter. Il n'y en a pas, répondaient les coloniaux.

Et c'était le silence, rue Oudinot, dans le couloir de la direction des Affaires africaines, sous-direction de l'AOF, bureau du Sénégal, bureau de la Guinée, bureau de la Côte-d'Ivoire, bureau du Dahomey, bureau du Togo... presque toute la côte jusqu'à la Namibie (sauf quelques enclaves allemandes ou portugaises).

Les conversations s'essoufflaient. Même les cancans ne tenaient pas la distance. Terrible ennui de bureau, l'été, quand les heures n'avancent plus, semblent s'enfoncer dans l'air comme les pas dans le goudron fondu des trottoirs.

– Vous devriez essayer, dit un collègue, en lui tendant *L'Auto,* je vous assure que vous devriez essayer.

Voilà comment le journalisme sportif entra dans la vie de Louis.

Et très vite, il admit l'évidence : les journaux sportifs aidaient à vivre...

A son tour, il se plongea dans cette actualité, aussi grouillante et généreuse qu'un marché tropical. Il éprouva cette sensation d'ébriété bien connue de nous tous, les amis du sport, coup d'œil pour commencer à la rubrique aviron, déception légère, tiens, le Rowing n'a pas gagné la tête de rivière, courte visite au tennis, les vainqueurs à Wimbledon du double mixte refusent désormais de jouer ensemble. Brouille durable ? Affaire à suivre. Instant de sympathie (hypocrite) pour les concurrents du marathon de Los Angeles (en préfiguration aux Jeux) : le Français El Ouafi va-t-il confirmer son succès d'Amsterdam ? Avec ce nom-là, il a sûrement l'habitude des canicules, etc. Il pénétra dans ces feuilletons innombrables où l'on trouve de quoi se nourrir pour la journée, des victoires, des défaites, des dévouements, des trahisons, du tourisme, de la médecine, de la technique, des accidents musculaires, des drames humains, sans compter l'épique, la ration quotidienne de démesure : le Tour de France.

Quand celui-ci s'acheva (triomphe de Dewaele, Belgique), Louis mesura le vide. La fin juillet est le pire moment de l'année pour les sportifs. Une sorte de vacances en famille quand on est amoureux d'une autre...

Aussi un article du 1er août l'émut-il aux larmes.

Pour un Tour de France perpétuel.

« Bravos éteints, parc des Princes fermé, maillot jaune replié, Izoard oublié… Comment vivre ?… »

La conclusion du papier ne pouvait que le séduire :

« Et si un tour d'Empire complétait celui de métropole ? »

Le matin même, il écrivit à l'auteur, un dénommé Dekaerkove, précédé d'une initiale E. Élie ? Émile ?

Ils devaient se retrouver près du journal, dans un petit restaurant auvergnat, le Puy-de-Dôme, uniquement fréquenté par des « sportifs »… Louis avait toujours un peu le trac avant d'aborder un nouveau monde. Devant la porte, il hésitait, la main sur la poignée. A peine installé dans l'Administration, voici qu'il la quittait pour le sport. Ne devait-il pas renoncer ?

— Ah ! c'est vous, le colonial ?

Tout le restaurant se tourna vers l'arrivant.

Ceux qui changent souvent d'univers, de métier ou de femme savent prendre leur courage à deux mains. Louis respira fort et s'avança vers le « sportif » qui avait parlé. La cinquantaine dépassée, déjà chauve, un visage rond sur un nœud papillon parme avec des yeux très doux de myope. Comment faisait-il pour s'y reconnaître dans les sprints de pelotons ?

Autour d'eux, les conversations avaient repris. Louis se détendit. Voilà, le moment pénible du voyage était passé. Suivait la sensation grisante, l'installation dans le nouveau monde.

Le « sportif » le regardait.

— Alors, vous vous intéressez au Tour de France ?

Il devait crier très fort, à cause de toutes ces conversations.

— On ne pourrait pas choisir un endroit plus calme ? demanda Louis.

— Impossible, on doit toujours pouvoir me joindre pour

me communiquer les résultats. Par exemple s'il tombe un record du monde. Il fait un peu chaud, mais sait-on jamais, avec l'hémisphère Sud...

De temps à autre, quelqu'un hurlait, vraiment hurlait, loin dans la salle :

— Alors, Dekaerkove, l'année prochaine, Aubisque, Galibier, ET Izoard ?

Louis apprit ainsi les vraies responsabilités du journaliste. Il exerçait le plus patriotique des métiers : traceur du Tour de France. Chaque année, c'était lui qui choisissait l'itinéraire. Il commençait par les métropoles, possibles villes-étapes. Il rencontrait le maire.

— Ça vous plairait de recevoir la Grande Boucle ?

L'édile rougissait, balbutiait bien sûr, bien sûr.

Alors Dekaerkove annonçait les tarifs, convoquait les hôteliers du cru, donnait les consignes habituelles de morale, les règles de propreté, dans la salle des mariages il dictait un code minimum. Ensuite, il lui fallait concocter le parcours proprement dit, alterner les côtes et les faux plats, les descentes en lacet, les plaines où musarder avant le sprint final.

A force, il connaissait toute la France, commune par commune.

— Tenez, pour voir, faites un essai, citez-moi un nom de village, n'importe lequel.

Louis choisit Le Thoureil, un lieu-dit du bord de la Loire où nous étions passés avec Marguerite juste avant notre départ raté pour les colonies.

— Le Thoureil, attendez, ah ! oui, ces deux maisons face à face, au-dessus d'un jardin qui déborde de roses trémières. C'est bien là que se trouvent la plage fluviale, n'est-ce pas, et l'élevage de chevaux, de l'autre côté du fleuve ? Attention, chaussée souvent dégradée, à cause des crues.

— Formidable. Ce n'est pas possible. Je peux tenter encore ?

— Je vous en prie.

— Alors, Moernach (Haut-Rhin).

— Laissez-moi une seconde. Oui, voilà, la fosse à purin fuit, à l'entrée du village, je me souviens, en 1926, les pneus des coureurs ont pué jusqu'au soir...

J'ai rencontré d'autres phénomènes du genre de Dekaerkove dans les partis politiques. Ils ont aussi la France en tête, mais électorale, celle-là, canton par canton, les résultats du moindre scrutin depuis cent ans. Mais, chez lui, la connaissance était plus paisible, sans conflit, un grand amour géographique.

Chaque année, il revenait de son tracé épuisé et le foie gros, dormait une semaine pleine, ne buvait que de la Saint-Yorre et commençait à songer à la Boucle suivante. Tel était son métier, il passait son temps à se dessiner des hexagones, des hexagones à lui.

— Ce n'est pas que je n'aime plus mon pays, croyez-le bien. Mais parfois, il faut savoir élargir ses horizons.

Voilà pourquoi il proposait un Tour de l'Empire, ou du moins, pour commencer, de l'Afrique noire.

— Formidable idée, dit Louis, je vais en parler à mon chef de service, votre suggestion tombe au bon moment, ce sera la partie sportive de notre Exposition.

Ils continuèrent à discuter jusqu'à la fin de l'après-midi.

— Mon Dieu, dit soudain Louis, je suis en retard.

Il prit congé.

— A demain, lui dirent les sportifs.

— Vous voyez, ce n'était pas si difficile. Ils vous ont adopté, dit Dekaerkove.

— Qui se trouve plus au cœur de la France que moi, je te le demande, Marguerite, répétait Louis le soir à Levallois, qui?

Et bien à contrecœur, après avoir dîné avec sa mère, il s'en retournait chez lui où Wladislawa l'accueillait de plus en plus bruyamment.

— A quoi sert une Polonaise dans ta vie, Louis, à quoi, tu peux me le dire?

— Mais tu le sais bien, moi aussi j'aurais préféré une Exposition universelle. Attends un peu, Wladi, prends patience.

— Est-ce qu'ils attendent pour s'aimer, les Aragon? Est-ce qu'ils prennent patience? Ton manque d'amour est criminel pour la Pologne, Louis.

Maintenant, Chadeau-Zylber faisait le point chaque soir à la fermeture des bureaux.

– Avons-nous pensé à tout, Orsenna?

On n'entendait plus rien pas un bruit de pas dans tout le ministère, plus un grincement de chaise.

– On dirait qu'ils sont tous partis. Vous verrez qu'un jour ils nous laisseront tous les deux. Avec l'Exposition sur les bras. J'y songe, avons-nous pensé aux enfants? L'Exposition doit plaire aux enfants. Vous savez que ma femme se rapproche? Hier elle guettait notre appartement du trottoir d'en face. Oui, Orsenna, arrangez-vous, l'Exposition doit plaire aux enfants.

Louis passa le début de l'année 1931 dans les magasins spécialisés, chez les fabricants de voitures à pédales, de trains électriques, les constructeurs de manèges. Il envisageait avec eux des formes nouvelles, plus exotiques.

– Au lieu de ces cochons roses qui montent et descendent, au lieu de ces hors-bord, vous ne pourriez pas proposer des autruches, des pirogues?

– Je ne sais pas si j'ai les artisans pour.

Les purs coloniaux rechignaient.

– Pas question de transformer l'Exposition en Jardin d'acclimatation.

Louis s'obstinait. Il rendait compte de ses progrès : là un Congo enchanté, ailleurs, dans l'enclave du Cameroun, un pavillon de la chasse, avec trois grands dioramas réalisés par le peintre J. de La Nozière (quel mal pour l'imposer!). Au centre : un groupe de cinq lions, après le repas, consacrent au repos en plein soleil les heures chaudes de la journée. A droite, deux gorilles au plus profond de la forêt vierge errent dans leur domaine avec la lenteur imposante qui leur est coutumière. A gauche, une panthère prête à bondir guette une gazelle venue boire à la source.

Louis apportait les projets, les esquisses. Chadeau-Zylber se frottait les mains.

– Je crois que mes enfants ne vont pas être déçus. Je vais me les attacher. A jamais. Et tant pis pour la garce. Elle pourra aller se rhabiller.

Tout en parlant il avait grimacé, puis esquissé un bras d'honneur étriqué, hâtif, un bras d'honneur de timide.

La date d'inauguration fut annoncée par *Le Temps* : 6 mai. On aurait pu nous prévenir avant la presse, ronchonna le ministère. Mais on fit taire les états d'âme.

– Les derniers écrous, dit Chadeau-Zylber, je compte sur vous pour les resserrer, hein, Orsenna, parce que moi, avec mes personnalités...

Il s'enfuyait vers son bureau où les sonneries n'arrêtaient plus.

On l'entendait répondre :

– Oui, monsieur le député... Bien sûr que Son Éminence est invitée... Les cartons ont pris du retard... Confirmez bien l'heure à votre ambassadeur...

Pour de sombres histoires anciennes, le Quai avait été exclu des préparatifs de l'Exposition. Alors boudait. Et n'avait envoyé personne du protocole. Malgré les promesses, les interventions.

– Vous ne l'avez pas refoulé, au moins ? demandait-on au concierge Mangin, un ancien de Verdun.

Le concierge marmonnait qu'il avait beau être invalide, il savait tout de même la différence entre un boche et un diplomate.

Enfin l'expert fut annoncé, le 20 avril, un jour à giboulées. Malgré le parapluie, ses chaussures étaient mouillées. Mais le haut restait net, col pincé, cheveux noirs glacés, gants à la main gauche.

On lui présenta la situation. Sentence immédiate.

– Le cérémonial prévu par vous, et comment vous le reprocher, le cérémonial est un métier, ce cérémonial, disais-je, nous entraînerait au moins quatre guerres...

Sa voix était d'une grande douceur, moins méprisante qu'accablée.

– Bon, nous allons tout reprendre de zéro. Le président de la République a-t-il confirmé sa présence ?

La rue Oudinot ne décolérait pas : cet homme-là était

sûrement juif, un juif, on lui avait envoyé un chef du protocole juif.

Le Quai se reconnaissait bien là. Entre minorités eth-
niques, israélites et bamboulas, ils s'entendront bien : voilà
ce que le Quai devait penser.

A l'époque, Louis m'appelait à toutes les heures du jour
et de la nuit. J'avais beau lui dire, Louis, je travaille, Louis,
j'ai Monaco dans moins d'un mois, Louis, les Vingt-Quatre
Heures du Mans, tu connais ? Il me convoquait à Levallois,
viens tout de suite, Gabriel, j'ai à te parler. Nous parlions
donc, sur la terrasse. Wladislawa s'était enfermée dans sa
chambre.

— Peut-être que l'Exposition coloniale est en train de
tuer notre couple.

— Que se passe-t-il, Louis ?

— Regarde.

Il me tendait un tract. Dans l'obscurité je ne pouvais pas
lire. Je m'approchai d'une fenêtre allumée.

NE VISITEZ PAS
L'EXPOSITION COLONIALE

A la veille du 1er mai 1931 et à l'avant-veille de
l'inauguration de l'Exposition coloniale, l'étudiant
indochinois Tao est enlevé par la police française.

L'opinion mondiale s'est émue en vain du sort des
deux condamnés à mort Sacco et Vanzetti. Tao, livré à
l'arbitraire de la justice militaire et de la justice des
mandarins, nous n'avons plus aucune garantie pour
sa vie. Ce joli lever de rideau était bien celui qu'il fallait, en 1931, à l'Exposition de Vincennes.

(...) que ces hommes dont nous distingue ne serait-
ce que notre qualité de Blancs, nous qui disons
hommes de couleur, nous hommes sans couleur,
aient été tenus, par la seule puissance de la métallur-
gie européenne, en 1914, de se faire crever la peau
pour un très bas monument funéraire collectif (...),
voilà qui nous permet d'inaugurer nous aussi, à notre

manière, l'Exposition coloniale, et de tenir tous les zélateurs de cette entreprise pour des rapaces. Les Lyautey, les Dumesnil, les Doumer, qui tiennent le haut du pavé aujourd'hui dans cette même France du Moulin-Rouge, n'en sont plus à un carnaval de squelettes près. (...)

Le dogme de l'intégrité du territoire national, invoqué pour donner à ces massacres une justification morale, est basé sur un jeu de mots insuffisant pour faire oublier qu'il n'est pas de semaine où l'on ne tue aux colonies. La présence sur l'estrade inaugurale de l'Exposition coloniale du président de la République, de l'empereur d'Annam, du cardinal-archevêque de Paris et de plusieurs gouverneurs et soudards en face du pavillon des missionnaires, de ceux de Citroën et de Renault, exprime clairement la complicité de la bourgeoisie tout entière dans la naissance d'un concept nouveau et particulièrement intolérable, la « Grande France ». C'est pour implanter ce concept-escroquerie que l'on a bâti les pavillons de l'Exposition de Vincennes. Il s'agit de donner aux citoyens de la métropole la conscience de propriétaires qu'il leur faudra pour entendre sans broncher l'écho des fusillades lointaines. Il s'agit d'annexer au fin paysage de France, déjà très relevé avant guerre par une chanson sur la cabane-bambou, une perspective de minarets et de pagodes.

A propos, on n'a pas oublié la belle affiche de recrutement de l'armée coloniale ; une vie facile, des négresses à gros nénés, le sous-officier très élégant dans son complet de toile se promène en pousse-pousse, traîné par l'homme du pays – l'aventure, l'avancement.

N'en déplaise au scandaleux parti socialiste et à la jésuitique Ligue des droits de l'homme, il serait un peu fort que nous distinguions entre la bonne et la mauvaise façon de coloniser. Les pionniers de la défense nationale en régime capitaliste, l'immonde Boncour en tête, peuvent être fiers du Luna-Park de Vincennes. (...)

Aux discours et aux exécutions capitales, répondez en exigeant l'évacuation immédiate des colonies et la mise en accusation des généraux et des fonctionnaires responsables des massacres d'Annam, du Liban, du Maroc et de l'Afrique centrale.

Et c'était signé :

André Breton, Paul Eluard, Benjamin Péret, Georges Sadoul, Pierre Urik, André Thirion, René Crevel, Aragon, René Char, Maxime Alexandre, Yves Tanguy, Georges Malkine.

— Qu'est-ce que je dois faire, Gabriel, à ton avis? Wladislawa m'a mis ça sous le nez et maintenant elle fait ses valises...

Je lui avais tant donné de conseils. Il avait tant fait l'inverse. Et l'inverse avait entraîné tant de catastrophes que désormais je me taisais.

— Tu dors, Gabriel, au moment où ton père a besoin de toi, tu dors.

Au-dessus de nous, la lumière de la chambre de Wladislawa s'allumait, s'éteignait.

— Tu vois, ce n'est pas comme toi, Gabriel, Wladislawa, elle n'arrive pas à dormir. On voit que tu ne connais rien à l'amour. Décidément je n'ai pas le fils que j'espérais, sur qui m'appuyer..., etc.

— Le cérémonial est un vrai cauchemar, Orsenna. Vous sauriez répondre à ces questions, vous : un bey l'emporte-t-il sur un ambassadeur? Le glaoui sur le primat des Gaules? Et je ne vous cite là que des exemples simples, de petits problèmes binaires. Mais vous imaginez quand il faudra composer le cortège, la mosaïque des tribunes... Non, croyez-moi, je suis soulagé d'avoir dû passer la main. Je vais pouvoir me consacrer aux derniers écrous. Vous n'avez pas oublié nos enfants?

La veille du grand jour, on ne parlait que de météo. Tout le ministère fixait le ciel par les fenêtres.

— Vous pensez qu'il pleuvra?

Chadeau-Zylber vint chercher Louis très tard.

— Vous m'accompagnez, Orsenna, nous allons vérifier les éclairages.

Ils garèrent la Renault de fonction porte Dorée.

Il régnait dans l'Exposition une agitation fébrile, un grouillement de fantômes, lanternes à la main, assiégeant des masses sombres ou claires que l'on distinguait mal, dans une odeur de chantier, plâtre, ciment frais, bois coupé, un climat d'invectives. Plus à droite, je te répète, le totem n'est pas d'équerre, le lion c'est pour aujour-d'hui ou pour demain? Un camion demandait sa route : le pavillon des Indes néerlandaises, s'il vous plaît, des masques en raphia dépassaient de la benne... Les automobiles Rosengart, enfin arrivées, se rangeaient une à une sur le parking de l'entrée, tandis qu'avançaient les plantes rares, leurs longues feuilles raclaient le sol, chaud devant! fragile derrière! Une forêt avançait sur roulettes dans un vacarme étrange, des grincements et des bruissements, des bruits de diables aux Halles et de vent dans les palmes.

Et soudain les lampadaires s'allumèrent, bleu blanc rouge, tout le long de la grande avenue des Colonies, depuis Madagascar jusqu'aux deux pavillons des missions religieuses. Sur tous les frontons d'Angkor, des ouvriers finissaient d'installer les reliefs. Au sommet de la tour des forces d'outre-mer, un petit point noir installait le drapeau national, sans doute un chasseur alpin.

Tout l'Empire était là, oui l'Empire sans ses inconvénients. Sans son climat par exemple. Avec les cases, les temples, l'armée, les grands arbres.

— Dommage, dit le chef de service, c'était l'heure d'amener les enfants.

Puis le charme fut rompu. Des électriciens couraient partout, remplaçaient les dizaines d'ampoules défaillantes, les plâtriers reprirent leur besogne sur Angkor. Les corps de métiers mettaient la dernière main à l'Empire.

— Allons, Orsenna, montez avec moi dans la voiture, nous allons une dernière fois vérifier les écrous.

Et ainsi, toute la nuit, ils sillonnèrent les allées, apostrophant les responsables des pavillons, alors Pierrotin, tout va bien à Saint-Pierre-et-Miquelon? Eh bien Linton, vous semblez inquiet, quelque chose ne va pas au Sénégal? S'il

vous plaît, Spitz, vérifiez bien l'écoulement d'eau de l'AOF.
   A l'aube, le chef de service s'arrêta, enfin soulagé.
   – Je crois que, nous l'avons réussie, notre Exposition. Je
vais pouvoir aller réveiller les enfants.

DÉJEUNERS DE RÉALITÉ

La triste aventure du chef de service, le seul patron qu'il ait jamais eu, bouleversait toujours Louis, des mois après la fermeture de l'Exposition. Soudain au beau milieu du déjeuner, il jetait des coups d'œil à droite à gauche, vérifiant que personne ne nous espionnait, et se penchait vers moi :

– Tu vois, Gabriel, il y a des moments où je n'en peux plus. Chaque fois que je rentre dans ma chambre, j'ai l'impression de pénétrer dans une entreprise. Une entreprise où Wladislawa fabrique notre couple. C'est épuisant, Gabriel, de vivre avec une bâtisseuse d'amour. Mais quand je pense à ce pauvre Chadeau-Zylber...

Et il racontait une fois de plus comment elle les avait retrouvés, Mme Chadeau-Zylber, au pavillon du Cameroun, comment les enfants s'étaient précipités vers elle, la préférant de beaucoup aux lions du diorama et comment elle était repartie, d'une démarche un peu ample, saccadée, comme les bergers landais très hauts sur leurs échasses, un étrange animal, bien belle dame en robe noire, deux enfants agrippés à ses jambes.

– ... Et voilà, encore une cruauté de reine. Tu vois Gabriel, nous nous ressemblons, Chadeau-Zylber et moi. Les reines nous ont volé nos enfants. Si tu avais rencontré des vraies femmes, et pas des reines, j'aurais des petits-fils, maintenant.

Pour je ne sais quelle raison, les responsabilités que lui avait confiées Chadeau-Zylber ou ce climat pédagogique de toute aventure coloniale (les Noirs sont de grands enfants), l'Exposition lui avait donné une obsession : deve-

nir grand-père. Il se versait à boire, soupirait, se reversait a
boire, perdait peu à peu pied dans la pitié qu'il s'inspirait
lui-même.

– Gabriel, fais-moi un petit-fils... Gabriel.

Je lui répondais : « Mais Louis, si j'avais un fils, ce serait
peut-être lui, mon meilleur ami, nous ne serions plus seuls
au monde, toi et moi. » Il ne voulait rien entendre.

– Gabriel, tu es mon meilleur ami, nous nous aimons,
Gabriel ? tu es d'accord, Gabriel ? Alors, maître d'hôtel, vous
qui savez tout, avec votre petit calepin, dites pourquoi les
pères et les fils qui s'entendent bien, car nous sommes au
mieux, Gabriel et moi, au mieux possible entre un père et
un fils, pourquoi ne pouvons-nous pas faire un enfant
ensemble, ce Gabriel et moi son père, sans nous soucier
des reines comme les tiennes, Gabriel, ni de la bâtisseuse
comme la mienne, allez, dites-moi, j'attends la réponse.

« Mais monsieur, mais monsieur », répondait le maître
d'hôtel, et le lundi suivant nous avions changé de restaurant.

Coup de sonnette.

Ce n'était pas toi.

Seulement le jeune avocat, un peu perdu dans mon dossier (je le comprends). et qui venait demander de l'aide :

– Alors 1931-1938, qu'avez-vous fait ? Pouvons-nous dire que c'est à ce moment-là que vous avez rejoint le marxisme ?

Et presque terrifié, il regarde notre trio, Ann qui pour quelques instants a abandonné Monaco et ses manigances financières ; Clara qui nous tourne autour, à petits pas, comme les vieilles dames épousseteuses, on ne voit pas sa tête, cachée par le Leica, elle cherche la bonne lumière ; moi, Gabriel, le chargé de mission narrative, le rédacteur de toutes ces pages posées pour l'instant sur un guéridon assez branlant. Et les quatre autres, empêchés pour raison de décès, mais présents tout de même sur le mur, au-dessus du piano, grâce aux clichés de Clara : Élisabeth en robe longue, et Markus en smoking, il a laissé sa main posée sur son épaule, elle tient un carré de papier blanc, sans doute un programme. Ils sourient. Ce doit être à la sortie du concert, car à l'entrée Markus ne sourit jamais (le trac). Marguerite, quant à elle, agite un mouchoir du haut de son paquebot pour l'Amérique. Et Louis, tout petit, jette une fleur dans une tombe.

L'avocat nous considère, un à un, tous les sept, les trois vivants, et les quatre photographiés.

– Quelle famille ! soupire-t-il.

Décidément il ne comprend pas grand-chose à notre bric-à-brac.

A ces moments-là, il paraît découragé. Il aurait tant préféré une cause plus traditionnelle, plus politique et traditionnelle, avec de vrais fascistes, de vrais communistes, au lieu de toutes ces histoires de botanique, d'exposition et de matière première. Alors il se tasse sur son siège, l'un de ces fauteuils en rotin grinçant dont les vendeurs vous assurent qu'ils ont leur place aussi bien dans les salons l'hiver que dans les jardins l'été.

Je lui propose encore un peu de muscat de Rivesaltes.

— Juste un doigt, dit-il, avec une assez touchante confusion.

Mais très vite il se reprend.

— Allez, avouez que vous n'êtes pas très clairs, tous. Mais j'y arriverai, même malgré vous, vous verrez, vous serez défendus. La loi vous y oblige. J'ai déjà compris une chose, vous aviez une passion pour les empires mais guère pour les colonies, ce qui est contradictoire, avouez-le. Et assez confortable.

Et il s'en va, en se frottant les mains, les siennes, au lieu de serrer les nôtres, très satisfait de sa remarque intelligente.

LA FONTANELLE

L'âge arrivait, bien sûr, avec son pas de loup. Il poussait la porte, il entrait chez Gabriel, il entrait chez Ann, chez Clara, et commençait son travail.

Ne me regarde pas aujourd'hui, je suis affreuse : c'était devenu la rengaine, l'amère rengaine des deux sœurs.

Pour Gabriel, cette invasion n'était pas douloureuse. Il accueillait l'âge en lui comme un locataire à qui l'on peut parler lorsqu'on est trop seul. Il tendait l'oreille, il guettait ses pas, les pas de l'âge en lui, il notait ses habitudes, les moments où l'âge sommeille, paraît avoir oublié sa tâche un an, deux ans, et ceux, beaucoup plus courts, parfois un été manqué ou même une simple nuit, durant lesquels le temps met les bouchées doubles et assène les fameux « coups de vieux ». Celui qui n'a jamais pu se faire à son visage voit venir l'âge avec soulagement, une complicité douteuse.

Pour tout dire, Gabriel trouvait l'âge assez paresseux. Il aurait souhaité en lui-même des bouleversements beaucoup plus rapides et considérables. On le lui avait répété depuis l'enfance : après quarante ans, on a les traits qu'on mérite. Or quarante ans avaient sonné et Gabriel restait le même, ronde figure à peine ravinée (il avait tant espéré des rides, pensant qu'un très ridé vaut un émacié), yeux trop clairs et cheveux jaunes (il aurait tant voulu des grisonnements, voire des calvities). Plus vite, plus vite, murmurait-il à l'âge en se gardant d'être entendu. Elles l'auraient traité de fou, elles, Ann et Clara, qui menaient bataille. Se raidissaient. Dis donc, Gabriel, enlève ta main et calme la bête, ce n'est pas parce que je deviens laide que tu vas me baiser plus facilement (Clara). Vieille ou pas, je reste debout, à toi de te vitaminer comme il faut (Ann). S'examinaient, visages à toucher le miroir, du bout des doigts se parcourant le front, le cou, les tempes, murmurant des mon Dieu, déjà, ou merde alors. Choisissaient leurs lumières, tu sais que je déteste cette place-là. S'éclipsaient à tout bout de champ, je reviens dans une minute. Pour quoi faire, ces minutes? Et où?

Quand il les voyait si perdues, si blessées, alors que lui se sentait si bien dans l'âge, il se disait à mi-voix victoire, triste victoire. Comme on accueille des voyageurs dans un pays pluvieux où on les a précédés de quelques jours, bienvenue, hélas bienvenue, la gouttière fuit la nuit et quand le vent se lève, inutile de s'escrimer, le volet bat.

Gabriel n'a pas tenu le journal de cette inéluctable histoire. Dommage. Ces Mémoires pourtant vaudraient bien les autres. La même femme décrite année après année, ce qui s'en va, ce qui demeure...

Il peut simplement raconter ses réactions quand quelque chose, un détail, avait changé dans la femme qu'il aimait, dans cette région des femmes où l'âge a choisi de mener d'abord ses attaques, entre pommettes et sourcils. Tempes striées peu à peu de rayons, comme deux demi-soleils, yeux moins coupants, plus incrédules, moins moqueurs, plus rieurs, entourés eux aussi de rides pour les rappeler à la modestie, paupières plus bleues, transparentes, je ne sais pourquoi, Gabriel, je ne dors plus si bien. Et ces cernes, de plus en plus souvent, comme un autre regard corrigeant le premier, plus grave, plus nu, Gabriel, arrête de me fixer comme ça. Mais Gabriel ne pouvait s'en empêcher. Toujours immensément curieux du corps des femmes, il avait découvert qu'à partir de trente, trente-cinq ans, les dames retrouvent là, entre pommettes et sourcils, une fontanelle. Il suffit d'un peu d'attention pour y voir la vie battre.

Quelle chance, se disait donc Gabriel, quelle chance, elles vieillissent! Ou : tiens, une saison nouvelle! Ou : tiens mes reines deviennent humaines. Ou : décidément, l'âge est, avec Louis, mon meilleur ami.

Autre œuvre bénéfique de l'âge, elles échangeaient leur

nature : Ann se tendait, moins assurée que crâne désormais, tandis que Clara, qui avait découvert dans la photographie une preuve irréfutable de l'existence des choses, s'en trouvait rassurée. Ce double mouvement, d'Ann vers Clara, de Clara vers Ann, arrivait à point nommé. Quand on aime deux sœurs, mieux vaut qu'elles finissent par se ressembler. Cela évite les grands écarts et les grands écarts se font de plus en plus douloureux avec les années. Gabriel était optimiste. Pourquoi ne l'aurait-il pas été ? Tout n'allait-il pas pour le mieux dans le meilleur des mondes, le meilleur des mondes âgés possibles ?

Ne me regarde pas aujourd'hui, je suis affreuse... Les imbéciles. N'avaient jamais été plus belles !

LA GUEULE
DU LOUP

I

Gabriel n'a pas à rougir. Il a tiré la sonnette d'alarme aussi souvent, aussi longtemps, aussi fort qu'il le pouvait.

Mais on lui a refusé la parole.

On lui a même volé son poste.

Il était une fois la défaveur.

Les voitures françaises ne gagnaient plus.

Qui fut le bouc émissaire?

Les motoristes, les constructeurs de moteurs? Vous n'y pensez pas : attaquer le cœur même de l'industrie française, en pleine période de tensions internationales!

Les dessinateurs et concepteurs de monoplaces? Allons donc, les Bugatti étaient si belles, les Delahaye si nobles, les Talbot si volontaires.

Les mécaniciens? Sans reproche, ceux-là. Les machines tournaient, sans anicroche majeure.

Restaient qui? Les pneumatologues, bien sûr, au premier rang desquels avait régné jusqu'alors Gabriel Orsenna.

La défaveur commence toujours par un changement de bureau. On pria l'ancien favori d'émigrer vers un endroit dont personne ne voulait : une grande boîte de verre au premier étage de la Société, exposée au regard de tous.

Autre caractéristique de la défaveur, elle s'annonce par voie de presse. Dans le monde de la faveur, au contraire, on reçoit discrètement l'oiseau rare, on lui communique le secret, la brillante promotion : vous gardez cela pour vous n'est-ce pas, je voudrais n'en faire part aux journaux qu'au moment du Salon.

Gabriel apprit sa disgrâce par deux articles, le premier dans *Le Figaro*.

Une courageuse décision à l'Européenne du pneu

« Dans les milieux très fermés des sports mécaniques, Gabriel Orsenna s'était fait la réputation enviée de grand chausseur : il savait marier avec bonheur les voitures et les routes ; et les pneumatiques qu'il passait aux quatre doigts des bolides étaient autant d'alliances, gages de communauté solide... Hélas, depuis quelque temps, le charme semblait rompu... L'Européenne du pneu, consciente de ses responsabilités nationales, a pris hier la décision, humainement douloureuse mais sans aucun doute nécessaire, de nommer un nouveau directeur des Services de la compétition. Il s'agit de M. Yves Flamand, vingt-neuf ans, marié et trois enfants, ingénieur de l'École centrale. Tous les amateurs d'automobiles, et à travers eux notre industrie, lui souhaitent bonne chance. »

L'Action française était plus radicale.

Assez de pneumatologues juifs !

« Tant que les voitures ne dépassaient pas cent kilomètres, il pouvait encore se concevoir de laisser aux juifs le soin de choisir les pneus : leur habitude de prosternation leur a donné une connaissance approfondie de la poussière et des sols. Mais maintenant que la vitesse est là, les juifs doivent disparaître ! Qui croit, une seconde, nos Bugatti inférieures aux Mercedes de l'Allemand ? On me dira peut-être que Gabriel Orsenna n'est pas juif. La belle affaire ! N'est-il pas le type même du contaminé ? N'a-t-il pas du juif ce comportement trop couard pour imaginer des pneumatiques ambitieux, hautains, bref victorieux ? A l'Européenne du pneu... »

Gabriel Orsenna aurait pu répliquer, réagir. Il avait des arguments plein sa musette. Par exemple, la si belle Bugatti type 60, la coqueluche des collectionneurs, le bolide chouchou des séducteurs sur le retour (ceux qui, à la ligne droite des Hunaudières, préfèrent les rallyes gastronomiques), l'orgueil de la France, donc, ne développait que 285 chevaux (Gabriel avait mesuré soigneusement) contre les 400 et même 500 des concurrentes italiennes ou allemandes... Et la voiture dite SEFAC, financée par souscription nationale (pas moins), était si mal conçue qu'elle ne put jamais prendre le départ de la moindre course... Mais Gabriel se tut, jugea préférable d'éviter à la France une nouvelle pomme de discorde. Avouons aussi la lassitude, trente-cinq années de pneumatiques...

Oui, Gabriel a tenté de faire entendre sa voix, une voix originale, terre à terre, plus efficace peut-être pour faire réfléchir les Français que les grandes envolées lyriques.

Et les intellectuels l'ont considéré comme quantité négligeable, indigne du droit de parole.

Le 21 juin 1935 n'est qu'un exemple. Ce jour-là, ouverture du Congrès international des écrivains. Chaleur de four à la Mutualité. Tous les papes avaient tombé la veste, même Gide, même Huxley, même Martin du Gard. Gabriel tient à faire remarquer que, par respect du public, il avait, lui, gardé la sienne. Donc personne ne peut prétendre qu'il fut rejeté pour des raisons de mise.

En outre, il se montra discret, poli. Un pneumatologue n'est pas à proprement parler un écrivain, encore qu'il existe entre les deux activités quelques ressemblances : la sympathie avec la terre, ce mélange de science et d'instinct, la proximité de la mort, etc.

Il se considéra en invité et se tint sage. Il écouta Malraux : « le communisme restitue à l'homme sa fertilité ». Il assista sans s'y mêler le moins du monde au combat d'Aragon pour qu'on n'évoque pas le cas de Victor Serge. Il réécouta Malraux : « Chacun de nous doit ouvrir les yeux de toutes les statues aveugles et faire, d'espoirs en volontés, de jacqueries en révolutions, la conscience humaine avec la douleur millénaire des hommes. »

Superbe, superbe, il applaudit, comme tout le monde. Il ne leva la main qu'après le discours de Pasternak qui lui sembla la plus adéquate des introductions : « La poésie sera toujours dans l'herbe. Elle est et restera la fonction organique d'un être heureux, reforgeant toute la félicité du langage, crispé dans le cœur natal... Plus il y aura d'hommes heureux, plus il sera facile d'être poète. »

Après ces propos botaniques, Gabriel pouvait aborder son domaine.

Oui, malgré sa timidité, Gabriel leva la main dans la grande salle de la Mutualité et pour compenser sa petite taille monta même sur un périlleux fauteuil pliant qui au premier faux mouvement lui aurait sectionné les deux tibias.

Et voilà ce qu'il aurait annoncé en articulant le mieux possible :

« Mesdames et messieurs, depuis deux ans l'Allemagne abandonne le caoutchouc naturel pour le synthétique. Ce transfert a deux significations. Premièrement une volonté de s'exclure du monde normal. Deuxièmement un projet d'invasion. Mesdames et messieurs, voici ma conviction de praticien du pneumatique : grâce au caoutchouc synthétique, l'Allemagne se prépare à envahir l'Europe. Je vous remercie. »

Gabriel avait calculé la durée de cette intervention : trente secondes.

En comptant large, car, trac aidant, il aurait avalé la plupart des syllabes.

Ces trente secondes auraient-elles changé le cours de l'Histoire ? Un stratège officiel, perdu dans l'assistance et entendant cette donnée capitale, aurait-il orienté différemment nos programmes d'armement au détriment de la ligne Maginot et au bénéfice des chars ?

Gabriel ne va pas jusque-là, étant modeste de nature.

Mais toutes les hypothèses sont permises, d'autant que ces trente secondes lui furent refusées. Les communistes hurlaient : ils croyaient que ce petit monsieur voulait revenir sur l'affaire Victor Serge. Et les autres voulaient du Malraux, encore et toujours du Malraux. Uniquement du Malraux.

Gabriel s'obstina quelques instants. On le comprend. Jamais il n'avait éprouvé cette ivresse de dominer par la taille le moindre groupe humain. Puis il redescendit, suivi les débats tranquillement jusqu'à leur fin, et revint chez lui écrire un article au *Temps* (« Du réarmement pneumatique »), qui ne fut jamais publié.

On ne peut pas dire que Gabriel, dans son combat pour la vérité, fut aidé par sa famille.

Louis avait replongé dans une exposition, l'universelle celle-là, qui devait ouvrir ses portes entre tour Eiffel et Trocadéro vers le milieu de l'année 1937 (rien ne sera prêt à temps, Gabriel, nous serons la honte du monde entier). Il conservait ses illusions : l'exhibitionnisme, la présentation exhaustive de la diversité restaient pour lui le seul vrai moyen d'éviter la guerre.

Louis passait ses loisirs, ses gigantesques loisirs, dans les milieux du cyclisme où l'avait entraîné son ami Dekaerkove, mon rival, le traceur du Tour de France. Celui qui me volait mon père peu à peu.

Le dimanche matin, comme tous les vrais mordus, ils se retrouvaient à Longchamp et tournaient, tournaient sans relâche autour de l'hippodrome.

– Tu ne t'ennuies pas, à pédaler ?

– Décidément, mon pauvre Gabriel, tu ne connais rien aux corps.

En juillet, il disparaissait : Grande Boucle oblige. Idem en avril ou mars, selon les années, pour le rendez-vous de Grenelle.

– Toi qui veux me voir, rien de plus facile, Gabriel. Je reste là les Six Jours.

Il faisait partie des acharnés, ceux qui demeuraient toute la nuit, jusqu'à la coupure de six heures du matin, et revenaient pour dix heures. Le temps d'une courte visite chez eux (tout va bien ?) et d'un petit déjeuner toujours dans le même bistrot de la rue Nélaton, parce que le patron savait faire les cafés forts.

Louis avait décrété que son anniversaire tombait au milieu des Six Jours, quelle qu'en fût la date, un anniversaire mobile auquel, même si nos rapports s'étaient dis-

tendus, il ne manquait pas de m'inviter. C'est ainsi que
Gabriel a connu le hangar noir nommé Vel'd'Hiv, l'atmosphère bleue de fumée, les lampes descendant de cintres
invisibles, la piste blonde, la brasserie de la pelouse, les
broncas des populaires qui jetaient des quolibets, des
pelures d'orange et jusqu'à des boulons sur les dîneurs
chics. Louis réservait toujours la même table, près de la
scène. Quand il me présentait, Gabriel-mon-fils-qui-tra-
vaille-dans-l'automobile, je remarquais les grimaces : les
milieux du cyclisme n'avaient que dédain pour la mécanique, pédalier excepté. Je ne leur en voulais pas, chacun
ses exclusives, et puis les personnages de Grenelle étaient
hauts en couleur : le soigneur Ferré, par exemple, et sa
casquette à pont, ou Fernand Trignol, le « prince de la
langue verte » qui « tondait les caves » à la passe anglaise,
Bobosse, l'ancien rotativiste de presse devenu masseur du
Tout-Paris, Cyrano, un Italien, ténor amateur et plâtrier de
profession que l'on avait engagé pour remettre les bouquets aux vainqueurs des sprints, aux stars de passage, des
dizaines de bouquets, tous les bouquets des Six Jours... Je
n'oublie pas les coureurs, Wambot et Lacquehay, des pays
à nous, sociétaires du Vélo-Club de Levallois, Alexis Blanc-
Garin le timide et Charles Pélissier, le plus gentil. Ils
s'asseyaient quelques secondes parmi nous, alors ça vous
plaît ? C'est chaque année plus dur, et, pardonnez-moi
messieurs, retournaient à leur travail d'écureuils en cage.

De temps à autre, Louis me clignait de l'œil, triom-
phant : tu vois, moi aussi, j'ai une vie adoptive. L'impression était étrange de le voir ainsi, dans un monde d'hommes,
parlant d'affaires d'hommes, lui qui jusqu'alors n'avait
vécu qu'avec des femmes. Ils discutaient, surtout de la
course, toujours et encore de la course, comment Piet Van
Kempen avait frotté Lucien Choury juste avant la ligne, la
raison pour laquelle Guimbretière n'avait plus son punch
de l'année précédente...

Parfois quelqu'un laissait tomber, gravement, en fixant
son verre :

– Avec les temps qui se préparent... vous verrez... le
vélo va reprendre du poil de la bête. (Le prophète se tour-

nait vers moi :) Je ne dis pas ça contre vous, monsieur Orsenna.

Louis n'avait pas entendu. Il regardait la piste. M'avait oublié.

Soudain, le silence. Tout le monde se taisait. Plus un murmure, plus une toux. Rien que ce bruit de rêve, le grésillement du peloton.

— Ce n'est pas beau, ça ? me chuchotait Louis à l'oreille.

Coup de klaxon. Fin du rêve.

— Une prime de 10 000 francs sur cinq tours, offerte par la Vache-qui-rit, annonçait Berretrot, le speaker.

« Meuh », criait la foule.

J'entendais mon père expliquer à son voisin le commissaire de police Maizaud, celui de la tuerie du Rat-mort à Pigalle : mon fils est plus gentil qu'il n'en a l'air, seulement un peu bégueule, nous ne rions pas aux mêmes choses. Des malheurs domestiques, vous comprenez ? Le commissaire Maizaud hochait la tête.

Personne ne remarquait le départ de Gabriel. Je m'en allais sans dire au revoir avant la fin du sprint, dans les flonflons de l'accordéon. Dehors, je marchais quelque temps le long de la Seine, vers Javel, Issy. Je reprenais mes esprits, me libérais peu à peu de tous ces noms, ces visages, les termes techniques, le poids des boyaux, le nombre de dents des pignons, ce nouveau bric-à-brac de Louis, je respirais fort, un peu groggy, comme au sortir d'une avalanche. Derrière moi passait et repassait le métro aérien. Je ne me retournais pas. Je préférais oublier tout ça, jusqu'à l'année suivante, jusqu'au prochain anniversaire, oublier Grenelle, Nélaton, ce monde du cyclisme qui avait englouti mon père. Après le bar de la Marine, je prenais sur la gauche, avenue Émile-Zola, La Motte-Picquet, et ne rentrais chez moi qu'après un long détour.

Marguerite, pendant ce temps, faisait des infidélités à l'Amérique. Depuis sa lecture récente de *Chez les fascistes romains,* par Paule Herfort (Éditions de la Revue mondiale), elle s'était inscrite au Comité France-Italie et ne rêvait que d'un voyage à Rome. A chacune de mes visites, elle me lisait des extraits du livre : « En culotte de cheval et bottes, le chef du gouvernement fasciste a pris une attitude très napoléonienne, qui lui convient parfaitement. Le coude appuyé sur son bureau, la tête dans sa main, il révèle une nonchalante puissance naturelle auréolée de bonté qui fait songer à l'Autre. Pendant quelques secondes le visage de Napoléon se confond devant mes yeux avec celui de Mussolini et je ne sais plus si je dois dire Sire ou Excellence. »

— Tu n'as pas connu ton grand-père, Gabriel, mais moi je peux te le dire, s'il n'était pas mort, il aurait été comme ça.

Elle me montrait aussi des documents qui prouvaient à quel point le Duce avait eu raison d'envahir l'Éthiopie pour mettre fin aux barbaries des locaux.

— Oublie un instant que je suis ta grand-mère, Gabriel, et approche cette loupe de ce cliché. Tu vois le petit arc de triomphe ? Rapproche encore ta loupe, Gabriel, tu distingues ces sacs minuscules accrochés à l'arc ? Tu ne devines pas, Gabriel ? Eh bien laisse-moi te dire qu'il s'agit de virilités, oui, les virilités des ennemis de ces chers Éthiopiens, des virilités blanchies à la chaux après avoir été fumées pour la conservation. Et quand je pense que la Société des Nations voulait empêcher l'Italie d'arrêter ces horreurs !...

Typiques coquetteries Orsenna dont mes parents adoptifs n'eurent pas le loisir : chaque pas qu'ils faisaient les rapprochait de la gueule du loup.

II

Elle n'est pas partie tout de suite. Ne s'est pas non plus laissée aller, à la manière de ces gens qui, à peine ont-ils séduit, se négligent soit par paresse, soit pour vérifier jusqu'où va l'amour, et si, sales, on les aimera quand même : tel n'était pas le genre d'Élisabeth. Elle avait un caractère à s'acharner. Chaque matin, à la même heure exactement, après les besoins, mais avant le petit déjeuner, elle montait sur les seules vraies balances, les cruelles puisque l'on y pousse soi-même les curseurs. Elle notait son poids. Elle s'était donné une limite. Au-delà, je n'imposerai pas ma vue à Markus. Et elle lutta.

Markus avait repris ses voyages. Il sillonnait villes et villages, l'oreille aux aguets. Et sa femme prenait l'air désolé quand on lui demandait si M. Knight allait rentrer bientôt. Mais au fond d'elle-même, elle se réjouissait de ce sursis. Elle espérait qu'au retour du bien-aimé, elle aurait retrouvé sa taille d'avant, celle du fameux concert, lorsque Markus l'avait préférée à la musique.

Par chance, à New York comme à Paris, la vogue était au corps de la femme. Discrètement d'abord, puis de plus en plus ouvertement, les réclames surgissaient : effacez vos rides, retrouvez des dents éclatantes, ma méthode pour abandonner les gaines, etc. Je sais tout de cette époque-là. Élisabeth tenait un journal, décrivant les progrès du mal, notant les rendez-vous avec les thérapeutes, collant à gauche les ordonnances, à droite les résultats. Ce journal m'est parvenu je te dirai peut-être un jour comment, un curieux concours de circonstances, un article sur l'amour dans un périodique aujourd'hui oublié : *Marianne*. Les détails d'une telle découverte méritent sûrement d'être contés, toute cette suite de hasards qui font dire que le monde est petit, alors qu'il suffit d'écouter les gens et de reconstituer les correspondances.

C'était le vrai début des crèmes, des lotions, des masques au concombre... Des premières photos comparatives aussi : avant, après. Et du gant de crin chaque matin. Et des mentonnières, pour la nuit. C'était le vrai départ de débutantes qui allaient devenir célèbres. Elizabeth Arden, Gaylord Hauser... Après les dîners, ou aux entractes, tandis que les hommes tiraient sur leur cigare, les femmes se mettaient à l'écart pour échanger leurs recettes. Un tel climat facilitait les choses. Élisabeth cherchait SON régime, comme tout le monde, l'alliage de liquide et de solide qui lui rendrait son apparence, dans un premier temps, puis lui garantirait sinon une éternelle jeunesse, du moins la certitude jusqu'à la fin de ne pas faire son âge.

Mais trouver SON régime prend du temps. Il y avait tellement de petites annonces, des pages entières dans les journaux. Je m'imagine le tas de quotidiens, sur son lit, le matin, à l'hôtel. Comment triait-elle ? Soulignait-elle avec un gros crayon ? Ou découpait-elle ? Je ne sais. En tout cas, elle essaya tout : ne boire que de l'eau trente-six heures de temps, puis ne manger que des pamplemousses, puis supprimer le sel et le sucre, puis sauter à la corde vêtue de trois pull-overs, cinquante minutes matin et soir, puis avaler en un week-end le maximum d'œufs durs, puis tout cuire à la vapeur, puis tâter du sauna, une cure intensive, avec flagellation (c'était à l'autre bout de Manhattan, elle passait sa vie en taxi), puis avaler des coupe-faim, découverte alors récente, qui donnaient envie, tellement, de vomir. Puis se faire masser non loin de la gare centrale ; au bout de trente séances, lui assurait l'aveugle, vous aurez fondu, mais surtout n'arrêtez pas en chemin, la graisse se venge. Et, bien sûr, des règles générales, plus d'alcool, plus de pain, et le moins de lit possible, je veux dire de sommeil. Elle tournait la nuit autour du Park pour ne pas céder, bataillant, oh ! bataillant contre des paupières de plus en plus lourdes. Et puis aussi ces réunions d'humiliation entre collègues obèses, ce club de la 17e Rue, où l'on payait trois dollars par mois le droit de se montrer du doigt, où l'on portait son poids, deux gros chiffres très visibles, celui de la semaine précédente celui d'aujourd'hui, en pendentif... tous ces régimes essayés et rejetés, ces sautes continues d'une existence à l'autre, comme on change de métro quand on est poursuivi, toute cette fortune dépensée pour rien, l'oreille toujours à l'écoute, oh! pourvu qu'il ne revienne pas tout de suite, oh! pourvu qu'il laisse au régime le temps d'agir, avec cet imprésario qui ne prévenait jamais de son retour, soudain des pas dans le couloir, oh! pourvu qu'il n'allume pas la lumière, oh! pourvu qu'il soit un peu saoul.

Elle regarda, un matin, la règle graduée de la balance et le chiffre qu'atteignait déjà le curseur et l'équilibre qui n'était pas encore atteint alors que la limite fixée par elle était déjà dépassée, alors, mais alors seulement, et de cette guerre-là sa famille n'a jamais rien su (et Gabriel, comptez sur lui, n'en dira rien, même au procès), alors elle disparut.

Elle avait préféré cette solution. C'est en toutes lettres dans son journal :

« En cas de suicide, on prévient le mari qui doit reconnaître le corps. Mais je suis tellement changée, me reconnaîtrait-il ? Et s'il me reconnaissait, quelle horreur ! »

La disparition de sa femme ne changea guère les habitudes de Markus. Apparemment sa vie restait la même. Il s'abstenait seulement de revenir quelques mois par an à New York ou Paris. Retour inutile puisque épouse disparue. Il téléphonait de temps à autre aux réceptions de l'Algonquin et du Washington et d'Albany. Aucune nouvelle, Georges ? (Il appelait ainsi tous les concierges, mais ils ont l'habitude de ces simplifications-là.) Hélas non, monsieur. Bien, restez vigilant, ne jouez pas trop aux courses... Oh! monsieur... et au mois prochain. Au revoir, monsieur Knight. Au revoir, Georges.

On ne sait jamais rien de la tristesse des autres. Gabriel ne tentera donc pas de décrire Markus seul dans sa chambre d'hôtel, essuyant l'un après l'autre, lentement, si lentement, ses verres de lunettes, etc. Ce que l'on peut dire, c'est que la disparition d'Élisabeth fut un peu compensée, chez lui, par l'apparition du monde. Jusqu'alors, comme sa femme s'occupait de tout, il avait laissé ses propres yeux au repos, ne les utilisant que pour lire des partitions ou éviter un réverbère au dernier moment. Tout pour l'ouïe. Quand votre femme disparaît, une femme que vous aimez à votre manière (mais qui ne possède sa manière d'aimer?), quand votre femme s'évanouit dans la nature, vous vivez aux aguets. Inconsciemment vous scrutez les environs : ne serait-ce pas d'Élisabeth cette silhouette pressée qui disparaît derrière le cabriolet rouge des Postes ? Cette veste de vison gris comprimée contre le mur du vestiaire de l'Opéra par des dizaines et des dizaines de manteaux, pelisses ou capes anonymes, ne pourrait-elle lui appartenir, oh! Élisabeth qui n'avait froid qu'en haut du corps ?

C'est ainsi, grâce à la disparition de sa femme, que Markus découvrit, à soixante-cinq ans passés, que le monde dit réel (c'est-à-dire non musical) existait.

Et même s'il ne l'avoua jamais, vu le tragique des circonstances, il y prit du plaisir. Notamment les scènes de marché, où les innombrables espèces habitant l'univers se donnent des rendez-vous ouvertement impudiques. Un exemple ? Turgescentes aubergines lustrées comme un miroir, longtemps soupesées dans la main d'une ménagère sans âge avant de disparaître à regret dans le cabas verdâtre. Ou le spectacle, qui ressemble parfois à la musique tant il vous étreint le cœur, de ces vieux couples en lente promenade vers le soir le long d'un des cours d'eau d'Europe.

Sans cette utilisation, nouvelle pour lui, du sens de la vision, sans cet enthousiasme des néophytes pour les choses vues, aurait-il remarqué la présence d'un être hybride, femme sportive par la vêture et robot par l'absence de visage, remplacé par un rectangle de métal noir piqué d'un nez ou d'un œil en son centre ?

Rien n'est moins sûr.

L'imprésario sillonnait ce jour-là les rues de Leopold-stadt, le quartier juif de Vienne. On lui avait signalé que la musique restait en jachère dans ce quartier-là. A cause des rixes, des descentes de police, plus aucun découvreur de talents n'osait s'y aventurer.

– Alors, lui avait dit son informateur, tu trouveras sûrement des occasions ; qu'on les cueille ou non, les violonistes poussent, n'est-ce pas cher ami ?

Il sillonnait donc. On lui proposait des pommes, des *beigels,* des almanachs de jardinier en langue russe, des pièces détachées pour landau, des lampes à huile, des harengs, une carte de la Terre promise, des cercles de fer pour la roue gauche des charrettes, un bonnet *shtraïmel,* avec ses treize queues de zibeline, car treize est le chiffre sacré qui signifie croyance en un seul Dieu, un châle de prière d'occasion, des *halès* aux œufs pour le shabbath... tout ce que l'on propose dans un ghetto.

Mais il ne ralentissait que devant les échoppes tapissées de chaussures, de semelles sans chaussures et de chaussures sans semelles. Et la philosophie des cordonniers lui semblait irréfutable. Irréfutable de logique et de désespoir.

– Sans semelles, monsieur, vous serez d'accord avec moi, personne n'existe, ni les colporteurs ni les êtres humains. Même pour aller à la synagogue, on a besoin de semelles à ses chaussures. Et pour nourrir sa famille, on doit marcher sur les pavés. Tout le monde a besoin de semelles. Voilà la difficulté du commerce et particulièrement des cordonniers. Pour me payer, il faut que les juifs gagnent de l'argent, ce qui signifie qu'ils ont besoin de chaussures. Sur les pierres que vous voyez là, des semelles en cuir ne durent que six semaines. C'est dur d'être juif. A cause des chaussures. Vous n'êtes pas d'accord ?

De l'autre côté de la rue, l'être hybride avait approché son nez cylindrique d'une fenêtre. Et son index (un index d'humain et non de robot) appuyait sur un petit bouton brillant, en haut à droite du rectangle de métal noir.

Markus attendit patiemment et ne cria « Clara » et n'ouvrit les bras que lorsqu'elle eut fini son travail, rangé son appareil dans la poche de sa veste de laine bleu marine et redressé sa haute taille. Clara !

Embrassades. Échange (bien maigre) d'informations

familiales : tu as des nouvelles de ta mère ? Aucune. Moi non plus. Et Gabriel ? demanda Markus, malgré lui. Il s'était pourtant juré, souvent, de n'en rien faire. Il s'était même entraîné à rencontrer sa fille sans évoquer le gendre. Et Gabriel ? demanda pourtant Markus. Papa, c'est ma vie, répondit Clara, mais sans agressivité aucune, une pointe de lassitude plutôt. Tu as raison, c'est ta vie, dit Markus. Puis-je seulement te demander quelle raison conduit ta vie à Leopoldstadt ?

(Bien entendu, cette rencontre entre père et fille, Gabriel la reconstitue. Il n'était pas là dans le *shtetl*, caché derrière une charrette de quatre-saisons, à scruter ces retrouvailles. Dans ces conditions, il ne peut affirmer que son nom, Gabriel, fut évoqué par l'un ou l'autre des Knight. Mais c'est une hypothèse possible. En tout cas douce à mon cœur, donc incluse dans le dossier et baptisée note n° 49.)

Clara réfléchit, sourit à son père. Et rougit. Ce qui était chez elle la manière résumée de dire : excusez-moi-je-vais-prononcer-quelque-chose-de-grave-mais-les-choses-graves-existent-n'est-ce-pas-et-ont-droit-de-cité-alors-voilà...

Elle montra le ruisseau, la foule trottinant, les semelles tapissant les murs, l'agitation des enfants, par la fenêtre, la lueur des bougies, les formes noires penchées sur la tache plus claire des livres, le cheminement des colporteurs.

— Tu ne trouves pas que ce monde est fragile ?

L'imprésario acquiesça.

— Oui, je croyais même que la Première Guerre l'avait détruit.

— Alors je photographie, dit Clara. Nous sommes deux, moi et un Russe né à Saint-Pétersbourg et installé à Berlin, mais qui doit rester anonyme, tu comprends ? Lui et moi, seulement. Pour toute l'Europe de l'Est, ce n'est pas beaucoup. Si tu connais des amateurs, même des *goyim*, mais avec un œil...

Ils passèrent quelques jours ensemble dans Vienne, quelques jours sans musique. Enfin. Ce que j'ai pu haïr la musique ! disait Clara. Je te comprends oh ! ça, je te comprends, mais avoue tout de même que le *vivace* du quatuor 17, l'opus 135 de Beethoven..., répondait Markus, l'incorrigible. Quelques jours à se parler, père et fille, avec des mots. Comme les amants ne quittent pas le lit, eux demeuraient à table. Repas enchaînés, déjeuner, goûter, dîner, madame, monsieur, on ferme, ce que tu me dis là de Londres, mais non Papa je t'assure... Markus appelait Clara sa Noée, à cause de l'Arche, « puisque tu t'occupes des espèces en voie de disparition ». Et ne la retint pas quand elle voulut partir. Tant de photos restaient à prendre, tant de scènes et de visages à faire entrer dans la mémoire. Je comprends, je suis fier de toi. Je suis triste et je comprends.

La destination de Clara était la Ruthénie subcarpatique (aujourd'hui rattachée à l'Ukraine, elle-même avalée par la Russie). Elle voulait faire entrer dans son Arche d'abord le petit village de Vrchni Apsa où les paysans ne connaissaient rien du XXe siècle, ni du XIXe, ni des XVIIIe, XVIIe et XVIe. Seulement quelques renseignements leur étaient parvenus sur le XVe, période étrange où avait passé sur la terre un *goy* aux prétentieux prénom et nom de *goy* (Christophe Colomb), *goy* utile néanmoins puisqu'il avait rapporté d'un de ses voyages, par ailleurs inutiles (pourquoi voyager quand on n'est poursuivi ni par les cosaques du tsar, ni par les commissaires du peuple et, qu'étant *goy*, on n'a aucun besoin de gagner Israël ?), rapporté donc le légume appelé maïs qu'ils cultivaient aujourd'hui. Puis elle se rendrait, non loin de là, à Moukatchevo, où enseignait le célèbre rabbi Baruch Rabinowitz.

Markus voulut accompagner sa fille et resta sur le quai longtemps après le départ du train, resta debout, le bras levé avec un mouvement des doigts qui ne voulait pas dire au revoir mais juste l'inverse, reviens Clara, reviens Élisabeth, Ann s'il te plaît, arrête de courir ; il n'y a pas que les affaires dans la vie, ne me laissez pas tout seul ; un geste qui fit beaucoup rire les porteurs, regarde donc celui-là, il n'a rien compris aux gares, on dirait.

A ce moment-là Élisabeth habitait Paris, près de la République. Elle appelait de temps en temps le petit Gabriel, non ne venez pas me voir, je préfère le téléphone. Vous vous souvenez de Clermont-Ferrand, Gabriel? Maintenant c'est à moi de m'aguerrir. Elle me vouvoyait, comme si le téléphone, la distance entre nous ne la protégeaient pas assez. Dégoûtée des régimes, elle essayait autre chose et se rendait trois fois la semaine rue de Châteaudun, deuxième étage, chez l'un des anciens collègues de Clara, un Hongrois nommé W. et bon spécialiste de l'âme, d'après la rumeur. Là, elle parlait, parlait, parlait de son amour, une interminable histoire entrecoupée tous les trois quarts d'heure par la voix du spécialiste de l'âme : bien, à la fois prochaine. Mais dans la rue, elle continuait, et dans sa chambre d'hôtel. Innombrables versions du soir où Markus l'avait préférée à la musique, récit des rêves honteux qui lui venaient à la lecture des terribles nouvelles jonchant les journaux (remilitarisation ici, autodafé là) : oh! pourvu que la guerre éclate, nous retournerons à New York, Markus ne pourra plus voyager, oui vive la guerre, vive la guerre, elle criait dans le cabinet, oh! pardon docteur.

Un jour, elle dit j'ai fini.

— Cela vaut mieux, répondit le docteur W.

— Alors, quelles sont mes chances?

— Aimez moins, madame; tâchez d'aimer moins. Tous les régimes de la terre n'y feront rien. C'est cet amour qui vous nourrit.

— Mais comment aimer moins?

— Il y a les voyages, à ce qu'on dit. Mais vous voyez, moi aussi je suis gros. Au revoir, madame Knight, et bon courage. Vous ne verriez pas d'inconvénient à ce que je publie votre histoire? Un peu plus tard, et je changerai les noms, bien sûr. Au revoir, madame Knight. Faites comme moi : pour me calmer d'aimer, je publie. Publiez vous aussi, trouvez une belle histoire et publiez. Au revoir, madame Knight.

III

Certaines nuits, dans la grande maison de l'avenue Wester Wemys, Cannes-la-Bocca, Gabriel se met à hurler. Il se tient là, debout, au milieu de sa chambre, il porte son pyjama bordeaux à liséré bleu marine et il hurle. Les lumières s'allument. Les deux sœurs se précipitent, le prennent dans leurs bras et l'entraînent vers la bibliothèque. Calme-toi, Gabriel, calme-toi, la guerre est finie. Et ils attendent le jour tous les trois, blottis dans le plus vieux des canapés, celui qui s'effondre au milieu, celui que surplombent les rangées de livres d'art.

Quand l'aube finit par se lever, allez, dit Ann, au travail, raconter te calmera, je nous fais un café.

C'est ainsi que Gabriel se retrouve affronté à ce mois de septembre-là, un mois de septembre pourtant comme les autres, avec orages et feuilles d'arbres jaunissantes, un petit mois de septembre d'il y a quinze ans et qui lui fait néanmoins si peur la nuit. Pour se donner du courage, il pense à Cuvier : le dimanche soir, après leurs promenades en forêt, les familles lui apportaient les osselets qu'elles avaient découverts ; cela lui suffisait pour dessiner le dinosaure entier. Voilà ce que je vais faire, se dit Gabriel dans son pyjama bordeaux : cette fois, je n'imaginerai rien, n'inventerai pas, ne remplirai aucun blanc. Ne raconterai que ce que je sais. Peu de choses, peu de faits, mais des vrais.

Et grâce à moi, grâce à Gabriel, grâce à ces petits faits vrais, un Cuvier reconstituera la bête.

Il était une fois un vingt-neuf septembre.

Et ce devait être un jour de fête.

Initiative de Markus. Télégrammes à la volée, adressés à tous les endroits où d'habitude passaient ses filles, grands hôtels pour Ann, comités juifs pour Clara. Elles courent plus que des animaux, expliquait-il à la postière, alors je pose mes collets.

> « CE 29 SEPTEMBRE 1938, FÊTE KNIGHT MUNICH STOP
> 21 HEURES HOF UND NATIONALTHEATER STOP CONCERT MON
> PLAISIR D'ACCORD STOP MAIS APRÈS SOUPER GAGE SI PARLE
> MUSIQUE STOP PRÉSENCE OBLIGATOIRE. »

Bonne chance, monsieur, dit la postière après avoir envoyé la liasse.

Il était une fois.

Les histoires gammées, les histoires barbelées commencent comme les autres.

Il était une fois le Hof und Nationaltheater entrebâillé pour l'équipe de nettoyage. On entendait dans la pénombre le ronflement des aspirateurs, le clapotis des serpillières dans les seaux puis sur les marbres de l'escalier d'honneur, le chuintement des balais sur la scène, le roulement des chariots porteurs de savon, de serviettes pour les loges ou les toilettes et les cris du chef de brigade, plus vite, silence, car, disait l'administrateur général, trop de mots dans une salle alourdissent la musique, et aussi les frottements des peaux de chamois sur les cuivres, le tintement des lustres époussetés à la tête-de-loup, le fracas des portemanteaux bousculés au vestiaire, puis, plus tard, le pas des bataillons venant rendre compte un à un dans le grand hall d'entrée, le claquement des talons pour le garde-à-vous :

– Fauteuils d'orchestre propres.

– Loges côté pair propres.

– Sol deuxième balcon propre.

...

Vers dix heures, on fit appeler l'administrateur général

adjoint. L'équipe du nettoyage plissa les yeux : pour la visite de contrôle, on allumait toutes les lumières.

Une demi-heure plus tard, l'administrateur général adjoint revint, salua le chef de brigade.

– Théâtre correct.

– A votre service, monsieur l'administrateur général adjoint.

On éteignit les lumières. A peine l'équipe du nettoyage partie en rang par deux, on referma les grilles et les portes et les fenêtres. Il soufflait sur Munich une brise sèche, de celles qui soulèvent la poussière et précèdent l'orage.

Il était une fois une femme d'affaires qui saisit par le bras son idéaliste de sœur dès sa descente du train. Clara venait de l'Est.

Un de ces voyages dont elle avait le secret : épuisants et non rémunérés. Des appareils de photo lui battaient la poitrine.

– Bientôt, ma pauvre, tu n'auras plus de seins...

Pauvre Clara qui soulevait en soupirant à fendre l'âme deux volumineuses valises.

– ... et plus de bras non plus.

Par chance, un porteur, convoqué à l'instant par la voix sans réplique de la femme d'affaires, préserva cette partie du corps de Clara, l'une de celles que je préfère, les deux arches blanches, la double porte de la douceur.

– Je t'installe au Russischer Hof. Nous retrouverons Markus au concert. Tournée très positive pour lui, paraît-il : six virtuoses, cette fois-ci.

Il était une fois, sur le ciment gris de l'aéroport, Max Theodor Horkheimer, violon de rang à l'Opéra de Munich et occupé présentement, tout en relevant de la main une mèche de cheveux teints couleur de jais, la mèche qui lui avait si souvent caché les yeux pendant l'amour, si bien que la plupart de ses souvenirs de frénésie étaient liés à la sensation de l'aveuglette, seules quelques femmes, deux en fait, l'avaient fait allonger sur le dos pour te voir le regard, disaient-elles, et l'avaient supplié de ne pas bouger, je me charge de tout, une mèche autrefois pesante, présente, un orgueil, aujourd'hui translucide, improbable, non que les cheveux tombent mais ils devenaient de plus en plus fins, des fils d'araignée, il était une fois Max Theodor Horkheimer, occupé à se demander s'il avait oui ou non raté sa vie. C'est-à-dire s'il n'aurait pas dû se trouver ce jour-là, au lieu de battre la semelle, tranquillement réfugié dans sa chambre d'hôtel, les yeux mi-clos, préparant son concert, puisque les solistes ne sont pas tenus d'aller donner l'aubade aux politiciens en visite, même dans les grandes occasions, comme aujourd'hui à Munich, 29 septembre, alors que n'importe quel orphéon militaire aurait suffi pour jouer les hymnes, vu les connaissances musicales de Daladier, disait-on, et de Chamberlain, mais justement, il fallait leur faire sentir, dès leur arrivée, de quel côté se trouvait la civilisation. Enfin, heureusement qu'il ne pleuvait pas.

Là-bas, de l'autre côté de la piste, les officiels passaient le temps en bavardant. On n'entendait pas les mots, mais une rumeur, une rumeur continue. C'est fou ce que les non-musiciens peuvent trouver à se dire. On avait permis aux exemplaires enfants allemands blonds de s'asseoir sur un coin du tapis rouge. Ils tenaient à la main leur drapeau tricolore, les uns français, les autres britannique.

Et M. T. Horkheimer se demandait toujours comment il avait mené sa vie pour qu'elle aboutisse là, au troisième rang d'un orchestre sur un terrain d'aviation gris, corde anonyme parmi les cordes, lui à qui les occasions n'avaient pas manqué. Ainsi, les célèbres Busch, un soir de remplacement à l'improviste, une angine du premier violon, un deuil dans la famille du second, nous aimons votre sonorité avaient répété les Busch tout au long d'un dîner après le concert, mettez-vous à l'alto et venez nous rejoindre. Sans compter ces projets, entre collègues, les soirs de lassitude (durant les applaudissements réservés au chef et au premier violon), c'est le meilleur moment pour communiquer, sourires aux lèvres on salue la foule et du coin des commissures on tire des plans sur la comète : pourquoi ne pas monter à quatre ou cinq un petit ensemble, bonne idée, reparlons-en demain. Les applaudissements s'arrêtent, on regagne les coulisses, on range ses instruments. Et c'est ainsi que les jours passent. Le courage n'était plus là, comme un bateau manqué. On le voyait au loin avancer doucement, presque encore à portée d'hydravion, ou de canot rapide.

D'autres propositions plus somptueuses encore. En vingt ans de tournées, il s'en passe des choses, les mélomanes s'ennuient tellement. Des mains se posent sur votre bras, tard le soir, par exemple à New York des doigts de jeune homme pas très soignés, ou à Buenos Aires, des ongles rongés, le genre de femme qui garde ses gants le plus longtemps possible pour cacher les tavelures, et tant d'autres et toujours la même phrase.

— Et si je vous aidais à monter *votre* orchestre...

Et rien n'avait jamais suivi ces ouvertures. Et la peur de mourir du troisième violon M. Horkheimer devenait de plus en plus insupportable.

On pourrait se dire que l'anonymat protège : c'est faux. La terreur de la mort trouve tout le monde. L'avantage du trac, c'est de brouiller les pistes, de semer la confusion dans le peuple des peurs : tant qu'on redoute le public et les critiques, on ne pense plus à la fin dernière.

Or les troisième violon n'ont jamais le trac.

— S'il te plaît, Gabriel, pour une fois, arrête d'inventer. Je voudrais que notre fils ait une relation exacte de ces événements. Souviens-toi du refrain de Louis : les fils ont besoin de réalité.

— Je n'invente rien, Ann. Les musiciens subalternes rêvent toujours d'autre chose que d'attendre un personnage officiel dans un aéroport. Décrire Munich sans ces rêves, voilà ce qui serait inventer. Mais tu as peut-être raison.

Et Gabriel, mi-penaud mi-terrorisé, revint parmi les faits, ces faits brutaux du mois de septembre qu'il aurait tant préféré enrober d'histoires, de digressions psychologiques.

Markus fut arrêté le premier, durant le goûter, dans le jardin du café Victoria, 17 Maximilianstrasse. Il était entouré de virtuoses, six enfants malingres qui s'amusaient et riaient, ravis d'aller le soir au concert pour la première fois de leur vie, ravis de s'empiffrer de sucreries plutôt que de dîner vraiment, six enfants malingres qui ne savaient pas encore qu'on ne saisit pas à pleines mains de virtuose un bol de chocolat trop chaud, qu'une brûlure peut avoir des conséquences dramatiques pour le toucher, il faudrait leur apprendre, leur apprendre surtout à parler moins fort... Markus leur répétait : murmurez, s'il vous plaît, murmurez, jusqu'à ce que nous ayons traversé l'Atlantique, là-bas vous pourrez faire tout le bruit que vous voudrez.

La serveuse à bonnet de dentelle sur la tête et petit tablier blanc n'arrêtait pas de sourire : en apportant des serviettes, en réparant les dégâts, deux verres renversés, une assiette brisée dans le chahut, en proposant du gâteau de la Forêt-Noire (œufs, crème, kirsch, cacao, cerises à l'eau-de-vie).

Et continua de sourire lorsque les imperméables arrivèrent.

— Les voilà, dit-elle, sans tendre le doigt, d'un simple mouvement de menton, sous le sourire.

— C'est vous le précepteur? Ces enfants, vous les emmenez où?

— Ce ne sont pas des enfants, ce sont des virtuoses.

— Je répète : vous les emmenez où?

— Ça ne vous regarde pas.

— Vous croyez que l'Allemagne n'aime pas assez la musique?

— Je ne crois rien.

— Veuillez nous suivre.

– Mon Dieu, dit Clara, en arrivant au théâtre, j'ai laissé les photos, toutes mes photos étalées sur le lit. J'y retourne. Je te rejoindrai à l'entracte.

– Ne sois pas stupide, les hôtels allemands sont les plus sûrs du monde.

Et, une sœur tirant l'autre, elles gagnèrent leurs places au milieu d'un rang presque vide : les six fauteuils des virtuoses plus celui de l'imprésario-directeur musical, sept, le compte est bon, dit Ann, la femme d'affaires. Tu vas voir, ils vont arriver. Markus est toujours en retard, sauf pour la musique.

Plus haut, bien cachée au deuxième balcon, Élisabeth prenait des nouvelles de ses filles, discrètement, le plus discrètement possible, à la jumelle. L'un des innombrables télégrammes de Markus l'avait atteinte, lui apprenant la date et l'horaire de la grande fête Knight. Comme ma Clara est pâle. Et Ann aussi me paraît bien nerveuse. Pourquoi Markus n'est-il pas là ?

A l'entracte, Clara, qui n'avait jamais tant haï la musique, Clara cherchait, bousculait, questionnait, se dressait de sa haute taille sans rien voir d'autre que des crânes, cheveux et chapeaux, aucun signe d'aucun Knight dans cette forêt de mélomanes. Élisabeth, descendue de son balcon, suivait tant bien que mal la course affolée de sa fille, mourant d'envie de l'appeler, de la prendre dans ses bras, mais retenue par cette question stupide : peut-on imposer à un enfant la vue d'une mère laide ? Les imperméables n'avaient pas ces scrupules. Ils entourèrent Clara : madame, s'il vous plaît, pas de scandale. Élisabeth cria, les imperméables se retournèrent. Elles eurent le temps de s'embrasser. Furent emportées dans deux voitures séparées.

Quand Ann revint, après avoir remué ciel et terre comme sait les remuer une femme d'affaires, revint bredouille, le Hof und Nationaltheater était fermé.

– Demain, les locations, lui répondit le concierge quand elle frappa à la seule fenêtre restée allumée.

Il était une fois, fin septembre, un coup de téléphone à Levallois.

— Gabriel, c'est Ann, je n'ai rien pu faire.

IV

Ô l'inconfortable, ô l'incommode année. Oh! comment oser dire de l'année 39 : c'est la plus belle année de ma vie quand on est polonaise ? Mais oh! comment ne pas le dire si c'est vrai et si l'on est une Wladislawa amoureuse certes du fantasque français Louis, mais aussi de la vérité ? Ô l'année 39, gâteau mille-feuilles, gâteau vacherin, une couche de joie : l'incomparable succès professionnel, une couche d'agacement : ces sauts de carpe, ces bonds de Louis quand il entendait les graviers de l'allée crisser, c'est Gabriel, c'est Gabriel (comme si un fils est tout dans une vie), une couche de joie : l'incomparable et international succès de la Commémoration, une couche d'angoisse : que va devenir la Pologne ? une couche de joie : le télégramme de Léon Blum, merci, madame, d'avoir si bien compris 1789, une couche de terreur : le pacte-tenaille, la Germanie d'un côté et la Soviétie de l'autre, ensemble pour écraser mon pays, écraser mon enfance, écraser ma famille, une couche exquise, la plus exquise, la répression contre les traîtres communistes, et la clandestinité des Aragon ; enfin, enfin, Louis, la place est libre, nous allons montrer aux gens de quelle infinie qualité est notre amour exemplaire à nous, qui vaut bien celui des Aragon, allez Louis, accepte de sourire aux journalistes.

A cette époque Louis était vacant, puisque l'Exposition universelle de 1937 avait vécu.

Wladislawa l'embauchait.

– Tu ne t'en rends pas compte parce que tu es français, Louis, mais la vraie grandeur de la France, c'est la Révolution, la liberté, l'égalité, la fraternité. Dans le monde entier,

1789 rayonne. Nous allons fêter le cent cinquantenaire. Regarde, regarde.

Wladislawa entretenait une correspondance avec toute la planète, même le Chili, même la Chine...

Elle recevait tant de lettres que les amateurs de timbres se battaient pour obtenir ses faveurs. Le facteur d'abord. On le voyait franchir le pont, ployant sous la charge du courrier. Je peux madame? demandait-il, sortant déjà des ciseaux. Elle avait toutes les peines du monde à l'empêcher de découper le coin en haut à droite. Mais aussi les voisins, qui l'imploraient à travers la grille : j'ai un neveu tuberculeux qui collectionne, ou un mari chômeur, ou un album que je léguerai à ma mort aux orphelins d'Auteuil. Et même le curé de Levallois qui devait bien savoir pourtant d'où venaient ces vignettes (d'amis cosmopolites de la Révolution, au mieux hérétiques adorateurs de l'Être éternel, au pire zélateurs de la guillotine), oui, même le curé lui souriait tant et plus, lui proposait de réunir toutes ces richesses : nous en ferons le premier lot de notre tombola annuelle, n'est-ce pas, madame, je peux l'annoncer en chaire, les paroissiens de Levallois se lassent un peu des porcelaines de Sèvres.

Mais Wladislawa ne voulait rien savoir.

Elle décachetait les enveloppes à la vapeur, prenant soin d'épargner et les timbres et les cachets. Elle avait son idée.

— Un jour, nous ferons notre musée à nous, puisque le gouvernement a honte de son passé. Il s'appellera « la Révolution française et l'Univers ». Nous montrerons toutes les influences. L'idéal serait que l'on nous prête une partie de l'Observatoire de Meudon. A eux le Ciel, à nous la Terre. Qu'en penses-tu, Louis?

Il n'en pensait que du bien.

— Parfait, nous irons demain rencontrer le directeur. Et nous ouvrirons le musée par un grand planisphère où nous épinglerons pour chaque pays le nombre de lettres reçues. Tu comprends, il faut leur montrer, à ces oublieux de Français, que la Révolution de 89 continue de vivre partout dans le monde.

Elle n'avait pas tort. Il en venait de tous les horizons, géographiques et politiques, des vengeurs de Marie-Antoinette qui proposaient leurs services aux disciples de Saint-Just qui souhaitaient continuer la purification. Une société savante de Rangoon désirait savoir comment rendre hommage aux hébertistes. Un cercle australien demandait l'autorisation de monter un spectacle sur l'assassinat de Marat (monsieur, j'ai l'extrême honneur de vous prier de m'indiquer le propriétaire des droits...), des admirateurs californiens de Lepelletier de Saint-Fargeau réclamaient des détails sur son assassinat. Des dizaines de femmes cachaient des billets de leur pays (soles, roupies, yens, marks, dinars) dans les plis de leurs lettres : elles auraient été si heureuses de recevoir un portrait de Charlotte Corday ; sans compter ces dons anonymes (« pour que triomphe la liberté », cachet de Kyoto, Japon), ces legs de propriétés (mon domaine est à vous, à condition d'y élever un mémorial à la duchesse de Lamballe, Córdoba, Argentine).

J'oublie les innombrables invitations à des colloques. On aurait pu sauter de l'un à l'autre durant des années. São João del Rey (Brésil, État du Minas), 10 au 15 juin 1939 : 1792-1889, comment naissent les républiques ? exemple de la France et du Brésil. Bogotá, Colombie, 1er au 4 juillet 1939 : Bolivar et Robespierre. Madras, Inde, 10 au 13 juillet 1939 : l'Être suprême et la réincarnation...

Wladislawa reçut même des remerciements officiels du Brésil : sans Révolution pas de Napoléon, sans Napoléon pas d'invasion du Portugal par la France, sans invasion pas de fuite de la cour portugaise à Rio, sans cette présence à Rio, pas d'indépendance du Brésil en 1822... Et l'on dit que les Tropicaux ne sont pas logiques !

Après quelques semaines de ce labeur, un peu las des subtilités thermidoriennes ou girondines, Louis décida de sous-traiter. Il lui suffit d'une petite annonce collée sur un mur du ministère de l'Éducation nationale, rue de Bellechasse, à l'endroit où l'on affiche les résultats de l'agrégation. Des dizaines de professeurs répondirent, et pas seulement d'histoire, de maths, de français, de gymnastique... à croire que la Révolution n'était plus vivante que dans le corps enseignant. Ils aidèrent Louis à répondre à tout ce courrier, de leur calligraphie si émouvante, ces pleins et ces déliés qui sont les vrais appuis de notre éducation. Ils auraient souhaité faire plus. Mais le gouvernement ne voulait rien savoir. On me dit ce n'est pas le moment de raviver la guerre civile entre Français, se lamentait Wladislawa, effondrée dans un fauteuil, après une journée de démarches. On préfère tout donner à l'effort de défense. Et Valmy ? Et Arcole ? Comme si la France ne venait pas de là. Et tous ces gens du monde entier qui nous attendent !

Il n'y eut qu'une seule manifestation digne de ce nom, le 14 juillet même, sur la colline du Trocadéro. Wladislawa avait acheté un appareil de photo : comme ça, nous pourrons envoyer des clichés à nos amis étrangers. Hélas, la nuit était noire et les faisceaux tricolores n'éclairaient pas assez... Elle serrait le bras de Louis. Scène grandiose. Des coqs gaulois et des figures folkloriques ornaient les deux ailes du palais. Au centre, trois mâts immenses dominaient une cocarde.

Occupant les escaliers, des milliers d'enfants des écoles montaient la garde. En bas, deux régiments de spahis, les sentinelles de l'Empire, semblaient sortir du bois de l'aquarium.

D'abord les grandes eaux jaillirent bleues, blanches et rouges, puis, couvrant juste la rumeur de l'eau, des musiques exotiques s'élevèrent, jouées par six noubas venues des principaux points des colonies, de l'Algérie à l'Indochine...

Et partout des haut-parleurs. On avait beau changer d'endroit, de perspective, on se trouvait toujours au milieu des discours : l'unité nationale, l'exemple des anciens, vive la République... Les grands mots nous arrivaient tout près des oreilles... Après les adresses de Lebrun, de Reynaud, la France eut la parole. C'étaient des voix lointaines enregistrées. Un Alsacien, ouvrier métallurgiste, un soyeux lyonnais, un vigneron angevin et puis un mandarin d'Annam, un marabout sénégalais, un notable de Tunisie... Avec un peu de temps, tout le pays se serait exprimé.

Wladislawa frissonnait : tu te rends compte, si le gouvernement avait voulu, la leçon pour le monde...

Quand ce fut au tour du paquebot *Normandie,* une communication en direct, elle manqua défaillir. La foule et les musiques s'étaient tues. Chacun raffermissait son assise comme pour mieux résister au roulis. Les mots du commandant étaient couverts, hachés, comme par le vent. On imaginait un début de tempête, les hublots allumés, un bal pour les premières et la nuit noire tout autour... Vive le 14 juillet, dit-il, et vive la France...

UN VÉLODROME
D'HIVER

Cher Maître,

Résistant ? Collaborateur ? Je suis sûr que vous mourez d'envie de savoir quelle fut la conduite d'Orsenna durant la Seconde Guerre. Je ne vais pas me défiler. Orsenna Gabriel a-t-il été gaulliste ? Je vous livre la réponse en cinq nòtes correspondant aux moyens de transport employés par moi pour rejoindre le Général. Ensuite je vous parlerai de Londres (quartier de Swiss Cottage) et vous saurez tout.

Amitiés judiciaires.

G. O.

P.-S. : Avez-vous déjà rencontré des clients aussi consciencieux que moi ?

P.-S. : Si mon fils vous interroge à ce sujet, répondez s'il vous plaît avec prudence. Il y a deux sortes de secrets qui font rougir les enfants : les habitudes d'un père au lit et son attitude de 1939 à 1945.

1. *Bateaux-mouches*

Le Général est grand, né à Lille, amateur de Chateaubriand. Gabriel est petit, né à Levallois, attiré plutôt par Stendhal. Rien ne me prédisposait au gaullisme. Sauf à considérer que, de même que tous les chemins mènent à Rome, les chambres d'hôtel communiquent avec Londres.

Pour bien comprendre la suite, il faut connaître un peu la tactique hôtelière en matière de chambres à la journée. Rares, très rares sont les tenanciers (sauf d'établissements spécialisés) qui, lorsque vous vous présentez un peu rougissant, dansant d'un pied sur l'autre, vous tendent une clef au hasard, le 13, le 14 ou le 28...

En grande majorité, ils préfèrent séparer le bon grain de l'ivraie, les couples pécheurs des autres clients.

L'option du rez-de-chaussée a ses adeptes. Elle présente l'avantage de la discrétion, en tout cas visuelle. A peine vous êtes-vous adressé à la réception qu'on vous pousse dans un cagibi, entre cuisine et escalier : voilà, je vous mets là, vous vous moquez de la vue, n'est-ce pas ?

Cette option, apparemment rationnelle, a l'inconvénient du bruit : le couple pécheur entend le barouf de tout l'hôtel en marche (clapotis de la plonge, cliquetis du standard, engueulades aux fourneaux). Réciproquement, l'hôtel entend les gémissements voire les hurlements dudit couple pécheur.

Aussi beaucoup d'hôteliers préfèrent-ils les combles, même au prix d'allées et venues dans l'escalier, ou de grincements du Combaluzier. Les sons montant plutôt, l'établissement reste quiet, même dans les pires frénésies.

– Là-haut, vous serez comme des étudiants, dit le patron du Vega, rue du Mont-Thabor. Ah! ah! Vous avez des bagages? Non, bien sûr. Et si vous souhaitez transformer en vraie chambre votre chambre à la journée, prévenez-moi vite, avec votre commande pour le petit déjeuner.

Il n'était que deux heures. D'habitude, Ann et Gabriel, en souvenir du Washington et d'Albany, commençaient leurs pratiques dans l'ascenseur. Mais là, impossible, l'engin était une cage grillagée, ouverte à tous les regards, et Dieu sait si les femmes de chambre bretonnes ont des yeux perçants.

Un couple attendait sur le palier. L'homme, qui triturait ses gants, détourna brusquement la tête, comme ces oiseaux de marais qui paraissent se démancher au moindre danger. Peut-être s'entraînait-il chaque jour depuis le début de sa double vie à faire ainsi jouer ses cervicales. Sa partenaire, une petite rousse, nous a fixés l'un puis l'autre, droit dans les yeux.

Ann avait un tic : à peine dans une chambre d'hôtel, elle ouvrait la fenêtre. Pour quelle raison? Invoquer les dieux ou les narguer? Quoi qu'il en soit, Gabriel restait à l'écart : il est sujet au vertige et la présence d'une femme de dos, un peu cassée en avant et donc tendant le plus hospitalier des postérieurs, n'arrange rien.

Cette fois-là, tout juste avait-elle passé le visage dehors :
– Gabriel, Gabriel, Paris brûle.

Sans se retourner, elle faisait signe.

Gabriel s'approcha lentement, pas après pas, le pouls à 140 et les mains moites (toujours cette damnée peur du vide).
– Regarde.

C'était vrai. Là-bas, au-dessus des immeubles de la rue de Rivoli, par-delà les arbres des Tuileries, de l'autre côté de la Seine, une épaisse fumée montait des toits. Un feu de cheminée général.

Spectacle des plus incongrus en juin. Ann connaissait peu Paris, elle montrait les incendies principaux : et là? – Sans doute le ministère de l'Intérieur. – Et plus loin vers la Seine? – La Chambre des députés. – Encore, vers l'ouest? – Voyons, mais le Quai d'Orsay. – Allons-y.

Gabriel se souvient d'une matière douce et froide entre

ses doigts : en descendant l'escalier, je devais renouer ma cravate.

— Quelque chose n'allait pas? demanda le patron. (Il nous dévisageait soigneusement l'un après l'autre.) Quelque chose n'allait pas dans la chambre?

— Non, très bien, nous reviendrons.

Avec la clef Gabriel a jeté un deuxième pourboire. Et nous avons traversé la Seine en courant.

Une foule assiégeait déjà la mairie, rue de Grenelle. Elle avait envahi la cour et criait tant, exigeant des nouvelles, réclamant des responsables, qu'une silhouette surgit au premier étage, en bras de chemise.

— Les bureaux n'ouvrent qu'à trois heures, dit la silhouette.

Sous les insultes, elle referma précipitamment la fenêtre.

— La voilà bien, la France !

— A votre avis, que faut-il détruire?

— La croix de guerre de mon mari, je peux la garder?

— Et mon Romain Rolland, vous croyez qu'il vaudrait mieux?

— Moi j'ai préféré jeter tous mes livres. En arrachant les dédicaces, ni vu ni connu.

— Ils sont où d'abord?

— Vous pensez qu'il vont venir vérifier dans nos maisons tout ce qu'il y a contre l'Allemagne?

Un vacarme de volière, rien que des questions sans réponses...

A 3 heures 01, un adjoint surgit, au sommet de l'escalier, ceint de l'écharpe, comme pour un mariage.

— S'il vous plaît, mesdames et messieurs, s'il vous plaît...

Personne ne l'écoutait. La foule hurlait plus que jamais, surtout les femmes, des distinguées, avec des voix de tête.

— Où trouver de l'essence?

— Vous avez prévu des cars?

— Il y a encore des ponts sur la Loire?

Le tricolore balbutiait je vous en prie, je vous en prie.

Gabriel et Ann en jouant durement des coudes quittèrent cette mise a mort.

Le VIIe arrondissement déménageait.

La rue de Bourgogne était noire de voitures. Elles attendaient portières ouvertes. On les bourrait de valises, de
meubles, de bicyclettes d'enfants.

Un épicier rondouillard, les cheveux ébouriffés et la
blouse bleue ouverte, cassait l'une après l'autre sur le bord
du trottoir ses bouteilles de vin d'Alsace. Des rats, des rats,
les Français sont des rats, marmonnait un vieillard assez
sec, style cavalier cadre noir.

— Et vous, votre mari ? (Des femmes s'embrassaient.) Il
n'est pas encore là ? Alors il vaut mieux l'attendre.

— Vous êtes sûre, vraiment ? Je vous aurais bien demandé
une place pour ma petite Hélène et moi.

— Non, croyez-moi, dans des cas comme ça, il est sage
de ne rien tenter sans mari.

Des matelas, d'innombrables matelas, sortaient de tous
les porches.

On les installait sur les toits des voitures. La rue de
Bourgogne n'était plus qu'un grand lit.

Ann raconte :
« Alors Gabriel devint comme fou.

» Il ne vous l'avouera jamais car c'est un secret qui l'a
rendu fou, un secret qu'il garde enfoui au plus profond de
sa petite taille. Mais les avocats ont besoin de ces secrets-là
pour bâtir des circonstances atténuantes, n'est-ce pas,
maître ? Voilà pourquoi je vous écris. Je m'appelle Ann et
me trouvais près de Gabriel lorsqu'il devint comme fou.

» Voir toutes ces maisons se vider, ces vieillards impo-
tents descendus assis sur les fauteuils cannés, voir ces cabas
débordant d'argenterie, ces femmes les doigts crispés sur
un paquet de lettres enrubannées de rose, ces enfants réclamant leurs poissons rouges, ces natures mortes crevées
dans la bousculade, ces paniers d'osier remplis de médicaments, compte-gouttes et poires à lavement, tous ces fonds

de tiroirs d'appartement soudain jetés sans défense au grand jour... ce spectacle le bouleversait.

» D'abord, il regarda, immobile, stupéfié.

» Et puis il se mit à courir en tous sens, interrogeant les fuyards, vous ne l'avez pas vue?, bousculant les concierges, se précipitant dans les escaliers, entrant chez des gens, de toute façon les portes étaient ouvertes, furetant, humant, je suis sûr que ma mère est là, je suis sûr, tout le monde sort aujourd'hui, alors elle aussi, elle aussi...

» Moi je courais derrière et j'ai eu bien du mal à le calmer. Il ne m'écoutait pas, ne me reconnaissait même plus. Mais qui êtes-vous, disait-il, laissez-moi. C'est que je lui avais peu parlé, jusqu'alors : il ne remettait pas, ou à peine, le son de ma voix, vous comprenez?

» Il n'est revenu à lui que peu à peu, après peut-être trois, quatre heures de recherche. Je l'ai entraîné vers la Seine, en lui suggérant de tout me raconter, pour se soulager. Il a commencé par des souvenirs très embrouillés, un accouchement, des bonnes sœurs à coiffes blanches, une femme qui part. On aurait dit qu'il avait ouvert la bonde et que sa vie s'écoulait, une hémorragie de lui-même. Mettez-vous à ma place. Qui appeler à l'aide dans ces excès-là? Heureusement, il s'est arrêté, net, il a dit :

» – Aux Affaires étrangères.

» Et j'ai retrouvé le Gabriel rebondi que je connais, tout d'une pièce, sans enfance ni secret. »

Au Quai d'Orsay, des huissiers faisaient la chaîne. Une file ininterrompue de cartons descendait l'escalier d'honneur. Comme en 19, pour le traité de Versailles. On pouvait lire les étiquettes Balkans, Dantzig, Sudètes, Éthiopie... Des Citroën 11 légères attendaient au bas des marches.

– Le convoi devrait être déjà parti, trépignait un jeune homme très pâle, l'index sur sa montre.

– Il part, il part, répétait une secrétaire. Ce n'est pas de notre faute si le ministre a besoin de la terre entière.

– Une fois à Bordeaux, n'oubliez pas. Tous les dossiers dans le bureau du maire, par ordre alphabétique.

– Et s'il y a d'autres ministres dans le bureau du maire?

– Vous les jetez dehors. La guerre est une affaire étrangère, oui ou non?

Tel était le désordre, le capharnaüm, que nous avons facilement pénétré.

Tous les bureaux étaient ouverts, avec des tas de papiers de part et d'autre des portes, comme les chaussures à faire la nuit dans les grands hôtels, et des personnages élégants qui attendaient sur le pas.

– Alors, il vient, ce chariot?

– Le problème n'est pas le chariot, monsieur le conseiller, mais l'endroit où brûler. Seuls les bureaux d'angles possèdent des cheminées... J'en reviens.

Nous avons été jeter un coup d'œil aux Affaires politiques.

Un groupe de jeunes gens, la raie impeccable et le costume flanelle, s'escrimait à genoux avec les tisonniers.

– Heureusement qu'il n'y a pas de vent, marmonnait le directeur, un peu en retrait, le coude appuyé sur la bibliothèque. Vous ne pouvez pas savoir comme elle refoule.

Dans le hall d'honneur, la noria des cartons continuait : Antilles, Dardanelles, Annam, Proche-Orient... Dehors il faisait lourd, un ciel blanc d'après-midi. Beaucoup de Parisiens erraient comme nous entre les hauts lieux, Palais-Bourbon, Quai d'Orsay, Matignon. Dans la débâcle on se demandait ce qui tenait, à quoi se raccrocher. Mais les hauts lieux brûlaient de l'intérieur, surmontés chacun d'une épaisse fumée, tantôt neige, tantôt noire, comme si l'on ne savait plus très bien si l'on avait ou non un pape...

– Et les photos de Clara, tu sais, les ghettos? demanda Gabriel.

– Dans mon coffre, au bureau.

– Vite!

La société d'Ann avait son siège sur les Champs-Élysées.

– Oh! madame, a dit la secrétaire austère, votre rendez-vous est parti.

– Ça ne fait rien, Geneviève, vous pouvez le suivre.

Par un étrange retour des choses, les cordonniers de *shtetl* étaient soigneusement rangés dans un carton à chaussures, avec leurs amis, les élèves de *Yeshiva,* les vendeurs de *beigels,* les passants à papillotes...

– Il faudrait les mettre en lieu sûr.

– Oui, au moins qu'elle les retrouve en revenant.

– J'ai une idée. Retournons du côté de la Seine.

Deux policiers se sont approchés : « Vos papiers. Ah! heureusement que vous êtes français. »

Puis : « Vous croyez que c'est le moment? »

Le moment de quoi? Nous nous tenions par le bras, la boîte à chaussures entre nous. Ann, celle qui courait toujours, avait cessé de courir. Elle marchait à mon pas, peut-être même moins vite. Elle tournait la tête en tous sens. Elle devait chercher l'horizon pour reprendre sa course. Mais il n'y avait plus d'horizon.

Elle portait un tailleur de lin couleur vert d'eau. Une rougeur de fillette lui tenait aux joues. Du dos de la main, à chaque instant, elle se frôlait le front, les tempes. Les hommes se retournaient sur elle. Depuis Clara 1913, Gabriel n'avait plus marché près d'une femme, ce qu'on appelle marcher, partager le monde, comme partir en tournée, invité de la vedette, se faire tout petit. Ne jamais importuner, au besoin porter les fleurs. Il flottait dans Paris un air de coulisses, de décors qui changent à vue, l'odeur de la poussière, le grincement des poulies mal huilées.

– Ça vous intéresse, une petite promenade?

Nous étions parvenus sous la tour Eiffel, devant l'embarcadère des bateaux-mouches. Une sorte d'officier de marine avait retiré sa casquette.

– Je n'ai personne depuis le début de l'offensive, mais de temps en temps je lève l'ancre, pour décrasser les machines, vous comprenez?

Nous avons descendu le courant. De l'autre côté du métro aérien, les immeubles ne fumaient plus. Le XVe arrondissement n'avait pas d'archives à brûler.

— C'est drôle, hein, pour envahir, les armées ne pensent qu'à franchir les fleuves, jamais à se laisser couler. Regardez la Marne.

Notre capitaine avait raison. La Seine était vide. Aucune patrouille. Même les bateaux-pompes attendaient, le long du quai de Javel, malgré tous ces incendies.

— On tournera avant l'écluse de Suresnes. Vous ne voulez pas fuir, au moins? Vous savez que, depuis le début de juin, je refuse sans arrêt des propositions. Il y en a même qui me parlent d'Amérique. Comme si j'étais fait pour la mer!

Gabriel lui a répondu que non Nous, nous restons. Mais vous ne pourriez pas pousser jusqu'à Levallois? Je voudrais embrasser ma grand-mère.

— Ah! vous l'avez toujours?

La maison était vide. Gabriel a caché les photos dans la bibliothèque, une bibliothèque nouvelle, inconnue, entièrement consacrée à l'Italie moderne. On n'irait jamais chercher le carton à chaussures derrière les œuvres de Mussolini.

Au retour, Gabriel a revu Longchamp. On devinait les toits des tribunes à travers les feuilles. Et plus loin, la cascade du parc de Saint-Cloud, les étages de rocaille. Avec une autre, Gabriel aurait parlé de son enfance. Avec Ann, il n'osait pas. Comment comparer Levallois à l'Europe centrale?

— S'ils mobilisent encore trois classes, je suis bon. Vous vous rendez compte, dans l'armée de terre!

Notre timonier parla un bon moment de l'Administration qui ne savait pas reconnaître les compétences.

La guerre avait vidé les rives. A bâbord, à tribord, pas âme qui vive.

Gabriel a entendu une petite voix : on ne pourrait pas rentrer? Ann défaillait. Son visage avait viré du mat au jaune.

— Je vois ce que c'est. Descendez-la, monsieur, j'ai une banquette en bas. Moi, je ne peux quitter la barre à cause de l'île aux Cygnes. Dans le placard de droite, vous trouverez les sucres et l'alcool de menthe.

La cabine sentait le charbon, l'huile et les cordages humides. Presque l'odeur exacte d'une certaine traversée de la Manche, décembre 1900.

– Tu crois qu'on la retrouvera? me murmurait Ann, d'une voix toute blanche, si ténue, la voix de qui cherche sa sœur au loin.

Elle s'agrippait à ma main. J'avais l'impression de l'assurer, comme on dit en alpinisme : elle se balançait dans le vide. Ce jour-là Gabriel aurait pu lâcher. Et toute la famille Knight aurait disparu.

– Va-t-elle mieux? Ne lésinez pas sur la menthe! me criait du pont le capitaine.

Quand nous sommes remontés, la nuit était là. Je me demandais combien de temps nous avions tourné autour de l'île aux Cygnes.

– C'est souvent, durant les croisières, dit le capitaine. Dans ces cas-là, je préfère ne pas aborder tout de suite. Il vaut mieux se guérir sur l'eau. Car le mal de terre est pire.

2. *Semelles*

Gabriel ne parlera pas des Allemands. Tout le monde sait qu'ils ont envahi Paris. Des livres et des livres ont déjà raconté leur séjour. D'autres suivront. Le sujet semble plaire.

Gabriel préfère s'en tenir à son métier, expliquer le rôle du caoutchouc dans une ville occupée. Même s'il n'est pas glorieux. Vous devez tout savoir, les grands et les petits côtés, les hideux aussi, de cette matière première qui aura tant fait pour le XXᵉ siècle.

Commençons par le bénin, voire le philanthropique.

Louis refusait toute idée de retraite.

– Ah! si je pouvais trouver un métier, répétait-il à son fils lorsqu'ils déjeunaient ensemble. (Déjeuner est un vaste mot pour qui se souvient de l'ordinaire durant l'année 1941. Enfin, puisqu'il y avait ce jour-là entre le père et le fils une table, une nappe à carreaux, deux verres, deux assiettes, des couverts, acceptons le terme « déjeuner ».)

Louis mâchait donc un bout de viande aussi dur qu'hors de prix. Dès lors la genèse de l'idée géniale est facile à reconstituer : viande → semelle → Gabriel → pneumatologue → semelles en pneus.

Gabriel fit taire en lui les objections (tu ne connais rien à la cordonnerie, tu n'es pas le premier sur le coup, que va dire Wladislawa ?) pour applaudir des deux mains :

– Bravo, avec les chaussures en bois, on ne s'entendait plus.

Tout, plutôt qu'un père chômeur.

Louis s'arrangea, sous-traita, réussit.

On venait maintenant acheter des chaussures à la librairie. Personne ne s'en offusquait. C'était fréquent à l'époque, les magasins à double fond.

Les élégantes étaient ravies.

– Mais où gardiez-vous donc ces escarpins d'avant guerre ?

En découpant, collant, contrecollant, teignant, séchant... on imitait d'assez près le cuir. Un seul défaut pouvait être reproché aux productions paternelles : l'électricité statique. Le latex isole. Et par jour sec, les dames de temps à autre étaient secouées de décharges. Louis les rassurait :

– C'est à cause du conflit. Les bombes ont détruit l'air. Attendez tranquillement la paix et vous m'en direz des nouvelles.

D'avoir renouvelé sa clientèle, échangé les fonctionnaires du ministère des Colonies contre des femmes souvent jeunes et prêtes à tout pour se chausser le rendait d'humeur joyeuse. Et je ne l'ai jamais tant entendu siffloter que durant ces tristes années-là : Trenet, Sablon, Chevalier (un commerçant doit être gai, Gabriel, c'est la moindre des politesses).

Clop, clop, semelles de chêne ou frêne, on les entendait arriver. A l'oreille on aurait dit une jacquerie, le vacarme des sabots, l'invasion des paysans. Ce n'était qu'une cliente.

– Mettez-vous à l'aise, madame.

Certaines minaudaient, après la marche, je ne suis guère présentable, peut-être un peu gonflée.

– Allons donc, allons donc...

Wladislawa avait beau le surveiller de près, je suis sûr qu'il ne s'arrêtait pas toujours aux chevilles. J'ai surpris des gloussements, certains jours, et cette question qui vaut preuve : mais quel homme êtes-vous, cordonnier, avec des mains si douces?

Je devine sans mal les raisons de la disparition de Wladislawa, quelques semaines après. Elle avait dû surprendre Louis en plein travail de cordonnerie, et ne pas le supporter. Est-ce que les Aragon sont cordonniers, Louis, est-ce qu'ils gâchent ainsi leur amour? J'imagine ses dernières phrases, son français parfait d'interprète qui volait en éclats sitôt qu'elle était triste. Mériteur d'aucun amour, Louis tu rien que personnage solitaire, Louis... trop tard pour moi autre exemplaire, responsable vie polonaise gâchée...

Elle n'était pas le genre à partir en silence.

Mais Louis n'a pas répondu aux questions que je me suis bien gardé de poser.

3. *Les bicyclettes*

Elles montrèrent, dès 40, leur vraie nature d'envahisseur. Pas plutôt les voitures immobiles, faute d'essence, les bicyclettes occupèrent la ville. Elles sillonnaient les rues, avenues, boulevards, elles s'entassaient devant les entrées, bloquaient les couloirs, remontaient même jusqu'aux appartements, tant on redoutait de se les faire voler. Elles emplissaient les conversations (devinez où j'ai crevé l'autre jour), elles s'immisçaient dans les rêves (j'aimerais tellement un dérailleur). Elles engendraient des courbatures, elles rappelaient aux Parisiens l'utilité du mollet, et que Paris n'est qu'une suite de collines, Montparnasse un mont, l'avenue Junot un sacré raidillon. Elles créaient des parfums, on transpire à vélo, les antichambres sentaient le vestiaire. *Via* la selle, elles échauffaient le sexe des femmes, et coinçaient, à force, celui des hommes. Elles apprenaient aux populations les joies du bricolage, le caractère fantasque des Rustines tantôt adhérant sur du vide et tantôt fuyant tout contact, le caractère dévoreur des Rustines qui grignotent peu à peu la chambre, préfèrent rester entre elles, rien que des Rustines bien assez grandes pour garder l'air. Et puis ce bruissement d'essaim, quand un groupe prenait la cadence. Sur le trottoir, les amateurs fermaient les yeux, retrouvaient les Six Jours, le Tour de France...

Oui, sous des airs bonasses d'outils conçus pour la promenade, les bicyclettes n'aiment rien tant que la guerre, l'économie de guerre, le silence de la guerre (entre les explosions), tout ce qu'impose la guerre, le système D, la condition physique... C'est à cette occasion que Gabriel a compris la complicité profonde unissant la guerre et la bicyclette. Et il n'a pas été surpris, plus tard, lorsque fut connu le rôle des deux-roues à Diên Biên Phu. Giap ne le contredira pas. Gabriel reviendra sur la guerre d'Indochine, maître, ne craignez rien, il y reviendra, mais dès maintenant il vous livre son sentiment : oui, les bicyclettes sont des créatures inquiétantes.

4. *Autobus*

On peut le dire aujourd'hui, jamais Gabriel n'aurait dû accepter cette mission. D'ailleurs, Gabriel est d'accord. De sa voix que la vieillesse n'a pas encore tout à fait fêlée, il répète fermement : *jamais.*

Mais on peut dire aussi que, de même que le cancer n'empêche pas d'attraper un rhume, la guerre ne dispense pas de trouver du travail. Il faut vivre, payer son loyer (même si l'immeuble est bombardé toutes les nuits), son électricité (même si les coupures de courant sont plus fréquentes que la lumière). Et lorsque votre employeur vous demande d'aller aider, pour quelques semaines, un gros client, comment ne pas accepter ? Mais Gabriel plaide aussi les circonstances atténuantes : jusqu'en juin 1942, la Régie autonome des transports parisiens (RATP) paraissait un établissement des plus paisibles, des plus utiles, des plus humains, seulement et suffisamment occupé à rapprocher les Parisiens de leurs lieux de travail ou de leurs rendez-vous d'amour. Puis n'oubliez pas que pour des tas de gens, le vélo est interdit : obèses, cardiaques, maladroits, etc. Au demeurant, Gabriel vous fera cette confidence : il était fier d'appartenir à cette Régie autonome. Enfin un travail *nécessaire* après les folies adolescentes de la course automobile !

Il vous fera même une deuxième confidence : jusqu'au petit matin honteux, il s'entendit au mieux avec le directeur général. Sinon de l'amitié, au moins une espèce de sympathie.

M. de L. était un ancien officier de marine. Du reste, à l'époque, Gabriel l'a remarqué, nombreux étaient les marins dans des postes de responsabilité. Cette situation peut paraître incongrue quand on se rappelle le refrain du maréchal Pétain : la terre, elle, ne ment pas. Mais ce serait oublier le sens de la tradition, le goût de la discipline, pour tout dire l'âme conservatrice des gens de mer.

De son ancien métier, M. de L. avait gardé des tics, notamment celui d'appeler flotte son parc d'autobus et de les faire repeindre à tout propos, chaque fois qu'ils restaient plus d'une journée au port (au dépôt), immobilité de plus en plus fréquente, vu le manque d'essence. Pour sa part, M. de L. eût préféré le blanc, mais la guerre imposait du sombre, des gris, au plus gai le vert thuya. Qu'importe ; même au port, aimait-il à répéter, une flotte se doit de rester impeccable. Ce qui n'était pas sans ranimer les ardeurs des peintres, de hangar à hangar.

Il nous faisait partager son rêve d'une messe solennelle sur l'esplanade des Invalides, devant les autobus rassemblés et pavoisés.

Gabriel n'est pas responsable. Pas responsable.

Un jour de juillet, on lui a demandé d'inspecter les pneumatiques des autobus. Tous les pneumatiques ? Tous !

Il a donc inspecté et rendu un rapport sans complaisance qui doit encore se trouver dans les archives de la Régie autonome. Bilan catastrophique : partout la gomme partait en quenouille.

Le lendemain, autre jour de juillet, on lui a demandé de faire au mieux et vite. C'est la guerre, Orsenna, débrouillez-vous. La flotte devait être prête juste avant minuit. Il s'est mis au travail. Avec conscience. Soucieux, croyez-moi, de la sécurité des passagers. Rejetant les roues qui menaçaient ruine. Reconstituant des trains acceptables. Pour ce faire, il avait besoin de précisions, donc réclama l'itinéraire prévu. On lui répondit : c'est secret. Il insista, expliqua : s'il y a plus de virages à droite, je chausserai les pneus les moins mauvais du côté gauche, monsieur le directeur général. On finit par lui tendre un papier. Et l'imbécile, l'imbécile Gabriel qui connaissait bien Paris tenta de comprendre. A part la rue des Rosiers, la rue du Temple, la rue des Écouffes, la rue du Trésor, (comment les autobus vont-ils pouvoir circuler dans ce dédale, monsieur le directeur général ?), hormis le Marais, les adresses qu'il lisait étaient dispersées : 5 rue de Villersexel (troisième étage), 78 rue de Miromesnil (quatrième), 19 rue d'Alésia (deuxième face). Aucune logique, un trajet de hasard. Rien qui pût aider un pneumatologue à remplir sa mission.

– Alors je ne vois qu'une solution, dit l'imbécile, mais compétent, Gabriel, les pneus encore passables en diagonale. Arrière-gauche, avant-droit, arrière-droit, avant-gauche, mais j'ai honte, je ne garantis rien.

Il a donné des ordres. On a allumé d'autres lampes, apporté tous les crics disponibles. Et, dans la nuit de juillet, les autobus s'élevèrent doucement, puis penchèrent chacun d'un côté, comme soulevés par des vagues très lentes.

– On les dirait au mouillage, n'est-ce pas ? murmura l'ancien marin, visiblement ému.

Gabriel se souvint de l'odeur, à ce moment-là, l'odeur de la pluie sur la terre chaude, l'odeur rance des chambres par les fenêtres ouvertes, l'odeur des fleurs de marronniers qui jonchaient le trottoir, l'odeur des étés en ville, l'odeur de juillet.

Nous sommes restés ainsi quelque temps à regarder la flottille.

Puis, « mon Dieu, a dit le directeur, et les autres dépôts? ». Nous avons pris la Delahaye de fonction et roulé vers Vaugirard. Toutes les trois minutes, des patrouilles nous arrêtaient, nous aveuglaient, torche dans les yeux, canons menaçants, nous arrachaient le sauf-conduit, le déchiffraient, nous dévisageaient :

– Passez.

Et c'est ainsi que tous les autobus de la ville furent saisis cette nuit-là d'un mouvement paresseux, tangage et roulis, arrière-gauche, avant-droit, arrière-droit, avant-gauche, sud-ouest, nord-est, sud-est, nord-est. Il aurait fallu bien des calculs pour trouver le vent dominant.

– Vous croyez que ça ira? demandait le directeur.

– Tout dépend du ciel. Le pire, ce sont les petites ondées. Les pneus sans relief n'y résistent pas.

– Bien sûr, bien sûr. Mieux aurait valu attendre une météo plus stable, mais que voulez-vous, ni vous ni moi ne décidons. Nous faisons notre travail, c'est tout.

Il m'a raccompagné chez moi, mon pied-à-terre les nuits où la flemme me prenait de regagner Levallois, ou lorsque je voulais faire croire à Louis que ma vie sexuelle était flamboyante : un petit studio 50 rue de Sèvres.

– C'est un plaisir de travailler avec un ingénieur si sérieux. Nous sommes de la même race, vous et moi, la compétence fait taire les états d'âme, n'est-ce pas, Orsenna?

– Vous ne vous couchez pas?

– Non, moi je dois donner le signal du départ. Et puis rester prêt. Il y a toujours des imprévus dans ce genre de choses. Mais vous, dormez bien, vous avez droit au moins à la matinée.

J'ai remercié. Il m'a tendu la main. Je regrette aujourd'hui de n'avoir pas porté de gants. La Delahaye s'en allait vers Grenelle. Il m'a semblé lui voir une lumière verte à tribord, une rouge à bâbord. Quelles que soient les circonstances, j'ai toujours eu le don de finir ma journée par de belles images, celles qui font bien dormir.

Gabriel se réveilla tard. Depuis quelque temps le sentiment de la solitude le faisait dormir. (Un univers dépeuplé n'est pas bruyant.) Il se demanda tout de suite à quoi rimaient ces branle-bas de la veille. La guerre avait-elle recommencé? Transportait-on des troupes? Le spectacle de la rue le rassura. Les femmes portaient des robes imprimées et leurs démarches roulaient comme elles roulent, les jours de chaleur. On ne trouvait un peu de fraîcheur que sous les marronniers. Bref, un été.

Au dépôt, on passait les autobus au jet. Intérieur et extérieur. Des mares s'étendaient déjà dans la cour. Un Sénégalais creusait des rigoles.

— Assez, assez, criait le responsable.

Mais le personnel ne voulait pas entendre. Intérieur et extérieur. On entendait le bruit de l'eau, le crissement des brosses...

— Assez, assez, rangez les voitures!

Ils continuaient à laver, s'acharnaient sur le plancher, les vitres aussi. On y voyait des traces, de longues traces de doigts, comme de quelqu'un qui tombe. Et puis des ronds, la sorte de buée tenace quand on appuie très fort son nez contre le verre.

Quand l'heure du départ sonnait pour un autobus, l'heure pour lui de remplir son si nécessaire service public, il fallait littéralement l'arracher aux laveurs.

Voilà, maître, voilà, mesdames et messieurs les jurés, la contribution de Gabriel Orsenna chargé par son employeur, je le rappelle, d'une mission d'assistance technique auprès du gros client, la Régie autonome des transports parisiens, voilà sa contribution technique à la rafle du Vel'd'Hiv.

Tels sont les faits. Aux juges de dire le droit. Si le droit existe, en ces matières.

5. *Un ketch sans tape-cul*

Héroïsme. Acte I.

Deux soldats allemands vérifiaient les papiers à l'entrée de l'embarcadère. Deux silhouettes vert-de-gris battant la semelle sur le granit rose. Et Gabriel se sentait assourdissant. Voilà l'une des horreurs de l'âge : le corps bruit. Digestion, respiration, articulation.

Ça gazouille à l'intérieur, siffle, craque. Et, pour couronner le tout, tachycardie. Dans ce vacarme, Gabriel s'avança. Par chance, des mouettes criaient. Les vieux devraient vivre parmi les mouettes.

– Ingénieur électricien. *Ach !* très utile. Panne souvent de l'autre côté.

Les soldats souhaitèrent bonne traversée.

L'air sentait l'iode, la teinture : ce liquide brunâtre dont on badigeonne les genoux écorchés.

Je ne vais pas m'étendre sur l'île de Bréhat. Je sais que vous attendez Londres, ma rencontre avec le Général.

Sachez seulement qu'ancien repaire de naufrageurs, l'île était devenue villégiature.

Le Reich y envoyait ses blessés en convalescence. Fouettés par le vent du large, requinqués par le lait des vaches pie noire, rajeunis par cette odeur de miel que dégagent bruyères et genêts, ils retrouvaient vite la santé. Trop vite. Une fois leur guérison constatée, l'affectation était automatique : front de l'Est.

Alors, on les comprend, ils retardaient l'échéance, tentaient d'attraper quelque maladie bien durable, avec, comme tactique favorite, paraît-il, le bain de minuit dans l'eau glacée.

Les îliens étaient friands du spectacle. Quand la nuit était favorable (bien froide), ils se cachaient derrière les ajoncs, les restes de fougère, attendaient et regardaient. On m'a raconté : nos envahisseurs arrivaient discrètement, par des chemins séparés. Ils se déshabillaient, ne gardaient que les caleçons blancs et puis restaient immobiles, la poitrine à découvert, dans le vent. Un impeccable garde-à-vous, les pieds dans la vase, au-dessous des caleçons longs blancs. Bientôt on les entendait tousser. Ils attendaient d'être bien pris. Certains ont tenu toute la guerre avec la même bronchite, attisée amoureusement, aux frontières de la pneumonie sans jamais y sombrer : 38° 5 à perpétuité. D'autres, moins prudents, crachaient le sang. On les emmenait tout pâles. Le bord de la mer est désastreux pour les phtisies galopantes. Les cavernes s'humectent. On meurt, emporté, comme par la marée.

Je logeais à l'hôtel des Rocs, en montant sur la gauche. Ouvert, d'après une pancarte, fermé, d'après les volets. Une rangée de transatlantiques attendaient sur la terrasse, depuis quand? 39? 40? Ils avaient pris des formes étranges, tordues, recroquevillées. Les transatlantiques ont leurs rhumatismes.

A voir les taches d'humidité sur les murs à fleurs de la chambre n° 7, on les prenait en pitié, ces pauvres fauteuils. Comme ils devaient souffrir l'hiver!

Chaque matin Gabriel poussait la fenêtre. Et l'été entrait. L'été inutile des temps de guerre. La mer qui reste vide, sans une voile, même quand le ciel est bleu. Et les maisons, tout autour de la baie, il voyait leurs jardins déserts : feu les plates-bandes, des massifs d'hortensias envahis d'herbes hautes. Ce qui explique, peut-être, qu'un projet commença à lui trotter dans la tête comme un collant refrain de chanson : à la Libération, pourquoi ne pas me faire jardinier; à la Libération, c'est fou ce qu'il y aura besoin de jardiniers...

En fait, ce n'était là que l'avant-garde, l'amorce d'un vrai rêve : m'installer ici, avec armes et bagages, avec Ann et Clara (laquelle est l'arme, laquelle le bagage ?), sitôt la fin de la guerre.

Les îles ont été créées pour le bonheur des moins beaux. Ceux qui récusent cette notation de bon sens n'ont qu'à visiter Bréhat et s'intéresser aux chiens locaux. Cagneux, borgnes, pisseux de couleurs, composites de formes, les mi-basset mi-setter, les quart-cocker, quart-boxer, quart-terrier, quart-épagneul ne sont pas rares. Sur le continent, auraient-ils trouvé la moindre fiancée ? Ici leurs amours n'arrêtent pas : à chaque lune, nouvelle donne.

Une fois le dernier bateau parti, Gabriel serait tranquille pour la nuit. Une femme, même Ann (Clara est trop peureuse pour seulement y songer), ne quitte pas un homme à la nage.

Je ne vous raconterai pas mes maladresses. Comment, le premier jour, au café Chardon-bleu de la place du Bourg, j'ai pris pour un Français libre l'un de ces Bretons indépendantistes qui ont cru pendant six années et même au-delà que les Allemands avaient du sang celte et réciproquement.

Il hurla « quoi ? » après ma question. L'apéritif battait son plein. Il ne m'avait pas entendu. Je pus m'enfuir sans mal.

Non, Gabriel ne s'étendra pas. Saluons simplement le vrai résistant Rémi, un jeune retraité de la marine dont les vraies dents avaient été emportées (caries ? coup de vergue ?) et remplacées par du plaqué or. C'est dire son courage : comment demeurer longtemps clandestin quand on est affligé d'un tel sourire éclatant, métallique ? Quoi qu'il en soit, il s'était chargé de mon évasion et me préviendrait le moment venu.

Saluons Gilles, le traducteur, qui vivait au nord de l'île. Tellement envahi par les chats qu'il ne remarquait pas les Allemands.

— Les traducteurs d'anglais ont beaucoup à apprendre de la compagnie des chats, disait-il.

J'acquiesçais, malgré la puanteur ambiante : ces bouffées aigres de vespasiennes et cette fourrure grouillante, grise, rousse, noire, blanche, qui cernait nos pieds.

Il avait une ambition. S'attaquer à un livre de l'Irlandais Joyce. *Finnegans Wake,* notre Everest à nous, traducteurs, Gabriel.

En attendant, il faisait ses gammes sur un petit ouvrage, *The Real Life of Sebastian Knight*. Un auteur à suivre, d'après lui, natif de Saint-Pétersbourg qui écrivait en russe, en allemand, en français, et maintenant en anglais.

Il me montrait les pages.

– Pour l'instant, c'est facile, il ne jongle pas trop. Mais polyglotte comme il est, ça ne m'étonnerait pas qu'il nous fabrique un jour un casse-tête pire que *Finnegan*.

Il rafraîchissait mes connaissances, bien oubliées depuis quarante ans.

Je répétais avec lui :

Well be with you = Bonjour.

How does your honour for this many a day = Comment allez-vous?

Je me doutais un peu qu'il ne m'apprenait pas la langue la plus courante.

Ainsi sont les traducteurs. J'avais des souvenirs d'un anglais plus simple. Mais peut-on se fier à sa mémoire, après quarante années?

Enfin l'heure sonna.

Héroïsme. Acte II.

Les soldats allemands étaient revenus de leur visite médicale à Saint-Brieuc et fêtaient leur sursis : trois mois de plus sans front de l'Est. On les entendait chanter dans leur citadelle. Le rivage serait libre.

Rémi et Gilles m'ont accompagné jusqu'au bord de l'eau. Une barque m'attendait, à demi tirée sur les goémons.

– Il suffit de te laisser porter par le courant descendant. Le rendez-vous est à la bouée sonnante. Ne t'inquiète pas pour la plate. A la renverse, elle reviendra vers nous toute seule.

Nous nous sommes embrassés, murmuré vive la France et crois-moi, Gilles, quand on sait vivre avec cinquante-deux chats, cinquante-trois Gabriel, pardon Gilles, cinquante-trois, crois-moi, on a fait le plus dur, on peut traduire tous les livres, même *Finnegans Wake*.

Et j'ai commencé à dériver. La dernière vision que j'emportai de la France fut, dans la nuit, cette petite tache rayonnante à hauteur d'homme, le sourire métallique de Rémi.

Près de la bouée, un bateau plus conséquent m'attendait, mi-cotre mi-ketch, c'est-à-dire qu'un tape-cul avait été prévu derrière la barre, mais l'emplanture était vide. Le pilote, britannique, s'appelait David Birkin. Pour la bonne cause, il traversait et retraversait la Manche, la Manche et ses tempêtes à déraciner tous les moulins de Guernesey, la Manche et ses patrouilles de très néfastes chevaliers allemands ; le véritable Don Quichotte de la Manche, c'était lui, David Birkin, on l'aura reconnu, malgré son pseudonyme... A peu près vers la même époque, il eut pour passager François Mitterrand, notre actuel ministre de l'Intérieur. Je n'ai jamais vu la figure de David Birkin, seulement sa maigre et longue silhouette de gentilhomme de la Manche. Mon allure rebondie a dû le dégoûter : il m'a tout de suite montré la cabine et m'y a enfermé. Par le plus grand des hasards, en 47 ou 48, j'ai appris qu'il venait d'avoir une fille, prénom Jane. Je lui ai envoyé mes félicitations, *via la Navy*. Peut-être mes indications sur l'enveloppe étaient-elles trop imprécises ? Jamais reçu de réponse. Attendons mon procès. Tout ce remue-ménage autour de moi... Bien des anciennes connaissances vont ressortir de l'ombre.

Revenons à l'héroïsme : passage sans histoire, hormis un dur clapot aux Roches Douvre. Allongé sur ma couchette, les yeux accrochés à ce cylindre de papier gribouillé par une longue aiguille et prisonnier dans une boîte vitrée qu'on appelle baromètre, je me rappelais la dernière phrase que le traducteur m'avait apprise.

The bald little prompter shuts his book, as the light fades gently.

(Le petit souffleur chauve ferme son livre, tandis que doucement la lumière s'éteint.)

Et je me demandais si Londres était le genre de ville où l'on utilise fréquemment ce genre de phrase. Peut-être pour dire au revoir, à la place de *bye, bye?*

SWISS COTTAGE

I

Le Français libre Orsenna fut très étonné, en débarquant sur un quai de Penzance, d'être attendu par deux policiers.

— Monsieur, voulez-vous nous suivre?

Gabriel, qui avait du mal à tenir debout, tant le sol de l'Angleterre tanguait, donna son accord.

Il fut conduit dans un train, enfermé dans un compartiment à l'odeur de cigare refroidi et roulé jusqu'à Londres, Victoria Station.

— Monsieur, voulez-vous nous suivre? lui proposèrent d'autres policiers.

Pour montrer à nouveau sa bonne volonté de Français libre, il obtempéra derechef et ainsi arriva au collège de Camberwell. Dans cette vaste et sinistre propriété, rebaptisée Patriotic School, entourée de hauts murs et surveillée par d'innombrables militaires, l'Intelligence Service tâchait de séparer le bon grain de l'ivraie : d'un côté les vrais Français libres, de l'autre les espions.

Gabriel attendit trois semaines d'être interrogé. Chaque matin, il allait trouver le sergent. Un Irlandais, et pour cette raison francophile.

— Désolé, monsieur. En 1940, tout était plus rapide. Mais depuis notre victoire à Stalingrad, les candidatures affluent. Donc le tri traîne. C'est l'Europe entière, Sir, qui vient à Londres recevoir le label de la liberté.

— Et que fait-on des faux Libres?

— Par saint Patrick, on les fusille!

Gabriel passait ses journées à se promener sous les arbres, dans une pénombre verdâtre propice aux examens de conscience : tout compte fait, ma vie a-t-elle été celle d'un Français libre?

Enfin il fut introduit dans une ancienne salle de classe. Il s'assit au premier rang des pupitres. Au bout d'un moment, un vieux jeune homme arriva. Immense, voûté, les cheveux gris ou blonds, vêtu principalement d'une sorte de jupe : un pull-over écru troué aux coudes qui lui descendait presque jusqu'aux genoux.

— George Cornwell, dit-il en tirant une chaise sur l'estrade juste en face de Gabriel, et il commença par le commencement. Vous vous appelez donc Orsenna Gabriel?

— Oui.

— Né à Levallois-Perret?

— Oui.

— Citez-moi deux parfumeries installées à Levallois.

— Oriza, Cosmedor, les cirages Marcerou, les bougies Holstein...

— Ne répondez qu'à mes questions...

George Cornwell ne regardait pas Gabriel. Il fixait un point quelque part dans le fond de la classe, sans doute le mur sale où se trouvaient punaisés les portraits de quelques héros de l'Angleterre, Shakespeare, Lord Byron, et une dame habillée comme on ne le fait plus, probablement Elizabeth Ire.

Souvent, il se levait pour aller consulter l'un ou l'autre des ouvrages accumulés derrière lui sur le bureau : annuaires, Bottin, cartes, catalogues, tous les pièges à espions possibles.

— Quelle course a organisée le Trotting-Club en 1893?

— Buffalo Bill contre Meyer.

— Comment s'appelait le chantier naval?

— Cavé.

Par un réflexe idiot (un souvenir d'enfance, immédiatement changé en geste), Gabriel avait voulu vérifier si l'encrier enfoncé dans le bois de la table devant lui était plein. Il l'était. D'où les contorsions pour tenter d'essuyer sur un endroit discret de son pantalon (l'arrière du genou) le bout de son petit doigt violet.

— Quelque chose ne va pas? demanda l'inquisiteur.

— Tout est parfait, tout est parfait, répondit Gabriel avant de reprendre son manège.

Cette première séance s'acheva à la nuit tombée. Le vieux jeune homme semblait satisfait : une chose me paraît certaine, vous êtes né à Levallois. Je ne m'appuie pas toujours sur un terrain aussi solide.

Mais le plus heureux était Gabriel. C'est vrai, c'est vrai, se disait-il, ma vie débute à Levallois. C'est la preuve que j'existe. Il n'en était plus très sûr depuis quelque temps. A intervalles réguliers, il regardait les horloges. Mais un amas d'heures de plus en plus élevé ne constitue pas forcément une vie.

Les confrères de chambrée le plaignaient.

« Cornwell, c'est le pire, il ne te lâchera pas. – Cornwell, c'est un civil, juste engagé pour le temps de la guerre. Ce sont les plus féroces. Ils veulent se montrer à la hauteur, comprends-tu ? – Cornwell ? Attends. Je crois qu'il était restaurateur de tableaux. Non, inspecteur des impôts. En tout cas, un minutieux. Arme-toi de patience. Il ne te fera grâce de rien. J'espère que tu as la conscience tranquille... – A ton âge, fais attention. Tu seras déjà mort qu'il t'interrogera encore. – Tu sais combien il y a de soldats dans un peloton d'exécution ? – Non. – Douze, tu sais pourquoi ? – Non. – Parce qu'un espion a au moins douze vies, il faut une balle pour chacune. – Ah ! ah ! ah ! »

L'ambiance n'était guère amicale, parmi les pensionnaires de Patriotic School. Les vrais héros piaffaient. Les faux tremblaient. Presque tous commençaient à regretter d'avoir choisi l'Angleterre.

Mais Gabriel laissait ricaner les ricaneurs. Chaque jour davantage, il se louait des services inquisitoriaux du Cornwell à cheveux gris ou blonds.

– N'y avait-il pas une femme, derrière le célèbre imprésario Knight ? – Bien sûr, Élisabeth. – S'il vous plaît, écoutez-moi. Je ne parle pas d'une épouse, mais d'une femme. – Non, attendez, oui peut-être, maintenant je me rappelle, au Washington et d'Albany, une auburn, à une table à côté, qui nous demandait sans arrêt du sel, du sucre. – Exact, j'ai eu peur pour vous. Eh bien voyez-vous, c'était sa maîtresse. Elle l'a toujours suivi sans jamais se faire remarquer. Elle a publié ses Mémoires chez Scribner, juste avant la guerre. *A Discrete Love*. Vous devriez les lire. Après tout, c'est plus proche de votre vie que de la mienne. Et dites-moi, en arrivant à Portsmouth, pour votre premier voyage, la mer était haute ou basse?

Pendant que Gabriel réfléchissait, Cornwell feuilletait l'annuaire des marées avec des soupirs, comme si ces chiffres l'accablaient.

– Je ne sais plus. – Là vous m'inquiétez, monsieur Orsenna. – Attendez, oui, très basse, oui, c'est ça, si basse que la passerelle de débarquement montait du bateau vers le ciel, comme une échelle, je voyais au-dessus de moi les socquettes blanches de Clara. Et puis les nuages qui passaient comme jamais je n'ai vu passer des nuages... – Épargnez-moi vos impressions érotiques. L'Intelligence veut des faits. Et d'ailleurs les faits sont exacts. Le 18 décembre 1900, le bas de l'eau était à dix-sept heures. Bigre. Marée de 114. Ça fait des clapots terribles, à l'entrée du Solent. Vous avez eu mauvais temps ce jour-là, n'avez-vous pas eu?

Passé un certain âge, la vie est pleine de trous, comme les pull-overs écrus. Cornwell me forçait à me réparer moi-même. Merci à lui.

Nous nous interrompions pour le thé, apporté par un jeune soldat dont le menton me fascinait. Vallonné par l'acné et planté de rares poils blonds et raides comme des aiguilles, pathétique essai de bouc dévoré par les abcès blanchâtres.

Sur le plateau, entre la tasse et le sucre, était souvent coincée une feuille de papier pliée en deux.

– Message pour vous, Sir, aboyait l'acnéique en claquant des talons.

Cornwell lisait, souriait.

– Le colonel me demande une fois de plus quand je compte en avoir fini avec vous. Il s'impatiente. Je suis, paraît-il, le plus lent trieur de Patriotic School. Pauvre Orsenna d'être tombé sur moi.

A ces moments-là, à ces moments-là seulement, il me regardait. Épuisé. Manifestement harassé : toutes ces vies à vérifier devaient lui donner le vertige. Il soupirait, deux fois, et sortait de sous le pull-over écru une fiasque de whisky.

– Je vous en offre? C'est bon pour vous. Le thé n'est pas une boisson qui rend assez bavard.

Et ainsi ont commencé ses confidences.

– « Tenez, Cornwell, puisque vous êtes éditeur, vous devez vous y connaître en histoires, en aventures, en états d'âme, en salamalecs... Vous trierez les immigrés. » Voilà ce que m'a dit l'Intelligence en 40. Vous vous rendez compte, Orsenna, les hasards de l'existence!

Cornwell G. était venu à l'édition par les index. Cambridge University Press cherchait quelqu'un pour les annexes d'un *Dickens* pleine peau en 21 volumes. Cherchait, cherchait et ne trouvait pas. La commande était pourtant simple : dresser la liste de tous les personnages du romancier par ordre alphabétique, avec leurs dates de naissance et de décès, et les points remarquables de leurs destins imaginaires. En dix lignes maximum, un *Who's who in Dickens' Land*. Les premiers essais s'étaient révélés désastreux, pleins d'oublis, de fautes d'orthographe, d'erreurs sur les âges, d'ignorances géographiques, de mauvaises appréciations des fameux « points remarquables »... Il faut dire que le labeur, gigantesque, était payé une misère...

Alors surgit Cornwell G., d'on ne sait où, ni comment.

« Moi, je peux vous faire l'index », dit-il à la standardiste, abasourdie, mais le temps d'appeler la direction (quatrième étage), la perle rare s'était évaporée.

Trois mois plus tard, arriva par la poste, sous forme de fiches, un énorme paquet, toute la foule de Dickens, exhaustive.

Entre-temps, le projet pleine peau avait été abandonné. Mais le très jeune Cornwell G., jusqu'alors surveillant et répétiteur de français à la Public School de Harrow, fut immédiatement engagé comme assistant par la maison d'édition, puis devint lecteur, puis conseiller littéraire, chargé des « gros » romans. Car les petits, pour lui, n'existaient pas. Il lui fallait sentir au moins un kilogramme dans sa main pour commencer à s'émouvoir, tout au contraire de ses collègues éditeurs qui, au vu d'un monstre, pensaient à leur cartable (tout ce poids à transporter à la maison) et ne procédaient que par sondage : dix pages au début, dix au milieu, suivies des dix dernières, avec « bavard » comme verdict.

Cornwell G., lui, ne mangeait à sa faim qu'à partir de trois cent mille mots. Toutes les maisons d'édition se l'arrachaient. Vous pensez, un tel volontaire pour les récits interminables, toujours prêt à relire, à stigmatiser les incohérences entre les pages 3 et 842...

Gabriel apprit tout cela plus tard, en 1953, lors d'un colloque imbécile à Francfort où il avait accompagné Clara. Elle voulait prendre des photos d'écrivains allemands (est-ce que la honte de l'Holocauste se voit sur leurs visages ?). Il était question de l'avenir du livre. A la tribune, un sociologue alignait des lois : modernité = rapidité = livres petits = partage plus aisé lors des divorces (statistiquement de plus en plus fréquents), etc.

– Ainsi, vous avez connu Cornwell ? me dit le grand Rowohlt, l'éditeur des éditeurs, outre-Rhin... (Je ne me rappelle plus comment ce nom, George Cornwell, était venu dans la discussion. C'était, je crois, au cours du cocktail d'adieux, tout le monde était joyeux d'en avoir fini avec les sociologues, la sociologie littéraire et de retrouver bientôt les livres...) Ah ! Cornwell, intéressant, très intéressant caractère. (Rowohlt mélangeait un peu le français et l'anglais : caractère, *character*, personnage). Après 1945, il a créé une sorte de religion, vous n'étiez pas au courant ? Oui, une religion, l'amour des forts volumes, l'agoraphilie, la passion pour les foules... Les adeptes s'écrivaient entre eux, s'envoyaient des index, des études, des arbres généalogiques. D'abord à travers l'Angleterre, puis de plus en plus loin, d'un bout de la planète à l'autre, ils se signalaient des romanciers chinois inconnus et pourtant des foudres de fécondité qui avaient engendré des milliers de protagonistes. Il y en a encore, vous savez, des gens comme ça. Pour eux, le monde n'est qu'un très gros roman et les humains des écrivains trop paresseux pour l'écrire en entier... (De temps en temps, Rowohlt tendait son verre

vide. Sans rien dire, le maître d'hôtel le remplissait en grimaçant.) ... Vers la fin de sa vie, Cornwell avait un rêve :
intégrer le roman dans la Constitution. Pour lui, la démocratie était issue du roman, des histoires, de la grande diversité des existences et de la nécessité de faire vivre ensemble
les gens les plus différents. Ce n'est pas une idée plus idiote
qu'une autre, qu'est-ce que vous en pensez ? Pourquoi pas
le roman dans la devise nationale : tous pour un (un
roman). Ou Liberté, Égalité, Fraternité, Roman. S'il n'y avait
que des romans et jamais d'essais, il n'y aurait pas de dictatures. Les dictatures reposent sur des idées dures. Dès que
surgissent des personnages, on a beau faire, on n'arrive
jamais à construire des certitudes. Il faudrait ne permettre
les essais qu'aux sociétés très vieilles, sceptiques, protégées
une bonne fois (mais comment en être sûr ?) des dangers
du péremptoire. Vous ne trouvez pas ?

Tout le monde était parti depuis longtemps déjà, nous
n'étions plus que nous deux, Rowohlt et Gabriel, plus
Clara, endormie sur une banquette couleur orange – cet
orange censé, à Francfort, mettre de la gaieté dans les
salons d'hôtel.

– Au fond, il a eu la suggestion la plus saine, pour l'après-
guerre. Il demandait à ses auteurs de redoubler d'efforts.
Selon lui, les écrivains devaient compenser tous les morts
de la guerre par des personnages. Un *baby boom* littéraire,
en quelque sorte. Ainsi, vous l'avez connu ? Et il vous a
interrogé ? Ça veut dire que vous n'êtes pas tout seul dans
votre vie. Il ne perdait jamais son temps avec les solitaires.

Un beau jour, un beau jour bien mélancolique, finit
l'interrogatoire.

– Vous savez où loger ? demanda Cornwell. J'imagine
que non, n'est-ce pas ? Les héros ne se préoccupent jamais
de leur logement.

Le héros Gabriel balbutia que non, lui non plus, comme
ses collègues héros...

– Bien. Je vous conseille une pension de famille, un peu
excentrée peut-être, au-delà de Baker Street, mais tenue

par une Polonaise. Donc alcool garanti et calme. Vous êtes du genre intellectuel qui a besoin de calme pour faire une bonne guerre. Je me trompe ? Voici l'adresse : 3 Adamson Road. La Polonaise s'appelle Hanna Lifshutz. Et le quartier Swiss Cottage. Tout un programme ! Au suivant.

— Je peux poser une question ? demanda Gabriel.

— C'est la guerre, nous sommes rationnés. Vous n'avez droit qu'à une.

— Y a-t-il un vélodrome d'hiver à Londres ?

— Je ne crois pas. Attendez. Non : pas même Crystal Palace. Bonne chance, monsieur Orsenna.

II

Swiss Cottage. Un chalet suisse était posé là, au beau milieu du nord de Londres, avec ses balcons de bois sculpté, ses colonnes polychromes.

Ne manquaient que les jonquilles, et un lac au loin sur fond de Jungfrau. La Polonaise habitait à deux pas. Elle accueillit Gabriel avec résignation.

– Encore un héros? Parfait. Vous prendrez la n° 7, au deuxième étage. C'est ma dernière. Je ne vous fais pas de recommandations. Les héros n'écoutent jamais les recommandations.

Elle se rassit, regard gris, cheveux blancs, châle violet sur les épaules. Massive et bougonne. Sur son pliant, devant la porte, au milieu des bouteilles de lait vides, elle reprit son tricot. Un coup d'œil sur les mailles, un autre sur le ciel. Elle avait assisté à la première bataille d'Angleterre, chasseurs anglais contre bombardiers nazis, et y avait pris tant d'intérêt qu'elle ne voulait pas rater la seconde. Au fond, Mme Lifshutz, après les déboires survenus à sa pauvre Pologne, avait reporté ses affections sur le ciel : elle guettait les combats aériens tout au long du jour, et la nuit on l'entendait prier, enchaîner d'interminables *Ave Maria*, et non pas marmonnés à toute vitesse comme il est d'usage pour les rosaires, mais articulés, à croire que la Vierge noire de Czestochowa, l'âge venant ou du fait d'une assomption trop rapide, était devenue dure d'oreille.

III

Je L'ai rencontré.

Un matin de septembre 1942.

Après deux semaines de préparation minutieuse : guet devant l'hôtel Connaught pour m'habituer à son physique, disons, particulier ; lecture régulière du quotidien *France,* écoute de Maurice Schumann à la BBC, enquête auprès du chef de cabinet François Coulet. (– Qu'aime-t-il ? – Les bibliothécaires. Il m'a confié un jour, mais ne le répétez pas : « Le plus beau métier du monde, c'est d'être bibliothécaire. Une bibliothèque municipale dans une petite ville de Bretagne... Brusquement, quand arrive la soixantaine, on se met à écrire une monographie de quatre-vingts pages... Mme de Sévigné est-elle passée par Pontivy ? Alors on devient frénétique, on envoie des lettres cinglantes au chanoine qui chicane sur une date. »)

Cette confidence me donna le courage nécessaire pour m'approcher de Carlton Gardens. Orsenna Marguerite, libraire, Orsenna Louis, libraire. Quand des libraires gagnent aussi peu d'argent que les Orsenna, on peut les considérer comme des bibliothécaires. Je m'étais constitué un plan d'entretien que je me récitai en gravissant les quatre marches. Introduction : les bibliothèques et les bibliothécaires. Première partie : la France. Deuxième partie : le rôle de Gabriel Orsenna en faveur de la France. Conclusion : chaleureuse discussion littéraire ; mais surtout ne jamais, jamais évoquer le nom de Paul Morand.

Gabriel sonna, poussa la porte. Gabriel n'était pas seul. Une foule de Français libres attendaient dans le hall en grognant. Ils regardaient leurs montres, insistaient auprès de l'huissier : j'ai rendez-vous à midi. Tout le monde avait rendez-vous à midi. Il fallait venir en 40, dit en passant une secrétaire pincée, vous L'auriez eu pour vous tout seul...

Enfin Il parut au sommet de l'escalier et descendit. Et, contrairement aux lois universelles de la trigonométrie, plus Il descendait, plus Il grandissait. L'aide de camp L'accompagnait. Un à un les Français libres se présentèrent. Et quand vint son tour :

— Orsenna Gabriel, dit Gabriel Orsenna, en levant les yeux vers le ciel.

— Orsenna, Orsenna, c'est d'origine italienne?

— Mexicaine, mon général.

— Monsieur Orsenna s'occupe de caoutchouc, précisa l'aide de camp, mon informateur.

— Il n'y a pas de sot métier, commenta le Général avant de passer au suivant.

Des natures ombrageuses, pour cette phrase et dans l'instant, auraient embrassé la religion de l'antigaullisme. Pas Gabriel. Il n'y vit que la preuve d'une pudeur lilloise renforcée par la pratique britannique de l'*understatement* (litote, en français). « Il n'y a pas de sot métier » voulait dire « le plus beau métier du monde », *ex aequo* avec bibliothécaire.

Et Gabriel sortit de Carlton Gardens le cœur agité d'une chamade que le spectacle des canards sur l'étang de Saint-James ne calma guère : ils évoquaient trop le débarquement futur.

IV

Gabriel aura passé toute sa guerre mondiale au téléphone. L'International Rubber Fund était logé dans la City, un troisième étage, 8 Friday Street, en plein cœur de la Finance. Nous tranchions un peu dans l'atmosphère huppée des banquiers, bien plus distingués que nous, les négociants, dont les chemises étaient moins rayées et les ventres plus rebondis. Pourtant nous faisions le même métier : l'argent n'est qu'une matière première parmi les autres, il ne faudrait pas l'oublier. Oui, jusqu'à la fin de la guerre je suis resté au téléphone, dans une grande salle d'où l'on ne voyait rien, pas le moindre bout de Tamise... Et pourtant il suffisait de fermer les yeux et de tendre l'oreille pour voyager. Nous avons appelé le monde entier, le moindre lieu-dit, pourvu qu'il fût planté d'hévéas.

– Vous avez du latex ? Combien ? Quelle qualité ?

Nous ne regardions même plus l'atlas. On apprend vite le nom des villes et des villages.

Chaque semaine, des généraux nous rendaient visite, colériques, ou suppliants :

– Alors, les petits gars, vous pourriez pas vous montrer plus efficaces, l'armée vous attend.

Certains hurlaient :

– Vous êtes responsables de la durée de la guerre, responsables des morts. Toi, toi ! (Ils nous désignaient avec leurs badines, nous jetaient sur la table des paquets de photos montrant des véhicules, des champs entiers d'avions, de Jeep, de camions, leurs jantes vides, leurs roues plantées dans le sol : des engins pétrifiés.)

– Alors, ces pneus, ça arrive ? Vous voulez vraiment la victoire des nazis ?

Ils nous menaçaient du pire, même toi, le Français. Surtout toi : le conseil de guerre, le peloton, pour sabotage. Mais la hiérarchie ne pouvait pas grand-chose contre nous, le téléphone est une technique à part, et le caoutchouc un univers.

Ce sont ces photos qui leur ont fait comprendre, à mes jeunes collègues, l'importance de notre tâche. Au début, ils ne se rendaient pas compte. Ils passaient leurs ordres comme ils auraient acheté n'importe quoi, du cuivre, du tungstène. Mais à force de voir ces armées immobiles, sans forces, grabataires, ils ont réalisé que l'âme, le principe moteur, l'élément qui sépare de la terre tout en reliant à la terre, et en ceci permet le mouvement, c'est le latex...

Ils hochaient la tête, les petits John, James, Mark, Peter. Ils répétaient c'est vrai, c'est vrai, quelle richesse ce caoutchouc, quel rôle capital ! Ils questionnaient, comme des enfants. Gabriel répondait comme un grand-père. Il profitait des rares moments calmes pour leur expliquer la pneumatologie, évoquer des souvenirs. Toutes ces communications avec le Brésil (Allô Manaus, Santarem, Allô Porto Velho) lui donnaient l'impression de dialoguer avec sa jeunesse, avec Clara, la très jeune épouse, *« je ne te quitte pas, Gabriel... »,* avec le directeur de l'hôtel de France à Belem, le spécialiste de l'amour, avec tous ses amis du cadastre, les habitués du café Byron...

Je les ai tous rappelés, un à un. Au Brésil, les fils ont souvent les mêmes prénoms que leurs pères : je me sentais en pays de connaissance. Comme si rien n'avait changé, trente ans plus tard, le sommeil de la forêt avait conservé les choses et les gens.

Allô Aristides, allô Eugenio, comment allez-vous ? Vous vous souvenez de moi ? Je vous appelle d'Amérique (je mentais, mais l'Amérique fait bien plus rêver les tropicaux que l'Angleterre). Ils répétaient Amérique Amérique. Ils croyaient me connaître depuis toujours.

— Oui, oui, allô, parlez plus fort.

— Je suis Gabriel Orsenna, vous savez, celui dont la femme était partie, l'homme au grand chagrin.

— Oui ! Si ! Mon père m'en a parlé.

– Alors que faites-vous maintenant?

– Du négoce...

Dans ces régions, l'argent n'existe pas. Et pourtant il circule. Voilà le miracle des tropiques, leur pierre philosophale : plus on échange vite, plus l'argent est là. On dirait la manière indienne de faire du feu.

– Vous avez du caoutchouc?

Il fallait crier dans l'appareil, la ligne était si mauvaise, et organiser quelques bruits de fond : une radio à tue-tête, un hymne sur un phono qu'on repassait chaque fois, les mots « base-ball », « Coca-Cola »... Nous avions recréé les États-Unis en studio. Et tout le monde s'y laissait prendre, même les plus prudents, les plus suspicieux des Brésiliens.

La conversation s'étalait parfois sur des jours :

– Oui. la ligne était coupée. Alors, le caoutchouc?...

– Vous le savez bien, señor Gabriel, il est mort. L'Asie nous a tués.

– Mais les arbres sont toujours là?

– Bien sûr, bien sûr.

– Recommencez, recommencez. Les Japonais vous ont vengés. Ils ont envahi l'Asie. L'Europe manque de latex. Bonne chance, bonne chance. J'achète tout. Je vous rappelle le mois prochain. Oui, à la même heure. Vive le Brésil! On s'arrangera pour le transport.

Le correspondant baissait la voix.

– Vous êtes sûr? Vous êtes sûr?

On imaginait l'Amazonien, fébrile, l'oreille collée à l'appareil et les yeux guettant si personne n'avait pu le voir, n'avait pu deviner, lui voler la meilleure nouvelle depuis le début du siècle.

Dans un murmure, il cherchait à négocier :

– Un mois, c'est trop court. Il faut le temps, monsieur Gabriel... embaucher les *seringueiros*... retrouver les anciens chemins. Tout est mort, vous le savez bien...

– L'armée alliée n'attend pas.

– Comptez sur moi, je me débrouille. Mais, s'il vous plaît, en souvenir de mon père qui vous aimait beaucoup, laissez-moi l'exclusivité pour la région...

Ce n'était plus qu'un chuchotis. Certains en oubliaient

même de raccrocher. On entendait leurs courses sur le plancher, des questions de femmes : Qui c'était ? Rien, rien du tout...

Il a suffi de quatre, cinq coups de fil, à Belem, à Santarem, à Manaus, pour que la fièvre recommence comme quarante ans plus tôt. Gabriel Orsenna peut l'affirmer tranquillement : il a ressuscité l'Amazonie. Des milliers, des centaines de milliers de livres ont paru sur la guerre de 1939-1945. Lequel a mentionné cet épisode non négligeable ?

J'aimais bien quand revenait mon tour de permanence, c'était le dimanche, ou la nuit, je restais debout, parmi les appareils. Dès que l'un sonnait, je me retrouvais sous les arbres, comme autrefois sur le bord du fleuve ocre. Mes jeunes collègues ne pouvaient pas comprendre. Ils avaient beau m'écouter, il leur manquait les souvenirs... Je ne sais ce qu'ils sont devenus. Peut-être n'ont-ils jamais osé avouer à leurs enfants la manière dont ils ont fait la guerre, dans le caoutchouc...

Nous prospections partout. Au hasard. Pressés par des besoins de plus en plus impérieux. Un débarquement se préparait. Comment voulez-vous débarquer sans pneumatiques ?

C'est ainsi que j'ai joint Trinidad.

Un monsieur très courtois, à l'accent indien, m'a répondu. Il croyait que j'appelais pour le carnaval.

– Il ne reste plus une chambre. Pas même un matelas. On peut vous garder le siège arrière d'une voiture. De Soto ? Pontiac ? De toute façon, vous ne dormirez pas...

Je l'entendais crier : silence s'il vous plaît, j'ai l'Amérique au téléphone. Dans le fond, un orchestre répétait. Une musique à syncope, celle qui force à bouger même les paralytiques, meilleure que le petit miroir devant le nez pour tester la mort ; quand l'être humain ne réagit plus à ce rythme-là, c'est qu'il est décédé. M'ayant vu battre la cadence, dodeliner du chef, mes jeunes collègues m'arrachèrent l'écouteur, puis se dandinèrent un long moment malgré la friture, malgré les standardistes qui hurlaient vous avez fini, vous avez fini? Nous serions restés là à danser le carnaval entier, tous regroupés autour du combiné, comme une mêlée de rugby saisie soudain par les pulsations caraïbes... mais les autres téléphones avaient repris leurs grelots. L'armée alliée nous attendait. Gabriel a été obligé d'interrompre le concert. Et plus tard de sévir, lorsqu'il remarquait tout à coup chez un collaborateur un regard vague, une légère oscillation du buste, un sourire béat, tous les indices d'un courtier en état d'éclipse.

– John?

– Oui, patron...

Et John raccrochait, en soupirant. Je tournais autour d'eux, je tendais l'oreille : interdit, vous m'entendez, interdit d'appeler Trinidad. A la moindre musique je vous colle au trou, nous sommes en guerre nom de Dieu. Ils promettaient, mais n'y pouvaient tenir. L'un après l'autre, ils cédaient. Trinidad, Sainte-Lucie, Saint-Vincent. Le carnaval dure longtemps dans ces régions si l'on ajoute les répétitions, les préparatifs, les quatre jours de fête, et la suite, l'inertie, les doigts qui continuent de jouer tout seuls pendant des semaines et des semaines avant de s'arrêter, à contrecœur... Dans les îles, personne n'avait l'esprit au caoutchouc.

– Rappelez plus tard, disaient-ils. En juin. Ou juillet.

Gabriel ne permettait ces récréations qu'après les alertes, ces heures d'attente dans les couloirs du métro, sur les quais, voire sur une marche d'escalier mécanique, tandis qu'en surface éclataient les bombes et s'effondraient les maisons. Quand les jeunes collègues retrouvaient l'air libre, ils se ruaient sur Friday Street, grimpaient quatre à quatre, se disputaient les téléphones, allô passez-moi Grenade ou Saint-Barthélemy.

«Vous avez des arbres à caoutchouc? – Que se passe-t-il? Que voulez-vous?» répondait l'interlocuteur des alizés, avec chaque fois un métissage des plus inattendus dans son accent. Couleur blanche du sable qui fait mal aux yeux, couleur turquoise de la mer qui fait du bien aux yeux, un bateau plat tiré sur la plage, un grondement de houle sur les coraux. Comment croire à la guerre dans ces moments-là? Et ce sentiment (l'irréalité de la guerre) était comme un jour de vacances, une grasse matinée.

Gabriel le jure, sur la tête de son double amour impossible : les téléphones sentaient le rhum, à force d'appeler là-bas.

J'ai une idée de cadeau pour après la guerre. J'inviterai Louis et Marguerite à Londres. Je les installerai pour la journée dans le métro, station Leicester Square ou Baker Street. Je leur dirai : puisque vous aimez tant l'Empire, regardez.

Je les connais. Ils écarquilleront les yeux. Ils me diront : c'est trop Gabriel, tu exagères. Mais ils seront ravis, éberlués comme des enfants devant un arbre de Noël. Ils battront des mains, malgré leur âge. Je louerai pour eux les services d'un spécialiste, un ex-colon qui les aidera à s'y retrouver entre les Tamouls et les sikhs, les Mau-Maus et les Zoulous. C'est qu'il faut une vie entière sous les tropiques pour savoir distinguer les bistres, par exemple un Indien de Madras d'un autre des West Indies...

Je les rencontrais tous, chaque jour, tous ces hommes et femmes de multiples teintes. Ils se tenaient immobiles sur le quai, attendant on ne sait quelle arche. Ou bien on les voyait emportés, comprimés, écrasés par les portes, impassibles derrière la vitre, divers, de toutes tailles et sortes, comme un lingot d'espèce humaine, un concentré déjà en boîte, prêt à livrer.

Durant les années 43-44, j'ai passé un temps infini dans le métro de Londres. J'entends déjà ricaner les ennemis de Gabriel : ah! ah! il s'enfouissait, ah! ah! il tremblait devant les bombes. Point du tout. Soudain Gabriel décidait de suivre un grand Noir, et lui emboîtait le pas dans les couloirs, se laissait entraîner, changeait à Green Park, changeait à Charing Cross et descendait sur ses talons à Colliers Wood. Gabriel ne s'arrêtait qu'au bas des marches du dernier escalier, celui qui menait à l'air libre. Alors le grand

Noir s'éloignait, regagnait son pays, car cela, Gabriel l'avait compris : Colliers Wood n'était qu'un nom de code, imposé par les maniaques de contre-espionnage. Au bout de l'escalier de cette station Colliers Wood, c'était le Kenya. De même que Trinidad (nom de code Ealing Broadway), Belize (West Ruislip) ou Rangoon appelé Dagenham East par souci de la sécurité publique...

Voilà pourquoi les trajets à Londres étaient un peu longs entre les arrêts. Il fallait quand même du temps pour passer les mers, traverser la terre.

Grâce à son métro, Londres restait le cœur du monde. Ayant prévu les malheurs, l'Angleterre s'était creusé de longs souterrains. Une nation aussi prévoyante et obstinée méritait-elle de perdre la guerre ?

Grâces soient rendues à Mlle Fitzpatrick, auburn d'après ses dires et la trentaine d'après sa voix, standardiste pour les longues distances à la poste centrale, mille grâces et toutes les décorations multiples épinglées au-dessus du cœur.

Car sans elle, comment joindre les quatre coins caoutchouteux de l'Amérique tropicale ? Comment ? Alors que les délais se chiffraient en heures, en journées d'attente, alors que les erreurs étaient la règle, soudain dialoguant avec un boucher de Sacramento au lieu du négociant de Santarem et oh ! le temps perdu à lever ces malentendus nourris par les perpétuelles fritures de la ligne et les coupures intervenues comme toujours au moment clef. Sans elle, comment noter la date de la livraison, le nom du port, le pavillon du navire (qui changeait tous les mois pour dérouter l'ennemi naufrageur) ? Comment ?

– Mademoiselle, pourriez-vous me donner le 8 à Obidos ?

– Ne quittez pas.

Il y avait du motard de cortège officiel dans sa nature. Elle aimait ouvrir la voie dans les pires embouteillages. Sitôt la mission confiée, on l'entendait faire de la place, congédier nos concurrents : conversation trop longue, rappelez demain, vous plus tard, plus tard, le réseau est encombré, impossible, aucune liaison avec l'étranger, nous sommes en guerre, voyez-vous, mais je vous en prie, envoyez vos réclamations, pièce 10-04... Et comme elle vous tançait ses collègues tropicales!

— Vous savez ce que ça coûte de ne pas répondre à la Grande, très Grande-Bretagne? Je connais votre nom, je vais le transmettre à l'organisation internationale.

— Oh! non, s'il vous plaît! suppliait la terrorisée, M. Pereira doit être au bord du fleuve, je vais le chercher.

— J'y compte bien, courez, le Commonwealth n'a pas que ça à faire! répondait sévèrement Mlle Fitzpatrick.

Je profitai de brefs moments d'attente pour faire sa connaissance.

— Voyez-vous, disait-elle, j'ai choisi ce métier pour les contacts.

Elle parlait tout bas pour ne pas que ses collègues entendent, moi l'imitant, à cause de mes godelureaux.

— Vous n'êtes pas mariée?

— Une vraie standardiste n'a pas d'horaire.

J'aurais voulu la faire plus parler de sa vie, de sa vocation téléphonique (Gabriel, vous l'avez remarqué, est un grand collectionneur de vocations). Mais à peine me décrivait-elle son premier appareil, un mural, à manivelle, de couleur noire, dans le pavillon de ses parents (Buxton, Derbyshire), à peine minaudait-elle «je ne sais pas si je devrais vous raconter tout cela» que M. Pereira revenait de son fleuve amazonien, essoufflé.

— Vous avez le 8 à Obidos.

Et j'entendais le déclic.

Car Mlle Fitzpatrick était la seule standardiste au monde à ne pas tendre l'oreille. Je dors déjà si mal, disait-elle, avec toutes ces voix dans l'oreille. J'imaginais son petit appartement, vers Paddington, avec des tas d'objets fragiles sur de petits napperons... Les objets sont aussi des voix, mais domestiquées, comme les chiens, les chats, des mots muets, des mots de compagnie. Elle n'a jamais voulu croire à mes histoires de caoutchouc.

— Vous êtes d'une telle pudeur, monsieur Orsenna...

Mlle Fitzpatrick était une romantique. Elle était persuadée que je cherchais une fiancée enfuie, d'île en île, de clairière en clairière. Au reste, elle me suggérait des listes : vous devriez appeler Carthagène, ou Curaçao, votre amie a fort bien pu s'installer là-bas.

Je savais qu'à ces endroits nul hévéa n'a jamais poussé mais je me rendais à ses suggestions, afin de ne pas décevoir son âme si fleur bleue. Aussi bien ai-je dû joindre tous les numéros existant du nord au sud, de l'est à l'ouest, entre Miami et Sao Luis do Maranho, Carthagène et Baton Rouge.

– Vous la retrouverez, monsieur Orsenna. Un amour aussi fort que le vôtre finira par triompher.

Le jour du débarquement, je lui ai proposé de se joindre à nous. J'avais deux bouteilles de leoville-las-cases. Elle n'est pas venue. Nous avons bien songé à aller l'attendre à la sortie de la poste centrale, mais comment la reconnaître ? Les standardistes sortaient par dizaines. Et c'était alors la mode auburn... Dans les rues de Londres, une femme sur deux n'était ni blonde, ni brune, ni tout à fait rousse.

V

Puisque, malgré la guerre, les affaires sont les affaires et que le spectacle doit continuer, Ann passait souvent par Londres. Elle appelait Gabriel. Non, je n'ai pas de caoutchouc, monsieur. Toujours négociant, monsieur? Finalement nous faisons le même métier, monsieur, oui. Je vous attends, monsieur, à dix-sept heures, l'endroit habituel.

Dans le hall de l'hôtel, ils s'embrassaient, puis s'écartaient, se regardaient, se faisaient face. Leurs corps avaient perdu toute avidité, toute arrogance. Ils étaient devenus des corps timides, qui n'osaient plus rien. A peine proposer une promenade, du bout des lèvres.

A Londres, en octobre, on ne voit que des feuilles d'arbres. Elles débordent des trottoirs, envahissent les maisons. L'automne y est l'un des moins discrets du monde. On marche dans l'automne, on glisse sur l'automne. Vous avez bien remarqué que c'est l'automne? répète l'automne.

Des enfants couraient dans les rues, déguisés en vampires, en squelettes ou sorcières et criant des comptines :

> *On my Jack O'lantern*
> *I will put great eyes*
> *they will be so big and round*
> *he'll look very wise.*

Que se passe-t-il? demandait Ann. Rien. La vie continuait. Les enfants fêtaient Halloween, le petit carnaval de novembre.

Alors, Ann posait ses doigts sur le bras de Gabriel. Et serrait. Et Gabriel répondait oui, Clara, nous te souhaitons une bonne journée d'automne, la meilleure des journées possible, *have a good Halloween,* Clara, où que tu sois.

VI

Gabriel a honte.

Jamais il n'osera retourner en Grande-Bretagne. Aujour-d'hui, lorsqu'il remarque un Anglais, et Dieu sait s'ils sont nombreux sur la Côte d'Azur, Gabriel change au plus vite de trottoir et baisse la tête.

Car Gabriel s'est mal conduit envers le Royaume-Uni.

Voilà un pays qui, après quelques petites vérifications d'identité, l'accueille, lui ouvre ses pubs, sa réserve de bordeaux claret, son métro où se réfugier les soirs de *blitz,* ses jardins pour oublier, en marchant, sa peur du *blitz,* voilà un pays qui tient ferme malgré les bombes, les milliers de bombes, alors que nous, la France, à la première limaille ricochant sur les feuilles d'Ardennes nous avions déjà passé la Loire, voilà un pays qui lui fait confiance, lui offre des responsabilités importantes, mondiales même et lui, Gabriel, en contrepartie, quelle est sa conduite?

Inavouable.

Est-ce à dire qu'il trahit, qu'il s'adonne à des penchants germanophiles?

Non, dans ce domaine, notre Gabriel est irréprochable.

Alors c'est qu'il trafique, tente de contaminer la Grande-Bretagne avec la manie latine bien connue du marché noir?

Non plus.

Il s'agit, puisque je dois la vérité à la justice de mon pays, il s'agit de désordres privés.

Gabriel plaide coupable. Et les circonstances qu'il va relater, à vous de juger si elles sont atténuantes.

Toutes les grandes villes sont cruelles aux solitaires. Mais Londres distille des cruautés particulières.

Les maisons y sont basses, deux ou trois étages, et les rideaux souvent ouverts pour laisser entrer la maigre lumière d'Angleterre. Alors, quand on marche par les rues, il faudrait fermer les yeux pour ne pas voir vivre les familles de l'autre coté des fenêtres à guillotine, tous ces petits rituels qui crèvent les cœurs célibataires, les enfants à casquettes vertes qui mangent leur porridge, le père (sans doute) caché par le journal, la mère en robe de chambre bleu clair qui n'arrête pas de courir et la fille aînée qui pousse la porte, soudain, les yeux pleins de sommeil et la bouche déjà boudeuse. Et puis ces fauteuils profonds recouverts de tissus à fleurs ; les mêmes fleurs que pour l'abat-jour. Et les huisseries, les plinthes, les portes, peintes du même blanc brillant, quel que soit le quartier...

On dirait une vitrine exhibant la vie de famille à tous les exilés, ceux qui ont un lit à Londres mais pas de *home,* tel Gabriel.

Toutefois le plus dur, c'est le soir, quand des stores sombres descendent un à un devant toutes les fenêtres. Londres peu à peu devient aussi noir que la nuit, *black-out.* Gabriel avance alors entre des rangées de façades aveugles, les vies quotidiennes ont disparu, Gabriel ne marche plus qu'avec lui-même.

Il n'a plus qu'une ressource, lever le nez. Les projecteurs s'allument, balaient lentement le ciel. Gabriel n'a rien contre la défense passive, rien contre l'artillerie antiaérienne. Seulement, des réseaux de DCA n'ont jamais remplacé une vie quotidienne. Et Gabriel se dit qu'il aura vécu ainsi, sans vie quotidienne.

Certes il pourrait rejoindre l'une des innombrables sociétés qui pullulent en Angleterre, l'une des trois cents Églises issues du protestantisme, ou les amis des setters, ou la ligue contre la vivisection, ou les disciples de Swedenborg. Mais il se sent surveillé. A la moindre incartade, le cher Cornwell le renverrait au milieu de la Manche dans un bateau sans rame... Non, la seule fois où il faillit adhérer, ce fut au vu d'un avis collé contre la vitre d'un antiquaire de Westbourne Grove :

*The
EPHEMERA Society's
Picadilly Special
Britain's Greatest
Ephemera Fair
featuring
printed papers of every description
prints, maps, posters, pamphlets,
greeting cards, old catalogues,
Share certificates
Park Lane Hotel*

*22nd February 1943
6 PM*

Il se rendit à l'endroit indiqué, mais un jour trop tard, le 23 février et comme son nom l'indiquait, cette société-là ne durait pas.

Alors intervient la cuisine indienne : sans elle, jamais peut-être Gabriel n'eût été emporté si loin de lui-même.

La première fois, Gabriel s'assit sans méfiance, dans la plus totale innocence. Commanda. Imité par l'un de ses collègues qui fêtait son anniversaire. Et voici leur menu. Je le rapporte précisément pour mettre en garde qui veut l'être.

Peshawari Murg Tikka (cubes de poulet marinés dans les épices et cuits au pot-au-feu).

Karahi Goshat (morceaux d'agneau rissolés dans l'huile et les épices du Punjab, agités dans une sorte de bassinoire et servis dans de la sauce au piment de Ceylan).

Bateer-e-Khas (spécialité de l'Uttar Pradesh : caille très légèrement cuite dans le curry).

Malaï Kofta (courge frite, crème fraîche et sauce tomate).

Chutney Podina (crème de menthe, jus de citron, graines diverses et mangue séchée).

J'aurais tant voulu vous offrir ce cadeau, à toi Marguerite, et à toi Louis, vous qui aimez l'Empire : une semaine à Notting Hill Gate. De déjeuner en dîner, nous aurions visité tous les restaurants indiens, essayé de tous leurs plats, de toutes leurs spécialités, province par province. Vous auriez appris à réveiller un peu vos papilles. Une bouchée de flamme, une bouchée de crème ; une bouchée de soleil, une bouchée de neige...

L'été arriva en Gabriel à peu près en même temps que la caille de l'Uttar Pradesh. Une sorte de canicule intime, née quelque part entre les côtes. Bien sûr, certaines brûlures au palais, à la gorge l'avaient annoncé. Mais une fois survenu, l'été ne blessait plus. On s'installait dans son ardeur. Gabriel ardait. Le ventre de Gabriel ardait, sa bouche, ses mains, son sexe ardaient.

A ce degré d'ardeur, impossible de poursuivre un dîner tranquille entre collègues. Gabriel se leva, remercia, souhaita bon anniversaire, salua très poliment, quitta le Bombay Tandoori, demanda à un passant la direction de Soho, avec toujours pour compagne cette incroyable nuit d'été, emprunta à main droite Wardour Street, leva les yeux. A la première lumière rouge (n° 17), il monta au deuxième étage. Elle s'appelait Marie-Françoise, au moins pour le travail. Native de Meaux (Seine-et-Marne), pourvue de partout et bon public comme vous y allez monsieur Gabriel, pour un débarquement c'est un débarquement !

Depuis la fin des années 20, depuis cette folle époque où les garçonnes découvraient le charme des rebondis, jamais Gabriel n'avait si vigoureusement et profondément forniqué.

« Tu n'aurais pas une copine ? – Pour ce soir ? – Pour ce soir », confirma l'ardent.

Marie-Françoise, abasourdie, balbutia Bernadette, une Irlandaise, à deux pas d'ici, 38 Greek Street.

Telle fut, engendrée par l'été, l'été de la cuisine indienne, la première nuit chaude du Français libre Gabriel.

Elle fut suivie par bien d'autres, d'autres en foule. Les nuits chaudes engendraient les nuits chaudes. Il avait beau rentrer épuisé sur le coup de quatre heures du matin dans

Swiss Cottage assoupi, beau se dire, en tournant doucement, si doucement la clef dans la serrure, jamais, jamais je
ne recommencerai, le soir même il repartait. En dépit de
l'âge (soixante années), de la fatigue (deux heures trente
de sommeil), de sifflements dans les oreilles (ces journées
entières au téléphone), il remontait à l'assaut après une
courte halte en Inde.

Car Gabriel était maintenant envahi par le plus ambitieux
des démons de midi : forniquer avec toutes, toutes métho-
diquement, en commençant par celles qui travaillaient près
des gares (Victoria, Waterloo) ou des ports (White Chapel,
Surrey Docks...).

Une terreur l'avait envahi, qu'il faut bien qualifier de
sénile : et si le débarquement, pour une fois, était confié aux
femmes ? Et si, un beau jour, elles s'en allaient toutes vers la
France ? Et s'il ne restait que des hommes en Angleterre ?

Fouetté par cette angoisse, Gabriel reprenait sa course
bonjour chéri, tu montes ? Bien sûr !

Il ne tarda pas à être connu dans le milieu. On l'applaudissait quand il redescendait...

C'étaient des femmes légères. Gabriel avait besoin d'une
cure de femmes légères. Je ne parle pas du physique. Car
lourdes elles étaient, mamelues, fessues, cuissues... Mais si
légères dans la mémoire, à peine quittées déjà oubliées,
l'inverse de mesdemoiselles Knight, mesdemoiselles parasites Knight, le contraire de deux sœurs incrustées pour la
vie.

Elles donnaient l'exemple en matière de légèreté, au
revoir mon grand. Elles appelaient Gabriel mon grand,
preuve d'un tact exemplaire, n'est-ce pas mesdemoiselles
Knight ? Elles n'existaient qu'à peine, à force de légèreté :
de petits étés brefs, même les plus volumineuses. Elles
n'insistaient pas pour entrer dans les souvenirs, elles refer-
maient leurs peignoirs mauves, au revoir mon grand. C'était
comme des vacances, comme de chasser les papillons, de
gros papillons trop parfumés, solubles dans la nuit...

Certains prudes, dans l'entourage du Général, s'indignè-rent du triste spectacle donné par Gabriel à l'Angleterre.

– Il faudrait sévir, répétait, entre autres, Massigli.

Mais pour quel motif? Un Français libre était libre, pourvu qu'il règle ces dames sans sourciller (ainsi faisait Gabriel) et n'en éventre aucune (or elles témoignaient toutes des bonnes manières du rebondi, malgré sa hâte).

Carlton Gardens ne fut contraint d'intervenir que plus tard, en mai 1944.

Ce printemps-là, Gabriel dépassa les bornes.

La première fut celle de la contamination. A tant fré-quenter des lieux plutôt publics, Gabriel contracta bien sûr une maladie somme toute bénigne (d'autres affections sont bien pires), nommée en anglais *blennoraghia* ou *french disease*. Jusque-là, rien de répréhensible. Il suffisait à Gabriel de se rendre au service spécialisé et très justement réputé du Charing Cross Hospital, et d'interrompre, le temps des douloureuses injections de sel d'argent, ses promenades nocturnes. Hélas, sous le triple effet conjugué de cette râpeuse médication, de la cuisine indienne dont il devait chaque semaine augmenter les doses pour conserver son ardeur, et de l'imminence du débarquement (on ne parlait plus que de Lui, même dans le métro), la frénésie de Gabriel redoubla, et non content de la population vénale, il s'attaqua à la clientèle du très chic Petit Club français, tenu par la formidable vieille fille Alwin Vaughan, où l'on pou-vait rencontrer chaque soir Joseph Kessel, par exemple, Romain Gary et les deux parachutistes « héros », Bourgoin, le colonel manchot et Boissoudy, l'amputé d'une jambe... Par sa fièvre, Gabriel séduisit, un beau soir particulièrement arrosé, une Kathy, lointaine cousine galloise d'un faux flirt de Claude Dauphin. Et la Galloise, ayant au bout des trois jours usuels constaté le dommage, remercia publiquement et à haute voix Gabriel pour son *gift, so typical of those fil-thy French, sons of a bitch* et lui cassa sur la tête une pinte de bière.

Carlton Gardens hésitait encore à sévir.

Soyons franc, il n'était pas le premier Français libre à qui arrivait cette double et douloureuse aventure : la contamination et sa punition.

La deuxième et dernière borne fut celle de l'exhibition. Louis va se sentir responsable. Louis va se ronger les sangs. Mais il n'y est pour rien. A cette époque, une mer peu large mais souvent déchaînée, la Manche, séparait le père et le fils. Et est-ce la faute du père si le fils pousse cette forme paresseuse de l'amour qu'on appelle l'imitation jusqu'à la caricature ? Gabriel, depuis le début de sa mésaventure, regardait son sexe à tout moment. Durant le trajet le conduisant à son bureau, il entrait dans n'importe quel restaurant, demandait les toilettes, pénétrait même dans les immeubles administratifs de Fleet Street, prenait l'ascenseur, appuyait sur le bouton de l'étage le plus élevé, tournait le dos à la porte, et là, baissant son pantalon, fixait, attendri, ce petit doigt de chair d'où sourdait en permanence un liquide blanchâtre. Oubliant toute précaution, il ne refermait même plus sa braguette. Jusque-là un avocat peut toujours plaider non coupable. Mais un jour, au beau milieu de la salle des téléphones, tandis qu'une dizaine de sonneries retentissaient à demi recouvertes par les hurlements habituels, des noms de villes et des tonnages, Rio Branco 5 000, Letitia 10 000, Gabriel soudain parut s'illuminer. Un formidable sourire s'alluma sur son visage. D'un saut, il bondit sur la table, écrasant les bordereaux, renversa deux tasses de thé. A une stupéfiante vitesse se dévêtit et montrant son sexe cria :

– Je suis un hévéa, je suis un hévéa, je coule comme un hévéa !

Passé un instant de bien compréhensible stupeur, ses collègues s'approchèrent. Ils savaient que la chute des bombes, à la longue, use les nerfs. Ils voulurent calmer Gabriel, lui tapèrent sur l'épaule : tout va bien, mon vieux, la paix est pour bientôt. Mais Gabriel leur échappa. Et pendant plus d'une heure, paraît-il (je ne me souviens de rien), il sauta sur les tables, les fauteuils, répétant son refrain : je suis un hévéa, je suis un hévéa. Alors les collègues, à bout de force et de honte (les banquiers, de l'autre côté de Friday Street, s'étaient postés à leurs fenêtres et contemplaient le très regrettable *show*), alors se décidèrent à appeler les *policemen* qui montaient la garde en bas de l'immeuble. Lesquels, ayant constaté la situation, en référèrent à leur supérieur qui alerta Carlton Gardens.

Quelques minutes après, un peloton de fusiliers marins, des costauds de l'équipe Savary, doux mais déterminés, emportèrent discrètement le rebondi dans son imperméable, le déposèrent dans une Hotchkiss et le conduisirent dans un établissement du Lake District, spécialisé dans le traitement des coups de bambou et autres crises nerveuses. N'oublions pas que le Royaume-Uni était alors une vraie puissance impériale : il ne s'effrayait pas de ces brutales folies qui s'emparent tout à trac des coloniaux. Le remède est connu. Il faut du vert à ces malheureux, beaucoup de couleur verte, des prairies, des feuillages, des *greens* de golf, de la pluie tiède sur le visage, si possible sans discontinuer, et surtout aucun animal dont la forme ou les cris rappelleraient ceux de là-bas.

Après deux mois de cure verte, Gabriel fut déclaré guéri et reprit son travail, sans avoir à se plaindre d'aucune remarque ou ricanement de la part de ses collègues...

Vivent les Anglais qui savent que la folie nous visitera tous un jour ou l'autre !

Gabriel présente ses excuses aux habitants des Balkans. S'il avait récolté un peu plus de caoutchouc, peut-être que les armées alliées auraient avancé plus vite et arraché aux communistes l'Allemagne de l'Est, la Tchécoslovaquie... Peut-être même la Hongrie, la Yougoslavie... Mais il le jure, il a fait son possible. Il a récupéré toute la gomme disponible. Les manufacturiers de pneumatiques vous le confirmeront.

La victoire a surpris Gabriel endormi, à bout de fatigue, au milieu des téléphones. Avant de prendre son train à Victoria, il rendit une dernière visite à Carlton Gardens n° 4, à

Duke Street n° 10, siège des services secrets, au Petit Club d'Alwin Vaughan, là où une femme l'avait puni. De quoi? Il ne s'en souvenait même pas. Les hauts lieux étaient vides. Gabriel restait le dernier Français libre de Londres. A Dieppe, nul orphéon pour l'accueillir. Il hésita un long moment à descendre sur le quai. J'ai soixante-deux ans, se disait-il, est-ce encore un âge à rebondissements?

Et plus tard, en janvier 1946, quand on annonça que la liste des compagnons de la Libération était désormais close, il courut à l'hôtel Matignon, exigea le document officiel. Il lisait les noms, le cœur battant, comme un candidat au baccalauréat, un vieux candidat à un baccalauréat géant.

Il lut, relut, envisagea toutes les hypothèses : peut-être le Général a-t-il mis un *h*, ou cru qu'Orsenna était mon prénom… : Mais rien. 1 030 hommes. 18 unités combattantes, 6 femmes, 5 villes (île de Sein, Grenoble, Nantes, Paris, Vassieux-en-Vercors), mais pas d'Orsenna Gabriel.

Il était une fois Orsenna Gabriel, figé devant le 54 rue de Varenne, se répétant pourquoi, pourquoi cette exclusion?

— Circulez, dit un agent de la force publique.

Alors Gabriel sortit de sa poche sa vieille, très vieille et bien décatie balle de mousse rouge, et s'éloigna vers l'ouest, vers le boulevard des Invalides, doucement, tout doucement, en soignant bien ses rebondissements.

L'agent le suivit des yeux puis consulta un collègue qui secoua la tête. Aucun règlement n'interdisait les rebondissements, rue de Varenne.

Fin de la Seconde Guerre mondiale.

TROISIÈME PARTIE

Il était une fois la Libération, l'armistice, la maladie de l'espérance.

Il était une fois d'innombrables morts sans cadavres.

Il était une fois l'île de la Jatte et l'Amérique, l'hôtel Lutétia et la photographie, l'île Seguin et les quatre-chevaux Renault.

Il était une fois un concert la nuit gare de l'Est.

Il était une fois le caoutchouc.

Il était une fois les Terres Rouges.

Il était une fois les bicyclettes de Saigon, les hugoliens de Cao Daï, les tombeaux de Hué, l'aéroport de Hanoi.

Il était une fois Bao Dai.

Il était une fois le verrou du Mékong.

Il était une fois une exposition coloniale doublée d'un vélodrome d'été, à la frontière du Laos : Diên Biên Phu.

Il était une fois la réincarnation.

Il était une fois le festival de Cannes (chaque année, au printemps).

Il était une fois l'Amérique *(bis)*.

LA MALADIE
DE L'ESPÉRANCE

I

Vingt-cinq août 1944? Louis m'a raconté. Les Parisiens aiment l'histoire de France et les dîners au bord de l'eau. L'île de la Jatte refusait donc du monde. Des tables avaient surgi dans les jardins, vers la fin de l'après-midi, comme Leclerc et ses troupes traversaient Boulogne, là-bas, plus au sud. Suivirent les chaises, les nappes, du vichy rose et bleu, des verres dépareillés, des couverts en argent, sortis pour la première fois depuis les mariages d'avant guerre et de bonnes bouteilles gardées pour le jour où... Et le jour était là, encore clair malgré l'heure. A peine remontés de la cave, on glissait les grands crus dans des bourriches de pêcheurs, même les plus vieux bordeaux descendaient jusqu'au fleuve au bout d'une ficelle, on avait tant besoin de fraîcheur. Les rives de la Seine n'étaient plus qu'un restaurant, le plus long restaurant du monde, avec des rieurs à n'en plus finir, des chanteurs, des glousseurs, des fanfarons, des enfants effarés, tous réunis comme pour des noces multiples, indistinctes...

— Il vous reste une place? demandaient des retardataires.

— Il fallait venir plus tôt.

— Comme si nous n'avions pas d'autres choses à faire.

Ils montraient leurs brassards, FFI, FTP.

— Bon, nous allons nous serrer.

— Je préfère ça, disaient les héros.

Louis avait sorti le guéridon mexicain, non sans mal. Marguerite, robe vert clair à pois blancs, anneau de dentelle autour du cou, suivait, avec les assiettes.

Le couple gérant Les pieds dans l'eau, un rendez-vous

gastronomique, jusqu'à la veille très apprécié des fridolins, faisait du zèle. On les regardait en ricanant, M. Marcel si méprisant durant cinq années et sa femme dite Peau-de-chamois. Ils mettaient les bouchées doubles pour satisfaire la clientèle. Ils jouaient leur pardon.

– Madame Orsenna, vous permettez que j'installe quelques tables sur votre terrasse?

– Comment? criait Marguerite, qui jouait la sourde. Vous pourriez répéter? Parlez donc plus fort, les Allemands sont partis.

Une jeune fille très sérieuse, un peu laide, changeait les disques, tournait la manivelle du phono. Les chansons de la radio retrouvaient le plein air, Sablon, Trenet, Chevalier. « Miss Emily, cher ange. Ah! l'envie me démange. »

De temps en temps, au même moment, s'arrêtaient la musique et les conversations.

On n'entendait que la rumeur de l'eau : la libération de Paris ne faisait aucun bruit.

Vers minuit parurent les premiers Américains, avec d'autres disques, des cigarettes.

Marguerite les embrassa tous, sous les vivats, même les Noirs.

Depuis le débarquement, l'amour de l'Amérique l'avait reprise. Les Allemands l'avaient beaucoup déçue : ils perdaient trop de batailles. Et puis ils méprisaient les tropiques, ils ne s'intéressaient qu'à l'Europe. Comme si les vrais empires pouvaient se construire sans colonies!

La nuit n'était pas encore tout à fait tombée qu'elle était *schlass,* Marguerite. Dans le grand, grand âge, il ne reste plus beaucoup de chair, l'alcool impose vite sa fantaisie.

Elle répétait vive l'Amérique, vive l'Amérique.

Et plus tard, tandis que des éclats de rire, de joyeux soupirs descendaient du premier étage (je peux vous emprunter une chambre ou deux, rien que pour cette nuit? avait demandé le patron des Pieds dans l'eau), elle prit un air grave, un air inquiétant.

– Tais-toi, Louis, tu ne remarques rien, sous tes pas...

– Non. Tu ne crois pas que tu devrais aller te coucher?

– L'île de la Jatte... l'île de la Jatte a bougé... Nous descendons vers la mer, Louis, apporte-moi un chandail... on dit qu'il peut faire froid... au large.

Et elle s'endormit d'un coup, la tête dans son assiette, tu te rends compte Gabriel, au beau milieu des fraises au sucre.

Dès son retour, Gabriel dut faire jouer ses relations londoniennes. Il assiégeait les autorités américaines, au Ritz ou rue Saint-Florentin. Il prenait son air le plus clair, le plus chic type.

— Ma grand-mère aimerait tant mourir dans votre pays !

Chaque soir, elle demandait des nouvelles.

— Ils font leur possible, répondait Gabriel. Ils m'assurent que dans quelques semaines...

— Plus vite, plus vite, on voit que tu n'es pas vieux, toi.

Des journalistes de Washington s'emparèrent de l'affaire, vinrent dans l'île de la Jatte photographier Marguerite, la centenaire française, bientôt notre plus vieille immigrée, etc. Le couple des Pieds dans l'eau en profitait pour se refaire une vertu, multipliait les tournées gratuites, s'inquiétait avec tact de la santé de Roosevelt...

Marguerite partit par l'un des premiers paquebots. Elle ne nous embrassa qu'une fois, gare Saint-Lazare. Au revoir Louis, et cette fois tâche de bien te marier. Au revoir Gabriel, essaie d'avoir un enfant, avec l'une ou l'autre de tes sœurs, ça m'est égal. Et puis plus rien. Elle ne répondit à aucune de nos questions durant les trois heures de train. Elle souriait à quelque chose qui n'était plus nous. Un comité d'accueil l'attendait à la gare, avec des fleurs. Elle traversa la douane comme une star, sous les flashes, sans se retourner.

Nous la vîmes gravir la passerelle à bonne allure, puis disparaître dans le ventre du *Liberty Ship*. Ce fut notre dernière vision de Marguerite, une petite silhouette vert clair, encadrée par des costauds bleu marine.

Elle nous avait prévenus la veille :

— Dorénavant, je suis américaine.

II

Parurent deux livres, un peu plus tard, deux beaux livres
jumeaux. Un italien, un français ; un désert (des Tartares),
un rivage (des Syrtes). Dans les deux livres jumeaux (lequel
a précédé l'autre ? aucune importance), un homme jeune
attend l'ennemi. Et l'ennemi ne vient pas. La vie passe en
frémissements de pucelles, va-t-il venir, mon Dieu, l'horizon a frémi. Cette chaleur est annonciatrice à n'en pas
douter... Étrange, ce besoin, à la Libération, après tant de
drames, de se faire peur à nouveau, de se dire qu'il va venir
alors qu'il vient de partir, ce besoin de frissons, cette déception devant l'horreur interrompue...

III

Mesdames et messieurs les jurés, mon cher fils, vous avez devant vous un spécialiste du magasin Bon-Marché.

Il en a arpenté toutes les allées, il a longé tous les comptoirs, les maigres étals de l'année 45, la papeterie sans crayons de couleur, le stand de la photographie dépourvu de pellicules, le rayon des animaux riche en laisses mais privé d'aquariums, les parfums sentant l'ersatz, les chaussures à semelles de parquet, les soutiens-gorge dépareillés, les gaines sans latex, il a fureté à tous les étages, rendu folles toutes les vendeuses, s'il vous plaît, monsieur, arrêtez de jouer avec votre balle rouge, le bruit résonne sous la verrière et vous faites des traces sur le lino. Il a croisé d'innombrables religieux et religieuses (car le Bon-Marché est le fournisseur préféré des congrégations). A leur passage, il inclinait la tête respectueusement, on le bénissait. Il a suivi des sœurs à cornette qui paraissaient menues mais achetaient des dessous géants. Il a tenté de consoler (sans succès) une jeune fille aux yeux immenses qui revenait chaque jour demander de la gouache.

– Hélas, mademoiselle Catherine, lui répondait le vendeur, nous n'avons pas été livrés...

Gabriel comprenait son chagrin : avec de tels yeux, il faut peindre. Sinon, ils rétrécissent. Il s'est nourri de ces petits secrets, il s'est gorgé d'intimités. Deux fois il s'est réfugié, pour appeler Clara, dans un salon d'essayage, Clara, Clara, à voix basse, Clara ne répondait pas, il a repris sa ronde. L'avantage de ces endroits, par rapport aux cafés, c'est la tranquillité. On peut y séjourner des journées entières sans consommer.

Le soir, avant la fermeture, il montait au dernier étage et se penchait, le ventre contre la balustrade, à tomber la tête la première. Le souffle coupé, il regardait tous ces objets, tous ces tissus, tous ces vêtements, tout l'attirail des vies quotidiennes. Cette immense liste de mariage, liste de Retour. Il se disait que toutes ces choses indispensables étaient la preuve, la preuve sensible, la preuve incontestable et diverse, la preuve certaine qu'ils allaient revenir, Clara, Markus et Élisabeth. Une telle confiance l'aidait à passer la nuit.

Gabriel aujourd'hui voudrait remercier officiellement le Bon-Marché de l'avoir accueilli en ces moments difficiles.

Gabriel et Ann attendaient, attendaient depuis si longtemps, pour rien, devant l'hôtel Lutétia, attendaient et n'en pouvaient plus d'entendre la foule :

– Il devrait y avoir des listes affichées.

– Ce ne sont pas les résultats du bac.

– L'Administration devrait nous écrire.

– Comment aurait-elle nos adresses ?

– Pourquoi les volets de l'hôtel sont-ils fermés ?

– Peut-être qu'ils se reposent.

– C'est mauvais pour les déportés de fermer les yeux, il faut les tenir éveillés, vous m'entendez, et les nourrir doucement par petites bouchées.

– En les faisant boire.

– Très peu.

– Au contraire.

– Pardon, mais je suis médecin !

Voilà pourquoi, au lieu de se boucher les oreilles, Ann et Gabriel préféraient se réfugier au Bon-Marché tout proche. Ann avait séduit le chef du département Verreries, M. Michel, pour qu'il lui prête un téléphone. Le téléphone est l'oxygène des gens d'affaires. M. Michel avait emprunté un chronomètre au rayon Horlogerie et contrôlait, mine de rien et affolé, la durée, interminable, des communications.

IV

— Comment s'appelle un être humain sans corps?
— Une âme.
— Merci.

Gabriel avait devant lui l'âme de Clara, une âme avec des os saillants et des yeux sans paupières, une âme qui sursautait dès que l'on s'approchait ou amorçait le moindre geste un peu vif. Une âme fragile et brûlante qu'un courant d'air aurait éteinte, un être humain sans corps réduit à sa plus simple expression : la terreur. Le corps n'était pas là. Le corps de Clara refusait de revenir. Rien n'y faisait, ni les changements de docteur ni les changements de régime. Ni la musique de Bach. Ni des journées entières passées près d'elle à lui jurer que tout était fini, que le monde avait changé, que les chiens ne dévoraient presque plus personne, qu'elle pouvait rentrer à la maison, que les grincements, derrière la porte, n'étaient que ceux de l'ascenseur. Elle vous regardait très doucement, très terrifiée, très désolée de vous causer tant de peine, elle tournait la tête, à droite, à gauche, sans rien dire, un non très lent, elle préférait laisser son corps au loin...

C'est Ann, spécialiste incontestée des relations avec le Réel, qui eut l'idée d'aller chercher l'ancien Leica. Au début, il fallait aider Clara, lui tenir l'appareil, presser même sur son doigt, qui appuyait sans force sur le bouton, lui protéger les yeux quand la lumière était trop forte.

Et puis, Clara s'est débrouillée seule. Elle a tout photographié. Tout ce qu'elle voyait de son lit, le marronnier de la cour, les deux fauteuils, celui d'Ann et celui de Gabriel, les médicaments sur la commode, le petit tableau de Chagall, le poste de radio à œilleton vert, le lampadaire Empire, les embrasses des rideaux, la poignée de la fenêtre, les moindres détails.

Sitôt un rouleau fini, nous courions le faire développer rue de Villersexel.

– Pardonnez-moi d'être indiscret, finit par dire le photographe, mais c'est pour un inventaire?

Clara étalait sur son lit les clichés. Les prenait et reprenait, un à un, les scrutait, les alignait, cherchait des ressemblances, fabriquait des séries. Je crois qu'elle s'est rassurée, ainsi. En tout cas, son corps est revenu.

D'abord les mains, puis les joues, puis le reste. Elle a retrouvé sa couleur, elle n'a plus été grise. Le voyage de retour a duré deux années.

Deux longues années. Le temps qu'il nous a fallu pour admettre qu'Élisabeth et Markus n'existaient plus.

Il n'y eut pas de service religieux, puisque les croyances véritables de Markus n'étaient pas connues et que celle d'Élisabeth en un Dieu unique (Markus) ne faisait pas l'objet d'un culte officiel.

Il n'y eut qu'un concert, nuitamment.

Le piano arriva le premier, dans un grand camion jaune Calberson.

C'était un Steinway noir pleine queue, réplique exacte de celui qui, trente années plus tôt, en la cruelle ville de New York, avait émis les notes écrasées par Markus pour montrer son amour.

Le Steinway noir fut descendu sur le trottoir devant la gare de l'Est avec d'infinies précautions. Les déménageurs, trois costauds d'apparence sauvage, avaient des manières précises de nurses suisses.

Le Steinway noir suivit un itinéraire compliqué, car il fallait contourner les escaliers. On l'entendait sans le voir. Le crissement des roulettes résonnait dans les couloirs. Enfin il parut, énorme masse luisant comme une baleine. Nous attendions là, au pied du tableau des horaires, devant les voies désertes, une maigre famille : Clara, Ann et Gabriel.

– Laquelle? demanda le chef des costauds.

– La 3, répondit Ann.

C'était, section des arrivées, la voie du Varsovie-Berlin-Cologne.

Le convoi minuscule s'est ébranlé. D'abord le Steinway et son escorte Calberson. Puis la maigre famille.

Nous avons marché vers l'Est, le plus possible, au moins trois cents mètres, le long des kiosques à sandwiches fermés, jusqu'à l'endroit où le goudron se termine en pointe et laisse la place aux rails.

L'ancien jeune protégé de Markus désormais virtuose consacré Samson François ne nous a pas fait attendre plus d'une demi-heure. Il nous a rejoints en courant, longue forme sombre, licou blanc de l'écharpe.

D'ailleurs, il s'est excusé : pardonnez-moi, un bis à Gaveau.

Il semblait agité, secoué encore par les applaudissements. Mais en s'asseyant sur le tabouret, on aurait dit qu'il rompait d'un coup avec le monde. Il entrait dans le souvenir. Il s'est mis à pleurer.

Il a joué le *Carnaval* de Schumann, pas très bien, beaucoup trop fort. Il voulait que l'Est entende.

Il nous a dit au revoir tout de suite après.

– Je prends un avion pour Madrid aux aurores.

Le Steinway noir l'a suivi, emporté par les trois costauds Calberson.

Nous sommes restés seuls à regarder les rails qui brillaient, l'enchevêtrement des aiguillages.

Des lumières bougeaient au loin, des rouges, des blanches, qui donnaient l'impression que quelque chose s'approchait. Sans doute des voitures qui passaient sur le pont, rue La Fayette.

RÊVE

Ils reviennent, Élisabeth et Markus.

Gabriel est là pour les accueillir, seul dans la gare de l'Est, au milieu de la nuit, il est là debout avec des fleurs, sous le panneau des arrivées-départs qui ne fait mention que des trains du lendemain.

Ils reviennent, Élisabeth et Markus, suivis de tous les autres, les six millions.

– Allons dîner, dit Gabriel.

Et il fait ouvrir tous les restaurants de Paris, tous, les grands, les petits, La Tour d'argent, les Chez Georges, Chez Germaine, Au rendez-vous des pêcheurs, tous. Y a-t-il assez de places assises dans Paris, d'assiettes, de couverts et de corbeilles de pain pour six millions?

Gabriel circule de table en table, s'assure que rien ne manque, murmure c'est le plus beau, le plus grand repas du monde. Pour un peu il danserait. Il est fier de sa ville. Il a oublié le Vel'd'Hiv. Il est le seul à parler. Ce bruit, dans le silence des six millions, le réveille.

V

Louis avait attrapé la maladie de l'époque.

On pouvait changer la vie. Les malédictions humaines n'étaient pas éternelles. Un jour viendrait où la révolution changerait la vie. Et ce jour se tenait là, juste derrière l'horizon, prêt. Il suffisait d'abattre les derniers obstacles, de couper les amarres pour qu'il se lève, ce jour, comme une montgolfière lumineuse, un grand soleil construit par les hommes et qui aurait le pouvoir, arrête tes ricanements, Gabriel, de changer la vie. Ainsi parlait Louis, et beaucoup d'autres à l'époque.

C'était une maladie pernicieuse avec de soudaines chaleurs, l'envie d'embrasser le passant, avec de brutales tendresses envers le ciel gris, la brume du matin (s'ils savaient qu'ils vont bientôt à jamais disparaître, laisser la place au beau temps...), avec des haines terribles contre les amoureux du passé, contre ceux qui n'osaient pas faire leurs bagages alors que la vie changée était là, toute proche. On entendait le bruit du fleuve, décidément tu es sourd Gabriel, tu ne sens rien Gabriel, tu ne sens pas que nous avançons? Viens donc me rejoindre dans le train de l'Histoire.

Telle était la maladie de ce temps-là, la maladie de l'espérance. Une maladie qui touchait tout le monde : les jeunes, car il faut bien nourrir la meute des jours à vivre devant soi, les vieux parce qu'il faut bien combler le trou, devant. Jamais, depuis 1789, cette maladie n'avait frappé si fort. Jamais épidémie si générale !

Au début, Gabriel avait tenté d'apporter à Louis quelques soins, des calmants, des bémols. Mais rien de ce qu'il pouvait dire n'était entendu. Tous les arguments de raison (la vie ne change pas comme ça, Louis, la vie est lourde, Louis), tous ces discours n'étaient que bois propre à nourrir le feu de l'espérance. Alors Gabriel ne disait plus rien, se tenait sur le bord. Et regardait. Se développer la maladie. Empirer cette maladie sans microbe, cette maladie entre humains, surgie, entretenue, exacerbée, poussée à bout (jusqu'à la mort) par des humains et puis soudain arrêtée par eux. Les humains présentaient cet avantage sur les bacilles qu'ils sont visibles à l'œil nu et bavards : pour savoir leurs intentions, il suffit de tendre l'oreille.

C'était une maladie qui créait des emplois :

– les *orpailleurs*, qui filtraient le temps, qui ne retenaient de l'écoulement des jours que les paillettes, celles qui ne désespéraient pas Billancourt ;

– les *plaqueurs* : sur le banal, ils étalaient du doré. C'étaient des sortes de peintres en bâtiment. Tels Eluard et Aragon, plaqueurs en chef. Eluard qui chantait la liberté, la transparence de l'air, Aragon qui eût volontiers fait signer à tous les humains un contrat d'amour. D'amour sinon fou, du moins fidèle. Ou fou à force de fidélité ;

– et puis les *souffleurs* de braise qui se promenaient de par la ville, les joues distendues à force de souffler sur les hommes, pour les réchauffer, une terrible musique sans instrument ;

– et les *excommunieurs*, qui rejetaient à l'extérieur de l'espérance les êtres à doute, à question...

Et Louis demandait à son fils :

– Alors, Gabriel ?

Et Gabriel avait la tentation de se laisser aller, de suivre le courant, de glisser à son tour dans l'espérance. Ce qui le retenait, c'était peut-être ce côté tressauteur des défilés, cette allure de minerai sur tapis roulant.

D'ailleurs Louis ne l'accablait pas. Il lui voyait toutes les excuses.

– Je comprends, Gabriel, avec ta tristesse. Je comprends, Gabriel, avec ta maladie du caoutchouc. Mais tu verras, un jour tu sentiras le mouvement.

Et Gabriel se rendait compte que la *maladie de l'espérance* était l'inverse de la *maladie du caoutchouc*. Il n'y a pas d'espoir dans le caoutchouc, seulement la peur de rompre, une douce et implacable préférence pour les formes premières, de même qu'il n'y a pas d'espoir dans la démocratie. Au mieux, un homme reste un homme. Pareil pour les pays. On pouvait bien la tirer, l'étirer, l'agrandir, la France reviendrait toujours à sa taille originelle : non pas un Empire, mais un simple hexagone, une puissance moyenne...

L'espérance était une *maladie tropicale*, le caoutchouc une *maladie tempérée*.

C'était une espérance très dure, à la limite de la certitude. L'air avait changé de nature, non plus léger, non plus libre, mais zébré de rails, d'armatures. Interdites les flâneries, les digressions. L'air vous prenait par la main, au bout du chemin était l'avenir...

Louis n'avait pas emménagé dans le communisme même, mais en *banlieue*, dans sa proche banlieue. Le Parti se méfiait de ses enthousiasmes et d'abord de ses tendances exhibitionnistes. Car Louis n'avait pas changé. A tout bout de champ, il voulait organiser des expositions : le communisme universel (tous les pays gagnés un à un par la vérité et les lendemains radieux qui s'ensuivent), la biographie exemplaire de Staline (étape par étape, la construction d'un éclatant destin).

— Vous verrez, camarades, la leçon d'une exposition bien conçue entre dans le sang, entraîne l'adhésion des familles.

Mais le Parti préférait que l'espérance avance un peu masquée. Et puis il se méfiait des références comtiennes dont Louis ne pouvait s'empêcher de truffer ses discours.

— Les positivistes n'ont qu'à marcher à nos côtés. Nous avons aussi besoin d'amis de l'extérieur.

Louis appartenait donc à la catégorie hétéroclite : les *compagnons de route*.

Quant à Gabriel, il était classé dans un autre monde, celui des « alliés objectifs ». A cause du caoutchouc.

La voiture populaire en préparation avait besoin de petites roues, lesquelles réclamaient des pneumatiques idoines.

– Gabriel Orsenna, qui participe à l'aventure de la 4 CV, ne peut pas être tenu pour totalement ennemi du monde ouvrier.

On le considérait comme une sorte de Léon Blum, ce grand bourgeois socialiste qui, en dépit de ses innombrables turpitudes, avait tout de même inventé les vacances. Gabriel Orsenna autorisait les déplacements. Et on le tolérait donc, bien qu'avec dégoût : le haut-le-cœur qu'engendre tout démocrate, peine-à-jouir, peine-à-espérer.

Le samedi soir, Louis prenait des vacances. Il allait retrouver mon rival Dekaerkove, le traceur du Tour de France, qui l'attendait à la terrasse du Grand Zinc, boulevard Poissonnière.

Ils commandaient deux bières et regardaient l'après-guerre.

La même foule qu'avant 40 déambulait sans but, comme le long d'un océan, les mêmes couples graves, les mêmes groupes rigolards, les mêmes blondes à l'air brun, les mêmes vendeurs à la sauvette, les mêmes cravates à femmes nues dans les mêmes parapluies ouverts, les mêmes montres à rubis sur les mêmes bras tatoués. Les magasins rouvraient. Un à un, anciens ou nouveaux propriétaires tout sourires sur le pas des portes, un grand flux régnait, d'amabilité commerçante. Il s'agissait de retrouver des places. Et puis des gens reparaissaient, qu'on croyait perdus.

– Tiens, Edmond, criait Dekaerkove, viens donc fêter ça !

Et tandis qu'Edmond approchait, le traceur du Tour de France fournissait à Louis les indications nécessaires sur cet Edmond naguère claviste au journal, célibataire, résistant.

– Alors, où étais-tu ?

– Les FTP, mon vieux. Je viens d'être désarmé. Ça fait tout drôle, la vie sans fusil, tu peux me croire.

Et ils passaient ainsi leurs soirées avec des Edmond, des Marcel, des René, surgis de la Résistance ou des faux plafonds du passage des Panoramas où certains de ces revenants étaient restés tapis. Élie, par exemple, un fourreur en imitations de la rue Bergère. Il souffrait constamment de l'oreille, à force d'avoir guetté les bruits.

Il y avait aussi les autres, tous les autres, des relations de bistrot ou des Six Jours et qui avaient disparu pour de bon. Louis et le rival de Gabriel essayaient de se rappeler leurs noms. Mais c'est dur de tenir un compte exact des absents.

Ils parlaient de sport. Ils parlaient de journalisme.

La thèse de Dekaerkove était simple : les après-guerre sont l'âge d'or du journalisme sportif.

— Après les armistices, les gens s'ennuient. Mais attention, Louis, la clientèle est devenue exigeante. On lui a donné l'habitude de compétitions palpitantes, d'incroyables retournements de situation : Stalingrad, Monte Cassino, El Alamein. Aujourd'hui, elle ne se contentera plus d'un petit sprint à l'arrivée de Paris-Vimoutiers.

Louis hocha la tête.

— Tu as raison. Nous allons inventer. Le journalisme sportif est le complément indispensable du communisme. En attendant le grand soir, les hommes ont besoin chaque matin d'une multitude d'événements...

Et les deux amis réclamaient des nappes en papier.

— Messieurs, si vous voulez dîner, il faut passer en brasserie.

— Ce soir, monsieur et moi ne dînons que de nappes, n'est-ce pas Louis?

Et ils dessinaient leurs projets entre les verres, leurs projets de toujours, seuls les noms avaient changé, *le Tour de la libération des peuples* (ex-Tour d'Empire), *le Trophée de l'émancipation* (une course automobile Paris-Tamanrasset-Tombouctou-Dakar, ex-coupe René Caillé).

— Messieurs, on ferme.

Ils s'embrassaient dans le métro, juste après le poinçonneur. A demain, Longchamp, neuf heures, comme d'habitude? A demain. Dekaerkove s'en allait vers la porte d'Italie, changement à République, mon père regagnait Levallois, *via* Havre-Caumartin. Comme tous les vrais jaloux, Gabriel consultait les plans, reconstituait les itinéraires.

Lequel des deux eut le premier l'idée de l'Asie, la très mauvaise idée?

VI

– Bon. Un jour ou l'autre, il va falloir songer à mourir. Qu'est-ce que tu en penses, Gabriel?

– Tu as peur?

– Oui.

Depuis la fin de la guerre, les habitudes Orsenna avaient changé. Par exemple, les *déjeuners de réalité* n'étaient plus nomades. La Coupole avait été choisie une fois pour toutes, à cause du grand Noir à chéchia rouge qui préparait le café dans une boule transparente dont Louis assurait qu'elle était de cristal : «Quand je le regarde j'ai toujours une sensation étrange, Gabriel. Je suis sûr qu'un beau jour il va nous dire l'avenir et en même temps il me rappelle notre époque impériale, tu te souviens?»

Autre innovation, le père et le fils ne parlaient plus exclusivement de femmes. Elles gardaient leur place, bien sûr, et l'une après l'autre, brunes ou blondes, revenaient s'asseoir à notre table, fantômes de notre ancien temps, les fiancées de Levallois, la mariée d'Alésia, et cette brune Nathalie, pendant la guerre, qui essayait d'élever des truites... Elles étaient là, un peu intimidées, chacune avec son parfum, son geste de la main pour s'écarter les cheveux, son style de vêtements, celles qui se voulaient toujours gaies, celles au contraire qui s'habillaient toujours en automnal. Frôlés par ces souvenirs comme par des ailes et des couleurs de papillons, père et fils souriaient aux anges. Mais le monopole des femmes s'effritait. Un personnage, également féminin, était parvenu à s'installer et de semaine en semaine conquérait du terrain.

– Qu'est-ce que tu penses de la mort, Gabriel?

– C'est bien beau de vivre, Gabriel, mais jusqu'ici nous avons oublié la mort!

– Dis-moi, Gabriel, qu'allons-nous faire pour régler ce dernier problème?

– Et cesse de prendre cet air dégagé, Gabriel. A ton âge, elle te concerne autant que moi. Peut-être plus. Moi j'ai Longchamp pour me tenir en forme.

Alors les Orsenna, systématiquement (on l'aura remarqué, ce sont des natures qui aiment les systèmes), passaient en revue les manières de mourir en douceur, le secours offert par chaque religion, sans oublier le courage laïque, l'exemple de Jean Moulin, de Pierre Brossolette, ni le haut-brion 29, ni les Passions de Bach..., et ne trouvaient rien, on s'en doute, de tellement efficace. Bien. Bilan des *déjeuners de réalité* : tu as toujours peur? Oui. Moi aussi.

Ces soirs-là, après avoir quitté Louis (ça ira? ça ira), Gabriel ne parvenait jamais à s'endormir.

Il lui fallait d'abord reconstituer ses forces, car tout sommeil, pour lui, était un voyage.

Il sortait la balle rouge de sa poche et grâce à elle, peu à peu, retrouvait ses ressorts.

Tous ces rebondissements faisaient du bruit.

Le voisin du dessous aurait pu s'en irriter. D'autant plus que ce voisin, s'il exerçait un métier normal, même honorable (éditeur), s'était lancé dans un projet esthétique bizarre : ne publier que des romans sans histoire, sans personnages. Bref, *sans rebondissements*.

Eh bien, non. L'éditeur bizarre se contentait de tapoter contre son plafond (mon plancher) avec une tête-de-loup, côté perruque (et non côté manche, selon la méthode violente utilisée par la plupart des humains). Et le matin, me rencontrant dans l'escalier, pas une remarque acide, il marmonnait bonjour, puis s'en allait vers son projet singulier, des romans sans romanesque.

Gabriel aurait dû s'en douter : Louis parlait de plus en plus d'Extrême-Orient, de réincarnations, de métempsycose, et s'était pris de passion pour les champignons qui, expliquait-il, n'ont besoin que de la pluie pour naître, qui renaissent chaque automne, qui nous montrent l'exemple, qui prouvent que le bouddhisme est inscrit dans la nature (etc.)...

Gabriel accueillait ces théories avec tristesse (mon père serait-il en train de devenir gâteux?) et n'accompagnait Louis dans ses marches en forêt de Rambouillet que par devoir, sans plaisir, l'œil sur sa montre et la moue condescendante (quand on a connu l'Amazone, Belem, Manaus, qu'est-ce que Saint-Arnoult, Rochefort-en-Yvelines?).

A peine descendu de voiture, sitôt gagnés les premiers sous-bois, Louis se cassait en deux et plus rien n'existait que le bolet, la girolle, le lactaire délicieux...

Il s'était composé la tenue *ad hoc*. De haut en bas: chapeau cloche tweed ocre, genre pêcheur à la mouche, gilet sépia sans manches mais boursouflé d'innombrables poches, pantalon de gros velours fauve protégé de cuir aux genoux, godillots montants, panier d'osier à fond plat, loupe, couteaux Opinel de trois tailles différentes et guide Hachette illustré des champignons d'Europe...

Un Gabriel intelligent eût deviné que la fin approchait, se serait embarqué avec son père dans cette dernière chimère, le bouddhisme végétal. Après tout, le caoutchouc n'est-il pas, lui aussi, une matière qui change de forme sans mourir?

Mais en dépit des efforts de sa balle rouge, notre Gabriel se sentait las, s'éprouvait vieux, incapable de faire ses valises pour encore une aventure paternelle. Pour une fois, il ressembla à tous les fils du monde, les mauvais fils. Il choisit la paresse, crut ou fit semblant de croire que Louis retombait en enfance. Il le laissait donc faire joujou, et s'installait sur un banc, à un endroit central de la forêt:

— Tu sauras me retrouver?

— Bien sûr, Gabriel.

— Alors, amuse-toi bien.

Et tandis que Louis se consacrait à ses nouveaux amis multicolores (ajoutons l'armillaire couleur de miel, l'amanite vaginée, dite coucoumelle grise), le fils se plongeait dans un livre britannique, d'Elizabeth Goudge, Daphné du Maurier ou Aldous Huxley. Telle une mère de famille surmenée qui ne peut plus supporter les bébés.

Et c'est alors qu'a surgi la dernière, dernière joie de Louis. Comme un bateau blanc Orsenna longeant lentement le quai.

Et Gabriel l'a laissé passer, ce bateau blanc, sans faire un mouvement pour y sauter, sans rien esquisser, pas un sourire, sans même agiter un mouchoir. Ou après, bien après, quand il fut trop tard.

– Viens voir, Gabriel, viens vite voir.

Louis criait, Louis roucoulait.

Le fils n'a lâché qu'à regret son roman britannique.

Il s'agissait, surgissant de la mousse, d'un cortinaire géant, pointé vers le ciel, roide et violet, légèrement vrillé sur lui-même, chapeauté par un gland plus pâle, lilas, plus phalloïde que nature, plus turgescent.

Louis n'en pouvait plus de rire.

– Regarde, regarde (il hoquetait) notre jeunesse...

Gabriel a haussé les épaules. Pauvre Louis, pauvre vieux Louis qui perd la tête, quelle charge que la vieillesse de ses parents : voilà ce qui bruissait à ce moment-là dans la tête de Gabriel, un essaim d'ignobles pensées banales de mauvais fils banal, puis Gabriel est revenu vers son banc, où l'attendait Daphné du Maurier *(Rebecca),* romancière assez efficace pour chasser les essaims.

Plus tard, Louis s'est approché.

– S'il te plaît, Gabriel, ferme les yeux et compte jusqu'à cent.

– D'accord. Mais ne t'éloigne pas trop. Nous devrons bientôt rentrer.

Sans même lever les yeux vers son père, Gabriel a obtempéré. Il a commencé tout haut. 1, 2, 3, ça lui fera plaisir de m'entendre, 18, 19, 20. Les vieux n'ont pas seulement des obsessions sexuelles, ils ont aussi des lubies... 99, 100.

Quand il écarta la main, quand il rouvrit les paupières,

quand s'éteignirent les petites étoiles qui brouillent la vue après de telles compressions, Gabriel était seul.

Le nouvel orphelin cria, chercha, arpenta les chemins, battit les taillis, ameuta promeneurs innocents et garde-chasse. Sans résultat.

Rien non plus le lendemain.

Police narquoise le surlendemain, au «Service des recherches dans l'intérêt des familles».

– On n'a déjà pas les moyens de retrouver les jeunes, alors les autres...

– Traite des blanches, d'accord, mon petit monsieur, mais vous croyez à la traite des vieux?

Seulement une lettre, deux jours plus tard, cachet de la rue du Louvre.

> Merci d'avoir compté VRAIMENT jusqu'à cent
> Je n'aime pas les adieux
> C'est mieux ainsi
> Vive le *cortinarius violaceus*!

Ainsi s'évanouit mon père, Louis.

Ainsi fut dissous notre couple, soixante-dix années de vie commune.

– Calme-toi, répétait Ann. Calme-toi, je sais où est Louis : parti en Indochine ouvrir un commerce de bicyclettes, avec son ami Dekaerkove. Tu les aurais vus, tous les deux, dans mon bureau, timides, tremblants, se tenant presque par la main, habillés en cyclistes, tu imagines. Knickers marron et bas rouges, tous les deux, des jumeaux, de vieux jumeaux, ils devaient revenir de Longchamp, tu vois la tête de mes collaborateurs? Allez, Gabriel, ne sois pas triste. Il n'y a pas que Louis dans la vie. Ta tristesse n'est pas gentille pour nous. Et laisse Louis tranquille. Il a voulu disparaître avant le naufrage, comme Élisabeth. Il faut respecter ces choses-là. Embrasse-moi, Gabriel.

M. Orsenna Gabriel
Pneumatologue
~~Clermont~~
~~Auvergne~~
~~Levallois~~
~~Ile-de-la-Jatte~~
~~Seine~~
13 avenue Wester Wemys
Cannes-la-Bocca

Timbre français, cachet du XIIe arrondissement. Trois adresses, dont deux barrées. L'obstiné rectangle de papier blanc arriva en même temps que repartait le camion des déménageurs le 30 mars 1954. Gabriel l'arracha des mains du facteur : (« putaingcon, monsieur le Parisien, encore amoureux à votre âge ? ») et courut le dévorer dans un coin du jardin, derrière les vasques à géraniums, tandis que toute la maison résonnait des ordres d'Ann, des grognements des meubles tirés sur les tommettes, des soupirs de Clara, des trottinements de Mme L., la formidable intendante : le trottinement est sa manière de protester contre l'inefficacité des êtres humains.

1er novembre 1953
Les banquiers d'affaires sont des reines Victoria. Plus puissants même, Gabriel.
Et leurs maisons aussi discrètes qu'un bordel.
Ressemblance bien normale : dans les deux endroits on vient tenter de réaliser ses rêves.
Donc je me suis rendu avec l'ami Dekaerkove à l'adresse indiquée, non loin du marché Saint-Honoré (spécialités italiennes, haricots verts en toute saison, mangues aux joues rouges...).
Manifestement, j'étais attendu. A peine avions-nous passé la porte qu'un huissier s'est approché, incliné, bonjour monsieur Orsenna, d'une voix de banque, très douce, murmurée, mais pas obséquieuse, Gabriel, une voix dont on comprend tout de suite qu'elle pourrait écraser l'importun fourvoyé par mégarde dans le club : voulez-vous me

suivre. Il marchait en gardant la main tendue et nous avons croisé des jeunes gens très grands, très émaciés, comme tu seras dans ta prochaine vie, Gabriel. A l'évidence des espoirs de la finance qui, bien que pressés, m'ont salué, avec déférence. Enfin nous avons pénétré sous une verrière, grande comme une gare mais sans aucun train, ni cheminot, tu penses bien, jaune et calme et propre comme la ville de Florence, un jardin d'hiver, immense, recouvert de moquette grise et planté aux quatre coins d'orangers.

C'est là, Gabriel, que j'ai attendu, sous l'un des petits arbres, songeant à nos existences futures, la tienne et la mienne.

Peu de minutes.

Car une porte s'est bientôt ouverte et une dame s'est avancée. Tandis qu'elle cheminait, cheminait, tant est vaste, Gabriel, la salle d'attente jaune, je ne voulais pas y croire, mais je savais que cette dame venait pour moi. J'avais deviné juste. Preuve que, sans aucune connaissance, j'ai l'instinct bancaire. Arrivée à portée de relations humaines, elle m'a souri. Cinquantaine, soie pour le corsage, tweed pour la jupe, dévouement du haut en bas, et maîtrise de ses nerfs absolue, même pendant ses règles, j'en mettrais ma main au feu. Ainsi sont les secrétaires de la Haute Banque.

Après une nouvelle promenade, en devisant, car les secrétaires de ce niveau-là conversent, s'intéressent à toi, en un mot t'accueillent, le temps de remarquer qu'aux murs les gravures n'étaient qu'anglaises, chasse, navigation, jumping, des doubles portes se sont entrebâillées. Et dans un bruit de vieux parquet qui grince (musique aussi agréable à l'âme qu'un feu de cheminée), Ann s'est levée, a contourné son bureau et s'est assise dans un fauteuil retour d'Égypte (têtes de sphinx au bout des bras, ignorant Gabriel!) en me montrant le siège jumeau.

– Comme je suis heureuse de vous voir, monsieur Orsenna. Et bienvenue à votre ami, monsieur? Dekaerkove? Joli nom belge. Nous avons d'excellentes relations avec la Belgique.

– *Ainsi c'est donc vous, Louis Orsenna. Enfin ! Pourquoi votre fils vous cache-t-il ?*

Nous avons beaucoup parlé de toi, Gabriel. Elle est comme moi. Elle ne comprend pas que tu aies choisi le caoutchouc. L'argent est tellement plus souple, tellement plus fort, permet tellement plus de rebondissements.

Je n'invente rien, ce sont les termes mêmes qu'elle employa : « *l'argent, il ne faut jamais l'oublier, l'argent est la première des matières premières. Sur l'arche, Noé n'avait pas besoin d'emporter tous ces pesants animaux, une lettre de créance aurait suffi...* ».

Sur ce dernier point, peut-être allait-elle trop loin. Mais c'est la rançon de l'enthousiasme. Quelle belle-sœur tu as, Gabriel, et comme elle a raison ! Pourquoi avoir choisi le caoutchouc ?

Nous serions sûrement restés jusqu'au soir à deviser de mon fils en cet endroit délicieux si, d'une invraisemblable sculpture mythologique rassemblant des dianes dorées, des hermès aux pieds légers et des angelots archers[1] n'avaient jailli de multiples tintements.

– *Mon Dieu, déjà quatre heures, dit ton amie.*

Et pour ne pas lui faire perdre son temps de reine Victoria, ton père a abordé la raison de sa venue, les affaires. Il s'est mis à parler vite. C'est le rythme que préfèrent les gens importants, n'est-ce pas ?

Le projet l'a passionnée. Mais elle m'a gentiment expliqué que la mort n'était pas encore un marché. Non qu'elle méprisât l'idée, bien au contraire.

– *J'en parlerai à l'un de nos clients, un fabricant de tentes qui essaie de lancer des villages de toile autour de la Méditerranée. Peut-être qu'après les vacances, il s'intéressera à la mort. C'est une perspective révolutionnaire. Mais si ! vraiment : offrir aux gens de mourir en Asie, à l'endroit des réincarnations... Dans quelques années, je suis sûre que ce produit trouvera son public. Mais pas maintenant, monsieur Orsenna, et n'oubliez pas que les pires faillites viennent de bonnes idées trop tôt lancées. Non, vraiment, je*

1. Tout simplement une horloge de banquier. *(Note d'Ann.)*

ne peux engager mon établissement dans ce projet de séjour funéraire.

Elle était plus triste que moi de son refus, je te prie de le croire. Elle cherchait une consolation à m'offrir. Je voyais ses yeux courir du plafond à son poignet nu, sans montre ni bijou. Et c'est Dekaerkove, encore plus intimidé que moi, qui a lancé la bonne idée, les bicyclettes, investir dans la bicyclette.

— Excellent! Les Vietnamiens, m'a-t-on dit, raffolent ces temps-ci de bicyclettes. Allez vérifier si cette vogue est sérieuse. Si oui, je prends une participation majoritaire dans Manufrance. Avec des vues sur la Chine, bien sûr.

Elle a appuyé sur un bouton.

La raffinée secrétaire est revenue.

— Geneviève, vous organisez pour messieurs Orsenna et Dekaerkove une mission de prospection en Indochine.

— Bien, madame.

Elle s'est retournée vers moi.

— Voilà mon métier de banquier. Saisir les opportunités, planter les pilotis sur lesquels l'avenir...

A cet instant, elle avait vraiment le regard de la reine Victoria. Rien que le regard. Le reste est si blond, si élancé... Quel âge a-t-elle, Gabriel? Cinquante? Plus? Quel pacte ont signé les blondes avec le temps, pour qu'il les épargne? Je voudrais bien savoir. J'en frissonne d'avance.

Et nous nous sommes embrassés, très simplement, dans ce grand salon solennel où fut négocié le contrat de mariage de Bonaparte et de Joséphine. Brusquement, elle avait oublié ses affaires et me fixait tristement: voyons, monsieur Orsenna, qu'avez-vous en tête? Chassez-moi vite ces histoires de mort! Essayez donc les bicyclettes. Il n'y a rien de tel pour la santé.

Je lui ai souri. Je l'ai remerciée pour cette mission. Je lui ai baisé la main. Comme on doit faire Gabriel quand on est bien élevé, ce qui n'est pas toujours ton cas, hélas. Dans ma prochaine existence, je serai plus rigoureux sur le savoir-vivre. Et j'ai deviné à certains signes (car tu me reconnais ce savoir-là, Gabriel, n'est-ce pas? cet inutile *savoir à mon âge!), j'ai reconnu en elle une femme qui aime debout. Je me trompe ?*

Mais l'impression la plus typiquement bancaire que j'ai éprouvée, c'est après, juste après, quand se sont refermées derrière moi les doubles portes de cuir rouge.

L'huissier se dresse. Le jeune espoir gominé de la finance qui passe à ce moment-là, me voyant sortir du saint des saints, s'arrête presque et tente de mettre toute son âme dans le regard qu'il me lance (je-suis-gai-mais-implacable-quand-il-faut-et-de-santé-excellente-et-fidèle-et-je-n'ai-pas-eu-tout-à-fait-le-père-que-je-méritais-et-j'ai-fait-HEC-et-comment-se-fait-il-que-je-ne-vous-connaisse-pas-moi-qui-fréquente-les-cocktails-l'Opéra-le-Racing-et-apprends-par-cœur-les-trombinoscopes-pour-n'être-pas-surpris-par-quelqu'un-de-puissant-incognito). Alors, d'autres espoirs de la finance, alertés par leur sixième sens (un de leur cher ami collègue ennemi juré est en train de faire une rencontre qui, à terme, pourrait être intéressante) surgissent de leurs bureaux à simple porte et, dossiers sous le bras, s'arrangent pour me croiser dans le couloir, je comprends leurs messages : nous aussi nous sommes capables, souvenez-vous-en, de rendre des services discrets et efficaces.

C'est ainsi que ton père a quitté l'établissement tout-puissant, dans un certain remue-ménage, à l'évidence peu habituel en ces lieux. Avouera-t-il qu'il a recommencé trois fois sa sortie, faisant mine d'avoir un renseignement à demander à l'huissier, puis de l'avoir oublié, ah ! mais voilà que ça me revient, au risque de baisser un peu dans l'estime dudit huissier, mais oh ! le délicieux regard envieux, baba, que me jetèrent à chaque fois les passants, me voyant sortir d'un établissement si puissant !

Vive la banque !

Cette fois-ci, c'est bien le départ. Au revoir, Gabriel.

Les pères sans fils sont des écrivains, Gabriel : à peine sommes-nous séparés que me voilà la plume à la main. A propos, un point de vocabulaire. Les fils sans pères sont orphelins. Mais les pères sans fils, comment les appelle-t-on ? Seulement « écrivains », ou y a-t-il un autre mot ?

Gabriel replia la lettre, revint lentement vers sa chambre.

On entendait, dans l'autre aile de la maison, la voix du propriétaire. Une discussion d'affaires au téléphone, le papier, toujours le papier...

– ... Avouez quand même que les Suédois pourraient faire un effort pour les délais de paiement. 20 000 tonnes de kraft duplex écru, ce n'est pas rien !

– ...

– Attention, attention... Korsnas-Marma tire un peu trop sur la ficelle !

Le propriétaire ne parlait qu'entre de longs silences (sans doute les arguments de Korsnas-Marma).

– ... Et votre crêpé, il arrive quand ? C'est vrai ce qu'on dit, grande résistance, faible imperméabilité à l'air, excellent glaçage à la calandre à friction ?

La voix du propriétaire se faisait de plus en plus lasse, les mots de plus en plus techniques. Gabriel aurait voulu l'aider dans ses joutes papetières, mais quel secours lui aurait-il apporté ? Le caoutchouc et le papier sont deux compétences si différentes !

FESTIVAL
DE CANNES

Lancement du Pool européen charbon-acier, création du Théâtre national populaire, guerre de Corée, succès de *Casque d'or* (Jacques Becker)... Quant à Gabriel, il vivait entre deux sœurs. Comme Freud. D'ailleurs il aurait bien aimé discuter avec le grand savant viennois de cette aventure-là. Dans ce domaine aussi, Freud était un maître : quarante-trois années de vie commune avec les deux demoiselles Bernays, Martha (épousée) et Minna sa sœur, qu'il emmenait parfois visiter Rome ou prendre les eaux à Bad Gastein et qui devait, pour gagner sa chambre, traverser celle des Freud. Oui, cet homme-là devait avoir des choses à dire sur les ressemblances, sur les échos que l'on traque, sur cette famille adoptive qui vous enserre, sur ce sentiment si aigu, si coupant, que rien jamais ne sera plus profond que l'inceste. Hélas, Freud était mort. Dommage, bien dommage, d'autant que le Viennois n'aimait pas seulement les sœurs, mais aussi les champignons. La preuve ? Cette lettre de 1899, découverte par Gabriel lors de ses infinies lectures d'insomniaque :

« Nous cueillons tous les jours des champignons. A la première journée de pluie, j'irai à pied jusqu'à mon cher Salzbourg où j'ai, la dernière fois, déniché de vieux objets égyptiens. Ils me mettent de bonne humeur et me parlent du temps et de pays lointains. »

Décidément, Égypte exceptée, ce Freud avait bien des côtés Orsenna.

Elles étaient là.

Durant la journée, disparaissaient, avalées par leur métier, l'argent chez l'une (Monaco, Genève, paradis fiscaux, programmes immobiliers), la photographie chez l'autre (Saint-Paul-de-Vence sous toutes les coutures, ou le peintre Nicolas de Staël sur sa terrasse d'Antibes, à contre-jour), mais elles étaient là pour dîner, puis la nuit, puis le matin, Ann et Clara, offrant à Gabriel ce qu'il avait attendu depuis toujours : une vie quotidienne. C'est-à-dire quelque chose de naturel, de paresseux, de fil de l'eau et non ce tableau de chasse, cet amas d'heures, tuées une à une, ce goût de poudre, qui envahit le solitaire, le soir, quand il éteint la lumière, et l'accompagne longtemps dans le noir.

J'ai gagné, se répétait le naïf Gabriel, j'ai gagné et il se forçait à entrecouper d'airs graves son sourire perpétuel (attention, attention, les béats font fuir les femmes) et il se retenait de ne pas applaudir chaque minute écoulée (à ce qu'on dit, des applaudissements trop répétés multiplient les tavelures des mains : voir les mélomanes).

Ces ruses ne trompaient personne, agaçaient un peu Clara (laisse-toi aller, Gabriel), émouvaient plutôt Ann (tais-toi, Clara, moi je le trouve au mieux, après ce que nous lui avons fait...).

Mais la plus attentive était l'« intendante ». L'après-midi, quand il se retrouvait seul, dans le jardin l'été, dans la bibliothèque l'hiver, Gabriel s'endormait. Et, au moment même où il embarquait pour son rêve, il lui semblait qu'un grand silence se faisait dans la maison Wester Wemys. En effet. Les trottinements de Mme L. avaient cessé : protégée par un volet ou par un abat-jour, elle n'aurait pour rien au monde, même pour la plus pressante des occupations ménagères, manqué ce spectacle : un petit homme, âgé, heureux.

— Tu ne me demandes pas des nouvelles de Louis, disait Ann, chaque dimanche au déjeuner.

— Bien sûr que si, mais je ne veux pas vous embêter toutes les deux. Comment va Louis ?

— Une chose est sûre : ce n'est pas un homme d'affaires, ton père. Tu me pardonnes de te dire ça, Gabriel ? Je croyais que les bicyclettes se vendraient même en Asie. Enfin, pour le reste, tout va bien. Semble-t-il.

Attention, nous n'étions pas éperdus, ne passions pas notre temps à nous couler de longs regards sous le soleil inimitable de la Riviera française, mais non, mais non, nous n'avions pas perdu notre langue, nous évoquions souvent par exemple la situation internationale et nous parlions de toi, beaucoup de toi, notre fils, celui qui tardait tant à venir.

— Est-ce qu'il y a encore de l'espoir, à notre âge ? demandait Ann, demandait Clara.

Gabriel les rassurait de son mieux, profitait de ses loisirs pour consulter des ouvrages de médecine ou, plutôt, de raretés physiologiques, et découvrit ainsi qu'une certaine Ruth Kistler de Portland (Oregon) avait mis au monde une Susan à cinquante-huit ans...

— Tu me jures que c'est vrai, Gabriel, tu nous le jures ?

Gabriel montrait le livre. Les deux sœurs baissaient la tête, se lançaient dans d'autres interminables interrogations : est-ce qu'une femme debout peut avoir un bébé normal ? Et moi, avec les flashes de mes appareils... ?

Tout cela pour te faire comprendre une chose : tu n'es pas de ces enfants arrivés par hasard. Peut-être même n'y a-t-il jamais eu de fils plus désiré que toi. Peut-être. Tant qu'il n'existe pas de machine à mesurer le désir, Gabriel préfère rester modeste.

De temps en temps, lorsque cette sensation de miracle, de ciel bleu l'été, bref de fragilité, devenait trop angoissante, lui griffait le cœur, Gabriel prenait son air enjoué, désinvolte, et proposait : si nous partions ?

Échec.

Réponse invariable de l'une ou l'autre des sœurs : mon pauvre Gabriel, les petits hommes comme toi proposent toujours aux grandes femmes comme nous de les emmener au bord de la mer. Comme si nous faisions moins peur, au bord de la mer ! Mais, mon pauvre Gabriel, regarde sur la carte la situation de Cannes-la-Bocca, nous y sommes, à la mer. Pas la peine de partir, nous y sommes.

Preuve, s'il en était besoin, qu'elles ne s'étaient pas apprivoisées, n'avaient rien perdu de leurs manières de reines.

Tu connais Cannes, mon fils. Gabriel n'a pas besoin de te rafraîchir longtemps la mémoire. Une grande maison de retraite, avec tout le nécessaire, tout ce dont ont besoin les retraités : cardiologues, toiletteurs de caniches, cordonniers élargisseurs de chaussures douloureuses, maîtres d'hôtel menteurs qui jurent sur leurs mères que ce rognon sauce madère est vraiment très léger, agents de voyage au soleil l'hiver... Une ville crème, assez morne, trop quiète, sans vrais bateaux au port.

Mais au printemps, changement d'atmosphère. L'équipage du porte-avions *Cinématographe* débarque sur la Croisette, envahit la rue d'Antibes, se répand jusqu'au Suquet : décolletés, cigares, photographes, décapotables, langues étrangères.

Alors les retraités de Cannes, la nuit, se tournent et retournent dans leurs lits, revoient ces visages de jeunesse, ces éclats de rire, sentent monter en eux comme une tristesse et murmurent : est-ce bien nécessaire, un festival, dans une maison de retraite ?

Bon.

L'avenue Wester Wemys n'était pas épargnée. Chaque année, le papetier louait son aile. Aucunement pour des raisons d'argent, mais parce que les vieilles maisons, les vieilles maisons de vieilles familles doivent être réveillées, expliquait-il. Et qu'est-ce qui réveille mieux une vieille maison qu'une équipe de film ? Soyez gentil, Gabriel, laissez-leur un peu le jardin, le temps du festival, ça ne sera pas long...

Gabriel, Ann et Clara restaient donc enfermés durant les quinze jours, jusqu'au palmarès. Mme L. leur apportait discrètement des provisions. Et ils regardaient du matin au soir, à travers les volets, ils regardaient les locataires, chaque année différents. Les Italiens de *Miracle à Milan* ne ressemblaient en rien à ceux qui suivirent, les faux Mexicains de *Viva Zapata*. Le spectacle changeait chaque fois, chacun avait son idée pour réveiller la vieille maison.

Gabriel n'est pas un délateur. Il ne citera pas de noms, il ne décrira pas les scènes surprises de l'autre côté de la cour. Pour rester fidèle à son exigence de vérité et pour servir à l'histoire du cinématographe, il dira simplement que la fête donnée par Alf Sjöberg fut chaude, très chaude, c'est inouï ce qu'on peut faire à trois, une fois passé minuit, contre une tapisserie des Gobelins, pour fêter une palme d'or. Et Gisèle Pascal, deux ans plus tard, qui tenait par la main Gary Cooper, demandez-lui ce qui la faisait rougir ce soir-là. Étaient-ils très habillés, les techniciens du *Salaire de la peur*, qui coursaient Ann Baxter autour d'une vasque géante de capucines? Et je les sentais frémissantes, piaffantes, à mes côtés, comme moi guettant, Ann et Clara, mourant d'envie de changer d'aile, de se promener au jardin par hasard, de se faire inviter. Heureusement que le festival durait moins de deux semaines et que les fêtes véritables ne commençaient qu'à la fin!

Voilà, voilà, Gabriel s'arrête, personne n'en saura davantage. Il faut conserver la magie du grand écran.

– Ne rangez rien, surtout, téléphonait de Paris le papetier, l'ami de plus en plus cher de Gabriel.

Et dès que ses affaires le lui permettaient, il descendait à Cannes, frappait à ma porte:

– Tout s'est bien passé? Vous venez avec moi faire le tour du propriétaire?

Ensemble, Gabriel et le papetier marchaient dans les pièces chamboulées, humaient l'air, commentaient à voix basse, là, ce miroir, contre le bidet, qu'ont-ils bien pu encore inventer, ces gens du cinéma?

Le papetier rayonnait : vous aussi vous aimez les fêtes assez « olé olé », je me trompe ? D'accord, ma maison est un peu détruite, mais si réveillée. Vous ne la trouvez pas réveillée, Gabriel ?

LES BICYCLETTES
D'HÔ CHI MINH

Les vélos sortis des usines Peugeot ou de Saint-Étienne ont été nos taxis de la Marne.

GIAP.

Cette fois, Ann n'attendit pas le dimanche. Elle revint de Monaco au milieu de l'après-midi et, encore dans la rue, cria :

– Louis a disparu, vraiment disparu, sans doute les communistes...

Clara était restée près de moi, allongée sur le petit mur de pierres sèches, occupée à photographier un détail de la Création (insecte ? bourgeon d'acacia ?). Elle ne se releva pas, continua de caresser son objectif, de presser de temps à autre le bouton d'argent. Et dit : « Ça signifie que tu pars, n'est-ce pas, Gabriel ? Je te comprends, mais dommage, je commençais à m'habituer à la vie quotidienne. Les maisons de Cannes-la-Bocca ont horreur du vide, tu l'as remarqué ? Bon voyage Gabriel. »

I

Saigon

Les dîners tropicaux n'avaient pas changé : blancheur des nappes, des robes, des spencers, des fleurs, des meubles de jardin, foie gras de France, salades de France, canard de Chine, fromages de France, charlotte comme en France (vous savez que nous avons des fraises excellentes, ici?). Et, pour la conversation, ce mélange assez particulier de l'outre-mer : idées planétaires et cancans locaux, communisme et feu au cul, déclin de l'Occident et amibiase... Dès son arrivée, les planteurs avaient adopté Gabriel.

– Vous êtes des nôtres, mon vieux. – Le latex est une grande famille, n'est-ce pas? – Ça vous amuserait de visiter les Terres Rouges? – Vous vous souvenez de cette vieille querelle avec le Brésil? – Enfin un pneumatologue, un vrai. – Ça nous change des sous-secrétaires d'État!

Il était invité partout.

– C'est vraiment votre premier voyage à Saigon?

– Après toute une vie dans le caoutchouc?

Les dames n'en revenaient pas. Elles en gloussaient d'étonnement, appelaient leurs amies.

– Vous vous rendez compte, c'est la première fois.

Devant de telles phrases, comment ne pas rougir? Gabriel souriait d'un air gêné. Il retrouvait en lui des malaises oubliés, les fards qu'on pique, adolescent, les mains moites...

D'ailleurs Saigon faisait penser à l'adolescence. Une fin de saison, un mois d'août interminable, un été qui n'en finirait pas. Quand va-t-on fermer les volets? L'hiver n'arrivait jamais, et la saison des pluies n'a rien d'un automne. Dans chaque villégiature, il y en a toujours qui s'acharnent à rester jusqu'à l'extrême fin septembre – ceux qui croient que quelque chose pourrait encore arriver, ceux qui se nourrissent du bon vieux temps, les coloniaux.

Dans ce Saigon de janvier 1954, Gabriel, le petit Gabriel fut la coqueluche. Il n'en tire aucune gloire. Il rapporte des faits : on se l'arrachait. Un nouvel arrivant, c'est mieux qu'un journal frais. On choisit son sommaire. Il n'y a qu'à poser les questions.

– Alors, demain soir, vous venez chez nous ? – S'il vous plaît, il est déjà pris. – Il vous faudrait un carnet de bal.

Gabriel notait ses rendez-vous un peu au hasard sur des feuilles qu'on lui tendait, les petits cartons des plans de table. On a toujours l'air grotesque de tirer un agenda d'un costume léger.

Dès la fin du premier soir, il connaissait tout le monde. La liste des invités ne variait pas. Toujours les mêmes, une sorte de bande, comme en vacances. Exactement comme en vacances. Les mêmes. Seules les maîtresses de maison changeaient de côté. Un jour elles étaient à sa gauche, le lendemain à sa droite. Aux colonies, on apprend à se satisfaire de la moindre nouveauté.

– J'espère que vous m'avez bien regardée hier, je suis affreuse de ce côté-ci.

Trois autres traits dominants de la vie tropicale :

1) On y parle fort, à cause des ventilateurs et puisque les boys ne comprennent rien. Mais les maris entendent tout.

2) L'esprit de Paris. Guitry, Achard, y sont très prisés ; toujours cette vieille nostalgie de la IIIe République (chez nous aussi, on sait rire !).

3) L'amertume.

– Alors, comment va la France, elle qui nous laisse si joliment tomber ? Cette soirée vous a plu ? Vous voyez, nous savons recevoir, nous ne sommes pas rancuniers.

Les maîtresses de maison soupiraient, elles me montraient leurs fenêtres, toutes grillagées. Eh oui, monsieur Orsenna, il arrive que ces charmants Vietnamiens nous lancent des grenades de la rue...

Très tard, à l'heure du cigare, les planteurs me prenaient

par le bras et m'entraînaient dans un endroit calme, c'est-à-dire sans femmes ni hommes subalternes.

– Soyez franc, vous avez un œil neuf. Comment voyez-vous la situation?

– Edmond a raison. Nous avons le devoir d'être lucides. Est-ce l'heure de tout vendre?

Je répondais comme je pouvais. Les planteurs hochaient la tête.

– D'après vous, cher ami, pourquoi les communistes s'intéressent-ils tant à l'Indochine?

– Edmond a raison, voilà le cœur de l'affaire. N'auraient-ils pas besoin de pneumatiques, par hasard? D'énormément de pneumatiques pour envahir le monde libre? Voilà pourquoi nous devons résister. Nous sommes le dernier verrou...

Les planteurs s'échauffaient.

C'est alors, au milieu de ces vagues bleutées, fumée de havanes et géostratégie, que Gabriel posait sa question, une humble question, une question d'enfant, bien poliment, en priant ces messieurs de l'excuser pour le dérangement.

– Vous n'auriez pas rencontré mon père?

– Votre père, cher ami, voyons, mais quand?

– Il y a un ou deux mois.

Ils fronçaient les sourcils, cherchaient, se demandaient à quoi pouvait bien ressembler un père de pneumatologue. Aurait-il été fréquentable pour des planteurs dignes de ce nom?

– Non vraiment, mon vieux, j'ai beau chercher, je ne vois pas. Bien, alors à demain, au cercle de Franchini?

Saigon a ses marées propres, son partage des eaux.

Chaque jour, pour les deux apéritifs, celui de midi et celui du soir, les fonctionnaires de bon rang, les négociants, les financiers, les planteurs, auxquels on peut ajouter une meute de femmes plus mélangées, descendent du quartier de la cathédrale ou remontent du port et convergent vers la rue Catinat où règne l'hôtel Continental, avec sa terrasse et son odeur de métropole, pastis et Martini rouge.

Ce double rendez-vous quotidien permet de gagner du temps. Il suffit de balayer du regard les tables pour savoir qui se trouve à Saigon. En conséquence, se rendre compte que M. Louis Orsenna n'honore pas de sa présence la capitale de la Cochinchine.

C'est là, à cette terrasse, que Gabriel rencontra un responsable adjoint de la police, un chauve aux sourcils très fournis et noirs. Il regardait son verre d'un air accablé :

– Vous avez vu la couleur de ce que je bois. Une rizière... Le Pernod a la couleur des rizières, de la boue des rizières... Bien sûr, votre père a sa fiche, comme tout le monde. Enfin, comme tous les Blancs. Quel Blanc peut rester secret aux colonies ? C'est d'ailleurs bien là le problème de mes services dits secrets. Enfin, passez à mon bureau... Vous avez des amis dans la banque, paraît-il ? Cela vaut recommandation.

Accablé.
Un fonctionnaire.
Un fonctionnaire français.
Un fonctionnaire français consciencieux.
Un fonctionnaire français consciencieux sous les tropiques.
Nul être vivant n'est plus accablé par le spectacle de la vie quotidienne qu'un fonctionnaire consciencieux sous les tropiques.

De son belvédère, sa dunette dominée par le drapeau bleu blanc rouge, le représentant de la République montrait à Gabriel le boulevard Bonard.

– Ça grouille comme ça tous les jours, toutes les heures, sans arrêt. Comment voulez-vous ficher une masse anonyme ? Vous avez un moyen, vous ? Sans adresse, sans numéro sur les maisons, sans plaques minéralogiques sur les 4 CV, sans signes distinctifs... Ces gens-là n'ont pas de grains de beauté et peu de calvitie... Sans chantage sexuel possible, sans habitudes régulières, ni 421 le soir entre collègues, ni promenades avec le chien, ni pêche à la ligne chaque samedi matin près du pont de chemin de fer... Comment voulez-vous faire du renseignement avec les Asiatiques?

Le fonctionnaire français consciencieux parlait avec tristesse, presque tendrement.

– Allons nous asseoir. Mais je vous préviens tout de suite, il fait aussi chaud assis que debout...

C'est à cette occasion que Gabriel apprit que la vraie couleur de la République n'était pas le bleu blanc rouge, mais le vert sombre, la triste teinte de ces bureaux métalliques, de ces fauteuils réglementaires, faux cuir pour le dos et pour les fesses des visiteurs, faux inox pour leurs bras.

Le ventilateur était cassé. Ou l'électricité coupée. La chemise du responsable adjoint lui collait à la peau, par plaques, des zones humides et transparentes... On voyait les poils noirs au travers.

– Je me suis mis au Nylon. J'ai eu tort. Coton. Coton et lin, croyez-moi.

Il fixait tantôt les affaires, tantôt les bacs à fiches. René Coty, la main posée sur un gros livre pleine peau, nous regardait.

– Bon, votre père...

Sans se lever, il tendit le bras, ouvrit un tiroir, saisit un long bristol, et reprit sa posture accablée, devant son sous-main en verre.

– C'est ce que je vous disais hier. Tous les Blancs sont fichés, ce qui ne sert pas à grand-chose. Et pour les Jaunes, je n'ai que des photos inutiles, soit fausses, soit ressemblantes, trop ressemblantes, ressemblant à n'importe quel Jaune... Bon. Arrivée d'Orsenna Louis, le 1er décembre 1950, par le *Pasteur*. Chambre au Continental comme tout le monde, n° 17, une bruyante, si je ne m'abuse. Votre père dort bien? Parfait. Ouverture, deux mois plus tard, d'un commerce de vélos financé par la Haute Banque. Les deux Orsenna sont donc liés avec la Banque, parfait, parfait.

Associé : Dekaerkove Élie, dit l'Izoard, aussi métropolitain, un ancien traceur du Tour de France. Partageaient la même cabine sur le bateau. Vous connaissez Dekaerkove ? Bien. Nous allons gagner du temps. Je l'ai fait surveiller, cet oiseau-là, plus que votre père, pendant une bonne période. Mais avec prudence. C'est un ancien journaliste. D'ailleurs toujours représentant officieux de *L'Équipe* en Indochine. Ce qui ne lui donne pas beaucoup de travail. Depuis le début de la guerre, il ne se passe plus rien ici, sportivement parlant, ni tour cycliste, ni marathon. Dekaerkove ronge son frein. Il voudrait bien que *L'Équipe* élargisse sa conception de l'activité physique. D'après lui, la guerre est un sport, le plus terrible mais le plus passionnant de tous les sports. Pourquoi *L'Équipe* n'en donnerait-elle pas les résultats ? C'est l'une de ses deux idées fixes, celles qu'il développe sans fin après la Suze.

— Pourquoi la Suze ?

— On voit que vous ne connaissez rien en vélo. Suze = gentiane = montagne = Tour de France. La Suze est la boisson des grimpeurs, comme ils disent entre eux. Ou : une Suze, sans faux col !

— Très drôle !

— En effet.

Il se penchait vers moi, et sa voix se faisait de plus en plus basse, intime, avec par moments de brusques accents guillerets. Faute de renseignements, le responsable adjoint Calet faisait de la biographie.

— Il y a autre chose. Il y a peut-être autre chose. Parfois, après quelques Suze, notre oiseau prophétise : le Viet-Minh gagnera la guerre grâce aux bicyclettes. Tais-toi, lui dit votre père, je t'en prie tais-toi. Mais Dekaerkove continue. C'est sa seconde idée fixe. D'après lui, les Jaunes ont compris, bien mieux que les Blancs, les pouvoirs des bicyclettes. Ils savent qu'elles peuvent porter chacune deux cents kilos d'armes et circuler discrètement sous les arbres, sans se faire remarquer... Il a peut-être raison, Dekaerkove. J'en ai parlé à nos chers militaires. Ils ont hurlé de rire. Vous savez, à leur manière, virilement, une claque sur l'épaule, allons donc mon cher François, allons donc, le renseignement te monte à la tête... Mais si je faisais à fond mon métier, je devrais dresser l'état de nos importations de vélos (Manufrance et Peugeot) puis compter tous les deux-roues visibles en Indochine. En déduire les fuites, ceux qui ont pris le maquis. Et arrêter le surnommé Izoard, pour flagrant délit de commerce avec l'ennemi. Ce n'est pas la conviction idéologique qui le pousse d'ailleurs. Non : seulement la plus grande gloire du vélo. Il parle sans arrêt du Vel'd'Hiv après la Suze, il voudrait laver l'honneur du Vel'd'Hiv. Typiques propos de Suze. Attention, attention, je n'accuse pas. Je formule des hypothèses. C'est tout. Pour accuser, il faudrait des preuves. Et donc du personnel. Sans personnel, pas d'enquêtes. Sans enquêtes, pas de preuves...

— Et mon père?

— Orsenna Louis, c'est différent. Et plus compliqué. Communiste, n'est-ce pas, ou proche voisin? Mais, en plus, d'après mes informateurs, il s'intéresse aux sectes et les sectes sont nos alliées contre les Viets, et Saigon est la capitale mondiale des sectes. Un vrai catalogue Manufrance des croyances.

— Toujours Manufrance?

— Toujours. Manufrance est notre arche de Noé. Ne me faites pas perdre le fil. Où en étais-je? Ah! oui, les sectes. Nous en avons des dizaines. Pour tous les goûts. Des pirates, des corsaires, des demi-honnêtes, des chinoises, des annamites, certaines installées dans le delta du Mékong comme les Hoa-Hao, d'autres dans la plaine des Joncs comme les Binh-Xuyen, des laïques, des nationalistes, des bouddhiques, des confucéennes. J'aurais besoin de tout un bac, rien que pour le nom des sectes. Tiens, quand vous rentrerez en France, vous pourrez me rendre un service?

— Avec plaisir.

— Demandez à je ne sais qui, ministère des Colonies, Collège de France, École des mines, de m'envoyer un scientifique, un méticuleux, le genre déçu du trotskisme, vous voyez ce que je veux dire, pour m'aider à m'y retrouver dans cette jungle. Votre père a choisi les plus fous : les caodaïstes. Ils mélangent tout. Pour eux, Bouddha, Jésus, Mahomet, Confucius, ne sont que des prophètes. Cao Daï est l'être suprême. Ils nous ont massacrés durant l'été 45. Nous les avons retournés. Maintenant, ils massacrent les rouges. Votre père était ravi quand il les a rencontrés. Ils se sont tapé la cloche au Continental, l'Izoard et lui, pour fêter la bonne nouvelle. J'avais un homme à la table voisine. Il a tout noté. Grâce à la Suze, ils parlaient fort, rien de plus facile que d'enregistrer. Une vraie main courante. Je l'ai là. Vous voulez voir ? Après tout, il s'agit de votre père et puisque vous êtes recommandé par la Haute Banque...

— Je ne préfère pas.

— Vous avez raison. C'est triste, l'amitié entre vieux. Ils répétaient chacun leur idée fixe, l'un la bicyclette, l'autre la mort-qui-n'est-pas-si-terrible. Une suite de monologues. Ils ne s'écoutaient pas. Le cheval pour Alexandre, les taxis pour Foch, la marche à pied pour Mao, les chars pour Patton, voici venu le temps des bicyclettes disait notre Izoard. C'est comme moi, enchaînait votre père : dans le catéchisme, il faut attendre sans rien faire la fin du monde pour ressusciter. Grâce au bouddhisme, au moins, on se réincarne. C'est comme moi, en vélo l'équilibre vient du mouvement. C'est comme moi, le Grand Véhicule... Etc. C'est comme moi, c'est comme moi, pitoyable sauf votre respect. Pitoyable. Il a fallu porter votre père dans sa chambre 17. Les vieux sont des huîtres, chacun pour soi.

— Il m'a semblé noter ce symptôme chez les jeunes aussi, tenta timidement Gabriel.

— Ils ont bien raison. Ils s'entraînent pour plus tard.

Le responsable adjoint s'était tu. Les rideaux de la terrasse avaient bougé. Pour la première fois, depuis le matin, l'air semblait redevenir une matière vivante, autre chose qu'une pluie moite, invisible et immobile.

— L'avantage du Nylon, dit le commissaire, c'est qu'il sèche vite.

Il me montra sa chemise. Toujours aussi grise et jaune, mais les poils noirs avaient disparu.

— Je vais devoir vous mettre à la porte. Nous avons un point chaque jour à cinq heures, sur la sécurité. Mais pensez à une chose : les Blancs ne sont pas très nombreux, et en plus, quand ils meurent. c'est pour de bon. Les Jaunes pullulent et en outre se réincarnent. Vous ne trouvez pas ça un peu, comment dire, injuste? Et inquiétant? Quant à votre père, et à l'oiseau Dekaerkove, je résume : ils ont fermé boutique, voilà un mois, et sont partis tous les deux vers le Nord. Je ne sais rien de leurs destinations. Avec ce manque de personnel, comment voulez-vous? Je ne peux pas avoir une oreille dans chaque verre de Suze. Mais d'après ce que je sais de l'Izoard, je dirais Hué. Le gouverneur Giao adore le vélo, il a fait construire une piste et s'aligne lui-même dans des courses à l'américaine. Truquées, bien sûr. Il gagne toujours. Dekaerkove adore ça. Ça doit lui rappeler le Vel'd'Hiv. Il câble chaque fois, consciencieusement, le résultat rue du Faubourg-Montmartre. Mais *L'Équipe* ne les passe pas. Jamais.

Le responsable adjoint grimaçait. On aurait dit que la rue du Faubourg-Montmartre lui restait au travers de la gorge, comme une arête, l'arête de la nostalgie.

— Ça ne va pas, demanda Gabriel, je peux vous aider?

— Au revoir, monsieur Orsenna junior. Au revoir...

Et il se retourna vers ses grands bacs verts couleur de la République française.

II

Tay-Ninh

La route du Nord était bordée d'églises avec des porches en bambous, des transepts en bambous, même des audaces gothiques ou romanes en bambous, avec des débuts de tours, des essais d'œils-de-bœuf pour la rosace à venir, ou des autels à ciel ouvert avec des statues de Marie blanc et bleu, entourées de fleurs jaunes plantées dans des pots de yaourt et de cierges piqués dans les bouteilles des Brasseries et Glacières de l'Indochine. Devant chaque Vierge une foule psalmodiait. La route du Nord était bien celle qu'il fallait à Louis. Peut-être un peu trop catholique, mais si confiante en l'au-delà, ce qui est bien le principal pour une route, et aussi pour un père terrorisé. Le commissaire disait vrai. Louis avait fait le bon choix, le Viêt-nam était le pays idéal pour mourir. Comme la Suisse pour faire de la finance ou l'Italie pour tomber amoureux.

L'autocar bondé, débordant non seulement d'humains mais d'animaux, faisait lentement son chemin, de nid-de-poule en fondrière. Et Gabriel s'instruisait grâce au lettré qui s'était installé sur son genou gauche au moment du départ : je me permets de me présenter, M. Le Thanh Binh, instituteur et caodaïste, je vous prie de m'excuser, il n'y a pas d'autre place, je ne mange jamais la veille d'un départ. J'espère ne pas trop vous peser, connaissez-vous Cao Daï ?

– Non, répondit Gabriel, tellement bloqué, comprimé, qu'il lui semblait ne pas même pouvoir ouvrir la bouche. (Heureusement, les Vietnamiens étaient petits, comme lui. Quelle horreur si les masses asiatiques étaient faites de géants, de Suédois, de Finlandais !)

M. Le Thanh Binh, l'invité du genou gauche, commença son cours.

Entre 1914 et 1918, tous les Esprits intelligents s'étaient concentrés sur l'Indochine : l'Europe s'étripait et les Esprits, qui ont les nerfs fragiles, n'aiment pas le bruit du canon... Les Amériques du Nord et du Sud avaient tué leurs Indiens, ce que ne leur pardonnent pas les Esprits, assez soucieux des droits de l'homme, vivant ou mort. La Chine et la Russie préparaient leur révolution et les Esprits sont conservateurs. Le Japon plongeait dans le modernisme, que les Esprits vomissent. Quant à l'Afrique, elle a ses propres Esprits que les Esprits civilisés tiennent en très basse estime...

Bref, tous les Esprits de quelque importance avaient choisi pour séjour l'Indochine et il suffisait de passer près d'une table pour qu'elle tourne. Ly Thai Bach, le poète taoïste du VIIIe siècle, Quan An, la déesse bouddhique, Jeanne d'Arc, Camille Flammarion et Victor Hugo étaient les plus bavards.

Au lieu de se satisfaire de ce climat exceptionnel, le délégué administratif de l'île de Phu Quoc (golfe du Siam), M. Ngo Van Chieu, voulait atteindre le stade supérieur : un concentré spirituel, l'Esprit absolu. Il s'entoura de jeunes médiums dont l'âme, attisée par le jeûne, lui renvoyait les échos divins avec de plus en plus de précision. Et soudain, en 1919, une fois signé l'armistice de Rethondes, l'Esprit des Esprits parut, Cao Daï, le « palais suprême ».

M. Ngo Van Chieu quitta son île et porta la bonne nouvelle à Saigon où les tourneurs de table étaient légion.

– Vos esprits correspondants, vos commensaux, dit-il, sont les prophètes de Cao Daï...

Mais Ngo Van Chieu ne sut pas garder le « palais suprême ». Il en fut dépouillé par un certain Le Van Trung et renvoyé dans ses foyers.

– Pourriez-vous parler moins vite, monsieur l'instituteur, répétait Gabriel, je m'y perds un peu dans les noms.

– Je vous en prie.

Et le lettré continuait sans réduire l'allure.

Le Van Trung donc, un conseiller colonial, le principal organisateur du rapt, prit le titre de souverain pontife. C'est lui qui fit construire la ville sainte de Tay-Ninh où nous nous rendons, et son immense cathédrale haute de cent sept mètres où hommage est rendu à tous les prophètes. Vous pourrez voir votre Victor Hugo en habit d'académicien.

Par la suite, avouons-le, l'attention de Gabriel décline, il ne retient que l'essentiel : c'est Cao Daï qui a créé les cinq branches de la Grande Voie, le confucianisme, le culte des génies, le christianisme, le taoïsme, le bouddhisme...

On entre en contact avec Cao Daï et ses prophètes par la corbeille à bec. C'est un panier renversé recouvert de papier. Une tige le traverse tenue par les médiums. Elle se termine par une tête de phénix qui inscrit les messages de l'au-delà.

La voix de l'instituteur se fait très douce, alanguie, soudain débarrassée des pointes et des aigus de l'accent vietnamien.

– Un jour vous vous convertirez, s'il plaît à Dieu. Alors, on vous offrira les fleurs, l'alcool et le thé, car les fleurs symbolisent la semence humaine, l'alcool est le souffle vital, le thé est l'image de l'esprit et il faut que le sperme devienne thé en passant par l'alcool...

Après quoi Gabriel s'endort pour de bon, sur cette forte pensée que les religions poussent mieux sous les tropiques, comme le caoutchouc. Le catholicisme est encore un peu trop tempéré.

L'autocar était arrêté sur une place, non loin d'une construction de belle taille (haute de cent sept mètres ?). Une foule nous entourait, menaçante, faite de Vietnamiens semblables à tous les Vietnamiens pour un non-Vietnamien, mais vêtus d'aubes blanches ou de capes bleu nuit brodées de dragons, d'oiseaux, de tortues. Une dizaine de légionnaires les tenaient à distance. Un sergent montrait le Nord, allez, continuez, ne vous arrêtez pas :

– Que se passe-t-il ? demanda le passager blanc, assis à côté du conducteur, le seul à disposer d'une vraie place, sans personne sur les genoux.

– Les caodaïstes sont furieux, quelqu'un a manqué de

respect à leurs prophètes il y a deux ou trois jours. Ils ont trouvé des graffiti dans la cathédrale, on ne sait ce qui peut arriver, allez, allez, ce n'est pas le moment de s'éterniser.

Je suis sur la bonne voie, se dit Gabriel tandis que l'autocar repartait en toussant douloureusement. Louis est passé par là. Louis, Dekaerkove et peut-être la Suze.

Louis haïssait Victor Hugo depuis toujours. Sans doute une jalousie de libraire à écrivain : comment se fait-il que, moins beau que moi, il ait baisé tellement plus ?

Gabriel résume, d'accord. Résume et simplifie. Mais il mettrait sa main au feu[1] que la raison de cette haine farouche, infantile, pour Hugo, se tient par là, quelque part, sous les jupes de Léonie Biard d'Aunet, d'Alice Ozy, de Sylvanie Plessy, de Joséphine Faville, de Mme Roger des Genettes, d'Hélène Gaussin, de Louise Colet, de Laure Guimont, etc. Je crois que Louis connaissait par cœur la liste des maîtresses de Victor Hugo et se la récitait de temps à autre pour se fouetter le sang.

L'instituteur avait disparu, extirpé de la masse compacte des voyageurs par on ne sait quel miracle caodaïste.

Et Gabriel se rendormit. Une sorte de sourire aux lèvres, sourire contraint, sourire vaincu (Louis s'amuse, Louis ne m'a pas choisi pour son dernier voyage), mais sourire : tout va bien. Dekaerkove et Suze aidant, mon père garde sa jeunesse.

---

1. Tu crois cette vulgarité bien nécessaire ? *(Note de Clara.)*

III

Hué

Que les Amis du Vieux Hué (association loi 1901) lui
pardonnent, mais en entrant dans cette ville, Gabriel se
dirigea d'abord vers le vélodrome. Chaque samedi, vers le
soir, c'était le meilleur moyen de rencontrer le gouverneur.

La piste n'était pas grande, mal éclairée par huit réverbères et dangereusement relevée dans les virages. La foule
n'arrêtait pas d'applaudir. Pourtant il ne se passait rien de
particulier. Un peloton multicolore tournait sans forcer. Un
coureur au maillot de soie rouge avait du mal à suivre.
Sans doute le gouverneur. Il portait sur le dos un immense
numéro 1.

Gabriel s'avança vers la tribune de presse, une enclave
presque luxueuse, des fauteuils à dossier, une petite lampe
pour deux places.

– Quel journal? marmonna un policier.

– *France-Soir*, répondit Gabriel, ajoutant par réflexe
rue Réaumur.

Le policier parut sauter d'un lit, écarquilla les yeux, balbutia je vous en prie, suivez-moi monsieur le reporter. Il
fit déménager deux autochtones à stylo-bille, comme cela
vous serez dans l'axe de la ligne d'arrivée. Il épousseta
avec sa casquette le rebord en béton qui servait d'écritoire,
vérifia les lumières, souhaita excellente soirée et si je peux
me permettre, monsieur, faites-lui un beau communiqué,
le gouverneur aime les beaux communiqués...

Il était passé en tête, le gouverneur, mais ne tenait plus la
cadence. On l'entendait souffler comme une baleine aux
abois quand il passait devant nous. Son coéquipier l'appelait: gouverneur, gouverneur, passez-moi le relais. Mais il

ne voulait rien savoir, il n'écoutait plus, il continuait. Dans la tribune opposée, des légionnaires se tenaient mal. Ils s'esclaffaient, lançaient en l'air leurs képis blancs : quand on fait trop grincer le lit, ah! ah! ah! on ne fait plus grincer les pédales. Le gouverneur semblait à bout. Les autres coureurs s'efforçaient de rester en arrière, mais n'y parvenaient pas toujours : les vélos de piste n'ont pas de freins. Alors ils montaient dans les virages pour se ralentir, s'accrochaient mine de rien aux balustrades...

– Je lui avais pourtant dit de raccourcir ses américaines... Je me présente : Jean-Christian Bérard, président du Vélo-Club.

Gabriel se retourna. La voix appartenait à un Français. Ou plutôt à un officiel, car les officiels du sport appartiennent à la même race, quel que soit leur pays d'origine : blazers, écussons, pantalons de flanelle, montre Rollex, cheveux laqués, raie au milieu, et aucune trace de transpiration malgré la chaleur.

– Enchanté.

– Pardonnez-moi, vous êtes envoyé spécial ou nouveau représentant permanent ?

La cloche retentit. Dernier tour. Un sprint somnambule agita doucement le peloton. Le gouverneur leva les bras. La foule applaudit un peu plus fort. Les légionnaires s'étaient dressés. Ils avaient jeté sur la piste leurs bouteilles de bière et sifflaient, comme on siffle quand on est un homme, la moitié de la main dans la bouche.

– Cela mérite un beau communiqué, vous ne trouvez pas ? dit l'officiel.

– En effet.

– Si vous voulez mon avis, la presse sportive française ignore beaucoup trop le gouverneur Giao. Après tout, le cycliste Giao vaut bien le rugbyman Chaban-Delmas, le tennisman de double Chaban-Delmas...

Le gouverneur revenait vers nous. Descendait de monture. On l'enveloppait dans un peignoir violine, avec *Giao gouverneur* inscrit sur le dos en lettres brillantes, façon boxeur. L'officiel s'était redressé, bravo gouverneur, encore une américaine !

– Alors, Jean-Christian, criait le gouverneur, on n'attend plus que vous.

– Pardonnez-moi, je dois y aller. S'il vous plaît, traitez bien le gouverneur Giao. Je ne fais pas de politique, mais *L'Équipe* l'a déçu, et nous n'avons pas tant d'alliés dans ce pays.

Le blazer écussonné dégringola les escaliers. Voilà, voilà !

Le gouverneur et son coéquipier montèrent sur le podium.

– Au vainqueur du mémorial Francis Garnier, américaine en vingt-cinq tours, cria l'officiel, je remets la coupe offerte par la Bien Hoa Industrielle et Forestière.

Et l'on entendit, dans le haut-parleur, d'abord gratter l'aiguille et puis monter *La Marseillaise*.

Le lendemain, de grand matin, Gabriel fut tiré de son sommeil par des caresses, des sortes de frôlements contre sa porte. La manière indochinoise de cogner.

– Monsieur le reporter, le directeur M. Amaury s'excuse, mais M. Jean-Christian Bérard vous attend dans la salle des petits déjeuners.

L'officiel portait une tenue de sportsman : pantalon blanc, chemise blanche, foulard automnal.

– Pardon d'interrompre vos ablutions, mais je voulais vous avertir. C'est la communauté française de Hué qui m'envoie. Le gouverneur Giao a beau avoir bon caractère, sa patience a des limites. Regardez la seule nouvelle que *L'Équipe* ait passée. Regardez, en six années :

> « 3 avril 1952. Hier à Hué (Annam), sur le vélodrome du Gouverneur d'Annam, le gouverneur d'Annam a remporté la coupe du Gouverneur d'Annam, une américaine en vingt-cinq tours. »

– Évidemment, c'est maigre.

– Alors nous comptons sur vous.

– Je ferai mon possible. Mais il faut attendre le lundi, c'est le jour où les sports ont double page.

– Le gouverneur attendra bien lundi. Quel gâchis tout de même ! Comme nous l'avions accueilli, le correspondant de *L'Équipe* à son arrivée ! Fêté comme un roi. Pour rien. Ces deux lignes. Nous commençons à nous demander s'il n'a pas pourri intentionnellement nos relations avec le gouverneur. Ce serait l'explication de tout. Un agent de Moscou. *L'Équipe* roule pour qui, qu'est-ce que vous en pensez ? Croyez-moi, quand il est repassé, voici quelques jours, il n'est pas resté longtemps. Pas plus que son ami plutôt louche, l'amateur de tombeaux. *Personnae non gratae*. Illico reconduits à la gare. Destination Hanoi... (L'officiel s'animait. Sa peau de blond se tachait de rouge.) Le sport est une famille, et la famille est la seule chose qui tienne encore contre le communisme. Coubertin serait encore vivant, il nous aurait sauvé l'Indochine. Bonne journée. Et pardon d'avoir dérangé vos ablutions.

Il repartit à longues enjambées, grommelant des trop dommage, trop dommage. Il lançait sa raquette sur le sol. Elle rebondissait. Comme une balle.

Gabriel se retrouva seul dans la salle des petits déjeuners. Les serveurs, attendaient derrière les caoutchoucs. Il voyait bouger leurs vestes blanches, à travers les feuilles, les vastes feuilles luisantes. Il entendait leurs chuchotements, des éclats de rire étouffés, comme une classe déjà en rang, après la sonnerie. Du jardin, par les portes-fenêtres, parvenaient des bruits de râteaux, de graviers, de jets d'eau, le claquement net d'un sécateur...

Le Grand Hôtel avait dû acheter ses tasses aux Wagons-Lits : même lourdeur à la main, mêmes rondeurs, mêmes lettres bleues. Seulement Hué remplaçait Cook. Vers les dernières gorgées d'un café crème, on a toujours l'impression d'avaler du sirop Notre héros rajouta du lait, ce qui n'est jamais une bonne idée, car le lait du matin, outre qu'il sent fort, ravive encore le goût du sucre et, pire, charrie souvent de longues peaux qui suintent, et vous écœurent pour le reste de la matinée.

Gabriel s'approcha de la réception.

– Vous pourriez m'indiquer les horaires de train pour Hanoi?

Puisque Louis n'était pas à Hué, autant le rejoindre au plus vite.

La préposée semblait terrorisée. Une seconde, monsieur, s'il vous plaît une seconde, je vais prévenir M. Amaury. La porte PRIVÉ-DIRECTION s'ouvrit et M. Amaury se tint devant moi, un personnage sympathique (de ma taille et aussi rond), qui se frottait les mains à un rythme accéléré et battait des cils comme s'il allait pleurer.

– Qu'est-ce que j'apprends? Pardonnez mon indiscrétion, mais vous nous quittez sans voir le Vieux Hué? Bien sûr, je ne devrais pas, vous avez vos raisons, mais tout de même, le Vieux Hué...

– Qu'a-t-il de si formidable, le Vieux Hué?

– Mais, mais la Cité pourpre interdite, la Porte de la Bonté éclatante, le Bassin des Eaux d'or, sans compter la Citadelle, le Palais impérial et tous les tombeaux, les plus beaux tombeaux du monde...

Un fils de Louis ne pouvait résister à ce dernier argument.

– Bon, va pour les tombeaux.

– Bravo! Je suis confus de mon insistance, mais vous ne le regretterez pas. Depuis la guerre, presque plus personne ne prend le temps de visiter le Vieux Hué et encore moins les tombeaux. On a tort. Les tombeaux sont très sûrs. Moi-même, souvent, le dimanche après-midi...

– Parfait. Vous pouvez m'organiser une excursion là-bas. Mais je dois être de retour pour le train.

– Immédiatement.

Il frappa dans ses mains.

D'un groupe assis près de la porte, une demi-douzaine de Vietnamiens qui consultaient des anciens numéros de *Paris-Match,* un très jeune homme [1] se leva.

M. Amaury, le directeur du Grand Hôtel, rayonnait.

---

1. Un jeune homme. Tu parles. *(Note de Clara.)* – Mais *si,* jusqu'à présent, je suis sûre qu'il dit vrai. *(Note d'Ann.)*

— Vous avez raison. Il faut prendre un guide. L'Asie est compliquée. Surtout les tombeaux. Ce serait dommage de passer sans comprendre. Voici Nguyen[1]. Vous pouvez lui faire toute confiance. Vérité historique garantie. J'ai reçu ici des spécialistes, des agrégés même. Aucun n'a relevé la moindre erreur. D'ailleurs tous mes guides sont membres des Amis du Vieux Hué...

Gabriel ne savait plus comment prendre congé. M. Amaury avait quitté son comptoir et agrippé mon bras.

— ... et c'est mon établissement qu'ils ont choisi comme siège de leur association mondialement connue et très légalement constituée. En respectant scrupuleusement les moindres articles de la loi 1901. J'ai moi-même vérifié. Je ne pouvais pas me permettre un procès...

Enfin parut une onze Citroën, une onze Citroën publicitaire, noire à l'avant, noire à l'arrière, mais sur les flancs caparaçonnée de panneaux : «Indochine films et cinémas, 32 rue Boissy-d'Anglas, Paris», «Manufacture française d'armes et cycles de Saint-Étienne (Loire) peut satisfaire toutes les commandes de sa clientèle coloniale».

— Oui, je sais, ça peut choquer, dans les tombeaux. Mais j'ai reçu l'accord des Amis du Vieux Hué, l'accord formel. Une part des recettes sert à la restauration, et la restauration coûte cher, sous ce climat. Allez, bonne promenade dans le Vieux Hué. Je vous garde votre chambre. Sans supplément, au cas où...

Merci Louis. Une fois de plus, je reconnais ton génie pédagogique.

Grâce à toi, j'ai visité des tombeaux qui font honneur à la race d'humains mortels que nous sommes.

Et j'avais honte quand mon Nguyen[2] me demandait : et

---

1. – Bien sûr, avec ces prénoms exotiques, il peut nous emmener où il veut. *(Grognement de Clara.)*
— Calme-toi, il n'y a rien de plus drôle qu'un menteur qui s'empêtre.
2. – Il recommence. Il me prend décidément pour une imbécile. *(Clara.)*
— S'il te plaît! Ne sois pas ridicule! *(Ann.)*

vous en France, quels tombeaux avez-vous? Je lui citais le Panthéon, la basilique Saint-Denis. Mais il grimaçait : tombeaux collectifs, n'est-ce pas? J'étais forcé d'avouer : oui, collectifs. Il faut un peu d'intimité dans la mort, me disait-il de sa voix saccadée. Et comment lui donner tort? Seuls les Invalides trouvaient grâce à ses yeux : éclopés autour, musée voisin, coupole d'or au-dessus, Napoléon n'était pas mal loti. Il voulait absolument visiter. Je lui ai promis de faire mon possible. Si la France était moins bête et moins pingre, elle offrirait des voyages à ces jeunes lettrés, au lieu de les mépriser, les jeter ainsi dans les bras communistes [1]...

Merci Louis. Tu avais raison.

Notre culture funéraire est si maigre. Toujours ce Père-Lachaise, qu'on ressort à toutes les sauces. Voilà une grande cause, cher maître, redonner à la France une ambition funéraire. Il n'est que temps, me semble-t-il, pour un pays qui décline. Autant préparer dès maintenant le pire. Mais non, je plaisantais. Bien sûr que je ne vais pas développer ce genre d'idées au tribunal. Calmez-vous. D'ailleurs, la France ne décline pas. Le Produit national brut, comme on dit, s'est encore accru de 5 % l'année dernière. Vive la vie. Vive la France. Vous reprendrez bien un peu de bordeaux Lynch?

Le jeune lettré souriant disparut un moment et revint chargé de cartables.

– Pourquoi tout ce barda? demanda Gabriel, soucieux du confort des subalternes.

– Certains clients aiment vérifier dans les livres.

Et s'ébranla la voiture publicitaire-funéraire.

Peu de tours de roues après, à l'occasion d'un embranchement, le jeune lettré fit arrêter. Nous avions dépassé la gare. Devant nous, une rivière, dite des Parfums, promenait

---

1. – Et s'il, je veux dire si elle vient en France, je la tue. *(Serment de Clara.)* (Quel réconfortant spectacle d'une jalousie, à soixante ans passés. Elles sont dans le salon, de l'autre côté de ma porte. Je les entends, fasciné, lire ce passage. Et au ton d'Ann, je l'imagine debout, rieuse, tirant sur son fume-cigarette Dunhill.)

lentement ses eaux bleues entre les flamboyants et les lilas du Japon. De l'autre côté, le palais royal nous attendait.
— Monsieur ne regrette pas? Il ne veut pas visiter? Gabriel devinait : laques, nacres, potiches de grand prix. Il secoua la tête.

Le lettré parut soulagé.

Je l'ai appris plus tard : il y a deux sections, chez les Amis du Vieux Hué, les spécialistes de la ville et les experts en tombeaux. Les premiers frissonnent quand un touriste les entraîne parmi les sépultures ; les seconds s'ennuient dans les palais.

La route s'élevait doucement. C'était une montagne selon mon cœur, sans précipice à droite, sans neige éternelle à gauche. Une montagne modeste qui reposait des arrogances alpines, et plantée d'essences innombrables au lieu de nos inévitables conifères. Cette multitude de noms inconnus calmait l'âme, comme l'ouverture d'un gros livre au début des vacances. Les eaux s'écoulaient, ainsi qu'il est normal, de haut en bas, mais sans ces fracas de chemin de fer auxquels se croit obligé le moindre de nos torrents prétendus tempérés. Conséquence de ces ruissellements flâneurs : le sol disparaissait sous des mousses. Les grands arbres protégeaient du ciel et les clairières de l'obscurité [1]. Depuis Hué, nous n'avions rencontré personne. Nous étions seuls. Rare privilège en Asie.

Enfin, nous atteignîmes un sommet. Près de moi, le lettré avait vidé tous ses cartables et consultait fébrilement sa documentation. Gabriel se sentait léger. Flottant. Libéré de toutes les tensions terrestres. Merci, Louis, de m'avoir attiré en cet endroit magique de notre Empire.

Avec une souplesse et une vigueur dignes de la jeunesse, notre Gabriel bondit hors de la voiture. Mais à peine eut-il levé la tête vers le paysage (sublime, à première vue) qu'il dut la rabaisser : le lettré lui tendait un livre ouvert.

— Révérend Père Cadière, le plus complet sur la région des tombeaux.

---

1. — Jamais je n'ai vu notre Gabriel si lyrique. Ignobles amours baveuses des vieux. *(Clara.)*
— Je t'en prie! *(Ann.)*

« Tout concourt à exciter l'admiration : la beauté du site, l'harmonie des premiers plans, la grandeur sauvage des fonds, de grands bois se reflétant dans des eaux pures, des formes élégantes de vieux murs patinés, de temples pleins de mystère, des kiosques, des belvédères ordonnés avec mesure, de grands souvenirs planant partout, la majesté de la mort. »

Et comme dans ces insupportables compositions pédagogiques où, sous Monet, on a punaisé une photo de la « vraie » Seine, sous Cézanne, une « vraie » montagne Sainte-Victoire, Gabriel fut contraint à la comparaison. Regard au texte. Regard au point de vue. Épuisante gymnastique oculaire. Mais le R. P. Cadière ne mentait pas, il s'agissait bien de la majesté de la mort.

— Merci beaucoup, vous pouvez ranger vos livres. Tous vos livres. Je n'en aurai pas besoin.

Il ferma ses paupières et ne les rouvrit qu'après avoir entendu derrière lui le bruit d'un coffre qu'on claque.

Alors Gabriel Orsenna, vieil habitué de sensations diverses, notamment botaniques et qu'on aurait pu croire blasé, retint ses larmes. Pour la première fois de sa vie depuis le Brésil, il éprouva le *sentiment géographique*.

Comme un rayon vert, aussi rare mais moins fugitif, un large rayon, qui prendrait son temps. Comme un baiser sur les yeux. Comme ces « tu veux être mon ami » des cours de récréation. Une rondeur de bras ouverts. Une longue houle immobile de feuilles et de nuages.

D'innombrables minutes passèrent ainsi, dans un silence parfait. Car le chauffeur ne mâchait pas de chewing-gum, le carter de la onze Citroën ne fuyait pas sur le gravier et le lettré respectait les sentiments géographiques.

— Monsieur, finit-il par oser, monsieur, attention à la chaleur. Et je crois qu'il serait temps de rendre visite à notre premier tombeau, si nous voulons les voir tous avant la nuit.

— Allons-y, dit tout haut Gabriel. Et, plus bas : Louis, nous voilà.

Oui, honte au Père-Lachaise !

Un tombeau conséquent comprend cinq éléments :

1) la cour funéraire où discutent entre elles statues de mandarins civils et militaires, entourées de chevaux et d'éléphants,

2) le pavillon de la stèle,

3) le temple de la tablette de l'âme,

4) le pavillon de plaisance,

5) invisible, cachée dans une enceinte particulière, elle-même masquée par les bois, la tombe elle-même.

Sans compter les fortifications, les fossés profonds, qui protègent le mort, les étangs fleuris de lotus qui le reposent, les allées très strictes entre manguiers et frangipaniers, réservées aux visiteurs.

Toute la journée, j'ai cherché Louis. Tombeau de Tu-Duc. Rien. De Dong-Khanh. Rien. A droite, celui du prince Kien-Thaï-Vuong. Rien. Plus loin Thieu-Tri, Minh-Mang, le plus grand, Gia-Long, le plus sévère. Khaï-Dinh, le plus moderne, que Louis aurait pu choisir. Mais rien. Toujours rien. Le lettré s'essoufflait derrière moi. Je le pressais de questions.

– Oui, monsieur, oui c'était la coutume d'habiter son tombeau avant la mort...

Nous sommes revenus sans Louis au belvédère. J'ai jeté un dernier regard. Je ne comprenais plus mon père. Où, mieux qu'à Hué, attendre le trépas ?

– Si vous voulez attraper votre train, m'a dit le lettré...

La nuit tombait [1].

. . . .

Imagine un assez vieil homme qui, vers cinq heures de l'après-midi, sort difficilement du sommeil car la sieste est devenue sa nuit à lui : la lumière le rassure, la chaleur le

---

[1] – Manifestement. ce vieil obsédé n'est pas fier de la suite. *(Clara)*
– Oui, deux pages, au moins, ont été supprimées. *(Ann.)*

calme. Tandis que dans l'autre, la vraie, la noire nuit, il a trop peur. Il ne dort plus.

Imagine-le gardant d'abord les yeux fermés et entendant des fous rires, des chuchotements, des portes ouvertes, des livres qu'on déplace, des clefs qui grincent et une conversation hachée :

— Où a-t-il bien pu cacher ça ?

— L'aurait-il envoyé directement à l'avocat ?

— En tout cas, il ne perd rien pour attendre.

— Peut-être dans une banque, à Cannes. On loue des coffres...

Il fait très chaud. Le vieux Gabriel aurait bien envie de remonter le courant, de revenir dans son rêve où, d'après ses souvenirs, l'air, pourtant vietnamien, était plus frais. Mais trop tard. Trop loin du sommeil. Ne reste plus qu'à entrebâiller les yeux.

Ann, Clara et le papetier cherchent. Assez frénétiquement. Sans grande politesse envers les choses. Il me faudra des heures, après, pour ranger, retrouver mon ordre. Enfin, puisque le propriétaire est de la partie... Le groupe vient de quitter mon bureau, la pièce où tantôt je parle à mon fils et tantôt prépare mon procès, deux occupations qui m'apparaissent, d'ailleurs, de moins en moins différentes. Ils sont bredouilles. Bien sûr. Pas si bête, Gabriel, mais ils ont disparu. Je les perds de vue. Ils doivent monter l'escalier biscornu qui mène à la bibliothèque. Attention. Ils étaient froids, comme dans mon rêve. Voici qu'ils tiédissent.

Intense moment de plaisir : les imaginer tâtonnant sans succès, à la recherche d'un bout de moi. Pour un peu, je sentirais leurs mains un peu partout sur ma peau. Celles d'Ann et de Clara, précisons. Le papetier amoureux de théâtre (je connais maintenant sa passion, celle qui remplit ses vêtements trop larges) ne donne pas à l'entreprise tout le zèle requis. Il est gêné. Normal, c'est mon ami. Il répète : vous croyez que nous pouvons ? Vous croyez qu'il n'a pas droit à ses secrets ?

— Pas pour nous, répond Ann.

— Lui sait tout de nous, ajoute Clara.

— *La réciproque, la réciproque, notre amour est réciproque, chantonne Ann.*

— *Dans ce cas...*

Mon ami jette les armes. Je ne lui en veux pas trop.

Mais ils ne trouvent rien et n'auraient rien trouvé sans l'aide de Mme Hélène, la graphologue. De par son métier, les détails lui sautent aux yeux. Elle réclame le silence. En deux minutes, elle remarque une trace infime dans la poussière d'une étagère. Je n'ai pas été assez soigneux. On n'est jamais assez soigneux avec la poussière. Je pensais que personne n'aurait jamais l'idée d'aller farfouiller là-haut, mon endroit favori de la bibliothèque, celui où je me précipite sitôt qu'ils me laissent seul. Sur une longueur d'un mètre rien que des trésors, les ouvrages et papiers les plus oubliés de la maison, les seuls souvenirs tangibles de l'ancien temps : menus, programmes de concert, monographies à compte d'auteurs, Vive Schiaparelli *par Alain de Rédé,* Hommage à Lady Mendl, *cinq dessins de Drian, grâce à la généreuse contribution de Paul-Louis Weiler.*

C'est là que j'ai caché un épisode un peu corsé de mon voyage. Quelques scènes dans le Vieux Hué. C'est là que la graphologue le trouve. Sans cri excessif. Avec le calme des scientifiques. Trois feuillets pliés en quatre dans Nos bals masqués, *par M. et Mme Fauchier-Magnan.*

Mes quatre amis dégringolent au jardin. Ils doivent être assis autour de la table de pierre. J'entends seulement le timbre de la voix d'Ann, qui doit lire. De temps en temps, mon ami le papetier s'exclame :

— *Eh bien, dis donc, le vieux Gabriel...*

— *Chut, s'alarme la graphologue. Tu vas finir par le réveiller.*

IV

Le directeur du Grand Hôtel attendait les excursionnistes dans le hall.

— Alors, monsieur Magny, cette promenade à la mer? Et vous, madame Dunan, Dalat vous a plu? Eh bien, monsieur Orsenna, vous êtes le dernier. Départ à huit, retour à huit. Je m'inquiétais presque. Le tour du cadran. Pour une première fois, on peut dire que vous aimez. Parfait, parfait. Heureusement que je vous ai gardé la chambre, car pour le train, il est trop tard. Ah! le Vieux Hué, quand il vous tient... Les Amis ont une antenne à Paris, je vous donnerai l'adresse, près de l'Opéra, je crois. Je vous offre l'apéritif? Oui voilà, je me souviens, rue de Vaugirard. Pour fêter l'événement, Cinzano frais? Parfait, parfait. Ne vous préoccupez pas. Il y a des trains tous les jours. Demain et après-demain. On ne sait jamais, avec le Vieux Hué, j'ai vu des gens rester des mois. Loc, appelle l'étage. Qu'on coule un bain pour M. Orsenna. Douze heures de tombeaux, il faut ça pour se remettre. Veuillez me pardonner. Bonsoir, monsieur Charret. Satisfait de la chambre? Je suis comme vous, la 17 est ma préférée. J'y couche de temps en temps. Hors saison, privilège de l'hôtelier. Changer de décor. Parfait, parfait...

Plus tard, après le bain, je ne me suis habillé, je le jure, que pour une seule raison : c'est l'habitude aux colonies. J'étais à peine assis à ma table, la carte ouverte entre mes mains (envie de poisson) que le maître d'hôtel (la fierté du directeur, sous-chef de rang chez Flo, émigré outre-mer pour raisons personnelles) se pencha vers moi : ces messieurs dames, au bar, vous invitent.

Comment refuser d'engager la conversation avec des compatriotes, au cœur d'un pays en guerre?

– *L'hypocrite, dit Clara.*

– *Tais-toi, je continue, dit Ann.*

D'autant que le groupe n'avait rien de funèbre. Présentations chaleureuses, naturelles. Cinq *shake hands*. Aucune main moite.

Rareté statistique. Surtout sous les tropiques. Trois hommes. Victor et Max, même race, la cinquantaine, des affaires qui marchent. Bob, plus jeune, plus chauve. Et deux femmes, l'une, la blonde Irène, plutôt longue et maigre, le style intense, les seins pointus. L'autre, Jacqueline, pardon, Nina, la rousse, très rebondie, rigolarde et tous les cinq, des yeux brillants, une envie de vivre réconfortante parmi ces tombes.

– Voilà, dit Victor, le plus âgé (cheveux noirs laqués, boutonnière froissée à l'endroit de la rosette, retirée pour la circonstance : j'aurais dû me méfier). Nous avons monté une expédition nocturne. Voulez-vous être des nôtres?

– Oh! oui, acceptez! gloussa la rousse.

Le directeur s'est approché.

– Pardon de mon indiscrétion. Mais si j'étais vous... Les monuments du Vieux Hué prennent la nuit une de ces dimensions...

– Vive le directeur!

– Décidément, Hué a le meilleur des directeurs.

– Venez, dit le grand chauve, vous me tiendrez compagnie.

– Et nous ne partons pas seuls. D'authentiques lettrés nous accompagnent. Ils nous expliqueront.

– On peut lui faire beaucoup de reproches, mais Georges, oh! pardon, Victor, je m'y perds, sait organiser les choses.

– Alors, c'est oui?

C'est ainsi que le trop naïf Gabriel fut embarqué dans une voiture d'hommes. Les femmes suivaient, accompagnées de deux lettrées, des lettrées garanties.

– C'est mieux, dit Victor, installé près du chauffeur vietnamien, l'un des soi-disant spécialistes. Oui, c'est mieux, elles se préparent mieux entre elles.

Des branches et des branches défilaient. Un instant éclairées par les phares et puis avalées.

— Où allons-nous?

— Surprise...

— Elles sont optimistes, dit mon voisin, Bob, le chauve.

— Qui?

— Mais nos amies, bien sûr. Moi je les trouve très optimistes. Enfin remercions cet optimisme. Nous sommes là grâce à lui.

Gabriel ne comprenait toujours pas.

— Vous avez vu mon nez, dit Victor. Bonne taille, n'est-ce pas? Bon signe pour le reste, d'après elles. C'est ce que j'appelle de l'optimisme. Et vous, enfin sans vous vexer, vous n'êtes pas grand. Indice que, chez vous, le reste compense. Même à votre âge. Vous leur avez plu tout de suite. Croyez-moi, mon vieux, elles s'attendent à des miracles. Il va falloir nous montrer à la hauteur.

Victor s'était tu. Il fixait la route.

— Voilà, nous arrivons.

Les phares éclairaient un portique. Une grande façade rouge comme évidée, sans porte ni fenêtre ni maison derrière.

— Vous connaissez, je crois?

C'était l'entrée du premier tombeau.

— Nous nous installerons dans les Bains royaux, le pavillon sur l'étang. Vous n'avez rien contre? Nous allons avoir besoin de votre aide. Si vous n'y voyez pas d'objection, je peux vous confier un des paniers pique-nique? Ah! voilà les femmes. Ce n'est pas trop tôt...

Vu la tournure que prenaient les événements, Gabriel aurait dû refuser. Refuser d'aller plus loin. Exiger qu'on le reconduisît à Hué. Mais cette excursion, n'était-ce pas la dernière chance, miraculeuse, de retrouver Louis?

— *Miraculeuse, en effet, dit la voix de Clara.*

— *J'arrête si tu m'interromps tout le temps, dit la voix d'Ann.*

Et nous sommes entrés dans l'enceinte par le bas-côté,

comme il se doit, pour laisser au Roi mort le milieu du chemin. Nous marchions à la queue leu leu, et soudain silencieux. L'osier des paniers à pique-nique grinçait et aussi
les branches des arbres. Un petit vent s'était levé depuis
l'après-midi.

— N'oubliez pas que nous sommes tout près de la mer,
dit une femme, sans doute Irène.

Elle avait un parler distingué. Je me souviens. Enfin, elle
s'y essayait en marquant très fort les dentales.

Juste avant d'arriver, je sentis une main. Légère. Sur mon
épaule.

— Croyez-moi, mon vieux, aux colonies, il faut un hobby.

C'était la voix de quelqu'un qui n'avait pas encore parlé,
l'autre homme d'affaires, le quasi-jumeau de Victor. Lequel
donnait déjà des ordres pour le dîner. «Vous avez faim
n'est-ce pas? Tant mieux. Alors ne traînons pas.»

— Allons mesdames, dit Victor. N'ayez pas peur. Vous
pouvez vous défaire. Les tombeaux sont sûrs.

Très vite, elles nous ont oubliés.

Elles semblaient se retrouver après un long voyage. L'une,
la grande, la blonde, était l'assoiffée qui promenait partout
ses lèvres. L'autre se laissait laper, il faut dire qu'elle avait
une peau couleur de lait. L'assoiffée restait vêtue. On peut
boire tout habillée. L'autre ne portait déjà plus rien. Elle
s'ouvrait, elle s'écartait, elle rejetait ses cheveux en arrière.
C'était son seul labeur. Pas même ne gémissait, les boissons
sont silencieuses, pas même n'appelait, quel besoin? puisque les vagues venaient à elle, à tous les endroits d'elle. De
temps en temps, Irène, l'assoiffée, refaisait surface, reprenait haleine, cherchait dans l'air quelque peu d'oxygène, un
petit point d'appui, Nina, Nina, tu es là? elle appelait, pas
trop convaincue, le regard affolé, puis replongeait. Bref, on
aurait dit de l'amour. Un amour véritable. Un grand amour à
sens unique. Et nous étions oubliés.

Victor avait installé les deux lettrées sur ses genoux et leur
caressait la tête en murmurant mes enfants, mes deux jolies

enfants, savez-vous lire? ou quelque chose d'approchant.

Le jumeau laconique fixait son verre.

Le lettré-chauffeur-maître d'hôtel nouait une ficelle autour des bouteilles de champagne et les descendait lentement dans l'étang fleuri de lotus.

Quant à nous, Bob le cousin chauve et moi, nous n'osions pas nous parler, incognito oblige. Nous nous souriions gentiment. Nous nous sentions inutiles.

C'est arrivé plus tard.

Soudain Nina, la rousse à peau de lait, s'est redressée. Elle était debout. Elle se passait les mains dans les cheveux, sur le corps. Elle se frappait. Des petites tapes, du dos de la main. Comme on s'époussette. Nina, répétait l'autre, Nina.

Elles se sont éloignées dans un bruit de talons. Georges, oh! pardon, Victor déteste les plantes de pied, expliquait Irène. Elles sont allées s'accouder à la rambarde, devant l'étang. Nous entendions leurs voix. Les conversations résonnent sur l'eau. Même fleuries de lotus. Elles parlaient de bronzage. Nina préférait rester blanche. Entièrement et parfaitement blanche. Irène, non. Elle aimait tant le soleil du cap Saint-Jacques. Mais j'avais deviné sa raison. Émouvante raison. Fille appliquée, peu pourvue de formes, elle attendait du bronzage qu'il souligne les zones utiles. Par instants, Nina se tournait vers nous, en riant, sans rien dire.

– Je crois que c'est l'heure, dit le cousin chauve.

Nous nous sommes approchés.

De la suite, banale suite pour tant d'humains, à ce qu'on dit, et généralement le samedi soir, de la suite Gabriel a retenu deux choses.

Nina prenait, elle absorbait le moindre mouvement, le moindre élan, les moiteurs, les battements. Elle engrangeait, comme des réserves pour un interminable hiver.

Et puis elle reconnaissait, à la première seconde, tiens c'est Bob ou vous revoilà encore, vous, elle m'appelait vous, le vous du Vieux Hué, ne se trompait jamais.

L'autre, Irène, imitait. Elle avait beau se donner un vrai mal, cambrures, tour de piste, changement de rythme, elle imitait.

J'aurais voulu lui faire part de ma sympathie.

Difficile, vu les circonstances.

Les deux lettrées ont dressé l'oreille les premières. Elles montraient la jungle : là-bas, mon Dieu, là-bas, mon Dieu, et bien d'autres mots autochtones, avec terreur.

Notre groupe est resté pétrifié, peut-être une seconde. Et c'est ce tableau vivant que le chaque jour plus vieux Gabriel garde en mémoire, l'ultime lumière qui lui arrive encore d'une jeunesse déjà morte.

– *Gentil pour nous.*

– *Clara je te promets, je m'arrête.*

Le soi-disant Victor, les bras tendus vers ses soi-disant lettrées. Son jumeau toujours immobile devant son verre, la fausse Irène, la fausse Nina, penchées vers l'étang fleuri de lotus et deux hommes dont moi, bien calés derrière elles, le corps courbé, mais la tête relevée, l'air interrogatif. Un peu à l'écart, un jeune Vietnamien attend patiemment, assis sur une valise en cuir.

Gabriel l'admet. La débandade ne fut pas glorieuse. Rhabillage, fermetures coincées. Sanglots, bris de vaisselle, mauvaise foi, je te l'avais bien dit. Ordres, laissez les paniers pique-nique. Contrordres, allez chercher les paniers piquenique. Cavalcades. Essoufflements. Chutes. Jetez vos talons hauts. Sacrilèges. Franchissement n'importe comment du portique sacré. Entassement dans les voitures. Par chance, elles démarrèrent.

Dans la Citroën, lancée à belle et réconfortante allure, le groupe des Amis de Hué reprenait peu à peu ses esprits. Qui bougonnait. Qui tirait ses bas. Qui cherchait la fuyante correspondance entre boutons et boutonnières. Seul le jumeau, quasi muet depuis le début de l'aventure, s'était mis à parler. Parlait et parlait. Racontait par le menu les supplices auxquels nous venions d'échapper. Par exemple les cent plaies. Ba-dao en vietnamien. Tais-toi Maxime. Rien à faire. Il continuait. Le premier bourreau saisit les entrailles. Le second tranche. Le troisième compte les plaies. Le quatrième inscrit les chiffres. Décidément, oui, la France choisit bien ses colonies.

Nos compagnes, qui commençaient à peine à retrouver leur calme, furent reprises de violents frissons.

– Merci, Maxime. Voilà le résultat, dit le soi-disant Victor.

Mais celui qui doit remercier ledit Maxime, c'est Gabriel.

Jusqu'alors, notre angélique héros pensait que, pour engendrer chez une femme l'émotion décisive, il fallait la rassurer. Toujours et encore la rassurer.

Et voici qu'une méthode inverse prouvait son efficacité.

La fausse Irène s'était jetée sur ledit Maxime et couvrait le parleur de baisers. Tais-toi, ô tais-toi.

Initiative peut-être sincère, peut-être sournoise. Comment savoir, maintenant que tous les acteurs de cette soirée se sont dispersés ? Toujours est-il que, pour embrasser, l'Irène se penchait vers la droite, présentant du même coup à son voisin de gauche, Gabriel, des rondeurs sans défense.

Gabriel tenta de résister. Je le jure. Gabriel se fit petit, mince contre la portière. Mais plus l'Irène s'inclinait vers tribord, plus elle l'écrasait à bâbord.

Et des pensées qu'il croyait mortes, tuées par la précédente frayeur, des pensées adolescentes soudain pointèrent le nez, enfin quand je dis le nez. Pour tout dire me ressuscitèrent.

Gabriel ferma les yeux. Louable intention. Il voulait résister à la tentation.

Funeste erreur.

Tous les confesseurs vous l'affirmeront : c'est sous les paupières closes que prospèrent le mieux les projets les plus indéfendables.

Gabriel ne peut que confirmer. Sitôt le noir fait dans sa tête, il vit apparaître, avec la précision d'une diapositive, cette double surface sans bronzage qui l'avait tant ému précédemment.

Le reste s'en déduit.

Et la manœuvre de Gabriel. Réussie.

Et l'accueil de l'Irène. Bienveillant.

Un quart d'heure plus tard, jetant un coup d'œil vers le siège arrière, comme nous entrions dans Hué, le soi-disant Victor ne put réprimer un cri.

Il donna l'ordre au chauffeur de ralentir.

— Pour permettre à chacun de retrouver la civilisation, dit-il avec tact.

Ainsi, les deux onze Citroën parvinrent au pas devant le Grand Hôtel.

Il n'y eut pas de vrais adieux. Seulement des au revoir chuchotés. Le veilleur ne s'était pas réveillé. Chacun regagna sa chambre dans l'obscurité. Dommage, Gabriel aurait voulu tous les embrasser : Bob mon complice, Max le taiseux, spécialiste des supplices, Irène et Nina, celle qui croyait au bronzage et celle qui n'y croyait pas...

Notre héros entendit seulement derrière lui, dans la nuit, comme il entrait dans sa chambre, le beau timbre grave de Victor.

— Chapeau, mon vieux... A votre âge... Et l'on dira ce que l'on veut, la métropole conserve.

Gabriel mit longtemps, très longtemps, à s'endormir. Le miracle physiologique l'avait épuisé. Il ne lui restait plus une seule force, pas même celle de se laisser glisser dans le sommeil).

Au petit matin, il fut réveillé par des éclats de voix montant de la terrasse :

— Geneviève, s'il vous plaît. Ne traînez pas trop. La route est longue, aujourd'hui.

— J'arrive Georges, j'embrasse Nicole et j'arrive.

Le groupe se dispersait. Ils avaient abandonné leurs noms de guerre.

Au moment du départ, le directeur embrassa Gabriel (vous permettez, entre compatriotes et vu les circonstances!). Il lui offrit un cadeau : un cendrier enluminé. Vous ne fumez pas, je crois, comme ça vous ne brûlerez pas le plan de la ville. Vous voyez. Tout est là. La Citadelle, le Palais impérial, le pont de la Décapitation, la concession française. Même quelques tombeaux, les plus proches... Vous, ce souvenir, on peut dire que vous ne l'avez pas volé. Il n'y a pas de doute ; vous l'avez, la vocation du Vieux Hué. Allez, au revoir. Revenez vite. Le Vieux Hué pourrait disparaître, avec tous ses tombeaux. La guerre ne respecte pas les tombeaux. Allez, au revoir. Et mes respects à votre père.

Il agitait la main. Il devenait petit par la fenêtre arrière, encore plus petit que Gabriel. Puis il s'évanouit, derrière un massif de flamboyants.

Qu'est-il devenu, M. Amaury, le plus fervent soutien des Amis du Vieux Hué ? Les Grands Hôtels sont les plus exposés dans les guerres.

Et c'est vieux et impérial, vieux et conquérant, se sentant aussi fier qu'épuisé, croyant que tout le monde me regarde et m'applaudit, sifflotant, l'air détaché, c'est ainsi, prétentieux, sifflotant, que notre vieux héros prend le triste train de guerre pour Hanoi.

Après les derniers mots d'Ann, le jardin plongea dans le silence. Silence de jardin. Bourdonnements d'abeilles. Bruits de bêche à côté. Plus loin, cris d'enfants. Claquement d'un drapeau agressé sans raison par le vent solaire...

Le papetier reprit le premier ses esprits.

— Eh ben dis donc, il cache son jeu. Quelle santé !

— C'est tout à fait apparent dans son écriture, dit la graphologue. Si je l'avais vue plus tôt...

— L'immonde, dit Clara.

— Tu oublies ton passé, dit Ann. Par exemple, ce joli paquebot...

— Tais-toi.

— Moi je trouve qu'il a raison. Nous lui en avons tant fait voir.

— Je déteste les revanchards, etc.

Etc.

Les deux sœurs quittèrent le jardin, ainsi disputant. Je n'eus que le temps de regagner ma chambre, sauter dans mon lit sans le faire bruire. (Dorénavant je le connaissais suffisamment bien pour distinguer les ressorts discrets des autres.)

Bâillant à fendre l'âme, je simulai un réveil des plus crédibles. Et le soir, pour le dîner, Gabriel s'habilla avec soin. Osa même un foulard rouge qui, le jour, rapetisse, car souligne (inutilement, Dieu sait) l'endroit où le buste s'arrête. Mais la nuit, on remarque moins les tailles. Il descendit, chantonnant, mine de rien, le même air qu'en gare de Hué. Banal vieillard, gai par hasard. Les regards qu'on lui portait avaient changé. Intrigués. Fraternels. Furieux. Bluffés. Selon qui regardait. Ô le soir de fête. Ô le beau, joyeux dîner. Ô comme j'en souhaite de semblables à tous mes collègues de grand âge.

V

Hanoi

Il poussait une sonnette. Il n'entendait aucun bruit. Mais un boy surgissait. Il s'expliquait avec le boy. Le boy s'évanouissait. Le boy réapparaissait. Si monsieur veut bien me suivre. On recevait toujours Gabriel, presque toujours. A cause de la lettre d'introduction. Tapée sur la machine à écrire de P. Franchini, hôtel Continental, Saigon. Et signée par le président du Syndicat des planteurs de Cochinchine. «Cher ami, un de nos collègues, Orsenna Gabriel...» Efficace amicale du caoutchouc. Plus secrète, plus unie que le Rotary. A force de servir, la lettre n'avait plus beaucoup d'allure. Des traces de pouces étaient visibles, même on ne voyait qu'elles, de chaque côté du cher ami et plus bas, aux environs de la signature. Mais la lettre gardait son pouvoir d'ouvrir les portes.

– Je n'aurai malheureusement que peu de temps, disait cher ami, vu les circonstances... Pardonnez tous ces bruits...

De très lourdes choses qu'on aurait tirées sur un carrelage. Puis le crissement du papier de soie, puis une voix de femme. Attention, Binh, si tu casses ce vase, j'en mourrai. Peut-être pas tout à fait un déménagement, mais ses préparatifs. Un premier choix entre les choses, celles que l'on emporte, celles qu'il va falloir laisser, un partage déjà déchirant. Parfois cher ami sortait, furieux, criait silence, revenait, et que pense-t-on de tout ça dans cette chère métropole?

Gabriel se lançait dans des explications d'autant plus embrouillées qu'il tentait de faire court. Ensuite, racontait son histoire où il était question d'un certain vieux monsieur nommé Louis mais très vert, vous comprenez, un sportif...

Cher ami comprenait : grâce au sport, surtout la bicyclette, on vieillit moins vite, mais comment voulez-vous prendre de l'exercice aux colonies, avec ce climat? De quoi parlions-nous? Ah! oui, ce monsieur perdu. Eh bien non, malheureusement, aucune trace du nommé Louis et pourtant j'en vois du monde. On dirait qu'avec les circonstances les plus ours sortent de leurs tanières. Je ne dis pas cela pour le monsieur que vous cherchez. Naturellement. Naturellement. Les plus aimables parmi les chers amis ajoutaient quelques remarques sur la course automobile. Vous connaissez Fangio? Ah! non, c'est vrai, vous, c'était avant guerre. Il ne fallait pas s'y tromper : l'entretien était fini. Gabriel se levait. Ne se retournait plus pour dire au revoir ou merci encore. Car cher ami, généralement, en regardant s'éloigner l'importun haussait les épaules. Et ce genre de haussement d'épaules finissait de gâcher des journées déjà bien sabotées par l'absence d'un père et par ce crachin glacé qui fait qu'Hanoi, bien souvent, ressemble à Saint-Brieuc ou Lannion.

Ou bien, il frappait à la porte d'un bureau. La secrétaire ne répondait pas, dont il entendait pourtant les allées et venues, les caquetages au téléphone. Il entrait, immédiatement lui glissait la fameuse lettre sous le nez, signature en avant, Syndicat des planteurs, traces de doigts. Je vais voir, disait-elle ; puis : je vais devenir folle si on me dérange tout le temps, c'est par là.

Il y avait des cartons empilés tout autour du bureau et, à côté du taille-crayon mappemonde, un gros tas d'étiquettes blanches cernées de marron clair, la couleur du carton.

– Malheureusement, cher ami, vu les circonstances...

Il faisait donc un temps de Bretagne, gris, brume, pluie fine, qui se levait parfois, vers dix heures. Alors, on entendait les avions. Gabriel habitait Le Baie d'Along, non loin du centre-ville, un modeste hôtel à deux étages, auxquels

on avait récemment ajouté un troisième baptisé pen-
thouse, pantouze avec l'accent français, où se trouvait sa
chambre.

Les propriétaires ne se souciaient plus guère de leur clientèle. Ils écoutaient la radio, faisaient leurs bagages, écoutaient la radio, faisaient encore plus vite leurs bagages.
L'établissement se vidait peu à peu. Un jour, les tableaux
du couloir, les estampes japonaises de Formose, avaient
disparu. Le lendemain, c'étaient les rideaux. Ces braves
gens avaient pris le nouveau venu en affection. Gabriel
avait l'habitude : depuis sa jeunesse, il émouvait les hôteliers. Les hôteliers, du fait peut-être de leur armée de
chambres, ont la fibre familiale. Ils devaient deviner en lui
l'absence de mère et le caractère très spécial, vagabond, de
son père. Quand ils le voyaient rentrer fourbu, glacé et bien
sûr bredouille, les hôteliers l'invitaient à dîner. Riz tiède,
poisson cuisiné façon blanquette et vin vinaigré en prove-
nance de Rennes, n'est-ce pas qu'il est bon, notre rouge?
Comme si la Bretagne n'était pas capable d'avoir des
vignes! Ils exposaient à Gabriel leurs problèmes :

– Grâce aux Chinois, nous avons maintenant des valises.
Vous saviez que, depuis le début du siège de Diên Biên
Phu, des jonques arrivent de Hong Kong chaque jour,
pleines de valises vides? Ce n'est pas très bon signe, mais
heureusement qu'ils sont là, les Chinois. Qu'est-ce que vous
feriez à notre place? Vingt lits, deux jeux par lit, quatre-
vingts draps. Vous, vous les enverriez tout de suite en
métropole? C'est qu'un hôtel sans draps baisse de catégorie
et nous n'aimons pas la racaille, n'est-ce pas, Annette?

– Oui, autant partir avec les draps.

– De toute façon, nous sommes coincés pour une
semaine. Cette lune de miel, dans la suite du premier.

– Tu as raison. J'avais oublié. Une lune de miel a besoin
de draps. Vous permettez que je vous appelle Gabriel,
étant donné les événements...

– A mon sens les mariés vont bien s'entendre avec
Gabriel. Des gens de Saigon. Employés des postes. Déjà un
certain âge. On voit ce que c'est, une régularisation, mais
bien polis quand même.

L'hôtelier parlait en tirant sur sa pipe. Une rafale de mots. Une bouffée. La fumée ne sortait jamais. Ces jeunes mariés ont eu l'idée saugrenue de visiter notre Nord. En particulier ses curiosités géologiques, les rochers karstiques de la baie. Des passionnés de géographie. Normal, dans la poste. Vous devriez vous entendre. Le caoutchouc, c'est aussi de la géographie, finalement.

Telles étaient les soirées d'Hanoi, mortelles. Verre après verre de vin de Rennes. Gabriel remontait à sa chambre tant bien que mal. Il rêvait qu'il retrouvait Louis sur le grand pont Paul-Doumer.

Louis proposait de jouer à cache-cache. Gabriel comptait jusqu'à cent sur la charpente rouillée du grand pont Paul-Doumer. Et fouillait la baie d'Along. Sans succès. Alors il convoquait les commandants des deux porte-avions *Arromanches* et *Bois-Belleau* pour leur demander de l'aide, moyennant une récompense, naturellement. Les deux commandants se mettaient en colère. Comme s'ils avaient le temps de chercher Louis! Avec cette bataille navale, là-bas, plein ouest, du côté du Laos, une bataille terrible, porte-avions contre bicyclettes! Vers la fin du rêve, les commandants arrêtaient Gabriel. Tentative de corruption de fonctionnaires. Alors apparaissaient les deux reines, la blonde Ann et la brune Clara, vêtues à la chinoise, une longue tunique noire. Elles hochaient la tête, condamnation méritée. Avec un accent anglais très snob. Et sans aucun sourire. Le peloton d'exécution se mettait en place. Des guerriers tout petits à têtes de chats siamois. Gabriel criait. Se réveillait. Les hôteliers dormaient au rez-de-chaussée. Donc n'entendaient pas. Heureusement.

Il atteignit Bach Maï par hasard.

Parce qu'il se trouvait dans un autobus. Et que cet autobus avait été pris d'assaut par des soldats désireux de se rendre au plus vite à l'aéroport militaire. Et que d'un autobus réquisitionné faisant de son mieux pour rouler à bonne allure on ne peut pas descendre, sauf à sauter. Manœuvre trop risquée, irresponsable quand on a, comme Gabriel, charge de famille nombreuse : Louis, Ann, Clara, et tant de souvenirs de Markus, d'Élisabeth, de Marguerite l'Américaine.

Bach Maï.

Aujourd'hui, seulement quelques mois après, les gens font mine d'avoir oublié. Certains vont jusqu'à jurer que jamais, jamais, ils n'ont entendu ce mot-là. Alors que c'était, en mars, avril et début mai derniers, l'endroit le plus couru d'Hanoi. Une foule l'envahissait, comme un cimetière le jour des Morts. Des familles venues aux nouvelles. Des journalistes pour des rumeurs. Des parachutistes pour sauter. Des pilotes harassés pour dormir. De distingués lieutenants de feu le roi Jean de Lattre pour répéter « quel gâchis ». Des météorologues pour scruter le ciel. Des mercenaires américains pour voler sur des avions français. Des légionnaires pour parler allemand. Des inventeurs qui avaient trouvé le moyen infaillible pour gagner la guerre contre le communisme en une semaine, à la manière d'un désherbant. Qui voulaient en conséquence rencontrer immédiatement le général commandant en chef. Qui, éconduits, reprenaient le bus pour Hanoi en marmonnant les communistes, eux, reconnaissent les inventeurs. Des hommes de négoce, payant cher le scoop. Des colporteurs, ambulants divers, ceux qui vivent des affluences. Même des voyageurs civils qui s'étaient trompés d'endroit et la bouche en cœur demandaient le comptoir d'enregistrement pour Saigon ou même Paris, Salzbourg, San Francisco, vol régulier avec excédent de bagages...

Sans compter le génie propre de l'Asie : l'espace, le moindre espace, engendre la multitude.

Et n'oubliez pas que les aérodromes militaires sont chiches en salles d'attente. Nous étions donc serrés. Mais Gabriel n'est pas là pour parler de son confort personnel. L'originalité de Bach Maï était autre, une originalité de boomerang : ces avions décollés de Bach Maï revenaient se poser à Bach Maï après deux à trois heures de vol. Ne voyez là, chez les aviateurs, aucune superstition, aucune maladie de l'habitude. Seulement des artilleurs malintentionnés avaient détruit leur escale.

En vietnamien : Diên Biên Phu.

En français : « Chef-lieu de l'administration préfectorale frontalière. »

Depuis la fin mars, aucun appareil n'y pouvait plus atterrir : piste anéantie.

Je suis fier de moi. Gabriel est fier de lui. Il a agi avec méthode.

Il a cherché en lui-même. Il a puisé dans son expérience des Grands Prix. A Monaco, le seul qui savait tout, à tout moment, par exemple où se trouvait le foulard rouge à pois blancs de Chiron et si l'Américaine Gladys, qui plaisait tant à Nuvolari, était redescendue de sa chambre avec ou sans sa valise, le seul, c'était M. Christophe, le barman de l'hôtel de Paris, un juif, Hollandais d'origine, comme Spinoza, tout aussi humain, mais beaucoup moins abstrait.

Sans hésiter, Gabriel se dirigea vers trois tables de cantine, juchées sur des caisses à munitions pour faire fonction de zinc et derrière lesquelles officiaient deux petits jeunes, sans doute des appelés en attente de rizières à nettoyer, beaucoup plus décapsuleurs de canettes que barmen (barman : alchimiste noctambule en quête du cocktail philosophal, celui qui changera la vie en vraie vie), mais la fonction crée l'homme, et la barmanie a ses grâces d'état.

A peine Gabriel eut-il évoqué Dekaerkove, l'ancien traceur du Tour de France, que les deux faux barmen laissèrent tomber la bière.

– Un incollable, celui-là. On a essayé toute une nuit, et pourtant je suis licencié au VC XIIe. Eh bien tu repasseras, il sait tout.

– Et ça fait du bien, croyez-nous, Papy, de tomber sur un spécialiste. Un vrai bol d'air de Paris ! Car ici, ces rigolos, ils ont beau faire semblant, question de se gagner nos faveurs, ils y connaissent que couic...

– Tu oublies le grand Georges, l'amoureux de Mme Stern.

– C'est vrai, celui-là, il sait. Pour un Clermontois, chapeau.

Gabriel se demanda un instant qui pouvait bien être
cette belle Mme Stern. Échouée au Viêt-nam? Ou demeurée en métropole? Et comme il n'avait que la planète
Orsenna en tête, il murmura : s'agirait-il de la dernière,
dernière fiancée de Louis?

Le barman de gauche était tout attendri. Dekaerkove...
le VC XIIᵉ... Il ne faisait plus que secouer la tête de haut en
bas, la bouche en cul-de-poule, la moue admirative, ido-
lâtre, même...

– Oui, je vous assure, un incollable, Dekaerkove. Il voulait aller à Diên Biên Phu. Comme tout le monde. C'est la
mode. Alors on lui a refilé le bon tuyau. Le ministre Pleven
venait d'arriver. Vous auriez vu l'accoutrement, bord de
mer : panama, costume blanc, mocassins à trous... Ils ont
dû se marrer, les Viets, derrière leurs jumelles, en le voyant
débarquer. Bon. Je les connais, les ministres en voyage.
Suffit d'évoquer leur circonscription pour qu'ils fondent.
Et justement, qu'est-ce qu'il y a dans la circonscription
du ministre Pleven? Saint-Méen, le bled à Bobet... Alors
le Dekaerkove n'aurait eu qu'un mot à dire et hop, le
ministre l'emmenait visiter la cuvette... Pourquoi je vous
raconte tout ça?

Ils s'étaient remis à essuyer, tous les deux, sans perdre la
moue.

– ... En tout cas ils ont refusé, lui et son pote, un vieux
dans ses âges, vous voyez le tableau. La cuvette, ils voulaient y aller par leurs propres moyens. Ils avaient juste
besoin d'une carte... Approchez, Papy, approchez, c'est
pas un secret, mais nous deux on leur a filé le Tonkin au
200 000ᵉ, et mieux vaut que ça ne se sache pas trop, vu
l'ambiance... Alors vous êtes de la famille? Cycliste vous
aussi?

Le sociétaire du VC XIIᵉ avait laissé tomber copain et
torchon, et m'avait rejoint.

– Je vais vous montrer, je sais pas pour vous, mais moi
mon parti politique, c'est le vélo...

Nous avons marché quelque temps, en silence. On

entendait des bruits de moteurs, très aigus et des rumeurs, un peu plus loin, comme d'une foule à la sortie de l'aéroport, il m'a montré une route, sur la droite.

– Ils sont partis tous les deux par là, vers l'ouest. Dekaerkove devant, l'autre derrière. C'est lequel, votre famille ? J'ai vu tout de suite à qui j'avais affaire. Pas des sportifs en chambre, de vrais mollets, malgré leur âge et croyez-moi, je m'y connais : des muscles typiques de Longchamp. Et de la jugeote : ils roulaient Manufrance, des cadres un peu lourds, mais solides, parfaits pour la région. Vous savez comment le Dekaerkove appelait Diên Biên Phu ? Le vélodrome d'été, c'est bien vu, non ? Une cuvette, les vélos des Viets tout autour, manquent plus que les virages relevés... Je me demande si les Viets vont bien les accueillir. Vous aussi, hein, ça vous tracasse ? Est-ce que les Viets aiment vraiment le vélo ? Tout est là...

Nous sommes revenus vers son bar de fortune. Il ne voulait pas rester longtemps absent, de crainte de se retrouver vite fait en rizière, à la première incartade. Il parlait, parlait, n'arrêtait plus de parler avec son accent de Paris. Il suffisait de fermer les yeux pour se retrouver à Grenelle, les grands soirs, près des paddocks ou bien dans les virages, le rendez-vous des titis.

J'essayais de prendre de tes nouvelles, Louis. Aucun succès. Il revenait toujours à Dekaerkove, le si sympathique et si savant Dekaerkove. Toi, il paraît que tu t'étais montré un peu fier. Je lui avais dit que c'était Dekaerkove mon père, tu comprends, pour lui faire plaisir. Je me demande s'il me croyait, il me fixait d'un drôle d'air, par moments.

– Quelque chose me dit qu'il était communiste, le copain du traceur. Je me demande si j'ai bien fait, pour la carte...

– Communiste, lui ? Je vous assure bien que non, je le connais un peu.

– Quand même. Il avait fait le compte des races présentes à Diên Biên Phu, trente-sept : Marocain, Sénégalais, Thaï, Cambodgien, Malgache... Je m'y perds, moi, dans les couleurs, mais trente-sept, j'ai retenu le chiffre. Il disait que Diên Biên Phu était la dernière exposition coloniale.

«Exposition coloniale», c'est un langage communiste, ça. Et moi les communistes...

Il sortait ses bras pleins de mousse de la bassine à plonge et poum, poum, arrosait l'assistance.

— Calme-toi, disait son collègue.

On les reconnaissait tout de suite, sans même lever la tête, à l'oreille. A cause de leur conversation. Elle était sans couplet. Rien que le refrain; je veux sauter sur Diên Biên Phu.

Ils arrivaient par vagues, le matin. Pas seulement des militaires. Quelques femmes, même, un petit sac à la main, le strict nécessaire, il ne faut pas trop se charger quand on saute.

L'état-major s'est bien gardé de s'en vanter, par la suite, mais il avait dû ouvrir un bureau d'accueil. Candidats en rangs par deux. Baraque préfabriquée. Table en bois blanc, sergent-chef assis derrière. Portrait de Vincent Auriol au mur, l'Indochine devait manquer de Coty.

— Alors?
— Je veux sauter sur Diên Biên Phu.
— Pourquoi?
— Pour être avec eux.
— Vous êtes parachutiste?
— Non.
— Merci. Au suivant.

Mais ils restaient là, les candidats, à sourire au sergent-chef béret rouge. C'est que la presse avait eu la folie de publier des statistiques, prétendument américaines. En matière de parachutisme, le total néophyte, le puceau, ne court pas beaucoup plus de risques de se blesser que le chevronné. C'est la prime à l'innocence. Les choses ne se gâtent qu'à la deuxième expérience. Mais à Diên Biên Phu, on ne saute qu'une fois, n'est-ce pas, chef? Eh bien, chef, vous m'inscrivez sur la liste?

Le chef avait des consignes d'amabilité. Il donnait de faux espoirs.

– Bon. J'ai pris note. Vous me laissez une adresse. Nous allons constituer des escadrilles nouvelles. On vous écrira pour le stage d'instruction. Au suivant.

Alors seulement ils quittaient la queue. Mais continuaient à rôder dans Bach Maï.

Gabriel ne revint que trois fois au Baie d'Along. Pour dormir et se doucher. Les hôteliers se désolaient.

– Vous avez manqué les mariés. Des gens charmants. Et si discrets. Comme vous. Ce doit être l'amour de la géographie qui veut ça. Et pour la chambre? Et pour les draps?

– Vous me les gardez.

– Vous dînerez bien avec nous?

– Impossible. Si mon père revenait…

– Ah! on peut dire qu'il a de la chance, celui-là. Pas comme nous avec nos enfants.

Gabriel les imaginait, ces enfants, quincaillier à Pommerit-le Vicomte, garagiste adjoint à Lanvollon. Les Bretons des générations précédentes s'engageaient dans la marine pour sillonner les mers chaudes. Aujourd'hui, la Chine et l'Indochine ne faisaient plus rêver les Côtes-du-Nord.

Il repartait, Gabriel, vers l'aéroport militaire, les poches bourrées de galettes Traou Mad. D'après les hôteliers, le beurre qu'elles contenaient remplaçait la viande et tenait éveillé.

Parfois une forme noire de graisse et d'huile poussait la porte et du pied, doucement, pour ne pas salir, secouait un allongé :

– Le taxi est prêt, mon lieutenant.

Le lieutenant s'ébrouait.

– Tu es sûr? Vraiment sûr?

Les mécaniciens racontaient leurs exploits au bar, comment ils réparaient tout avec du fil de fer, des épingles à cheveux, Myriam m'a fait jurer d'en mettre trois de ses épingles personnelles dans le Morane. Eh bien ça y est, elles bloquent le volet gauche : Myriam voulait qu'un peu d'elle soit là-bas, tu comprends...

D'autres envoyaient des mèches, des photos, du rouge à lèvres, des boucles d'oreilles, des fleurs séchées. Tu les colleras sur le tableau de bord. Peu à peu, les avions devenaient des reliquaires...

Soudain une bagarre éclatait, toujours la même, d'un côté l'armée de l'air, de l'autre l'aéronavale et régulièrement arbitrée par les mercenaires américains, ceux que l'état-major payait à la pige. Avant les coups de poing, s'échangeaient des arguments assez ésotériques.

– Bien sûr les privateers respirent mal au-dessous de 8 000 pieds...

– Vous avez déjà vu un Bearcat ailleurs que dans les nuages ?

Il y eut aussi des révoltes. Ceux qui, comme Gabriel, voulaient sauter ne comprenaient pas pourquoi on les refusait alors que là-bas les héros du camp retranché se battaient à un contre cinq. Ils criaient leurs bonnes raisons. Moi je suis radio-amateur, moi médecin, moi mécanicien d'engins... Je veux aider les copains.

Les sergents ne savaient que répondre. Ou alors, comme à Air France, au moment des vacances : vous vous y êtes pris bien trop tard, il n'y a plus de place. Allons, allons, répondaient les volontaires, un avion n'est jamais plein en Indochine, on peut toujours y caser un coolie, un cochon, à la place de l'extincteur...

– Moins fort, moins fort, hurlaient les deux sergents.

Ils montraient, de l'autre côté des barrières, recroquevillés sur les banquettes, ou allongés sur le sol, bras écartés, tête en arrière et bouche ouverte, les pilotes qui ne rentraient même plus à Hanoi. Les rotations étaient trop rapides. Et les alertes permanentes. L'un ou l'autre se dressait tout à coup, les yeux égarés, torturé par le manque de sommeil.

– Déjà, tu es sûr, déjà ?

Ou alors, accrochés au bar, on les entendait parler du vent.

– Comment veux-tu lancer pile, avec cette dérive ?

– Et le camp de plus en plus petit.

– Sans Gabrielle, sans Béatrice, sans Anne-Marie...

On connaissait tous, à l'époque, le plan des lieux, ces collines à prénoms de femme. Les deux étoiles du nouveau général de Castries étaient tombées à l'ennemi. Les haut-parleurs viêtminh remerciaient sans arrêt, paraît-il, pour tout ce matériel qui leur arrivait du ciel, ces dizaines de légions d'honneur. Ils se permettaient néanmoins de faire savoir qu'ils préféraient la nourriture.

– Il faudrait La bombe, répétaient les aviateurs.

– Les Américains nous La préparent.

Et d'autres candidats sauteurs arrivaient encore. Par trains. Par voitures. De l'Indochine entière. L'incroyable, le terrible besoin d'être de quelque chose. De l'amitié, de l'héroïsme, de l'inutile. D'un peu plus de peur. De la mort certaine. Cette nécessité d'appartenance. On croyait pénétrer dans les coulisses de l'espèce humaine, ouvrir les chambres, disséquer les nuits, les ventres, les angoisses de quatre heures du matin, tout ce qu'on ne surprend que rarement, la nudité, cette sorte d'enfance...

Et puis soudain le vacarme cessait.

D'un coup.

Lorsqu'on annonçait un départ, s'ébranlait la troupe pâle des vrais volontaires, ceux qui allaient vraiment sauter, ils serraient dans leurs bras le paquet blanc du parachute, comme un gros oreiller.

C'était le seul moment de silence.

On n'entendait que le bruit des pas qui s'éloignaient, et puis une partie de ping-pong très lente dans la baraque voisine, comme un robinet qui fuit.

Le parachutisme est un rebondissement, se répétait Gabriel. Moi aussi, avec ma balle rouge, je suis un parachutiste. Un parachutiste rêveur, assez dans les nuages, très lâche, un parachutiste sujet au vertige, mais un parachutiste.

Deux fois par jour, les journalistes débarquaient. Jaillissaient des taxis comme d'une Jeep. Répétaient sur eux-mêmes leurs articles. Jouaient à être l'air du temps. Étaient donc sales, grossiers, ivres, désespérés.

– Alors?

C'était leur question.

Ils réveillaient les endormis.

– Alors?

Personne ne pouvait répondre : secret militaire. Aucune importance. Les journalistes connaissaient déjà la réponse.

– Comment va Huguette? Tombée, hein?

Les journalistes s'attaquaient à d'autres formes accroupies dans les coins. C'étaient les correspondants des correspondants, des Vietnamiens envoyés spéciaux permanents de salles d'attente.

– Alors?

– Rien

– Tu ne m'as rien donné depuis une semaine. Moi je ne te donne rien. Nous sommes quittes.

Et ils repartaient fureter ailleurs, histoire d'informer la planète.

La fin, Gabriel l'a apprise par hasard, en se promenant près des avions. Un mécanicien était plongé jusqu'au cou dans le tableau de bord d'un 326 Invader. Mes chaussures de ville résonnaient sur la piste. Il a dû me prendre pour un collègue. On me prend toujours pour un collègue.

J'ai perçu un grognement.

– Tu ne pourrais pas m'aider, au lieu de te balader? Tiens, prends ce fils.

Je me suis hissé dans le cockpit. Mes oreilles heurtèrent des écouteurs.

Et c'est ainsi que Gabriel l'a reçu, le dialogue historique.

Il croyait que les généraux parlaient en code. Eh bien non, ils utilisaient notre langue à nous, les mots de tous les jours « ... *ce que vous avez fait est magnifique jusqu'à* présent. *Il ne faut pas tout abîmer en hissant le drapeau blanc. Vous êtes submergés, mais pas de capitulation. Pas de drapeau blanc ».*

Le mécanicien s'était redressé, en se cognant contre le manche à balai. Nos têtes se touchaient.

Une autre voix reprit, après un long silence.

« Ah ! bien, mon général. Seulement je voulais préserver les blessés.

— Oui je sais bien. Alors faites-le, au mieux... Ce que vous avez fait est trop beau pour qu'on fasse ça. Vous comprenez, mon vieux ?

— Bien, mon général.

— Allez, au revoir, mon vieux, à bientôt. »

Le mécanicien a laissé tomber sa pince.

— Ce n'est plus la peine, maintenant, hein, Papy. Qu'est-ce que tu en penses ? D'abord, qu'est-ce que tu fous là ?

La suite de l'histoire s'accélère.

A Hanoi, Gabriel trouva close la porte du Baie d'Along. Sur le panneau d'émail

Tout confort
Pas de chambre à la journée
Cuisine bourgeoise
Spécialités de fruits de mer

un message était collé au sparadrap. A mon attention. « Pour Gabriel. » Une écriture de certificat d'études, avec pleins et déliés.

« Vu les circonstances, nous partons. Nous vous souhaitons bonne santé, à vous et à votre père. Croyez en nos vœux les meilleurs. Signé : M. et Mme Le Guillou.

Post-scriptum : Nous aurons tant de frais, au retour, que nous prenons la liberté de vous ci-joindre votre note.

M. et Mme Le Guillou, 7 bis place de Martray, Paimpol. »

A la gare, on se battait.

Le Transindochinois débordait. Débordait d'êtres humains comme tous les trains d'Asie. Debout sur les toits. Accroupis sur les marchepieds, allongés sur les boogies. Et des familles entières surgissaient encore, père en chapeau, mère en tailleur, enfants en pleurs. Le père en chapeau agitait ses billets, montrait le compartiment déjà bondé, c'est là criait-il, nous avions réservé. Fais quelque chose, dis qui tu es, gémissait la femme en tailleur. Il brandissait son parapluie.

Sur le quai s'amoncelaient les bagages d'une ville qui déménage : glacières, armoires lorraines, bibliothèques, chevaux à bascule, planisphères et puis des malles-cabines, des matelas roulés une motocyclette... Quatre employés ferroviaires tournaient autour de cette montagne en levant les bras au ciel, comment voulez-vous ? il y a des paquebots pour tout ça. Quand arriva un camion Citroën d'avant guerre. Le conducteur et son passager, un jeune homme distingué à barbichette, demandèrent de l'aide pour décharger.

— Qu'est-ce que c'est encore ? hurla le chef de gare.

— La Société de géographie, nos archives...

— Elles attendront.

Lourdes archives. Les porteurs ne les déplaçaient que centimètre par centimètre. Une caisse leur échappa, s'ouvrit sur le ciment dans un fracas de miroir brisé. Le géographe s'était précipité, il farfouillait dans les débris, les larmes aux yeux, vous vous rendez compte, il balbutiait, toute l'Indochine du XIXe ! Il eut bientôt les mains en sang. Les photos étaient des plaques de verre à l'époque. Il était devenu comme fou, courait le long du train qui s'ébranlait enfin, il tendait aux voyageurs des plaques intactes, prenez-en soin, je préfère ça... Rue Saint-Jacques à Paris, s'il vous plaît, rapportez-les rue Saint-Jacques...

Gabriel passa les deux jours et deux nuits de voyage en compagnie d'un cliché touchant (Mme de Verneville et l'inspecteur général Verrier installés sur leurs éléphants, prêts pour la chasse au tigre) dont la pointe inférieure droite lui vrillait le sternum. Il en garde aujourd'hui encore la marque. (Tu me mens, c'est une femme, rugit Clara pour lui faire plaisir, quand pour la dixième fois il lui raconte la raison de cette étrange griffure.)

A chaque gare, le convoi s'arrêtait. Les autorités locales montraient d'autres caisses, d'autres montagnes :

– Tout est prêt. Lisez la circulaire ministérielle. Tout transférer à Saigon. Alors voici les fragments du cadastre, les rôles fiscaux, les dossiers du personnel immigrant, les livrets scolaires...

– Impossible. Impossible.

– ... les comptes de l'économat, les projets de remembrement, lisez la circulaire...

Après avoir sifflé, le chef de gare tentait de s'échapper, poursuivi par les autorités locales, de plus en plus furieuses, menaçantes, à mesure que l'omnibus prenait, si l'on peut dire, de la vitesse, tandis que d'autres êtres humains continuaient de grimper...

A la fin du voyage, on ne distinguait plus rien des wagons, ni même de la motrice. Le Transindochinois n'était qu'une masse compacte de têtes, de bras, de jambes et de valises qui avançaient sur des rails, tirés par de la fumée.

VI

Saigon *(bis)*

Quand il repense à son séjour en Cochinchine, Gabriel ne peut s'empêcher de maudire son éducation positiviste. Le positivisme avec ses trois états, théologique, métaphysique, scientifique, à peine subdivisés, préparait mal à l'Asie profonde. Et même le catholicisme, en dépit de la Sainte Trinité, des quatre évangiles et des douze apôtres, restait une religion simple, infiniment sommaire, comparée aux vertigineuses complexités de la réincarnation.

Gabriel débarquant moulu de l'omnibus se tint le langage cartésien suivant :

a) selon toute probabilité Louis est mort,

b) mais son principe vital demeure, flottant à la recherche de quelque enveloppe passagère,

c) quelles sont les ambiances aimées par les principes vitaux? Réponse : le *faisandé*, lieu d'accélération des métamorphoses (comme l'on parle maintenant d'accélération des particules), où le décès engendre sur l'heure des mécanismes de pourriture donc de renaissance (ne serait-ce qu'à cause du climat),

d) et quelle est, sur cette terre, en cette fin de printemps 1954, *la capitale du faisandé*? Réponse : Saigon, rue Catinat, terrasse du Continental.

C'est donc à cette terrasse que, durant quelques semaines, il attendit le retour de son père.

Très vite, il avait acquis en cet ex-haut lieu un statut d'habitué. Le personnel le choyait, le donnait en exemple à la clientèle

— Vous voyez, mesdames et messieurs, répétait le directeur du Continental. Gabriel Orsenna n'a pas peur, lui, de choisir l'Indochine au moment où tout le monde ne songe qu'à fuir.

Des hommes, des femmes se levaient et venaient, en dépit de son air sombre, lui serrer la main.

– Merci, monsieur! Le sud du 17e parallèle a besoin d'hommes comme vous.

Nobles propos. Hypocrites propos prononcés par ceux-là mêmes, propriétaires des Nouveautés Catinat, des Brasseries et Glacières de l'Indochine, des Établissements Randon, de la Société Descours et Cabaud, de la Librairie Portail, des Galeries Charner, qui cherchaient à vendre, mais ne trouvaient pas preneur, vu l'époque. (Et quand on dit vendre, brader serait plus juste.)

Jusqu'à l'hôtelier qui se sentait pris, certains soirs, de lassitudes fugitives. Il s'approchait de Gabriel.

– C'est lourd, le Continental, si vous saviez, monsieur Orsenna. Depuis tant d'années. Et son annexe, La Perruche, toutes ces chambres, tous ces couverts sur les épaules d'un seul homme...

On reprenait le refrain tout autour.

– Oui, à d'autres de prendre la relève, nous avons donné au monde libre plus que notre part.

Gabriel n'écoutait pas, tout à son guet. Tel un assidu de Wimbledon, il tournait la tête à droite, à gauche, sans trêve ni repos. Bravant les remarques de ses voisins consommateurs qui prenaient ces pirouettes pour de la peur.

– Ne craignez rien, monsieur, on ne lance plus de grenades contre les terrasses depuis 1949. Et puis n'oubliez pas le traité signé à Genève. Diên Biên Phu n'a pas que des inconvénients, tout de même.

Mais Gabriel n'avait pas peur. Il était seul et il attendait son père. Il guettait tous les visages, fixait tous les êtres vivants, les passants hommes, canins ou félins domestiques, les oiseaux sur les branches, les vautours dans le ciel.

Il attendait un signe. Il s'en voulait d'avoir passé presque toute sa vie sans se préparer à cet exercice pourtant crucial : reconnaître dans quelqu'un qui chemine la présence d'un disparu.

Une nuit, alors que, comme d'habitude, torturé par Ann et Clara (que font-elles, en ce moment?), il ne trouvait pas le sommeil, Gabriel entendit des bruits, des chants, des rires. Il s'habilla et descendit. Pour se faire une idée du Saigon de la grande époque qu'il n'avait pas connue. Puis, qui sait? Qui sait si Louis n'avait pas choisi un fêtard pour s'y nicher quelque temps?

Le directeur se rongeait les ongles, devant la réception.

– Ce n'est pas que j'approuve, monsieur Orsenna, certes non, mais je comprends.

– Que se passe-t-il?

– Ces messieurs dames (il montrait la porte close d'un petit salon) célèbrent la cession des Galeries Charner. A un Américain. Je vais leur dire de se calmer un peu. J'ai des clients qui dorment.

Le lendemain, on se relayait à la table des heureux vendeurs pour les féliciter. Ils ne cachaient plus leur joie. Ils prenaient le bateau le lendemain.

– Et vous savez ce qu'ils vont en faire, de nos Galeries, les Américains? Une université. Pour bâtir l'Indochine de demain. Oui, ma femme et moi, cela nous fait plaisir de partir sur cette note d'avenir...

N'empêche que tous ceux qui cherchaient à vendre grinçaient des dents : fêter si bruyamment la chose était un coup à faire encore baisser les prix.

A dater de ce jour, Gabriel regarda avec plus d'attention les touristes américains, chaque semaine plus nombreux et qui s'enhardissaient jusqu'à fréquenter la terrasse du Continental. Il fallait se pousser pour eux, faire place à leur sourire absolu, supporter l'optimisme de leurs chemises à fleurs.

– Et si mon père?... se demandait Gabriel.

Mais cette idée lui restait extérieure, comme une guêpe, une petite présence permanente, irritante et dangereuse.

Pourtant, il ne manquait pas d'arguments pour cette réincarnation américaine de Louis : Marguerite n'avait-elle pas montré l'exemple? Quiconque gardait encore, en cette seconde moitié du siècle, un véritable goût pour l'Empire, n'était-il pas tenté de se faire adopter par les États-Unis?

Alors, oubliant toute bonne éducation, Gabriel s'approchait de ces grands gaillards, à leur marcher sur les pieds. Il les inspectait, les reniflait, guettait désespérément un clin d'œil, le moindre signe, quelque chose comme : «Mais oui, c'est moi, Gabriel. Ne t'inquiète pas, je me refais une santé américaine et je reviens en France.»

Ces ouvertures, ces premiers pas lui valurent quelques quiproquos (mais son âge le protégeait) et surtout d'interminables soirées, de terribles dialogues d'hôtel, l'ennui mortel des conversations d'hommes, subir, des heures de temps, détail après détail, un plan très complet de réforme des tropiques.

– Est-ce que vous connaissez Thomas Joseph Corcovan?

– Non.

– C'est notre nouveau consul à Hanoi. Vous verrez, il remettra de l'ordre en Indochine.

Et plus s'écoulaient les jours, plus s'installaient de chemises à fleurs, plus s'éloignait Louis. «Eh bien tant pis, Gabriel. Tu n'as pas fait assez d'efforts. Finalement, tu ne m'as pas aimé. Je m'en vais pour de bon, Gabriel...»

L'avion décolla sans encombre de Tan Son Nhut. Des miettes de galette au beurre Traou Mad, deux plaques photographiques de la Société nationale de géographie, une note impayée de l'hôtel Baie d'Along, un plan du Vieux Hué, l'odeur de pastis à la terrasse du Continental, une plaisanterie qui faisait beaucoup rire M. Franchini : «à l'au-delà, je préfère le vin d'ici», des images de chemises à fleurs quand on ferme les yeux, le bruit d'essaim d'un peloton de vélos Manufrance en route dans la jungle, le ridicule d'un ministre vêtu comme pour pêcher les crevettes, un gouverneur amateur d'Américaines, un besoin imbécile d'expositions coloniales, une histoire de draps de lit envoyés en express à Saint-Brieuc, un prénom masculin, Louis, tout cela ne constitue pas un excédent de bagages.

LA JUSTICE
DE MON PAYS

Après la fin, l'histoire galope.

De retour à Paris, avant de regagner Cannes, Gabriel passa par la rue Drouot.

Quelque chose lui disait que son père pouvait s'y trouver, ou la trace de son père, puisque tout finit toujours par échouer à l'hôtel des Ventes.

Mais c'était un jour creux, collection d'émaux, meubles rustiques espagnols, timbres britanniques, rien qui puisse avoir appartenu à Louis, même dans une vie secrète. Et aucune ressemblance non plus entre Louis et ces amateurs dont le nez piquait tantôt sur l'objet convoité, tantôt sur le catalogue.

Mais Gabriel ne perd pas espoir. Gabriel reviendra.

Il suffit d'attendre. Comme l'hôtel Drouot qui tend ses filets et puis patiente.

Depuis l'arrêt de Lyon, notre héros tremblait, sachant qu'à son âge il n'y a pas de deuxième chance : après des retrouvailles ratées, chacun s'en va de son côté et finit sa vie seul. Il avait donc décidé de descendre le dernier, du dernier wagon, sur ce calcul que, l'apercevant de loin, sans pouvoir le comparer à d'autres voyageurs, Ann et Clara se réhabitueraient plus facilement à sa petite taille.

Il appliqua cette stratégie à la lettre, ce qui l'obligea, en route, à quelques déménagements car, à Valence, une partie du train restait en gare et à Marseille on accrocha des couchettes (les fausses, celles qu'on replie pendant le jour), mais il était accoutumé à ces efforts de vigilance.

Seuls les beaux peuvent se permettre la désinvolture.

A Cannes, il descendit comme prévu, le dernier du dernier wagon.

Des militaires cavalèrent vers la sortie, des familles disparurent en s'embrassant dans le passage souterrain. Puis le quai fut vide.

Elles n'étaient pas là.

Ne restait sous l'horloge qu'une imposante silhouette. Pantalon de flanelle claire, blazer assez lâche. Une allure de yachtman en vacances, sans cocktail au Yacht-Club dans l'heure qui suit. Ni envie de lever l'ancre. Un yachtman de terre ferme. De plus près, la silhouette apparut dotée d'un visage à longues rides (preuve réconfortante que les grands ont également des soucis) et d'un sourire géant (à avaler la gare de Cannes).

Du blazer, sortit une main.

— Gabriel Orsenna, n'est-ce pas? N'ayez pas peur. J'ai moi-même beaucoup divorcé. Et je vous jure qu'elles vous attendent à la maison.

— Mais, mais, comment m'avez-vous reconnu?

— Mais, mais, on m'avait prévenu.

— De quoi?

— Devinez.

Et nous n'avons pas cessé de rire jusqu'au n° 13 de l'avenue Wester Wemys (malgré cette noble appellation, un périlleux raidillon).

— Vous faites confiance aux freins à main? demanda le yachtman. Moi non plus.

Et tandis que nous glissions de grosses pierres sous les roues arrière non pas d'un coup de pied comme le font tant de montagnards, mais avec soin, les doigts cherchant le meilleur angle, le nez dans le pot d'échappement, «oui, on voit que nous avons beaucoup divorcé», dit Gabriel.

Le yachtman en vacances poussa un portail.

L'air sentait le laurier, la pierre chaude et la salade de capucines, cette odeur qui, à force de m'accompagner tandis que je raconte, me souviens et raconte, assis à ce bureau, au-dessus du jardin, est devenue celle de ma vie.

Elles étaient là.

Nous avons dîné tous les trois, dans la bibliothèque. Le yachtman avait disparu.

– Ton yachtman est papetier, dit Clara.

– Et il a une femme, dit Ann. Ils habitent Paris et viennent rarement, lorsque ses affaires de papier le permettent.

Je les regardais. Clara. Ann. Clara et Ann.

J'ouvrais et je fermais les yeux.

– Qu'est-ce qui t'arrive? Tu as mal? s'inquiétait Clara. Les escarbilles du voyage? Tu veux me montrer?

Gabriel fit non de la tête, plusieurs fois, non Ann, non Clara. Il sentait seulement le besoin urgent de rendre justice à deux minuscules surfaces de son corps jusque-là méconnues, injustement méconnues. Les paupières jouent un rôle très important. Elles sont comme des portes qui n'arrêtent pas de s'ouvrir. Elles servent à faire entrer, faire entrer, faire entrer les femmes dans la vie d'un homme.

La suite arriva par courrier.

Le lendemain, de bon matin, deux lettres normales et une enveloppe marron clair.

Normales, si l'on peut dire, tant était longue la liste des adresses l'une après l'autre barrées.

> ~~Île de la Jatte, Levallois~~
> ~~Hôtel Continental, Saigon~~
> ~~Grand Hôtel Hué~~
> ~~Hôtel La Baie d'Along Hanoi~~
> ~~Île de la Jatte, Levallois~~
> Avenue Wester Wemys, Cannes-la-Bocca

On aurait dit ces interminables légions d'honneur de héros, qui descendent jusqu'à la ceinture, à force de palmes.

Ann m'avertissait. En homme d'affaires. Sans perdre de temps, sans fioriture littéraire. Utilisant sèchement le formulaire :

NOM DU CORRESPONDANT : Knight Ann
DATE DE L'APPEL : 14 avril 1954
HORAIRE DE L'APPEL : 09-17
OBJET DU MESSAGE : Clara. Alerte rouge. Ici, Festival. Équipe *Monsieur Ripois* loge dans la maison. Ambiance olé olé. Chef opérateur très séduisant n'arrête pas de discuter lumière avec ma sœur. Bref Alerte rouge.
RAPPELLERA :
LE RAPPELER :
ANNULE LE RV :
AUTRE : Reviens vite.

Avant d'ouvrir le second message, je relevai la tête et Louis vint me saluer. Son fantôme, en coup de vent. Ne te dérange pas, Gabriel, je ne fais que passer. Le festival de Cannes lui restait comme un regret, l'un de ses derniers : nous aurions dû y penser, Gabriel, le festival de Cannes est peut-être la forme moderne de l'exposition universelle. Toi qui es jeune, Gabriel, tu ne pourrais pas te faire engager au festival de Cannes ?

NOM DU CORRESPONDANT : Ann
DATE DE L'APPEL : 2 mai 1954
HORAIRE DE L'APPEL : 08-05
OBJET DU MESSAGE : Clara. Lit vide ce matin. Partie avec chef opérateur *Monsieur Ripois*. Comme prévu. Tant pis pour toi. Pas que père dans la vie.
RAPPELLERA :
LE RAPPELER :
ANNULE LE RV :
AUTRE : Reviens quand même. Sœur et pneumato logue abandonnés sont alliés objectifs.

Gabriel regarda par la fenêtre. Le soleil venait d'apparaître au-dessus du toit. Clara était descendue et photographiait déjà. En robe de chambre bleu pâle, penchée sur les fleurs. Il se dit qu'il avait beaucoup de chance. Le chef opérateur de *Monsieur Ripois* devait fumer au lit. Ou quelque chose de ce genre, que détestait Clara. Car, pour l'âge, Gabriel ne se faisait pas d'illusion, Clara séduisait. Continuerait à séduire. Séduirait jusqu'au bout. Gabriel n'aurait jamais de vacances.

La dernière enveloppe (marron) contenait une convocation à la gendarmerie de Nice : « Affaire vous concernant, demain 1er juin 1954, 10 heures. En cas d'absence, dès votre retour. »

Ville de Nice

Je suis descendu de la gare par le boulevard Gambetta. Les gens avaient l'air de flâner. Je me trompais peut-être. On paraît en vacances quand on porte des habits clairs. C'était l'heure des livraisons. Une odeur d'oignons flottait, de fleurs coupées, de cartons neufs. Quelqu'un déchargeait d'une camionnette un énorme bouquet. On ne voyait que des bras arrondis autour des tiges et une calvitie qui dépassait à peine de la tache rouge des œillets. Une queue s'était déjà formée devant l'entrée d'une Caisse de retraites. Un agent de police, assis sur un banc, enfilait des manchettes blanches.

Plus bas, sur la promenade des Anglais, un groupe de laveurs de carreaux fixait la façade du Negresco. Ils avaient déposé contre un banc, entre deux bacs à fleurs, leurs longs balais, leurs échelles spéciales, à bouts emmaillotés. Ils comptaient le nombre de fenêtres et le résultat les accablait.

Gendarmerie

Inutile de s'attarder. Identité déclarée. Appel du supérieur. Installation dans un bureau blanc cassé, très cassé. Odeur de gauloise maïs. Feuille 21 × 27 glissée non sans mal dans une machine à écrire. Deux heures de questions-réponses. Abandon. (« C'est bien compliqué, tout ça. ») Signature d'un résumé sommaire. « Brigadier, conduisez-le au juge. » Fin de l'épisode maréchaussée.

Juge

Madame le. En fait, mademoiselle. Mlle Lublin. Cheveux gris coupés comme au bol. Fumeuse. L'air sympathique. Mais fumeuse. Et Gabriel, en s'asseyant devant elle, pense que les justiciables devraient avoir le choix entre juges fumeurs et juges non fumeurs. Un prévenu, futur coupable, peut être condamné à des amendes, à de la prison, voire à la peine de mort. Aucun article du Code pénal ne prévoit la bronchite chronique ou le cancer du poumon. Cette idée (je vais écrire au garde des Sceaux) lui donne du courage pour le premier interrogatoire.

Avocat

En sortant du Palais, cognac au café du même nom (Palais). Je comprends aujourd'hui, naïf Gabriel, que ce jeune homme sensible (monsieur est tout pâle, vous ne vous sentez pas bien?) n'était pas là par hasard.

Les entrepreneurs de pompes funèbres jouxtent les hôpitaux. Les regrets éternels en plâtre s'achètent à la porte des cimetières. Maître Félix A. draguait la clientèle au café du Palais.

Nuit

Souvent, au milieu de la nuit, je l'ai déjà raconté, je crois, quand l'un de nous trois, Clara, Ann ou moi, est pris de peur, les deux autres viennent le rejoindre. Nous allumons toutes les lumières.

Clara photographie des choses. Des foules de choses, le pied d'une commode, une ampoule brûlée, une chaussure. Développe immédiatement. Et le jour finit par se lever.

– Toi, le doux et peureux Gabriel, inculpé, c'est trop drôle !

– Dans un procès, on ouvre toutes les malles, Gabriel?

– Alors tu parleras de nous?

– Nous allons rajeunir, merci à toi, Gabriel, merci à ton procès.

– Surtout ne mens pas, Gabriel. Ann et Clara aideront, du mieux qu'elles pourront, la justice de leur pays.

Ainsi la graphologue les aperçoit, en ouvrant le matin sa fenêtre, tous les trois devisant dans le grand lit. Elle tâche de se rappeler l'écriture de Gabriel. Elle se demande si l'écriture d'un homme révèle le goût qu'il a pour les sœurs.

Lettre de Louis

Aéroport de Bach Maï – Hanoi.

« *Gabriel,*

Tu accepterais de me rendre un dernier service?

Tu consentirais à ce que je te charge?

Car, vois-tu, un homme qui meurt doit se faire léger, léger, sans bagages, s'il veut avoir une chance d'attraper une autre existence.

Lis les bouddhistes, Gabriel. Tu verras le destin des lourds. Ils ne se réincarnent pas, Gabriel. Ils restent à terre, dans la terre.

C'est ça que tu veux pour ton père, Gabriel? Les asticots, le squelette? Tu veux le priver d'autres voyages?

Je te connais.

Tu acceptes? Merci.

Je vais être franc, Gabriel. Ton vieux Louis va encore te causer quelques tracas. Mais ce sont les derniers, je te le jure. On va un peu t'embêter, te questionner. J'ai été forcé de te mettre sur le dos ce qu'on pouvait me reprocher, tu comprends? Notre trafic de bicyclettes, avec Dekaerkove, par exemple. Ils vont t'interroger, c'est sûr. Tu seras obligé de t'expliquer. Ce sera bon pour toi. On doit exposer sa vie, Gabriel. Ne pas la garder pour soi comme tu le fais. Toute vie est exceptionnelle. Tout détail est admirable. Il faut faire de sa vie une exposition universelle. Un jour, tu finiras par avoir un fils, Gabriel, et les fils aiment savoir qui était leur

père. Crois-moi, moi qui ne sais rien du mien, sauf qu'il
était mexicain. Grâce à moi, ton histoire viendra accroître
notre patrimoine judiciaire. Plus tard, il y aura un dos-
sier Orsenna, aux Archives : c'est une immortalité qui en
vaut bien d'autres.

Et tu ne seras pas déçu par ton auditoire : une femme
n'écoute jamais aussi bien qu'un jury. Pas même Clara,
qui prend ses photos. Pas même Ann, qui n'écoute rien.

Et si, vraiment, c'est trop pénible, ou si ça tourne mal,
alors montre cette lettre. J'avoue, je reste atteint par la
maladie de l'espérance. J'avoue, j'ai aidé les communistes
vietnamiens. Toi aussi, si tu n'avais pas rencontré deux
sœurs, tu m'aurais rejoint dans la maladie de l'espérance.
Maudites soient ces deux sœurs qui t'ont dépouillé de ton
sens de l'Histoire. Je ne te reproche rien. Ce n'est pas ta
faute. Comment peut-on croire au Progrès quand on est
fou d'amour impossible (amour de sœurs) ? Je jure que tu
n'es pas marxiste. Mon fils Gabriel n'a pas de grand projet
pour l'espèce humaine, mon fils Gabriel n'a que deux
ambitions (deux sœurs) et qu'une méthode (pas la dialec-
tique, le rebondissement). Mon fils est doux, botanique,
lâche et démocrate.

Mais, s'il te plaît, garde secrète le plus possible cette
confession, le plus longtemps possible. Ne révèle mes aveux
qu'au tout dernier moment. Donne-moi le temps d'emmé-
nager dans ma nouvelle existence. La dynamique de la
réincarnation n'a rien à voir avec la lutte des classes. Une
fois installé, je retrouverai peut-être le communisme. Mais
laisse-moi léger pendant le passage. Débarrasse-moi de
mes idées. Je ne veux pas de policiers sur ma tombe, ou
furetant dans mes papiers. Je te charge de t'occuper d'eux.
Merci pour ce service. Et à bientôt à Jérusalem, comme
disent nos amis juifs.

Ton léger père Louis qui t'embrasse, Gabriel.
Légèrement, Gabriel. Grâce à toi. »

Lettre imaginaire.
Jamais écrite par Louis.
En tout cas, jamais reçue par Gabriel.

Alors, qui m'a dénoncé ? Peut-être le commissaire de Saigon, une fois découvert le rôle des bicyclettes dans la chute de Diên Biên Phu ? Ou Ann, ou Clara, pour s'amuser un peu, retrouver leurs souvenirs ?

Gabriel n'avait pas attendu les conseils de Louis : toute sa vie était là, racontée, un gros dossier de huit cents feuillets, une histoire véridique et soigneuse. Un amour impossible (deux sœurs) laisse des loisirs pour travailler. Prête, cette vie, pour qui voudrait la lire, écrite à l'intention d'un fils mais puisque ledit fils tardait à venir, prête pour le juge, faute de mieux. Que voulez-vous savoir de moi, mademoiselle le juge ?

Le juge et Gabriel ne s'intéressaient pas aux mêmes choses. Dès que notre héros évoquait Levallois, Auguste Comte, le temps qui ne passait pas à Belem do Para (Brésil) ou le Washington et d'Albany, Mlle Lublin agitait la main.

– Ne noyez pas le poisson, monsieur Orsenna. Nous sommes en Indochine. Comment le Viêt-minh vous réglait-il les bicyclettes ?

Noyer le poisson, elle en avait des phrases ! Ainsi, parler de soi noierait le poisson ? Serais-je le poisson et ma vie l'aurait noyé ?

J'ai fait de mon mieux, Louis, je te le jure. J'ai commencé doucement et puis peu à peu, pour les satisfaire, j'ai inventé des circuits, imagine de rocambolesques détails, sans doute véridiques, Louis, tu aurais dû me donner quelques informations, tout de même, comment les bicyclettes arrivaient dans la jungle au Viêt-nam, par la Chine, n'est-ce pas, par Canton, le Yunnan puis Lao Kay, la vallée du fleuve Rouge ? Je ne me trompe pas, tu confirmes Louis, tu confirmes ? Eh bien, ils ne me croyaient pas, ni le juge ni l'avocat, le beau Félix. Ils me regardaient de plus en plus apitoyés : pourquoi ce petit homme doux se donne-t-il tant de mal ? Jamais il n'arrivera à se faire passer pour un activiste.

Terrible impression que celle de décevoir, surtout pour Gabriel, qui a tellement besoin d'être aimé.

« Quand je pense qu'il s'agissait d'une belle affaire ! » voilà ce que pensait le juge. Entre deux bouffées de cigarette, elle soupirait.

« Moi qui rêvais d'un vrai procès politique ! » grimaçait mon avocat en jetant des coups d'œil désolés vers sa montre.

Alors Gabriel s'est arrêté net. A dit au revoir, poliment. S'est levé. N'a pas été retenu par les gendarmes. Ultime humiliation.

— Mes honoraires ? Pourquoi des honoraires ? a crié l'avocat, un peu plus tard, sur le trottoir, devant le café du Palais dont les consommateurs se sont retournés vers nous. Vous vouliez être accusé, n'est-ce pas ? Vous vouliez que je vous aide à plonger, c'est ça ? Eh bien, mon cher petit monsieur, je ne tiens pas à être rayé. Un avocat, ça aide à libérer, pas à enfermer. Demandez au bâtonnier, si vous voulez confirmation, oui, c'est ça, écrivez-lui.

Et il s'en est allé sans plus un mot, le membre du barreau, sans poignée de main, la tête baissée comme s'il voulait fendre quelque chose. Mais quoi ? L'air de Nice ?

Pardon, Louis, je n'ai pas su jouer mon rôle, pardon, j'espère que cet échec ne va pas te gêner dans tes projets, que tu te réincarneras quand même. C'est terrible, tu sais, de ne pas se sentir, à la fin d'une vie, je veux dire de ne se sentir rien, rien, même pas coupable.

Gabriel pense souvent à Mlle Lublin. Elle n'avait prononcé cette sorte de non-lieu qu'à contrecœur. Sa tristesse était visible, ce jour-là : gestes un peu brusques, regards absents, plus de cigarettes encore que d'habitude. Tristesse compréhensible.

La vie d'instruction n'est pas gaie, bureaux gris, dossiers gris, beaucoup plus de malfrats gris que d'ennemis publics numéro un. Alors quand survient un cas fécond, botanique et marxiste, incestueux et filial, on s'y attache, c'est humain. On ne le clôt que malgré soi, parce qu'il faut bien, parce que ce petit homme botanique, Orsenna Gabriel, n'a rien, mais rien, d'un terroriste, quoi qu'il dise. Oh! pourquoi les plus belles affaires sont-elles les affaires d'innocent? Je n'aurais jamais dû choisir ce métier, doit se dire Mlle Lublin.

Gabriel, souvent, caresse le projet de lui envoyer des roses. Ils se réconcilieraient. Ils déjeuneraient de temps à autre tous les deux, sur le vieux port. Ils parleraient de l'existence. Ils échangeraient leurs perspectives. Point de vue de magistrat contre point de vue de pneumatologue. Elle minauderait oh! je n'ai pas l'habitude, mais reprendrait du vin rosé...

Gabriel n'a jamais mis son projet à exécution. Il en veut à Mlle Lublin. Il lui en veut même de plus en plus, à mesure que les années passent et que le temps devient plus dur à tuer. Il tient de source sûre que certains magistrats, les vrais amis de l'espèce humaine, s'arrangent pour faire durer, durer les procès des vieilles gens. Ils savent qu'une procédure bien hargneuse, bien embrouillée est, pour les retraités, la plus appréciée des occupations. Mieux : une seconde jeunesse.

Mlle Lublin n'a pas eu cette bonté.

ÉPILOGUE

Voilà.

Nous sommes assis, vers le soir.

Clara et Gabriel.

Louis a disparu. Élisabeth a disparu. Markus a disparu. Marguerite est partie pour l'Amérique.

Ann arrivera un peu plus tard, de Monaco, où la retiennent ses affaires.

Et nous serons les trois rescapés.

L'originalité principale des familles Orsenna et Knight, outre l'ambition démesurée, c'est la disparition. Nous ne laissons pas de cadavres. Voilà pourquoi Gabriel ne quitte pas Ann, ne quitte pas Clara des yeux. Il les trouve belles et elles pourraient disparaître, comme les autres.

Nous sommes assis à la terrasse du café, juste à l'entrée de la rue d'Antibes. Un endroit impossible durant le Festival, mais aujourd'hui si calme, affectueux.

Bientôt nous prendrons l'apéritif en regardant rentrer les pêcheurs.

C'est l'heure où, d'habitude, Bao Daï se promène. Ses deux gardes du corps sont sa meilleure garantie d'incognito. On ne remarque qu'eux. Ils parlent fort, se disputent, se jettent des cotes à la figure, des noms de chevaux. Ils vont tous les jours à Cagnes-sur-Mer, pendant la sieste de l'ancien empereur. Ce serait le moment idéal pour d'éventuels assassins. Mais à quoi servirait d'assassiner un ancien empereur?

Certains jours je me dis que la Côte d'Azur ressemble à l'Indochine. Normal. La plupart des piastres gagnées là-bas sont investies dans la région. Et tout le monde attend la mort. Au soleil, comme là-bas.

Voilà.

Le dossier est là, devant nous, Gabriel ne s'en sépare jamais. Il l'apporte, partout où il va, dans un cartable d'écolier. Il espère qu'un jour l'instruction va reprendre, qu'il pourra parler de lui, de sa vie, devant un jury puisque Ann et Clara ne l'écoutent pas aussi bien qu'il voudrait. Inattention d'ailleurs prévue par Louis, dans sa lettre imaginaire.

Des marins, sans doute des marins, repeignent les bateaux pour l'été.

Combien utilise-t-on de peinture blanche, chaque année avant l'été ? Il me vient toujours à l'esprit ce genre de questions essentielles. Le temps de me trouver une réponse, une autre question se présente... Voilà pourquoi les femmes me trouvent silencieux.

Clara considère le cartable d'écolier, celui qui cache les huit cents feuillets, Clara me regarde.

Un petit garçon blond joue au football entre les platanes. Il court après une balle, il dribble. Il y met tout son cœur. Mais on voit tout de suite que sa peau ne supporte pas bien l'effort. Une peau trop claire, qui devient trop rouge. Gabriel peut prédire la suite. La grande déception du petit garçon blond lorsque l'entraîneur, un jeudi soir, le prendra dans un coin et par l'épaule et lui dira que pour le poste d'ailier droit de l'équipe première il est plus sage de laisser la place-mais-tu-me-promets-de-continuer-à-faire-du-sport-hein-mon-gars-c'est-bon-pour-la-santé-le-sport.

— Ce pourrait être lui, dit Clara.

— Oui.

Ses parents l'appellent d'une Ford vedette blanche.

— On pourrait lui donner notre nom, c'est un beau nom, Orsenna, dit Clara.

— Et notre vie, aussi, il pourrait peut-être y trouver son bonheur, dit Gabriel.

— Tu as raison, dit Clara, on a souvent besoin d'un pseudonyme.

— Et de la vie qui va avec.

On ne voit pas les parents. Mais on devine, au son de leurs voix, que ce sont des parents à peurs. Ils ont peur, peur qu'il ne lui arrive « quelque chose ». Ils sont du genre à lui répéter n'accepte rien d'un inconnu, tu m'entends, rien.

— Tu devrais quand même essayer, dit Clara. Apporte-lui notre dossier, on verra bien. Tu veux que je vienne avec toi ? Les gens se méfient moins quand on est deux.

Généralement après l'apéritif nous rentrons jusqu'à l'avenue Wester Wemys par le chemin du bas, entre le mur et la voie ferrée. C'est l'itinéraire que je préfère : on se sent protégé. Nous nous tenons la main et je marche au milieu : Ann à gauche, côté Méditerranée, Clara à droite, côté voie ferrée. Gabriel leur jette des coups d'œil ravis. Elles sont là et elles sont si grandes, elles le dépassent d'une bonne tête. De temps en temps, elles décident de jouer ; elles le soulèvent, elles le balancent par les bras comme s'il était un enfant sous ses cheveux blancs. Elles rient. Ils font tous les trois la joie des passants.

Gabriel déteste ces moments. Mais il ne dit rien. Il sait que les femmes n'aiment pas les rabat-joie. Alors il prend son mal en patience, crie chaque fois vive la France, ce qui accroît encore la gaieté d'Ann et de Clara. Il tâche d'atterrir le plus souplement possible, reprend son souffle avant de rebondir et crie vive la France, vive la France, arrêtez, s'il vous plaît, vive la France, vive la France...

TABLE

PREMIÈRE PARTIE

DEUXIÈME PARTIE

Loyola's blues
Seuil, 1974
et « Points Roman », n° R344

La Vie comme à Lausanne
prix Roger-Nimier
Seuil, 1977
et « Points Roman », n° R371

Une comédie française
Seuil, 1980
et « Points Roman », n° R55

L'Exposition coloniale
prix Goncourt
Seuil, 1988

Grand Amour
Seuil, 1993
et « Points », n° P11

Besoin d'Afrique
en collaboration avec
Eric Fottorino et Christophe Guillemin
Fayard, 1992
et « Livre de Poche », 1994

Villes d'eaux
en collaboration avec
Jean-Marc Terrasse
Ramsay, 1981

IMPRIMERIE B.C.I. À SAINT-AMAND (CHER)
DÉPÔT LÉGAL MARS 1995. N° 23921 (4/154)

Collection Points